Iain Pears

Scipios Traum

Iain Pears

Scipios Traum

Roman

Aus dem Englischen übersetzt von
Klaus Fröba

Droemer

Originaltitel: The Dream of Scipio
Originalverlag: Jonathan Cape, London

Besuchen Sie uns im Internet:
www.droemer.de

Die Folie des Schutzumschlags sowie die Einschweißfolie sind
PE-Folien und biologisch abbaubar.
Dieses Buch wurde auf chlor- und säurefreiem Papier gedruckt.

Umschlaggestaltung: ZERO Werbeagentur, München
Satz: Ventura Publisher im Verlag
Druck und Bindung: Clausen & Bosse, Leck
Printed in Germany
ISBN 3-426-19556-9

2 4 5 3 1

Für meinen Vater

Teil eins

Julien Barneuve starb am Nachmittag des 18. August 1943 um fünfzehn Uhr achtundvierzig. Er brauchte genau dreiundzwanzig Minuten dafür, was der Zeit zwischen dem Ausbruch des Feuers und dem Atemzug entsprach, mit dem er der versengten Lunge zum letzten Mal trügerische Linderung verschaffen konnte. Er hatte nicht gewusst, dass sein Leben an diesem Tag enden würde, obwohl er damit gerechnet hatte, dass es so kommen könne.

Es war ein grausames Feuer, das plötzlich aufloderte und sich schnell ausbreitete. Julien wusste von Anfang an, dass es nicht unter Kontrolle zu bringen war und ihn und alles ringsum vernichten würde. Er kämpfte nicht dagegen an und versuchte nicht zu entkommen; es wäre ihm ohnehin nicht gelungen.

Niemand kam ihm zu Hilfe, während die Flammen wüteten und das Haus verzehrten – das alte Haus seiner Mutter, in dem er sich stets so geborgen gefühlt und, wie er fand, seine besten Sachen geschrieben hatte. Er konnte denen, die in der Nähe waren, keinen Vorwurf machen; jeder Rettungsversuch wäre blanke Torheit gewesen. Er hätte auch keinen Beistand gewollt und war dankbar für die letzte Gunst, allein sein zu dürfen. Acht Minuten vom Ausbruch des Feuers bis zu dem Moment, in dem der Qualm ihm das Bewusstsein raubte. Noch einmal drei Minuten, bis die Flammen ihn erreichten, seine Kleidung entzündeten und ihm die Haut mit Brandblasen überzogen. Alles in allem dreiundzwanzig Minuten, bis sein Herz versagte und sein Atem erstarb. Und danach noch einmal eine Stunde, bis das Feuer ausgebrannt war und die verkohlten Balken über ihm zusammenstürzten. Barneuve aber, dessen

Gedanken zerfaserten und der schon bald den Versuch aufgab, sie zusammenzufügen, war es, als habe alles viel, viel länger gedauert.

Im Grunde war Olivier de Noyens Geschick besiegelt, als sein Blick unweit der Kirche St-Agricol ein paar Hundert Meter vom neuen Papstpalast in Avignon entfernt zum ersten Mal auf die Frau fiel, die er durch seine Gedichte unsterblich machen sollte. Er war sechsundzwanzig und vom Schicksal dazu verdammt, im womöglich finstersten Jahrhundert der europäischen Geschichte zu leben und zu sterben – einem Zeitalter, das manch einer ein verfluchtes nannte und in dem andere aus Angst vor Gottes Strafgericht ob ihrer Sünden dem Wahnsinn anheim fielen. Olivier, so hieß es, gehörte zu Letzteren.

Isabelle de Fréjus war gerade sechzehn, vor sieben Monaten Ehefrau geworden, aber noch nicht schwanger, was etliche alte Weiber zu boshaftem Klatsch anregte und Isabelles Mann verdross. Sie selbst war es zufrieden, da sie es keineswegs eilig hatte, an dem großen Abenteuer teilzuhaben, das so viele Frauen mit dem Tod oder ständigem Kränkeln bezahlten. Sie hatte bei ihrer Mutter mit angesehen, zu welchen schrecklichen Folgen eine Geburt führen kann – die ihre und alle, die rasch hintereinander folgten –, und das machte ihr Angst. So erfüllte sie ihrem Mann gegenüber die ehelichen Pflichten, betete aber (nachdem sie, so gut sie's wusste, Vorsorgemaßnahmen getroffen hatte) jede Nacht darum, dass seine Attacken noch eine Zeit lang erfolglos blieben. Jeden zweiten Tag ging sie in die Kirche, um dort Vergebung für ihren ungehörigen, rebellischen Eigensinn zu erflehen und sich zugleich der Heiligen Jungfrau zu weihen, in der Hoffnung, sich dadurch der Fürsprache der Gottesmutter noch eine Weile zu erfreuen.

Dieser himmlische Spagat zehrte derart an ihren Kräften, dass ihre Gedanken jedes Mal aufgewühlt waren, wenn sie die Kirche verließ, wovon ihre gerunzelten Augenbrauen und die winzige Falte über ihrer Nase beredtes Zeugnis gaben. Auch war ihr Schleier immer ein wenig verrutscht, weil sie ihn, sobald sie zum Gebet niederkniete, ein Stück zurückschob. Ihrer Zofe Marie hätte es eigentlich obgelegen, sie auf diesen kleinen Lapsus hinzuweisen, aber die kannte ihre Herrin gut und wusste, unter welchem Zwiespalt sie litt. War es doch Marie gewesen, die Isabelle jene kleinen Tricks gelehrt hatte, die Ursache für den zunehmenden Verdruss des Comte de Fréjus waren.

Ein Fältchen und ein verrutschter Schleier können vielleicht einen Künstler inspirieren, aber sie reichen gewiss nicht aus, um eine derart verheerende Wirkung auf die Seele eines Mannes auszuüben. Wir müssen also nach einer anderen Erklärung suchen. Denn als Olivier unweit der Kirche Isabelles ansichtig wurde, war ihm, als werde seine Brust von einer Bestie zerfleischt, die ihn mit unbändiger Kraft des Lebens beraubte. Das Gefühl war so überwältigend, dass er sich auf die Stufen setzen musste, wo er lange reglos hockte und der Gestalt nachstarrte, auch als sie längst aus seinem Blickfeld verschwunden war. Und als er schließlich mit zitternden Knien aufstand, waren seine Augenbrauen ungeachtet der frühen, noch kühlen Morgenstunde schweißnass, und er wusste, dass sich sein Leben für immer verändert hatte. Er war tagelang unfähig zu arbeiten.

So begann die Geschichte von der unglücklichen Liebe zwischen einem Poeten und einem jungen Mädchen, die ein so katastrophales, grausames Ende nehmen sollte.

Vielleicht war es ihre jugendfrische Schönheit?, dachte Julien Barneuve, als er zum ersten Mal etwas über die schicksalhafte Begegnung der beiden las – eine über Jahre hinweg verfeinerte Interpretation des damals schon anderthalb Jahrhunderte zurückliegenden Geschehens, erzählt mit all der gefühlvollen Romantik, die den Empfindungen um das Jahr 1480 entsprach. Die Wurzeln der Anekdote blieben für immer zweifelhaft, wies sie doch zu frappierende Ähnlichkeit mit der Romanze zwischen Francesco Petrarca und Laura auf, als dass man ihr unbefangen glauben mochte. Sie konnte sich freilich auf traditionelle Überlieferung stützen – und darüber hinaus auf zehn von Oliviers schönsten Zeilen: ein Gedicht, das (in Frédéric Mistrals völlig inadäquater Übersetzung von 1865) mit den Worten beginnt: »Meine Augen haben meine Seele erdolcht ...« Im Kern war die Geschichte gewiss wahr, denn das schreckliche Schicksal, das Olivier wenige Jahre später erlitt, als er Isabelles Mann in die Hände fiel, wird von niemandem in Abrede gestellt. Wenn er sie nicht geliebt hätte, warum hätte er sie dann töten und das Opfer einer solch grausamen Vergeltung werden sollen?

Offensichtlich, weil er von Wahnsinn umnachtet war. Der Überlieferung nach wollte das Mädchen, um der Pest zu entkommen, mit ihrem Mann abreisen, aber Olivier habe sie angefleht, in Avignon zu bleiben, auf dass sie in inniger Umarmung gemeinsam sterben könnten. Und als sie sich weigerte, tötete er sie, weil ihm der Gedanke unerträglich war, sie zu verlieren. Die Tat enthüllte das Geheimnis der beiden, Olivier wurde zur Strafe von den Mietlingen des Comte ergriffen, die ihn schlugen und ihm die Zunge und die Hände abschnitten. So war er für immer der Stimme beraubt und zum Schweigen verdammt; er konnte mit niemandem reden, nichts niederschreiben, sich nicht einmal durch Gebärden verständlich machen. Mehr noch, der gehörnte Ehemann beging den Frevel, Oliviers sämtliche Manuskripte zu vernichten, nur ein paar wenige Gedichte blieben erhalten. So vermochte später niemand zu sagen, ob seine Dichtung tatsächlich die Blütezeit einer literarischen Renaissance einläutete und ein wegweisendes Vorbild war, neben dem Petrarca sich zweitrangig ausnimmt, oder ob das nur den wenigen so vorkam, die Oliviers Gedichte zu seinen Lebzeiten gelesen hatten. Nur etwa ein Dutzend seiner Gedichte war erhalten geblieben, zu wenige, um einen Mann wie Barneuve zu fesseln, zumindest nicht, bis er an einem kalten Tag im Februar 1928 in der Vatikanischen Bibliothek beim Studium des Nachlasses von Kardinal Annibale Ceccani, einem Sammler alter Manuskripte und dem ersten und einzigen Förderer Oliviers, auf ein bedeutendes Dokument stieß.

Es war der erste Teil der zwanzig Seiten umfassenden, von Olivier de Noyen gefertigten Kopie eines alten Manuskripts, das Julien, als er seine Bedeutung und die Zusammenhänge begriffen hatte, vor Erregung nicht schlafen ließ. »Nach dem Zeugnis des Manlius ...« – eine Floskel, die den meisten Lesern nichts gesagt hätte, ihm aber eine Offenbarung war. Später äußerte er im Scherz, das Dokument sei es wert gewesen, seine Seele dafür zu verkaufen.

Die Aufzeichnung, die Olivier kopiert hatte, war von Manlius Hippomanes im Laufe einiger Monate in seinem Landhaus ein Dutzend Wegstunden vor den Toren von Vaison, also gut sechzig Kilometer nordöstlich von Avignon, zu Papier gebracht worden. Das heißt, zu Papier gebracht hatte er sie eigentlich nicht, denn wie viele Männer seines Standes schrieb Manlius selten eigenhändig, obwohl ihm dies, wenn er gewollt hätte, ein Leichtes gewesen wäre. Er zog es aber vor zu diktieren, und sein Adoptivsohn Syagrius, der zugleich als Sekretär fungierte, schrieb alles mit, was ihn wegen der Hast, mit der Manlius alles heraussprudelte, mitunter sauer ankam. Syagrius, ein freundlicher junger Mann von gerade mal dreiundzwanzig Jahren, der sich viel Mühe gab, weil er es zu etwas bringen wollte, konnte die Worte nur flüchtig hinkritzeln, wenn er mit dem Adoptivvater Schritt halten wollte. Danach entzifferte er in langer Nachtarbeit seine Notizen und übertrug sie in Reinschrift. Dabei durfte ihm kein Fehler unterlaufen, denn Manlius hatte nicht nur ein gutes Gedächtnis, sondern er war auch von seinen Formulierungen in so hohem Maße angetan, dass er recht ungehalten werden konnte, wenn auch nur ein Jota geändert worden war. Und Syagrius verzehrte sich geradezu danach, es seinem Herrn recht zu machen und ab und zu ein lobendes Wort von ihm zu hören.

Was Manlius diktierte und Julien später so aufwühlte, war ein kurz gefasster, auf wesentliche Eckpunkte konzentrierter Abriss der Philosophie, gedacht zur Verteilung an seine Freunde und, sollte sich Gelegenheit dazu ergeben, auch über diesen Kreis hinaus. Wenn er alles gelesen und für gut befunden hatte, musste ein Lohnschreiber Abschriften fertigen (mitunter bis zu hundert, obwohl wahrscheinlich fünfzig vollauf genügt hätten), die er sodann seinen Freunden in ganz Gallien zustellen ließ.

Eines Abends hatte Manlius wieder einmal Gäste zu sich geladen. Er war noch mit den letzten Vorbereitungen beschäftigt, als die Sonne unterging und den Himmel sanft mit rosarotem Licht überzog. Eine Ahnung abendlicher Kühle wehte durch den offenen Innenhof, in dem im Sommer die Tafel gedeckt wurde. Manlius hörte, wie einige seiner Gäste Verse aufsagten – eine Gepflogenheit, die sowohl der eigenen Kurzweil wie auch der Demonstration feiner Bildung diente. Es war ihnen zur Gewohnheit geworden, darin zu wetteifern, denn Manlius hatte sich schon immer gern mit kultivierten, gebildeten Männern umgeben, mit denen er sich verstand und die sich mit ihm verstanden. Er hatte es sein Leben lang so gehalten, es war ihm eine Verpflichtung geworden, die ihm nicht selten zum Vergnügen gereichte, insbesondere, wenn er dabei junge Talente, die es verdienten, fördern oder ebenbürtigen Freunden einen unterhaltsamen Abend bereiten konnte.

Die Höflichkeit gebot, dass er während des Essens, so wie er es unzählige Male zuvor getan hatte, die Rolle des liebenswürdigen Gastgebers spielte, obwohl ihm an diesem Abend nicht danach zu Mute war. Was die Zahl der Gäste anging, so hatte er sich stets an Varros weise Regel gehalten, sie solle größer als die der drei Grazien und kleiner als die der sieben Musen sein. Auch achtete er sehr darauf, dass die Anwesenden weder zu eloquent noch zu schweigsam waren, und er bemühte sich, die Konversation durch eingestreute Lesungen diskret so zu steuern, dass sie auf keinen Fall um triviale, freilich auch nicht um allzu pompöse Themen kreiste. Und er ergänzte dieses Bemühen, indem er weder mit den Speisen knauserte noch den Verdacht erregte, bei den Gästen durch allzu erlesene Gaumenfreuden Eindruck schinden zu wollen.

Und doch waren die Abende, all seinen Anstrengungen zum Trotz, häufig kein ungetrübtes Vergnügen mehr, weil es immer schwieriger wurde, selbst eine kleine Gruppe einander geistig Ebenbürtiger an der Tafel zu versammeln. Die Hälfte der Gäste bestand aus abhängigen Pächtern, die zwar eifrig bei den Lerchen und Rebhühnchen zulangten und sich auch später beim Karpfen und Truthahn nicht kasteiten, aber in dieser illustren Gesellschaft zu gehemmt waren, um sich lockeren Gesprächen hinzugeben. Syagrius wiederum war so ängstlich darauf bedacht, keinen Fehler zu machen und kein falsches Wort zu sagen, dass er das Essen unflätig in sich hineinschaufelte, rot anlief, wenn er angesprochen wurde, und selber gar nichts sagte. Ein anderes Beispiel waren Lucontius und Felix, zwei gute Freunde, die es dem Gastgeber leichter machen wollten, was jedoch regelmäßig damit endete, dass sie die Konversation dominierten, den anderen Gästen ins Wort fielen, die

Pächter völlig unnötig ihr Geringschätzung spüren ließen und dafür umso übertriebener ihr enges Verhältnis zu Manlius herauskehrten. Und dann war da noch Caius Valerius, ein Vetter von Felix, den Manlius nur Felix zuliebe in der Runde duldete. Ein ungehobelter Bursche, mit Frömmigkeit voll gesogen wie ein tropfnasses Tuch, was freilich nur die ihm eigene Übellaunigkeit und sein vulgäres Wesen übertünchen sollte.
Manlius, Lucontius und Felix gaben an diesem Abend den Ton an, spielten sich nach Art des Goldenen Zeitalters die Anfangszeilen von Gedichten und Epigrammen zu und suhlten sich in seliger Erinnerung an ihre Schulzeit und die großen Dichter, die sie seither verehrten. Und dann war es Lucontius, der durch eine kleine Entgleisung – etwas, was ihm gar nicht ähnlich sah – dem Abend plötzlich eine unerfreuliche Wendung gab.

»Noch immer ist es Platons Atem,
Der frischen Wind in Christi Kirche bläst.«

Elegant, witzig und feinsinnig. Felix reagierte mit einem leichten Lächeln, und selbst Manlius mochte sich ein anerkennendes Nicken nicht verkneifen.
Caius Valerius aber lief vor Ärger rot an. »Ich möchte annehmen, dass es ein paar Dinge gibt, die über jeglichen Spott erhaben sein sollten.«
»Habe ich gespottet?«, fragte Lucontius mit gespielter Verwunderung, weil ihm klar war, dass Caius, der nicht zwischen Anerkennung und Spöttelei zu unterscheiden wusste, auch diesmal nichts verstanden hatte. »Ich glaube, ich habe nur die Wahrheit gesagt. Ist es nicht so, dass wir die Offenbarungen unseres Herrn nur mit den Augen der Griechen erkennen? Sogar der heilige Paulus war Platoniker.«
»Ich weiß nicht, was du meinst«, erwiderte Caius. »Meine Wahrheit steht in der Bibel. Ich brauche keine griechischen Augen, um sie zu erkennen.«

Sollte Manlius intervenieren? Dem Jungen erklären, dass manche Textstellen unterschiedliche Auslegungen zulassen? Ihn darüber belehren, dass uns Mysterien wie die Fleischwerdung, die Dreieinigkeit und der Heilige Geist nur dank Platons Philosophenschule und deren Lehren nachvollziehbar sind? Aber Caius gehörte nun mal zu denen, die stolz sind auf ihre Ignoranz, mangelnde Bildung geistige Unverdorbenheit nennen und ob jeder Verfeinerung, sei es im Denken oder in der Wortwahl, in heiligen Zorn geraten. Wahrlich ein Mann seiner Zeit. Dabei war es noch nicht gar so lange her, dass jemand wie Caius aus Scham ob seiner Unwissenheit geschwiegen hätte; nun aber waren es die Wissenden, die ihre Zunge hüten mussten.

»Und du, mein lieber Lucontius«, sagte Manlius schließlich, »tätest gut daran zu bedenken, dass Platon, wie viele annehmen, Zugang zu den Offenbarungen des Moses hatte und so im Grunde nur die Weisheit unseres Herrn ins Griechische übersetzt hat, nicht andersherum.« Er lugte besorgt zu seinem Freund hinüber und sah, dass Lucontius, die feinfühlige Seele, den Wink verstanden hatte, sich zerknirscht gab und mit reuigem Blick stumm um Vergebung bat. Der Kelch des potenziellen Zerwürfnisses war an ihnen vorübergegangen, sie konnten die Mahlzeit bei harmlosen Gesprächen ohne alle Spitzen und Schärfen fortsetzen.

Manlius freilich war der Abend verdorben. Da bereitete er nun seine Einladungen mit großer Sorgfalt vor und bemühte sich redlich, vulgäre Grobiane wie Caius von seiner Tafel fern zu halten, aber es wurden ihrer immer mehr, und der Kreis derer, die geistvollen Witz versprühen konnten, schrumpfte immer schneller. Wahrscheinlich lebte er in einer Traumwelt. Caius Valerius, einflussreicher Spross einer einflussreichen Familie, kannte Platon nicht einmal dem Namen nach. Vor hundert – ach was, noch vor fünfzig Jahren hätte das als unvorstellbare Absurdität gegolten. Jetzt aber wäre jeder verblüfft gewesen, wenn einer wie Caius überhaupt etwas von Philosophie verstanden hätte. Wie denn auch, da er sie doch, selbst wenn man ihm alles erklärt hätte, nicht verstehen wollte?

Als die meisten Gäste, eskortiert von Bediensteten mit Fackeln, zu Bett gegangen waren, saß Manlius noch lange im Innenhof und grübelte darüber nach, wie sehr sich die Welt doch verändert hatte. Sein Blick fiel durch die weit offenen Tore auf die Landschaft: einst ein gepflegter Park, nun durch geduckte Bauernkaten verunstaltet, deren es immer mehr wurden und die immer näher an seine Villa heranrückten – wie ein Wurf Ferkel, der Zuflucht bei der Muttersau sucht. Er hätte sie niederreißen lassen können, fürchtete aber, dass ihre Bewohner dann wegziehen und sich einen neuen Herrn suchen könnten, einen, der sich nicht an Recht und Gesetz hielt, wenn Manlius ihre Rückkehr verlangte. Er wandte sich um und sah zum alten Badehaus hinüber. Es diente jetzt als Unterkunft für Soldaten, deren ständiger Nähe man in diesen Zeiten bedurfte, wenn man sein Hab und Gut schützen wollte.

Dabei wollten doch alle, die sich ringsum angesiedelt hatten, nur in Sicherheit leben, und keiner von ihnen hatte ihm Schlimmeres angetan, als ihm den Ausblick zu verderben. Da war einer wie Caius Valerius viel, viel gefährlicher.

»Ich fürchte, niemand kann sich seine Familie aussuchen.« Felix stand plötzlich hinter ihm. »Leute vom Schlage meines lieben Vetters hat es immer gegeben. Sogar Vergil hatte, wenn ich mich recht erinnere, einen Schwager, der seine Dichtkunst verachtete.«

Manlius legte den Arm um ihn und ging im spärlichen Licht langsam mit ihm in den Garten. Felix war unter allen, die er kannte, der Einzige, dem er von Herzen zugetan war und dessen Nähe ihn alle Sorgen und Ärgernisse vergessen ließ. Seit Jahren, ja seit Jahrzehnten vertraute er dem klein gewachsenen, kräftigen Mann, dessen geistige Beweglichkeit das plumpe Äußere Lügen strafte. Einer, in dem man sich leicht täuschen konnte, denn er sah aus wie ein Soldat, der für blutiges Schlachtengetümmel und das einfache Leben im Feldlager geschaffen schien. Tatsächlich aber war er von schneller Auffassungsgabe, geübt in der Kunst geschliffener Dispute und der ehrenwerteste, loyalste Freund, den Manlius sich wünschen konnte. Er redete nie schlecht über andere – eine Unsitte, bei der Manlius sich hin und wieder ertappte. Felix dagegen brach über niemanden den Stab, sondern suchte immer das Gute in anderen, selbst wenn sie kaum mit Tugenden aufwarten konnten.

»Ich weiß«, erwiderte Manlius. »Und ich ertrage ihn um deinetwillen. Aber es kommt mich, um aufrichtig zu sein, bisweilen hart an.«

Felix nickte. »Er ist grob, vulgär und nicht sonderlich gebildet, aber er macht der Kirche großzügige Geschenke und hat durch die Abstellung seiner Männer dazu beigetragen, Clermont gegen die Goten zu verteidigen. Genau wie ich.«

Manlius horchte auf. Der Gedanke quälte ihn seit Wochen. Die von den Westgoten belagerte Stadt Clermont war die letzte Bastion, die König Eurich daran hinderte, sich die Provence einzuverleiben. Wenn Clermont fiel, würden bald auch alle anderen Städte folgen. Aber ohne Verstärkung konnte die Festung sich nicht lange halten; sie wäre wohl schon gefallen, wenn Sidonius nicht den Oberbefehl an sich gerissen und bislang der Versuchung widerstanden hätte, sein Heil in der Kapitulation zu suchen.

Was aus Manlius' Sicht unvermeidlich war. Seit Jahren zogen die Barbaren nun schon durch Gallien. In manchen Städten als Verbündete gegen Rom willkommen, in anderen nicht, nahmen sie mehr und mehr Land in Besitz. Es grenzte geradezu an ein Wunder, dass die römische Streitmacht sie so lange aufhalten konnte. Erst vor wenigen Jahren hatte Rom ein Heer von dreißigtausend Männern gegen Eurichs Vater aufgeboten: Keiner war zurückgekommen. Manlius erinnerte sich noch gut, wie sein Vater des Lobes voll gewesen war ob der großartigen Strategie des Kaisers Majorian, der es zu verdanken war, dass die Bedrohung abgewehrt werden konnte. Doch dann war der Kaiser von seinen Feinden in der römischen Aristokratie Galliens kaltgestellt und fünf Tage später hingerichtet worden, bevor ihm seine Armee zu Hilfe eilen konnte. Und nun war es Sidonius – tapfer, vermessen und einfältig, wie er war –, der sich vorgenommen hatte, das zu vollbringen, was keinem Kaiser gelungen war. Ein Mann, der schon immer eine Schwäche für aussichtslose Situationen und große, heroische, aber letztendlich sinnlose Gesten gehabt hatte.

»Ich habe erneut einen Brief von ihm bekommen, in dem er um unsere Hilfe bittet«, fuhr Felix fort. »Er sagt, ein paar Tausend Krieger könnten jetzt alles ändern.«

»Das hat er vor sechs Monaten auch schon gesagt, aber es hat sich gar nichts geändert.«

Felix hob müde die Schultern. »Wir müssen zumindest zu Anstrengungen und Opfern bereit sein. Das Schicksal der ganzen zivilisierten Welt steht auf dem Spiel.«

Manlius lächelte. »Wir, lieber Freund, wir sind die zivilisierte Welt: ein paar Dutzend gebildete Männer. Solange wir noch Arm in Arm durch meinen Garten schlendern können, wird die Zivilisation fortbestehen, allen Eurichs zum Trotz. Und du könntest dir, fürchte ich, mit deinem Engagement mehr Ärger einhandeln, als du denkst.«

Felix schüttelte den Kopf. »Vor wenigen Jahren hättest du noch nicht so memmenhaft gesprochen.«

»Vor wenigen Jahren war alles anders. In meiner Jugend konnte man noch auf gut in Stand gehaltenen Straßen sorglos durchs Land reisen, von einer ordentlich verwalteten Stadt zur anderen, und in den Villen von Freunden Station machen, umsorgt von so vielen Bediensteten, wie nötig waren. Es gab einen Kaiser, der tatsächlich Macht ausübte und noch nicht der Spielball von Kriegsherren war. Von diesen Tagen sind wir heute so weit entfernt wie vom Zeitalter des Augustus.«

»Nun, hier ist es ja noch friedlich.«

»Alles Illusion, mein Freund! Wir wurden hier während der vergangenen sechs Wochen dreimal von Marodeuren angegriffen. Beim letzten Überfall bin ich nahezu ausgeplündert worden. Zwei andere Landhäuser von mir wurden zerstört und können nun nichts mehr abliefern. Die friedliche Ruhe, die du heute Abend hier erlebst, verdanken wir dem Schutz durch sechshundert Soldaten. Sie brauchen fast ein Drittel all dessen auf, was wir erzeugen, und können sich jederzeit gegen uns wenden. Die Zahl derer, die unsere Felder bestellen, wird immer kleiner, und noch mehr schmilzt die Zahl derer, die uns die ohnehin spärlichen Produkte abkaufen können. In gewisser Weise stehen auch wir unter Belagerung und sind drauf und dran, die Schlacht zu verlieren – so wie unser Freund Sidonius die seine verlieren wird. Aber das alles muss dir ja aus eigener Erfahrung bekannt sein.«

»Ja, natürlich ist mir das bekannt«, sagte Felix bedrückt. Sie gingen ein Stück weiter und ließen sich schließlich an einem Teich nieder. »Und ich bin dankbar, dass du mich dennoch eingeladen hast, so wie eh und je. Auch ich brauche menschliche Nähe, obwohl ich von vielen Leuten umgeben bin.«

Manlius beugte sich zur Seite und küsste seinen Freund auf die Wange. »Es tut gut, dich einmal mehr hier zu haben. Aber wie gut es uns beiden auch tut, das war nicht der Grund, dass ich gerade dich eingeladen habe. Ich muss dir etwas sagen, etwas Wichtiges.«

Das war der Moment, in dem er eine Freundschaft auf die Probe stellen musste, die sie seit fast zwanzig Jahren ohne Streit, ohne Meinungsverschiedenheiten und im besten Einvernehmen verband. Manlius war bewusst, dass er sich anschickte, eine unsichtbare, geheiligte Grenze zu überschreiten.

Felix zog seinen Arm weg und wandte sich dem Freund zu. »So feierlich und ernst? Worum mag es da gehen? Hast du womöglich endlich beschlossen, deine Briefe zu veröffentlichen?«

»Mir ist nicht nach Scherzen zu Mute. Ich fange an zu denken wie du: dass wir zu Anstrengungen und Opfern bereit sein müssen. Dass wir nicht so leicht aufgeben dürfen, auch wenn es den Anschein hat, dass all das verloren geht, was uns lieb und teuer ist. Ich habe einen Brief von Bischof Faustus von Riez erhalten.«

»Gütiger Himmel! Da musst du in die Kirche eilen und Gott auf Knien danken! Dieser Mann ist wahrlich ein Heiliger und Wundertäter. Ich bin überzeugt, dass alles wahr ist, was man über ihn erzählt.«

Manlius ließ ein undefinierbares Knurren hören, und dann plauderten sie eine Weile über den nun über und über verkrauteten Teich, an dem sie saßen. Sie tauschten Aphorismen über das Wasser aus, zitierten Plinius' Anmerkungen über seinen Garten und verdrehten dabei grammatikalische Konstruktionen derart, dass aus seinem Lobpreis wohl geordneter Anmut ein Spiegelbild des gegenwärtigen Wirrwarrs wurde. Und dann taten sie, was nur gute Freunde vermögen: Sie saßen stumm da, genossen den Anblick der wie eh und je üppig blühenden Lilien und lauschten den Insekten nach, die im Mondlicht über ihnen summten und schwirrten.

Schließlich sagte Manlius: »Faustus hat mich in seinem Brief gebeten, Bischof von Vaison zu werden.«

Felix begriff augenblicklich die Bedeutung dieser Mitteilung, versuchte sie aber durch eine scherzhafte Bemerkung herunterzuspielen. »Nicht Bischof von Rom? Oder gar Kaiser? Du würdest dich in Purpur gut machen. Wirklich, der Mann kann dich nicht gut kennen, sonst hätte er sich die Tinte gespart.«

Manlius warf eine Hand voll Erde ins Wasser und sah zu, wie ein Barsch, der nach Futter gierte, das Wasser durchpflügte.

»Ich habe beschlossen, dem Ruf zu folgen«, sagte er leise.

Einem Gelehrten der Generation Juliens musste es fast so scheinen, als habe es zwei Männer mit dem Namen Manlius Hippomanes gegeben: den Bischof, der in den Chroniken auftaucht und der die Gläubigen in seinem Bistum vor Plünderungen durch die Barbaren bewahrt hat; er soll die Juden von Vaison bekehrt haben, und sein Reliquienschrein hat noch lange nach seinem Tod Wunder bewirkt. Zum anderen den Mann, für dessen geschliffenen Stil die Briefwechsel mit seinen adeligen Freunden und das Manuskript vom »Traum« zeugen. Der eine wurde wegen seiner Frömmigkeit verehrt, der andere war für seine weltkluge Gelehrsamkeit, seine Verachtung für die zunehmende geistige Verflachung und die Geringschätzung bekannt, die er für das Zeitalter empfand, in dem er lebte.
Eine Abhandlung aus Juliens Feder, das Papier, das in den beginnenden vierziger Jahren in Fachkreisen Aufmerksamkeit erregte, wagte den Versuch, die beiden scheinbar widersprüchlichen Charaktere miteinander zu versöhnen – und das zu einer Zeit, in der Europa sich abermals in Kriege verstrickte und die Zeichen nicht auf Versöhnung standen. Juliens These lief darauf hinaus, dass beide Erscheinungsbilder ein und denselben Mann widerspiegelten, eben nur aus unterschiedlichen Perspektiven. Der Bischof, der sich fürsorglich um seine Herde kümmerte, war derselbe Mann, der sich in einer Zeit, in der in Gallien das römische Imperium zu Staub verfiel, als anspruchsvoller Dilettant der Dichtkunst verschrieb. Der rührige, von den Gläubigen ob seiner guten Werke geliebte Hirte war identisch mit dem dekadenten und untätigen Literaturfreund, der es im Jahr 475 versäumte, die burgundischen Gotenstämme im Tal der Rhone aufzuhalten.
Aus Juliens – zugegeben kühner – Sicht stellte sich Manlius' verkannte Leistung als zukunftsweisende, von atemberaubender Klarheit geleitete Vision dar. Denn Manlius, so erklärte er, habe es keineswegs versäumt, die Burgunder aufzuhalten, sondern ihnen vielmehr aus freien Stücken einen Teil der Provence

überlassen, um so die ungehobeltere, aber effektivere Schirmherrschaft eines Barbarenkönigs gegen den nicht mehr existierenden Schutz Roms einzutauschen. Und gerade weil er das getan habe, sei der Versuch der Westgoten König Eurichs vereitelt worden, im Delta der Rhone weiter vorzudringen und die Herrschaft über eines der Kernlande Europas zu erlangen. Manlius habe frühzeitig erkannt, dass die Burgunder – insbesondere, nachdem der letzte weströmische Kaiser entthront worden war – zum mächtigen Schutzherren der Kirche werden und deren Bindung an Rom gewährleisten konnten. Ohne ihn, behauptete Julien, hätte das Christentum nicht überlebt, der Westen wäre in eine römische und eine arianische Glaubensrichtung gespalten worden, und der wachsende Einfluss des Papsttums wäre undenkbar gewesen. Dank Manlius aber hätten die neuen Herrscher ihren burgundischen Kodex auf der Grundlage des römischen Rechts begründet.

Und das alles, weil der imaginative Intellekt des Aristokraten erkannt hatte, dass die römische Zivilisation mehr war als nur das römische Recht; er rettete das, worauf es im Kern ankam, indem er bereit war, das aufzugeben, woran sich viele in ihrer Blindheit klammerten. Ihm war der Weitblick gegeben, an dem es den anderen Edelleuten mangelte, denn er erkannte, dass es – wenn der Nährboden bereitet war und die neuen Herrn sich ihrer Pflicht zur Bewahrung des Erbes stellten – sehr wohl möglich war, das zu retten, was das Wesen des dem Untergang geweihten römischen Kaiserreichs ausgemacht hatte.

Diese Interpretation war freilich, wie Julien einräumen musste, von den heraufziehenden Schatten seiner eigenen Zeit geprägt. Er schrieb besagte Abhandlung und wandte sich dann einem hoffnungsvolleren Thema zu, nämlich dem literarischen Aspekt von Manlius' Wirken und dem Einfluss, den dieser auf spätere Epochen gehabt hatte. Das ermöglichte ihm zugleich, behutsam zu Olivier de Noyen überzuleiten, dem er eine Schlüsselrolle bei der Weitergabe des geistigen Erbes an ein neues Zeitalter zuschrieb. Aber die herausragende Klarheit der Vision Manlius' konnte nicht von ungefähr kommen; es musste irgendetwas gegeben haben, das ihn dazu befähigte, den Wandel so viel leidenschaftsloser und nüchterner zu sehen als all jene Zeitgenossen, die selbst fünfzig Jahre nach dem Ende der römischen Vorherrschaft so taten, als hätten sie davon nichts bemerkt.

Bei seiner neuen Abhandlung stützte sich Julien im Wesentlichen auf das Dokument, das er in der Bibliothek des Vatikans gefunden hatte: das Manuskript »Scipios Traum«, das Manlius' Verständnis des Neoplatonismus – der anspruchsvollsten aller Philosophien – aufzeigt. Von allen, die sich überhaupt noch zum Handeln berufen fühlten, war es ein Philosoph, der durch die Symbiose aus Tatkraft und Einsicht richtungsweisende Veränderungen erzielen wollte. Hätte sich ein der säkularisierten Welt zugewandter Mann wie Julien gegen eine solche Interpretation sträuben sollen? Ein Mann, der sich der Literatur, der Geschichte und der Welt des Denkens verschrieben und keine Ader für all das hatte, was die andere Seite von Manlius ausmachte und ihm den Ruf eines Wundertäters eintrug? Das war für Julien abergläubischer, dem Überschwang frommer Seelen entspringender Unsinn. Und so blieb ihm der entscheidende Widerspruch zwischen Manlius' Philosophie der Tugend und seinem Handeln so lange verborgen, bis es fast zu spät war.

Manlius starb um das Jahr 486, acht Jahre nach seiner letzten Begegnung mit Sophia. Die Menge, die draußen auf die Nachricht vom Ableben des Bischofs gewartet hatte, brauchte gerade mal eine Stunde, um seinen Leichnam zu fleddern und in

Stücke zu zerreißen. Als bekannt wurde, dass er den letzten Atemzug getan hatte, drang die Meute – es sollen an die zweihundert Menschen gewesen sein – in das Haus ein und verlangte, den Toten zu sehen. Da es keine Wachen mehr gab und wohl auch niemand in der Lage gewesen wäre, sich diesem Ansturm entgegenzustemmen, war die Totenkammer im Nu von Trauernden erfüllt, die sich singend und betend um das Lager drängten, um die sterblichen Überreste eines Mannes zu berühren, der, wie jeder wusste, schon ein Heiliger war. Wahrscheinlich war es ein professioneller Reliquiensammler – eine bereits etablierte Spezies –, der sich als Erster über den Toten beugte, ihm ein Stück aus dem Totenhemd schnitt und sich so in den Besitz eines Andenkens brachte, dem durch den Kontakt mit dem Toten der Odem der Heiligkeit anhaftete. Sicher dauerte es nicht lange, bis auch die aus der Stadt Angereisten den Wunsch verspürten, ein Erinnerungsstück zu besitzen, oder der Diakon einer Nachbargemeinde einen Fetzen Tuch zum Ruhme seiner Kirche mit nach Hause nehmen wollte. Die Familienangehörigen und Freunde beteiligten sich bestimmt nicht an dem Treiben; sie waren längst aus dem Raum gedrängt worden oder voller Abscheu geflohen.
Panik breitete sich aus, und immer mehr zerrten an dem Totenhemd. Binnen weniger Minuten lag der Leichnam nackt da, aber die Menge, Männer wie Frauen, gab immer noch keine Ruhe, sondern fing an, Manlius die Haare auszureißen oder an seinen Fingern zu zerren. Eine Art Blutrausch ergriff die Anwesenden, im allgemeinen Gedränge brach Streit aus, ekstatisches Schluchzen und wütende Schreie erfüllten den Raum, und keiner wollte wanken und weichen, bevor er nicht ein blutiges, zerfetztes Stück des heiligmäßigen Bischofs erhascht hatte, das er triumphierend davontrug, offen in der Hand oder unter dem Mantel verborgen.
Als der Sturm verebbt war, wurde das, was von Manlius geblieben war, gebadet, gesalbt, frisch bekleidet, auf eine Bahre

gebettet und zur letzten Ruhe in die Bischofskirche von Vaison verbracht. Und schon machte sich ein Steinmetz daran, einen Sarkophag zu entwerfen, denn die Familie war trotz allen Unglücks, das sie in jüngster Zeit heimgesucht hatte, immer noch reich und würde sich gewiss nicht lumpen lassen, wenn es um die Ehre ging, einen der Ihren repräsentativ zur letzten Ruhe zu betten. Der Dompropst, dem die Verwaltung der Diözese oblag, bis ein Nachfolger für Manlius gefunden war, stellte die kräftigsten Männer, die er finden konnte, als Wache auf. Dann aber geriet er ins Grübeln.

Konnte es nicht sein, dass die Reliquienjäger wieder kamen? Man wusste ja, wie gründlich diese Leute in ihrer unstillbaren Gier das Haus eines Heiligen ausplünderten. Dazu kam, dass sich Manlius – ungeachtet seiner Vergangenheit – zwar ganz der Kirche geweiht hatte, aber doch als ein reicher Mann gestorben war. Eingedenk der Worte des Herrn konnte – und wollte – es dem Propst nicht gefallen, dass Manlius in Reichtum gestorben war. Wäre sein jäher Tod – ein Schlaganfall mit zweiundsechzig, kurz nach dem Aufstehen – vorhersehbarer gewesen, so hätte er, dessen war sich der Propst sicher, bestimmt in einem Vermächtnis verfügt, dass sein ganzes Vermögen an die Kirche fallen und deren Ruhm dienen solle, damit er in angemessener Armut sterben konnte. Nun aber, da die sterblichen Überreste sicher in der Kirche ruhten, musste wohl oder übel der Propst an Manlius' Stelle die Dinge im Sinne des Verstorbenen regeln.

Bis zum Abend des folgenden Tages war Manlius' prächtige Villa leer geräumt. Das Gold- und Silbergeschirr (von dem es erstaunlich wenig gab, wobei der Propst sich freilich nicht klar machte, wie oft der Bischof unaufschiebbare Ausbesserungsarbeiten an Straßen, Mauern und Kanälen aus eigener Tasche bezahlt hatte) wurde genau wie die Möbel in der Kirche unter Verschluss genommen, das Dach samt allen Bleiverzierungen abgedeckt und zur späteren Verwendung an einem sicheren

Ort gelagert. Ebenso verfuhr man mit vier großen Steinsäulen der Kolonnade; auch für sie würde sich eine passende Verwendung finden, vorausgesetzt, es ließ sich ein für den Transport geeignetes Ochsengespann auftreiben. Die Statuen sollten stehen bleiben, aber die Arbeiter – brave Männer schlichten Gemüts aus der Umgebung – waren entsetzt, als sie sahen, dass es sich fast ausnahmslos um heidnische Darstellungen handelte, widerliche Zeugnisse der Gottlosigkeit. Die Figuren wurden eilends von ihren Säulen gestoßen und mit schweren Holzschlägeln zertrümmert, denn die Männer waren entschlossen, den guten Ruf des Bischofs über den Tod hinaus zu bewahren, so wie sie's zu seinen Lebzeiten getan hatten. Es war das Mindeste, was sie für ihn tun konnten, und sie taten es bereitwillig, da sie seiner schützenden Hand und Fürsprache auch vom Himmel aus bedurften und nicht Gefahr laufen wollten, sich wegen eines schwerwiegenden Versäumnisses seinen ewigen Zorn zuzuziehen.

Und so wurden auch die meisten Bücher seiner großen Bibliothek ein Raub der Flammen; ob alte Schriftrollen oder spätere Kopien antiker Werke, sie schleppten alles in den Innenhof und verbrannten es, wobei sie in ihrem überhasteten Eifer nicht bedachten, dass das beschriebene Pergament wieder zu verwenden gewesen wäre, wenn man die Tinte abgeschabt hätte. Über drei Stunden loderte das Feuer, während die wertvollen Schriften von Ammianus, Tacitus, Ovid, Terenz und Plautus in Flammen aufgingen, als wollten sie dadurch die Verdienste ihres Besitzers in noch hellerem Licht erstrahlen lassen. Auch Manlius' unersetzliche griechische Schriften, sein geliebter Platon, Aristoteles, Xenophon und die beiden Kopien von Sophokles, wurden zu Asche und Staub. Man brauchte sie nicht, viele waren skandalös, also weg damit! Um die Spreu vom Weizen zu trennen, wurden nur christliche Texte verschont und, sorgsam in Tücher gehüllt, nach Vaison gebracht, wo sie in der Sakristei der Kirche auf einem schmalen Bücherbord vor sich hin dämmerten, bis sie einhundert Jahre später ihre letzte Reise in ein Kloster in der Nähe von Marseille antraten.

Zwei Jahrhunderte lagen sie dort, dann brach in der Klosterbibliothek ein Feuer aus, und sie verbrannten ebenfalls. Bis dahin waren allerdings einige von ihnen kopiert und so – wenn auch nur durch einen glücklichen Zufall – vor dem endgültigen Vergessen bewahrt worden. Im Jahre 732 kam nämlich ein Mönch aus einem in der Nähe von Montpellier neu gegründeten Kloster auf der Suche nach frommen alten Schriften in die Gegend von Marseille und beauftragte einen seiner Schreiber, Kopien der Bücher zu fertigen, die einst zu Manlius' Bibliothek gehört hatten. Der Mann stand unter solchem Zeitdruck, dass er kaum darauf achten konnte, was er da eigentlich abschrieb, und hielt auch Manlius' Kommentar zu Platons Philosophie für einen christlichen Text.

Die Kopie enthielt Fehler, sogar grobe, doch der feine, lange vor Manlius' Zeit gesponnene und durch viele Jahrhunderte gehegte Gedankenfaden blieb erhalten. Zwar wurde auch diese Version zerstört – diesmal von Protestanten während der Religionskriege –, aber da hatte sie Olivier de Noyen schon zu Gesicht bekommen und das meiste davon (einschließlich aller Fehler) kopiert. Die Stimme, die Julien Barneuve vernahm, als er das Manuskript in der Vatikanischen Bibliothek fand, war im Lauf der Jahrhunderte schwach und brüchig geworden, aber ihr Echo hallte inmitten der Geschwätzigkeit einer oberflächlichen Welt klar und deutlich wider, und mit ihm Sophias rätselhafte, halb oder gar nicht verstandene Worte, die sich als Vermächtnis früherer Jahrhunderte in Juliens Hirn eingruben.

Als Olivier de Noyen die Handschrift in der Bibliothek eines Klosters bei Montpellier fand, ahnte er zwar sofort, dass es ein wichtiges Dokument war, aber es blieb ihm versagt, die darin diskutierten Thesen auch nur annähernd zu verstehen, bis er unter die geistige Schirmherrschaft von Rabbi Levi ben Gerson kam. Ihm war nicht einmal aufgefallen, dass es sich um eine eher zufällig gefertigte Kopie handelte. Er wusste wenig über die alten Philosophen, kannte nur einige Auszüge aus Aristoteles' Schriften, die man aber so lange im Sinne der Kirche verbogen hatte, dass die meisten Leser gar nicht auf den Gedanken kamen, der Verfasser könne ein Heide gewesen sein. Platon sagte ihm nur dem Namen nach etwas: eine mysteriöse, halb legendäre Gestalt, aber längst vergessen. Olivier war ein klerikal erzogener Höfling mit poetischen Ambitionen, darauf bedacht, das geschriebene Wort von den Verdrehungen und Verfälschungen seiner Zeit zu befreien und auf die ursprüngliche Reinheit zurückzuführen: ein nach Juliens Maßstäben einseitig gebildeter Mann und von begrenztem Intellekt.

Die Liebe zum geschriebenen Wort hatte schon früh eine Art unstillbaren Hunger in Olivier geweckt. Seinem Vater sagte man nach, ein eitler und, weil ihm der erhoffte Erfolg versagt geblieben war, verbitterter Mann zu sein. Er war als Notar tätig, aber in einer so kleinen, ärmlichen und unbedeutenden Stadt wie Vaison ließ sich damit kein Vermögen scheffeln. Früher, erzählten die Leute, sei Vaison eine große Stadt gewesen, nur lag das schon so lange zurück, dass niemand wusste, ob es stimmte oder Legende war. Gewiss, die Bauern stießen beim Pflügen ihrer Felder oft auf große Steinbrocken, Ornamente oder sogar metallene Artefakte, weil sie sich aber nicht weiter dafür interessierten, verfluchten sie die Funde, die ihnen nichts als Mühe machten. Nur hin und wieder wurde eines der Zeugnisse aus früherer Zeit geborgen, weil man es beim Bau einer Scheune oder eines Hauses auf jenem Hügel verwenden wollte,

auf den sich die Bewohner um ihrer Sicherheit willen zurückgezogen hatten.
In einer der engen, verwinkelten und schmutzigen Gassen hoch über dem Fluss und den Feldern, die nun Manlius' Bischofsstadt bedeckten, wurden Olivier de Noyen 1322 geboren, zur Freude seines Vaters, der, weil er fest daran glaubte, dass sein Sohn zu Höherem berufen sei, sogleich all seine Ambitionen auf diesen übertrug. Der Junge sollte studieren, Advokat werden, nach Paris gehen, am besten an den Hof von Frankreich, denn in diesem fremden, barbarischen Landstrich im Norden konnte man es zu Einfluss und großem Wohlstand bringen. Von dieser Idee war der Vater fast von dem Moment an beseelt, in dem er Olivier bei einem kurzen, leidenschaftslosen ehelichen Beischlaf gezeugt hatte, und als seine Frau ihm fünfzehn Wochen später die frohe Nachricht kundtat, war er so ergriffen ob des zeitlichen Zusammentreffens von Idee und Zeugungsakt, dass er sich einredete, es müsse die Heilige Jungfrau auf dem Hügel in ihrer Güte und weisen Voraussicht gewesen sein, die die Geschicke so gelenkt habe.
Himmlische Fügungen darf man nicht unbeachtet lassen, und da Olivier folgerichtig bereits in zartestem Alter auf die gewünschte Karriere vorbereitet wurde, war das Wort »Advokat« vermutlich eines der ersten, die er nicht nur aussprechen, sondern auch verstehen konnte. Er wurde in die Schule neben der Kathedrale geschickt, lernte fleißig, bezog Prügel, wenn er etwas falsch machte, und musste abends und an Sonntagen die väterlichen Lektionen über sich ergehen lassen, bei denen de Noyen der Ältere ihm das Grundwissen für die berufliche Laufbahn einzubläuen versuchte, die Olivier sofort nach einem erfolgreichen Studium an der Universität in Montpellier antreten sollte. Sein Vater kannte nur wenige einflussreiche Leute, pflegte aber diese Kontakte umso intensiver, weil er wusste, wie wichtig sie bei der Suche nach einem Patron oder der passenden Braut für seinen Sohn waren. Als entfernter Vetter

schrieb er sogleich an Annibaldus di Ceccani, einen Monsignore am päpstlichen Hof zu Avignon, dem man eine große Zukunft voraussagte und der – im Gegensatz zu ihm – über Verbindungen zu bedeutenden Leuten verfügte. Es traf sich, dass ihm etwa zur gleichen Zeit Oliviers Benehmen ernste Sorge machte, denn der Knabe schien es darauf anzulegen, die väterlichen Pläne zu durchkreuzen. Er brachte es zum Beispiel fertig, tagelang zu verschwinden, obwohl er doch wusste, dass es bei seiner Rückkehr Hiebe setzen würde. Er vernachlässigte seine schulischen Pflichten, war vorlaut und stellte dem Vater ständig irgendwelche Fragen, die dieser – ein gutwilliger, aber eher ungebildeter Mann – nicht zu beantworten wusste. Auch stieg er über Zäune und stahl Früchte, Pilze und Vögel, was bereits wiederholt zu Klagen geführt hatte. Also setzte es wieder Hiebe, aber die fruchteten nichts. Und so war der Brief an Monsignore Ceccani (bald schon Kardinal, wie gemunkelt wurde) im Grunde ein Akt schierer Verzweiflung: der Wunsch, den Knaben jemandem mit mehr Autorität zu übergeben, der sich vielleicht besser als der leibliche Vater darauf verstand, den Eigensinn des Jungen zu beugen oder, wenn nötig, zu brechen.

Warum sich Ceccani im Jahr 1336 bereit erklärte, den vierzehnjährigen Olivier unter seine Fittiche zu nehmen, auf dass er ihm zur Hand gehe und dabei mit dem kultivierten höfischen Leben und der kirchlichen Gelehrsamkeit vertraut werde, ist nie ganz klar geworden. Vielleicht brauchte er einfach einen Bediensteten, möglicherweise hatte er auch bei der ersten Begegnung mit Olivier ein Funkeln in den Augen des Jungen wahrgenommen, das ihn neugierig machte, oder es war gar eine Fügung des Himmels, denn wenn Ceccani dem Wunsch seines entfernten Verwandten nicht entsprochen hätte, wäre er wahrscheinlich aus seiner Dauerfehde mit Kardinal de Deaux als Sieger hervorgegangen und hätte die Entwicklung der Christenheit in eine andere Richtung gelenkt. Was auch der Grund gewesen sein mag, jedenfalls schnürte der Junge bald darauf sein Bündel, sagte der geliebten Mutter Lebewohl, verließ Vaison und ging nach Avignon, wo er den Rest seines Lebens verbrachte und in dieser Zeit die Ambitionen des Vaters endgültig zunichte machte.

Ceccani wurde nie einer der faszinierenden, universell gebildeten Philosophen unter den Kardinälen, die im folgenden Jahrhundert viele Sünden der Kirche wettmachten, aber er war ein recht kultivierter Mann, der, gemessen an den Möglichkeiten seiner Zeit, viel las und sich sogar eine Bibliothek aufbaute. Bald erhielt Olivier Zutritt zu der Sammlung von etwa einhundertfünfzig Handschriften. Es war nicht so, dass Ceccani dem Knaben von Anfang an viel Aufmerksamkeit geschenkt hätte, er war kein großer Pädagoge und brachte ihm wenig menschliche Wärme entgegen. Aber in Ruhe gelassen zu werden war genau das, was Olivier wollte, und so blühte er in seiner neuen Umgebung sichtlich auf und erlebte zum ersten Mal, wie es ist, sich unverbrüchlich in etwas zu verlieben, und wie sehr eine solche Leidenschaft an den Kräften zehren kann – mit anderen Worten: Er begann zu lesen. Morgens um vier stand er auf und las, bis es Zeit wurde, seinen Pflichten nachzugehen, mittags schlang er das Essen hinunter, damit er nur ja recht bald wieder in die Bibliothek eilen und – sei's auch nur zehn Minuten lang – weiter lesen konnte, und abends las er im Schein der heimlich aus der Küche entwendeten Kerzen, bis ihm die Augen zufielen.

Breit gefächert war das Angebot an Schriften nicht: ein Text von Aristoteles (in der lateinischen Übersetzung einer aus dem Griechischen übertragenen arabischen Version) und die Kirchenväter – Boethius, den er wegen seiner Weisheit verehrte, und Augustinus, der ihn durch seine Menschlichkeit beeindruckte. Aber dann kam der Tag, an dem er Cicero entdeckte, und das veränderte alles. Die Schönheit der Prosa, die elegante Leichtigkeit der Gedankenführung und die majestätische

Erhabenheit der Konzeption berauschten ihn wie schwerer Wein. Nachdem er das einzige Werk Ciceros, das Ceccani besaß, zum ersten Mal gelesen hatte, weinte er vor Freude zwanzig Minuten lang, um sodann unverzüglich den ganzen Text noch einmal zu lesen.

Etwa sechs Monate später entdeckte er die Sammelleidenschaft in sich, und zwar in einem Laden, in dem er ein paar Leckereien für den Haushalt einkaufen sollte. Das gehörte eigentlich nicht zu seinen Aufgaben, und er hätte sich auch nie danach gedrängt, vielmehr war es der Zufall, der ihm dazu verhalf, den düsteren, abweisend wirkenden Palast und das spartanische Quartier im Dachgeschoss zu verlassen und nach Herzenslust durch die Straßen zu wandern.

Avignon schlug ihn jedes Mal in seinen Bann, er war überwältigt von der Geschäftigkeit, dem Lärm, den Gerüchen und all den anderen Sinnesreizen. Denn Avignon hatte sich innerhalb von wenigen Jahren von einer Kleinstadt in eines der Weltwunder verwandelt. Der Umzug des päpstlichen Hofes, der wegen weltlicher Zwistigkeiten gezwungen gewesen war, Rom zu verlassen, und sich nun offensichtlich darauf einrichtete, für immer hier zu bleiben, zog einen Strom von Menschen und allerlei Gewerbe nach: Kaufleute, Bankiers, Priester, Maler, Goldschmiede, Lohnschreiber für die Abfassung von Bittschriften, Advokaten, Köche, Kostümschneider, Möbelschreiner, Steinmetzen, Zimmerleute, Räuber, Huren und Gaukler. Sie alle bevölkerten nun die Straßen und waren bestrebt, möglichst viel Kundschaft und Einfluss zu gewinnen und rasch ein Vermögen zu machen.

Die Stadt war nicht groß genug für all die Zuwanderer, sie platzte aus allen Nähten, und die Einheimischen mussten auf der Hut sein, um nicht verdrängt, übervorteilt oder ausgeraubt zu werden. Folglich waren ihnen die Fremden nicht viel willkommener als Bienen am Honignapf oder Schmeißfliegen auf dem Misthaufen. Olivier scherte sich nicht um solche Vorbehalte, er wusste nur, dass ihm die allgemeine Ausgelassenheit die Sinne verwirrte, bis ihm jedes Mal ganz schwindelig wurde, egal ob er morgens während des Markts durch die Straßen wanderte, nachmittags zur Zeit der großen kirchlichen Prozessionen oder abends, wenn die Stadt den Trunkenbolden und denen gehörte, die es nach Völlerei, Tanz und Gesang gelüstete.

Die Stadt breitete sich immer weiter aus, Hunderte von Wohnhäusern schossen wie Pilze aus dem Boden, dazu Kirchen und Paläste, ständig wurde neues Bauland planiert oder irgendwo ein altes Gebäude abgerissen, um Platz für ein größeres zu schaffen. Als er den päpstlichen Palast zum ersten Mal betrat, wollte er kaum seinen Augen trauen; es war ihm, als habe er sich in eine gewaltige unterirdische Festung verirrt – ein Bauwerk von Ausmaßen, wie sie keines Menschen Verstand ersinnen konnte. Und doch war der Palast zu klein, jedenfalls in den Augen des neuen Papstes Klemens. Er ordnete sofort Umbauarbeiten an, durch die der Palast doppelt so groß wie der ursprüngliche werden sollte, so üppig und kostbar ausgeschmückt, dass sich auf der ganzen Welt nicht seinesgleichen fand. Nachts, wenn Olivier in seinem Bett lag und darüber nachdachte, was er heute wieder alles mit den Augen und der Nase in sich aufgesogen hatte, musste er beim Gedanken an das kleine Vaison unwillkürlich in sich hineinkichern; wie groß war ihm das verschlafene Städtchen mit seinen wenigen Hundert, auf dem Hügel zusammengepferchten Einwohnern doch vorgekommen, bis er Avignon kennen gelernt hatte.

Der Feinkostladen, über dessen Schwelle er trat, war eines der schönsten Geschäfte, die er kannte. Die Regale bogen sich unter der Fülle von Köstlichkeiten, manche frisch aus dem Ofen und noch warm, dazu knuspriges Feingebäck und die Luft voll von Gewürzen, von denen er noch nie gehört hatte, und all das zu Preisen, deren Höhe ihn sprachlos machte. Er zählte getreulich auf, was er mitbringen sollte, und der Ladenbesitzer wickelte alles fest in Papier, damit sich daheim nicht die Finger-

abdrücke des Jungen auf den erlesenen Leckerbissen abzeichneten.
Auf dem Papier stand etwas geschrieben, und als Olivier die ersten Worte gelesen hatte, verschlug es ihm den Atem. Es konnte keinen Zweifel geben: In dem klaren, geschliffenen Stil spiegelte sich der unverwechselbare Wohlklang einer Stimme wider, die niemand, der sie je vernommen hat, vergessen kann.
In seiner Erregung wickelte er schnell das Papier auf und ließ dabei all die teuren Köstlichkeiten zu Boden fallen, wo sie zu Krümeln zerbrachen. Olivier merkte es kaum, der Ladenbesitzer dagegen erstarrte vor Schreck.
»Dafür verdienst du eine Ohrfeige«, polterte er los.
Olivier hörte gar nicht hin, sondern hielt ihm nur den Bogen Papier vor die Augen. »Wo habt Ihr das her?«
Das gerötete, ernste Gesicht des Vierzehnjährigen strahlte eine solche Eindringlichkeit aus, dass der Ladenbesitzer seinen Ärger vergaß. »Davon hatte ich einen ganzen Stapel, ich hab ihn auf einem Abfallhaufen vor dem Kloster St-Jean gefunden«, sagte er.
»Gebt mir die Blätter! Ich will sie kaufen.«
Ein Kopfschütteln. »Das ist das letzte, junger Mann, die anderen habe ich schon verbraucht.«
Olivier schnürte es fast die Kehle zu, aber er riss sich immerhin so weit zusammen, dass er dem Ladenbesitzer die Namen des letzten Dutzends Kunden entlocken konnte, die dieser bedient hatte. Und dann verbrachte er den Rest des Tages damit, die Stadt abzuklappern, an Küchentüren zu klopfen, sich dafür an Ohren ziehen zu lassen und Beschimpfungen anzuhören, und als er abends – es hatte ihn wahrhaftig den ganzen Tag gekostet – nach Hause ging, musste er sich zwar eingestehen, dass der Ladenbesitzer, was die Ohrfeige betraf, gar nicht so Unrecht gehabt hatte, doch das focht ihn nicht an, denn unter dem Umhang verborgen brachte er den größten Teil eines Briefes von Cicero mit heim, einen der so genannten Briefe an Atticus.

Als sein Vater ihn zwei Monate später besuchen kam, hatte er seinen Fund so oft gelesen, dass er den Text auswendig konnte. Und doch durchrieselte ihn immer noch eine unbändige Freude, wenn er die Blätter nur berührte (was freilich an der Naivität lag, mit der er annahm, es müsse sich um ein Original handeln, von Ciceros eigener Hand geschrieben). Olivier, der seinen Schatz abends sogar mit ins Bett nahm, vermochte sich nicht vorzustellen, dass es irgendjemanden geben könne, der seine Begeisterung nicht teilte. Und so zog er, als sein Vater ihn nach den Fortschritten fragte, die er während der letzten sechs Monate gemacht habe, stolz die Fragmente des alten Briefes aus dem Umhang und zeigte sie ihm.

Die Miene des Vaters verfinsterte sich. »Damit hast du dich also die ganze Zeit beschäftigt und dafür deine Studien vernachlässigt?«

Olivier beeilte sich zwar zu versichern, dass er fleißig und mit Erfolg studiert habe, verschwieg jedoch wohlweislich, wie verhasst ihm der trockene Lehrstoff war und dass er sich nur aus Pflichtgefühl mit ihm beschäftigte.

»Aber du hättest noch fleißiger studieren und dem Pflichtstoff noch mehr Aufmerksamkeit widmen können, wenn du nicht so viel Energie für das da verschwendet hättest.«

Olivier senkte den Kopf. »Aber Cicero war ein Advokat, Herr Vater ...«, stotterte er.

Auf den Vater machte das keinen Eindruck. »Versuch nicht, mich hinters Licht zu führen! Deswegen hast du die Blätter nicht gelesen. Gib sie mir!«

Er streckte die Hand aus, und Olivier händigte ihm – nach einem kurzen Zögern, das der Vater sehr wohl bemerkte – das kostbare Manuskript aus, wobei ihm freilich schon die Tränen in die Augen traten.

Sein Vater stand auf. »Ich will Nachsicht wegen deines Ungehorsams zeigen, aber eine Lektion muss ich dir dennoch erteilen. Deine Aufgabe ist es, dich der Jurisprudenz zu widmen und die Hoffnungen zu erfüllen, die ich in dich setze. Hast du das verstanden?«

Olivier nickte stumm.

»Gut. Dann wirst du auch verstehen, wie weise das ist, was ich jetzt tun werde.« Und mit diesen Worten drehte de Noyen der Ältere sich um, warf die handgeschriebenen Bögen ins Feuer und sah zu, wie die Flammen hell aufloderten, worauf das Papier sich unter der Hitze krümmte und zu Asche zerfiel.

Olivier zitterte so heftig und war so bemüht, die Tränen zurückzuhalten, dass er nicht einmal zusammenzuckte, als sein Vater sich nach einem sanften Klaps auf die Schulter anschickte, ihm eine neuerliche Moralpredigt über Eifer und Pflichtgefühl zu halten. Er brachte es sogar fertig, sich in angemessener Weise von ihm zu verabschieden und demütig die Prozedur des väterlichen Segens über sich ergehen zu lassen, bevor er, endlich allein, die Treppe zu der kleinen Dachkammer hinaufhastete, die er mit sechs anderen teilte, um sich dort die Augen auszuweinen.

Er hatte seine Lektion gelernt, wenn auch nicht die, die seinem Vater vorschwebte. Ganz im Gegenteil, von diesem Augenblick an war Olivier de Noyen fest entschlossen, nie und nimmer Advokat zu werden.

Eine anrührende Geschichte, die später – so oder abgewandelt – immer wieder in den Berichten über die Jugendzeit anderer Männer auftauchte. Julien Barneuve erkannte als Erster, dass ihre Ursprünge auf Olivier zurückgingen, bis dieser, weil skandalumwittert, in literarischen Kreisen in Ungnade fiel und man das Jugenderlebnis kurzerhand auf Petrarca übertrug. Irgendwann entwickelte die Anekdote ein Eigenleben und wurde später in Verbindung mit dem jungen Bach gebracht. Das Ringen zwischen jugendlichem Genius und väterlichen Zuchtversuchen (wie es auch Giotto und Mozart zugeschrieben wurde) verliert eben nie seine Faszination; bei den einen weckt es Bewunderung, bei anderen löst es tiefes Erschrecken aus. Es mag sein, dass alle diese Geschichten nur erfunden wurden, um den Augenblick zu markieren, in dem sich die innere Größe eines Menschen zeigte – das einmalige Genie, das sie ihr Leben lang aus der Masse heraushob.

Barneuve selbst trug nicht den göttlichen Funken in sich, ihm genügte es, die Auserwählten zu studieren. Die Welt braucht nur eine Hand voll Genies. Die Zivilisation verdankt ihren Fortbestand und ihre Ausbreitung hingegen denen, die die Großen der Welt anhand von Erläuterungen, Fußnoten und kommentierten Ausgaben ihrer Werke fassbar machen und die erklären, was jene eigentlich gemeint haben, aber noch nicht auszudrücken vermochten, wodurch sie ihnen den gebührenden Platz in der Ehrenhalle der Geistesgeschichte zuweisen.

Und genau darauf hatte sich Barneuve zwanzig Jahre und mehr bestens vorbereitet, zwei arbeitsreiche Jahrzehnte lang, in denen er mit akribischer Geduld all das zusammentrug, was er für seine selbst gewählte Aufgabe brauchte. Er ging ihr mit Liebe und Hingabe nach, denn er war kein Pedant, kein weltfremder, trockener Gelehrter. Im Gegenteil, er sah sich – in aller Bescheidenheit, versteht sich – als einen Kreuzritter auf der Suche nach den wahren Werten der Zivilisation, als jemanden, in dem die Liebe zum Leben brennt und der danach giert, sich am Born des Wissens satt zu trinken, freilich zu einer Zeit, in der weder die Liebe zum Leben noch Wissensdurst gefragt waren.

In seiner Jugend hatte er sich selbst ein wenig in Poesie versucht, war aber ein zu strenger Kritiker anderer, als dass er Gefahr gelaufen wäre, sich selbst etwas vorzumachen. Er gab alle derartigen Ambitionen leichten Herzens auf und war stolz auf die innere Reife, die es ihm möglich machte, seine Zeit nicht so zu verschwenden wie viele andere aus seiner Generation, die ihr Leben lang davon träumten, zum Künstler berufen zu sein, und diesen Traum oft genug mit in ein frühes Grab nehmen mussten. Denn er war fünfzehn, als die deutschen Truppen durch Belgien marschierten und in Frankreich einfielen, und noch nicht zwanzig, als das sinnlose Schlachten, dem eine ganze Generation zum Opfer gefallen war, endlich ein Ende fand. Es war wahrlich nicht die Zeit für romantische Verse oder psychologisch ausgetüftelte Texte, in denen sich die Dekadenz der Zeit widerspiegelte. Er sprach nur selten über diesen Abschnitt seines Lebens, er wollte keine Erinnerung an Vorfälle wachrütteln, die ihn so erschüttert hatten. Er hatte sich, statt zu warten, bis er einberufen wurde, früh freiwillig gemeldet, denn er hielt den Dienst mit der Waffe für eine Pflicht und sah durchaus einen Unterschied darin, ob jemand nur kämpfte, weil er muss, oder ob er von sich aus für sein Land und die Freiheiten, die es repräsentiert, zu kämpfen bereit ist. Er wurde zweimal verwundet, zweimal mit Orden ausgezeichnet und nahm an der schrecklichen Schlacht um Verdun teil; das allein gibt ausreichend Zeugnis davon, was er durchmachen musste. Millionen starben, Barneuve überlebte, aber sein Idealismus blieb bei dem Gemetzel auf der Strecke.

Als er, wegen seiner Verwundungen dienstuntauglich geschrieben, Anfang 1918 ausgemustert wurde, kehrte er heim nach Vaison, in das geräumige elterliche Haus an einer Straße, die heute Rue Jean Jaurès heißt. Sein Vater fragte ihn nie nach seinen Erlebnissen, und Julien verspürte kein Verlangen, von sich aus über sie zu erzählen; vielleicht hätte er sich einiges von der Seele geredet, wenn seine Mutter noch am Leben gewesen wäre. Ein einziges Mal ließ er ein wenig von seinen Gefühlen erkennen, als er eines Morgens kurz nach dem Waffenstillstand im Garten auftauchte, bedächtig seine Orden und Medaillen abnahm und in das Feuer warf, das der Gärtner dort entzündet hatte. Sie gehörten jemandem, mit dem er nichts mehr gemein hatte, dem großen Jungen voller Träume und Ideale, die er nicht mehr nachvollziehen mochte, einem, den er längst tot wähnte und mit dessen Verständnis von Pflichterfüllung er nichts mehr anfangen konnte. Den Orden vermochte die Hitze wenig anzuhaben, aber sie waren schwarz und unansehnlich geworden, und so vergrub sie der Gärtner, ohne es zu merken, mit der Asche im Boden, wo sie vermutlich noch immer liegen. Sein Vater, Doktor Barneuve, engagierte sich bei der Subskription für das gewaltige Kriegerdenkmal, das in den Berg über der Stadt gehauen werden sollte. Zum ersten und einzigen Mal ließ er sich etwas von der Erleichterung darüber anmerken, dass Juliens Name nicht in die Steinplatten am Sockel des Denkmals eingemeißelt werden musste und das geplante Bildnis des sterbenden Soldaten in der weißen Marmorfront ihn nicht ständig an den frühen Tod seines Sohnes erinnern würde. Für kurze Zeit suchte Julien Zuflucht im Haus seiner Großmutter mütterlicherseits in Roaix, einige Kilometer westlich von Vaison, aber er merkte bald, dass es ihm nicht genügte, Stunde um Stunde im Garten zu sitzen und vor sich hin zu grübeln. Und so kehrte er, auf den Tag genau drei Monate nach der Ausmusterung, schließlich nach Hause zurück. Er stand am nächsten Morgen um fünf auf, trug die Bücher, mit denen er sich vor dem Militärdienst beschäftigt hatte, nach unten, schlug sie da auf, wo die Zettel steckten, und setzte still, fleißig und konzentriert die Arbeit fort, die er zwei Jahre zuvor unterbrochen hatte.

Nach einem Becher Kaffee, in den er eine Scheibe altbackenes Brot tunkte, vergrub er sich bis zwölf Uhr mittags in seine Arbeit, las und machte sich Notizen, dann ging er ins Städtchen, aß in einem Café eine Suppe, arbeitete danach bis zum Abend weiter, nahm eine Kleinigkeit zu sich und stürzte sich bis Mitternacht abermals in die Arbeit. Diesen Rhythmus behielt er bei, bis er so gut vorbereitet war, dass er die *agrégation* in Geschichte und Geografie mit Bravour bestand (einen mit

Fallstricken gespickten intellektuellen Marathon, der bis zur Reform von 1941 als wohl teuflischste Prüfung galt, die Menschen sich je ausgedacht hatten).

Es sagt viel über Barneuves Charakter und sein Denkvermögen, dass er als einer der Besten seines Jahrgangs abschnitt. Seine Karriere schien vorgezeichnet, er brauchte eigentlich nur noch die Früchte seiner Anstrengungen einzusammeln. Um ihn Bescheidenheit zu lehren, schickte der Staat ihn jedoch zunächst in die Provinz nach Nantes, wo er an einem Gymnasium sein Pflichtjahr abdienen musste; anschließend konnte er mit Fug und Recht erwarten, dass er bis zur Pensionierung in Paris arbeiten werde. Eine Bilderbuchkarriere lag vor ihm, ein Weg, der ständig aufwärts führte, mit Ehrungen und Auszeichnungen gepflastert und des ehrfürchtigen Respekts der Kollegen und Schüler gewiss. Er arbeitete zu der Zeit bereits an seiner Dissertation, einem umfangreichen Werk über den Neoplatonismus in der westlichen Welt, für deren Fertigstellung er fast die beiden nächsten Jahrzehnte brauchte.

Aber es sollte nicht alles so glatt und vorhersehbar verlaufen. Er hatte sich in zu jungem Alter in der vermeintlichen Geborgenheit sicherer Könnerschaft gewähnt. Und dabei war der schnurgerade, einfache Weg zum Erfolg in Wahrheit anscheinend gar nicht das, was er anstrebte. Denn 1924 gewann er ein überaus begehrtes zweijähriges Stipendium an der Ecole de Rome, und zur Belohnung schenkte ihm sein Vater eine Kreuzfahrt entlang den Küsten des Mittelmeeres. Auf dieser Reise frischte er seine geistige Beziehung zu Olivier de Noyen auf, und die Beschäftigung mit ihm führte ihn schließlich zu Manlius Hippomanes.

In gewisser Weise hatte Manlius ihn freilich lange vor der Mittelmeerkreuzfahrt mit unsichtbarer Hand berührt. Julien stammte aus der Stadt, in der Manlius als Bischof gewirkt hatte, zeigte reges Interesse an allem, was es in der Umgebung, den *pays*, zu entdecken gab, und diese Wissbegier war es, die den Kanonikus Joseph Sautel auf ihn aufmerksam machte.

Père Sautel spielt in dieser Geschichte nur eine beiläufige Rolle, gewiss keine bedeutendere als der Pestbazillus, der einen großen Teil von Olivier de Noyens Altersgenossen dahinraffte. So ist Sautel nur jemand, der, ohne zu wissen, warum, und ohne die Konsequenzen zu ahnen, die Handlung eine Zeit lang begleitet, dennoch scheint es wegen der Folgen für Julien angebracht, von der Begegnung zwischen dem Kanonikus und dem Jungen zu erzählen, damit nicht der Eindruck entsteht, es sei nur eine triviale, zufällige Episode gewesen. Im Grunde war es nämlich unvermeidlich, dass ihre Wege sich kreuzten. Das lag in der Luft, seit Juliens Eltern sich 1892 das Jawort gegeben und die junge Braut das friedliche kleine Haus in Roaix in die Familie eingebracht hatte, das ihr so ans Herz gewachsen war und in das es sie jeden Sommer zog, weil sie dadurch der drückenden Hitze in der Stadt entrinnen konnte. Als Sautel seine Leidenschaft für die Archäologie entdeckte und sein Bischof sich bereit fand, dieses Hobby zu dulden, konnte man die bevorstehende Begegnung zwischen ihm und Julien quasi schon mit Händen greifen, und wenig später wurde sie zum unabänderlichen Geschick, als Julien sich angewöhnte, lange Spaziergänge zu unternehmen, um der gut gemeinten, aber ein wenig aufdringlichen Fürsorge seiner Mutter und den langweiligen Nachmittagen in Roaix zu entfliehen.

Julien war damals zehn, also in dem Alter, in dem Kinder am leichtesten zu beeindrucken sind, und Père Sautel war eine beeindruckende Persönlichkeit. Sie begegneten einander am späten Nachmittag, nachdem der Junge viele Stunden über Feld- und Karrenwege gewandert und durch die fast ausgetrocknete

Ouvèze gewatet war, bis ihn schließlich auf dem Weg zum düster über dem Tal aufragenden Bois de Darbaux Müdigkeit und Durst quälten.
Die frisch gepflügten Schollen (manche noch dunkel und schwer, andere sandig und, weil sie schon auszutrocknen begannen, wie marmoriert) weckten in ihm die Hoffnung, irgendwo auf Feldarbeiter zu stoßen, die vielleicht gerade eine Scheune hochzogen. Er kletterte durch tiefe Gräben, riss sich an Brombeerhecken die Beine blutig, stolperte an hohen Erdwällen entlang und hoffte, dahinter irgendjemanden anzutreffen.
Aber da war niemand, zumindest sah er niemanden. Es gab zwar Anzeichen dafür, dass hier vor kurzem noch Leute gearbeitet hatten, Schubkarren, Hacken und Schaufeln standen oder lagen herum, schwarze Aschekreise zeugten davon, dass Bäume gefällt und Äste verbrannt worden waren, aber er sah weit und breit keine Menschenseele, nur Schwalben, die anmutig durch die Lüfte segelten. Julien blieb unschlüssig stehen, dann ging er in der Hoffnung, dort jemanden zu finden, auf die Ruine eines Gebäudes zu.
Und betrat eine wundersame Welt. Die Wände waren nur bis zur halben Höhe erhalten, aus klobigen Steinen gefügt und mit bröckelndem Mörtel verputzt – nichts, was sonderlich sehenswert gewesen wäre. Doch als er tiefer in das verfallene Gebäude eindrang, entdeckte er etwas, was ihm den Atem verschlug. Vor ihm auf dem Boden breitete ein riesiger, wunderschöner Vogel seine Flügel aus, zusammengesetzt aus winzigen blauen, goldenen und roten Steinen und offenbar erst vor kurzem gereinigt, denn das Wasser stand noch in flachen Lachen auf der Oberfläche, sodass der Vogel, weil die Sonne sich in den Pfützen spiegelte, wie mit Edelsteinen besetzt glitzerte. Das Tier sah fast aus, als wäre es lebendig – oder nein, noch schöner, denn kein echter Vogel hätte so betörend funkeln können wie dieser.

Von dem zauberhaften Anblick wie gebannt, wagte Julien kaum zu atmen, aus Angst, der Vogel könne ihn hören und der wundersame Spuk möge verschwinden. Er trat einen Schritt näher, beugte sich hinab und ließ die Hände über die raue, stellenweise ein wenig scharfe Oberfläche gleiten.

»Lass das!« Eine ärgerliche, drängende Stimme zerbrach die Magie des Augenblicks. Julien fuhr erschrocken hoch und sah sich suchend um. »Verschwinde, du kleiner Halunke! Kannst du nicht hören?«

Julien wich zurück, verfing sich mit dem Schuh unter einem lose herumliegenden Steinbrocken, fiel der Länge nach hin und lag bäuchlings auf dem Vogel.

»Gott im Himmel! Bleib, wo du bist! Beweg dich nicht!«

Die Person mit der aufgebrachten Stimme tauchte hinter einer Wand auf – ein großer, kräftiger Mann, kaum älter als Mitte zwanzig, aber Julien kam er mit dem buschigen Bart, dem weißen Hemd und der ausgebeulten Hose mit den schlackernden Hosenbeinen viel älter vor. Er trat vorsichtig mit einem Fuß auf die bunten Steine, um dem Jungen auf die Beine zu helfen.

»Alles in Ordnung? Hast du dich verletzt?«

»Nein«, stotterte Julien, »mir geht's gut.« Der Mann roch nach Schweiß. Ein angenehmer, vertrauenerweckender Geruch, fand Julien.

»Kannst du nicht lesen? Hast du das Schild an der Straße nicht gesehen? ›Privateigentum. Betreten verboten‹ steht da, aber ich vermute, das hat dich erst recht neugierig gemacht.«

»Entschuldigen Sie«, sagte Julien kleinlaut, »ich bin nicht auf der Straße gekommen, sondern querfeldein. Ich habe mich nämlich verlaufen, meine Mutter wird sich schon Sorgen machen. Ich dachte, ich finde hier jemanden, der mir sagen kann, wo ich bin.«

Der hoch gewachsene, breitschultrige Mann musterte ihn prüfend, und weil der Junge weder unverschämt noch wie ein dreister Lügner aussah, ließ er es bei einem undefinierbaren

Brummen bewenden. »Na gut, ich bringe dich zur Straße und zeige dir, wie du nach Hause kommst.«
»Nein!«, rief Julien. Es hörte sich wie ein verzweifelter Schrei an, obwohl er sich selber nicht erklären konnte, was ihm auf einmal Angst machte. Der Mann hob die Augenbrauen.
»Bitte«, stammelte Julien, »würden Sie mir sagen, wo ich hier bin? Ich muss das unbedingt wissen. Was tut dieser Vogel hier auf dem Boden?«
»Aha, der gefällt dir wohl?«
»Er ist wunderschön«, sagte Julien ergriffen. »Das Schönste, was ich je gesehen habe.«
Der Mann lächelte. »Ja«, sagte er und hörte sich auf einmal ganz freundlich an, »da würde ich dir Recht geben.«
Und er erklärte Julien, das sei ein Mosaik, das viele Hundert Jahre unsichtbar unter der Erde gelegen habe, bis er es entdeckt und freigelegt habe. Und als er merkte, wie gebannt der Junge an seinen Lippen hing, führte er ihn durch die Räume, die einst zu Manlius' Villa gehört hatten, zeigte ihm seine Fundstellen, auch die Fragmente der zerschlagenen Statuen, die seine Helfer ausgegraben hatten, Dachziegel, die heruntergefallen waren, als das Balkenwerk morsch geworden war und sie nicht mehr tragen konnte, und die Überreste der Kolonnade, die die Zufahrt geschmückt hatte und inzwischen, da vier Säulen spurlos verschwunden waren, wie ein lückenhaftes Gebiss aus dem wuchernden Unkraut ragte.
Julien, von der Fülle der Wunder wie benommen, hörte ihm mit staunend aufgerissenen Augen zu, denn Sautel war ein begnadeter Geschichtenerzähler und Lehrer. Er erzählte Julien auch die Sage vom Vogel Phönix und dessen Tod und Wiedergeburt; der Junge verstand zwar den tieferen Sinn noch nicht, lauschte aber trotzdem hingerissen. Im Geiste sah er ehrwürdige Männer durch die Räume wandeln, glaubte sogar ihre Gespräche zu hören, sah von Kerzenlicht beschienene Wandgemälde, hörte im Garten die Wasserfontänen plätschern, die an

heißen Nachmittagen wie diesem wohltuende Frische spendeten, und ahnte, wie wundervoll das alles gewesen sein musste – schöner als in allen Märchen, so wie ja auch der aus Steinchen zusammengesetzte Vogel prächtiger als jeder echte Vogel war.
»Siehst du«, sagte Sautel, »jetzt weißt du, wie Archäologen arbeiten. Übrigens, dieses Mosaik, das dir so gut gefällt – schau dir mal den Schnabel an! Was siehst du da?«
»Einen Fleck«, antwortete Julien prompt.
»Ganz recht«, bestätigte der Kanonikus. »Nun, dies war die Villa eines reichen Mannes – eines sehr reichen Mannes, nehme ich an. Das Mosaik ist eine römische Arbeit aus dem dritten Jahrhundert. All die verschiedenen Steine wurden aus dem ganzen Imperium zusammengetragen. Und plötzlich, vermutlich im fünften Jahrhundert, wurde die Villa zerstört. Und hier in dem Bodenmosaik, das die Eingangshalle schmückte, finden wir einen hässlichen Fleck: an der Stelle, an der ein Stein herausgebrochen war und das Loch mit Mörtel gefüllt wurde. Was würdest du wohl daraus schließen?«
Julien starrte verdrossen auf den Fleck. Er mochte es nicht, so nüchtern über den Vogel zu reden und an ihm herumzumäkeln, bloß weil er diesen kleinen Fehler hatte. Er schüttelte ratlos den Kopf.
»Dem Eigentümer ist das Geld ausgegangen«, half ihm Sautel auf die Sprünge. »Er konnte es sich nicht leisten, aus irgendeinem fernen Land den neuen Stein kommen zu lassen, den er für eine ordentliche Reparatur gebraucht hätte. Und die Kunsthandwerker – wenn es überhaupt noch welche gab, die sich auf solche Arbeiten verstanden – hätte er auch nicht entlohnen können. Zu jener Zeit verfiel alles, auf den Äckern wucherte das Unkraut, weil es keine Feldarbeiter mehr gab, die großen Besitztümer verkamen, und auch der Handel in den Städten brach zusammen. Dieser kleine Fleck spiegelt den Verfall einer ganzen Zivilisation wider, der großartigsten Zivilisation, die es je gab. Ich habe dein Stirnrunzeln bemerkt, als ich das schlecht

ausgebesserte Loch in dem Mosaik erwähnt habe. Glaub mir, mich macht das genauso ärgerlich.«
»Warum denn?«
»Weil die Zivilisation auf die ständige Anstrengung aller angewiesen ist – und auf den Willen, nie aufzugeben. Die Zivilisation braucht Menschen, die sie davor bewahren, ins Dunkel zurückzufallen. Aber damals haben die Menschen sich aufgegeben, sie haben aufgehört, ihr Erbe zu hüten. Und weil sie das getan haben, ist dieses Land im Dunkel einer Barbarei versunken, die viele Hundert Jahre gedauert hat.«
Er schüttelte den Kopf, als er sich klar machte, dass er es mit einem Zehnjährigen zu tun hatte, der mit solch großen Worten gewiss nicht viel anzufangen wusste.
»Nun, wie auch immer«, sagte er, »du hast dich verlaufen, und ich sollte dir jetzt wohl zeigen, wie du nach Hause kommst. Wenn du einen Augenblick wartest, packe ich schnell zusammen, und dann bringe ich dich zur Straße.«
Es war nicht weit. Sein neuer Freund musste ohnehin denselben Weg nehmen, und während Julien neben ihm hertrottete – wobei er freilich für jeden Meter zwei Schritte brauchte, während dem hoch gewachsenen Mann einer reichte –, überlegte er krampfhaft, wie er Sautel dazu bringen könne, ihm noch mehr zu erzählen. Der Kanonikus ließ sich nicht lange bitten, er beantwortete alle Fragen, die der Junge ihm stellte, so ernsthaft und sorgfältig, als hätte er's mit einem Erwachsenen zu tun. Und wenn der Junge etwas sagte, hörte Sautel ihm so aufmerksam zu, wie Juliens brüsker, unnahbarer Vater es leider nie tat.
Als sie zu Hause ankamen, sagte Sautel zu Juliens Mutter, die Verspätung sei seine Schuld, nicht die des Jungen, und er fragte, ob Julien ihn wohl hin und wieder bei der Ausgrabungsstätte besuchen dürfe.
»Ach, Hochwürden«, erwiderte Antoinette Barneuve, »Sie können ihn doch gar nicht gebrauchen, er macht Ihnen nur Mühe.«

»Im Gegenteil, er ist ein aufgeweckter Bursche, ich halte viel von seinen Ansichten. Außerdem hat er zwei starke Arme, und ich kann jede Hilfe brauchen, die ich kriegen kann. Ich habe zu wenig Geld, um Lohnarbeiter zu bezahlen. Wenn er also bereit wäre, umsonst zu arbeiten, ist er mir jederzeit herzlich willkommen.«

»Also, ich weiß nicht …«

»Bitte, Mama!«, bettelte Julien flehentlich. Er konnte überhaupt nicht verstehen, dass sie so ein Anerbieten nicht auf der Stelle annahm.

»Ich werde darüber nachdenken«, versprach sie schließlich. »Wir werden sehen.«

Sautel wusste, dass er gewonnen hatte, und als er sich zum Gehen wandte, zwinkerte er dem Jungen verstohlen zu, wie das unter guten Freunden üblich ist.

Julien sah dem hoch gewachsenen Priester nach, bis dieser, leise vor sich hin pfeifend, hinter der nächsten Biegung verschwand. Er dachte den ganzen Abend an ihn, und als er schlafen gegangen war, träumte er von ihm.

Dass Sautel Priester war, spielte für Julien keine große Rolle. Er war in einem Alter, in dem man – anders als seine Mutter, die, auch wenn sie es nach außen nicht zeigte, strenggläubig war –, Menschen noch unbefangen nach ihrem Verhalten beurteilt. Sein Vater dagegen geriet in Rage, als er von Juliens Sommerbeschäftigung erfuhr, schrieb aus Vaison einen Brief und verlangte, dass dieser Beziehung augenblicklich ein Ende gemacht werde. Denn er hielt sich als Arzt und Freidenker viel darauf zugute, dass er sich vom Aberglauben befreit und entschieden dem Denken der neuen Zeit zugewandt hatte. Für

Geistliche empfand er nur Verachtung, und dass seine Frau in diesem Punkt anders dachte als er, war einer der Hauptgründe für ihre innerliche Entfremdung. Man konnte in der Tat sagen, dass die Familie Barneuve von dieser unterschiedlichen Meinung geprägt war, denn die Eltern führten, auch wenn sie nie darüber sprachen, insgeheim Krieg gegeneinander, bei dem es im Grunde um nichts anderes als Juliens Seele ging.

Zu jeder anderen Zeit hätte der Vater möglicherweise nichts gegen Juliens Wunsch einzuwenden gehabt; die Suche nach den Spuren der Vergangenheit gehörte zu den Dingen, die ihn normalerweise selber faszinierten. Aber in diesem Sommer war nichts normal und Barneuve deshalb nicht willens, auch nur die geringste Auflehnung zu dulden. Allein der Umstand, dass seine Frau es wollte, genügte ihm, Nein zu sagen.

Es war nicht Niedertracht, die ihn dazu trieb, im Gegenteil, er war stets auf das Wohl seiner Familie bedacht – genauso wie auf das seiner Patienten. Um die Osterzeit, als seine Frau und Julien wieder einmal auf dem Land weilten und er zu einer Visite bei seinen weit verstreut wohnenden Patienten aufbrach, bot sich zufällig die Gelegenheit zu einem überraschenden Besuch in dem kleinen Landhaus in Roaix. Einer seiner Patienten war sterbenskrank, und da ließ es sich Barneuve natürlich als guter Arzt – denn der war er wirklich – angelegen sein, ihm Trost zu spenden und, soweit das möglich war, Linderung zu verschaffen. Da dieser Patient in Roaix wohnte, spannte der Arzt sein Pferd aus und machte sich zu Fuß auf den Weg zu seiner Familie. Als er an der Dorfkirche vorbeikam, flog die Tür der Sakristei auf, und die Kinder, die am Katechismusunterricht teilgenommen hatten, kamen herausgestürmt. Und wen entdeckte er da? Er traute seinen Augen nicht, aber es war tatsächlich Julien.

Von dem, was sich danach abspielte, bekam der Junge so gut wie nichts mit. Er wurde nicht nur aus dem Zimmer, sondern sogar vor die Haustür geschickt, sodass er den Wutanfall seines

Vaters nicht miterlebte. Barneuve ging es nicht so sehr um den Katechismusunterricht, sondern vornehmlich um die Missachtung seiner Anweisungen. Der Junge hörte seine Mutter weinen und wollte sie trösten, doch sie wandte sich nur stumm ab. Er verstand überhaupt nicht, worum es dem Vater ging, denn für ihn war der Religionsunterricht vor allem eine Gelegenheit, mit den anderen Kindern des Dorfs zusammen zu sein. Dass es bei dem Unterricht in der Sakristei um etwas Ernstes, Feierliches ging, war ihm gar nicht bewusst. Er kicherte fast die ganze Zeit über mit seiner besten Freundin Elisabeth, der Tochter des Krämers, und freute sich schon auf den gemeinsamen Heimweg mit ihr und das Stück Kuchen, das sie jedes Mal von Elisabeths Mutter bekamen. All das wollte ihm sein Vater nun verbieten – kein Katechismusunterricht, keine sonnigen, sorglosen Nachmittage mehr. Julien betrat nie wieder eine Kirche, aber irgendwie wurde er auch sein Leben lang das quälende Gefühl nicht los, dass ihm etwas fehlte.

Pierre Barneuve bedauerte sein rigoroses Durchgreifen keinen Augenblick; er war nicht bereit, Ungehorsam in seiner Familie durchgehen zu lassen. Die Umstände und eine heimliche Scheu davor, sich allzu hohe Ziele zu stecken, hatten dazu geführt, dass er nur Landarzt in einem abgelegenen Städtchen geworden war, aber so unbedeutend sein kleines Reich auch war, in ihm wollte er sich die Regentschaft nicht streitig machen lassen. Für ihn war Frömmigkeit pure Hysterie, Gläubigkeit Selbsttäuschung, und hinter vermeintlichen Wundern steckten seiner Überzeugung nach lediglich natürliche, von schlichten Gemütern fehlgedeutete Phänomene. Das beste Heilmittel bei Kümmernissen der Seele sah er in einer streng wissenschaftlich orientierten Bildung, und um die Wirkung dieser Medizin noch zu erhöhen, würzte er sie mit Spott, Sarkasmus und Verachtung.

Vermutungen, dass sich hinter seiner entschiedenen Ablehnung alles Klerikalen eher heimliche Ängste als eine gefestigte

Überzeugung verbargen, schob er geringschätzig beiseite. Schließlich gab es in der ganzen Region nur wenige Leute, die seine Ansichten nicht teilten; die Menschen in Vaison hatten das Joch der Kirche schon lange abgeschüttelt. Sogar seine Frau fügte sich dem Ehemann still und demütig, stellte seine Entscheidungen nie in Frage und schluckte alle bissigen Kommentare ohne Widerspruch, auch wenn man ihr am Gesicht ablesen konnte, wie sehr sie sie schmerzten.

Und doch nisteten verborgene Ängste in Pierre Barneuves Gehirn: das uneingestandene Wissen um die Macht des Glaubens, den er so verachtete, und die heimliche Angst, dass der fromme Hokuspokus eines Tages seine Tentakel nach Julien ausstrecken und ihn umgarnen könne. Die Passivität seiner Frau und ihr Verzicht auf jeden Widerspruch machten die Gefahr nur umso größer. Er wusste, dass Julien sich irgendwann entscheiden musste, ob er das Kind seiner Mutter oder das seines Vaters sein wolle. Das natürliche männliche Empfinden und die Vernunft sprachen dafür, dass er sich auf die Seite des Vaters schlagen werde, aber Barneuve ahnte insgeheim, dass der Junge seine Mutter sehr liebte. Die Vorstellung, dass er Angst um seinen Sohn haben müsse, war absurd; nie hätte er zugegeben, dass er daran auch nur eine Sekunde lang dachte. Und doch wurde er das Gefühl nicht los, dass es wahr werden könnte. Er hatte mit der ihm in Fleisch und Blut übergegangenen Schärfe und seiner Gefühlskälte jeden Ewigkeitsanspruch auf seinen Sohn verspielt. Erst die Entscheidung des Jungen würde zeigen, ob ihm in Juliens Augen so etwas wie Unsterblichkeit beschieden war.

Als er von Sautel hörte, erwachte sofort wieder die alte Angst. Er musste schnell und entschieden handeln. Julien wurde der Umgang mit dem Kanonikus untersagt, er durfte nicht mehr zu der Ausgrabungsstätte gehen. Sollte der Junge sich seinen Wünschen nicht fügen, musste die Mutter ihn nach Vaison zurückschicken, wo Julien dann den Rest des Sommers unter den wachsamen Augen des Vaters zu verbringen hatte. Die Idee, dass seine Frau sich womöglich diesen Anweisungen widersetzen oder Julien seiner Mutter nicht gehorchen könnte, kam ihm gar nicht. Und es gab noch etwas, was er nicht bedacht hatte: Julien und seine Mutter mussten sich nicht mehr auflehnen, die Harmonie in der Familie war ohnehin irreparabel gestört. Das Leben eines Menschen, sogar eines Erwachsenen, kann von einem Augenblick zum anderen in eine völlig neue Richtung gelenkt werden. Es bedarf nur eines Anstoßes, der zum goldenen Funken im trüben Einerlei des Alltags wird.

Der goldene Funke, der sich für immer in Julien festgesetzt hatte, war die Erinnerung an den Vogel, der so wunderschön im Sonnenlicht gefunkelt hatte. Und der magische Augenblick, in dem er ihn gesehen hatte, war unauslöschbar mit der Erinnerung an die Herzensgüte des jungen Priesters verbunden. Daneben nahm sich die väterliche Autorität wie eine dumpf lastende Bürde aus. Julien hatte sie nie in Frage gestellt, doch nun erkannte er, dass sie im Vergleich zum strahlenden Glanz all dessen, was ihm verboten war, finster und lebensfeindlich war. Es wäre nicht sonderlich übertrieben zu behaupten, dass sich Julien zeit seines Lebens danach sehnte, die Magie eines solchen Augenblicks noch einmal auszukosten; es war das heimliche Ziel, auf das er all sein Denken und Handeln ausrichtete. Das Beispiel des Phönix spornte ihn dazu an, sich in der Schule so intensiv mit den klassischen Texten zu beschäftigen, dass er schon als Vierzehnjähriger Latein und Griechisch besser beherrschte als mancher Universitätsstudent. Die Worte Père Sautels hallten so lebendig in ihm wider, dass er sich 1916 freiwillig in die Schützengräben meldete. Danach war es wieder der Phönix, der ihm die nötige ruhige Entschlossenheit verlieh, die *agrégation* mit Auszeichnung zu bestehen, und dessen Flügelschlag ihn während seiner ganzen weiteren Karriere begleitete.

Pierre Barneuve gab sich alle Mühe, Julien so freundlich zu begegnen, wie es sich mit der väterlichen Pflicht vereinbaren ließ.

Er ermutigte und unterstützte seinen Sohn nach Kräften, ahnte aber nicht, dass es die Ressentiments ihm gegenüber waren, die Julien zu Höchstleistungen anstachelten. Jede Prüfung, die sein Sohn bestand, jede lobende Bemerkung im Zeugnis oder aus dem Mund eines Lehrers beruhigten und freuten Pierre Barneuve. Es wäre ihm natürlich lieber gewesen, wenn der Junge wie sein Vater den Wunsch verspürt hätte, Arzt zu werden oder eine Karriere als Jurist anzustreben (denn er träumte insgeheim davon, Julien als Deputierten oder gar als Minister zu sehen), aber er gab sich damit zufrieden, dass der Junge, wenn auch auf einem anderen Feld, exzellente Ergebnisse vorweisen konnte. Die Aussicht, dass sein Sohn eines Tages ein berühmter Professor werden könne – vielleicht gar an der Sorbonne oder am Collège de France? –, genügte vollauf, um den Vater wunschlos glücklich zu machen.

Julien wurde, sooft er sich durch eine besondere Leistung hervortat, mit einem sorgfältig ausgesuchten Geschenk belohnt, das er jedes Mal ohne Begeisterung entgegennahm. Den Vater verletzte diese – ihm unerklärliche – Kälte natürlich, und je mehr Julien zum Mann heranwuchs, desto mehr ahnte Pierre Barneuve, dass sein Traum von einer vertrauensvollen Beziehung zu seinem Sohn nie in Erfüllung gehen würde. Manchmal versuchte er sich freilich einzureden, hinter Juliens abweisendem Verhalten verberge sich nur die an sich lobenswerte, bei jungen Männern übliche Scheu davor, Gefühle zu zeigen.

Die Geschenke wurden, wie die Mittelmeerkreuzfahrt als Belohnung für das Stipendium zeigt, immer großzügiger, die erhoffte Wirkung blieb indessen aus. Hätte Pierre Barneuve den Sohn zu sich gerufen und zum Beispiel gesagt: »Deine Mutter wäre genauso stolz auf dich wie ich«, oder: »Ich wünschte, deine Mutter wäre hier und könnte miterleben, was aus dir geworden ist«, dann wäre Juliens Beziehung zu seinem Vater sehr schnell viel herzlicher geworden. Aber Barneuve beanspruchte

Julien und seine Erfolge für sich, seine Frau erwähnte er mit keinem Wort. Und das war für Julien Grund genug, auf alle Geschenke nur mit einem spröden »Danke, Vater, das ist sehr freundlich von dir« zu reagieren.

Als Julien Barneuve nach 1930 anfing, sich ernsthaft mit Olivier de Noyen zu beschäftigen, stand es um dessen literarisches Ansehen und charakterlichen Ruf nicht zum Besten. Er galt keineswegs als großer Dichter, niemand wäre auf die Idee gekommen, ihn in einem Atemzug mit Dante, Boccaccio oder Petrarca zu nennen. Nur ein paar wenigen Freunden der provenzalischen Literatur war sein Name geläufig, aber selbst für diejenigen, die ihn gelesen und seine Bedeutung erkannt hatten, wurde das kleine Stück Unsterblichkeit, das er sich erworben hatte, von seinem schrecklichen Verbrechen und der Abscheulichkeit seiner Bestrafung überschattet.
Auch Julien erschloss sich der Mensch und Poet erst, als er ihn als bibliophilen Sammler alter Schriften und Vorkämpfer für eine Wiedergeburt des Studiums der Alten begreifen lernte. Die Gründe dafür, dass er sich sofort zu ihm hingezogen fühlte, lagen auf der Hand: Auch Oliviers Bemühen war darauf ausgerichtet, den schwachen Funken geistiger Reinheit weiter leuchten zu lassen – selbst in einer Zeit, in der sinnloses Wüten und der Verfall aller Sitten jede Humanität zu ersticken drohten. Und auch ihm waren Anerkennung und Bewunderung dafür versagt geblieben.
Julien verbrachte ungezählte Stunden in Bibliotheken und Archiven damit, Oliviers Denken und Wirken nachzuspüren; von 1940 an tat er es mit einer Besessenheit, wie man sie von Hausfrauen kennt, die ihre Wäsche unbedingt dienstags

waschen wollen, oder von Boulespielern, die vor Wut aus der Haut fahren, wenn sie ihr Spiel an einem Samstagabend abbrechen müssen. Ein normaler Tagesablauf wurde für Julien zur bloßen Erinnerung und zu einer Sehnsucht, die nur dann Erfüllung finden konnte, wenn er seinen Studien mit noch mehr Verbissenheit nachging.

Das Verständnis für den Dichter kam später; anfangs sah er in Olivier einen zu Großem berufenen Mann, der aber durch einen tödlichen Fehler, nämlich die unbedachte Leidenschaft zu einer Frau, selbst alles zu Grunde gerichtet hatte. Seine Beziehung zu Isabelle musste unfehlbar in Gewalt enden. Zudem stand sie im Widerspruch zu seinem rastlosen Rufen nach einer sittlich gefestigten Welt, denn wie sollte sich jemand, der Wasser predigte und Wein trank, glaubwürdig für Bildung und Poesie einsetzen? Julien vermochte jedenfalls das schreckliche Schicksal des unglücklichen Liebhabers nicht so zu sehen, wie es sich vielleicht Romanschreibern des neunzehnten Jahrhunderts dargestellt hätte: als anrührende Geschichte vom edlen, romantischen Helden, den die Gesellschaft, deren Produkt er ist, in Stücke reißt. Er hielt – fast bis zuletzt – an der Meinung fest, dass Olivier sein Unglück selber verschuldet habe und letzten Endes an seiner Charakterschwäche gescheitert sei.

Er sah ein warnendes Beispiel darin, und dennoch war es gerade die lodernde Leidenschaft, die ihn – ungeachtet aller Gefahren, die sie barg – an der Dichtung des Provenzalen so faszinierte. Oliviers Worte brachten Juliens Blut in Wallung und gaukelten ihm Bilder vor, die ihn die Verse eben doch mit den Augen eines Romantikers sehen ließen. Es fiel ihm schwer, die wundervolle Lyrik der Liebesgedichte Oliviers streng mit den Gesetzen der kritischen Vernunft zu messen, zu leugnen, dass sie im Grunde ein Plädoyer für die Begierde waren, und nach der tieferen Bedeutung zu suchen, die sich hinter den lüsternen Worten verbergen musste. Er ging so weit sich einzureden, dass das Begehren eine Allegorie, die innig geliebte Isabelle eine Metapher und Liebe die Reflexion des Vertrauens auf Gott sei.

Eines aber bewies die unverhohlene Sinnlichkeit dieser Poesie ohne jeden Zweifel: Olivier mochte sich zwar mit den Klassikern der Philosophie beschäftigt und die wichtigsten theologischen Schriften gelesen haben, aber verstanden hatte er sie keineswegs. Während Manlius angesichts des Verfalls all jener Werte, die ihm lieb und teuer waren, nie müde wurde, Vernunft und Mäßigung einzufordern, redete Olivier – unfähig, seine Leidenschaft zu zügeln, und auf dem unseligen Weg, zu deren Opfer zu werden – der Unvernunft das Wort.

Manlius hatte seinen Freund nicht belogen: Den Brief, in dem Faustus von Riez ihn bat, Bischof von Vaison zu werden, gab es tatsächlich. Aber Faustus hatte ihn erst geschrieben, nachdem Manlius den im Ruf der Heiligmäßigkeit stehenden Mann etliche Monate umschmeichelt und ihn davon überzeugt hatte, dass diese Berufung nützlich, ja sogar notwendig sei. Manlius' Beweggrund war das Unbehagen, das ihn befiel, wenn er sah, wie ungeschickt und sorglos andere Bischöfe – solche von geringerer Herkunft und Bildung, mit bescheideneren Fähigkeiten – über ihre Pfründen herrschten. Dabei hatte er sich ursprünglich vorgenommen, sich ganz aus dem öffentlichen Leben zurückzuziehen und den Lebensabend in Ruhe und Frieden auf seinen Gütern zu verbringen. Schließlich war er einer der reichsten und einflussreichsten Männer der Region, auch wenn er im Grunde nichts tat, als wohlklingende Verse zu schreiben.

Es hatte einmal eine Zeit gegeben, in der er sich zu Höherem berufen fühlte, aber das Geschick, das seinem Vater zuteil geworden war, hatte ihn mit Verachtung für eine Welt erfüllt, die keine Rettung verdiente. Sie hatten ihm den Leichnam ins Haus gebracht, und als er seinem Vater das Blut vom Gesicht gewaschen hatte (was eigentlich Frauensache gewesen wäre, aber er wollte ihm diesen letzten Dienst selber erweisen) und die namenlose Enttäuschung in seiner Miene las, schwor er sich, ihn werde dieses Schicksal nie ereilen. Er ließ sich keine Rachegedanken anmerken, ging seinen alltäglichen Pflichten nach und hielt die Augen offen, bis die Folgen der ruchlosen Tat offenkundig wurden.

Denn sein Vater hatte sich Majorian angeschlossen, einem edlen, tugendhaften Mann, und musste miterleben, wie der letzte fähige Kaiser des weströmischen Reiches von denen, die seiner Hilfe am meisten bedurften – sogar von seinem Heerführer Ricimir, der ihn einst groß gemacht hatte –, im Stich gelassen wurde. So war sein Vater ein Opfer des großen Gemetzels von Arles geworden, bei dem seine Feinde ihn umstellten, niedermachten und sterbend in der Gosse liegen ließen. Manlius fand nie heraus, wer für die Bluttat verantwortlich war; es gab zu viele, die den niederträchtigen Plan ausgeheckt haben konnten. Sein Vater war ein Tor gewesen, zu vertrauensvoll und gutherzig; er hatte es versäumt, sich rechtzeitig derer zu entledigen, die sich gegen ihn stellten. Manlius erinnerte sich noch gut, wie er einmal gesagt hatte: »Das ist es, was uns unterscheidet. Wir besprechen unsere unterschiedlichen Meinungen, versuchen uns gegenseitig zu überzeugen, lassen aber auch die Meinung anderer gelten. Täten wir das nicht, wären wir genau wie die Goten. Warum haben wir in unserer armseligen kleinen Provinz einen Senat? Um die Meinung derer zu hören, die nicht mit uns übereinstimmen. Welchen Sinn hätten Beratungen, wenn keiner bereit wäre, andere Meinungen anzuhören? Darin liegt unsere Stärke, nicht unsere Schwäche.«

Er musste einen hohen Preis für diese Überzeugung zahlen. Majorian war Galliens letzte Hoffnung gewesen. Nur er hätte eine Armee aufstellen können, die stark genug gewesen wäre, die Goten zurückzuschlagen, Gallien wieder an Rom zu binden und die Grenzen zu sichern. Aber er hatte aus lauter Rücksicht auf die Zaudernden darauf verzichtet. Die ständigen Händel und Streitereien in den eigenen Reihen hatten diesen tapferen, edlen Mann so zermürbt, dass er sein eigenes Verderben heraufbeschwor, und Manlius' Vater, zu sehr damit beschäftigt, die Provence zu regieren und für das Wohl der Region zu sorgen, hatte es tatenlos geschehen lassen. Manlius wusste, dass er sich diese Blöße nie geben würde. Wenn er sich mit dem Gedanken getragen hatte, sich auf seine Güter zurückzuziehen, dann nur aus Angst vor den Herausforderungen, denen er sich sonst stellen musste. Er wollte gar nicht ergründen, wozu er wirklich fähig war.

Und dennoch blieb ein ungutes Gefühl. Sein Zaudern vergällte ihm die Idylle und bereitete ihm ein derartiges Unbehagen, dass er zu guter Letzt beschloss, Sophia aufzusuchen, um durch ihren weisen Rat wieder innere Ruhe zu finden. Wobei er freilich ahnte, dass sie ihm vielleicht nicht den Rat geben würde, den er sich insgeheim erhoffte.

Und tatsächlich, gleich nach der Begrüßung sollte sie ihm ohne lange Umschweife die Frage stellen: »Erklär mir, warum du dein Leben in Müßiggang verbringst? Wie rechtfertigst du das vor dir selber, abgesehen von der Ausrede, dass das Alter seinen Tribut fordert und deine Kräfte nachlassen?«

Was war das Geheimnis dieser Frau, dass ihm ihre Gegenwart so viel Sicherheit und Zuversicht vermittelte? Wie kam es, dass ihre Art zu lächeln genügte, um all seine Ängste zu bannen? Wieso hatte er in ihrer Nähe das Gefühl, dass sie sofort verstand, was ihn umtrieb? Woran lag es, dass er sich, sooft er auf Schwierigkeiten stieß, zuallererst fragte, welchen Rat sie ihm wohl geben würde?

Er war also, nachdem er seinen Vater beerdigt hatte, zu ihr in die Abgeschiedenheit der Berge aufgebrochen. Sie hatte ihn stets getröstet, ihm Zuversicht gegeben und wieder Ruhe in seinem Herzen einkehren lassen. Ihr verdankte er, dass er weder seine Soldaten mobilisiert und in blinder Rachsucht in Schlachten geschickt hatte, aus denen womöglich ein Bruderkrieg in der Provence geworden wäre, noch so lange untätig vor sich hin gebrütet hatte, dass er vor lauter Hass zum Menschenfeind geworden wäre. Zwanzig Jahre lang war sie ihm nun schon Ratgeberin, Lehrerin und Wegweiserin, und sie hatte ihn nie im Stich gelassen. Ob sie ihn nun kritisierte, tadelte oder ihm die Leviten las, sie ließ ihn immer ihre Liebe spüren. Die Ziele, die sie ihm aufzeigte, waren ihm Ansporn, er mühte sich nach Kräften, ihren Erwartungen zu genügen, auch wenn er im Voraus wusste, dass es ihm nicht gelang.

Ihre Frage erschreckte ihn, obwohl Sophia sie im unverfänglichen Ton einer Lehrerin stellte, die den Schüler nur dazu bringen will, über etwas nachzugrübeln, was er bisher nicht bedacht hat, wobei er nur allzu gut wusste, dass sehr wohl eine bestimmte Absicht dahinter steckte. Sie trafen sich in dem Haus, das er ihr geschenkt hatte – ein bescheidenes Haus, an dem sie vom ersten Augenblick an Gefallen fand, obwohl es damals, als sie es in den Bergen entdeckt hatten, von jeder Habe und allen Einrichtungsgegenständen leer geräumt war. Sophia war anspruchslos wie eine Einsiedlerin und hatte nie nach Besitz gegiert, ihr genügten ein paar Kleidungsstücke und ihre Bücher, um mit sich und der Welt zufrieden zu sein. Darin glich sie durch und durch den Griechen der Athener Frühzeit: ihren – nun schon seit beinahe acht Jahrhunderten toten – Lehrmeistern, von denen sie oft mit so viel Verehrung sprach.

»Wollt Ihr mich drängen, mein kontemplatives Leben aufzugeben und mich der Politik zu widmen? Ausgerechnet Ihr, die mir immer die Tugendhaftigkeit eines philosophischen Lebens vor Augen gehalten habt? Wofür soll ich mich entscheiden – für das kleinere oder das größere Übel?«

Sie neigte den Kopf zur Seite und sah ihn versonnen an, so wie sie es immer tat, wenn sie ihn etwas lehren wollte. Wie üblich erinnerte ihn ihr Aussehen an einen gerupften Vogel: das dunkle Haar zerzaust und kurz geschoren, als hätte sich ein Stallknecht mit stumpfem Messer daran versucht. Ihr Kleid war aus grobem Leinen gewirkt, mit kurzen Ärmeln, ähnlich den Kitteln, die Markthändler tragen. Ihre Nägel waren ohne große Sorgfalt geschnitten, wie immer lief sie barfuß herum, und sie trug weder Ringe noch Broschen. Ihr einziger Schmuck waren die Augen, die aber konnten mit ihrer Schönheit jedes noch so kunstvolle Geschmeide ausstechen: Augen, neben denen sich Juwelen wie eitler Tand ausgenommen hätten. Ihre dunkle, kehlige Stimme klang, wie er sie seit eh und je in Erinnerung hatte: bald lockend, bald fordernd, mal belustigt, mal kritisierend – eine Stimme, die keiner, der sie gehört hatte, je wieder vergaß. Dieser Stimme wegen hätte sich ein Blinder in sie verlieben können, so wie sich Manlius blindlings in sie verliebt hatte (und er war durchaus ein Mann, der etwas von wahrer weiblicher Schönheit verstand).

»Eine Denkaufgabe«, sagte Sophia. »Hör sie dir an, und dann sag mir deine Meinung! In einem der frühesten Gesetze Solons, des großen Gesetzgebers Athens, ist nach dem Zeugnis von Aristoteles festgelegt, das jeder Stellung beziehen muss, wenn Hader und Bruderzwist die Gesellschaft spalten. Tut er das nicht, so soll er nach Wiederherstellung des Friedens des Landes verwiesen und geächtet werden. Was hältst du davon?«

Manlius seufzte verächtlich. »Das ist absurd.« Dass sie seine Urteilskraft auf die Probe stellte, gehörte zu ihrem gegenseitigen Verständnis; darum kam er ja her, um seinen Scharfsinn zu schulen, das war fester Bestandteil seines Lebens, und sie ließ ihn gern an ihrer Weisheit teilhaben. »Es ist abzusehen, dass der Konflikt umso stärker angeheizt wird, je mehr Leute sich einmischen. Das ist die sicherste Methode, den Dissens zu vergrößern und selbst die mit in das Chaos der Spaltung hineinzuziehen, die in Zeiten zunehmender Gewalt normalerweise darauf achten, dass alle gesittet miteinander umgehen.«

»Hast du so wenig Selbstvertrauen, dass du glaubst, dein Verständnis vom gesitteten Umgang mit deinen Mitmenschen könnte unter diesen Umständen Schaden nehmen?«

»Ich hoffe nicht. Aber ich, Verehrteste, bin ja auch lange genug durch Eure Schule gegangen.«

Sie nahm das Kompliment mit einem kaum merklichen Lächeln zur Kenntnis; sosehr sie der Eitelkeit in den meisten Belangen des Lebens entsagt hatte, ganz frei war auch sie nicht von ihr. »Dann glaubst du also, meine Lehren seien so anfechtbar, dass sie nur für die Stille einer Gelehrtenstube oder zur Erörterung mit ohnehin gleich gesinnten Freunden taugen?«

»Nein. Zumindest habe ich nie erlebt, dass jemand eines Eurer Argumente überzeugend widerlegt hat.«

»Dann gibt es nur eine Schlussfolgerung: Du glaubst, dass alle Menschen im Grunde unvernünftige Tiere sind.«

»Für die meisten trifft das zu. Aber Ihr habt mich gelehrt, dass in allen mindestens die schwache Erinnerung an einen göttlichen Funken glimmt und dass sie diesen in sich zu entfachen vermögen. Selbst die Schlechtesten können bekehrt werden.«

»Nun, wenn die Vernünftigen sich in Zeiten allgemeinen Aufruhrs nicht aus allen Händeln heraushalten, sondern mit anderen Einsichtigen verbünden, sollten sie sich dann nicht – gerade weil sie mehr Einfluss haben als andere – dazu aufraffen, der breiten Masse einen besseren Weg aufzuzeigen? Würde das nicht die Leidenschaften abkühlen und die Menschen zurück zur Harmonie führen? Könnte das nicht die tiefere Weisheit in Solons Gesetz sein?«

»Vielleicht«, sagte Manlius. »Und zu Solons Zeit wird das sicher ein guter Rat gewesen sein. Aber ich sehe nicht, wie dieser Balsam heute beruhigend wirken könnte. Welches öffentliche Amt sollte ein Mann denn heutzutage anstreben? Einen Sitz im

Senat? Dort findet er niemanden, der ihm zuhört. Das militärische Kommando über eine Provinz? Du meine Güte, es gibt ja keine Soldaten mehr! Leiter einer Behörde werden und Weisungen erteilen, denen niemand folgt? Oder soll er vielleicht Steuereintreiber werden? Das würde immerhin zu vorweisbaren Ergebnissen führen, denn Rom gibt keine Ruhe, solange es noch ein paar zusätzliche Münzen aus uns herauspressen kann. Nein, es ist zu spät, von aller Güte und Redlichkeit ist nur eine leere Hülle übrig geblieben. Majorian war die letzte Chance. Nun sind wir auf Gedeih und Verderb Eurich ausgeliefert.«

»Du machst viele hochtrabende Worte, obwohl du die Antwort sehr gut kennst«, erwiderte sie ungehalten. »Als Sokrates angeklagt wurde, weil er angeblich die Jugend verdorben hatte, warf man ihm auch die Missachtung der Götter Athens vor. Er hat geantwortet, er achte und ehre alle Gottheiten der Stadt, und das entsprach insoweit der Wahrheit, als er ihnen pünktlich die ihnen zustehenden Opfer dargebracht hat. Hat er sie also nur für Gestalten aus Geschichten gehalten, die erfunden wurden, um die Ungebildeten zu trösten und den einfachen Menschen die Idee des Göttlichen nahe zu bringen? Natürlich nicht, denn solange die Menschen an Götter geglaubt haben, waren diese eine unverzichtbare Orientierungshilfe für das Volk, und entsprechend verhielt es sich. Genauso musst du die Götter deiner Zeit verstehen.«

»Meint Ihr das ernst?«

»Aber ja. Verehre die drei Gottheiten der Christen, den Vater, den Sohn und den Heiligen Geist. Bring ihnen die Opfer dar, die ihnen gebühren. Die Kirche verfügt über eine Macht, die die alten weltlichen Autoritäten nicht mehr haben. Wenn du nicht nach den hohen Ämtern der Kirche strebst, werden es andere tun. Wofür lebst du, Manlius Hippomanes? Warum wandelst du auf Erden, wenn du nicht deine Tugendhaftigkeit durch deine Taten sichtbar machen willst? Und wie könntest du das tun, ohne ein öffentliches Amt zu bekleiden? Deine

Familie und die Familien deiner Freunde haben es seit Jahrhunderten mit ähnlicher Spiegelfechterei zu Ehre und Ansehen gebracht und dich durch ihr Beispiel gelehrt, dass Ansehen und Tugendhaftigkeit zwei Seiten derselben Medaille sind. Welche Ämter hast du schon bekleidet? Du warst Prokurator, hast dich um die Armenspeisung gekümmert und was weiß ich was getan. Und dein Vater hat ebenfalls alle möglichen Ämter bekleidet. Nur, welche Bedeutung hat das heute noch, außer dass du dich vor Neidern und Rivalen damit brüsten kannst? Ihr wart wie Kinder, die sich um ein hübsch bunt bemaltes Stück Holz streiten. Irgendwann waren all diese Ämter von hohem Wert. Die Männer, die sie innehatten, deine Vorfahren, waren Garanten einer guten Verwaltung, und sie waren gute Ratgeber. Daran mangelt es dem Land seit Generationen, aber du gefällst dir weiter darin, geringschätzig über dergleichen zu reden, weil du glaubst, dich dadurch von anderen zu unterscheiden. Oh ja, das tust du tatsächlich, denn du bist ein noch größerer Narr als die anderen.«

»Ich habe solche Ämter seit zehn Jahren nicht mehr innegehabt.«

»Umso schlimmer. Du gibst Gastmahle mit erlesenen Speisen, unterhältst deine Freunde aufs Trefflichste und schreibst Briefe und schön gedrechselte Verse. Was aber, wenn es niemanden mehr gibt, der diese Briefe liest? Wenn es keine Freunde mehr gibt, die du einladen und mit denen du speisen kannst – was dann? Die berühmten Schulen von Marseille gibt es schon lange nicht mehr – keine Lehrer, keine Schüler. Sogar der Glanz der Schulen von Bordeaux beginnt zu verblassen. Scheren sich Kinder heute noch um Philosophie, um das geschriebene Wort, um Bildung und Wissen? Und deren Kinder – werden die überhaupt noch lesen können?«

»Und Ihr glaubt, dass sich daran etwas ändert, wenn ich in den Dienst der Kirche trete?«, fragte er und gab sich kaum Mühe, seinen belustigten Zweifel zu verhehlen.

»Natürlich nicht«, erwiderte sie zornig. »Aber ich glaube, dass sich etwas ändern kann, wenn jemand der Kirche einen Weg weist und sie mit Leben erfüllt. Und selbst wenn das nichts bewirkt, so wird die Bildung bei ihrem letzten Atemzug zumindest einen Freund zur Seite haben, statt unbeachtet im Straßengraben zu sterben. Tugendhaftigkeit erwächst aus frommer Kontemplation und praktischer Anwendung der Philosophie. Und doch bedarf sie ebenso des öffentlichen Amtes – das eine ergänzt das andere. Macht ohne Weisheit ist Tyrannei, Weisheit ohne Macht ist ein stumpfes Schwert. Wer käme denn außer dir für das Amt des neuen Bischofs in Frage?«
»Caius Valerius.«
»Und würde er dem Amt gerecht?«
»Nein. Er ist ein lächerlicher Dummkopf.« Dass er ein Vetter seines Freundes Felix war, wollte Manlius lieber nicht erwähnen.
»Dann mach deine Sache besser!«, sagte sie schlicht. »Nimm das Amt an und nutze es! Verteidige all das, was dir lieb und teuer ist! Nutze deine Fähigkeiten und deine Intelligenz, denn du verfügst über beides. Kann Eurich aufgehalten werden? Und wenn nicht, kann das Joch seiner Regentschaft gemildert oder seine Macht begrenzt werden?«
»Vielleicht«, sagte Manlius.
»Vielleicht«, wiederholte sie. »Es ist also möglich, aber der Erfolg bleibt ungewiss. Da du mir ohne Zögern geantwortet hast, musst du bereits darüber nachgedacht haben.«
»Natürlich. Die Möglichkeit sehe ich durchaus.«
»Und doch hast du nichts unternommen? Schäm dich!«
Manlius sah sie an. »Mich bedrückt der Gedanke, was dazu nötig wäre. Was ich dabei tun müsste.«
»Dann schäm dich doppelt und dreifach!«, sagte sie ungehalten. »Du bist wie ein General, der seine Truppen nicht in die Schlacht schicken will, aus Sorge, sie könnten sich ihre Brustpanzer beschmutzen. Dein Verstand ist geschliffen scharf und

deine Seele durch viele Prüfungen gestählt, Manlius, aber du willst nicht handeln, aus Sorge, beide könnten darunter leiden. Ja, du hast Grund, dich vor der Aufgabe zu fürchten, denn du bist eitel und arrogant und ein Mensch voller Fehler. Aber ich hätte nie gedacht, dass du auch ein Feigling bist.«

Am nächsten Tag rief Manlius Syagrius zu sich und diktierte ihm einen Brief an Bischof Faustus. Es folgte ein langer Gedankenaustausch und schließlich, einige Wochen später, ein Besuch bei Faustus. Dabei war Manlius rückhaltlos ehrlich. Er konnte nicht für sich in Anspruch nehmen, ein guter Christ zu sein, doch er war wahrscheinlich der mächtigste Mann in der Region. Ungläubige Barbaren im Norden und Westen, der größte Teil Galliens bereits verloren und ein machtloser Kaiser, der den Rest des Landes mit Sicherheit nicht schützen konnte – wie sollte die Kirche da ohne ihn auskommen?

Acht Wochen und drei Tage später wurde er getauft und als Bischof von Vaison eingesetzt, womit er die Verantwortung für eine Diözese übernahm, die es schon seit rund zweihundert Jahren gab: streng genommen die einzige Obrigkeit in einer Region, in der alle anderen Institutionen längst zur Bedeutungslosigkeit verkümmert waren.

Dass Julien überhaupt auf die Handschrift des Bischofs aufmerksam werden konnte, hatte er genau genommen dem Umstand zu verdanken, dass Olivier de Noyen im Alter von fünfzehn Jahren zum Dieb geworden war. Er arbeitete zu der Zeit in der Kanzlei des Kardinals Ceccani, wo es seine Aufgabe war, die ein- und ausgehenden Gelder genau zu verbuchen. Sie waren zu zwölft, jeder an einem kleinen Pult, und mussten vom Morgengrauen bis zur Dämmerung Gold- und Silberstücke zählen, alles ins Hauptbuch eintragen und so dazu beitragen, dass der Machtapparat des Kardinals reibungslos funktionierte.

Olivier hatte sich die Arbeit nicht ausgesucht, sie war ihm als Strafe für wiederholte Verstöße gegen die Hausordnung auferlegt worden. Einmal war er zum Beispiel allzu ungestüm um eine Ecke gerannt und mit dem Koch zusammengestoßen, der gerade das Mahl für den Kardinal auftragen wollte: eine Woche Geld zählen und verbuchen. Ein andermal war er ein paar Tage spurlos verschwunden: zwei Wochen. Und irgendwann war er spät in der Nacht ausgegangen, hatte seine erste Erfahrung mit dem Nachtleben von Avignon gemacht, sich sinnlos betrunken und die Spuren der Ausschweifung auf dem Marmorboden der großen Eingangshalle im Kardinalspalast hinterlassen: ein Monat Geld zählen.

Einige Zeit nach seinem letzten Abenteuer, dessen er sich selber schämte, stellte er fest, dass die Zahlung einer der englischen Pfründen des Kardinals um ein Goldstück zu hoch ausgefallen war. Zu dieser Zeit gefiel er sich in der Rolle eines Dandys, und er hatte sich einer Gruppe von anderen jungen Stutzern angeschlossen, die sich mit dem feinsten Tuch kleideten, das sie finden konnten, und sich selbst Wunder wie toll vorkamen, wenn sie singend durch die Straßen zogen und (meist harmlosen) Schabernack mit den Passanten trieben. Die meisten Bürger Avignons ertrugen ihren Übermut gelassen, nur die Juden nahmen es krumm, wenn sie verspottet wurden. Sie fanden die Pöbelei unerträglich, eilten schleunigst mit gesenktem Kopf und eng zusammengerafftem Mantel weiter und kamen nie auf den Gedanken, die frechen Sprüche der Jugendlichen mit gleicher Münze heimzuzahlen. Und so kam es, dass mit der Zeit aus dummen Bemerkungen Beleidigungen wurden und schließlich sogar Steine flogen. Olivier machte bei diesem Unfug mit – ähnlich gedankenlos, wie er in Kindertagen streunende Hunde und Katzen gequält hatte. Nach einer Weile kam ihm dieses böse Spiel völlig normal vor; Hunde, Katzen oder Juden, was machte das schon für einen Unterschied? Für ihn war der derbe Spaß nur ein Zeitvertreib.

Sein festliches, in Karmesinrot und Blau gehaltenes Sonntagsgewand gefiel ihm überaus gut, nur, er hatte nicht die passenden Schuhe dazu, und die holzbesohlten Pantoffeln mit leinenen Riemen verunzierten, wie er fand, die ganze Erscheinung. Keine feine Dame, ach, nicht mal eine Dienstmagd drehte sich nach einem Burschen um, der klappernd wie ein Eselskarren durch die Straßen trottete. Wer sollte schon jemanden ernst nehmen, der barfuß tanzte und die ganze Zeit über auf der Hut sein musste, dass ihm nicht irgendein Kerl in Stiefeln die Zehen zerquetschte?

Es ärgerte ihn, dass er keine guten Schuhe besaß, und da wurde das überzählige Goldstück natürlich zur übermächtigen Versuchung. Schließlich steckte er es ein und erstand dafür ein Paar gute, lederbesohlte Schuhe, so weich und bequem, dass er in ihnen schwerelos zu schweben schien. Er betrachtete sie jeden Abend, wenn er zu Bett ging, wagte aber aus lauter Angst, sie könnten womöglich schmutzig werden, einen Monat lang nicht, sie auf der Straße zu tragen. Sie waren sein ganzes Entzücken, und wenn er sie schon nicht an den Füßen tragen konnte, so trug er sie umso inniger in seinem Herzen. So beschämend es klingt: Er liebte die Schuhe so sehr, dass er nicht mal Gewissensbisse wegen seines Diebstahls empfand.

Andererseits wusste er sehr wohl, dass er die Tat eines Tages wieder gutmachen musste. Und so behielt er die Abschrift von Manlius' Abriss der Philosophie, als er sie fertig gestellt hatte, nicht für sich, sondern übergab »Scipios Traum« Ceccanis Bibliothekar, um sich fortan mit dem Gedanken zu beruhigen, dass durch dieses großzügige Geschenk sein verruchtes Entzücken an den Schuhen mehr als wettgemacht sei. Aus der Bibliothek des Kardinals nahm das Manuskript nach Ceccanis Tod den Weg in die päpstliche Bibliothek, und dort schlummerte es vor sich hin, bis eines Morgens ein junger französischer Studiosus kam, es aufschlug und zu lesen begann.

Manlius begegnete Sophia zum ersten Mal in Marseille, und zwar nach dem Tode ihres Vaters, des Philosophen Anaxius, an dessen Vorlesungen er teilgenommen hatte. Er war nach Marseille gekommen, weil in der Stadt noch eine gewisse Ordnung herrschte, obwohl das Murren der Einwohner über die zunehmend unzuverlässige Wasserversorgung und die Unfähigkeit der Verwaltung, Verbrechen vorzubeugen und den Räuberbanden Einhalt zu gebieten, die Nacht für Nacht in den Vororten ihr Unwesen trieben, immer lauter anschwoll. Die Schulen gehörten zu den besten im Lande; um etwas Besseres zu finden, hätte ein Student bis nach Antiochia oder Alexandria reisen müssen. Eine Generation zuvor hatten strebsame junge Männer das getan, aber nun waren Zeiten angebrochen, in denen bereits der Entschluss, nach Marseille zu reisen, zu Hause Kopfschütteln und Unverständnis auslöste.
Manlius' Erfahrungen waren nicht die glücklichsten. Die Schulen erhielten kaum noch Unterstützung durch die Stadt, weil die wenigen Einnahmen für die Administration gebraucht oder vom gierigen Schlund der Kirche verschlungen wurden. Die Lehrer waren alt und müde geworden, zermürbt durch die schwindende Zahl der Studenten und die fortwährenden Kränkungen, die sie von jenen erfuhren, die sie heidnischen Gedankenguts ziehen. Eines Tages, als Manlius zusammen mit drei anderen Studenten in einem Hörsaal saß, der gut und gern hundert Zuhörer gefasst hätte, und den Ausführungen des alten Mannes lauschte, der sie in die Poesie des Horaz einzuführen versuchte, fing es plötzlich über ihnen dumpf zu knacken an –

ein grollendes Geräusch, das von der Decke ausging und rasch im ganzen Hörsaal widerhallte. Anaxius nahm keine Notiz davon, sondern setzte die Vorlesung ungerührt fort – in dem gewohnt eintönigen Singsang, der in keinem krasseren Widerspruch zu dem stehen konnte, was er über sprachliche Rhythmik und rhetorische Eloquenz ausführte.

Und auf einmal stürzte inmitten einer Wolke aus Gips und Staub ein Teil des Daches auf das Podium. Manlius, gerade mal siebzehn, fand das höchst belustigend und sah darin eine Strafe der Götter für die unsäglich langweilige Vorlesung, bis er begriff, dass er Zeuge eines überaus ernsten Vorfalls geworden war. Anaxius brach unter der Last der über einhundert Jahre alten, irreparabel verrotteten Decke zusammen. Die Risse im Putz waren schon vorher unübersehbar gewesen, aber niemand hatte ihnen Beachtung geschenkt, auch nicht, als sie von Woche zu Woche größer und bedrohlicher wurden.

Der alte Mann war tot; ein Steinsplitter, so lang wie Manlius' Arm, hatte ihn wie ein Speer durchbohrt. Er hatte so unglücklich seine Schulter getroffen, dass er tief in seinen Körper eindringen konnte. Als Manlius sich über den Philosophen beugte und fieberhaft überlegte, was er tun könne, hauchte Anaxius schon lautlos und ohne Klagen sein Leben aus.

Die Kommilitonen hatten eilends ihr Bündel geschnürt und waren gegangen. Einem war, wie Manlius später erfuhr, nichts Besseres eingefallen, als rechtliche Schritte anzukündigen, weil ein im Voraus bezahlter Kurs nicht im vollen Umfang durchgeführt worden war; er drohte, Anaxius' Tochter auf Rückzahlung des Geldes zu verklagen. Manlius trommelte ein paar Gleichgesinnte zusammen, um ihr zu zeigen, dass sie treue Freunde hatte, die nicht mit sich spaßen ließen. Während besagter Student sich noch von der Tracht Prügel erholte, die ihm die Helfershelfer verpasst hatten, suchte Manlius ihn am Krankenbett auf und warf ihm verächtlich ein paar Hände voll Goldmünzen vor die Füße. Die Genugtuung, die er dabei empfand, ließ er sich das Zwanzigfache des Betrages kosten, den der Kerl zurückgefordert hatte.

Nach dem Einsturz der Decke trieb Manlius einen Hausmeister auf und vereinbarte mit ihm, dass Anaxius' Leichnam aus dem Schutthaufen geborgen, gewaschen und hergerichtet werde. Dann eilte er zum Haus des Verstorbenen, um die Angehörigen von dem tragischen Geschehen zu unterrichten. Es stellte sich aber heraus, dass der alte griechische Philosoph dort allein mit seiner Tochter gelebt hatte. Sie hieß Sophia, war fünfundzwanzig Jahre alt und unverheiratet.

Er war sehr beeindruckt von ihrer Reaktion: keine Tränen, kein Wehklagen, kein würdeloses Jammern. Sie hörte sich an, was er zu sagen hatte, bedankte sich und fragte lediglich, wo sie den Leichnam abholen könne. Dann bot sie ihm ein kaltes Getränk an, denn es war ein sengend heißer Tag. Die beherrschte Würde, die sie ausstrahlte, machte tiefen Eindruck auf Manlius, und das umso mehr in einer Zeit, in der lautes Lamento und ostentativ zur Schau gestellte Gefühlsausbrüche gang und gäbe waren.

Sophia sagte nur: »Er wird jetzt glücklich sein.«

Später, nach der Beerdigung, die sie nach dem heidnischen Ritus der Feuerbestattung durchführen ließ, fragte Manlius, was sie denn mit dieser Bemerkung gemeint habe. Sie dachte lange nach und gab ihm dann eine Erklärung, die ehrfürchtiges Staunen in ihm auslöste. Es war seine erste Unterweisung in platonischem Denken in seiner reinsten, von keiner christlichen Verfälschung getrübten Form. Er lauschte ihr gebannt; was sie sagte und die Art, wie sie es sagte, faszinierten ihn. Schließlich konnte er sich die Bemerkung nicht verkneifen, dass der Hörsaal jeden Tag bis auf den letzten Platz besetzt gewesen wäre und die Studenten sich sogar draußen auf den Fluren gedrängt hätten, wenn ihr Vater es verstanden hätte, so wie sie über diese alten Weisheiten zu reden.

»Ach nein«, widersprach sie, »mein Vater war ein viel bedeutenderer Philosoph, als ich es je werden kann. Nachdem er aus Alexandria hierher kam, war er zunächst sehr zuversichtlich, aber es fanden sich nur wenige, die ihm wirklich zuhören wollten, vielen machte das, was er zu sagen hatte, sogar Angst. So wurde er immer schweigsamer und reihte in seinen Vorlesungen nichts sagende Allerweltsweisheiten aneinander. Du warst zu höflich, um auszusprechen, was wir alle nur zu gut wissen: dass er nämlich kein sonderlich geschickter Lehrer war. In seinen Worten spiegelte sich sein müde gewordenes Herz wider. Aber, Manlius, du hättest ihn hören sollen, wenn er über die wahre Philosophie sprach! Dann klang seine Stimme wie Musik, und in seinen Augen lag ein wundersamer Glanz. All das ist nun für immer verstummt und verloren.«

»Nicht, solange es in Euch weiterlebt«, erwiderte er. »Und Ihr irrt, wenn Ihr glaubt, dass niemand richtig zuhören will. Allein unter meinen Bekannten kenne ich ein halbes Dutzend, die sich beglückt zu Euren Füßen kauern würden, wenn sie Euch nur zuhören dürften.«

Während der nächsten Wochen bewies er es ihr, indem er ein paar Freunde, die es der Mühe wert waren, ansprach und zu ihr brachte – junge Adelige, die allesamt bereit waren, sich von ihr und ihrem Wissen bereichern zu lassen. Zwei Jahre lang trafen sie sich jede Woche zweimal in Manlius' Haus, um ihr zu lauschen. Als Manlius schließlich abreisen musste, um seinen Vater nach Rom zu begleiten, wo dieser dem engeren Gefolge des neuen Kaisers Majorian angehören sollte, waren schon viele andere zu dem kleinen Zirkel um Sophia gestoßen, sodass die Vorlesungen ihr, ganz wie es Manlius geplant hatte, ein bescheidenes Auskommen sicherten.

Eine Frau als Lehrerin war zu jener Zeit ungewöhnlich, aber es gab Vorgängerinnen, auf die sie sich berufen konnte. War nicht Hypatia, Alexandrias größte Philosophin, für die klassischen Bildungswerte im wahrsten Sinn des Wortes zur Märtyrerin geworden? Eine Horde verblendeter Christen hatte sie regelrecht in Stücke gerissen – nicht, weil sie eine Frau war, nein, weil sie eine so umfassende Bildung besaß und über eine so geschliffene Dialektik verfügte, dass alle, die ihr Paroli bieten wollten, am Ende nur beschämt schweigen konnten. Sie waren ihr geistig nicht gewachsen, also brachten sie sie um. Sophias Vater war einer ihrer letzten Schüler gewesen und nach Hypatias Tod nach Marseille geflohen, weil er fürchten musste, sonst dasselbe Geschick zu erleiden.

Sophia hatte freilich an Manlius' Vorsorge für ihr materielles Wohlergehen nur eingeschränkte Freude, denn nicht alle, die zu ihren Füßen saßen und ihr lauschten, waren der Philosophie zuliebe gekommen. Es gab in ihrem Auditorium viele, die sich darin gefielen, opulente Bankette nach Art der alten Römer zu geben und dabei verächtlich über die ungebildeten Christen, den derben Pöbel und all jene zu reden, die nicht in der Lage waren, die Feinheiten wahrer Gedanken zu erfassen. Leider ließen sie ihrer blasierten Kritik nicht nur dann freien Lauf, wenn sie unter sich waren, nein, sie schwadronierten in aller Öffentlichkeit drauflos und diskutierten lauthals über die Natur des Göttlichen. Sophias so sorgsam wie ein Schatz gehütete Philosophie wurde bei ihnen zum jugendlichen, aller Welt entgegengespuckten Aufbegehren. Und so blieb ihr nichts anderes übrig, als den jugendlichen Heißspornen eine Rüge zu erteilen.

»Ich will nicht, dass es mir ergeht wie Sokrates und Hypatia. Ich will nicht angeklagt werden, weil ich angeblich die Moral der Jugend verderbe, und ich will erst recht nicht wegen des Benehmens meiner Schüler ermordet werden. Ich will nicht, dass das, was ich euch lehre, für euch lediglich eine wertvolle geistige Zierde ist, deretwegen ihr euch über andere erhaben dünkt. Etwas mehr Anstand und Bescheidenheit, bitte! Mir ist nicht bekannt, dass es als Tugend gilt, abschätzig von anderen zu reden und sie zu kränken. Zur Strafe werden wir heute über die Segnungen des Christentums sprechen ...«

Und das tat sie dann auch, beschämte sie, schüchterte sie mit der Kraft ihrer Argumente ein und brachte sie dazu, vor dem Übermaß ihres Wissens zu kuschen. Denn sie verstand es, selbst in vermeintlich wertloser Schlacke verborgene Weisheit und im scheinbar Sinnlosen das Gute zu erkennen. Und ihre jungen Schüler liebten und verehrten sie, weil es einfach unmöglich war, eine Frau wie sie nicht zu lieben und zu verehren. Sophia aber erkannte, dass ihr die Verehrung, die ihr entgegengebracht wurde, viel zu sehr schmeichelte, und so erlegte sie sich zur Buße längere Fastenzeiten und Meditationstage auf.

Nach Barneuves Tod fiel einem entfernten Cousin die Aufgabe zu, den Nachlass des Onkels zu ordnen. Dabei stieß er auf ein Foto, das offensichtlich als Lesezeichen benutzt worden war, dem Cousin aber nichts sagte, hatte er den Onkel doch kaum gekannt und die Nachlassregelung nur aus familiärer Verpflichtung übernommen. Er war als Alleinerbe eingesetzt, wusste aber wenig mit den vielen Büchern und Papieren anzufangen, die der alte Herr im Laufe des Lebens zusammengetragen hatte und die sich nun in mehreren Räumen des Hauses in der Rue de la Petite Fusterie in Avignon bis an die Decke stapelten. Einiges bot er der Universität an, die sich herauspickte, was sie brauchen konnte; alles andere sortierte er aus, verkaufte, was von Wert war, und warf den Rest weg. Auch das Foto wanderte in eine der Abfalltonnen im Hinterhof, die bereits am nächsten Morgen geleert wurden.
Es wäre sinnlos gewesen, es aufzuheben, zumal die Identität der abgebildeten Person nicht zu ermitteln war, folglich auch niemand hoffen konnte, mit Hilfe eines alten Fotos Licht in

weiß Gott welche dunklen Winkel der Familiengeschichte zu bringen. Selbst noch so sorgfältiges Betrachten half nicht weiter, nur Barneuve selber hätte sagen können, wen es zeigte. Es war quadratisch, in Schwarz-Weiß, jedoch mit dem blassen Braunstrich, den Fotos im Laufe der Jahre annehmen, und zeigte eine Frau um die zwanzig, die sich in der Pose einer Kreuzfahrtteilnehmerin an die Reling eines Schiffes lehnte – einer jener Schnappschüsse, wie sie zu Tausenden gemacht werden. Wäre der Fotograf auch nur einen Schritt nach links getreten, hätte sich wenigstens der Name des Schiffes feststellen lassen, denn knapp neben dem linken Bildrand war an der Reling noch ein Stück von einem Rettungsring zu sehen. Im Hintergrund konnte man einen Hafen und einen schlanken Turm – wahrscheinlich ein Minarett – erkennen, was vermuten ließ, dass die Reise ins östliche Mittelmeer geführt hatte. Was indessen auch nicht dazu beitrug, die Identität der jungen Frau aufzuklären.

Sie trug ein wadenlanges Baumwollkleid und einen Sonnenhut, schien aber nicht in Ferienlaune zu sein. Sie hatte, auch wenn sie nicht dem klassischen Schönheitsideal entsprach, eine irgendwie faszinierende Ausstrahlung. Was sofort ins Auge fiel, war die Intensität ihres ohne Scheu der Kamera zugewandten Blickes. Sie stand da, als wolle sie jemanden herausfordern. Ein phantasiebegabter Betrachter mit dem Mut zu kühnen Schlussfolgerungen hätte in ihrer Miene vielleicht zusätzlich einen Anflug von Ungeduld ausmachen können. Warum, schien sie zu denken, vergeuden wir hier unsere Zeit, wenn es doch an der Küste so viele aufregende Dinge zu besichtigen gibt?

Und was noch auffiel: Sie stand allein da, und das auf einem bis in den letzten Winkel mit Menschen voll gestopften Schiff. Vielleicht, weil es ihr schwer fiel, Freunde zu finden? Oder weil sie niemanden brauchte? Ihrem Gesichtsausdruck nach gehörte sie zu den Menschen, die ständig etwas suchen, es aber nie finden. Es lag sogar etwas wie vorsichtiges Misstrauen in

ihrem Blick, gepaart mit der Entschlossenheit, sich nicht anmerken zu lassen, dass dies ihr schwacher Punkt war.
Mehr ließ sich aus dem Foto beim besten Willen nicht lesen. Wie denn auch, war es doch jäh aus einem Buch herausgeschüttelt worden, und niemand konnte mehr feststellen, an welcher Stelle es als Markierung gedient hatte. Es war einfach auf den abgewetzten alten Teppich geflattert und hatte dort gelegen, bis es mit dem anderen Abfall zusammengekehrt worden war, wodurch der Cousin in seinem Ordnungsdrang unwissentlich die einzige Spur vernichtet hatte, mit deren Hilfe es vielleicht möglich gewesen wäre, Licht ins Dunkel zu bringen. Denn vorher hatte das Foto in einem dünnen Bändchen über sakrale Kunst in provenzalischen Kirchen gesteckt, und zwar just an der Stelle, wo die Reproduktion eines Gemäldes abgebildet war, das nach Julien Barneuves fester Überzeugung das Porträt jener Frau darstellte, die Olivier de Noyens wahre, unbekannte Liebe gewesen war.
Hätte sich jemand die Mühe gemacht, genau hinzusehen, und wären ihm die beiden Gesichter so unvergesslich vertraut gewesen wie Julien Barneuve, dann hätte er die frappierende Ähnlichkeit zwischen der Frau auf dem Foto und der Porträtierten sofort erkennen müssen.

Nachdem er – zumindest in seinem Herzen, wenn nicht gar offen – die Karriere eines Advokaten verworfen hatte, trug sich Olivier de Noyen viele Jahre lang mit dem Gedanken, ungeachtet aller Kasteiungen, die damit verbunden waren, Priester zu werden. Ohne groß darüber nachzudenken, wurde ihm die Vorstellung so selbstverständlich, dass es sie nie ganz aufgab. Und es wäre auch erstaunlich gewesen, wenn er nicht auf diese

Idee verfallen wäre. Schließlich lebte er, umgeben von Geistlichen, im Haus eines hohen Klerikers, und da ergab es sich von selbst, dass fast jeder, den er kannte, Priester oder der Kirche auf die eine oder andere Weise eng verbunden war. Außerdem versprach der geistliche Stand die Aussicht auf Protektion, denn wenn er Zuflucht im Schoß der Kirche suchte, konnte er mit dem Wohlwollen Ceccanis und anderer geistlicher Herren rechnen, die alle gern bereit waren, einen intelligenten, sympathischen, wenn auch mitunter widerspenstigen jungen Mann zu fördern, der ihnen Ehre einzubringen versprach. Und Olivier wäre tatsächlich ein Aufstieg zu hohen Würden beschieden gewesen, dafür hätte Ceccani mit seinen immensen Möglichkeiten schon gesorgt. Bis in die Spitzenränge der kirchlichen Hierarchie wäre er freilich kaum gelangt, weil es ihm an dem nötigen, bei Ceccani so ausgeprägten politischen Instinkt fehlte. Dennoch hätte er zweifellos eine Position erreicht, durch die ihm innerhalb der Kurie eine gewisse Macht zufiel (und man weiß ja, dass niederere Kleriker, die die Fäden ziehen, oft mehr Einfluss haben als die Purpurträger, denen sie dienen).

Ein Dasein im Überfluss, ausgestattet mit Macht – aber eben ein Leben im Verborgenen. Denn wie viele Namen päpstlicher Bürokraten haben die Jahrhunderte überdauert? Ist auch nur einer darunter, auf den Julien Barneuve aufmerksam geworden wäre? Die Römer hielten, ehe sie Christen wurden (und insgeheim wohl auch danach), den Ruhm für eine Gottheit und strebten danach, sich in seinem grellen Licht zu sonnen, selbst wenn sie seine Segnungen oft mit Schimpf, Schande und Tod bezahlen mussten. Auch Olivier war in einer Weise, die ein Mann wie Julien nie verstanden hätte, für die magische Verlockung empfänglich, die vom Altar des Ruhmes ausging. Und wenn sich Unsterblichkeit (wie die Römer glaubten, auch wenn sie das oft bestritten) darin manifestiert, dass andere nach unserem Tod unser Andenken bewahren, dann war

Olivier de Noyen wie kein anderer für das ewige Leben prädestiniert.
Nicht, dass er das alles gründlich durchdacht, das Für und Wider der Optionen, die sich ihm boten, gegeneinander abgewogen und dann seine Entscheidung getroffen hätte. Wäre er auf diese Weise vorgegangen, hätte er nach allen Regeln der Vernunft Priester werden müssen. So aber war ihm gar nicht bewusst, dass er nach Ruhm strebte, noch hätte er je erklären können, was ihn daran reizte.
Sein Leben plätscherte eher an der Oberfläche dahin, und er begnügte sich damit, seine Sehnsucht nach dem Ideal der klassischen Bildung stillen zu können. Als sein Vater aus Avignon abgereist war, eilte er, sobald seine Tränen versiegt waren, in die Schreibstube des Kardinals, besorgte sich Feder, Tinte und Sand und fing an, eine Kopie des Manuskripts zu fertigen, das sein Vater soeben verbrannt hatte. Er schrieb den Text Wort für Wort nieder, ohne jeden Fehler, und das machte ihm nicht einmal Mühe, weil er die Worte so oft gelesen hatte, dass sie dank seines phänomenalen Gedächtnisses unauslöschlich in ihm gespeichert waren.
Dabei kam ihm plötzlich eine Art Erleuchtung. Er verwandelte den Hass auf seinen Vater (den er sich nie eingestand, denn solche Gefühle waren unnatürlich und konnten nicht geduldet werden) in Bewunderung und Hochachtung für Ceccani. Und um dieser Bewunderung Ausdruck zu verleihen, beschloss er, seinem Gönner ein Geschenk zu machen.
Daraus wurde sozusagen seine erste Publikation, so gut das eben vor Erfindung der Druckerkunst möglich war. Er fertigte in seiner schönsten, freilich noch jugendlich unausgeprägten Schrift eine Kopie des so lange vor allen verborgen gehaltenen Schatzes an und fügte, damit er diese in schicklicher Form überreichen konnte, auf einem zusätzlichen Bogen eine Art Widmung hinzu, in der er die kultivierte Großzügigkeit des Empfängers pries, nach bestem Wissen beschrieb, was es mit

dem Geschenk auf sich hatte, und versicherte, dass es ihm eine Freude sei, es jemandem vermachen zu können, den er so bewundere, wie er Cicero verehre.

Und diese Widmung verfasste er eher zufällig, ohne es von Anfang an zu wollen, in Versen. Die ersten beiden Zeilen gerieten ihm wie von selbst zu Hexametern, und als er das bemerkte, wurde ihm klar, dass er dem Kardinal durch die klassische Versform unversehens ein zusätzliches Kompliment machen konnte, das dieser als gebildeter Mann gewiss zu schätzen wusste.

Gemessen an seiner späteren Lyrik und an den Erwartungen, die nicht zuletzt durch sein Bemühen in intellektuellen Kreisen geweckt worden waren, nahm dieser erste Versuch sich kümmerlich aus; es mangelte ihm an gewandter Wortwahl und Eleganz, was ohne Zweifel der Grund dafür war, dass Olivier sich später beharrlich weigerte, seinen Erstling vervielfältigen zu lassen. Und doch vermittelten seine Verse den Eindruck unverkrampfter Frische, in den Worten wehte ein Hauch Frühling mit. Die Metaphorik und die grammatikalischen Konstruktionen mochten naiv wirken, aber die Verse unterschieden sich wohltuend von dem überzogenen Manierismus und der aufgesetzten Selbstverliebtheit anderer Werke aus früheren oder späteren Perioden. Oliviers Hexameter spiegelten eine Poesie von schlichter Eindringlichkeit wider, sie waren wie ein lindes Lüftchen nach langen kalten Wintertagen, sie ließen an den Duft von Rosmarin und Lavendel denken und die Nähe des warmen Sommers ahnen. Im Übrigen waren sie für einen Sechzehnjährigen eine beachtliche Leistung, und zu Ceccanis ausgeprägtesten Begabungen gehörte es, junge Talente aufzuspüren, die ihm, dem Kirchenfürsten und Politiker, später Nutzen bringen konnten.

Olivier war zu schüchtern, um Ceccani das Geschenk beim gemeinsamen Mittagsmahl oder einer ähnlichen Gelegenheit zu überreichen. Dabei hätte es viele Augenzeugen gegeben, denen dann auch der Unmut des Kardinals nicht entgangen wäre, falls das Ergebnis seiner Bemühungen nicht huldvolle Aufnahme fand. Und so trug er die Schriftrolle, hübsch von einem Schmuckband zusammengehalten, das er sich heimlich in der Nähstube besorgt hatte, und mit einem Wachssiegel versehen, dessen Petschaft er aus einem Stück Holz geschnitzt hatte, etliche Tage unterm Umhang mit sich herum, immer in der Hoffnung, der passende Augenblick werde sich von selber ergeben.

Von seinen Zimmergenossen konnte er keine Unterstützung oder Ermutigung erwarten, dafür war die Rivalität unter den zwölf Jungen, die Ceccani in seinem Haus aufgenommen hatte, viel zu groß. Alle wussten, dass nur wenige Glückspilze unter ihnen damit rechnen konnten, gefördert und zu höheren Aufgaben berufen zu werden, und die Ältesten, die in der Hackordnung am weitesten oben standen, waren eher darauf bedacht, die Jüngeren in einem schlechten Licht erscheinen zu lassen, damit sie ihnen nicht den Rang ablaufen konnten. Olivier ahnte instinktiv, dass niemand etwas von dem Geschenk erfahren durfte, ehe er es überreichen konnte, weil er befürchten musste, dass es ihm von einem seiner Schlafkumpane gestohlen oder ruiniert worden wäre. Den wenigen Bogen Papier kam in der kleinen Welt der Schlafstube eine ähnliche Bedeutung zu wie den geheimen Korrespondenzen oder Pakten in der großen Welt der Päpste, Kaiser und Könige. Hier wie dort entschieden sie darüber, ob einer sich ducken musste oder ganz nach oben aufstieg, sie verliehen die Macht, Allianzen zu schmieden oder aufzulösen, das Gleichgewicht der Kräfte zu verlagern und die einen zu verbannen, andere dagegen mit Gold zu überhäufen.

Machte Olivier sich das klar? Steckte hinter dem scheinbar unschuldigen Geschenk eines Jünglings das Verlangen, sich die Quellen der Bildung zu erschließen, oder trug es das Gift der halb unbewussten Ahnung in sich, welche Möglichkeiten so eine Gabe eröffnen konnte? War dies das erste Opfer, das er der Gottheit des Ruhmes darbrachte, ein wohl erwogener Schachzug in dem großen Spiel um Macht und Aufstieg? Vielleicht von allem ein wenig, denn Olivier wusste, wie notwendig all das war. Er ahnte, dass seine Sehnsucht nach umfassender Bildung nur Erhörung finden konnte, wenn er die wohlwollende Unterstützung eines Mannes wie Ceccani gewann, und er zog daraus den Schluss, dass sein Geschenk zum entscheidenden Schritt auf dem Weg zu diesem Ziel werden konnte.

Und dann bot sich plötzlich die lang ersehnte Gelegenheit, und er nahm allen Mut zusammen, um sie zu nutzen. Ceccani kam ihm, begleitet von einem Sekretär, auf einem der Wandelgänge in seinem erst kürzlich vollendeten Palast entgegen, einem Bauwerk, das an Größe und Prunk nur vom päpstlichen Palast übertroffen wurde. Allein der Umstand, Besitzer dieses Bauwerks zu sein, verlieh dem Kardinal noch mehr Macht und Einfluss. Eine Festung, die niemand ungebeten betreten durfte; alle, die auch nur im Vorbeigehen einen Blick auf die hohen Mauern und Wehrtürme warfen, erstarrten vor Ehrfurcht. Der Junge ahnte, dass sich ihm nie eine bessere Chance bieten würde. Er ging auf Ceccani zu, verbeugte sich, versäumte es aber, danach zur Seite zu treten und dem Kardinal den Weg freizugeben.

Ceccani blieb stehen und sah ihn verwundert an – ein unschlüssiges Mienenspiel, aus dem von einem Moment zum anderen Verärgerung oder Belustigung werden konnte.

Olivier verbeugte sich abermals und langte in den Umhang, wobei ihm der erschrockene Ausdruck nicht entging, der sekundenlang über das wuchtige, so viel Macht ausstrahlende Gesicht des Kardinals huschte. Schließlich war dies der päpstliche Hof, es waren schon früher Männer wie Ceccani von einem Meuchelmörder niedergestreckt worden, und der Dolch konnte selbst im Gewand blutjunger Burschen von Oliviers Schlag stecken.

»Mein Herr – äh …«, begann Olivier, dann verstummte er abrupt, überwältigt von Zweifeln, Befürchtungen und der jähen

Erkenntnis der eigenen Jugend. Ceccanis Miene verriet Unmut, er konnte sich so viel tölpelhaftes Ungeschick nur als Beleidigung seiner Person und seines Amtes erklären. Olivier bemerkte das nur zu gut und wusste, dass ihm lediglich der Bruchteil einer Sekunde blieb, um sein Geschick und womöglich sein ganzes Leben in die richtige Bahn zu lenken.

»Mein Herr, mir ist die große Huld zuteil geworden, seit vielen Monaten in Eurem Haus, ja sogar in Eurer Gegenwart leben zu dürfen, und doch hatte ich nie Gelegenheit, meiner Dankbarkeit angemessenen Ausdruck zu verleihen. Ich habe Euch dies als Geschenk zugedacht. Es ist eine armselige Schriftrolle, völlig unangemessen, und ich kann nur hoffen, dass Ihr mich nicht für zu kühn haltet. Aber wenn Ihr die Worte des Autors lest – ich meine nicht die, die ich hinzugefügt habe –, wage ich zu hoffen, dass meine Vermessenheit Euch nicht erzürnt.«

Und dann übergab er die Schriftrolle nicht etwa dem Sekretär, sondern Ceccani persönlich, was an sich schon eine ungeheure Anmaßung war, rang sich nochmals eine ungelenke Verbeugung ab und hätte sich um ein Haar Ceccanis Wohlwollen verscherzt, weil er sich brüsk umdrehte und wie von Furien gehetzt den Wandelgang hinunterrannte.

Das Letzte, was er hörte, war das schallende Gelächter der beiden Männer, mit dem sich ihre innere Anspannung und alle anfänglichen Bedenken lösten. Es gellte ihm noch tagelang in den Ohren.

Nachdem die anderen Jungen von Oliviers *démarche* gehört hatten, bezog er in der Nacht des nämlichen Tages die schlimmste Tracht Prügel seines Lebens. Denn seine Zimmergenossen wussten, dass sie chancenlos ins Hintertreffen geraten waren, wenn Olivier mit seinem kühnen Schachzug Erfolg haben sollte.

Seit Menschen begonnen haben, über sich und ihr Verhalten nachzudenken, hat der Brauch des Schenkens all denen Rätsel aufgegeben, die in dieser Praxis eine der merkwürdigsten und vielschichtigsten Formen der Kommunikation sehen – eine Gepflogenheit, die vornehmlich, wenn auch nicht ausschließlich, bei der Spezies Mensch verbreitet ist. Wann man etwas schenkt, wie man es tut und was man schenkt, das unterliegt verzwickten Regeln, und um keinen Fehler zu begehen, bedarf es großer Sorgfalt und ausgeprägten Feingefühls, weil das Geschenk sonst leicht seinen Zweck verfehlen kann. Olivier hatte es da trotz oder gerade wegen seiner Jugend leichter, denn in seinem Alter hat man noch keine Schwierigkeiten damit, die symbolische Sprache des Schenkens und Beschenktwerdens mit ihrer zielgerichteten Grammatik und ihrer einfachen Syntax zu verstehen. Seine Position gegenüber Ceccani war beiden eindeutig klar, da konnte es kein Missverständnis geben. Er musste nicht um eine Gegenleistung bitten, weil es als selbstverständlich vorausgesetzt wurde, dass das Geschenk in Erwartung einer solchen gemacht worden war, und wenn der Beschenkte dem unausgesprochenen Wunsch nachkam, tat er es, weil es ihm zur Ehre gereichte und keine lästige Verpflichtung war. Den Jungen störte es nicht, dass er durch die Gegenleistung Ceccani – womöglich ein Leben lang – verpflichtet war, denn schließlich steht, wenn er Glück hat, jeder bei irgendjemandem in der Schuld, und darüber hinaus stehen alle in Gottes Schuld.

Problematisch war nur die Frage, wie man seinen Dank ausdrücken sollte, denn selbst noch so freundliche Worte konnten später in der Erinnerung des Adressaten arg entstellt widerhallen: »Ich weiß dein Geschenk zu schätzen, halte es aber nicht für derart wertvoll, dass ich mich bemüßigt sehe, im Gegenzug irgendetwas für dich zu tun. Du stammst aus einer unbedeutenden Familie, sodass ich mir kaum Vorteile von einer Patronage erwarten kann.« Oder sie gruben sich ganz anders in die

Erinnerung des Adressaten ein: »Ich werde deiner unausgesprochenen Bitte entsprechen und dich unter meine Schirmherrschaft nehmen. Ich will nicht verhehlen, dass ich mir sogar einen kleinen, einen sehr kleinen Vorteil davon verspreche, denn es könnte mein ohnehin hohes Ansehen in den Augen der Menschen noch mehr steigern. Und vielleicht auch in den Augen Gottes.«

Nun, solche Worte fielen nicht, es bedurfte ihrer nicht. Stattdessen erhielt Olivier von Ceccani eine – mit eigener Hand geschriebene – Notiz, in der er bat, ihm zu erklären, wie das Gerundiv im siebten Satz gemeint sei. Die Freude des Jungen war grenzenlos. Seine Bittschrift war huldvoll aufgenommen worden, seiner Karriere stand nichts mehr im Weg. Die Neuigkeit sprach sich binnen weniger Stunden im Palast herum.

Es dauerte nahezu ein Jahr, bis Oliviers Vater abermals den Weg nach Avignon fand, und bis dahin hatte der Junge sich innerlich endgültig aus der Bevormundung durch den alten Herrn befreit. Diesmal würde es keine Bücherverbrennung geben, und auch keine Anweisungen, wie er sich auf den Beruf eines Advokaten vorbereiten solle, das stand fest. Es sprach für Oliviers Charakterstärke und seinen Respekt vor dem Alter, dass er die veränderte Situation nicht zu einer offenen Konfrontation nutzte und sich sein Triumphgefühl nicht anmerken ließ. Umgekehrt sagte es viel über den Vater aus, dass er nicht lange dem Traum nachtrauerte, den er immerhin beinahe siebzehn Jahre im Herzen gehegt hatte, sondern sich, da er nun zerronnen war, mit dem Gedanken an all die Vorteile tröstete, die es ihm womöglich brachte, wenn sein Sohn in päpstliche Dienste trat. Kindern obliegt es, für ihre alt gewordenen Eltern zu sorgen, sagte er sich, nur dazu sind sie ja auf der Welt. Statt der Aussicht, im Alter bis auf spärliche Erträge aus der Vermietung seiner Häuser mittellos dazustehen (falls es denn Gottes Wille war, dass er so lange lebte), konnte er nun auf materielle Sicherheit hoffen, vielleicht gar auf eine kleine Rente, die ihm der päpstliche Hof um seines Sohnes willen zukommen ließ. Olivier sah das, soweit er in jungen Jahren überhaupt darüber nachdachte, ganz ähnlich und nahm sich vor, seinem Vater stets ein guter, pflichtbewusster Sohn zu sein. Wie hätte er in seinem jugendlichen Alter auch ahnen können, dass derlei väterliche Erwartungen nur zu Ressentiments bei der jüngeren Generation führen, wenn das Alter eines Tages tatsächlich grausam zuschlägt?

Wenn jemand je ein ähnliches Triumphgefühl empfand wie Olivier, dann war es sicher Julien Barneuve, nachdem er das Stipendium gewonnen hatte. Ihm wäre freilich nie eingefallen, darin eine Parallele zu sehen, für ihn war der Erfolg vielmehr der verdiente Lohn für die Leistung, die er bei einer überaus schwierigen Prüfung erbracht hatte. Der Gedanke an Glück und persönliche Patronage war ihm völlig fremd, ungeachtet des Umstands, dass er sich der Schirmherrschaft des großen Gustave Bloch erfreute, dessen Beweggründe dieselben waren wie die des Kardinals Ceccani: Beide versprachen sich von ihrer guten Tat, dass ihr ohnehin hohes Ansehen dadurch noch steigen würde. Und so darf man wohl davon ausgehen, dass es eine arglose, in keiner Weise berechnende Geste war, als Julien am Ende der Schiffsreise Julia Bronsen ein altes, in einem Antiquariat in Palermo preiswert erstandenes Buch überreichte, samt obligater eigenhändiger Widmung. Er dachte keinen Moment daran, dass das Geschenk als zarter Wink verstanden werden könne, noch rechnete er mit irgendeiner Gegenleistung.

Es war ein Geschenk der spärlichen Worte, und doch drückte es so viel aus. Allein die Wahl des Buches, Vergils »Eklogen«, war eine Huldigung an die Intelligenz und Bildung der jungen Frau und deutete an, dass der Schenkende ihre Interessen zu schätzen wusste und sie teilte. Die Edition, eine so genannte Aldine aus der Werkstatt des Venezianers Aldus Manutius, verriet den Kenner, der mit Bedacht das Besondere sucht, denn wie viele Freunde klassischer Literatur wissen schon zwischen der einen oder anderen Ausgabe zu unterscheiden, statt nur einen Blick auf den Titel zu werfen, der freilich in diesem Fall eine gewisse Beachtung verdiente …

Die Widmung, Worte aus einem Gedicht von Olivier de Noyen, das mit den Worten beginnt: »Meine Seele, vollendet, steigt auf zu Gott«, mutete dagegen ein wenig sonderbar an. Sie machte wenig Sinn, wirkte recht willkürlich und passte nicht zu der Sorgfalt, die Julien bei der Auswahl des Geschenkes an den Tag gelegt hatte. Es waren wohl einfach die einzigen Gedichtzeilen, die ihm, als er die Widmung schrieb, einfallen wollten. Erst später fand er heraus, dass es im Grunde Oliviers erstes wirkliches Liebesgedicht gewesen war – geschrieben, als er aufhörte, nur allgemein das hohe Ideal zu besingen, weil er sich selbst leidenschaftlich verliebt hatte.

Und wie stand es bei Manlius Hippomanes um die Kunst des Schenkens? Spiegelte sich in den Geschenken, die er Sophia offerierte, der Geist all dessen wider, was die griechische Philosophin ihn gelehrt hatte und was später in »Scipios Traum« zusammengefasst war? Beim ersten Geschenk, das er ihr in Marseille machen wollte, ließ er sich in jugendlichem Überschwang dazu hinreißen, ihr zum Zeichen seiner Verehrung Geld anzubieten – eine Summe, die ihr ein sicheres Auskommen gewährt hätte. Er brachte ihr ein mit Gold gefülltes Körbchen: ein

aufdringliches, völlig unangebrachtes Geschenk, das sowohl die ungehobelte Direktheit der Jugend wie auch die Arroganz eines Jünglings aus vermögendem Haus offenbarte, der seinen Standesdünkel noch nicht zu beherrschen gelernt hat.
»Warum gibst du mir das?«, stellte sie ihn ruhig zur Rede. Und als er erwiderte, der Grund sei, dass sie der einzige gute, edle Mensch auf der Erde sei, sagte sie schlicht: »Dann lass mich das weiterhin sein!«, und gab ihm das Geschenk zurück.
Beim zweiten Versuch entblößte er seine Seele und gestand ihr seine Liebe. Auch mit dieser plumpen Geste handelte er sich eine Abfuhr ein, offenbarte sie doch, dass er nichts von all dem verstanden hatte, was sie ihm zu vermitteln versuchte. Und so machte sie eine Lehrstunde daraus, und zwar auf die mühsame, langwierige Weise, deren es bedurfte, wenn er etwas begreifen sollte, wofür ihm offensichtlich bisher jede Einsicht fehlte.
»Komm mit mir!«, sagte sie und führte ihn aus dem Raum, in dem sie gewöhnlich ihre Gespräche führten, nach draußen.
Manlius, der vor lauter Nervosität und weil er mit ihr allein sein wollte, eine Privatstunde bezahlt hatte, starrte verblüfft auf die Tür, die zum Abtritt führte.
»Wirf einen Blick hinein!«, forderte sie ihn auf. »Was siehst du? Was riechst du?«
Manlius wusste nicht recht, was er sagen sollte. In dem kleinen viereckigen Verschlag sah es aus und stank es wie überall an solchen Orten.
»Nur ich benutze ihn«, sagte sie, während sie die Tür wieder zudrückte. »Liebst du ihn auch?«
»Natürlich nicht.«
»Und doch gehört er zu mir und den natürlichen Ausscheidungen meines Körpers. Aber du wendest dich ab und rümpfst angewidert die Nase. Du sagst, dass du mich liebst, aber das, was du nicht liebst, ist ein Teil von mir. Oder flunkerst du dir und mir etwas vor? Ist deine Liebe in Wahrheit nur jugendliche Schwärmerei?«

»Ich liebe das, was ich mir unter Euch vorstelle.« Genauso hatte er es in ihren Seminaren gelernt.
»Ah«, fragte sie ironisch, »meine Schönheit ist also eine Reflexion der göttlichen Schönheit?«
Manlius wurde rot und senkte den Kopf. Er konnte es nicht leiden, wenn er verspottet wurde. »Nein. Die Liebe, die ich für Euch empfinde, ist das Spiegelbild Eures Ichs. Ihr, Verehrteste, behauptet, nicht schön zu sein, ich aber finde Euch schön. Wenn ich so oberflächlich wäre, wie Ihr vermutet, hätte ich mich bestimmt in die hübsche junge Dienstmagd verliebt, die ich jeden Morgen auf dem Weg zu Euch am Brunnen Wasser schöpfen sehe. Ich hätte mich in ihre schwarzen Augen und ihr wunderschönes Haar verguckt. Aber so ist es nicht. Ich liege nachts wach und denke an eine Frau, die viel älter ist und nach der sich niemand umdreht, wenn er sie nicht kennt, von der aber jeder fasziniert ist, wenn er ihr einmal gelauscht hat. Ihr habt einmal gesagt, Liebe sei die Reflexion des Verlangens der Seele nach dem Einswerden mit der ultimativen Schönheit, mit Gott, und nur dadurch sei sie gerechtfertigt.«
»Ich habe aber gesagt, dass sie nur eine Reflexion ist, nichts Reales. Die Liebe ist so real wie das Spiegelbild eines gläsernen Kruges im Brunnen.«
»Aber man kann von diesem Spiegelbild durstig werden.«
»Das ist wahr. Und genau das solltest du dir vor Augen halten und dich nie über einen Brunnen beugen, um aus dem imaginären Krug zu trinken.«
»All das weiß ich. Ich habe Euch durchaus verstanden. Und dennoch kann ich nichts dagegen tun.«
»Das ist die Verführung durch den Körper, sein Triumph über die Seele. Die Seele ist im Körper eingesperrt, und was du empfindest, ist genau das, was ein Gefangener in einer dunklen Zelle spürt, wenn er nur verschwommene Schatten sieht und glaubt, sie seien Realität. Das ist es, was die Philosophie uns vermitteln will, aber ihre Weisheit erschließt sich nur den

wenigen, die ihrer Zelle entkommen wollen. Du musst lernen, deiner Zelle zu entkommen, und deine Seele dazu anhalten, die Realität hinter den Schatten zu ergründen. Im Augenblick der Liebe, wenn wir uns von uns befreien und eins werden mit dem geliebten Menschen, bekommen wir eine Ahnung von den Freuden, die uns erwarten, wenn unsere Seele sich mit dem Göttlichen vereint. Wir aber glauben, die Liebe an sich sei eine Realität, und verlieren so unser Ziel aus den Augen. Das macht sie so gefährlich.«

Manlius sah sie groß an. »Und Ihr?«, fragte er, »fühlt Ihr so etwas nie?«

Sophia senkte zum ersten Mal den Kopf und wich seinem Blick aus, bevor sie leise sagte: »Doch, oft.«

Zu Lebzeiten Julien Barneuves hätte ein Psychoanalytiker, erfüllt vom Wissen seiner Epoche und überzeugt von dessen universeller und ewiger Gültigkeit, zweifellos viel aus alldem herausgelesen. Wäre es ihm darüber hinaus möglich gewesen, die – immerhin an die dreihundert – Briefe zu lesen, die Sophia und Manlius sich in den nächsten fünfzehn Jahren schrieben, dann hätte er ihre Seelen, ach, sogar ihren ganzen Lebenslauf seziert, alles hervorgekramt, was Sophia je über ihren Vater gedacht haben mochte, ihre Sicht der Ewigkeit und des Todes analysiert und wäre schließlich zufrieden zu dem Schluss gekommen, dass sie unter einer extremen Neurose gelitten haben muss. Ein zölibatäres Leben, verdrängtes Verlangen, die immer während Suche nach dem Mystischen – zum Glück gibt es ja inzwischen Erklärungen für diese Phänomene.

Sophia blieben solche posthume Deutungsversuche erspart, weil die Briefe wie so vieles andere die Jahrhunderte nicht überdauert haben. Olivier de Noyen hätte sie beinahe entdeckt, denn die letzten verbliebenen Kopien lagen viele Hundert Jahre in einer Kirche in Aix-en-Provence, der er einen Besuch abstattete. Aber ehe er zufällig auf die Briefe stoßen konnte, hatte er bereits die Abschrift eines Gedichts von Horaz gefunden und irrtümlich angenommen, dass die kleine Büchersammlung sonst nur noch theologische Schriften enthielt, an denen er nicht interessiert war. Außerdem war er hungrig und müde, es zog ihn nach Hause, zumal er spürte, dass sich bei ihm eine Erkältung anbahnte und er so rasch wie möglich ins Bett musste. Vielleicht spielte auch der an diesem Tag stürmische, garstige Wind eine Rolle, der Olivier ungeduldig machte und keine Lust in ihm weckte, gründlich weiterzusuchen.

In der Folgezeit ließ sich in der kleinen Kirche niemand sehen, der womöglich in der Lage gewesen wäre, Oliviers Versäumnis wettzumachen. Im Jahre 1407 überheizte der Bäcker, der neben der Kirche wohnte, seinen Backofen und merkte nicht, dass etliche brennende Holzscheite auf den Fußboden fielen. Eine halbe Stunde später brannte sein Haus lichterloh, und kurz darauf stand der ganze Straßenzug in hellen Flammen und brannte samt der Kirche nieder.

Ein gewaltiger Verlust, denn Manlius' Briefe waren das Beste, was er je zu Papier gebracht hatte. Sophia wusste nämlich mit kunstvoll gesetzten Worten nichts anzufangen; in der mündlichen Rede waren sie ihr zuwider, in geschriebener Form ein Ärgernis. Kluge Anspielungen, treffende Zitate oder in Versmaß gekleidete Formulierungen lösten bei ihr nichts als Widerwillen aus. Folglich verzichtete Manlius ihr gegenüber auf derlei Kunstgriffe, in denen er sonst die unerlässliche Voraussetzung für einen guten Stil sah, und schrieb seine Gedanken ihr zuliebe in schlichter, eingängiger Form nieder.

Wäre der Bäckermeister nicht so leichtsinnig gewesen, dann hätte der Briefwechsel zu einer berühmten Sammlung von Liebesbriefen werden können: eine Mixtur aus Gefühl und Intel-

lekt, in der das Begehren unterdrückt wird, aber – mühsam verhohlen – in fast jeder Zeile unterschwellig mitschwingt: der rückhaltlos offene Gedankenaustausch zweier Menschen, der bei Sophia von Respekt und Zuneigung, bei Manlius von tiefer Verehrung bestimmt wurde.
Man kann sich leicht denken, wie viele erotische Anspielungen der Psychoanalytiker hinter der nüchternen Form abstrakter Philosophie gewittert hätte, obwohl es andererseits auch gut sein kann, dass ihm der verspielte, von Intimität zeugende Ton gar nicht aufgefallen wäre. Er hätte wohl vermutet, beiden Briefeschreibern seien die Gefühle gar nicht bewusst gewesen, von denen ihr Text durchdrungen war, und wahrscheinlich hätte er nicht an die Möglichkeit gedacht, dass den beiden diese mächtige Leidenschaft gerade wegen ihrer abstrakten Natur große Erfüllung gebracht haben konnte. Und ihm wäre erst recht nicht aufgegangen, dass Sex für Manlius etwas war, was Männer, wenn sie es brauchten, bei ihren Dienstmägden fanden, für Sophia aber eine immer währende Mahnung daran darstellte, dass die Stellung der Frau in der Gesellschaft eher mit Ressentiments als mit Befreiung verbunden war.

Hätte sich Olivier de Noyen an jenem Morgen auf der Kirchentreppe nicht unsterblich verliebt, wäre ihm und seiner Familie viel Schimpf und Schande erspart geblieben – das jedenfalls war die gängige, allseits akzeptierte Meinung all derer, die je von der Legende dieser unglücklichen Liebe gehört hatten. Die Leidenschaft hätte ihm nicht die Sinne verwirrt und Isabelles Ehemann keinen Grund gesehen, seine Ehre auf so grausame Weise wiederherzustellen.
Nur, diese weit verbreitete Interpretation ist in Wahrheit völlig

falsch. Nehmen wir an, Olivier hätte an jenem denkwürdigen Tag eine bestimmte Frau gar nicht beachtet, dann hieße das, dass er von ihrer Existenz nichts gewusst haben und ihren Reizen folglich auch nicht verfallen sein konnte. Heutzutage glauben nur noch schlichte Gemüter, das Schicksal oder eine höhere Fügung habe immer und überall die Hand im Spiel. Die Liebe fällt, wohin sie will – so einfach ist das in einer Welt, in der der Zufall zum obersten Lenker erkoren wurde und alle anderen Götter verdrängt hat. Aber wie langweilig muss dieser neue Gott Zufall im Vergleich zu denen erscheinen, die er verdrängt hat! Selbst wenn er sich das Mäntelchen der Rationalität anzöge, könnten nur ausgemachte Einfaltspinsel auf ihn hereinfallen, denn was wäre das denn für eine Ratio, die uns weismachen will, alles beruhe auf Zufall?

Der Vorbehalt träfe auch dann zu, wenn Olivier sich nicht in eine Frau aus Fleisch und Blut, sondern, eingelullt vom warmen Sonnenlicht dieses Morgens, in ein Ideal verliebt hätte. Sophia hätte vermutlich von der Urerinnerung an das Göttliche gesprochen, von unbewusster Rückbesinnung der Seele auf ihre Ursprünge, bevor sie auf die Erde gefallen ist und sich in einem Körper eingenistet hat. Olivier kam das, was er sah, wie ein atemberaubendes Traumbild vor, und damit stand er keineswegs so allein da, wie er glaubte.

Dantes Beatrice hatte zu der Zeit, als der Dichter sie zu Versen reduzierte, kaum noch Ähnlichkeit mit der realen Gestalt seiner Jugendliebe, und Laura hat es vielleicht ohnehin nur in Petrarcas Vorstellung gegeben. Beide vergötterten ihre Geliebten nach dem Tod umso mehr, weil sie bei ihnen weder die ersten Falten noch Aufbegehren, Widerspruch oder sonst irgendetwas erlebten, was die Erinnerung hätte trüben können.

Wozu all das bei Olivier führte, ist wohl bekannt, zumindest in Gelehrtenkreisen, die mit der Lyrik jener Periode und mit dem Provenzalischen vertraut sind, denn Olivier schrieb in dieser Sprache, die in der Generation von Julien Barneuves

Vater wieder en vogue wurde und die auch Julien beherrschte. Fachleute teilen die überlieferten Gedichte Oliviers – etwa zwanzig sind es – streng in zwei Kategorien ein: in die der Jugendzeit und die der Reife. Folgt man dieser Kategorisierung, so gelten die Werke der frühen Lyrik eher als Versuch, quasi Gesellenstücke, bei denen der junge Poet den Rohdiamanten der Sprache noch nicht so virtuos zuschliff wie später. Die Verse erinnern in ihrer Unfertigkeit an formelle Dichtungen des Mittelalters, an den etwas derben Stil der Troubadoure. Auch Olivier mangelte es in jungen Jahren noch an ausgefeilter Ausdruckskraft; er traute sich nicht, die überkommene Gespreiztheit der Sprache zu überwinden und frisch von der Leber weg zu schreiben.

Und dann gibt es von ihm die letzten, offenbar kurz vor seinem Sturz geschriebenen Gedichte, in denen er allem Gekünstelten absagt und sich einer lebendigen, beschwingten Sprache bedient, auf die man seit mehr als tausend Jahren vergeblich gewartet hatte. Sogar in Übersetzung und nach mehr als einem halben Jahrtausend ist es fast unmöglich, nicht davon angerührt zu werden, wie er von seiner überschäumenden Freude über die wahr gewordene Liebe und dem quälenden Wissen erzählt, dass ihr womöglich keine Zukunft beschieden sein könne. Freilich haben das nicht alle so gesehen; es gibt Kritiker, denen seine späten Gedichte als Beweis dafür gelten, dass der schwarze Tod seinen Geist verwirrt hat oder er das Opfer angeborenen Wahnsinns geworden ist.

Was niemand in Erwägung zog, weil vor Juliens ersten Mutmaßungen keiner auf den Gedanken kam, war die Erklärung, dass Oliviers plötzliche Reife des Ausdrucks und seine Bereitschaft zu emotionaler Intensität, verbunden mit aussagekräftiger Phantasie und gekonnter Metaphorik, etwas damit zu tun haben könnten, dass er sich tatsächlich verliebt hatte, und zwar in ein reales Wesen, nicht in eine Abstraktion, die nur in seiner Vorstellung existierte. Es wusste eben niemand, dass diese

Liebe nicht Isabelle de Fréjus galt, in der alle die Frau sahen, die er in seinen Gedichten verewigt hat. Und es dauerte lange, bis sich aufgrund von Julien Barneuves Studien die Erkenntnis durchsetzte, dass Olivier die Beziehung zu Isabelle erst nach seinem Tod zugeschrieben worden war.

Ja, Isabelle kam an jenem Tag die Stufen der Kirchentreppe herunter, aber Olivier bemerkte sie kaum. Er blickte in die andere Richtung, starrte wie gebannt auf ein Mädchen in einem dunklen, mehrfach geflickten Wollmantel, das auf der anderen Straßenseite an ihm vorübereilte. Ein volles Jahr lang suchte er mit einer Besessenheit nach ihr, die aus all seinen in dieser Zeit geschriebenen Zeilen spricht. Er ging Tag für Tag in die Stadt, immer in der Hoffnung, sie irgendwo zu sehen, und folgte mehr als einmal irgendeiner Gestalt in einem dunklen Mantel, was stets damit endete, dass er sich entsetzt abwandte, nachdem er einen Blick auf das Antlitz unter dem Schleier geworfen hatte.

Schon am ersten Tag der Kreuzfahrt, als Julien mit der kleinen Reisetasche, die er nicht der Schiffscrew anvertrauen wollte, die Gangway hinaufging, fiel sein Blick auf Julia. Sie stand hoch über ihm an einer Reling, verfolgte das geschäftige Treiben am Hafen und redete mit einem Mann, in dem er zu Recht ihren Vater vermutete.

Ihre Schönheit fiel so ins Auge wie die Hässlichkeit ihres Vaters. Von einem dunklen Flair umweht, mit ihren vollen Lippen und der ein wenig länger geratenen Nase entsprach sie dem Typ, der Maler wie Modigliani dazu inspiriert hatte, das klassische Schönheitsideal jener Zeit mitsamt der vagen Andeutung geheimnisvoller Fremdartigkeit auf die Leinwand zu bannen. Die Physiognomie des Vaters dagegen – dieselben

Züge vergröbert und verzerrt – hätte eher zu einer jener böswilligen Karikaturen gereizt, wie sie auch für die Epoche typisch waren.
Er begegnete ihr noch am gleichen Abend bei einer Cocktailparty anlässlich des Auftakts der Kreuzfahrt. Sie hatten beide Kabinen in der ersten Klasse, von den Organisatoren für den handverlesenen Kreis von Professoren, Schriftstellern und Intellektuellen en bloc gebucht, die Vorträge halten oder ihr Wissen bei Landausflügen vermitteln und ganz nebenbei eine erholsame Schiffsreise genießen sollten. Die meisten waren Franzosen, aber in das Sprachengewirr bei Tisch mischten sich auch andere Zungen europäischer Provenienz, vornehmlich aus Ländern, die bis vor kurzem noch Krieg gegeneinander geführt hatten. Die Nationalität von Julia Bronsen und ihrem Vater ließ sich nicht so eindeutig bestimmen; der französische Einschlag mochte bestimmend sein, aber ein geübtes Ohr hätte auch eine Prise Italienisch und die Andeutung eines russischen Akzents herausgehört. Julien kam nie dahinter, ob ihn das gestört oder er sich gerade deshalb in Julia verliebt hatte.
Dass sie sich näher kennen lernten, war ursprünglich der Initiative des Vaters, Claude Bronsen, zu verdanken, und als sich Julien eines Abends beim Dinner an ihren Tisch setzte, rätselte er nicht zum ersten Mal an der Frage herum, wie ein so kantiger, äußerlich wenig attraktiver Mann zu einer so schönen Tochter kommen konnte.
Bronsen wollte alles über ihn wissen, stellte ihm eine persönliche Frage nach der anderen, gratulierte ihm zu seinem Stipendium (das Julien in jugendlicher Unbekümmertheit noch vor dem Ende des ersten Ganges erwähnt hatte) und plauderte über Paris, Rom und London. Für Julien tat sich eine ganz neue Welt auf, denn er war trotz des Einsatzes im Krieg nicht weit herumgekommen. Wie oft hatte er davon geträumt, sich in der großen Welt zu bewegen, zu Soireen und Empfängen eingeladen zu werden, zum Kreis der Schriftsteller, Maler, Diplo-

maten und Männer von Macht und Einfluss gezählt zu werden – oder wenigstens in ihrer Nähe zu sein. Die Bronsens vermittelten ihm eine erste Ahnung davon, und so wäre es, auch wenn sie ihm nicht so liebenswürdig, amüsant und freundschaftlich begegnet wären, ohnehin ein überaus erfreulicher Abend für ihn geworden.

»Sie gehen also nach Rom?«, fragte Julia.

»Ja, im September. An die Ecole de Rome, für zwei Jahre.«

»Ich gratuliere Ihnen zu diesem großen Glück«, sagte sie. »Ich war nur einmal in Rom, und damals war ich erst vierzehn. Aber wer weiß, vielleicht kann ich meinen Vater dazu überreden, dass ich wieder mal hinfahren darf. Und es könnte sogar sein, dass er mich eines Tages allein reisen lässt, ohne ständig ein wachsames Auge auf mich zu haben.«

Manch einer hätte die Bemerkung für sarkastisch oder undankbar halten können, aber Julien wusste nur zu gut, dass er zu jener Zeit genauso über seinen Vater geredet hätte. Und bei Julia gesellte sich zu der Kritik liebevolles Verständnis für diese väterliche Schwäche, obwohl sie nicht verhehlte, wie lästig ihr diese mitunter war. Ihr sanfter, warmer Tonfall drückte die ganze resignierende, leicht amüsierte Zuneigung einer Tochter zu ihrem Vater aus, der sich, als sie gerade mal sechs Monate alt war, von seiner Frau getrennt und seither – gemessen an den Maßstäben der Zeit – viel Mühe gegeben hatte, sie großzuziehen. Er hatte nie wieder geheiratet, nicht einmal mit dem Gedanken daran gespielt. Julia war sein Ein und Alles, und sie akzeptierte das und muckte, wenn überhaupt, nur still für sich dagegen auf.

»Und was gedenken Sie dort zu tun, Monsieur?«, fragte der Vater. »Wollen Sie sich zerstreuen und dem Müßiggang hingeben oder Ihre Zeit mit ernsthaften Studien verschwenden?«

Er liebte es – und die Tochter hatte das von ihm übernommen –, seine Fragen quasi auf den Kopf zu stellen und in eine humorige Form zu kleiden, hinter der sich, wenn man genau hinhörte, ein ganzer Rattenschwanz weiterer Fragen verbarg. (Sind Sie ein verbissener Bücherwurm, Monsieur Julien? Oder haben Sie Gespür für die Welt um Sie herum, können Sie Zeit und Raum vergessen, versonnen die alten Steine betrachten, die Zeugnis von der Geschichte einer Stadt geben, und all das dazu nutzen, Ihrer Arbeit mit mehr Verständnis für das Unterschwellige nachzugehen? Sind Sie eher ein Pedant, Monsieur? Oder tragen Sie in sich den sprühenden Funken des wahren Lebens? Wollen Sie etwas aus Ihrem Leben machen? Beantworten Sie meine Fragen nach bestem Wissen und Gewissen, und dann sehen wir weiter.)

»Wenn ich mich nicht in meine Arbeit knie, wird es nichts mit dem Müßiggang«, antwortete Julien. »Wir werden ständig kontrolliert, und wenn ich den Anforderungen nicht entspreche, schickt man mich nach Hause. Nach neun Monaten erlaubt man uns, in der Stadt zu wohnen und dem Studium selbstständiger nachzugehen – vorausgesetzt, wir bestehen die Zwischenprüfungen. Auf Bestechung werde ich meine Hoffnung kaum setzen können. Die Kommilitonen an der Ecole sind alle von meinem Schlag.«

»Und was heißt das?«

»Ernsthaft, unheimlich fleißig und abgestumpft«, sagte Julien. »Dagegen ist kein Kraut gewachsen. Zerstreuung steht nicht auf dem Stundenplan.«

»Wenn das so ist«, sagte Claude Bronsen, »werden Sie das Reizvollste und Lehrreichste verpassen, was Rom zu bieten hat. Wir müssen Sie besuchen kommen, um Sie zu retten. Ich muss ohnehin einmal im Jahr nach Italien reisen und schlage Ihnen eine Abmachung auf Gegenseitigkeit vor: Sie zeigen mir Rom, das Sie bereits nach kurzer Zeit zweifellos besser kennen werden als ich, und ich Ihnen die Römer, die kenne nämlich ich gut.«

»Das nehme ich mit großer Freude an«, erwiderte Julien glücklich. »Aber Sie müssen Wort halten! Ich freue mich nämlich schon jetzt auf Ihre Ankunft in Rom und wäre sehr enttäuscht, wenn Sie nichts von sich hören ließen. Darf ich fragen, was Sie nach Italien führt?«

Nachdem sie fast eine Stunde lang nur von ihm geredet hatten, hielt er es für angebracht, die Konversation in eine andere Richtung zu lenken. Obwohl die Bronsens und er in entspannter Atmosphäre geplaudert hatten, fürchtete er, allmählich in den Geruch eines Egozentrikers zu geraten.

Aber Claude Bronsen winkte ab. »Nichts Wichtiges, und schon gar nicht interessant. Hauptsächlich mit viel Arbeit verbunden. Es wird eine Generation dauern, bis das wieder aufgebaut ist, was in wenigen Jahren zerstört worden ist. Vielleicht auch länger, wenn die Politiker weiterhin so viel Zeit verplempern und Geld verschwenden. Ich versuche nach Kräften sicherzustellen, dass sie nicht von ihrer Unfähigkeit ablenken und sich hinter Ausreden verschanzen können. Aber das ist im Vergleich zu dem, was Sie tun, wirklich nichts Aufregendes.«

Julien runzelte die Stirn. War das etwa ein Scherz auf seine Kosten? Aber Julia zerstreute seine Zweifel. »Vater ist ein verhinderter Gelehrter. Er wollte immer Bücher schreiben. Aber daraus ist nichts geworden, weil er zu sehr damit beschäftigt war, reich zu werden.«

»Und Sie, Mademoiselle?«

»Sie ist Künstlerin«, warf Bronsen schmunzelnd ein.

»Ach, wirklich?«, wandte Julien sich an die Tochter und glaubte, in ihren Augen zu lesen, was sie argwöhnte: Verlogene Bewunderung? Verachtung für reiche Dilettantin ohne Talent? Oder Unverständnis dafür, dass sie ein Leben als Bohemienne für erstrebenswert hielt? »Was für eine Künstlerin?«

»Malerin.« Mehr verriet sie einstweilen nicht.

Aber er blieb hartnäckig. »Eine gute?«

Wieder antwortet ihr Vater für sie. »Ja, das ist sie in der Tat. Eine Ausnahmeerscheinung.«

Juliens verständnisvolles, aber allzu verräterisches Lächeln veranlasste sie, selbst Stellung zu nehmen, und zwar mit entschiedenen Worten. »Nein, das bin ich nicht. Zumindest noch nicht.«

Sie sagte das mit so viel Nachdruck, dass es Julien reizte, ein wenig nachzuhaken, obwohl es leicht gewesen wäre, das Gespräch in unverfänglichere Bahnen zu lenken. »Ich glaube zu spüren, dass es da leichte Meinungsverschiedenheiten gibt.«

»Vater redet von Hoffnungen, ich rede von dem, was ich weiß. Ich will mein Licht nicht unter den Scheffel stellen. Ich habe die Anlagen zu einer guten Malerin, vielleicht sogar mehr. Aber es ist noch ein weiter Weg, bis ich so weit bin.«

»Und was fehlt noch? Was wäre dafür nötig?«

»Arbeit«, sagte sie. »Anstrengung. Schweiß auf meiner Stirn. Für ein gutes Bild braucht man mehr als ein paar geniale Pinselstriche. Nämlich Jahre konzentrierten Bemühens. Eine Reise ohne Karte, lediglich gestützt auf eine Idee, wohin sie führen könnte.«

Bronsen legte seiner Tochter den Arm um die Schulter – eine Geste, die seine ganze Zuneigung verriet. »Sie spielt ihr Talent herunter. Lassen Sie sich nicht von ihrer Bescheidenheit täuschen! In Wirklichkeit ist sie gar nicht bescheiden. Sie weiß sehr gut, wie begabt sie ist. Und das Auswahlkomitee des Salon d'Automne, das letztes Jahr drei ihrer Bilder für eine Ausstellung ausgesucht hat, weiß es auch.«

»Dann bin ich jetzt an der Reihe, Ihnen zu gratulieren«, sagte Julien. »Obwohl ich mir natürlich kein eigenes Urteil anmaßen kann, bevor ich nicht irgendetwas von Ihnen gesehen habe. Ich würde mir, wenn Sie nichts dagegen haben, gern einige Arbeiten von Ihnen ansehen. Nur, ich warne Sie im Voraus, Sie dürfen meiner Meinung nicht allzu viel Bedeutung zumessen.«

Julia sah ihn lange nachdenklich an, ehe sie sagte: »Mal sehen. Vielleicht.«

Etwa zur Halbzeit der Kreuzfahrt kam Julien ins Gespräch mit einem jovialen, gutmütigen Mann mittleren Alters; sie standen auf dem Deck und plauderten über dies und das. Es war einer jener Zeitgenossen, die man auf Anhieb mögen muss. Sie hatten gerade Athen verlassen und nahmen Kurs auf Palästina. Das Wetter war wundervoll, ringsum sah man nur strahlende Gesichter, alle gaben sich entspannt, erfüllt von den Erlebnissen ihrer Reise.

Und plötzlich fiel die Bemerkung: »Ich bin überrascht, dass Sie so viel Zeit mit diesen beiden Juden verbringen. Wenn Sie nicht vorsichtig sind, glauben die anderen am Ende noch, dass Sie auch einer sind. Ich persönlich finde, dass es der Atmosphäre schadet, solche Leute an Bord zu haben.«

Eine beiläufig, gedankenlos dahergesagte Bemerkung ohne böse Hintergedanken. Für den Bruchteil einer Sekunde rotierten die Worte in Juliens Gehirn und weckten Ängste in ihm. Aber das funkelnde Glitzern, das über der Wasseroberfläche lag, war in seiner Schönheit zu hypnotisierend, als dass er lange ins Grübeln geraten wäre; im Gegenteil, es dauerte nicht lange, bis er die Bemerkung so gut wie vergessen hatte. Er rechtfertigte sich nicht, signalisierte auch keine Zustimmung, sondern beschränkte sich auf ein indifferentes Achselzucken, blickte aufs Meer hinaus und überließ es dem Gesprächspartner, daraus zu schließen, dass er die Warnung verstanden habe.

Erst viel später wurde ihm klar, dass in diesem winzigen Augenblick seine ganze Existenz auf den Prüfstand gestellt worden war, so wie sich in einem Wassertropfen, wenn er auf die Erde fällt, die ganze Welt widerspiegelt.

Julia saß mit untergeschlagenen Beinen auf dem Boden und zeichnete. Sie waren auf einem Landausflug, hatten sich von ihrer Gruppe getrennt und waren zu den Hügeln oberhalb von Jerusalem hinaufgestiegen. Braune Arme und so konzentriert in ihre Arbeit vertieft, dass sie nicht mal gemerkt hätte, wenn ihr eine Wespe (das einzige Tier, vor dem sie panische Angst hatte) das Bein hochgekrochen wäre. Julien sah, wie sie in sich selbst versunken dakauerte, und machte plötzlich irgendetwas an ihr aus, was ein unerklärliches Kribbeln in ihm auslöste.
Das Bild grub sich in seine Erinnerung ein, es war bis zu seinem Tod in ihm verankert. Merkwürdig, dass es so etwas gibt, trotz all der anderen Reiseeindrücke und der wundervollen Orte, die sie gesehen hatten: Städte und Dörfer, Ruinen und Pyramiden, Tempel und Kirchen. All diese Bilder verblassten langsam in seiner Erinnerung, oder vielmehr: Sie wurden zu Erinnerungen, die er, wenn nötig, auf Knopfdruck abrufen konnte, während sie die meiste Zeit über tief in ihm schlummerten.
Nur diese eine Vignette hatte ein Eigenleben. Sie rumorte in ihm, ließ ihm keine Ruhe, drängte sich immer wieder auf. Er sah das Bild vor sich, wenn er abends schlafen ging, mitunter sogar, wenn er nur eine Zeitung kaufte, durch die Straßen schlenderte oder vor dem warmen Kaminfeuer saß, ein Buch las und seine Gedanken abschweiften. Immer war es dieses nie verblassende, in keiner Nuance veränderte Bild, das ihn zurück zu diesem kurzen Augenblick führte. Jeder wirft einmal im Leben einen Blick ins Paradies, Julien hatte es in diesem Augenblick getan. Und dabei hätte er nur die Hand ausstrecken müssen.
Später dachte er, es müsse wohl die Schüchternheit des moralisch verklemmten Provinzlers gewesen sein, die ihn zurückgehalten hatte. Der Mann, der 1927 aus Rom zurückkam, wäre nicht von solchen Skrupeln geplagt gewesen; er hätte nicht lange gezögert, sondern wäre auf der Stelle Julias Liebhaber geworden, indem er dem magischen Augenblick den Stempel des

Fleischlichen aufgedrückt hätte. Und doch wusste er im Innersten, dass diese Erklärung falsch war, lediglich dazu bestimmt, sich selbst mit einer Ausrede zu beruhigen. Nicht der Gedanke, er könne abgewiesen werden, hatte ihn damals zurückgehalten, eher der Gedanke, dass sie sich womöglich darauf einlassen würde. Er wusste genau, dass sie der einzige Mensch war, den er nie wieder loslassen konnte. Und deshalb hatte er Angst davor, sich in sie zu verlieben.

Ein paar Sekunden später seufzte sie und fing an, ihre Zeichenutensilien einzupacken. Sie wusste nicht, warum sie seufzte, sie tat das selten. Vielleicht war auch ihr klar, dass sie den entscheidenden Augenblick verpasst hatten.

Und so nahm Julien dieses Erinnerungsbruchstück mit und wurde fortan, sooft er am Mittelmeer ins grelle Licht blinzelte, daran gemahnt, dass er eine zum Greifen nahe Gelegenheit verpasst hatte. Er wurde den Gedanken bis ins reife Alter nicht los, und selbst dann trug er das Bild dieses Augenblicks weiter in sich – all das, was er in Julias Gesicht gelesen hatte, als ihre Blicke sich trafen.

Julien reiste rund ums Mittelmeer, um sich zu bilden und neue Eindrücke zu gewinnen – ein Gedanke, der den Menschen zu Olivier de Noyens Zeit nie gekommen wäre. Sie hätten weder die nötige Energie noch genug Geld oder Zeit aufbringen können, um sich so einen Luxus zu leisten; das war für sie einfach eine abwegige Vorstellung. Außerdem reizte die Natur sie nicht sonderlich, die kannten sie zur Genüge, und sie gaben sich nicht der Illusion hin, dass sie ihnen nur Segen brächte. Gelegentlich finden wir in lyrischen Versen eine Andeutung von Bewunderung, wenn zum Beispiel eine leichte Brise das

Herz eines Liebenden anrührt oder welke Blätter das nahe Ende einer Liebe andeuten, aber im Allgemeinen ist in den Werken jener Zeit von der Schönheit der Natur keine Rede, es sei denn, sie musste für eine Metapher herhalten.

So glaubte Olivier auch, seine vielen Reisen kreuz und quer durch das Gebiet, das wir heute Südfrankreich, Italien oder Schweiz nennen, seien allesamt zweckorientiert gewesen. Einer Quelle zufolge soll er 1344 sogar im Tross des Bischofs von Winchester England besucht haben, aber ein verlässlicher Beweis dafür findet sich nirgendwo, und so dürfen wir das eher für unwahrscheinlich halten. Vorgeblich dienten all seine Reisen diplomatischen Missionen oder standen in Zusammenhang mit administrativen Aufgaben. Es oblag ihm, Botschaften oder Dankesadressen zu überbringen, und bei dieser Gelegenheit sammelte er Informationen, sodass er das Angenehme mit dem Nützlichen verbinden und nebenbei seiner Leidenschaft nachgehen konnte, alte Manuskripte aufzuspüren.

Und doch lag Julien nicht falsch mit der Annahme, Olivier sei nicht nur in mehr oder weniger offizieller Mission gereist, sondern auch zum persönlichen Vergnügen. Er wählte oftmals nicht die direkte Route und vertrödelte unnötig Zeit an Orten, an die es ihn nur wegen ihres Charmes ziehen konnte. Auch hier sind wir allerdings wieder auf Vermutungen angewiesen, denn belegt sind nur zwei Reisen – die nach Dijon, die ihn zu seinem wundervollen allegorischen Brief an die heilige Sophia inspirierte, und eine Reise nach Bordeaux. Dennoch muss es auch andere große Touren gegeben haben, denn die große Zahl der Manuskripte, die er zusammengetragen hat, lässt ausgedehnte Reisen vermuten.

Für Olivier war die Welt sicher ein Wunderland des Neuen und Fremdartigen. Manlius regte die Landschaft zu tiefsinnigen Gedanken an, die er in die überlieferte Form vergilscher Eklogen goss und durch die Melancholie einer nostalgischen Betrachtung würzte, was letztendlich zur Wiederbelebung einer literarischen Tradition führte, die man längst tot gewähnt hatte. Julien reagierte darauf mit dem orthodoxen Denken des Rousseau-Schülers. Oliviers Reaktion dagegen war überraschender und origineller, denn er spürte, dass Manlius' Eklogen ihn ganz persönlich ansprachen und tiefe Freude in ihm auslösten, und das Wichtigste dabei war ihm, dass kein anderer diese Empfindung mit ihm teilen konnte noch wollte.

Eine beiläufige Bemerkung veranlasste Olivier 1346, als er auf der Rückreise vom burgundischen Hof in einem Landhaus Station machte, das dem Kardinal gehörte und etwa zwei Tagesreisen außerhalb von Avignon lag, zu einem spontanen Abstecher. Sein Gastgeber erzählte ihm von der Kapelle der heiligen Sophia, die eine stramme Wanderung weiter östlich lag.

»Ein überaus heiliger Ort«, sagte er, »von dem dank der Fürsprache Sophias große Wunderkraft ausgeht. Vornehmlich Frauen suchen ihn auf und bitten um Rat und Hilfe, wenn sie vor schwierigen Entscheidungen stehen. Ich glaube, es gibt dort eine kleine Einsiedelei, ein sehr altes Gebäude, das jetzt von den Leuten bewohnt wird, die an der heiligen Stätte nach dem Rechten sehen.«

Die bloße Erwähnung der Heiligen machte Olivier neugierig, und jedem, der ihn kannte, war sofort klar, dass er alle Pläne für den nächsten Tag über Bord werfen werde. Tatsächlich ließ er am nächsten Morgen seine kleine Gruppe von Freunden und Bediensteten zurück und brach zu der Kapelle auf, sehr zur Bestürzung des Gastgebers, der sich nun mit der Aussicht konfrontiert sah, die Zurückgelassenen zwei Tage länger durchzufüttern. Die Entscheidung fiel Olivier umso leichter, als die heilige Stätte ganz in der Nähe seiner Heimatstadt lag und er seine Familie seit zwei Jahren nicht mehr gesehen hatte. Außerdem, sagte er sich, um das Ganze vor sich selbst zu rechtfertigen, wisse man nie, welche Schätze eine solche Kapelle womöglich berge.

Und welch ein Paradies wartete dort auf ihn! Denn wenn die

Region sogar Julien Barneuve so ans Herz gewachsen war, dass es ihn, sooft er Ruhe und Einsamkeit suchte, dorthin zurückzog, dann musste sie Olivier umso mehr entzücken, zumal sie zu seiner Zeit noch nicht durch Manufakturen und Forstwirtschaft zergliedert war und die Hügel noch baumbestanden und nicht erodiert waren. Obwohl seit zweitausend Jahren Menschen hier siedelten, hatten sie das Antlitz der Landschaft nur wenig geprägt, die Natur war weitgehend unberührt und schien sich nicht groß um Oliviers Anwesenheit zu scheren.

Schließlich erreichte er das Heiligtum: ein winziges Kapellchen, das von einem Hügel aufs Tal der Ouvèze hinunterschaute, eingebettet in eine nur spärlich kultivierte, im Übrigen dem Wald und seinem Niederholz überlassene Umgebung. Später, zu Juliens Zeit, war der Baumbestand am Westhang gerodet, und der Boden wurde, wie einst zu Manlius' Zeit, für Weinbau und Olivenkulturen genutzt. Die auf einem älteren Fundament errichtete Kapelle war aus Steinen gefügt; ein kundigeres Auge als das Oliviers hätte sie der Romanik zugeordnet. Ein halbrunder Steinbogen rahmte die Tür ein; der Platz, den die Erbauer für ein Flachrelief ausgespart hatten, war nie genutzt worden. Auch das Dach sah irgendwie aus, als hätte man es nie vollendet, aber das störte Olivier so wenig wie das Gestrüpp und die Büsche, die aus den Steinziegeln wuchsen; ihn beeindruckte mehr, wie harmonisch sich das Bauwerk, umrahmt von hohen Bäumen, die Schatten und Schutz vor den garstigen Herbstwinden boten, in die Landschaft einfügte. Der Anblick erfüllte ihn mit großer Freude, und genau dieses Empfinden versuchte er in sich zu bewahren und später in Worte zu kleiden, zunächst in Prosa, danach in Versform.

Die Wanderung nahm zwei Tage in Anspruch und wurde für Olivier im Rückblick zur Pilgerreise, was zeigt, dass selbst Poeten dazu neigen, ihre Eindrücke einem konventionellen Anlass zuzuordnen, ohne dass sie das hindern muss, sie in literarischer Form zu verarbeiten. Julien wusste von dem Abstecher zu der kleinen Kapelle, weil Olivier seinem Herrn in einem Brief davon berichtet hatte, der in Ceccanis Registratur aufbewahrt wurde. Der Bericht sollte erklären, warum eine Reise, die lediglich der Aushändigung eines Briefes galt, fünf Monate gedauert und ein Vermögen gekostet habe, aber er wurde zugleich eines jener Beispiele, an denen aufmerksame Leser erste Anzeichen für neue literarische Ausdrucksformen erkennen können. Olivier verwendete darin das Stilmittel der Allegorie, beschrieb die lange Reise als Wanderung seiner Seele, den Aufstieg auf einen Hügel als Erhebung zu Gott und die Ankunft bei der Kapelle als den Augenblick, in dem ihm die Wahrheit offenbart wurde. Weder bei Dante noch bei Petrarca finden sich – in einem nüchternen Bericht, nicht in einem Roman – ähnliche Allegorien. Die Verwirrung, von der Oliviers Denken seinerzeit geprägt war, zeitigte ein bemerkenswertes Ergebnis: Er stellte die Reise als Mischung aus Wallfahrt und Tourismus, spiritueller Sehnsucht und physischem Begehren dar und goss all das in eine Form, die sich zum Teil am Stil der Troubadoure orientierte, zum Teil an wieder entdeckten klassischen Stilelementen, die aber durchgehend romanhaft blieb. Julien übersetzte den Bericht und veröffentlichte ihn als Anhang zu seiner »Histoire«, die allerdings in einer Zeit voller Bedrängnisse wenig Beachtung fand.

Viele Bewohner der Region hielten an der Legende fest, die Heilige sei mit den Magdaleninnen nach Südfrankreich gekommen, habe die Menschen zum Christentum bekehrt und den Rest ihres Lebens als Eremitin verbracht. Tatsächlich gab es aber (wie Julien beim Studium von Manlius' Manuskript zu ahnen begann, als ihm auffiel, dass die Heilige und die Lehrmeisterin des Bischofs den gleichen Namen trugen) eine viel einleuchtendere, näher liegende Erklärung für den Bau der Kapelle und deren Ruf als Pilgerstätte.

Sophia verbrachte ihre letzten Lebensjahre tatsächlich hier oben, aber nicht als christliche Missionarin, vielmehr war das Leben in Marseille so bedrohlich geworden, dass Manlius sie zur Abreise drängte und hier unterbrachte. Ohne Manlius' Unterstützung wäre es um Sophias Zukunft in der Tat düster bestellt gewesen. Sie besaß kein nennenswertes Familienvermögen, nur die spärlichen Einkünfte aus einigen wenigen Häusern und Geschäften sowie etwas Ackerboden im Hinterland, auf dem jedoch so gut wie nichts mehr angebaut wurde. Die Zahl der Einwohner schrumpfte stetig, Handel und Wandel lagen danieder, und die Rendite wurde immer geringer. Nur die Steuerlast blieb unverändert.

Sophias Bedrängnis wurde so groß, dass sie zum ersten Mal erfuhr, was Armut bedeutet. Dass diese Frau, die einst wegen der Kraft ihres Geistes verehrt und sogar gefürchtet worden war, in so ärmlichen Verhältnissen dahinvegetieren sollte, machte Manlius – obwohl Sophia und er sich etliche Jahre lang nicht gesehen hatten – sehr betroffen. Der Gedanke, ihr helfen zu können, erfüllte ihn mit einer stolzen Freude, die sogar das Glücksgefühl übertraf, das er verspürt hatte, als ihm die Ehre zuteil geworden war, vor den versammelten Senatoren von Rom zu sprechen. Und so ruhte und rastete er nicht, bis er Sophia in Sicherheit wusste.

Erfahren hatte er von Sophias misslicher Lage durch einen jüdischen Kaufmann aus Vaison, der ihn in seiner Villa aufsuchte und ihm berichtete, wie es um die Philosophin stehe – ein in sich gekehrter Mann, der jedes seiner Worte mit Bedacht setzte. Manlius hätte ihm gern seine Gastfreundschaft erwiesen, wenn der Jude nur bereit gewesen wäre, sie anzunehmen.

»Kennt Ihr die Dame?«, fragte Manlius, nachdem Erfrischungen serviert worden waren, die der Kaufmann aber höflich ablehnte. Der kleinwüchsige, gepflegt wirkende Mann, dessen Mienenspiel sich im Laufe der Unterredung kaum veränderte, trank nur Wasser. Die eher gelassene als argwöhnische Ruhe, die er ausstrahlte, hätte Manlius noch mehr fasziniert, wenn er sie bei einem Mann seines Standes erlebt hätte.

»Ich bin seit Jahren mit ihr bekannt«, erwiderte der jüdische Kaufmann, »wäre aber nie so vermessen zu behaupten, dass ich sie wirklich kenne.«

»Ihr sagt, dass sie in Bedrängnis ist?«

»Sie kann kaum den Lebensunterhalt bestreiten und kleidet sich in Lumpen, ein Umstand, dem sie freilich keine große Bedeutung zumisst. Aber um ihre Gesundheit ist es ebenfalls nicht gut bestellt, und die vielen Sorgen zehren an ihren geistigen Kräften. Sie ist auf sich allein gestellt, ohne Familie, an die sie sich wenden könnte. Einige Marseiller haben versucht, sie zu unterstützen, aber …« – seine gespreizten Hände gaben beredtes Zeugnis von der hoffnungslosen Lage – »… die Zahl derer, die überhaupt noch andere unterstützen können, wird immer kleiner. Sie ist eine stolze, hochmütige Frau, mein Herr, und bei der Bevölkerung ein wenig gefürchtet. Sie würde, glaube ich, wenn sie nicht völlig verzweifelt wäre, niemanden um Hilfe bitten, aber jetzt hat sie mir aufgetragen, Euch diese Nachricht zu überbringen.«

Manlius musste nicht erst überlegen, was er tun könne. Die Tatsache, dass sie sich lange nicht gesehen hatten, änderte nichts an seinem Gefühl, Sophia verpflichtet zu sein, und seine Stellung machte es ihm möglich, ihr Unterstützung zukommen zu lassen. Leicht würde das freilich nicht werden, denn die Tage, in denen es genügte, einfach ein Schreiben an die zuständigen Behörden zu richten, gehörten der Vergangenheit an. Es gab kaum noch Behörden, und wenn es welche gab, waren sie nicht mehr in der Lage, irgendetwas zu tun. Aber er verfügte zum Glück noch immer über ansehnliche eigene Mittel.

»Sie muss an einen sicheren Ort gebracht werden, an dem sie aller Sorgen enthoben ist«, sagte er. »Ich bin Euch zu Dank verpflichtet, mein Herr, dass Ihr so freundlich wart, mir von ihrer gegenwärtigen Misere zu erzählen. Wann werdet Ihr nach Marseille zurückkehren?«

»In etwa zwei Wochen, vorausgesetzt, meine Geschäfte laufen gut.«

»Dann werdet Ihr mir sicher den großen Gefallen erweisen, einen Brief an sie mitzunehmen, und mir vielleicht auch dabei behilflich sein, mehr für sie zu tun.«

Der Jude sagte das bereitwillig zu und ging. Und als er, wie versprochen, genau dreizehn Tage später wiederkam, übergab ihm Manlius einen Brief und einen Lederbeutel.

»Der Brief ist für Sophia, der Lederbeutel für ihre noch ausstehenden Steuern. Ich wäre Euch dankbar, wenn Ihr das für mich erledigen würdet. Natürlich werde ich Euch für Eure gütige Mühe belohnen.«

»Danke, mein Herr.«

»Der Brief erklärt alles, aber für den Fall, dass sie sich weigert, das zu tun, was offensichtlich unumgänglich ist, will ich es auch Euch sagen. Bitte handelt genau nach meinen Instruktionen, was immer sie davon halten mag! Findet den Namen des Steuereintreibers heraus und zahlt ihm, was sie ihm schuldig ist. Verkauft ihren Besitz, so günstig Ihr könnt. Danach werde ich baldmöglichst nach Marseille kommen und sie zu mir holen. Sagen wir, in drei Wochen.«

Der Jude nickte und wandte sich zum Gehen.

»Eins noch …«, fiel Manlius ein.

Der Jude drehte sich um. »Ja?«

»Wie ist Euer Name?«

Der Kaufmann lächelte. »Merkwürdig, wie selten ich das gefragt werde. Mein Name ist Joseph, mein Herr.«

»Ich danke Euch für Eure Freundlichkeit, Joseph.«

Als Manlius wieder mit Lucontius zusammensaß, der bei ihm

zu Besuch weilte, sagte er mit verschmitztem Lächeln: »Eine seltsame Vorstellung, dass unser aller und das Geschick der Welt von ihm abhängt.«

»Ich wüsste nicht, wieso.«

»Oh doch. Mein sorgfältiges Studium der christlichen Glaubenslehre belegt das eindeutig. Die Auferstehung im Fleische, die, wie ich gelernt habe, mit der Wiederkunft des Herrn einhergeht, kann erst stattfinden, wenn die Juden als Volk den christlichen Glauben angenommen haben. Ich glaube, so steht es auch bei Paulus. Nehme ich meinen Freund Joseph als Maßstab, so scheint es, als lasse der lang ersehnte Tag noch eine Weile auf sich warten. Er macht mir nicht den Eindruck, als wolle er bald zum Christentum übertreten.«

»Hast du ihn darauf hingewiesen, dass es ziemlich rücksichtslos ist, uns alle so lange warten zu lassen?«

»Aber nein. Er ist ein liebenswerter Mensch, ehrlich, gewissenhaft und freundlich. Sinn für Humor habe ich allerdings bei ihm nicht entdecken können, und es könnte sein, dass er so eine Bemerkung nicht lustig findet. Und um bei der Wahrheit zu bleiben: Diese Christen haben der absurden Weissagung so sehr vertraut, dass ihr Bemühen, die Juden zu bekehren, weit über bloße Worte hinausgegangen ist. Ach, mein Freund, das macht mich alles so traurig.«

»Was macht dich traurig?«

»Zu erleben, wie dieser grobschlächtige, primitive Glaube sich ausbreitet. Denk an Sophia und daran, mit wie viel Weisheit und Fingerspitzengefühl sie uns ihr Wissen vermittelt hat! Denk an die Harmonie, die in ihrer Philosophie liegt, und an die Vollkommenheit ihres Ideals vom kontemplativen Menschen! Wie ausgereift ihr Denken doch war und wie sie es verstanden hat, uns Gott nahe zu bringen! Und dann denk an den nach Moder stinkenden Irrglauben, an den sich der Pöbel klammert! Die armen Juden werden beschimpft, nur weil dieser vulgäre Haufen glaubt, auf die Weise in den Himmel zu kommen.«

»Du wirst ihnen kaum Sophias Lehre von der Seele vermitteln können«, gab Lucontius zu bedenken. »Geschweige denn die Einsicht, dass ihre Logik rein formaler Natur ist.«

»Ich weiß, sie wollen immer wissen, was es ihnen bringt. Sie wollen, dass jemand kommt und sagt: ›Folge mir nach, und du erwirbst das ewige Leben. Tu's einfach, je weniger du weißt, umso besser!‹«

Manlius schmunzelte. »Es ist nicht so, dass ich vorhätte, Joseph an meine Tafel zu bitten. Er ist schließlich nur ein Kaufmann und würde die Einladung sowieso ablehnen. Aber ich habe mich ein wenig mit ihm unterhalten, und er scheint mir ein sehr ehrsamer Mann zu sein, wenn auch etwas seltsam, aber das sind diese Leute meistens. Er glaubt jedenfalls nicht, dass seine Erlösung von jemand anderem abhängt. Er ist schlicht davon überzeugt, dass alle anderen Unrecht haben, was er natürlich aus Höflichkeit in unserem Beisein nie sagen würde.«

Er stand auf und ließ sich von einem Bediensteten einen Pokal reichen. »Ich sage: Möge er's noch lange so halten, denn es lohnt sich schon der Empörung wegen, die sich beim bloßen Gedanken an diese Leute auf den Gesichtern der Christen widerspiegelt.«

Und dann nickten sie sich grinsend zu und tranken auf das Wohl von Joseph, dem Juden.

Manlius überlegte vor Sophias Ankunft sorgfältig, welches neue Zuhause er ihr anbieten solle, und ließ schließlich eines seiner Häuser in Vaison für sie herrichten, nahe am Forum und in einer belebten, dicht besiedelten Umgebung gelegen. Es war ein Kompromiss: so schlicht, wie sie es wollte, und so imposant, wie er es für nötig hielt, denn sie stand nun mal unter

seinem Schutz und durfte ihn nicht durch übertriebene Sparsamkeit in Verlegenheit bringen. Sie bestand aber darauf, dass die Bediensteten das Haus verließen.
»Ich habe eine eigene Dienstmagd, die genügt mir«, sagte sie. »Was soll ich mit einem Dutzend Sklaven anfangen?« Und als er Einwände machen wollte: »Ich weiß, das passt dir nicht. ›Schaut mal, das ist der Schützling des großen Manlius, und er gibt ihr nur eine einzige Bedienstete!‹ Du machst dir Sorgen um deine Reputation. Setz die Leute woanders ein, mein Freund. Es wird doch wohl Wichtigeres für sie zu tun geben.«
Er fügte sich, ließ fast alle Möbel abholen, schloss ein paar Räume ab und veranlasste, dass man die Fresken übermalte (wodurch sie konserviert wurden, bis Père Sautel anfing, sie freizulegen).
Nicht lange, und sie suchte ihn wieder auf. »Ich bin des Lebens in der Stadt müde. Dieses kleine provenzalische Nest bedrückt mich.«
»Ihr habt mir gesagt, dass Philosophie nur in der Gemeinschaft mit anderen Menschen existieren kann.«
»Da habe ich Metropolen gemeint, mein Freund, nicht Kleinstädte. Und bestimmt kein Städtchen, das praktisch zum Dorf geschrumpft ist. Weißt du eigentlich, dass sie mich die Heidin nennen, diese ehrenwerten Bürger? Sie haben im Nu herausgefunden, dass ich nicht in die Kirche gehe. Einige haben mich sogar gefragt, warum. Ich dachte, ich könne hier ein paar Vorträge halten, aber da kann ich ebenso gut versuchen, eine Herde Ziegen klüger zu machen.«
Er wusste, was sie meinte. Ihr Vater war aus Alexandria gekommen, einer der größten Städte auf der Erde, und sie war in Marseille aufgewachsen, das immer noch als eine Metropole galt, auch wenn es kleiner geworden war. Bei Vaison lagen die Dinge anders, die einst reiche, blühende Stadt war zu einem armseligen Flecken geworden. Ganze Viertel sind im Lauf der Jahrhunderte regelrecht in sich zusammengefallen und nie wie-

der aufgebaut worden. Eine Weile hatte man daran gedacht, aus den Steinen eine Stadtmauer zu errichten, aber auch dieser Plan war nie zu Ende geführt worden. Die Stadt schaffte es nicht, etwas für ihre Sicherheit zu tun; die Maurer wollten ohne Lohn nicht arbeiten, und der Magistrat hatte kein Geld. Etwa selbst anzupacken lehnten die Bürger ab, das fanden sie unschicklich. Sklaven und Dienstboten waren so rar geworden, dass man auf sie auch nicht zurückgreifen konnte. Die öffentlichen Gebäude waren baufällig und viel zu klein geworden. Die großen Bürgerhäuser standen leer oder wurden zu Wohnungen aufgeteilt oder abgerissen.

Manlius spürte den Loyalitätskonflikt eines Mannes, der hierher gehörte – ein Abkömmling der Linie der Vocontii, denen das Land schon gehört hatte, als Rom noch eine Ansammlung schäbiger Hütten auf einem Hügel irgendwo in Italien gewesen war, und ein römischer Aristokrat, der bessere Zeiten gesehen und größere Aufgaben gekannt hat.

»Ich habe gehört, Ihr hättet Euch hier inzwischen einen gewissen Ruf erworben«, sagte er lau.

»Ja, als Kräuterweiblein und Ratgeberin, wenn jemand mit seinen Gebrechen oder Sorgen zu mir kommt. Das ist mir wahrlich kein Trost. Damit wir uns nicht missverstehen: Ich tue das gern, aber die Sorgen und Kümmernisse der Leute drehen sich nur um den Zustand der Straßen, die Höhe der Steuern und die Sorge, wie lange es wohl noch frisches Wasser geben werde.«

»Lauter schwerwiegende Probleme.«

»Ich weiß. Aber manchmal machen mich das Geschnatter und die Klatschsucht fast wahnsinnig.«

»Nun gut, und was wollt Ihr?«

»Irgendwo zur Ruhe kommen. An einem Ort in Frieden leben, wo ich meditieren kann und nicht vom Lärm des Pöbels oder der flammenden Predigt eines Diakons über die Liebe Jesu gestört werde. Weißt du, dass die Einzigen, mit denen ich vernünftige Gespräche führen kann, die Juden sind? Sie zitieren bei Disputen wenigstens die Schrift und schwätzen nicht einfach nach, was ihnen irgendein Priester ins Ohr geflüstert hat. Sie halten sich viel darauf zugute, dass sie fast immer anderer Meinung sind. Sie hadern sogar mit ihrer eigenen Meinung. Und das Wichtigste: Sie glauben nicht, dass Lautstärke die Wucht von Argumenten erhöht. Sie reden einfach von Natur aus so laut. Ich habe spaßeshalber mit einem ihrer Priester – oder wie die sich nennen – die Bibel gelesen. Das war höchst aufschlussreich.«

»Ihr erstaunt mich.«

»Ich staune selber über mich. Aber so faszinierend ich Moses auch finde, ich will trotzdem ein wenig Ruhe und Frieden haben. Hast du nicht ein Fleckchen irgendwo auf dem Land, wo ich wohnen könnte?«

Manlius lachte. »Meine Liebe, Ihr wisst sehr gut, dass mir nahezu das gesamte Land gehört. Nach Meinung der Steuerschätzer besitze ich etwa neunundvierzig Villen, von denen, weil es an Arbeitskräften fehlt, etliche unbewohnt sind und zu Ruinen verfallen. Aber darum scheren die Steuerschätzer sich natürlich nicht.«

Sophia seufzte. »Komm mir nicht damit! Ich hätte gern irgendetwas Kleines, an die zwei Tagesreisen von hier – und so abgelegen wie möglich.«

Manlius dachte nach. »Ich glaube, da weiß ich genau das Richtige.«

Ein Dutzend Leibeigene wurde vorausgeschickt, um die nötigen Ausbesserungsarbeiten zu erledigen und das Haus bewohnbar zu machen, und zwei Wochen später konnte Manlius Sophia zu der etwa vier Kilometer von seiner angestammten Landresidenz gelegenen Villa begleiten, die ihm vorgeschwebt hatte. Sie lag inmitten einer Hügelgruppe, was im Sommer für Kühle sorgte und im Winter Schutz vor den Winden bot. Mit zwei Dutzend Räumen war sie viel zu groß – Grund genug für

Sophia, sie nicht zu mögen. Aber als sie schon wieder gehen wollten, entdeckte sie das bescheidene, durch eine Baumreihe abgeschirmte Haus auf einem Hügel, von dem man einen weiten Blick ins Land hatte, und da wusste sie augenblicklich, dass es genau das war, was sie suchte. In der Nähe sprudelte eine saubere Quelle, ein Pfad führte ins Tal, sodass sie mühelos Brot und die wenige Dinge einkaufen konnte, die sie brauchte, und klare, frische Luft gab es in Hülle und Fülle.

Nachdem die Familie des Bauern in ein größeres Haus umgesiedelt worden war (denn Sophia bestand darauf, dass die braven Leute bei der Transaktion nicht Schaden litten), zog sie ein und fand in dem Häuschen endlich die Ruhe und Geborgenheit, nach der sie sich so lange gesehnt hatte. Manlius überschrieb es ihr nebst den nahe gelegenen Feldern und siedelte an die vierzig Landarbeiter an, die das Land für sie bewirtschaften sollten. Aber bis auf sechs liefen ihr binnen weniger Jahre alle davon, und der Boden verwilderte.

Manlius, dem es stets am Herzen gelegen hatte, die heimische Produktion nicht dahinsiechen zu lassen, ärgerte sich darüber, sagte aber nichts. Sie war eben manchmal eine schwierige, um nicht zu sagen unmögliche Frau. Nur, was hatte er denn erwartet? Dass sie Bäuerin wurde? Sich Sorgen machte, ob der Weizen in diesem Jahr gut stand? Die Olivenbäume nach Schädlingen absuchte?

Sie wohnte dort bis zu ihrem Tod, fast zwanzig Jahre lang, und wurde, was ihr gar nicht recht war, vom einfachen Landvolk geradezu verehrt. Immer mehr Bauern kamen mit ihren Sorgen und Krankheiten zu ihr. Da sie sogar Manlius überlebte, fiel nach dessen Tod das Recht, Steuern für den Grundbesitz einzutreiben, an einen burgundischen Veteranen, der das Geld jedes Vierteljahr persönlich abholte.

Im Laufe der Jahre entwickelte sich zwischen ihr, die all das verkörperte, was man sich unter einer gebildeten Griechin vorstellt, und dem grobschlächtigen, ungebildeten Barbaren, der nun praktisch ihr Pachtherr war, eine Art widerwilliger Zuneigung. Sie wusste, dass sie's mit ihrem neuen Herrn (denn das war er nun mal, obwohl sie die Einzige war, die ihn, wenn auch in ihrer burschikosen Art, so anredete) gut getroffen hatte. Er bemühte sich, ihr nicht allzu ungehobelt zu begegnen, und hatte ein angeborenes, natürliches Gespür für Ehrlichkeit, das ihr das Leben leichter machte, als es anderen vergönnt war. Ordric, ein dick gewordener, kräftiger Mittvierziger, gehörte zu den wenigen, die sich in diesen rauen Zeiten Anstand und Tugendhaftigkeit bewahrt hatten. Es mag überraschen, in dieser Zeit und noch dazu in einer so armen, abgelegenen Gegend auf einen Mann seines Schlages zu treffen, aber die Zeit war eben für vielerlei Überraschungen gut.

Sophia versuchte nicht, ihm etwas beizubringen, und er wollte auch gar nichts von ihr lernen; das Einzige, was sie beide erfuhren, war gegenseitiger Respekt und ein Gefühl der Dankbarkeit dafür, dass es noch anständige, freundliche Menschen gab. Am Ende vermachte sie ihm ihren Grundbesitz, denn sie kannte niemanden, der diesen mehr verdient hätte. Zum Dank dafür errichtete Ordric ihr zu Ehren ein Monument über ihrem Grab, um die Erinnerung an einen Menschen wach zu halten, den er insgeheim zu verehren gelernt hatte. So überdauerte die Geschichte dieser Verehrung Ordrics Lebenszeit, und die Erinnerung an Sophias segensreiches Wirken als Ratgeberin wurde im Laufe der Zeit so überhöht, dass sie bald als Wundertäterin galt. Schließlich ragte über ihrem Grab eine kleine Kapelle auf, die zur Pilgerstätte wurde, an der die Menschen zu ihr beteten, wenn sie Rat und Hilfe suchten.

Kardinal Ceccani bewahrte den Brief, in dem Olivier vom Bau einer christlichen Pilgerstätte durch einen Burgunder berichtete, sorgfältig auf, denn er brachte ihn auf eine Idee, die ihn in den folgenden Monaten nicht mehr losließ.

1347 war Ceccani ein leuchtender Stern am kirchlichen Firmament und so mächtig und einflussreich geworden, dass es ihm an Neidern nicht mangelte. Er hatte so viele Ämter inne, dass er für die gedeihliche Entwicklung der Christenheit schlechterdings unentbehrlich geworden war, und so viele Pfründen an sich gezogen, dass man allenthalben munkelte, er könne seine jährlichen Einnahmen getrost mit denen von Papst Klemens vergleichen. So etwas musste ihm natürlich den Hass all derer eintragen, die entweder selber mehr haben wollten oder sich reinen Herzens in dem Glauben wiegten, Klemens, der gütige Oberhirte der Christenheit, wäre entrüstet gewesen, wenn er gewusst hätte, wie es in seiner Kurie zuging.

Ceccani war sich all dessen natürlich bewusst; seinem wachen Ohr entging nichts, was rings um ihn geflüstert wurde. Und es verletzte ihn, denn er war – auf seine Art – ein Mann von großer Frömmigkeit und strengem Pflichtbewusstsein. Er kleidete sich in die teuersten, kostbarsten Gewänder, gefertigt aus Seide und gesponnenem Gold, weil man die einfachen Menschen nun mal durch die majestätische Macht beeindrucken musste; darunter aber trug er ein von Läusen wimmelndes Hemd aus rauer Wolle, das ihm die Haut aufrieb, bis sie wund wurde und zu eitern begann. Er gab Bankette, die mehrere Tage dauerten und so aufwändig und prächtig waren, dass sie die Missgunst all derer erregen mussten, die nicht eingeladen waren; er selbst trank indessen nur Wasser und verschmähte die Braten, köstlichen Nachspeisen und Weine, die er seinen Gästen so freigebig auftischte.

Sein Einzug in die Kirche glich dem Auftritt eines Prinzen, er ließ sich in einer Sänfte tragen und von mindestens einem Dutzend Konzelebranten und Messdienern begleiten, was den

Unmut derer steigerte, denen seine Arroganz ohnehin ein Dorn im Auge war; und doch kniete er, nachdem er die Tür abgeschlossen hatte, weil ihn niemand sehen sollte, Nacht für Nacht drei Stunden lang auf bloßen Knien auf dem Steinboden seiner Privatkapelle und betete. Er war der größte Freund der Bildung, schickte Männer wie Olivier aus, um Texte von unschätzbarem Wert zu retten, und wandte viel Geld auf, um diese der Menschheit zu erhalten; gleichzeitig war er der unerbittlichste Feind aller, die von der rechten Lehre der Mutter Kirche abwichen, in mindestens zwei Fällen ist überliefert, dass er Häretiker dem Scheiterhaufen überantwortete. Wie die Kirche, deren gehorsamer Diener und getreues Spiegelbild er war, steckte Ceccani voller unerklärlicher Widersprüche.

Seit die Kirche aus Rom geflohen und Avignon zum neuen Sitz des päpstlichen Hofes erkoren hatte, lastete die Korruption wie ein zäher, schmutziger Rauchschwaden über ihr, und Ceccani war geradezu die Verkörperung dieses Krebsübels; andererseits wusste niemand besser als er, wie gefährlich das Exil in Avignon für die Kurie war, und niemand erhoffte sich sehnlicher, dass der Papst in die Ewige Stadt zurückkehren möge. Aber 1342, als der Franzose Pierre Roger als Klemens VI. den Stuhl Petri bestieg, war Ceccani zu jung gewesen, um sich selber eine Chance ausrechnen zu können, und nun musste er der Möglichkeit ins Auge sehen, dass Klemens noch viele Jahre lebte. Also begann er über andere Wege nachzudenken, die das Oberhaupt der Christenheit dazu bringen konnten, an den Ort zurückzukehren, an den es gehörte.

Dass die Kapelle der heiligen Sophia und deren Lebensgeschichte ihn so faszinierten, hatte nicht zuletzt etwas mit seiner persönlichen Erfahrung zu tun, denn als das Papsttum in die Englischen Kriege hineingezogen wurde und er in seiner Not die Heilige um Rat anflehte, erwies sich ihr Beistand als überaus nützlich. Da er wichtige Anliegen oft mit Gelübden verband, hatte er der heiligen Sophia seine Dankbarkeit gelobt, falls ihre Fürsprache die erhoffte Wirkung zeitigen sollte. Der Name Sophia bedeutet Weisheit, und Ceccani ging selbstverständlich davon aus, dass ihm diese Weisheit zuteil werde. Die Kapelle lag in seiner Diözese (oder richtiger gesagt: in einer seiner vielen Diözesen), und es war an der Zeit, die Gläubigen daran zu erinnern, dass er ein mächtiger Mann war. Die Gegend galt als etwas aufrührerisch, auch an ihr waren die Häresien der vergangenen Jahrhunderte nicht spurlos vorübergegangen, auch wenn sie keinen allzu großen Schaden angerichtet hatten. Die Möglichkeit, den Bewohnern vor Augen zu führen, dass mitten unter ihnen eine so altehrwürdige Heilige geweilt hatte, war ein Geschenk des Himmels. Da schadete es nichts, dass Sophia nahezu vergessen war, im Gegenteil, der Umstand half Ceccani, sich als denjenigen zu präsentieren, der ihr wieder zur gebührenden Beachtung verholfen hatte.

Die Summe all dieser Gründe bewog ihn, eines Tages Luca Pisano zu sich zu rufen und ihn zu beauftragen, die Kapelle in so kurzer Zeit wie möglich mit aller erdenklichen Pracht auszuschmücken. Pisano war von Dankbarkeit überwältigt ob dieser Ehre, bis er erfuhr, in welcher abgelegenen Einöde er sein Werk vollbringen sollte. Er stand noch am Anfang seiner Laufbahn als Kirchenmaler und ersehnte sich nichts mehr als Aufmerksamkeit. Der erste Hofmaler Martini war, wie Pisano wusste, gesundheitlich nicht auf der Höhe, er würde entweder bald sterben oder nach Italien zurückkehren, und dann war seine Stelle vakant. Pisano aber war zu jener Zeit – auch wenn er später nahezu in Vergessenheit geriet – ein viel beachteter Maler, dem man eine große Zukunft voraussagte.

Nun, Auftrag ist Auftrag, und wenn er von einem Mann wie Ceccani kam, war er doppelt wertvoll; jeder hielt ihn für den nächsten Anwärter auf den Stuhl Petri, vorausgesetzt, die Franzosen konnten dazu bewegt werden, nicht in letzter Minute Einwände zu erheben. Und wenn die Auguren Recht behielten, würde das Papsttum vielleicht nach langem Exil in Avignon in die Ewige Stadt zurückkehren. Also verneigte Pisano sich tief, versicherte Seiner Eminenz immer währende Dankbarkeit und eilte zu Ceccanis Schatzmeister, um sich das nötige Geld für den Auftrag auszahlen zu lassen.

Dennoch war er von der Unterredung mit dem Kardinal insgeheim ein wenig enttäuscht, und daraus machte er Olivier gegenüber auch keinen Hehl, als sie sich etwas später begegneten. »Ich glaube, ich muss mich bei dir bedanken. Du hast dafür gesorgt, dass ich nun – wie du – in Diensten des großen Kardinals stehe und mit ihm aufsteigen oder fallen werde.«

»Ich würde die Meriten gern einheimsen«, erwiderte Olivier, »aber ich wüsste wirklich nicht, wofür sie mir zustehen sollten.«

Die beiden Männer waren zu dieser Zeit längst gute Freunde geworden; beide allein, ohne Familie, hätten sie nicht viel mit sich anzufangen gewusst in einer Stadt, in der es viele Menschen, aber wenig Zerstreuung ab. Sie fühlten sich durch dieselben Interessen und Ambitionen verbunden, waren aber bisher selten dazu gekommen, gemeinsam etwas zu unternehmen. Sie glaubten aneinander und waren überzeugt, dass der andere ob seiner Fähigkeiten alle Hindernisse, wenn es denn welche gab, aus eigener Kraft überwinden werde.

»Dennoch gratuliere ich dir«, fügte Olivier hinzu, »da hast du wirklich großes Glück gehabt.«

Pisano wiegte den Kopf. »Je höher sie stehen, desto tiefer fallen sie.«

Olivier lachte. »Du bist der größte Jammerlappen, den ich kenne. Da gibt dir einer der mächtigsten Männer der Kirche einen Auftrag, und alles, was dir dazu einfällt, ist, ob er wohl so mächtig bleibt. Selbst wenn er tatsächlich fällt – was macht das schon? Ein kurzer Augenblick seiner Gunst ist besser, als nie von jemandem zum Günstling erkoren zu werden. Außerdem ist es doch möglich, dass du gute Arbeit leistest, obwohl ich das in Anbetracht deiner mangelnden Fähigkeiten bezweifle. Sollte es aber auf wundersame Weise so kommen, dann werden dich auch andere haben wollen.«

»Warum sollten Sie?«, fragte sein Freund misslaunig. »Außer einigen Schafhirten wird niemand das Ergebnis zu sehen bekommen. Ich werde im wahrsten Sinne des Wortes meine Perlen vor die Säue werfen.«

»Sicher werden neue Aufgaben auf dich zukommen. Schmücke die Kapelle ordentlich aus, dann wird der nächste Auftrag eine Basilika in einer nahe gelegenen Stadt sein …«

»Oh ja. Zweifellos eine Arbeit für dreißig Jahre. Und inzwischen kehrt der Papst nach Rom zurück, und ich sitze hier in der Provinz fest.«

Olivier schüttelte sich vor Lachen. Immer, wenn Pisano etwas Gutes widerfuhr, verbohrte er sich abergläubisch in die Vorstellung, irgendein Missgeschick könne ihm die Früchte seiner Arbeit verhageln, und dann grübelte er mindestens einen Tag darüber nach, was das wohl sein könnte, und das alles nur, weil er glaubte, Desaster, die man sich einbildet, würden nie eintreten. (Diesmal sollte es in der Tat anders kommen, denn Pisano konnte weder vorhersehen, dass Ceccani zwei Jahre später sterben würde, noch schwante ihm etwas von der Kürzung der Mittel für Kirchenausmalungen oder gar von der Pest, die ihn eines Nachts heimtückisch überfiel, während er auf dem Rückweg nach Italien neben seinem Esel am Straßenrand schlief.)

»Du kannst sicher sein, dass dieser Papst nie nach Rom zurückkehren wird. Er hört zwar meistens auf Kardinal Ceccani, aber bei diesem Thema verschließt er die Ohren. Mein Herr müsste ihn schon in Ketten dorthin schleppen. Denk daran, er ist Franzose, und die bewegen sich nicht gern weit von zu Hause weg. Selbst in Avignon plagt ihn das Heimweh. Du solltest, glaube ich, darum beten, dass ihm dir zuliebe Gesundheit und ein langes Leben geschenkt werden.«

»Aber ich meine das ganz ernst«, protestierte der Maler. »Man mutet mir zu, in einer abgelegenen Kapelle eine Reihe von Bildern zu malen, die niemand je zu Gesicht bekommen wird, außer einer Heiligen, von der ich nie etwas gehört habe.«

»Wenn das so ist, kannst du malen, was du willst.«

Pisano runzelte die Stirn. »Nur weil ich manchmal ein loses Mundwerk habe, kann ich mir noch lange nicht alle Freiheiten herausnehmen. Die Heiligenverehrung ist etwas Großartiges. Ein heiligmäßiges Leben muss man achten, und von ihm zu künden bedeutet, eine schwere Verantwortung zu übernehmen.«

Olivier, überrascht von dem ernsten Ton, sah ihn groß an. »Ja, das kann ich mir denken.«

»Und du bist der Einzige, der mir ihre Lebensgeschichte erzählen kann.«

»Über die weiß ich sehr wenig.«

»Das ist immerhin mehr, als alle anderen wissen.«

»Ich kann dir nicht mal genug für eine Skizze erzählen.«

»Das genügt schon. Erzähl mir, was du weißt, den Rest tragen die Gebete bei!«

»Bist du dir da ganz sicher?«

»Wenn du mich ernsthaft fragst, ja. Ich werde zu der Heiligen beten, und wenn sie meine Bitte erfüllt, kommen die Details, die ich brauche, ganz von selber. Wenn nicht, bedeutet das, dass sie ihr Leben nicht vor den Gläubigen ausgebreitet sehen will, und das muss ich dann dem Kardinal sagen.«

Und so ließ sich Olivier neben ihm nieder und erzählte ihm die Geschichte, die er am Lagerfeuer der Schafhirten auf dem Hügel gehört hatte.

»Wenige Jahre nach der Kreuzigung unseres Herrn«, begann er, »wurden die römischen Priester von Ängsten und Kleinmut befallen und fingen an, die zu verfolgen, die unerschrocken den neuen Glauben verkündeten. Maria Magdalena, der das hohe Privileg zuteil geworden war, als Erste von der Auferstehung Christi zu erfahren, wurde geächtet und gehetzt, und genauso erging es den Frauen, die sie um sich versammelt hatte. Man schmiedete sogar ein Komplott, um sie alle zu töten, aber da erschien ihr im Schlaf ein Engel und warnte sie. ›Steh auf, Maria‹, sprach er zu ihr, ›und mach dich eilends auf den Weg! Ruf deine Gefährtinnen zusammen und verlass mit ihnen diesen Ort!‹ Maria tat, wie ihr gesagt worden war, rief ein halbes Dutzend Frauen zu sich und ging mit ihnen zur Küste. Dort wartete wie durch ein Wunder ein Boot mit seidenen Segeln und einem mit Perlen besetzten Bug auf sie, Seeleute waren nicht zu sehen. In dem Augenblick, in dem sie das Boot bestiegen, blähten sich die Segel, und das Gefährt glitt übers Wasser – gerade rechtzeitig, denn ihre Verfolger eilten schon herbei, um sie aufzuhalten. Die Reise zog sich über Wochen hin, aber die Frauen verspürten keine Angst. Wenn es regnete, wurden sie nicht nass, und wenn sich ein Sturm erhob, fing das Boot allenfalls ganz sanft zu schlingern an. Engel brachten ihnen jeden Tag Nahrung und Wasser und sorgten, wenn die Sonne auf sie niederbrannte, für kühlen Schatten, indem sie ein seidenes Segel über ihnen ausspannten. Als die Zeit gekommen war, drehte sich das Boot, obwohl der Wind in die andere Richtung blies, dem festen Land zu und wurde an ein fremdes Gestade getrieben. Und wieder sprach ein Engel zu Maria Magdalena und trug ihr auf, ihre Gefährtinnen über die Lande zu schicken, auf dass sie allen von der Wiederkunft Christi erzählten. Einige hatten freilich Angst und weigerten sich, von Magdalenas Seite zu weichen, denn sie wussten, dass sie von den Menschen geliebt wurde. Sophia aber gehorchte, sagte Maria Magdalena Lebewohl und machte sich auf, um eine Stadt nach der anderen zu bekehren, bis alle Christen geworden waren, die Tempel niederrissen und statt ihrer Kirchen erbauten.

Viele Wunder begleiteten ihren Weg, und einmal kam ein Mann zu ihr, der im Ruf stand, ein großer Betrüger zu sein; er war seit Jahren blind. ›Du sagst, dass Gott die Liebe ist und für seine Geschöpfe sorgt‹, beklagte er sich, ›und doch bin ich blind. Wie kann das sein?‹

Sophia nahm ihn beiseite und unterwies ihn, dann legte sie ihm die Hände auf die Augen, und sogleich ward ihm die Sehkraft zurückgegeben. Er fiel aus Dankbarkeit vor ihr auf die Knie, und die Menge ringsum war ob des Wunders so erstaunt, dass sie es ihm nachtat. Der einstige Gauner verbrachte den Rest seines Lebens damit, die Liebe Christi zu predigen, ließ sich schließlich in Vaison nieder und bekehrte die Menschen in der Gegend zum Christentum. Und zu guter Letzt wurde er selber ein Heiliger.

Als Sophia wieder einmal in einer Stadt predigte, schrien sie die Leute, von den heidnischen Priestern aufgewiegelt, nieder, stießen Drohungen gegen sie aus, schleppten sie in den Kerker und verurteilten sie zum Tode. Aber ihre Arbeit war noch nicht getan, und so erschien dem Mann, den sie geheilt hatte, ein Engel und erzählte ihm von ihrer Bedrängnis. Er ließ sich unverzüglich zu ihrem Kerker bringen, und als er die Hände zum Himmel hob, fielen die Wächter in Schlaf, und die Tore des Kerkers öffneten sich. Der Mann geleitete Sophia aus der Stadt, und sie wanderten gemeinsam durch das Land, bis sie zu einem Hügel kamen. Als Sophia starb, wurde sie dort beigesetzt, und weil sich an ihrem Grab so viele wundersame Dinge ereigneten, erkannten alle, dass sie eine Heilige war. Sie errichteten über ihrer Ruhestätte eine Kapelle, und die Menschen pilgerten fortan von weit her zu ihr.«

Julien war kein Kirchenhistoriker, er wurde ungeduldig angesichts der vielen Ungereimtheiten und Widersprüche, die, wie er nur zu gut wusste, ein Spiegelbild seiner eigenen Zerrissenheit waren. Dennoch las er Oliviers Bericht mit großer Aufmerksamkeit. Er hatte ihn unter Ceccanis Papieren gefunden, im selben Bündel wie »Scipios Traum«, und war davon fasziniert, nicht zuletzt wegen der vielen Übereinstimmungen mit anderen Aufzeichnungen, auf die er zur selben Zeit stieß. Er hätte schon sehr begriffsstutzig sein müssen, um nicht zu erkennen, dass Sophia – für Manlius Hippomanes die Personifizierung der klassischen Philosophie – bei dessen philosophischer Abhandlung Patin gestanden hatte. Und zugleich wurde ihm klar, dass Manlius zu der Zeit, in der die Kapelle zu Ehren der heiligen Sophia zur Pilgerstätte wurde, nicht Bischof von Vaison gewesen war. Zunächst wusste er mit der Erkenntnis nichts Rechtes anzufangen, und so verfolgte er sie nicht weiter, zumal er durch andere Fragmente, die in demselben Bündel verschnürt waren, abgelenkt wurde. Ein Manuskript, in dem es unter anderem um Levi ben Gerson ging, sprach sein Faible für Tragödien und sein jugendliches Lebensgefühl besonders an.

Und so verbrachte er – schwitzend, weil er stets einen korrekten Anzug samt Krawatte und Weste trug – die warmen Frühlingstage im Archiv des Vatikans und machte sich ohne alle Hast und ohne eine Seite auszulassen in seiner peniblen, ausgeprägten Handschrift ungezählte Notizen. Seine Technik bestand darin, nicht lange über den Inhalt der Notizen nachzudenken, da er herausgefunden hatte, dass das seiner Aufmerksamkeit schadete. Er konzentrierte sich vielmehr ganz auf seine Arbeit, und wenn er auf etwas stieß, was gründliches Nachdenken lohnte, hob er sich das Vergnügen der Analyse für den Feierabend auf. Sobald er in der Ecole mit seinen Kommilitonen zu Abend gegessen hatte, spazierte er zur Piazza Navona, suchte sich einen ruhigen Tisch, nahm einen Drink, ließ die

Welt an sich vorüberziehen und dachte über all das nach, was er an diesem Tag gelesen hatte.

Kurz nach der Entdeckung von Oliviers Bericht wurde er von Julias Vater zum Abendessen eingeladen. Er war hocherfreut darüber, zum einen, weil der um etliche Jahre ältere Mann ihn anzog, zum anderen, weil in seiner Börse ständig Ebbe herrschte. Die Unterstützung, die er seitens seines Vaters erfuhr, war zwar nach dessen Maßstäben großzügig, aber angesichts des Lebensstils, den Julien sich in Rom angewöhnt hatte, beklagenswert kärglich. Die Francs zerrannen ihm – bald für eine Zeichnung, bald für einen Stich oder ein Gemälde – zwischen den Fingern, und so musste er häufig zum Monte di Pietà pilgern, um seine Uhr oder den Ring zu versetzen, damit ihm genug Geld zum Leben blieb. Etwa alle zwei Monate schickte er einen Brief nach Vaison, der seinen Vater erzürnte und Anlass zu Tadel und Moralpredigten gab, aber zu guter Letzt schickte dieser das erbetene Geld doch, gerade noch so rechtzeitig, dass Julien sein Eigentum beim Pfandleiher auslösen konnte. Er empfand ob dieser großzügigen Geste nie Dankbarkeit, obwohl er wusste, dass es sich gehört hätte.

In Rom entdeckte er übrigens auch jene sinnlicheren Vergnügungen, für die ihn seine innere Unausgegorenheit so empfänglich machte. Er fing an, sich Mätressen zuzulegen, und blieb dieser Gepflogenheit die nächsten fünfzehn Jahre treu. Sobald das erste Feuer erloschen war, vergaß er die jeweilige Liaison allerdings so schnell und schmerzlos, wie sie begonnen hatte. Er kam dahinter, dass er sehr charmant sein konnte, geizte eine Weile weder mit seiner Zeit noch mit Geld, war der aufmerksame Zuhörer, den Frauen sich wünschen, brach aber die Beziehung jedes Mal schleunigst ab, sobald er zu ahnen begann, dass sie zu Enttäuschung oder aufrichtiger Hingabe führen könne. Er machte sich deswegen, wenn überhaupt, nur sehr oberflächlich Gedanken. Seine Eltern waren nicht glücklich gewesen, also ging er vorsichtshalber keine Verbindung ein, die ihn in

Versuchung führen konnte; schließlich sollte es ihm nicht genauso ergehen. Da vertiefte er sich lieber in das Studium alter Schriften und frönte der Leidenschaft, Bilder zu sammeln, das barg weniger Risiken. Zudem war er sehr darauf bedacht, seinen Affären einen Anschein von Schicklichkeit zu geben; er liebte es, die jeweilige Favoritin in teure Restaurants auszuführen, ihr Geschenke zu machen oder mit ihr zu verreisen – lauter Dinge, die er sich eigentlich nicht leisten konnte. Und damit nicht genug, er achtete bei seinen Gespielinnen akribisch auf die kleinen Details: die Art, sich zu kleiden, die Parfums und die modische Frisur. Das war nicht etwa nur Teil einer Strategie, er brauchte das einfach, denn es gab für ihn kein größeres Vergnügen als die Gesellschaft einer schönen Frau.

Und doch wurde er während all seiner Liebschaften nie das Gefühl los, irgendetwas Wichtiges zu verpassen, als ahnte er, dass seine ständige Jagd nach schönen Frauen weniger sinnlichem Verlangen als tiefer Verzweiflung entsprang. Denn jedes Mal, wenn er eine weitere Liaison einging und dem Reiz des Neuen erlag, wurde ihm bewusst, dass es in ihm etwas gab, was er mit vorgetäuschter Verachtung verdrängte. Er hatte keine Ahnung, wonach er suchte, er wusste nur, dass er einmal nahe daran gewesen war, es zu finden – damals, als er auf den Hügeln über Jerusalem fast so weit gewesen war, ein Geheimnis zu enträtseln, das so tief in ihm verborgen war, dass er womöglich sein Leben lang nichts von dessen Existenz gewusst hätte. Dann beschlich ihn jedes Mal die Ahnung, dass er sich vielleicht deshalb insgeheim vor Julia fürchtete.

Stattdessen ließ er sich von Liebschaften gefangen nehmen, die ihm nie wirklich etwas bedeuten konnten. Den Frauen ging es umgekehrt genauso, sie interessierten sich weder für seine Arbeit noch für seine Vergnügungen, was unter anderem daran lag, dass er sich als Geliebte immer solche aussuchte, die eigentlich nicht zu ihm passten: verheiratete Frauen oder flatterhafte Schönheiten, die bei ihm nichts anderes als flüchtige Zerstreuung suchten. Einmal war er mehrere Monate mit einem etwas jüngeren Mädchen liiert, das in einem der großen Warenhäuser Roms arbeitete. Als er beschloss, sich von ihr zu trennen, und noch einen letzten Abend mit ihr verbrachte, merkte er plötzlich, dass er sich an nichts erinnern konnte, worüber sie je gesprochen hatten, geschweige denn an eine einzige Bemerkung von ihr, die ihn beeindruckt hätte. Nach der kleinen Verkäuferin verführte er die gut ein Jahrzehnt ältere Frau eines Notars, hörte sich geduldig an, was sie bedrückte oder ihr Sorgen machte, genoss die Heimlichkeiten und Vorwände, die sie sich ausdenken mussten und die ihrem ansonsten belanglosen Verhältnis erst ein wenig Würze gaben. Es war weder Gleichgültigkeit, noch lag es gar an der Absicht, ihr wehzutun, wenn er sich ein paar Monate später kaum noch an ihren Namen erinnern konnte. Sie waren beide dem Moment verhaftet gewesen, und der Moment war vorbei.

Er wusste, dass ein Grund für den Reiz solch flüchtiger Beziehungen der war, dass er diese Frauen nicht liebte. Julia war die Einzige gewesen, die solche Gefühle in ihm geweckt hatte, und bei ihr hatte er sie nicht gezeigt. Aber anders als bei allen anderen war er mit seinen Gedanken fast jeden Tag bei ihr, er träumte von ihr und hätte jedes Wort wiederholen können, das sie je zu ihm gesagt hatte. Mehr noch, er glaubte sich an Gespräche zu erinnern, die sie nie geführt hatten, weil er sowieso wusste, was sie gesagt hätte.

Er freute sich auf den Rombesuch von Julias Vater. Claude Bronsen wusste seine Leidenschaft für Bilder und Ruinen zu schätzen, und im Übrigen brachte er nicht nur Neuigkeiten über Julia mit, sondern auch die Aussicht auf ein gutes Abendessen. Die Konversation mit ihm war immer ein Hochgenuss und entsprach genau dem Lebensgefühl, das Julien in Rom entwickelt hatte. Mit dem Unterschied, dass Bronsen es sich leisten konnte, während es Julien in den Ruin trieb, weil er sich in der Rolle eines aufgehenden Sterns gefiel, dem eine glänzende

Karriere vorherbestimmt war. Er betrachtete das Studium fast als Liebhaberei, nicht gewillt, sich tiefer hineinzuknien, und fest entschlossen, für eintönige Lehrpläne nicht seine Seele zu verraten. Rom hatte schon vielen den Charakter verdorben, in den Jahren von 1924 bis 1927 forderte es seinen als Opfer.

Eine alternative Erklärung: In dieser Zeit wirkten sich die Erlebnisse des Krieges bei ihm aus. Das Gefühl, etwas nachholen zu müssen, verleitete ihn zu den durchwachten Nächten mit all ihren Zerstreuungen und zur Vernachlässigung seiner allgemeinen studentischen Pflichten. Sosehr er in den vergangenen Jahren danach gegiert hatte, das Spektrum seines Wissens zu erweitern, so sehr ödete ihn das jetzt an, bis er schließlich jede Gelegenheit dazu mied. Aber hinter dem frivolen Lebensstil verbarg sich immer noch die alte Ernsthaftigkeit, wie sie zum Beispiel in seiner Arbeit in der Vatikanischen Bibliothek zum Ausdruck kam. Das bewiesen nicht zuletzt die ungezählten Notizen, die er sich machte, trotz der erschwerten Bedingungen, denn er musste die nötige Zeit für diese privaten Studien zwischen opulenten Mahlzeiten, Exkursionen, der gefälligen Leere belangloser Plaudereien und dem Liebreiz schöner Frauen unterbringen. Und wenn ihm das gelang, so lag das daran, dass er einmal einen Blick in einen finsteren Abgrund geworfen hatte und tief in seinem Innersten wusste, wozu Menschen fähig sind.

Es verfolgte ihn immer noch bis in seine Träume – das Gesicht, das er nur für den Bruchteil einer Sekunde gesehen hatte, als das Mündungsfeuer einer Kanone aufblitzte und kurz die Umgebung in gleißendes Licht tauchte. Dann hatte der deutsche Soldat sich umgedreht. Er erinnerte sich noch gut, wie dumm sie sich erschrocken angestarrt hatten, weil sie beide nicht wussten, was sie tun sollten. Julien reagierte schneller, er war auf Patrouille, seine Nerven lagen ohnehin blank, während der andere seinen Dienst gerade erst angetreten hatte und daher langsamer reagierte. Ein leichtes Stirnrunzeln, Juliens jähe

Erkenntnis, dass er im Begriff war, etwas Böses, Grausames zu tun, und dann hatte er dem Deutschen das Bajonett in den Bauch gestoßen. Danach kam nichts mehr, überhaupt nichts; der Rest war schwarze Nacht. Er hörte den Deutschen fallen, wusste noch, dass er das Bajonett herausgerissen und noch einmal zugestochen hatte, und wieder und wieder. Mehr als alles andere hatte sich das Gefühl der Genugtuung in seine Erinnerung eingegraben. Er erinnerte sich, dass er noch zugestochen hatte, als er schon wusste, dass es nicht mehr nötig war, und dass er es aus Lust getan hatte. Er war in diesem Moment zum Barbaren geworden, der seinen Triumph auskostete.

Das war es, was ihn bis in seine Träume verfolgte und ihn so erschreckte. Er hatte erfahren, wie leicht es ist, solchen Gefühlen zu erliegen. Und schlimmer noch, seine Träume gaukelten ihm schreckliche Irrbilder vor, indem er in dem Moment, in dem das Mündungsfeuer aufblitzte, ein leichenblasses Gesicht vor sich auf dem Boden liegen sah – Julias Gesicht. Das Blut floss aus ihrem Körper in den Schlamm des Schlachtfeldes, ihre Lippen bewegten sich, aber er konnte nicht hören, was sie ihm sagen wollte, das Maschinengewehrfeuer verschluckte alles, so wie ein vorbeiratternder Zug denen, die auf dem Bahnsteig warten, die Worte von den Lippen pflückt. Er hatte sie getötet – ein Alptraum, der Julien regelmäßig heimsuchte, ohne dass er einen Grund dafür erkennen konnte.

»Wie geht es Julia?«, fragte er Bronsen, sobald es einigermaßen schicklich war.

»Ausgezeichnet«, erwiderte der, wie er es immer tat, auch wenn die Briefe, die sie Julien schrieb, etwas anderes vermuten ließen. Julien kam nie dahinter, ob Bronsen wirklich nicht ahnte, welches Martyrium sie beim Malen eines Bildes durchlitt (etwas, worauf sie stolz war), oder ob er nur nicht eingestehen wollte, dass sie eben doch keine begnadete Malerin war. Wenn das sein Motiv war, zeugte es vom löblichen Bemühen eines Vaters, es seiner Tochter ein wenig leichter zu machen, obwohl

Julien schon bei der ersten Begegnung mit den Bronsens das Gefühl gehabt hatte, dass dieses Bemühen Julia das Leben nur noch schwerer machte. Einmal rang er sich in einem Brief an sie dazu durch, seine Vermutung anklingen zu lassen. Julia schrieb ihm etwa einmal im Monat, und er schrieb genauso oft zurück. Es waren jedes Mal lange Briefe, spaßig und anrührend, und sie schienen beide nicht zu ahnen, wie ungeduldig der Briefpartner darauf wartete, wie hastig er den Umschlag aufriss und mit wie viel atemloser Freude er Zeile für Zeile verschlang.
In ihrem Antwortbrief schrieb sie knapp: »Natürlich hast du Recht. Er erwartet so viel von mir, wie kann ich ihn da enttäuschen? Es ist schwierig zu arbeiten, wenn dir jemand immer über die Schulter guckt. Für mich wäre es einfacher, wenn er mich für eine schlechte Malerin hielte und entmutigen würde, statt bei jedem drittklassigen Schinken von mir begeistert zu sein. Früher oder später werde ich wohl ausziehen müssen ...«
»Sie malt wundervolle Bilder, wirklich wundervoll«, sagte Bronsen, als sie in dem Restaurant nahe der Spanischen Treppe saßen, und da war es noch gar nicht lange her, dass Julien ihren Antwortbrief erhalten hatte. »Sie sollte unbedingt weiter machen, finde ich. Ich hoffe nur, dass ihre Heirat sie nicht allzu sehr ablenkt.«
Er sagte das in leicht aufreizendem Ton, als wäre ihm nur zu gut bewusst, wie die Neuigkeit auf Julien wirken musste. *Was denn, junger Mann, hatten Sie es etwa auf meine Tochter abgesehen? Machen Sie sich nicht lächerlich!*
Einen Augenblick lang saß Julien wie erstarrt da, es kostete ihn Mühe, sich die Enttäuschung nicht anmerken zu lassen. »Ich wusste gar nicht ...«
»Sie behandelt das sehr diskret. Sie heiratet einen Diplomaten, einen Mann mit besten Anlagen, aus guter Familie und mit Verbindungen, die ihr für ihre Arbeit von immensem Nutzen sein werden. Ich bin sicher, die beiden werden sehr glücklich miteinander.«

Das ist also der Fluchtweg, für den sie sich entschieden hat, dachte Julien. So ganz war er von der Geschichte nicht überzeugt, ihr Vater kam ihm ein bisschen zu angetan und zufrieden vor, aber er schrieb Julia einen Brief mit ein paar förmlichen Glückwünschen und ohne all die kleinen Vertraulichkeiten ihrer früheren Korrespondenz. Prompt kam, wie es sich gehört, ein genauso förmlicher Antwortbrief, und dann schlief ihre Freundschaft eine Weile ein.

Während Julien noch versuchte, das Beste aus der Situation zu machen oder zumindest keine Betroffenheit zu zeigen, ließ Bronsen plötzlich die Bemerkung fallen: »Wer weiß, vielleicht gelingt es Mussolini, etwas zu bewegen? Alle anderen haben versagt. Er genießt breite Unterstützung, von den Kardinälen bis zu den avantgardistischen Bildhauern, also muss irgendwas an ihm sein.«

Aha, jetzt war die Politik dran. Bronsen hatte heute Vormittag an einer Besprechung im Finanzministerium teilgenommen und zwei Tage zuvor den Duce persönlich kennen gelernt.

»Welchen Eindruck hat er auf Sie gemacht?«

Bronsen zögerte und hüllte sich zunächst in Schweigen. Julien wusste, das er bei einem solchen Thema keine Konversation auf gleicher Augenhöhe erwarten konnte; Bronsen hielt sich an die Regel, dass der, der am meisten von einer Sache verstand, das Gespräch dominierte. Julien zuliebe wechselte er mit ihm zunächst ein paar Worte über Gemälde und Ruinen, wandte sich dann jedoch übergangslos wieder den aktuelleren Themen zu – eine Angewohnheit, die Unterhaltungen mit ihm mitunter zu einer Art Vorlesung machte.

»Ich war beeindruckt«, kam er auf Juliens Frage zurück, »oh ja, das war ich wirklich. Er sieht ein bisschen nach einem Trottel aus, aber das ist er eindeutig nicht. Er weiß, was er tut, und lässt keinen Zweifel an seinen Plänen. Diese Offenheit ist erfrischend. Ein wohltuender Unterschied zum gewohnten Geschwafel und Gezänk der Politiker. Endlich werden mal

Entscheidungen getroffen und umgesetzt. Sie ahnen gar nicht, wie selten das ist. Und dieses Land braucht dergleichen weiß Gott. Ich denke, Frankreich täte es auch sehr gut. Jemand wie Mussolini macht kurzen Prozess mit den inkompetenten, korrupten Gaunern, die wir gewöhnlich an die Schalthebel der Macht kommen lassen.«

Julien zuckte mit den Achseln und sah weg.

»Politik scheint Sie zu langweilen?«, sagte Bronsen.

Julien lächelte. »Ich bitte um Nachsicht, Sir, aber so ist es. Dabei habe ich wirklich versucht, ihr etwas abzugewinnen. Aber nach sorgfältiger und gewissenhafter Prüfung neige ich zu der Hypothese, dass alle Politiker Lügner, Rosstäuscher und Dummköpfe sind, und ich habe bisher noch keinen Beweis für das Gegenteil gefunden. Die Politiker können großen Schaden, aber selten etwas Gutes anrichten. Jeder vernünftige Mensch hat die Pflicht, die Gesellschaft vor ihrem verheerenden Einfluss zu schützen – oder dies zumindest zu versuchen.«

»Und wie machen Sie das?«

»Ich? Ich persönlich?«

»Ja.«

»Mein Beitrag besteht darin, dass ich Archive aufsuche und alte Handschriften lese. Oder Bilder sammle, von denen ich Ihnen übrigens später gern eines zeigen würde, um Ihre Meinung zu hören. Oder versuche, anderen im Gespräch die Bedeutung solcher Dinge klar zu machen, die Leute davon zu überzeugen, dass Politik die nutzlose Gärmasse der Zivilisation ist, unverzichtbar, aber gefährlich, wenn sie nicht ordnungsgemäß in Fässern verschlossen wird. Und ihnen klar zu machen, dass sich jeder als Lehrer begreifen muss – was wohl auch mir beschieden sein dürfte, wenn ich nach Frankreich zurückkehre.«

Bronsen lächelte süffisant. »Das wird den Leuten ohne Zweifel große Angst machen.«

»Ganz im Ernst …« Julien versuchte, der aufkeimenden Verärgerung durch ein gewinnendes Lächeln vorzubeugen. »Die

Zivilisation bedarf ständiger Pflege, sie muss gehütet und vor denen bewahrt werden, die ihr, wie die Politiker, Schaden zufügen wollen. Sie muss gehegt werden. Wird sie vernachlässigt, kümmert sie dahin und stirbt.«

»Ach, wirklich? Die Welt steht in Flammen, und Sie sitzen in einer Bibliothek herum?«

»Die Welt hat bereits in Flammen gestanden«, erwiderte Julien. »Ich war im Krematorium. Und ich hätte besser daran getan, mich in einer Bibliothek zu vergraben. Zumindest ein Mensch, der nun tot ist, würde dann noch leben, weil ich keine Gelegenheit gehabt hätte, ihn mit dem Bajonett aufzuspießen.«

Bronsen ließ ein leises Knurren hören. »Ich weiß Ihre Ansichten zu schätzen, allerdings nicht die Erfahrungen, bei denen Sie sie gewonnen haben. Mein Horizont beschränkt sich darauf, Geld zu verdienen, denn das ist etwas, womit ich mich auskenne und was ich gut kann. Dass ich dabei zu einer Art Karikatur werde, betrübt mich, aber nicht so sehr, dass ich mich davon abhalten ließe. Mir ist nur zu bewusst, dass ein Jude ohne Geld verletzlicher ist als einer mit Geld. Nicht, dass ich dieses Thema sonderlich interessant fände. Ich würde lieber etwas darüber hören, wie weit Sie mit der Verteidigung der Zivilisation gekommen sind. Also, lassen Sie mal hören: Was gibt es Neues aus den Archiven?«

Viele Jahre später erzählte ihm Julia, dass ihr Vater nach diesem Gespräch äußerst verstört gewesen sei.

»Er war so von sich begeistert«, sagte sie. »Er hatte doch gerade den lukrativsten Vertrag seines Lebens unterzeichnet: zwei Bauaufträge für Fabriken vor den Toren Roms und Mailands. Er ist fast daran erstickt, es niemandem erzählen zu können.

Und du hast nicht einmal danach gefragt, was er eigentlich zurzeit macht.«
»Ich dachte, ich hätte ihn danach gefragt«, erwiderte Julien. »Aber plötzlich ließ er die Neuigkeit einfließen, dass du heiraten willst. Danach hatte ich keine große Lust, seine Eitelkeit auch noch anzuheizen. Aber er hätte trotzdem ausreichend Gelegenheit gehabt, es mir zu erzählen. Andeutungen habe ich jedenfalls genug gemacht.«
Julia lachte. »Ach, Liebling, ist dir nie aufgegangen, dass er mit der Bedeutung des Wortes Andeutung gar nichts anzufangen wusste? Feinfühligkeit war nicht seine Stärke.«
»Hast du das von ihm geerbt?«
Sie überlegte einen Moment. »Ich bin möglicherweise etwas kultivierter als er, aber nur bis zu einem gewissen Punkt. Was du vielleicht inzwischen gemerkt hast.«

Die Hauptgründe, die Claude Bronsen und Julien Barneuve davon abhielten, enge Freunde zu werden, waren Julia und der Altersunterschied, eine unsichtbare Trennungslinie, die selbst die im zwanzigsten Jahrhundert in Mode gekommene Neigung, alle als Gleiche unter Gleichen zu sehen, nie überwinden konnte. Unter anderen Umständen wäre eine tiefe, dauerhafte Freundschaft sicher möglich gewesen. Aber die Spanne der Jahre und die daraus resultierende Kluft zwischen ihren Erfahrungen und Visionen war zu groß. Während der Tage nach dem gemeinsamen Abendessen sahen sie sich häufig. Sie führten interessante Gespräche, tauschten sogar die eine oder andere Erfahrung miteinander aus und unternahmen vieles gemeinsam. Und doch, die Distanz blieb, und schließlich reiste Bronsen ab, und Julien vergrub sich wieder in seinen Archiven. So entstand trotz aller gemeinsamen Interessen keine größere Freundschaft zwischen ihnen, weil sie beide wider alle Vernunft nicht erkannten, welche Bereicherung sie ihnen gebracht hätte, und weil Bronsens Gegenwart Julien ständig daran erinnerte, dass dessen Tochter nun für ihn unerreichbar geworden war.

Zwischen Ceccani und Olivier de Noyen waren solche Möglichkeiten von vornherein ausgeschlossen, obwohl beide sich aufrichtig, wenn auch auf nicht exakt definierte Weise zueinander hingezogen fühlten. Die Distanz zwischen ihnen war einfach zu groß. Ein Mann wie der Kardinal konnte keine Freundschaften schließen – mit wem denn auch? Ceccani war bei zwischenmenschlichen Beziehungen an enge Grenzen gebunden und an die ungeschriebenen Gesetze, die vom Maß an Macht und Einfluss bestimmt wurden. Päpste und Könige erwarten Ehrerbietung und Respekt, und beides lässt aufkeimende Freundschaften schrumpfen wie Austern, wenn man sie mit Weinessig beträufelt. Ceccani mochte sie so gern, dass er sie, um sich zu kasteien, nicht mehr anrührte. Seine Mitkardinäle waren alle Rivalen, auf die er ein ständig wachsames Auge haben musste. Und es versteht sich von selbst, dass Leibeigene, Bedienstete und der Rest der Menschheit sowieso nicht für dergleichen in Frage kamen.

Ähnlich verhielt es sich zwischen Manlius Hippomanes und Syagrius. Die Kluft zwischen ihnen war zu groß, denn Manlius sah in seinem Sekretär einen Sohn, und zwischen Vätern und Söhnen gibt es keine wahre Freundschaft. In »Scipios Traum« hatte er in seinen Ausführungen über Liebe und Freundschaft solche Beziehungen ausdrücklich ausgeschlossen. Die wichtigste Pflicht der Väter lag darin, Lebensmotor der Familie zu sein, Kindern ziemte es, sich den Wünschen ihrer Väter zu fügen und dafür Sorge zu tragen, dass der Name der Familie nicht erlischt; für liebevolle Zuneigung blieb da kein Platz. Und weil das so war, musste er seinem Adoptivsohn distanziert und harsch begegnen, denn Syagrius war für ihn Verpflichtung und Schande zugleich.

Manlius hatte keine eigenen Kinder, und es mag sein, dass dieser Umstand viele seiner Entscheidungen und einen großen Teil seines Handelns bestimmte. Denn zu der Gefahr, dass die Kultur, die ihm so am Herzen lag, in dieser Zeit voller Wirren in Dunkelheit versank, kam für ihn persönlich die Gefahr dazu, dass sein Name ausgelöscht wurde. Die christliche Gesinnung, die er zur Schau trug (auch wenn sie sich nicht auf eine so tiefe Überzeugung stützte, wie sie andere in seinem Alter hatten), gab ihm nicht die Kraft, solche Ängste zu überwinden. Wenn sein Name mit ihm unterging, gab es niemanden, der ihm Opfergaben aufs Grab stellte oder seiner am Todestag mit einem Fest gedachte und ihm so zu der ewigen Seligkeit verhalf, nach der er sich so sehnte, die aber, wie er wusste, der neue Glauben nicht garantierte. In der Nacht, in der seine Frau zum vierten Mal eine Fehlgeburt hatte, waren alle Wertvorstellungen, die ihm als Aristokraten und Philosophen Halt gegeben hatten, zu Staub zerfallen. Er war auf den Friedhof gegangen und hatte Öl über dem Grab seines Vaters ausgegossen, weil das die einzige Möglichkeit war, die Schuld zu tilgen, die er durch sein Versagen und das abzusehende Erlöschen der ganzen Linie auf sich geladen hatte. Nachts sah er im Traum die Gräber der Altvordern verrotten, sah, wie Krethi und Plethi sich ihrer bemächtigten, um Ställe und Scheuern daraus zu bauen, und wie das Unkraut schließlich alles überwucherte.

Er fand sich mit seinem Geschick ab, ließ sich auch nicht scheiden, was leicht möglich gewesen wäre und ihm kaum von irgendjemandem verübelt worden wäre. Selbst seine Frau hätte ihm keinen Vorwurf gemacht; sie kam aus einer Familie, in der man wusste, welche Bedeutung der Fortbestand der eigenen Linie hat. Sie wäre in ein Frauenkloster gegangen, hätte ihr Leben dem Gebet geweiht und wäre glücklich gewesen. Er aber hielt zu ihr, beriet mit ihr den Entschluss, Syagrius zu adoptieren, und nahm bald darauf wieder am öffentlichen Leben teil.

Er wusste, dass Syagrius nur dazu taugte, seinen Namen weiterzutragen, denn der Junge war herzensgut, aber erschreckend dumm, ein langweiliger Gesprächspartner von behäbiger Auffassungskraft; Manlius hatte ihn nur adoptiert, weil sich kein Besserer fand. Man sah ihn nie lesen, er vergrub sich den ganzen Tag über in Manlius' Villa, trug nie etwas Interessantes zur Konversation bei, jedenfalls nichts, was über die Gemeinplätze hinausging, die ihm ständig über die Lippen kamen. Kein Klischee, keine Belanglosigkeit war ihm zu abgedroschen; man hätte meinen können, er warte nur auf irgendeine banale Bemerkung, um sogleich eifrig Zustimmung zu nicken, während elegant formulierte, tiefsinnige Gesprächsbeiträge bei ihm nur blanke Verwunderung auslösten. Er gab sich redlich Mühe, gewiss, wollte alles recht machen, hatte sich viele Verdienste erworben und wurde von seiner Adoptivmutter geliebt. Aber Manlius sah eben im Geiste immer eigene Kinder vor sich, und dieser Vergleich machte ihn barsch und ungerecht. Syagrius fügte sich in sein Geschick; es wäre ihm ohnehin nichts anderes übrig geblieben, und die Vorteile für ihn überwogen die Nachteile bei weitem. Manlius war zwar unzufrieden mit ihm, aber er erbte dessen Namen und eines Tages auch dessen Besitz.

Hätte Manlius mit der Adoption so lange gewartet, bis er die Anlagen und den Charakter des Jungen deutlicher erkennen konnte, wäre seine Wahl bestimmt nicht auf Syagrius gefallen. Aber er hatte sich durch das flachsblonde Haar und das offene Lächeln in die Irre führen lassen und gedacht, hinter einer so hübschen Larve müsse sich ein wacher Verstand und eine edle Seele verbergen. Das war sein Fehler, denn der Junge war zwar freundlich und immer bemüht, dem Adoptivvater zu gefallen, aber er stammte aus einer ganz anderen Welt und wusste nichts

mit dem verfeinerten, kultivierten Leben anzufangen, das für Manlius eine Selbstverständlichkeit war.
Es war nicht reiner Enthusiasmus, der ihn veranlasste, wieder am öffentlichen Leben teilzunehmen, vielmehr trug auch das zu seinem Entschluss bei, was Sophia ihn gelehrt und wodurch sie ihn so tief beeindruckt hatte. Ihre Vorstellungen von der Ewigkeit unterschieden sich von seinen, sie sah darin das ständige Bemühen um Vollendung, bei dem das Ziel allen verborgen bleibt, bis man es erreicht. Wie es ihr Vater mit ihr getan hatte, versuchte sie ihm ihre Vorstellung durch Parabeln und in Gesprächen nahe zu bringen und bediente sich dazu, obwohl es doch um ein höchst komplexes Thema ging, denkbar einfacher Beispiele. Eine ihrer beliebtesten Methoden war, die alten Mythen heranzuziehen, mit Manlius über sie zu diskutieren und sie unter der Lupe der Philosophie zu betrachten, um herauszufinden, ob nicht doch ein Körnchen Wahrheit in ihnen lag. Eines Tages kamen sie auf Helena zu sprechen, die sich in Paris verliebte, weil Aphrodite dem trojanischen Schafhirten leichtfertig ein Versprechen gegeben hatte, das sie einlösen musste. Natürlich war beiden sofort klar, dass diese Geschichte Unsinn sein musste, denn göttliche Mächte mischen sich nicht auf diese Weise in das Geschick der Menschen ein – weder durch Schönheitswettbewerbe noch dadurch, dass sie das Meer teilen oder Wasser in Wein verwandeln, wie Sophia lächelnd hinzufügte.
»Aber können wir vielleicht doch etwas daraus lernen? Muss die Geschichte unsinnig und ohne jeden Wert sein, nur weil wir uns einig waren, dass die Unsterblichen sich nicht in die Geschicke der Sterblichen einmischen? Ich erinnere mich, dass die Literatur voll von solchen Sagen ist. Warum sind Dido und Äneas in Liebe zueinander entflammt – was Vergil eindeutig göttlichem Walten zuschreibt? Wie konnte Ariadne so in Liebe zu Theseus entbrennen, dass sie nicht mal davor zurückschreckte, Verrat an ihrem Vater zu begehen?«

»Ich habe gelesen, dass das eine Krankheit ist«, sagte Manlius, »eine krankhafte Störung im Blut – ich glaube, so hat es Hippokrates beschrieben.«

Sophia nickte. »Aber warum werden wir von dieser Krankheit befallen? Warum verzehren sich Liebende nach Gegenliebe, leiden unter Schlaflosigkeit und Schweißausbrüchen und verlieren fast den Verstand? Warum wird das Verlangen, mit dem Geliebten zusammen zu sein, so übermächtig, dass Liebeskranke mitunter ihr ganzes Verhalten ändern? Eine Krankheit, das räume ich ein. Aber warum muss es ein bestimmter Mensch sein? Warum gerade dieser und nicht irgendjemand? Warum konzentriert sich die Liebe, solange sie währt, immer nur auf einen Menschen? Ich habe davon gehört, dass sich Liebende plötzlich völlig verändern, aber nie davon, dass jemand gleichzeitig wegen zweier Menschen liebeskrank wird …«

Und dann kam sie auf die Rede zu sprechen, die Aristophanes in Platons »Symposion« hält und in der es heißt, dass Menschen früher Kugeln gewesen seien, die aber von den Göttern zur Strafe in zwei Teile getrennt wurden und von Stund an rastlos nach ihrer anderen Hälfte suchen müssen, damit sie sich wieder mit ihr vereinigen können. Und sie erwähnte den Mythos von Er aus Ciceros »De re publica«, dem zufolge Menschen ein ums andere Mal wiedergeboren werden müssen, bis ihre Seelen gelernt haben, sich zum Himmel zu erheben und dem Gefängnis des Körpers zu entkommen.

Natürlich war all das bildlich zu verstehen, nichts, was Sophia sagte, war wörtlich gemeint, sondern eine Metapher dafür, dass die Seele nie aufhört, sich nach dem Transzendenten zu verzehren. Und in dieser Auflösung des irdischen Ich lag die Unsterblichkeit, wie Sophia sie verstand.

Aber es gab noch etwas, was Manlius umtrieb: Er hatte seine öffentlichen Pflichten so lange vernachlässigt, weil er befürchtete, er könne sie nicht richtig erfüllen. Sein Vater hatte seine Feinde gekannt, aber nichts gegen sie unternommen, bis es zu spät war. So waren die, die er retten wollte, zu seinen Mördern geworden. Manlius wusste, dass ihm so ein Fehler nie unterlaufen werde. Aber die Entscheidung, die sich dahinter verbarg, warf eine schwerwiegende Frage auf: Darf man ungerecht handeln, um Gerechtigkeit zu schaffen? Kann Tugend sich in bedingungsloser Härte manifestieren? Er wusste nicht, was er darauf antworten sollte. Er wusste nur, dass die Antwort seines Vaters falsch gewesen war und er bitter dafür bezahlt hatte. Ein einziger Fehler hatte genügt, die Verdienste seines Vaters in Blut, Staub und Asche untergehen zu lassen.

Bei der Frage, ob das Gespräch zwischen Olivier de Noyen und dem Maler aus Siena über die heilige Sophia tatsächlich stattgefunden hat, sind wir auf Vermutungen angewiesen. Julien Barneuve ging wegen der auffallenden Übereinstimmung zwischen Oliviers Erzählung und den Wandbildern in der Kapelle davon aus, dass es dergleichen gegeben haben müsse. Olivier hatte, wie in Ceccanis Archiv nachzulesen war, die Heiligenlegende genauso in seinem Brief an den Kardinal wiedergegeben, sodass die Vermutung nahe liegt, dass er sie auch seinem Freund Pisano erzählt hat. Julia Bronsen hielt das jedenfalls, genau wie Julien, für sehr wahrscheinlich und war, nachdem sie sich intensiv mit Pisanos Arbeit beschäftigt hatte, so vertraut mit den Geschichten, die sich um die Heilige rankten, dass sie in der Lage gewesen wäre, die Stationen ihres Lebens getreu nachzumalen.

Sie hatte Julien gegenüber ihre Anlagen zu einer guten Malerin verteidigt, und das war keineswegs übersteigertes Selbstbewusstsein gewesen. In den späten dreißiger Jahren des zwanzigsten Jahrhunderts wurde ihr Name allmählich bekannt, wenn auch nur einem kleinen Kreis. Sie hatte an der Académie Colorassi in Paris studiert; die Kreuzfahrt rund um das Mittelmeer sollte das Ende ihrer Lehrjahre und den Beginn ihres eigentlichen Schaffens markieren. Während der Jahre in Paris war sie eine frühe Verehrerin von Matisse, den sogar ihr Vater sehr schätzte. Später ging sie ihren eigenen Weg, indem sie nicht den bewährten Pfad zum Ruhm beschritt, sondern es hochmütig ablehnte, sich einer Schule anzuschließen und die Verbindungen zu knüpfen, die für eine Künstlerin, wenn sie sich einen Namen machen will, unerlässlich sind.

Jemand hat einmal gesagt, ihr Reichtum sei ihr Ruin als Künstlerin gewesen, und das Herz sagte ihr, dass daran etwas Wahres war. Nicht etwa, weil ihre Visionen deswegen verkümmert wären, wohl aber, weil sie es sich leisten konnte, die Kritiker, die eine Künstlerin erst groß machen, ebenso zu ignorieren wie die Galeristen. Sie schenkte ihnen wenig Beachtung, und sie zahlten es ihr mit gleicher Münze heim. Hätte sie sich ein wenig mehr um sie bemüht, wäre ihr die Anerkennung, die sich – posthum und nur gestützt auf die erhalten gebliebenen Werke – erst in den sechziger Jahren abzuzeichnen begann, wahrscheinlich schon früher zuteil geworden.

Sie arbeitete wie besessen und meistens in völliger Abgeschiedenheit. Es war ein Leben, für das sie Tribut zahlen musste, denn kein Ehemann mochte sich lange durch einen solchen Tagesablauf einengen lassen. Die Heirat, die Julien so geschmerzt hatte, war ein törichter Fehler und wurde wohl von dem Verlangen bestimmt, einmal im Leben das zu tun, was von ihr erwartet wurde und was alle taten. Jacques Menton stand, wie Claude Bronsen Julien wahrheitsgemäß erzählt hatte, in diplomatischen Diensten und hatte eine glänzende Zukunft vor sich. Aus guter, zum gehobenen Bürgertum zählender Familie, intelligent, freundlich und sogar in gewisser Weise geistreich. Ein Protestant elsässischer Abstammung, der seine ursprünglich deutschen Wurzeln nicht verleugnen konnte. Im

Grunde also wie sie kein reiner Franzose; er empfand das als Kainsmal, fühlte sich, als sei er weder Fisch noch Fleisch, gab sich darum umso konservativer und war ständig auf ein in jeder Hinsicht untadeliges Verhalten bedacht.
Aber er liebte sie, wenn auch in diplomatisch abwartender Weise, und Julia glaubte eine Zeit lang, seine Liebe zu erwidern. Sie sehnte sich danach, irgendwohin zu gehören, und er konnte ihr zeigen, wie man das anstellt. Merkwürdigerweise hatte Claude Bronsen nichts gegen die Verbindung einzuwenden, obwohl ihn Jacques' Gesellschaft anödete und er keinen Moment lang daran glaubte, dass die Basis dieser Ehe so etwas wie die große Liebe war. Julien erkannte das und merkte später in einem Brief an sie dazu an: »Er war natürlich nicht der richtige Ehemann für Dich, aber Dein Vater hatte eben nichts gegen ihn. Du solltest es Dir künftig zur Regel machen, Dich nie in jemanden zu verlieben, es sei denn, Dein Vater verabscheut ihn. Je größer seine Ablehnung, desto mehr wird derjenige zu Dir passen. Wenn Du nicht immerfort die Eifersucht Deines lieben Papas ertragen willst, solltest Du warten, bis er tot ist. Nur, Dein Vater ist ein gesunder Mann, er wird's wohl noch viele Jahre machen. Darum glaube ich, es ist besser, wenn Du weiter Deine Bilder malst.«
Sein Instinkt trog ihn nicht; während ihr Mann die Malerei duldete, weil er es gut fand, eine Frau zu haben, die sich zu beschäftigen wusste, dachte sie, er habe verstanden, warum sie malte, und missdeutete den Umstand, dass er nie wieder darauf zu sprechen kam, als Zeichen für sein Verständnis, obwohl eigentlich nichts als Unverständnis dahinter steckte.
»Ich werde nicht aufhören zu malen. Das ist meine Berufung. Das, was mich ausfüllt«, reagierte sie verblüfft auf eine beiläufige Bemerkung, die er während einer Unterhaltung machte. Sie waren etwa ein halbes Jahr verheiratet, und Jacques' Enttäuschung darüber, dass sich in dieser Zeit ihr Leben um kein Jota verändert hatte, war immer größer geworden. Dabei hatte er

seiner Meinung nach lediglich – in äußerst korrekter Form – darauf hingewiesen, dass es ihre Zeit nicht zulasse, jeden Tag zehn Stunden zu malen und trotzdem ihrer Rolle als Gastgeberin bei den Partys gerecht zu werden, die sie nun mal geben mussten, wenn er im diplomatischen Dienst aufsteigen wollte. Von den Kindern, die er sich so sehnlich wünschte, ganz zu schweigen.

Es war sein leises, von völligem Unverständnis zeugendes Lachen, das ihrer Ehe den Todesstoß gab und alle Illusionen zerrinnen ließ: ein etwas schrilles, wimmerndes, nach Diplomatenmanier zwar halb unterdrücktes, dennoch deutlich mit Zynismus getränktes Kichern, das nicht länger als eine halbe Sekunde dauerte. Er hielt ihre Leidenschaft für Pinsel und Farbe für einen Zeitvertreib und die tiefe Konzentration, die er gelegentlich bei ihr beobachten konnte, für den Beweis innerer Leere. Am schlimmsten war, dass er keine Ahnung hatte, wie gut sie war. Das konnte sie ihm nicht verzeihen.

Vielleicht war ihre Reaktion falsch; sie zog diese Möglichkeit nie in Erwägung. Aus der Sicht eines Diplomaten – also aus seiner – war ihr ungehemmter Wutausbruch unangemessen, sogar ein wenig vulgär und absolut nicht vorhersehbar. Aber am Zittern ihrer Hände und am Beben ihrer Stimme hätte er merken können, dass keine melodramatische Effekthascherei dahinter steckte, als sie ihm erklärt hatte, warum sie male und wie wichtig das für sie sei. Was er freilich so wenig verstehen konnte wie ein Tauber die Musik Johann Sebastian Bachs.

»Warum seid *ihr Leute* immer so hysterisch?«

Im Grunde war es nur eine unbedacht hingeworfene Bemerkung, mit der er ihre verärgerte Reaktion abwehren wollte, aber in ihr waren die Ernte, die Kelter und das Destillat aus Jahrhunderten, wenn nicht Millennien enthalten; die Folgen konnte und kann man immer noch in vielen Büchern nachlesen. Der Wortlaut, der verächtliche Ton, das Gemisch aus Geringschätzung und einem Anflug von Furcht – es wäre eine

Sisyphusarbeit gewesen, das alles zu entwirren. Aber die Mühe sparte sie sich, sie brauchte keine Interpretation und las in seinen Augen, dass er ebenfalls keine brauchte. Er wusste genau, was er gesagt hatte.

Sie redete kein Wort mehr mit ihm, es wäre sinnlos gewesen. Sie ließ sich aber auch nicht scheiden, weil sie keinen Sinn darin sah, sich einem so komplizierten Verfahren zu unterziehen, und weil es für die Karriere ihres Mannes besser war, eine unsichtbare Frau als gar keine zu haben. Er blieb, was er immer gewesen war: der anständige, ehrliche, schlichte, auf seine Art liebenswerte Kerl, und als ihr Ärger abgeklungen war, konnte sie sogar viele gute Eigenschaften an ihm erkennen. Aber sie hatte auch einen Blick in einen dunklen Abgrund geworfen, dem sie, selbst wenn sie Jacques vergeben konnte, nicht zu nahe kommen wollte. Sie war nicht rachsüchtig, im Gegenteil, mitunter beschlich sie ein wenig Reue.

Als sie Julien davon erzählte, konnte sie sogar schon wieder darüber lachen. Er war die ganze Zeit über ihr Beichtvater gewesen, nachdem sie kurz nach ihrer Hochzeit den Briefwechsel mit ihm wieder aufgenommen hatte, hauptsächlich weil ihr daran lag, ihm zu erklären, warum er nicht eingeladen worden war. Sie schrieb ihm einen Brief nach dem anderen, erklärte und rechtfertigte darin, womit sie ihre Tage ausfüllte, und er sprach ihr in seinen Antwortbriefen Mut zu, übte mitunter Kritik und versuchte, sie hin und wieder mit harmlosen kleinen Anekdoten aufzumuntern. Julia sah darin eine Art geistigen und emotionalen Ehebruch, und letztendlich gaben Juliens Briefe, die Balsam für ihre Seele waren, den Anstoß dazu, dass sie beschloss, aus der gemeinsamen Wohnung auszuziehen.

»Du vergeudest zu viel Zeit damit, Entschuldigungen für alles zu suchen, was Du tust«, hielt er ihr in einem Brief vor. »Ich weiß, wovon ich rede, ich ertappte mich oft bei demselben Fehler und leide darunter. Also hör auf einen Experten! Du willst weg. Du hast Dich geirrt. Damit ist die Sache erledigt. Mach

Dir klar, dass niemand in Deiner Nähe glücklich werden kann, solange Du es nicht bist.«

Ein paar Monate nachdem sie ihre Koffer gepackt hatte und in ein Appartement gezogen war, trafen sie sich. »Weißt du, warum ich Malerin bin?«, fragte sie Julien. »Weißt du, warum ich wie ein alter Pikte mein Ego mit leuchtenden Ölfarben zudecke? Um ein Zeichen zu setzen. Die Leute erkennen sofort, dass ich nirgendwohin und zu niemandem gehöre, und vergeuden keine Zeit damit, mich ergründen zu wollen. Meine Mutter war so jüdisch, wie man nur sein kann, mein Vater hat sich dagegen von alldem gelöst, er betrachtet Religion als Aberglauben und Tradition als Feigheit. Ich bin also nichts. Ich habe es ihm zu verdanken, dass ich selbst von Ausgestoßenen verstoßen werde. Darum muss ich alles selber machen.«

»Was musst du selber machen?«

Sie lachte. »Das weiß ich nicht. Wenn ich's wüsste, wüsste ich vermutlich auch, wonach ich suche, und hätte den armen Jacques nicht durch unsere Heirat ins Unglück gestürzt.«

Er lächelte gewinnend und bekam mit, dass sie schon wieder einen Drink bestellte, diesmal einen Whisky. Es war ihr zweiter, seit sie die schmuddelige Bar betreten hatten, ihr Lieblingsrefugium, wenn sie nach einem langen Tag an der Staffelei in ihrem Atelier am Boulevard Montparnasse den Pinsel weggelegt hatte.

»Warum stellst du mir nie irgendeine Frage oder versuchst, mich zu verstehen? Ich komme mir bei dir immer ein bisschen wie eine leere Hülle vor. Ich versuche, mich unergründbar und rätselhaft zu geben, aber dich scheint das überhaupt nicht zu interessieren.«

Julien zuckte mit den Achseln.

»Findest du mich faszinierend? Verschroben? Wundervoll? Weltfremd? Exotisch? Fragst du dich nie, woher ich komme und wohin ich gehe? Was mich am Leben hält?«

Er sah sie einen Moment verwundert an, dann sagte er: »Nein, eigentlich nicht.«

Sie rümpfte die Nase. »Ich weiß nicht, ob ich das für ein liebenswürdiges Kompliment oder für die schlimmste Beleidigung aller Zeiten halten soll.«

»Nun, wenigstens habe ich nicht behauptet, dass du hysterisch bist.«

»Das ist wahr. Aber ich habe ja auch nicht mit einer Vase nach dir geworfen.«

»Hast du das bei ihm getan?«

Sie nickte und sah ihn mit kindisch-spitzbübisch funkelnden Augen an. »Aber ich hab ihn nicht getroffen, verdammt und zugenäht.«

Ihre Blicke trafen sich und signalisierten einander stumme Kumpanei. Sie fingen beide zu lachen an. Es war ein vergnüglicher, angenehmer Abend. Und Julien wurde einmal mehr bewusst, dass er nie versucht hatte, Eindruck bei ihr zu schinden oder Komplimente oder gar Annäherungsversuche zu machen. Nur, er war sich eben auch bewusst, dass ihr Vater ihn ziemlich gut leiden konnte.

Was Julia ihm über ihre Gründe, Malerin zu werden, erzählt hatte, entsprach nicht der Wahrheit – oder sagen wir: Es war nicht die ganze Wahrheit. Sie hatte den Entschluss 1913 gefasst, im Alter von zehn Jahren, und zwar während eines Wutanfalls mitten auf dem Boulevard Haussmann, keine hundert Meter von der väterlichen Wohnung entfernt. Sie war mit ihrem Kindermädchen unterwegs, einer typischen englischen Nanny, wie sie zu jener Zeit bei reichen Parisern gefragt waren. Eine herzensgute Frau, aber mit der emotionalen Sensibilität eines

Kavallerieoffiziers. Es war ihr ein bisschen peinlich, für eine jüdische Familie zu arbeiten, und doch war sie Julia auf ihre Art in Liebe zugetan.

Es zeichnete sich bald ab, dass sie nicht lange bei ihnen bleiben würde; sie versuchte, ihre Vorstellung von Ordnung und Disziplin durchzusetzen, und kam dadurch Claude Bronsen und seiner Neigung, Julia über alle Maßen zu verwöhnen, in die Quere. Eine Schule hatte Julia nur für kurze Zeit besucht, weil ihr Vater sie ständig mit auf seine Geschäftsreisen kreuz und quer durch Europa nahm, manchmal für einen Monat, manchmal für ein halbes Jahr. Er brachte es einfach nicht übers Herz, sich länger von ihr zu trennen, obwohl er im Grunde wusste, dass es richtiger gewesen wäre, sie in ein Pensionat zu geben und ihr so eine ordentliche Schulausbildung zu ermöglichen. Aber es hatte ihn so viel Mühe gekostet, sie dem unseligen Einfluss seiner Frau zu entreißen, dass er sie, nachdem sie ihm bei der Scheidung zugesprochen worden war, nicht so leicht wieder hergeben wollte.

Julia wuchs weitgehend isoliert auf; sie hatten zwar viele Bekannte gehabt, aber die Art, wie ihr Vater seine Ehe beendet hatte, war den meisten zu weit gegangen. In ihren Augen hatte er seiner Frau, die allgemein als freundlich und verträglich galt, eindeutig unrecht getan. Sein ständig zwischen gigantischen Zornausbrüchen und engelsgleicher Liebenswürdigkeit hin und her pendelndes Stimmungsbarometer und ihr verzweifeltes Bemühen zu verstehen, warum der Mann, den sie geheiratet hatte, ihr auf einmal mit so viel Wut und Aggression begegnete, hatten sie am Ende krank gemacht. Alle waren sich einig, dass Bronsen unmöglich sei, und er hatte sich aus Verbitterung über diese einseitige Verurteilung immer mehr in sein Schneckenhaus zurückgezogen.

Er akzeptierte die Schuldzuweisungen nie, im Gegenteil, er war überzeugt, seine Tochter vor einer Frau bewahrt zu haben, deren zu Gewalt neigender, verfinsterter Gemütszustand uner-

träglich war. Aus Loyalität zu der Frau, die er einst geliebt hatte, stellte er seine Sicht der Dinge nie dar. Er verlor kein Wort über die ungezählten Arztbesuche und die vielen Wochen, während deren sie vorgeblich in Urlaub weilte, tatsächlich aber in allen möglichen Kliniken Europas Heilung von einem Leiden suchte, das selbst den berühmtesten Psychiatern unerklärlich blieb. Er erzählte niemandem von ihren Schreikrämpfen, von den ungezählten Malen, in denen sie einfach verschwand und von der Polizei gesucht werden musste, oder davon, dass er Julia weiß Gott wie oft in ihr Zimmer tragen und vor der Tür Wache stehen musste, weil ihre Mutter wieder einmal wegen irgendeiner belanglosen Kleinigkeit vor Wut raste.
Nur Julia hätte erzählen können, wie es gewesen war, denn die finsteren Tage waren in ihrer Erinnerung gespeichert, aber sie ließ nur ein einziges Mal etwas darüber verlauten: Julien gegenüber, an dem Tag, an dem er ihr nach dem Tod ihres Vaters einen Kondolenzbesuch machte. Sie erinnerte sich genau daran, wie sie auf dem Boden lag, die Prellung auf ihrer Wange immer mehr anschwoll, ihr sonst so kurz angebundener, gefühlsarmer und meist schlecht gelaunter Vater neben ihr kniete, ihr das Haar streichelte und sie schließlich ins Bett trug. Er blieb die ganze Nacht bei ihr, damit sie sich nicht allein fühlte und er sie beschützen konnte. Am folgenden Tag verließ ihre Mutter sie für immer.
Claude Bronsen nahm alle Schuld auf sich, aber er nahm auch Rache an denen, die so schnell den Stab über ihn gebrochen und ihn verdammt hatten. Er ging auf Distanz zu seiner Verwandtschaft, seiner Religion und all dem, was seinen gesellschaftlichen Umkreis ausmachte. Fortan duldete er keine Kritik und verweigerte noch in den dreißiger Jahren all denen eine Aussöhnung, die ihm, wie er das sah, die kalte Schulter gezeigt hatten. Jetzt, wo sie sich durch wirtschaftlichen Niedergang und eine ihnen übel gesinnte Politik bedroht sahen, war er ihnen wieder gut genug. Und warum? Nur, weil sie seine Hilfe

brauchten. Er reagierte nicht darauf. Religion hatte ihm nie etwas bedeutet, er betrachtete sich im Grunde sogar nicht mehr als Juden. Er war Franzose, seit Jahren naturalisiert, ein Mann, der sich um geschäftliche und kulturelle Belange kümmerte. Das war seiner Meinung nach genug Identität.

Zu seiner größten Freude geriet Julia nach ihm und hatte nahezu nichts von ihrer Mutter geerbt, weder äußerlich noch ihrem Wesen nach. Als sie zu auffallender Schönheit und Intelligenz heranwuchs, erfüllte ihn das sichtlich mit Stolz und Dankbarkeit. Zur Belohnung für die Erfüllung seiner Träume legte er ihr die Welt zu Füßen: schenkte ihr Bücher, führte sie in Museen und durch aufregende Städte und gab ihr das Gefühl, immer bei ihm geborgen zu sein. Er hörte auf, sie am kurzen Zügel zu führen, und ließ ihr stattdessen alle Freiheiten; was immer sie wollte, sie bekam es. Nur einmal ging sein Temperament mit ihm durch, und zwar, als sie mit vierzehn Jahren den Wunsch äußerte, ihre Mutter zu besuchen. Bronsen schäumte vor Wut, sie gerieten zum ersten Mal richtig in Streit, und am Schluss hatte Julia gewonnen.

Aber dieser Besuch blieb der einzige, er wurde wahrlich nicht zu einem beglückenden Erlebnis. Sie hatte sich dem jugendlichen Traum hingegeben, alles wieder einzurenken, geschlagene Wunden zu heilen und wieder Vater *und* Mutter zu haben. Es war von Anfang an aussichtslos gewesen, die krankhaften Störungen ihrer Mutter hatten sich eher verschlimmert und einen tiefen, unbändigen Hass in ihr wachsen lassen – Hass auf den Mann, der, wie ihr alle erzählten, so herzlos, ungerecht und grausam mit ihr umgesprungen war. Julia hatte inzwischen so viel von den Eigentümlichkeiten ihres Vaters angenommen, dass schon die Geste, mit der sie sich versonnen über die Wange fuhr, weil sie irgendetwas sagen wollte, als Provokation empfunden wurde. Schließlich warf die Mutter Julia hinaus und forderte sie auf, nie mehr wieder zu kommen. Julia rannte weinend aus dem Zimmer und landete schließlich in den Armen ihres Vaters, der, von ängstlichen Vorahnungen geplagt, am Ende der Straße auf sie wartete. Sie traf sich nie wieder mit ihrer Mutter und erfuhr, als sie achtzehn war, nur durch eine knappe, schroffe Bemerkung ihres Vaters davon, dass sie gestorben war. »Du kannst, wenn du willst, zu ihrer Beerdigung gehen«, sagte er.

Und das tat sie auch. Sie ging allein hin, fühlte sich während der Trauerfeier den hasserfüllten Blicken ihrer Verwandten ausgesetzt und wartete vergeblich darauf, dass jemand ihr sein Beileid und seine Anteilnahme ausdrückte. Es war Julias erste und letzte Berührung mit der jüdischen Religion; von da an machte sie einen großen Bogen um alles, was mit dem Judentum zu tun hatte. Sie konnte die giftigen Blicke nicht vergessen, an denen sie an jenem kalten Märznachmittag in der Synagoge fast erstickt wäre.

Bei der Erziehung seiner Tochter war Claude Bronsen sehr darauf bedacht, dass Julia lernte, sich höflicher und geschmeidiger zu geben als er und ein Maß an kultivierter Umgänglichkeit an den Tag zu legen, das er nie erreichen würde. Er neigte eher dazu, seine ständige Geringschätzung für nahezu alles und jeden zur Schau zu tragen, das wusste er, und so konnte er nur hoffen, dass Julia sich das nie angewöhnen oder es zumindest besser verbergen würde. Er hatte ein klares Bild davon, wie er sich seine Tochter wünschte, und sah sie im Geiste nach dieser Wunschvorstellung aufwachsen; und in der Tat trugen seine Bemühungen an dem bewussten Tag auf dem Boulevard Haussmann erste Früchte.

Das Kindermädchen war völlig überrascht von Julias Wutanfall und trieb das Kind mit ein paar Klapsen zum Weitergehen an, damit möglichst niemand etwas von der peinlichen Szene mitbekam. Julia aber schrie nur umso lauter, bis ihr Gesicht vor lauter Empörung und Verzweiflung puterrot angelaufen war. So wurde sie ins Haus gezerrt und, weil sie auch in der Wohnung nicht zu schreien aufhörte, in ihr Zimmer geschickt, bis sie gelernt habe, sich gehörig zu benehmen. Sie erfuhr nie, wie sehr der Vorfall ihren Vater erschreckte und in wie vielen schlaflosen Nächten er darüber nachgrübelte, ob seine geliebte Tochter womöglich mit derselben Krankheit geschlagen war, die aus seiner Frau ein Wrack gemacht hatte. Das Ergebnis war, dass er sich zu einer zunehmend erdrückenden Fürsorge für seine Tochter bemüßigt fühlte, die oft so ausartete, dass Julia das Gefühl hatte, unter einer Flutwelle begraben zu sein und keine Luft mehr zu bekommen.

Dabei steckte hinter ihrem Auftritt an diesem Tag eher Verdrossenheit als Rebellion; von Anzeichen beginnender geistiger Störungen konnte absolut keine Rede sein. Julia benahm sich wirklich ungezogen, wobei man freilich bedenken sollte, dass sie das auch früher schon getan hatte. Ein kurzer Blick durch ein Schaufenster hatte genügt, um aus einem artigen, liebenswerten Mädchen die farbverschmierte Ausgestoßene zu machen, als die sie sich mit unterschwelligem Stolz Julien gegenüber später ausgab. Auslöser für ihren Wutanfall war ein Bild, das sie durch das Schaufenster eines nicht eben seriösen Galeristen kaum erkennen konnte. Sie wollte stehen bleiben und es sich ansehen, aber das Kindermädchen war in Eile, weil sie es an der Zeit fand, Tee zu machen. Sie machte sich jeden Nachmittag Tee und erwartete von Julia, dass sie sich umzog, zu ihr setzte und ihr, wie es sich für ein gut erzogenes Mädchen gehörte, eine halbe Stunde lang ausführlich erzählte, was sie heute erlebt hatte.

So hatte sie's immer gehalten, aber nach diesem Nachmittag legte sie keinen Wert mehr darauf. Sie verließ die Bronsens wenige Monate später, um ihren Dienst bei einer Familie anzutreten, in der es gesitteter zuging. Julias Bitte, mit ihr in die Galerie zu gehen und sich das Bild anzusehen – es hing halb versteckt an der linken Wand –, schlug die Nanny kategorisch ab, sie schielte aber verstohlen durch die Scheibe. »Das da?« Das Kindermädchen lachte. »Meine Güte, das sieht ja aus, als hätt's ein Affe gemalt!«

Das war der Moment, in dem die Dämme brachen, die Julias Freiheitsdrang und damit ihre gerade erst keimende Persönlichkeit einengten. Endlich bot sich eine Gelegenheit, all dem Luft zu machen, was ihr an verwirrenden und verwirrten Gedanken und Gefühlen durch den Kopf wirbelte. Sie dachte nicht daran, sich umzuziehen, höflich mit der Nanny zu plaudern und dabei sittsam die Knie geschlossen zu halten, nein, sie wollte wider den Stachel löcken.

Am nächsten Tag schlüpfte sie, als sie eigentlich in ihrem Zimmer sitzen und lesen sollte, auf Zehenspitzen durch die Dienstbotentür aus der Wohnung, schlich die Treppe hinunter, an der Concierge vorbei und auf die Straße. Es war das erste Mal, dass sie allein das Haus verließ. Während der ersten Dutzend Schritte war sie von ängstlicher Beklommenheit, danach nur noch von innerem Jubel erfüllt. Mit erhobenem Kopf, wie sie sich's bei den feinen Damen abgeguckt hatte, die im Faubourg Saint-Honoré Kosmetika kauften, betrat sie die Galerie und ging schnurstracks auf ihr Bild zu.

Es war eine farbige Tuschzeichnung, die eine Frau mit strengem Mund und trotzigem Kinn zeigte; eine Strähne hatte sich aus dem hochgebundenen Haar gelöst und fiel über die rechte Gesichtshälfte. Sie sah verdrossen, vielleicht sogar ein wenig traurig aus; Julia glaubte sich in dem Bild wiederzuerkennen.

Im Hintergrund der Galerie unterhielten sich zwei Männer, und da ihre Stimmen immer lauter wurden, bekam Julia zwangsläufig das Gespräch mit, als sie fasziniert vor dem Bild stand.

»Du gottverdammter Gauner«, sagte der eine mit starkem Akzent auf Französisch. »Wieso gebe ich mich eigentlich mit dir ab, du Betrüger?«

Die unverhohlene Wut in seiner Stimme klang bedrohlich. Er war klein und sah unscheinbar aus, aber die dunklen Augen und sein Auftreten wirkten irgendwie einschüchternd.

»Ich tue, was ich kann. Was hast du erwartet? Ich muss für die Galerie Miete zahlen, einen Gehilfen entlohnen, Partys geben, versuchen, Kunden zusammenzutrommeln, und das alles, obwohl ich selber am wenigsten davon habe. Wie du weißt, ist es ja nicht so, dass mir die Bilder aus der Hand gerissen werden, sobald ich sie aufgehängt habe.«

»Du gibst dir nicht mal Mühe.«

Der Ältere wollte ihn besänftigen und senkte die Stimme. »Tut mir Leid, ich tue mein Bestes. Wenn du einen besseren Galeristen kennst, darfst du gern zu ihm gehen. Ich wünsche dir sogar den Erfolg, den du deiner Meinung nach verdienst. Aber ich sage gern jedem die Wahrheit. Und um es mal so auszudrücken: Die grobe Art, in der du mit Leuten umspringst, die daran denken, eines deiner Bilder zu kaufen, ist nicht sehr hilfreich.«

»Grobe Art? Meine grobe Art? Ich bin die Liebenswürdigkeit in Person.«

»Wenn du's sein willst. Was allerdings nicht oft vorkommt. Meistens bist du grundlos aggressiv und anmaßend. Du redest pausenlos von dir, reibst den Kunden als Erstes unter die Nase, dass du ein Genie bist und sowieso noch nicht sicher seist, ob sie überhaupt würdig sind, eins deiner Werke zu erwerben.«

Langes Schweigen, dann brachen beide Männer in lautes Lachen aus, fielen sich in die Arme, und schließlich sagte der Kleine: »Na ja, warum nicht? Stimmt ja alles.«

Julia war völlig verblüfft. Sie fand, der Galerist hätte eher einen Schlag auf die Nase verdient. Dann merkte sie plötzlich, dass die beiden Männer zu ihr herübersahen. Sie wurde rot und wollte den Rückzug antreten.

»Halt, Kleine!«, rief der Maler. »Siehst du, es gibt jemanden, der meine Bilder mag. Sie ist nur hergekommen, um sie sich anzusehen. Hast du's gesehen? Hast du ihren Gesichtsausdruck gesehen? Ha, den Ausdruck kenne ich gut!«

Er kam zu Julia herüber und kauerte sich neben sie. »Du magst es wirklich, nicht wahr?«

Sie nickte zögerlich. Der kleine Maler schlang die Arme um sie und gab ihr einen zwar unschuldigen, aber genau auf die

Lippen gezielten Kuss. Für Julia war es das erste Mal, dass ihr so etwas widerfuhr. Sie wünschte sich nur noch, nicht so rot zu werden.
»Na? Sag mir, wie du's findest!«
Julia erschrak, wusste aber, dass sie ihm eine Antwort schuldig war, und versuchte angestrengt, sich etwas einfallen zu lassen, was sich klug und weltgewandt anhörte. Nur, es fiel ihr absolut nichts ein.
»Ich glaube, Sie müssen die Frau sehr lieben«, sagte sie schließlich und wäre im selben Moment am liebsten vor Scham im Boden versunken.
Aber dem Maler gefiel ihre Antwort. Seine dunklen Augen schienen auf irritierende Weise in ihre eintauchen zu wollen. Sie wünschte sich, dass diese Augen sie nie wieder losließen.
»Ja«, sagte er, »das war mal so.«
Julia sah ihn bestürzt an. »Ist sie gestorben?«
»In meinem Herzen schon.« Er legte den Kopf schief und grinste schelmisch. »Sie war meine Geliebte. Bis vor ein paar Jahren. Ich hab sie einem anderen überlassen. Sie fing an, mich zu langweilen.«
»Um Himmels willen«, sagte der Galerist entrüstet, »red doch nicht so mit einem jungen Mädchen! Wie kannst du ihr so was Schockierendes erzählen?«
Der Maler lachte, aber Julia sah ihn sehr ernst an. »Ich glaube, sie war schon unglücklich, als Sie sie gemalt haben. Sie haben sie unglücklich gemacht, und dann haben Sie ihre Traurigkeit gemalt. Sie sind einer von denen, die ein Mädchen lieben und trotzdem unglücklich machen können, das weiß ich.«
»Wirklich?«, fragte er verlegen. »Dann weißt du vielleicht für dein Alter zu viel.«
Der Galerist sah sehr zufrieden aus. Er hatte noch nie erlebt, dass jemand seinen schwierigsten Klienten verlegen und derart kleinlaut machen konnte. Die Geschichte würde er bestimmt noch oft weitererzählen.

»Sie hat irgendwas gesucht, was ich ihr nie geben konnte.« Wieder kroch sein geheimnisvoller Blick tief in sie hinein. »Du hast was Ähnliches an dir, Kleine. Hör auf mich, glaub nicht, dass du's je in jemand anderem finden wirst! Such gar nicht erst, es ist nicht da. Du musst es in dir selber suchen!« Dann stand er auf. »So, nun hast du einen Blick hinter meine Maske geworfen«, sagte er. »Aber wenigstens magst du mein Bild. Oder gefällt's dir etwa nicht?«

»Ich glaube, es ist das schönste Bild, das ich je gesehen habe«, versicherte Julia.

Er verbeugte sich. »Und das ist das schönste Kompliment, das ich je bekommen habe. Hast du vielleicht die Absicht, mich vollends glücklich zu machen und es zu kaufen?«

Julia schnappte nach Luft. »Das kann ich wahrscheinlich nicht. Es muss doch ... also, so was kostet doch mindestens hundert Franc.«

»Hundert Franc? Ach du meine Güte. Ich glaube, es ist etliche Millionen wert, mein Kind. Aber mein ... mein Galerist sagt immer, jedes Bild sei nur so viel wert, wie jemand dafür anlegen will. Wie viel Geld hast du denn?«

Julia nahm ihren Geldbeutel heraus, fing an zu zählen und sah den Maler betrübt an. »Vier Franc und zwanzig Sou.«

»Ist das alles, was du besitzt?«

Sie nickte.

»Dann sind's eben vier Franc und zwanzig Sou.« Er nahm das Bild von der Wand. »Und ich kann jetzt überall stolz herumerzählen, dass sich eine Gönnerin mir zuliebe ruiniert und mir ihren letzten Sou hingezählt hat, bloß weil sie eins meiner Werke haben wollte.« Er deutete mit dem Kopf auf den Galeristen. »Und unter uns – es ist mehr, als diese gierige Ratte je rausgerückt hätte.«

Er drückte ihr das Bild in die Hand, nahm die vier Franc und die zwanzig Sou und zählte sie sorgfältig nach, bevor er sie einsteckte. »Siehst du«, sagte er über die Schulter, »jetzt hast du erlebt, wie liebenswürdig ich bei einem Kunden sein kann. Bei einem, der's wert ist, und keiner von den selbstgefälligen Schwachköpfen mit zu viel Geld, die mich dauernd belehren wollen, was an meinen Bildern falsch ist. Und nun, mein Kind, musst du eine ordnungsgemäße Quittung bekommen. Wie ist dein Name?«

»Julia. Julia Bronsen.«

Er stutzte und sah sie groß an. »Bist du Jüdin?«

Julia dachte eine geraume Weile nach. »Nein«, antwortete sie dann und sah ihm fest in die Augen, »mein Vater sagt, dass ich keine bin.«

»Wie schade«, sagte der Maler. »Du solltest vielleicht weniger darauf hören, was dein Vater sagt. Was aber nicht böse gemeint ist.« Und dann kritzelte er ein paar Worte auf ein Stück Papier und hielt es ihr mit einer galanten Handbewegung hin.

Julia starrte auf das Blatt. »Von Mademoiselle J. Bronsen für ein Porträt von Madeleine vier Franc und zwanzig Sou erhalten – Picasso.« Danach unterzeichnete er den Wisch stolz mit einem schwungvollen Schnörkel, den Julia Monate später auf ihren ersten eigenen Werken nachzuahmen versuchte.

1938 las Julien in einem englischen Journal einen Artikel über das italienische Bankhaus Frescobaldi, das im vierzehnten Jahrhundert den europäischen Finanzmarkt dominiert hatte. Gewöhnlich wäre das wahrlich keine sonderlich interessante Lektüre für ihn gewesen, aber ein ehemaliger Kommilitone hatte sich seines regen Interesses an der provenzalischen Dichtung erinnert und ihm das Heft geschickt. Die Geschichte von Olivier de Noyens Ende kannte er, was ihn aber neugierig machte, war, dass Olivier in Verbindung mit dem Comte de

Fréjus, Isabelles Ehemann, erwähnt wurde. Der Artikel war bemüht, die international verflochtenen Interessen des Bankhauses aufzuzeigen und nachzuweisen, dass es in verzwickte Transaktionen verstrickt war, bevor Frescobaldi den undiplomatischen Fehler beging, die Kriege des englischen Königs durch großzügige Darlehen zu finanzieren. Das trieb ihn in den Ruin, denn der König geriet mit den Rückzahlungen in Verzug, und das Bankhaus ging gemeinsam mit nahezu dem ganzen internationalen Banksystem unter und stürzte die Anleger, die bereits mit der Geißel des schwarzen Todes geschlagen waren, nun zusätzlich auch noch materiell ins Elend.

Eines der Anliegen des Autors war der Hinweis auf die bedeutende Rolle des Hauses Frescobaldi bei der Ausbreitung der Kirche in Europa, wobei er als Beweis die Geschäfte mit Ceccani anführte. In diesem Zusammenhang wurde ein Darlehen erwähnt, das de Fréjus im Auftrag des Kardinals für den Ankauf von Ländereien in Aquitanien aufnahm.

Die Folgen waren bemerkenswert, und das nicht nur, weil Aquitanien zu dieser Zeit im Besitz der Engländer war, gegen die der Comte nur drei Jahre zuvor gekämpft hatte, sondern vor allem, weil es aufdeckte, dass der Comte genau wie Olivier zum weit verflochtenen Netz von Ceccanins Günstlingen gehörte. Das wiederum ließ darauf schließen, dass sich de Fréjus' Attacke auf Olivier gegen einen aus den eigenen Reihen gerichtet hatte, und so sah sich Julien zunächst in der Annahme bestärkt, die Legende, der zufolge Olivier Isabelle de Fréjus ermordet haben soll, entspreche tatsächlich der Wahrheit – eine ihm genehme Schlussfolgerung, von der er erst später Abstand nahm.

Der erste Akt der Ereignisse stellte sich, so wie sie in dem Artikel geschildert wurden, sehr einfach dar: Der Comte sprach wegen eines Darlehens bei Ceccani vor und machte in seiner direkten Art keine langen Umschweife.

»Ich habe als letzte Rate meines Lösegeldes und für die Freilassung meiner Vettern zweitausend Kronen an den König von

England zu zahlen«, sagte er. »Wir wurden bei Crécy gefangen genommen, und der König von Frankreich hat uns seine Hilfe verweigert. Also mussten wir uns selber helfen, aber ich habe das Geld nicht.«

In seiner Stimme klang Trotz mit, was vermuten ließ, dass er nach seinen bisherigen Erfahrungen mit einer ablehnenden Antwort rechnete. Er war ein raubeiniger Mann, eher an Schwert und Sattel als an die Rolle eines Bittstellers gewöhnt. Er hatte nichts gegen die Geistlichkeit, war allerdings auch noch nie auf sie angewiesen gewesen. Dass er nun vor jemandem wie Ceccani zu Kreuze kriechen musste, verbitterte ihn. Er selbst war in der Burg der Engländer in Aquitanien nur wenige Monate gefangen gehalten worden (kaum lange genug, dass seiner hübschen jungen Frau aufgegangen wäre, welche Annehmlichkeiten mit seiner Abwesenheit verbunden sein konnten). Aber seine Freilassung war ihn teuer zu stehen gekommen, und er hatte den Verwandten, die mit ihm in Gefangenschaft geraten waren, sein Wort gegeben, nicht zu ruhen, bis auch sie wieder frei wären. Er war zu unverbildet, um sich nicht wie ein Ehrenmann zu verhalten, also musste er sein Wort einlösen. Die Erkenntnis, dass die, für die er gekämpft hatte, nun keinen Finger rührten, um ihm zu helfen, stimmte ihn ebenso bitter wie die Tatsache, dass er so pflichtbewusst für die in die Schlacht gezogen war, die ihn jetzt im Stich ließen. Ceccani witterte die große Chance, die in dieser Enttäuschung lag.

Die Augen des Kardinals verengten sich. Er hatte vor der Unterredung vorsorglich Erkundigungen über die Finanzen des Comte eingeholt und wusste, dass dessen Lage nahezu aussichtslos war. Fünf Bankhäuser hatten das Ersuchen um ein Darlehen bereits abgelehnt, und wenn de Fréjus das Geld nicht binnen eines Monats auftreiben konnte, musste er als Gefangener nach Aquitanien zurückkehren. Das verlangte der Ehrenkodex, den niemand vorsätzlich brach.

»Ich schätze, das bedeutet für Euch fünf Jahreseinkommen«,

sagte Ceccani. »Von Zinsen wollen wir nicht reden. Aber eine Zuwendung zu Gunsten des bischöflichen Finanzfundus in Höhe von, sagen wir, jährlich einem Zwölftel der Gesamtschuld wäre mehr, als Ihr leisten könnt. Und wie gedenkt Ihr die Summe selbst je zurückzuzahlen?«

»Ihr redet wie ein Bankier«, hielt ihm der Comte unwirsch vor, »nicht wie ein Mann Gottes.«

»Ich hoffe, ich rede wie jemand, der die ihm anvertrauten Mittel pflichtgemäß verwaltet«, sagte Ceccani ernst. »Ihr bittet mich schließlich nicht um mein Geld, sondern um das der Kirche, für dessen ordentliche Verwaltung ich verantwortlich bin. Mich erreichen viele Bittgesuche, die meisten sind ehrenwert, aber immer häufiger ist der Beweggrund schiere Verzweiflung. Meine Aufgabe, eine Entscheidung zu treffen, ist nicht gerade leicht. Und, verehrter Comte, ich muss leider sagen, dass ich in Euch nicht den besten oder sichersten Garanten für eine Geldanlage sehen kann.«

Der Comte war kein Mann, der sich aufs Betteln verlegte, das verbot ihm die Selbstachtung. Aber die Art, wie seine Wangenknochen mahlten, der Ausdruck von Verzweiflung, der sich auf seinem schlaffen, ein wenig dümmlichen Gesicht abzeichnete, und die verkrampfte Haltung der Schultern bestätigten Ceccani, was er bereits wusste: Der Mann war reif, sich ganz in seine Hände zu begeben.

Der Kardinal musste nur noch den Finger auf de Fréjus' schmerzlichste Wunde legen. »Sicher wird der König Euch in Eurer Bedrängnis helfen, so wie Ihr es in seiner getan habt.«

»Das tut er nicht. Ob er's nicht kann oder nicht will, weiß ich nicht.«

»Dann enthebt Euch das im selben Maße Eurer Pflichten ihm gegenüber, nicht wahr? Er wurde in der Schlacht besiegt, und er will Euch die Unterstützung nicht vergelten, die Ihr ihm seinerzeit geleistet habt.«

»Er ist trotzdem mein Herr.«

»Aber das sind die Grafen der Provence auch. Vielleicht könnte man die Gräfin Johanna dazu bewegen …«
»Ich glaube nicht. Ich habe schon in früheren Fällen von ihr Anerkennung, aber keine Hilfe erfahren. Sie steht nicht in meiner Schuld und hat, glaube ich, im Augenblick selber genug Sorgen.«
Ceccani seufzte. »Natürlich, wir alle haben Sorgen. Und jeder, der bereit ist, einem Bedrängten in der Not beizustehen, verdient den Dank und den Segen aller anderen. Wenn Ihr Euch zum Beispiel dazu entschließen könntet, Euch mit der Gräfin zu verbünden und überdies Möglichkeiten zu finden, Euch aus Euren Verpflichtungen gegenüber dem König zu lösen, dann könntet Ihr dafür eine großzügige Belohnung und die Entschädigung für alle denkbaren Verluste erwarten.«
»Aber ich würde meine Ländereien in Frankreich einbüßen.«
»Die Euch, wie man mir sagt, etwa siebenhundert Livre im Jahr einbringen. Das ließe sich leicht ausgleichen.«
»Und das Lösegeld für mich und meine Vettern?«
»Das würde Euch erlassen. Und Ihr könntet zudem mit einer Entschädigung in doppelter Höhe rechnen.«
»Und welche Dienste würden dafür von mir erwartet?«
Der Kardinal lächelte. »Keine.«
Der Comte erwiderte das Lächeln kühl. »Umsonst erweist sich weder eine Gräfin noch ein Kardinal so großzügig.«
»Reden wir offen. In Eurem Dienst steht, glaube ich, ein Mann, der gegenwärtig Majordomus in Aigues-Mortes ist?«
»Das ist wahr.«
»Bringt ihn nach Avignon! Und stellt sicher, dass er tut, was ihm gesagt wird! Als Gegenleistung könnt Ihr die Zahlung des Lösegeldes als erledigt betrachten.«

Bischof Faustus von Riez taufte Manlius, vollzog zwei Tage später die Priesterweihe und berief die Versammlung der Gläubigen ein, die den neuen Bischof von Vaison wählen sollte. Seine Empfehlung spielte eine wichtige Rolle, denn er stand bereits im Ruf der Heiligmäßigkeit, und alle waren der Meinung, er werde, wenn seine Zeit dereinst abgelaufen sei, Wunder wirken und so allen zu erkennen geben, dass er unter den Heiligen weile. Geschichten über wundersame Heilungen, die sich, wo er auch gewesen war, ereignet hatten, machten schon jetzt die Runde. Er war also ein Mann, dem man einen Wunsch nicht leichtfertig abschlug. Als die Versammlung einberufen war, hielt er sich bescheiden im Hintergrund, weigerte sich, seine Meinung zu Namensvorschlägen zu äußern, auch wenn es sich um gänzlich ungeeignete Kandidaten handelte, und achtete nur darauf, dass noch keine Entscheidung getroffen wurde. So kursierten unter den Wahlberechtigten allmählich immer mehr Namen, die allesamt zweitklassig waren und nicht in Frage kamen.

Schließlich kam ein Mitglied der Kongregation nach vorn und fiel vor Faustus auf die Knie. »Gnädiger Herr«, jammerte der Mann, »Gott ist nicht mit uns. Das zeigt sich allüberall, und heute merken wir es wieder. Uns mangelt es an Führung, wir bedürfen eines Hirten, der uns den Weg weist. Sagt uns Eure Meinung und helft uns, eine Wahl zu treffen!«

Faustus aber widersprach ihm. »Ich möchte mich ungern in eure Beratung einmischen. Die Wahl des Bischofs ist eure Sache, also müsst ihr eure Entscheidung treffen. Ich widerspreche dir aber, wenn du sagst, Gott sei nicht mit euch. Ihr müsst nur lernen, seinen Fingerzeig zu sehen. Denn seine Wege bleiben uns Menschen oft verborgen und sind nicht leicht zu durchschauen. Also will ich euch, statt eure Wahl zu beeinflussen, lieber ein wenig Hilfe zuteil werden lassen, indem ich euch zeige, wie wahr das ist, was ich über Gottes Wege gesagt habe. Ich bin nämlich vor kurzem Zeuge eines Wunders geworden, das uns auf anrührende Weise zeigt, wie sehr der Herr sich um alle seine Schäfchen bemüht.«

Die Gläubigen gerieten in Erregung, denn bei Wundern horchten sie immer ehrfürchtig auf.

»Da ist ein Mann unter uns, der euch allen als großer Sünder bekannt ist, als einer, der sich um Gott nicht schert. Sein Leben lang hat er sich den Dingen dieser Welt gewidmet und sein Antlitz vom Glauben abgewandt. Und doch war der Herr um ihn besorgt und hat ihn auf den rechten Pfad zurückgeführt. Der Mann hatte nämlich einen Traum, in dem er einen anderen Mann weinen sah. Und er fragte ihn: ›Warum weinst du, was kann ich tun, damit du aufhörst, traurig zu sein?‹ Der andere sah zu ihm auf und sagte: ›Rette deine Seele, denn du bist es, um den ich weine.‹ Und der Sünder sah ihn an und erkannte, dass er auf seinem Haupt die Male der Dornenkrone trug, und er sah die Wunden an seinen Händen und fiel im Traum vor ihm nieder und sagte: ›Oh Herr, ich glaube.‹ Am nächsten Tag kam dieser Mann auf Händen und Knien zu mir und bat mich inständig, getauft zu werden. Ich habe es getan, und nun sitzt er bei uns. Sein Name ist Manlius, ein getreuer Diener Gottes.«

Alle bis auf Manlius sprangen von ihren Sitzen auf und brachen in Jubelrufe aus, und als wieder Ruhe eingekehrt war, sagte einer der Gläubigen: »Herr, wenn Gott diesem Mann erscheint, muss das sicher ein Zeichen sein, dass er eine Aufgabe für ihn hat. Was meint Ihr dazu?«

»Ich weiß nicht«, sagte der Bischof. »Ich kann nur frohlocken, wenn ein Sünder gerettet wird und ein Mann von solcher Herkunft, solchen Fähigkeiten, solchem Reichtum und solcher Bildung nun all diesen Werten auch noch den Glauben hinzufügt. Es kann tatsächlich sein, dass unser Herr ihn braucht oder dass er klarer als ihr erkennt, was *ihr* braucht.«

»Manlius muss unser Oberhirte werden«, rief einer aus der Menge. »Der Traum, den er hatte, kann nichts anderes bedeuten. Er muss unser Bischof werden!«

Dennoch blieben auch nach dieser sorgfältig vorbereiteten allegorischen Ausdeutung von Manlius' Bekehrung zum rechten Glauben bei vielen in der Versammlung Zweifel, besonders bei denen, deren Wahlvorschläge den Interessen von Felix' Familie dienten, und hauptsächlich natürlich bei Caius Valerius, dem die schon zum Greifen nahe gewähnte Bischofsmütze vor der Nase weggeschnappt worden war. Es kam zu keiner Spaltung der Versammlung, aber selbst Faustus' große Autorität hatte nicht zu einem Wahlergebnis nach seinem Wunsch geführt. Nachträglich beschlichen auch ihn Zweifel und das Gefühl, etwas Ehrenrühriges getan zu haben. Er hatte natürlich gewusst, dass es nicht so leicht sein würde, Manlius durchzusetzen, andererseits aber auch nicht mit so starkem Widerstand seitens des Adenii-Clans, der Familie von Felix, gerechnet. Faustus war Bischof, aber dennoch Politiker genug, um zu wissen, dass Manlius, wenn er ein erfolgreicher Diener der Kirche sein wollte, ständig mit einem Dorn im Fleische leben musste.

Er hätte natürlich klein beigeben und verkünden können, dass Gott doch nicht mit der Wahlversammlung sei; er hätte sie auflösen und den Gläubigen auftragen können, noch einmal – jeder für sich – zu Rate zu gehen. Aber Faustus, dieser hoch begabte, ehrenwerte Mann, hatte einen Fehler: den blinden Glauben an das eigene Urteil und das unerschütterliche Vertrauen, dass sein Urteil und der Wille Gottes ein und dasselbe seien. Denn seine Empfehlung zu verwerfen hätte bedeutet, Gottes Wort mit Füßen zu treten, und das durfte er nicht zulassen. Er übte Druck aus, bestand auf seiner Meinung, nutzte all seine Erfahrungen und hatte schließlich die Mehrheit der Versammelten für sich gewonnen.

Manlius, der vor Bestürzung in Tränen ausbrach, wurde von seinem Stuhl gezerrt und nach vorn geschleppt. Seine wehklagenden Versicherungen, er sei nicht würdig, blieben ungehört; zu groß war die Freude darüber, dass sich nun das durchgesetzt hatte, was man für Gottes Willen hielt. Manlius weinte vor Scham, warf sich Faustus zu Füßen und bat ihn flehentlich, ihm diese schwere Bürde zu ersparen, für die er gänzlich ungeeignet sei. Aber gerade dieses Verhalten bestärkte die Versammlung in der Überzeugung, dass sie für das Bischofsamt den einzig richtigen Mann gewählt hätten.

Am Ende war Manlius zutiefst unglücklich, bestürzt ob seines eigenen Verhaltens und voller Verachtung für den Weg, den er gewählt hatte, um all das zu retten, was ihm am Herzen lag. Es war notwendig gewesen, das sah er nur zu gut. Aber das pöbelhafte, lautstarke Geschwätz, der üble Geruch, in den sich die Wahlversammlung durch ihren Begeisterungstaumel gebracht hatte, und die Art, wie leicht sie zu beeinflussen gewesen war – all das löste so tiefe Bestürzung in ihm aus, dass er etliche Tage brauchte, um damit fertig zu werden.

Anlässlich seines einunddreißigsten Geburtstags lud Julien Barneuve zum Abendessen in ein kleines Restaurant in der Nähe der Hallen ein, denn er stand im Begriff, die Lehrtätigkeit am Gymnasium zu beenden und einem Ruf an die Universität von Montpellier zu folgen. Ein neues Leben lag vor ihm, fern von Paris, und das verdiente, gebührend gefeiert zu werden. Da er sich nichts aus großen Tafelrunden machte, lud er nur drei Freunde ein: Bernard Marchand, Marcel Laplace und Julia Bronsen. Die Freundschaft zwischen den drei Männern war ein wenig seltsam, denn Marchand und Laplace mochten sich eigentlich nicht, sie ertrugen einander nur Julien zuliebe. Beide erkannten auf den ersten Blick, dass Julia anders war als die Frauen, mit denen Julien gewöhnlich befreundet war. Und so wurde der Abend unvermeidlich zu einem Rate-

spiel, das um die Frage kreiste, was Julien wohl an Julia angezogen habe.
Die Zeitläufe hatten ihre Spuren in allen Bereichen hinterlassen, selbst alte Freundschaften waren von ihnen betroffen, deren Fortbestand ohne den Einfluss äußerer Umstände nie in Gefahr geraten wäre. Die große Wirtschaftskrise machte allen Sorgen, und manche stürzte sie sogar in Not. Julien war kaum davon betroffen; er hatte das von seinem Vater ererbte bescheidene Vermögen auf die äußerst konservative Weise angelegt, die einem bodenständigen Provinzler wegen seines ausgeprägten Misstrauens gegenüber Banken und deren vermeintlichen Winkelzügen geradezu angeboren ist, und erfreute sich zusätzlich zum monatlichen Salär eines angenehmen Zubrots, das ihm jene Extravaganzen ermöglichte, die er mittlerweile für unverzichtbar hielt.
Anderen war es weniger gut ergangen. Claude Bronsens Geschäfte warfen, wie er von Julia erfahren hatte, nicht mehr so viel Gewinn ab, sein Imperium begann zu bröckeln, Fabriken waren geschlossen, Tausende Arbeiter und Angestellte entlassen worden. Er war immer noch reich, aber längst nicht mehr so wohlhabend wie zu der Zeit, als Julien ihn kennen gelernt hatte. Die Rückschläge, die er erlitten hatte, wirkten indessen auf ihn so beflügelnd wie eine zweite Jugend. Sooft er sich gezwungen sah, irgendwo eine Niederlassung zu schließen, schmiedete er sofort Pläne, wie er die verbliebenen effektiver und profitabler machen könne. Julien konnte sich gut vorstellen, mit welchem Fanatismus Bronsen diese Aufgabe anging, denn es lag einfach in seiner Natur, erfolgreicher zu sein als andere. Ein Mann wie er konnte gar nicht anders, als rastlos zu arbeiten, bis er wieder festen Boden unter den Füßen hatte, da mochte das ökonomische Klima noch so rau sein.
»Ich komme mir vor wie ein Waisenkind«, schrieb Julia in einem ihrer Briefe. »Ich habe ihn seit Monaten nicht gesehen. Es ist auf seltsame Weise befreiend. Und jetzt, da ich weiß, dass er

in etwa einer Woche zurückkommen wird, ertappe ich mich dabei, dass mir das Angst macht. Ich weiß nicht, warum, denn ich habe, wenn er in Paris ist, nicht mehr von ihm, als wenn er sich in Mailand aufhält. Aber ich habe beschlossen, für den Sommer ein kleines Haus am Meer anzumieten. Irgendwo in der Camargue, denke ich, wo ich niemanden zu Gesicht bekomme und mir einreden kann, es gebe keine Faschisten oder Kommunisten, keine Depression, keinen Goldstandard, keine Streiks und keinen Aufruhr. Ich würde Dich einladen, aber ich weiß, dass Du doch nicht kämst, und um ehrlich zu sein: Ich möchte nicht gestört werden, nicht mal von Dir. Ich habe seit Monaten nichts Vernünftiges zu Wege gebracht und bin sicher eine grässliche Gesellschafterin.«

Die Freundschaft zwischen Julien und Bernard war auf weitgehendes Einvernehmen, die mit Marcel auf neugieriges Interesse gegründet. Beide waren ihm auf ihre Weise zugetan; beide glaubten felsenfest daran, dass ihr Weg der richtige sei. Beide, Bernard, der *résistant*, und Marcel, der *collaborateur*, hatten sich – um mit Manlius Hippomanes zu sprechen – mit Leib und Seele ihrer Idee von der Erlösung verschrieben, und beide waren bereit, um der Erreichung dieses Ziels willen die Menschlichkeit zu vernachlässigen. Beide waren Fanatiker oder wurden gelegentlich dazu; je nach den Umständen wurden Tendenzen sichtbar, die normalerweise unentdeckt geblieben wären. Ein Vorgeschmack darauf zeichnete sich während dieses Abendessens ab, das Julien vom Entree bis zum Dessert so sorgfältig ausgewählt hatte.

Bernard vergnügte sich auf eine Art, die Marcel weder nachahmen konnte noch wollte. Er war zu ernst, zu sehr der Literatur und seiner Religion verschrieben. Statt wie Bernard Skiurlaub zu machen, fuhr er jedes Jahr nach Lourdes, um den Kranken und Gebrechlichen zu helfen und seine Seele an einem Glauben zu laben, um den Julien ihn beneidete, weil er sich schwach an das Gefühl erinnerte, er habe etwas verloren,

als ihm die Teilnahme an den Katechismusstunden verboten worden war.
Marcel ertrug Bernards Hohn und Spott mit stoischer Gelassenheit, er sah darin eine Probe für seine Glaubensstärke. Denn Bernard war nicht nur Freidenker, sondern eingefleischter Atheist und machte sich ein perverses Vergnügen daraus, alle mit Spott und Beleidigungen zu überschütten, die irgendwelche religiösen Empfindungen hegten. Solche Menschen waren für ihn Narren und Duckmäuser und oft gefährlich, da sie verlorenen Dingen wie der Monarchie und der falschen Idylle der Standesordnung nachtrauerten, die nie wahre Werte gewesen waren. Eineinhalb Jahrhunderte früher hätte er Menschen auf die Guillotine geschickt, und eines seiner Opfer wäre Marcel gewesen.
Interessanterweise waren sie sich äußerlich keineswegs unähnlich, obwohl sie charakterlich so wenig Gemeinsamkeiten hatten, dass der Hinweis auf ihre Ähnlichkeit ein Schock für sie gewesen wäre. Beide waren groß, blond und hatten grüne Augen. Aber während Marcel das Haar kurz trug und so sorgfältig kämmte und pomadisierte, dass sich nie auch nur ein Härchen an die falsche Stelle verirrte, ließ Bernard seines so lang wachsen, dass es ihm bis zum Kragen reichte, was offensichtlich eine Demonstration seiner aufrührerischen Seele sein sollte. Marcel sah stets den, mit dem er redete, an und vermittelte so den Eindruck ruhiger, konzentrierter Aufmerksamkeit. Bernards Augen standen allenfalls Sekunden still; selbst wenn er Julia musterte, als wolle er sie scheibchenweise sezieren, brachte er es mühelos fertig, zwischendurch alles Mögliche zu beobachten: den Kellner, die Gerichte, die an anderen Tischen aufgetragen wurden, die Art, wie die Gäste am Nebentisch mit Messer und Gabel hantierten – lauter Dinge, die Marcel kaum wahrnahm. Aber der größte Unterschied lag in ihrer Gestik und ihrem Mienenspiel: Marcels Gesicht wirkte immer ernst, mitunter melancholisch, von einem Stirnrunzeln gezeichnet; Bernard

dagegen lächelte ständig, kroch förmlich in sein Gegenüber hinein und strahlte immer eine gewisse Faszination aus, egal wovon gerade die Rede war.

Irgendwie zeichnete sich Juliens späteres Dilemma bei diesem Essen bereits ab. Und Julia erkannte das, vielleicht, weil sie den feineren Instinkt und das schärfere Wahrnehmungsvermögen hatte. Ihr fiel auf, dass Bernard die beiden anderen Männer ständig unterbrach; sie sagte nichts dazu, machte sich aber ihren Reim auf Marcels Ernsthaftigkeit und die frivolen Bemerkungen, mit denen Bernard auf sie reagierte. Auch blieb ihr nicht verborgen, dass Julien sich immer häufiger genötigt sah, in die Rolle des Friedensstifters zu schlüpfen, um zu verhindern, dass es zu einem offenen Streit kam. Es war ein Fehler gewesen, beide Freunde einzuladen; sie buhlten ganz offenkundig um Juliens Sympathie und Julias Aufmerksamkeit, obwohl beide im Voraus wussten, dass Bernard, falls es so weit kam, die Oberhand gewinnen würde.

Julia war nicht sonderlich geduldig, und unter anderen Umständen hätte sie sich nicht so viel höfliche Zurückhaltung auferlegt, sondern die Stimmung eher angeheizt, auch auf die Gefahr eines Streits zwischen den beiden Männern hin. Vielleicht hätte es Marcel auch gut getan, nicht alles zu schlucken, sondern ruhig mal aus der Haut zu fahren. Bernard war nun mal geschmeidiger und skrupelloser, er wusste seine schnelle Auffassungsgabe und Wortgewandtheit zu nutzen, um durch verletzende Seitenhiebe Punkte zu machen.

Marcel aber schien das nicht zu beirren, er redete ernst und gemessen weiter auf Bernard ein, als sähe er tatsächlich eine Chance, den anderen durch seine Argumente zu überzeugen. »Also wirklich, du musst doch verstehen, wie das gemeint war …«

Natürlich hatte es Bernard verstanden, sogar lange vor Marcel, aber darum ging's ihm gar nicht. Er argumentierte nicht aus Prinzip, sondern weil er gewinnen wollte. Es bereitete ihm

Vergnügen, den schwerfälligeren Marcel zu reizen und so die eigene Überlegenheit herauszukehren. Und noch etwas wurde Julia klar – etwas, was Julien offenbar noch nicht bemerkt hatte: dass nämlich zwischen den beiden Freunden die Saat eines tief verwurzelten Hasses zu keimen begann, beim einen gespeist von kaum verhohlener Verachtung, beim anderen von Abscheu darüber, dass sein Kontrahent es so offensichtlich darauf anlegte, ihn zu demütigen. Aber wer weiß, vielleicht tat Julien recht daran, nicht Partei zu ergreifen, denn es war nur die dünne Decke anerzogener Höflichkeit, die die Streithähne davon abhielt, ihren Emotionen freien Lauf zu lassen.

Weil Marcel höflich und Julia schön war, verkniff er sich alle Bemerkungen über den unheilvollen Einfluss der Juden in Frankreich; es war einfach nicht seine Art, einer Überzeugung zuliebe die Regeln der Höflichkeit zu verletzen. Stattdessen wich er auf das Thema Kunst aus, bei dem er das, was er loswerden wollte, unverfänglicher zur Sprache bringen konnte. Wobei es freilich das Problem gab, dass Marcels Meinung in künstlerischen Fragen ähnlich orthodox war wie in religiösen und politischen. Und er reagierte nun mal allergisch auf Leute wie Julia und ihresgleichen.

»Das ist keine Frage des Verstehens«, sagte er irgendwann an diesem Abend zu Julia. »Ich spreche von Verantwortlichkeit. Leute wie Sie haben kein Gespür für Verantwortlichkeit. Sie orientieren sich nur an sich selbst.«

»Ich glaube, das verstehe ich nun wirklich nicht.«

»Künstler sollten sich als Diener sehen, nicht als Könige oder Priester. Darin liegt ihre Größe. Aber sie haben den Kontakt zur Außenwelt verloren und kapseln sich in ihrem Ich ein. Irgendjemand – ich habe den Namen vergessen – hat das mal unverblümt zugegeben. Er hatte in einer Kirche einige Wandgemälde gemalt, und der Priester bedankte sich bei ihm und sagte, Gott sei sicher sehr erfreut über so ein Geschenk. Der Maler schnaubte verächtlich und sagte: ›Was kümmert mich Gott?

Hauptsache, mir gefällt's.‹ Diese Leute sind entartet und egoistisch und nennen das dann auch noch die ewige Suche nach dem Schönen.«

Niemand in der Tischrunde brauchte eine Erklärung, alle wussten, was »entartet« bedeutete. Eine törichte Attacke, aber wenn jemand nicht merkte, was er eigentlich sagte, lohnte es sich nicht, darauf einzugehen. Julia zog nicht mal in Erwägung, sich darüber zu ärgern.

»Ich würde keinen dieser Begriffe wählen«, erwiderte sie. »Ich glaube nicht, dass ich Gott – wenn es denn einen gibt – mit etwas erfreuen kann, das mir selber nicht gefällt. Wie käme ich dazu, etwas abzuliefern, was für mich selber nicht gut genug ist? Ich male. Manche halten das Ergebnis für recht gut, andere für miserabel.«

»Und warum malen Sie dann?«

»Weil es mir Freude macht. Und weil es mir ein kleines Einkommen verschafft, das mir das Gefühl erspart, völlig von meinem Vater abhängig zu sein.«

»Dann könnten Sie genauso gut Tippse sein.«

»Das würde mir keine Freude machen.«

An dieser Stelle mischte sich Bernard ein. »Sie führt dich auf die falsche Fährte, lieber Marcel. Schwindelt dir was vor, damit du ihr nicht auf die Schliche kommst. Darum sagt sie nicht, warum es ihr Freude macht.«

»Es macht mir Freude, weil ich mich, während ich arbeite, gegen alles andere abschotten kann. Und weil für mich, wenn ich etwas fertig habe und weiß, dass es gut ist, die Meinung anderer belanglos ist. Und gelegentlich, nicht oft, gelingt mir tatsächlich etwas Gutes. Und was das Wichtigste ist: Ich spüre, dass ich's noch besser kann. Also versuche ich's unverzagt wieder und wieder.«

»Was meinen Sie mit gut?«, fragte Marcel.

»Oh, ich weiß nicht«, sagte sie ungeduldig. »Hat irgendjemand je eine gültige Definition dafür gefunden? Die Wiedergabe einer bestimmten Vorstellung. Sie festzuhalten und für andere sichtbar werden zu lassen.«

»Aber was Sie da machen, ist doch dilettantisch. Keine Technik, keine Aussagekraft, nur Kleckse auf der Leinwand. Je weniger die Leute verstehen, desto glücklicher sind Sie. Nur, Sie irren sich, ich glaube, die Leute verstehen das sehr gut. Und das ist der Grund, warum sie Ihre Bilder nicht kaufen.«

In Marcels Physiognomie schien sich seine ganze Dummheit widerzuspiegeln, denn seine Angewohnheit, beim Reden die Stirn in Falten zu legen, vermittelte den Eindruck, dass ihn das Denken sehr anstrengte. Was jedoch, wie ihr Julien später sagte, ein Irrtum war; Marcel wurde oft unterschätzt, war aber sowohl seiner Intelligenz wie seiner zielstrebigen Entschlossenheit nach Bernard durchaus ebenbürtig.

»Und was meinst du?«

»Ich schlage mich weder auf die Seite deiner Anhänger noch auf die deiner Kritiker«, wich Julien ihrer Frage aus. Aber die Art, wie er dabei grinste, verriet ihn. Er fühlte sich einfach nicht verpflichtet, sich festzulegen.

»Nun, ich habe immer den Eindruck, dass die Leute, die am wenigsten an Kunst interessiert sind, am lautesten ihre Meinung kundtun«, sagte Bernard in gewinnendem Ton. »Was mich angeht, ich würde mir gerne einige Ihrer Werke ansehen, ehe ich mir ein Urteil anmaße. Allerdings nur unter der Bedingung, dass Sie's mir nicht übel nehmen, wenn ich Sie beim Anblick Ihrer Bilder vielleicht eine unverschämte Betrügerin nenne, die irgendwelchen Ignoranten seichten Kitsch andrehen will.«

Julia lachte. Bernard hatte der Unterhaltung mit seinen flapsigen Worten die Schärfe genommen und Marcel in Verlegenheit gebracht. Er trug sich bestimmt nicht mit der Absicht, sich ihre Bilder anzusehen, für so etwas interessierte er sich absolut nicht. Er war schlicht neugierig und wollte herausfinden, wie sie es angestellt hatte, sich Julien zu angeln. Und falls sich auch nur die geringste Chance dafür ergab, würde er vermutlich versuchen, sie Julien abspenstig zu machen. Aber selbst er, der in solchen Dingen kein besonders feines Gespür besaß, musste begriffen haben, dass er an der Aura der Unnahbarkeit scheitern würde, mit der sie sich umgab. Und in dem Moment wurde Julien klar, dass er sein Stichwort verpasst hatte: Er hätte eingreifen müssen, nicht Bernard.

»Ich bin immer gern bereit, Interessenten meine Sachen zu zeigen«, sagte Julia.

»Ausgezeichnet. Nächste Woche vielleicht. Und nun möchte ich, mit Verlaub, die Geschichte von meinen außerordentlichen Fähigkeiten auf den Skipisten zu Ende erzählen ...«

Nach dem Abendessen begleitete Julien sie nach Hause. »Das tut mir alles sehr Leid. Ich hatte mir ein fröhliches Essen vorgestellt, bei dem sich jeder bemüht, besonders nett zu sein. Hoffentlich hast du Marcel wenigstens nicht ernst genommen.«

Sie überquerten die Seine und blieben einen Moment stehen, um über den dunklen Flusslauf einen Blick auf die Türme der Conciergerie zu werfen, die sich wie ein Schattenriss vor den Lichtern der Stadt abzeichneten. »Ich bin an Leute wie ihn gewöhnt«, sagte sie. »Er hat es sicher nicht böse gemeint. Übrigens, wenn du nicht seiner Meinung bist, dass ich der französischen Gesellschaft das Mark aussauge, hättest du's ruhig laut sagen können.«

Julien stöhnte gequält. »Das habe ich wer weiß wie oft getan, aber es ist reine Zeitverschwendung. Er wird weiter von Disziplin und Ordnung faseln. Manchmal denke ich, er hätte nach Rom gehen sollen, nicht ich. Dann hätte er die Entstehung der neuen Gesellschaft aus nächster Nähe miterleben können. Es hätte ihm sicher gefallen, bei jeder Gelegenheit Lobeshymnen auf Mussolini anzustimmen. Obwohl ich nicht glaube, dass er sich dazu durchgerungen hätte, im schwarzen Hemd herumzumarschieren. Die prahlerische Großmannssucht wäre ihm eher peinlich gewesen. Und im Übrigen hat er sich bei der Verkündung seiner abstrakten Glaubensbekenntnisse, soweit ich weiß, anderen gegenüber noch nie ausgemachter Freundlichkeit befleißigt. Aber er ist ein guter Kerl. Das wird dich nach den Erfahrungen dieses Abends überraschen, aber das ist er wirklich.«

»Und Bernard nicht?«

Julien überlegte; sie forderte ihn zu einem Vergleich auf, über den er noch nie nachgedacht hatte. »Nein, er nicht«, antwortete er schließlich. »Er hat viele gute Eigenschaften, er ist intelligent, witzig, dynamisch und ein guter Ratgeber, wenn es nicht gerade um Dinge geht, bei denen er sich mit seiner persönlichen Meinung festgelegt hat. Er mag die Arbeiterklasse, aber die Arbeiter regen ihn auf. Marcel dagegen mag die Arbeiter und hasst die Arbeiterklasse.«

»Das sind also deine Freunde?«

»Ich fürchte, ja. Wenn ich nur mit Freunden zu tun haben wollte, die in jeder Beziehung perfekt sind, kämst du als Einzige in Frage.«

Sie gab ihm einen Stoß mit dem Ellenbogen. »Eine dümmere Bemerkung ist dir wohl nicht eingefallen?«, fragte sie und ging weiter.

Er schloss zu ihr auf und blieb dicht neben ihr, aber ohne sie zu berühren. »Ich meine es ernst. Ich finde mich mit ihren Fehlern ab und sie sich mit den meinen.«

»Und was hast du für Fehler?«

»Ich? Oh, Schatz, wo soll ich da anfangen? Stolz, übertriebene Vorsicht, Scheu vor Risiken, generelle Abneigung gegen Humanität, die sich als Humanismus tarnt. Meine Unfähigkeit, das zu lieben, was man lieben könnte, und mich von dem faszinieren zu lassen, was unerreichbar ist …« Er verstummte abrupt.

Sie lachte. »Wenn das alles ist, womit du heute Abend rausrücken willst, machst du es dir sehr leicht.«

»Ich weiß, du könntest das besser, das ist ja mein Problem.« Er zögerte, und als er zu spüren glaubte, dass es zwischen ihnen zu knistern anfing, wechselte er rasch das Thema. »Wie auch

immer, wir haben alle drei unsere Fehler. Leider bringen Bernard und Marcel es nicht fertig, sich in derselben Weise zu tolerieren, wie sie's mit mir tun. Es war ein Fehler, beide einzuladen. Ich hätte nur dich mitnehmen sollen.«
»Warum?«
Er brachte wieder nicht über die Lippen, was er eigentlich sagen wollte. »Es wäre billiger gewesen. Hast du gesehen, wie die zugelangt haben?«

Felix betrachtete Manlius' Wahl als Affront gegen seine Familie. Dazu kam, dass es bei dieser Wahl (so wie sie hier in der leicht gekürzten Version des neuen Bischofs wiedergegeben wurde) nur bedingt ehrlich zugegangen war. Es mag vorgekommen sein, dass die dankbaren Bewohner eines Dorfes oder einer ländlichen Stadt, wenn sie durch das fromme Wirken eines heiligmäßigen Mannes bekehrt wurden oder Augenzeugen eines Wunders geworden waren, ihr Idol drängen, das Amt des Bischofs anzunehmen. Aber in einer so alten und mit allen Ränken und Listen vertrauten Stadt wie Vaison war das nicht zu erwarten.
Manlius und seine Familie hatten ohne Zweifel ihren ganzen Einfluss geltend gemacht, um bei der Wahl zu obsiegen. Die Absprachen waren sicher lange vor dem Ableben des früheren Bischofs erfolgt, also musste man nur noch zur rechten Zeit und am rechten Ort verlauten lassen, dass Manlius verfügbar sei, und diese und jene Andeutung über die kirchenpolitischen Ziele des neuen Oberhirten machen. Womit er die Wahlversammlung geködert hatte, blieb Felix verborgen. Sein Reichtum spielte zweifellos eine Rolle. Sein Vermögen erlaubte es ihm, Vaison mit Mauern zu umgeben und diese nötigenfalls zu

bemannen – und nur wenige bezweifelten, dass dies bald notwendig sein würde. Manlius' Kornkammern konnten die Armen satt machen, und doch blieb immer noch genug für die anderen übrig. Sein durch ganz Gallien und bis nach Italien reichender Einfluss konnte sich als nützlich erweisen, wenn Hilfe gebraucht wurde, wobei allerdings die Frage blieb, wer diese Hilfe leisten sollte.

Dennoch war sein Vorgehen eine Kränkung gegenüber Felix' Familie, die nun in einer Region, in der beide Häuser eine Rolle spielten, in die Zweitrangigkeit abgedrängt wurde. Vier Generationen lang hatten die Hippomanes und Adenii die öffentlichen Ämter unter sich aufgeteilt; in der Region östlich der Rhone dominierte Manlius' Familie bei den weltlichen Ämtern, wohingegen die von Felix die meisten kirchlichen besetzte. Manlius hatte nun mit diesem ungeschriebenen Gesetz gebrochen, und weil er überdies noch jung war, konnte er das Amt des Bischofs zwei Jahrzehnte oder womöglich noch länger besetzen. Und dann blieb den Adenii nichts anderes übrig, als zu kuschen und ohnmächtig zuzusehen, wie ihr Einfluss immer mehr dahinschwand.

Felix hatte keine Wahl, das machten ihm die bedeutendsten Mitglieder des Familienclans nachdrücklich klar. Jung und Alt gaben ihm während der erregten Versammlung unmissverständlich zu verstehen, dass seine Führungsrolle zwar derzeit außer Frage stehe, sich das aber schnell ändern könne. Man erwartete von ihm, dass er im Interesse der ganzen Familie alsbald etwas unternehmen würde.

»Wir wissen, dass dieser Mann dein Freund ist«, sagte Anacleicus, ein Vetter seiner Frau. »Ihr seid seit frühester Jugend Freunde. Wir haben Respekt vor deiner Loyalität ihm gegenüber, aber wir erinnern dich daran, dass deine Loyalität uns gegenüber Vorrang haben muss. Wie willst du unsere Interessen verteidigen und unseren Wohlstand mehren, wenn du immer erst deinen Freund aufsuchen und um seine Gunst bitten musst? Ich bezweifle gar nicht, dass er dir freundschaftlich zugetan ist, ich will ihm sogar Gerechtigkeit widerfahren lassen und zugeben, dass er in dieser Beziehung ein ehrenwerter Mann ist. Aber er hat seine eigene Familie. Glaubst du im Ernst, dass er deine Interessen über die ihren stellt?«

Die Frage blieb unbeantwortet, sie bedurfte keiner Antwort. Felix verließ die Versammlung mit wohlgesetzten Worten und beschwichtigenden Zusicherungen und versenkte sich, kaum allein, ins Gebet, denn er war in einer Weise, die Manlius kaum nachvollziehen konnte, ein von inbrünstigem Gottvertrauen erfüllter Mann. Er hatte sich für diesen Weg schon in früher Jugend entschieden, als er die Diskrepanz zwischen Sophias Logik und der Glaubenslehre der Kirche erkannt und die reine Vernunft der griechischen Philosophin auf den zweiten Platz verwiesen hatte. Sein Glaube war ein Ort der Geborgenheit, in den Sophia nie eindringen konnte und der ihm umso wertvoller war, als seine Grundlagen sich der Ratio der Griechin entzogen.

Als er sein Gebet beendet hatte, wusste er, was er tun musste. Er durfte es nicht zu offener Feindschaft mit Manlius kommen lassen, das hätte womöglich zu gewaltsamen Auseinandersetzungen geführt. Was immer Manlius vorhatte, niemand konnte ihm verwehren, für seine Anliegen einzutreten, und es war durchaus denkbar, dass sie Unterstützung verdienten. Aber die Gerechtigkeit und ihre Freundschaft geboten, dass Manlius auch ihn anhörte. Ihre Freundschaft hatte Wunden davongetragen, doch deswegen wollte Felix sie nicht gleich verloren geben. Aber so, wie die Dinge lagen, lief alles darauf hinaus, dass Manlius ihn in eine äußerst schwierige Lage gebracht hatte.

Er trug seine Überlegungen der Familie vor und bemerkte mit Erleichterung, dass sein Vetter Caius Valerius, dem ohne Manlius' Intervention möglicherweise die Bischofswürde zugefallen wäre, seine Enttäuschung offenbar überwunden hatte. Tatsächlich aber verhielt sich Caius Valerius nur darum so ruhig, weil ihm Felix' Zurückhaltung eine einmalige Gelegenheit eröffnete, die er zu seinem Besten zu nutzen gedachte. Seit Jahren hatte er sich klug mit Felix' Führungsrolle abgefunden, nun aber sah er die Chance, das zu tun, was er als seine Pflicht erachtete. Er hielt sich ungeachtet aller Verdienste, die Felix haben mochte, für den besseren Christen und besseren Menschen. Er würde ihn auf dem Feld herausfordern, auf dem Felix bisher unangreifbar gewesen war: durch entschlossenes Handeln. Aber nicht sofort, denn er wusste genau wie Felix, dass es ein Gebot der Vernunft war, den richtigen Augenblick abzuwarten.

Kurz nach diesem Familientreffen brach Manlius zu einer langen Reise auf: siebzig Kilometer südwärts und dann nach Westen, zu Felix' Villa, dem Stammsitz der Adenii. Er kam allein dort an, nur von einem halben Dutzend bewaffneter Reiter begleitet. Er war verblüfft zu sehen, wie sehr sich das vornehme Gebäude, das er seit seiner Jugend kannte, bis zur Unkenntlichkeit verändert hatte. Eine Weile stand er fassungslos vor der Villa. Die prächtigen Säulen- und Bogengänge waren verschwunden, an ihrer Stelle ragten ringsum hohe Mauern auf. Die Bäder lagen verlassen da oder waren geschleift worden, weil man die Steine für die Mauern gebraucht hatte. Der makellose Rasen und die Blumenbeete waren umgegraben und in Wehranlagen verwandelt worden. Überall war der Lärm von Bauarbeiten zu hören; da wurde gehämmert, gesägt, und Steine wurden zurechtgehauen. Freilich, die Ausführung ließ sehr zu wünschen übrig, überall klafften große Lücken, die mit Steinschutt und Mörtel ausgefüllt wurden. Das Ganze sah aus, als hätten Kinder Bauklötze aufeinander gestapelt, und so improvisiert war es wohl auch.

Felix kam ihm zur Begrüßung entgegen und deutete Manlius' bestürzte Miene sofort richtig. »Die Entscheidung ist mir wahrlich nicht leicht gefallen«, sagte er traurig. »Meine Familie wohnt hier seit zweihundert Jahren, hat den Besitz ständig erweitert und die Gartenanlagen gehegt und gepflegt.«

»Ist das wirklich notwendig?«

»Das weißt du selber am besten. Wenn Clermont fällt und Eurich nach Westen vorrückt, wird er sicher versuchen, auch dieses Gebiet in Besitz zu nehmen. Denk nur daran, wie du von Räuberbanden angegriffen worden bist! Rasen und Teiche taugen für friedliche Zeiten, jetzt aber müssen wir für jedes Risiko gerüstet sein.«

»Bist du da ganz sicher?«

»Oder wir fallen auf die Knie und bitten um Gnade. Eine andere Möglichkeit sehe ich nicht.«

»Hast du mir schon verziehen?«

Felix seufzte. »Du hast meine Familie und unsere Freundschaft verletzt. Du hättest nicht einfach handeln sollen, ohne vorher mit mir zu reden.«

»Ich weiß. Und es tut mir auch Leid. Deinetwegen habe ich nie Befürchtungen gehegt, nur wegen deiner Familie, weil ich von Anfang an sicher war, dass sie dich in eine schwierige Situation bringen wird.«

»Das haben meine Verwandten in der Tat getan. Ich habe ihnen gut zugeredet, abzuwarten und zu sehen, wie sich die Dinge entwickeln. Wenn du zu unser aller Wohl handelst, werden sie sich mit der Situation abfinden. Aber du solltest nicht zu sehr auf freundschaftliche Gefühle bauen. In Caius Valerius hast du dir einen erbitterten Feind gemacht. Er wird bestimmt nicht bereit sein, dir zu vergeben, aber ich denke, ich kann seinen Zorn zügeln, und um auf eigene Faust etwas zu unternehmen, dazu ist er zu dumm. Aber genug davon! Möchtest du dir ansehen, was ich hier mache?«

Und so kletterten sie während der nächsten Stunde auf den

neuen Befestigungen herum, nahmen die Mauern und das Gelände davor in Augenschein, machten einander auf Schwachstellen aufmerksam und tauschten gute Ratschläge aus. Für Manlius war die Besichtigung recht erquicklich; er genoss die auf bestes Einvernehmen gegründete Freundschaft wie in alten Zeiten, auch wenn sie jetzt gefährdet sein mochte. Und er war beeindruckt, denn Felix – seiner Natur nach durch und durch Soldat – war ganz in seinem Element; kriegerische Auseinandersetzungen spornten ihn stets zu Höchstleistungen an. Das war es, was ihn umtrieb. Er wünschte sich förmlich eine Entwicklung herbei, die ihn – quasi zur Bestätigung vor sich selbst – in die Lage versetzte, Ruhm zu erringen. Und genau das war der Punkt, bei dem Manlius und er Schwierigkeiten miteinander hatten.

»Sehr schön«, sagte Manlius schließlich. »Aber erinnere dich an Diokletians Ausspruch, dass jede Verteidigung nur so gut sein kann wie die verfügbaren Soldaten. Wie steht es um die Soldaten, die du aufbieten kannst? Alte Männer und Frauen mit Sensen und Sicheln?«

»Etwas besser ist es schon um sie bestellt«, antwortete Felix knapp.

»Wie viel besser?«

»Wenn sie gut geführt werden und die Bedrohung groß genug ist, werden sie ihre Sache schon machen. Aber ich muss mich auf die Verteidigung beschränken. Gegenangriffe, um die Schlacht in die Reihen des Feindes zu tragen …«

»Du brauchst Söldner«, fiel ihm Manlius ins Wort. »Mit anderen Worten: Geld und Hilfe.«

Felix nickte. »Du sagst es. Hast du vor, sie mir zu geben, Manlius? Denn wenn du das tust, werde ich dir wahre Wunder zeigen. Gemeinsam können wir große Dinge vollbringen, Heldentaten, von denen noch künftige Generationen sprechen werden. Sag mir, wie du mir helfen kannst. Die Macht liegt jetzt bei dir, mein Herr und Bischof. Faustus und mit ihm alle anderen Bischöfe haben, wie es scheint, ihr Vertrauen ganz auf dich gesetzt. Das muss wohl so sein, denn wegen deiner Frömmigkeit haben sie dich sicher nicht gewählt. Wie gedenkst du diesem Vertrauen gerecht zu werden? Was hat dich plötzlich von deinen Studien hochgescheucht und veranlasst, dich um die Belange dieser Welt zu kümmern?«

Je länger sich Manlius die Frage durch den Kopf gehen ließ, desto stärker wurde ihm bewusst, wie unterschiedlich sie doch waren. Felix trug wie immer das Herz auf der Zunge und sagte geradeheraus, was ihn bewegte. Manlius dagegen wägte seine Worte sorgfältig ab und versuchte, ihnen die Melodie zu geben, die sein Freund hören wollte. Er log nicht, aber er wich aus, das wusste er nur zu gut.

»Ich habe vor, dir etwas zu verschaffen, was in der gegenwärtigen Lage noch wertvoller ist als Männer und Geld. Ich will versuchen, dir Zeit zu verschaffen und den Krieg zu vermeiden, für den du dich rüstest. Das ist die einzige Möglichkeit, die uns bleibt. Denn ob wir uns bei einem Angriff unterwerfen oder ihn abwehren, das Ergebnis wird dasselbe sein: unser Ruin und eine nahezu vollständige Verwüstung. Schau dir deine Villa an, dann siehst du, was selbst die bloße Drohung eines Krieges anrichten kann! Was wird von ihr übrig bleiben, wenn du sie verteidigen musst? Wie viele Arbeitskräfte bleiben dir danach? Und wie viele Äcker und Felder, bei denen es sich noch lohnt, sie zu bebauen? Wie viele Schafe und Rinder? Was wird aus den Städten, die von deinen landwirtschaftlichen Produkten abhängen? Wer außer Spukgestalten und der Erinnerung an das, was sie einmal waren, wird sie mit Leben erfüllen? Wenn ich solche Folgen vermeiden kann, werde ich es tun. Ich werde also goldene Worte ersinnen und verlockende Versprechungen machen, damit dein Heldenmut unnötig wird. Wenn es aber dennoch zum Krieg kommt, lieber alter Freund, dann werde ich zum Schwert greifen und Schulter an Schulter mit dir sterben, so wie es der heilige Bund der Thebaner gegen Alexander getan hat.«

Felix senkte den Kopf, damit Manlius seine Tränen nicht sehen konnte. »Danke, mein Freund«, sagte er mit erstickter Stimme, »tu das, und unsere Freundschaft wird für immer währen.«

Von dem Moment an, in dem er wieder im Süden Frankreichs angekommen war, verlief Juliens Leben ruhig und geordnet, bis der Krieg kam und abermals alles umwälzte. Er sah seine Freunde nur noch dann und wann, setzte die Korrespondenz mit Julia fort und erfuhr so gelegentlich Neuigkeiten über die Erfolge und Misserfolge ihres Vaters. Er hatte es nicht darauf angelegt, in den Süden zurückzukehren, für ihn – wie für alle Akademiker – war alles außer Paris Provinz und damit ein Abstieg. Der Gedanke, die Hauptstadt zu verlassen, hatte ihn geschmerzt, obwohl er sich nie an das Klima im Norden, die endlos langen feuchten, tröpfelnden Tage, den trostlos grauen Himmel und das kalte Wetter und die Kälte der Menschen gewöhnt hatte. Das alles entsprach nicht seiner Vorstellung von Frankreich.

Paris atmete alles, was er brauchte: den professionellen, intellektuellen Kontext, die neuen Ideen, die ständige Herausforderung zu kämpfen und sich durchzusetzen. Die Provence atmete Frieden und Gelassenheit, Ruhe, Beständigkeit und Verdummung. Aber er war nicht aus freiem Willen hierher gekommen, seine Karriere wurde von anderen gelenkt. Bloch war es gewesen, der ihn zu schwindelnden Höhen geführt hatte, nun schien er ihn ins finsterste Hinterland abschieben zu wollen. Aus der Sicht des großen Mannes war das eine Frage der Strategie, denn weil seine eigene Karriere sich dem Gipfelpunkt näherte, brauchte er niemanden mehr in Paris, um seine Reputation zu sichern, obwohl er nicht so töricht war zu glauben, dass sein Ruf ewig währen würde. Nein, in Paris gab es Dutzende andere, die er groß gemacht und da untergebracht hatte, wo sie ihm besonders nützlich waren. Außerhalb von Paris waren seine Einflussmöglichkeiten dagegen geringer; die abseits liegenden Verteidigungslinien seiner Reputation waren es, die einer Verstärkung bedurften. Also schickte er einen seiner Schüler nach Nantes, einen nach Straßburg, einen nach Clermont – und Julien eben nach Montpellier, auf dass sie in den einzelnen Departements ihre lenkende Hand wirken ließen, ihrerseits Schüler heranzogen und so das schwächer werdende, aber noch immer vernehmbare Echo von Blochs Methodik und Stil weitergaben. Es war eine andere Form jener Unsterblichkeit, die sich alle so sehnlich wünschen – oder zumindest die, die an sie glauben. Keiner der auserkorenen Apostel hatte dabei ein Wort mitzureden, das war beim Umgang mit Sendboten nicht der Brauch. Nur ein paar wenige, die Stärksten, würden es irgendwann schaffen, sich einen Weg zurück nach Paris zu erkämpfen.

So hatte Julien 1932 seine Wohnung ausgeräumt und seine Siebensachen gepackt, ein kleines Appartement angemietet, um wenigstens noch ein Standbein in Paris zu behalten, und war heimgekehrt in die Provence. Er hatte ursprünglich vorgehabt, in das große leere Haus in Vaison zu ziehen, das er mehr aus gedankenloser Pietät nach dem Tod seines Vaters behalten hatte. Nun aber merkte er schnell, wie sehr er das Haus hasste und wie ihn die schweren Möbel, die Samtvorhänge, die dunklen Tapeten und die langweiligen Bilder mit ihren schwülstigen Motiven bedrückten. Zu guter Letzt verkaufte er das Haus, ließ die Möbel zum Trödler bringen und suchte sich eine geräumige Wohnung in Avignon, gegenüber der Kirche von St-Agricol. Eine seltsame, etwas schrullige Entscheidung, denn es wäre viel einfacher gewesen, in Montpellier zu wohnen. Aber er hatte beschlossen, wenn schon, dann ganz heimzukehren in die Stadt, in der er bis zu seinem zwölften Lebensjahr gelebt hatte. In Montpellier wollte er nicht bleiben, er fuhr dorthin, wann immer er dort zu tun hatte, übernachtete in einem Gasthaus und kehrte, sobald es seine Zeit erlaubte, an seinen wahren Heimatort zurück. Die Wohnung, die er bis zu seinem Tod bewohnte, lag nicht im schönsten Teil von Avignon, doch er hielt das Viertel für optimal: eine im Halbbogen verlaufende, gepflegte Straße mit hübschen Häusern aus dem achtzehnten Jahrhundert, viele Geschäfte, Bars und Restaurants, mit Anwohnern, die es sich leisten konnten, leicht und unbeschwert zu leben, und nicht so breit, dass sie die Motorkarossen angelockt hätte, die gerade in Mode gekommen waren und mit ihrem Qualm und dem Lärm der blökenden Hupen die Straßen verpesteten. Das Haus, in das er zog, war ein von Licht und Luft durchflutetes Gebäude, ein wenig zurückgesetzt, sodass es Schutz vor dem heulenden Winterwind und der unerträglichen Hitze des Sommers bot. Julien brachte in die neue Wohnung die Möbel und Bilder mit, die er mit Geschmack und Bedacht zusammengetragen hatte – den kleinen Greuze, den Cézanne, den er für ein Butterbrot und ein Ei auf einem Straßenmarkt in Avignon erworben hatte, die Zeichnungen aus seiner Zeit in Rom, das Bild von den Hügeln über Jerusalem, das ihm Julia geschenkt hatte –, und alle passten zu den blassgrünen Wänden und dem sanften Grau der verspielten Holztüren und Paneele, als wären sie eigens dafür angefertigt worden.

Im Laufe der Jahre kaufte er sorgfältig ausgesuchte Werke dazu, meist solche, für die sich wenige Interessenten fanden. Bis zum Ausbruch des Krieges hatte er so eine beachtliche Zahl von Bildern zusammengetragen, die allmählich einen gewissen Wert bekamen. Darunter waren auch vier Gemälde von Julia, die er ohne große Rücksicht auf ihre Empfindungen ausgewählt hatte. Sooft er in Paris war, besuchte er sie in ihrem Atelier, und weil er so wählerisch und eigensinnig war, ging er meistens mit leeren Händen.

»Du bist ziemlich schwer zufrieden zu stellen«, sagte sie einmal trocken, nachdem er sich lange eines ihrer Werke angesehen und dann doch nur den Kopf geschüttelt hatte. Dabei handelte es sich um ein Bild, auf das sie recht stolz war. »Welche Art Bilder magst du denn?«
»Ich weiß nicht. Etwas Besonderes. Ich gebe zu, das hört sich nach einer nichts sagenden Antwort an.«
»Ja«, gab sie ihm Recht, »genauso intellektuell wie du selber. Du solltest dir etwas Besseres einfallen lassen. Wieso magst du eigentlich das hier nicht?« Sie deutete auf ein Bild, das eine Frau in einem Boot zeigte, wobei die Gestalt der Frau mit dem Widerschein der Sonne auf dem Wasser zu verschmelzen schien. Es gefiel ihr ausnehmend, und bei diesem Urteil blieb sie auch, als Julien sich ihm nicht anschließen wollte.
»Ich weiß nicht«, wich er ihr wieder aus.
Sie knurrte unwillig. »Weiter! Ein bisschen mehr wird dir ja wohl noch dazu einfallen.«
»Du hast dir zu viele Bilder angesehen und zu viel abgeguckt. Du orientierst dich ganz bewusst an der Vergangenheit. Das ist es, was bei deinen Bildern nicht stimmt.«
»Ganz schön hart«, sagte sie verdrossen. Ausgerechnet er, ein Verehrer der Klassik, warf ihr vor, sich an der Vergangenheit zu orientieren.
»Das stimmt«, gab er zu und lächelte schuldbewusst. »Ich wollte dich nicht kritisieren. Es sollte ein Kompliment sein.«
»Wirklich? Dann möge der Himmel mich davor bewahren, dass du mir einmal grob kommst.«
»Ich komme dir nie grob. Was ich sagen will, ist, dass du wirklich gut bist. Und das sage ich nicht nur, weil ich dich aufrichtig bewundere. Vielleicht hilft es dir auch ein bisschen. Aber schau mal, in diesem Bild, da hast du Matisse und Cézanne und eine Prise Puvis drin, vielleicht noch ein bisschen Robert dazu. Ich sehe mir das Bild an und erkenne die Bausteine, die du verwendet hast. Und das ist es eben, was mit dem Bild nicht stimmt.«

»Abgeleitet und zweitklassig, meinst du?« Sie war absolut nicht beleidigt; das war eine ihrer besten Eigenschaften und im Übrigen etwas, was Julien nicht mit ihr gemein hatte.
»Überhaupt nicht. Ich meine, du bist zu vorsichtig, das ist das Problem. Das ist ohne Zweifel ein gutes Bild. Und wenn ich dich nicht kennen würde, wäre ich wahrscheinlich beeindruckt und davon angetan. Aber ich kenne dich eben.«
Er sah sie nachdenklich an und überlegte, ob er es wagen solle, ihr genau zu sagen, was er bei dem Bild empfand. Denn er wusste, dass er ihr sowieso nicht genau erklären konnte, wieso er auf diese Idee gekommen war. Schließlich gab er sich einen Ruck. »Es ist das Gemälde einer pflichtgetreuen Tochter.« Er wartete gespannt auf ihre Reaktion. »Du malst so, dass es anderen gefällt. Dir ist bei jedem Pinselstrich bewusst, was der, der das Bild betrachtet, davon hält. Und dabei versäumst du etwas, was sehr wichtig wäre. Drücke ich mich einigermaßen verständlich aus?«
Sie dachte nach, dann nickte sie. »Gut«, sagte sie verdrossen und mit einem leichten Anklang von Verzweiflung in der Stimme, »du hast wieder mal Recht.«
Julien brummte zufrieden. »Pack's einfach anders an! Wie, musst du selber herausfinden. Und wenn du's herausgefunden hast, komme ich wieder.«
»Und dann weißt du, dass ich richtig liege?«
»Das weißt du schon selber. Ich kann's dir höchstens bestätigen.«
»Und was ist, wenn ich schief liege?«
Er grinste und schüttelte den Kopf. »Liegst du bestimmt nicht. Glaub mir, ich weiß, wovon ich rede.«

Das Gespräch spiegelte fast all das wider, was sie an ihm so mochte. Julien war der Einzige, der ihr nicht den Atem abschnürte. Er wollte nichts von ihr, ihm genügte es zu wissen, dass es sie gab. Er hatte nicht vor, sein Leben mit ihr zu teilen oder sie zu heiraten, wurde nie eifersüchtig und war nie launisch. Er belauerte sie nicht, lag ihr nicht auf der Tasche, überschüttete sie nicht mit Aufmerksamkeiten und erstickte sie nicht durch aufdringliche Verehrung. Es war eine neue Erfahrung für sie, bei einem Mann keine einzige dieser Untugenden auszumachen. Er bewunderte ihre Arbeiten, konnte aber, wenn er nach seiner Meinung gefragt wurde, brutal ehrlich sein. Woher er die innere Kraft dafür nahm, wussten sie beide nicht. Es musste so etwas wie das Echo aus all den Jahren sein, in denen er rastlos den Frauen nachgestiegen war und dabei gelernt hatte, sich und anderen unerschütterliches Selbstbewusstsein vorzuspielen. Oder es lag daran, dass er um sich herum einen unsichtbaren Schutzwall errichtet hatte.

Weder Bernard noch Marcel – die freilich beide keine sonderlich feine Antenne für derlei Dinge besaßen – hatten gemerkt, dass die beiden ineinander verliebt waren, sich aber höllisch davor fürchteten, die Freiheit ihres Einsiedlerdaseins zu verlieren. Sie hatten den richtigen Moment verpasst, ein Liebespaar zu werden, und nun waren sie zu ängstlich und verzagt, um einen neuen Versuch zu wagen. Julien fürchtete, dass Julia durch eine Liebesbeziehung zu einer anderen Frau werden, ganz in ihrer neuen Rolle aufgehen und sich aufgeben könne. Eine innere Stimme sagte ihm, dass es ihre Liebe zerstören würde, wenn er sich zu ihr bekannte. Julia dagegen war sich noch nicht sicher, ob sie die Turbulenzen ertragen konnte, die das Eingeständnis ihrer Liebe auslösen würde, sowohl bei ihrer Arbeit wie auch im Verhältnis zu ihrem Vater. Sie wusste, dass ihre Unentschlossenheit auf andere kindisch und pathetisch wirken musste. Es war ihr klar, dass jede Frau mit mehr Selbstachtung längst dem Idol des Übervaters abgesagt und darauf bestanden hätte, ihr Leben nicht nach seinen Wünschen und Bedürfnissen auszurichten. Ihr Vater war unerträglich und brachte sie in eine unerträgliche Situation. Aber sie hatte eben fast ihr ganzes Leben lang niemanden außer ihm gehabt, und wenn sie jetzt davor zurückschreckte, sich aus seiner Umklammerung zu befreien, dann lag das nicht so sehr an der Sorge, dass ihr Vater sich durch ihre Liebe zu einem anderen verletzt fühlen könnte, sondern mehr an ihrer Angst, was dies über sie selbst aussagen würde. Sie wusste, dass sie immer extrem egoistisch gewesen war; sie hatte niemandem erlaubt, in den von ihr abgesteckten Bereich einzudringen. Wie sollte sie es da fertig bringen, den einzigen Mann so grausam zu verletzen, der ihr außer Julien etwas bedeutete? Wenn sie sich das Gefühl bewahren wollte, menschlich zu sein, musste es in ihrem Leben jemanden geben, dessen Interessen und Wünsche sie über ihre eigenen stellte, und der Einzige, dem zuliebe sie das fertig brachte, war ihr Vater.

Sie war schwierig und voller Widersprüche, sowohl ihm wie Julien gegenüber; sie machte es keinem leicht, sie zu verstehen. Oftmals reagierte sie gereizt, schwankte zwischen Zuneigung und kritischer Nörgelei, suchte die Nähe des anderen und zog sich im nächsten Augenblick in ihr Schneckenhaus zurück. Und dabei wusste sie die ganze Zeit über, dass sie Julien wirklich liebte und in einem Maße brauchte, wie sie noch nie einen Menschen gebraucht hatte. Wenn sie bei ihrer Arbeit frustriert und niedergeschlagen war, flüchtete sie sich in Gedanken zu ihm, obwohl sie eigentlich ohnehin ständig an ihn dachte und sich jeden Tag Gott weiß wie oft fragte, wo er jetzt gerade sein und was er wohl tun möge. Ohne ihn kam sie sich irgendwie unvollständig vor, und wenn er da war, beschlich sie die Angst, sie könne irgendetwas falsch machen und alles zerstören. Manchmal wünschte sie sich, er hätte damals auf den Hügeln oberhalb von Jerusalem die Initiative ergriffen, ehe ihr Zeit blieb, über all die möglichen Komplikationen nachzudenken, die sich eventuell daraus ergaben. Dann wäre mit uns alles gut geworden, dachte sie mitunter. Es gab sogar Momente, in denen sie ihm insgeheim wegen seiner Zurückhaltung zürnte, obwohl sie natürlich wusste, wie ungerecht es war, ihm allein die Schuld zu geben. Julien hatte es ihr einfach nicht so leicht machen können; er wollte nicht nur sie, sondern auch ihre Seele haben, und so blieb ihm nichts anderes übrig, als den Augenblick abzuwarten, in dem sie bereit war, sie ihm zu geben.

Statt irgendeiner Form der physischen Nähe blieben ihnen also nur die Briefe, die sie regelmäßig austauschten, selbst in den Jahren, die Julia – vorgeblich, um Inspirationen zu sammeln, tatsächlich aber auf der Flucht vor sich selbst – in Vietnam und später in Japan verbrachte, und auch während der Zeit, in der Julien nach Rom zurückkehrte, was er so oft wie möglich tat. Der Briefwechsel riss auch dann nicht ab, als sie während eines großen Teils der dreißiger Jahre nicht mal im selben Land lebten; sie schrieben sich dennoch Monat für Monat, Jahr für Jahr und schufen so zwischen sich eine Vertrautheit, wie es keine physische Intimität je vermocht hätte. Und in der Zeit zwischen dem letzten und dem nächsten Brief vergruben sie sich in ihre Arbeit und schotteten sich in einer Weise gegenüber allen anderen ab, die immer erschreckender wurde.

Sie wussten beide, dass ein Krieg bevorstand; alle wussten das. Julien glaubte manchmal sogar sicher zu sein, dass er zu einem Bürgerkrieg ausarten würde; er sah sich schon auf Frankreichs Straßen durch Ströme von Blut waten und hörte im Geiste die Schreie der Verwundeten. Nahezu jeder kleine Zwischenfall konnte den Verderben bringenden Funken entzünden, entweder in ihrem Land oder in ganz Europa, aber niemand vermochte vorherzusagen, wann es so weit sein würde. Die Bedrohung lastete wie ein tödliches Gift über allem, was sie taten; sie spürten das Beben lange, bevor der Vulkan ausbrach.

Männer wie Marcel und Bernard schlugen sich offen auf die Seite der Pazifisten oder der national Gesinnten und schienen dadurch das Unheil geradezu heraufzubeschwören. Sie säten Hass und sparten schon im Voraus nicht mit Schuldzuweisungen für die Niederlage, die Frankreich – und davon waren merkwürdigerweise alle überzeugt – dieses Mal erleiden würde. Selbst Marcel, der erst kürzlich Julien gegenüber beredt von den enormen militärischen Anstrengungen zur Landesverteidigung geschwärmt hatte, redete jetzt davon, was denn werden solle, wenn der Krieg beendet war und die Deutschen ihren Würgegriff auf ganz Europa ausdehnten. Und während der ganze Kontinent schläfrig und wie gelähmt in einen Konflikt hineinschlitterte, der zu einer Katastrophe von nie geahnten Ausmaßen werden sollte, wurden Marcels Äußerungen immer extremer und rachsüchtiger.

Einmal wies Julien ihn auf die Widersprüche hin, in die er sich bei seinen Äußerungen verhedderte. »Wenn unsere Verteidigungsanstrengungen so gut sind, wieso redest du dann von einer Niederlage?«

»Alle Verteidigungsanstrengungen sind nutzlos, solange wir von Dummköpfen geführt werden. Wir haben die Maginotlinie errichtet, aber nun verkriechen wir uns dahinter. Unsere Politiker sind korrupte, geldgierige Demagogen, sie gehorchen den Befehlen der Finanzmagnaten und Freimaurer. Willst du für die kämpfen? Dein Blut opfern, damit sie sich weiter die Taschen mit Geld voll stopfen können? Fegen wir diese Leute weg, dann können wir von vorn anfangen und etwas Neues aufbauen!«

»Willst du denn, dass wir geschlagen werden?«

»Natürlich nicht.«

Und so verkroch sich Julien wieder hinter seinen Büchern und widmete sich in diesen Jahren einer Aufgabe, die ihm schon lange am Herzen lag: Er beschrieb die Unüberwindbarkeit der Zivilisation, die unüberwindliche Stärke, die in ihrer Fähigkeit lag, selbst im Angesicht des nahen Todes wieder aufzuerstehen, zu neuem Glanz zu erblühen und der Menschheit abermals ihre Segnungen zu schenken. Es war eine lyrische Vorstellung, das zornige Aufbegehren gegen Marcels finsteren Pessimismus oder den schadenfrohen Zynismus, den Bernard in Zeitungsartikeln verbreitete, in denen er gegen die Kopflosigkeit, Inkompetenz und Korruption der herrschenden Politikerklasse wetterte, was bei manch einem sogar hämische Heiterkeit auslöste.

Julien verstand unter Zivilisation eine Geisteshaltung, die nur ein wenig gepflegt werden musste, um zu überleben. Er fand Trost in der Erkenntnis, dass sie auch nach den Römern und später nach dem schwarzen Tod zu neuer Blüte erwacht war, und er war überzeugt, dass es auch diesmal, sobald sie das tiefe Tal der Finsternis durchschritten hatten, genauso sein würde. Und so wurde sein großes Werk über die Geschichte des Neoplatonismus zu einem düsteren Klagelied am Beginn der aufziehenden Nacht, und das umso mehr, als er sich zunehmend auf Kommentare zu Manlius' Manuskript stützte, um deutlich zu machen, worum es ihm ging. Im Übrigen rechnete auch er mit einer Niederlage.

·

Außer dem Umstand, dass sie in der engeren Umgebung von Kardinal Ceccani arbeiteten, gab es wenig, was Olivier de Noyen und Pisano verband, aber eben auch nichts, was sie getrennt hätte. Weder Parteilichkeiten, Irrlehren noch politische Dispute warfen einen Schatten auf ihre Freundschaft; über derlei Probleme mochten sich die Großen und Mächtigen den Kopf zerbrechen, sie beide gehörten nur zum Fußvolk der Kirche, sie hatten genug damit zu tun, zu leben und sich durchzuschlagen, und das war wahrlich nicht immer einfach. Sie teilten miteinander ihre Hoffnungen und Sorgen, das tägliche Brot

und mitunter sogar ihre Schuhe, ihre Kleidung und ihr Geld. Sie tauschten Ratschläge aus, tranken miteinander und ahnten, dass ihre Wege sich eines Tages für immer trennen würden. Pisanos sehnlichster Wunsch war es, irgendwann nach Siena zurückzukehren, denn es war nicht nur das übliche Heimweh, das ihn plagte, sondern auch die Sorge, am Ende seiner Tage womöglich in der Fremde sterben zu müssen. Ebenso gut wusste Olivier, dass sein Weg ihn wahrscheinlich nie nach Siena führen würde und dass sie ihre Freundschaft nicht durch Briefe am Leben halten konnten, zumal Pisano zwar lesen und schreiben konnte, aber nicht gern zur Feder griff.
Wäre ihm nicht so unverhofft der Auftrag für die Ausschmückung der Sophienkapelle zuteil geworden, hätte er vielleicht gleich sein Bündel geschnürt, denn um die Aussichten auf Förderung war es ebenso misslich bestellt wie um seinen Lebensunterhalt. Zwei Jahre und länger hatte er in Avignon als Handlanger für diesen dicken Nichtskönner Martini gearbeitet und vergeblich auf eine Chance gewartet. Wäre es nach Können und Gerechtigkeit gegangen, hätte der verschrobene, altmodischen Stilelementen verhaftete Fettwanst für ihn arbeiten müssen. Zugegeben, Pisano war noch jung, aber er glaubte an sich und daran, dass er mit seinen Werken, wenn er Gelegenheit dazu bekäme, die Welt das Staunen lehren würde.
Er hatte die denkbar beste Schule erfahren, und zwar bei Pietro Lorenzetti, dem einzigen Maler der Welt, den er uneingeschränkt bewunderte und verehrte. Er hatte miterlebt, wie sehr der in sich gekehrte große Mann sich mit Zweifeln am eigenen Können zermürbt hatte, wie lange er unschlüssig geschwankt hatte, ob er eine Aufgabe so oder so angehen solle, und wie ihn dann auf einmal, sobald er zum Pinsel griff, eine Ruhe überkam, die nur mit der inneren Sicherheit eines großen Meisters zu erklären war. Lorenzetti versuchte nicht, die Natur abzubilden, er machte seine Bilder zu einem Teil der Natur, so lebensecht wie die Vögel und die Bäume in der Landschaft ringsum.

Seine schier unbegrenzten Möglichkeiten mussten einen jungen Eleven wie Pisano vor Begeisterung schwindelig machen. Und als er dann – angelockt von den Erzählungen über die dortigen Paläste und ihre prachtvolle Ausschmückung – nach Avignon aufgebrochen war, hatte er so viele Hoffnungen und Sehnsüchte mitgenommen, dass er manchmal unter ihnen litt wie unter einem körperlichen Schmerz.

Denn Pisano war von einer Idee beseelt, die so kühn war, dass er es kaum wagte, mit irgendjemandem über sie zu sprechen. Sie war ihm gekommen, als er eines Tages seinem Meister in Assisi einen Becher Wasser aus dem Brunnen geholt hatte, damit er sich nach der Arbeit an diesem heißen Vormittag erfrischen konnte. Lorenzetti saß im Schatten auf dem Boden, vor ihm ein kleiner Junge. Sie unterhielten sich angeregt, denn Pietro mochte die Gesellschaft von Kindern; er wies nie eines ab, das sich neugierig das Werk ansehen wollte, das er gerade schuf: Er nahm sich Zeit, mit ihnen zu plaudern, und gab ihnen beim Abschied stets ein kleines Geschenk mit auf den Weg.

Als Pisano näher kam, hörte er den Jungen lachen und dem Meister eine Geschichte erzählen, denn der Dreikäsehoch wusste nicht, dass er es mit einem berühmten, bedeutenden Mann zu tun hatte (und so ging es übrigens trotz all der Wunderwerke, die Pietro Lorenzetti geschaffen hatte, fast allen). Pietro hörte dem Jungen zu und ermutigte ihn, mit seiner Geschichte fortzufahren, hielt aber den Blick unverwandt auf das Stück Pergament gerichtet, das vor ihm auf dem Boden lag und auf dem er mit einem Kohlestift eine Skizze entwarf. Als Pisano ihm den Wasserbecher hinstellte, legte Pietro die Kohle weg und gab dem Jungen zu verstehen, dass es nun Zeit sei, heim zur Mutter zu gehen. Pisano half dem unter Arthritis leidenden alten Mann auf die Beine (nur in den Händen spürte Pietro keinen Schmerz, was er entweder einer besonderen Gnade Gottes oder seinem eisernen Willen zu verdanken hatte) und bückte sich dann noch einmal, um die Skizzenblätter aufzuheben, an denen bereits der Wind zauste. Die Kohlezeichnung war das Porträt des Jungen, der lachend den Kopf zurückwarf, gerade so, wie er's beim Erzählen seiner Geschichte getan hatte. Die Skizze gab das Wesen des Kindes so vollendet wieder, dass Pisano unwillkürlich einen juchzenden Schrei ausstieß.

»So was habe ich in meiner Jugend gemalt«, sagte der Meister lächelnd, »bevor ich in die hohe Schule des Malens eingewiesen und gezwungen wurde, dergleichen zu vergessen. Ich hatte damals mit Schafen angefangen und schließlich Schafhirten gemalt.«

»Es ist wundervoll«, stammelte Pisano.

»Ach, das ist doch nur ein kleiner Junge. Wir sind dazu berufen, das Göttliche zu malen.«

Pisano musste ihn wohl irritiert und sprachlos angesehen haben, denn Pietro gab ihm einen aufmunternden Klaps auf die Schulter, lachte leise und sagte: »Komm mit mir!«

Er ging voraus, zurück in die Kirche, wo er langsam und schwerfällig das Gerüst über dem Chorgestühl bestieg. Oben entwickelte er eine flinke Beweglichkeit, von der dann leider am Ende eines langen Arbeitstages nichts mehr zu spüren war. Schließlich kamen sie bei einem Wandbild an, das der Meister ein paar Wochen zuvor gemalt hatte. Er deutete auf das Bild und trat einen Schritt zurück.

Es war ein Letztes Abendmahl. Das Gesicht Jesu war ihm so gelungen, wie es nach den ungeschriebenen Regeln aussehen musste, und doch hatte Pietro sich bei den Kindern ein paar Details abgeguckt und in der Gestalt des Herrn wiedergegeben: die lebhafte Gestik, die Art, den Kopf zurückzuwerfen und die Schultern zu heben, den leicht nach oben gerichteten Blick und das Funkeln in den Augen.

Pietro legte verschmitzt den Finger auf die Lippen. »Das muss unser kleines Geheimnis bleiben«, sagte er, »hüte es gut! Vielleicht ist etwas von Gott in all dem, was rings um uns lebt und atmet. Wir brauchen nur Augen, um es zu erkennen, und Hände, um es einzufangen.«

Mehr wagte Lorenzetti nicht, obwohl er als Künstler unumstritten und daher in seinen Entscheidungen so frei war wie ein Papst oder Kaiser; er sah einfach keine Notwendigkeit, von dieser Freiheit Gebrauch zu machen. Seine Gestalten strahlten das notwendige Maß an Frömmigkeit aus, aber die Gläubigen sollten sich auch in ihnen wiedererkennen können. So gab er ihnen durch eine Geste oder das Gehabe etwas von dem hinzu, was er zufällig auf der Straße erspäht hatte. Weiter mochte er nicht gehen, das hätten ihm sein Stolz und sein Ruf als Künstler nicht erlaubt. Er schreckte bewusst oder unbewusst vor dem letzten Schritt zurück, vielleicht aus Furcht, man könne ihn der Blasphemie zeihen oder ihm vorwerfen, er habe sich, statt den alteingefahrenen Gleisen zu folgen, sein eigenes Bild von Gott gemacht.

Das war es, was Pisano keine Ruhe ließ. Der Heiligen Jungfrau das Gesicht eines alten Mütterchens zu geben, das ihm irgendwo über den Weg gelaufen war? Petrus als Ebenbild eines einfachen Fischers zu malen? Unseren Herrn als Zimmermann darzustellen? Auf all diese Fragen hatte Pisano seine Antwort gefunden – ein Geheimnis, das er mitnahm, als er nach Avignon ging. Er wollte den Schritt wagen, den Pietro nicht gegangen war – oder es zumindest versuchen.

Die erste Gelegenheit bot sich ihm bei dem Auftrag, über dem Eingang im Inneren der Kathedrale Notre-Dame in Avignon ganz allein ein Bild zu malen. In einer dunklen Ecke gab es dort eine leere Wandfläche, die ausgestaltet werden sollte. Sie lag freilich wegen des hellen Lichts, das durch die offene Tür flutete, so ungünstig, dass ohnehin niemand davor stehen geblieben wäre, es sei denn, er hätte einen besonderen Grund gehabt, die Wandmalereien zu betrachten. Die abgelegene dunkle Ecke dünkte Martini zu unwichtig, um persönlich zum Pinsel zu greifen; er gab den Auftrag an Pisano weiter. Und der malte genau dort, sehr weit oben, eine Heilige Jungfrau und vor ihr einen Kirchenfürsten, der sich ihr näherte – das angemessene Motiv für ein Gotteshaus, das bald zur Hauptkathedrale der Christenheit werden sollte. Bei der Gestalt des kirchlichen Würdenträgers nahm er sich versuchsweise eine kleine Freiheit heraus: Er malte ihn zwar als sterblichen Menschen, ließ ihn aber kaum das Knie beugen, sondern beinahe aufrecht vor der Gottesmutter stehen, was den Eindruck einer fast gottähnlichen Macht und Würde vermittelte. Und er gab dem Gesicht die Züge des Kardinals Ceccani, indem er es die seltsame Mischung aus Demut und Machtbewusstsein ausstrahlen ließ, die so charakteristisch für diesen Mann war.

Pisano war nicht zufrieden mit seinem Werk, er wusste, dass er es besser konnte. Und Martini schäumte sogar vor Wut und wollte, dass das Bild schleunigst übermalt würde. In der Hoffnung, dadurch einen Skandal auszulösen, sorgte er dafür, dass sich Pisanos dreiste Tat auf den Fluren des Kardinalspalastes herumsprach. Aber das Einzige, was er damit erreichte, war, dass Ceccani bei seinem nächsten Besuch der Kathedrale vor dem Wandgemälde stehen blieb, im flackernden Kerzenlicht angestrengt nach oben blickte und in dem Gesicht des namenlosen Kirchenfürsten die eigenen Züge erkannte.

Seine Augen verengten sich, er brummelte etwas vor sich hin und wandte sich dann an den Priester hinter ihm. Ein paar Wochen später wurde Pisano in den Kardinalspalast gerufen und erhielt den Auftrag, die kleine Kapelle der heiligen Sophia auszumalen. Sein Gönner gab sich so wortkarg, dass Pisano nicht mal wusste, ob das eine Belohnung oder Bestrafung sein sollte. Als aber das Unbehagen und seine eigene Unzufriedenheit abgeklungen waren, begriff er, dass die Kapelle seine sehnlich erhoffte große Chance darstellte. Es gab, abgesehen von Maria Magdalena, keine allgemeine Übereinkunft, wie die Personen, die in den Legenden über die heilige Sophia erwähnt wurden, aussahen. Und da die Kapelle in einer einsamen Gegend lag

und kein Bauwerk war, das große Beachtung verdiente, konnte er nach Gutdünken drauflosmalen und abwarten, was dabei herauskam.
Aber welches Vorbild sollte er für die Darstellung wählen? Für wen sollte er sich entscheiden? Solche praktische Fragen bereiteten ihm schlaflose Nächte. Er konnte nicht einfach irgendein Modell wählen, er musste Vorbilder suchen, die den Heiligen in gewisser Weise wesensverwandt waren, und das bedeutete, er musste sich selber darüber klar werden, was sie ausgezeichnet hatte. Und so suchte er Zuflucht im Gebet, denn er war überzeugt, dass Gott ihm den Weg weisen werde.
Das Gesicht der Magdalena sah er schnell vor sich, obwohl er selber nicht wusste, woher seine Vorstellung kam. Eines Morgens saß er über seinem Skizzenblock und kritzelte den einen oder anderen Entwurf aufs Papier. Es war nicht das, was er eigentlich erwartet hatte, aber als frommer Maler wollte er nicht mit dem Himmel hadern; schließlich hatte er Gott um einen Fingerzeig gebeten, und nun lag das Ergebnis vor ihm: ein junges, bezaubernd hübsches Gesicht. Natürlich bedurfte es noch einiger Veränderungen, bis es dem Bild entsprach, das man sich gewöhnlich von einer Heiligen machte. Irgendwie aber ahnte er, dass es das Gesicht einer Frau sein konnte, die er zufällig in der Stadt gesehen hatte; bei solchen Dingen ließ ihn sein Gedächtnis selten im Stich. Nur, er hatte nicht die leiseste Ahnung, wer die Frau war und wo er ihr begegnet sein konnte. Andererseits, so genau musste er es auch gar nicht wissen, ihm genügte die Gewissheit, dass seine Erinnerung – oder vielleicht Gott – dieses Gesicht und die Vorstellung, die er sich von der Heiligen machte, zusammengefügt hatte.
Bei dem Blinden, beschloss er, würde er sich einen harmlosen kleinen Scherz erlauben – nichts Pietätloses, Gott bewahre –, aber wenn es um Sünder ging, durfte sich ein Maler nach altem Brauch ein paar Freiheiten herausnahmen. Er nahm seinen Freund Olivier für diese Gestalt als Vorbild, ein schrulliger

Einfall, der ihm noch ein Schmunzeln entlockte, als er schon dabei war, die Vorlagen aus seinem Skizzenbuch auf die Wandflächen der Kapelle zu übertragen. Denn Olivier gehörte sicher zu denen, die ständig auf der Suche nach Weisheit und Klarsicht waren. Aber selbst ihn, den er, zumindest wenn er in Avignon war, tagtäglich sah, richtig zu treffen schaffte er nicht. Natürlich konnte er Oliviers Gesicht malen, das war leicht, aber es wollte ihm nicht gelingen, beide darin einzufangen, den Blinden und den Heiligen. Er hätte allenfalls Olivier und sein unbekanntes Alter Ego nebeneinander darstellen können, doch das genügte ihm nicht.

Die meisten Schwierigkeiten hatte er mit der heiligen Sophia, er sah sie nicht vor sich, und da sie auf den ersten Bildern der Folge die Hauptperson war und auch auf allen anderen eine wichtige Rolle spielte, brachte ihn dieses Unvermögen schier zur Verzweiflung. Er hätte sich mit der herkömmlichen Vorstellung von einer Heiligen begnügen können, aber er spürte, dass er das auf keinen Fall tun durfte. Er war angetreten, um irgendetwas Neues zu schaffen, und weigerte sich, nur wegen der Schwierigkeiten Abstriche an diesem selbst gesetzten Ziel hinzunehmen, und so geriet er mit dem ganzen Werk in Verzug.

Er pilgerte zu der Kapelle, hatte aber, als er zurückkam, wenig zu Wege gebracht, beklagte sich jammernd bei Olivier und allen Freunden, die bereit waren, ihm zuzuhören, und betete nahezu unablässig um Erleuchtung. Aber selbst das half nichts; auch nach Gott weiß wie vielen Versuchen brachte er nur die nichts sagenden, leeren Linien eines Gesichts zu Stande.

Bis zu dem Tag, an dem er sein Modell leibhaftig auf der Straße erblickte und sofort wusste, dass diese Frau, die er an einer Marktbude einkaufen sah, *seine* heilige Sophia war. Das heißt, er hatte sie zunächst gar nicht bemerkt und wurde erst auf sie aufmerksam, als Olivier blass wurde und verblüfft nach Luft schnappte.

Pisano wusste sofort, dass er nicht weiter suchen musste: Das war die Heilige, so musste sie aussehen. Und seine Reaktion war die des Blinden, als ihm das Augenlicht wiedergegeben worden war – keine jubelnde Freude, nicht mal ein glückseliges Lächeln, eher beklommene Angst, ein halb erstickter Schrei und weit aufgerissene Augen, als habe ihn ein Gespenst erschreckt.
»Ja«, rief er erregt aus, »das ist sie, genau die habe ich gesucht!«
Er fing vor Aufregung an, auf und ab zu hüpfen, sodass Passanten sich nach ihm umdrehten und sogar die Frau selbst erschrocken zu ihm herüberschaute und eilends weiterging.
»Nicht so laut, mein Freund!«, drängte ihn Olivier. »Beruhige dich!«
»Warum sollte ich mich beruhigen? Du bist ja selber ganz außer dir. Ich habe noch nie jemanden gesehen, der so kreidebleich geworden ist. Wer ist sie? Bist du in sie verliebt? Ist das die Frau, von der du in all deinen Verslein so wortreich schwärmst?«
»Sei ruhig!«, fuhr ihn Olivier so heftig an, dass er tatsächlich eingeschüchtert verstummte. »Ich weiß nicht, wer sie ist, aber ich werd's herausfinden. Bleib hier, rühr dich nicht von der Stelle, und halt vor allem den Mund!«
Er schubste seinen Freund vor sich her, schärfte ihm ein, an der Straßenecke auf ihn zu warten, ging zu der Marktbude, an der die Frau eingekauft hatte, und fragte das Kräuterweib: »Wer war die Frau, mit der du gesprochen hast?«
Die Marktfrau durchschaute sofort, dass er sich nur so unschuldig stellte, und fragte zurück: »Welche? Die Dicke?«
»Nein.«
»Ah, meinst du vielleicht die Alte mit den Warzen? Ich habe eine Menge Kundschaft.«
»Nein, die auch nicht.«
»Du wirst doch wohl nicht die schöne Junge in dem abgetragenen blauen Mantel meinen?«

Olivier lächelte verlegen.
»Die, die den gelben Stern trägt?«, fügte sie hinzu und grinste anzüglich, als sie Oliviers erschrockenes Gesicht sah. »So, so, da haben wir uns wohl in eine kleine Jüdin verliebt, Jungchen?« Sie lachte keckernd.
Olivier sah die grinsende Frau fassungslos an. »Nein«, beteuerte er hastig, »die kann's nicht gewesen sein.« Und als ihn das Kräuterweib weiter durchdringend und abschätzig musterte, trat er eilends die Flucht an.

Julien gestand es sich zwar nicht ein, aber im Grunde hatte ihm Gustave Bloch mit der Rückverpflanzung in den Süden einen großen Gefallen getan. Er lebte förmlich auf, wenn die Tage statt mit dem grauen Nebel des Nordens mit einem feinen Dunstschleier begannen, den die Morgensonne bald auflöste. Trotz seiner beruflichen Pflichten und obwohl er daran gewöhnt war, die meiste Zeit in Archiven, Bibliotheken und Hörsälen zu verbringen, war er ein Naturmensch geblieben. Sobald sich ihm Gelegenheit bot, draußen in der frischen Luft zu sein, las er konzentrierter, dachte er klarer und arbeitete er zielstrebiger. Wenn ihm die Haushälterin morgens Kaffee, frisches Brot und Marmelade brachte, frühstückte er am liebsten auf seinem breiten Balkon, wo er auch gern an lauen Abenden saß und verfolgte, was die Leute unten auf der Straße trieben. Und wenn er selbst zu einem Bummel durch Avignon aufbrach, vorbei an den pittoresken, vom Zahn der Zeit angenagten Häusern und ihren üppig mit Efeu und Rankpflanzen bewachsenen Fassaden, überkam ihn ein Gefühl der Zufriedenheit. Wurden die Tage zu heiß und drückend, packte er ein paar Sachen zusammen, nahm den Zug nach Vaison, der seinerzeit noch verkehrte, und wanderte die letzen zehn Kilometer zu Fuß nach Roaix, zu dem alten Haus seiner Mutter. Dort blieb er ein paar Tage, manchmal auch Wochen und Monate, las viel, plauderte mit alten Freunden, die er schon zeit seines Lebens kannte, und half ihnen, wie er's schon als Kind getan hatte, gelegentlich bei der Weinlese. Wenn er aber nach Paris fuhr, weil es etwas mit Kollegen zu besprechen gab oder er in Bibliotheken etwas eruieren musste, merkte er, wie ihm das Herz, je weiter der Zug nach Norden ratterte, schwerer wurde, zunächst fast unmerklich, bis es, sobald er den Fuß auf den Bahnsteig des Gare de Lyon setzte, zu einem schweren Klumpen wurde.

Er hielt Kontakt zu den alten Freunden, mit denen er früher in Restaurants gegessen hatte, obwohl sie sich jetzt nur noch gelegentlich sahen, weil ihre Wege auseinander gedriftet waren. Hin und wieder ein Brief, das Jahrestreffen und, wenn es sich ergab, ein Skiurlaub mit Bernard. Er reiste zu Marcels Hochzeit mit einem streng katholischen Mädchen aus einer angesehenen Anwaltsfamilie, wie maßgeschneidert für ihn, und wurde ein Jahr später Taufpate ihres Töchterchens. Die Welt außerhalb der Bibliotheken berührte ihn wenig, ob es nun die Streikwelle war, die Avignon 1936 lähmte, der Aufruhr in Paris, von dem er in der Zeitung las, der Schmutz und Unrat auf den Straßen, der immer mehr zur Plage wurde, oder der grobe, pöbelhafte Umgangston und die ständig geringer werdende Toleranz. Er nahm das alles wahr, aber seine einzige Reaktion war die, dass er sich bei seiner Arbeit umso geborgener fühlte. Sie war für ihn Zuflucht in allen Stürmen, er glaubte fest daran, dass ihm dort nichts und niemand etwas anhaben könne.

Nur Marcel, solide und pflichtbewusst, konnte zu dieser Zeit von sich behaupten, so etwas wie eine Karriere gemacht zu haben. Sein Großvater war ein vermögender Getreidehändler gewesen, sein Vater dagegen ein bettelarmer Müller, der gern trank und darüber seine Pflichten vernachlässigte. So kam es, dass Marcel als Einziger unter den drei Freunden seit dem vierzehnten Lebensjahr die Armut kennen gelernt hatte, und zwar seit dem Tage, an dem er seinen Vater, vom eigenen Erbrochenen besudelt, mit gebrochenem Genick am Fuß einer Leiter gefunden hatte. Er war verschuldet gewesen, und seine Gläubiger, die viel Geduld mit ihm gehabt hatten, verlangten nach seinem Tod energisch deren Begleichung. Marcel bezahlte die Erfahrung mit der tief eingewurzelten Furcht vor materieller Unsicherheit und einem Hass auf alle, die Geld verliehen. Die Großindustrie, Banken, Finanziers und Männer wie Claude Bronsen betrachtete er fortan als natürliche Feinde, die einfache, ehrliche, wehrlose Menschen ausbeuteten. Und so war der öffentliche Dienst für ihn der richtige Platz, noch dazu ein warmer, behaglicher und sicherer. Dort gelang ihm – unterschätzt von Männern wie Bernard – in kürzester Zeit ein erstaunlicher Aufstieg.

Ganz anders erging es Bernard, dessen Vater es in der napoleonischen Zeit zu Landbesitz und Reichtum gebracht, der aber versäumt hatte, den Sohn auf die Realität des Lebens vorzubereiten, und als in den zwanziger und dreißiger Jahren die schweren ökonomischen Rückschläge einsetzten, zerfiel das Familienvermögen zu Staub.

Bernard hatte sich immer über Marcel lustig gemacht: über sein Verständnis von Pflichterfüllung, seinen Glauben an die Richtigkeit strenger staatlicher Lenkung und über die rücksichtslose Art, sich den Weg nach oben zu bahnen. Und nun kletterte der vielversprechende Beamte dank seiner Opportunität, dank sorgfältig gepflegter Kontakte und diverser Freunde auf der Karriereleiter langsam, aber sicher immer höher, bis er schließlich eine Position erreicht hatte, in der er selbstständig Entscheidungen treffen durfte. Er wurde Unterpräfekt in Finistère, ertrug die Unbilden des Wetters, begnügte sich mit einem spärlichen Auskommen und lernte dabei viel über die heimliche Macht der Administration. Er schloss sich einem aufsteigenden Politiker an, folgte ihm, als der Gönner Minister wurde, nach Paris, wurde aber, als die Volksfront die Regierung übernahm, ein Jahr lang arbeitslos. Sein politischer Ziehvater ließ nichts unversucht, um die linke Regierung zu Fall zu bringen; man sagte ihm enge Verbindungen zu jenen Kreisen nach, die mit ihren Demonstrationen gegen den Bolschewismus, den Radikalismus und die Juden die Straße eroberten. Es wurde nie bekannt, wie weit Marcel in diese Aktivitäten verstrickt war, aber er gehörte sicher nicht zu denen, die Entscheidendes bewirkten. Die Administration und ihre Regeln wurden ihm immer mehr zur Religion, die seinen Katholizismus begleiteten und abrundeten und seine Überzeugung bestärkten, dass das Land, wie immer die Gesetze lauten mochten, mit fester, unnachsichtiger Hand regiert werden müsse.

Er hielt sich dabei so geschickt im Hintergrund, dass er es schaffte, 1939 auf einen höheren Posten in einem Departement an der Loire berufen zu werden – eine verdiente Beförderung, denn er war eifrig, fähig und erfahren. Inzwischen war er mit den Spielregeln der Politik vertraut, er hatte sie aus nächster Nähe kennen gelernt, aber die dabei gewonnenen Erkenntnisse machten ihn keineswegs zu einem Zyniker, der sich tunlichst immer auf die sichere Seite schlägt, im Gegenteil, seine Erfahrungen weckten in ihm eine heilige, wesentlich gefährlichere Verachtung, und diese wiederum bestärkte ihn in seinem Glauben an die Bürokratie, weil er in ihr die einzige Institution sah, die das Land sowohl vor dem Pöbel der Straße wie auch vor den Politikern selbst bewahren konnte.

Bernard dagegen musste nichts erleben oder dazulernen, um ernüchtert zu werden; Julien vermutete, dass er bereits so geboren wurde. Er war ein Einzelkind, hatte sich jedoch nichts von der sachlichen Ernsthaftigkeit seines Vaters oder der liebenswerten Art seiner Mutter abgeguckt. Er tänzelte durchs Leben, versuchte sich zunächst als ein mehr am Leben als am Wort interessierter Poet und wurde dann Gelegenheitsjournalist. Als der Erste Weltkrieg ausbrach, verstand er es, allen

Scharmützeln aus dem Weg zu gehen, indem er seine Einberufung zum Militärdienst bis zum Jahr 1918 hinauszögerte und sich dann zur Pilotenausbildung meldete. Er traf im Oktober 1918 an der Front ein und bekam nie eine feindliche Maschine zu Gesicht.

In seinen Artikeln nach dem Krieg rechnete er mit der Generation ab, die den Konflikt verschuldet hatte, und erwarb sich allmählich – niemand wusste so recht, warum – den Ruf eines Kriegshelden, der von zahlreichen tapferen Taten zu berichten wusste, sich aber wohlweislich hütete, ins Detail zu gehen. Bis zum Beginn der zwanziger Jahre hatte er es zu Ansehen und einem gewissen Wohlstand gebracht, denn nachdem sein Vater verarmt war, musste er selbst für seinen Lebensunterhalt sorgen, und er genoss sogar die Freiheit, die er durch die Verantwortung für sich selbst erfuhr. Er zeigte reges Interesse an allen wichtigen politischen Tagesfragen – und noch mehr daran, sie zu kommentieren. Seine Meinung war gefragt und wurde, was Julien in großes Erstaunen versetzte, sehr geschätzt.

Marcel reagierte darauf mit Abscheu, denn seiner Überzeugung nach waren die ständige Kritikasterei und der Zynismus von Leuten wie Bernard eines der fundamentalen Symptome für den inneren Zerfall des Landes. Wäre es nach ihm gegangen, hätte er die Kritiker allesamt mundtot gemacht, damit die positiven Kräfte in Ruhe etwas auf althergebrachte Werte Begründetes aufbauen konnten, statt ständig erleben zu müssen, wie ihre Bemühungen von Leuten, die sich an destruktivem Denken und Reden geradezu ergötzten, herabgesetzt und zerstört wurden.

So war es wohl unvermeidlich, dass Bernard das Lager der Volksfront in demselben Maße unterstützte, in dem es Marcel zuwider war, und es konnte auch niemanden erstaunen, dass Bernard gegen eine Regierung wetterte, die sich aus Feigheit weigerte, die Republikaner in Spanien zu unterstützen, bis er schließlich selbst in das vom Bürgerkrieg erschütterte Land ging, wenn auch nicht als Kombattant, sondern als inoffizieller Beobachter und Informant für die ihm politisch nahe stehenden Kreise. Und wieder galt er nach seiner Rückkehr als Mann von politischem Instinkt, dessen Meinung allgemein geschätzt und gesucht wurde, insbesondere, als der von ihm so lange vorhergesagte Krieg tatsächlich ausbrach.

Teil zwei

Als im Mai 1940 deutsche Truppen in Frankreich einmarschierten, saß Claude Bronsen in der Falle, weil er wie die meisten Franzosen nicht mit einem so schnellen und vollständigen Zusammenbruch gerechnet hatte. Sein Vertrauen in die militärischen Fähigkeiten der eigenen Seite war keineswegs sonderlich groß, daher hatte er Vorkehrungen getroffen und für alle Fälle Geld ins Ausland transferiert, aber er unterschätzte die Eile, die jetzt geboten war, und er konnte sich auch nicht dazu aufraffen, das Land Knall auf Fall zu verlassen. Seine geschäftlichen Interessen, bei denen es nun vornehmlich um Rüstungsproduktion ging, erforderten seine Anwesenheit, es gab niemanden, dem er zutraute, die Geschäfte ohne ihn mit der nötigen Umsicht weiterzuführen. Zudem war er patriotisch gesinnt, als gebürtiger Deutscher französischer als die meisten gebürtigen Franzosen und von Pflichtbewusstsein geprägt. Seit Jahren waren Leute wie er, also Geschäftsleute, Finanziers und Juden, die Zielscheibe versteckter Kritik, und so hätte eine übereilte Flucht den judenfeindlichen Kreisen nur zusätzliche Munition geliefert. Abgesehen davon tat sich am Anfang des Krieges so gut wie nichts, sodass sich nach der ersten Panik ein Gefühl gelassener Ruhe ausbreitete, genährt von unangebrachtem Vertrauen in die Fähigkeit der Diplomatie, die heraufziehende Katastrophe abzuwenden. Die Leute konnten plötzlich wieder lachen und glaubten, sie seien ohne Grund in Panik geraten. Der Gegner war zaghafter, als sie gedacht, und die eigene Verteidigung stärker, als sie zu hoffen gewagt hatten.

Als sich dann der Zusammenbruch abzeichnete, war der Schock umso größer. Selbst ein gewöhnlich kluger und auf alles gefasster Mann wie Bronsen wurde von der Entwicklung überrascht.

Dennoch zauderte er, denn er wollte wider besseres Wissen einfach nicht an ein Desaster von solchen Ausmaßen glauben. Außerdem war Julia nicht da, und ohne sie reiste er nicht ab. Sie hielt sich im Süden auf, irgendwo in der Camargue, in jenem kleinen Haus an der Küste, das sie, wenn sie in Frankreich war, jeden Sommer mietete, und wiegte sich wie alle in trügerischer Sicherheit. Sie war wie üblich verschwunden, ohne zu sagen, wo sie steckte. Wenn sie allein sein wollte, hütete sie solche Geheimnisse geradezu eifersüchtig. Statt also Anfang Juni, bevor der Schiffsverkehr mit England eingestellt wurde, mit der letzten Kanalfähre abzureisen, blieb er in Paris und hoffte, dass Julia eines Tages auftauchen werde. Der Gedanke, sie könne womöglich zurückkommen und feststellen müssen, dass er nicht mehr da war, erschien ihm wie ein Alptraum.

Als es klar war, dass das Desaster unabwendbar war, reagierte er in der für ihn typischen trotzigen und sogar ein wenig perversen Art: Er lud ein halbes Dutzend Freunde – eben die, die er auftreiben konnte – ins »Grand Véfour« zum Abschiedsmahl ein. Einer der Freunde war Julien Barneuve.

Es wurde, obwohl der Service etwas unter Personalschwund litt, ein großartiges, erlesenes Mahl. Die Professionalität des Küchenchefs machte alle kleinen Mängel wett, die Küche konnte zum Glück noch alles bieten, was das Herz begehrte, die Stimmung war von fast hysterischer Fröhlichkeit geprägt. Und am Schluss hielt Bronsen eine kleine Rede.

»Sie alle, meine Freunde, an diesem Tisch zu sehen ist das Beste, was uns zweitausend Jahre Zivilisation bescheren konnten. Wir haben die feinste Tischwäsche aus Damast, der ursprünglich aus dem Mittleren Osten, also einem der semitischen Länder stammt, in unserem Fall aber vermutlich in Lyon gewebt wurde. Das Tuch liegt auf einem Tisch aus Mahagoniholz, geschlagen in Amerika, über das Meer transportiert von einem Schiff, dessen Besatzung aus Männern vom Schlag der kühnen Seefahrer bestand, die seit Jahrtausenden Waren aus aller Welt

in alle Welt gebracht haben. Der Tisch steht auf einem Aubusson-Teppich, vielleicht schon ein wenig abgewetzt und fleckig, aber mit einem Muster, das aus der Zeit des Königs Louis XIV stammt und heute noch in der gleichen Teppichweberei hergestellt wird wie eh und je.
Und all das, was wir bei unserem Mahl benutzen, ist aus der so genannten Fremde zu uns gebracht worden. Wir essen die Speisen mit Messer und Gabel, so wie wir's von den Osmanen gelernt haben. Und wir lassen uns alles nacheinander servieren, in mehreren Gängen, eine Gepflogenheit, die wir ursprünglich die russische Art und Weise genannt haben.
Wir nähern uns nun den ersten Höhepunkten der feinen Esskultur; das war mir Grund genug, jeden einzelnen Gang sorgfältig auszuwählen. Begonnen haben wir, wenn ich nicht irre, mit Gänseleber aus der Dordogne, perfekt gemästet im Stall irgendeines Bauern mit Getreide und Schmand, zum Bahnhof verfrachtet und transportiert auf Gleisen, die die Briten bezahlt haben – ich bin ihnen dankbar dafür. Was immer man von unseren Alliierten halten mag, niemand kann bestreiten, dass sie gute Eisenbahnlinien bauen.
Dann der Fisch, ein sehr guter, geradezu himmlischer Fisch: eine Seezunge. Im Atlantik gefangen von Seeleuten, die an einem Tag genug davon in die Netze treiben können, um die biblischen Fünftausend satt zu machen. Ihr seht, dass ich trotz meiner jüdischen Wurzeln nichts dagegen habe, christliche Bilder zu verwenden, wenn mir das hilft, mich klarer auszudrücken. Der Fisch wurde uns leicht sautiert und in einer delikaten Soße serviert, die erfunden wurde, um die Geschmacksnerven des großen Kardinals Mazarin zu kitzeln.
Dann haben wir eine kulinarische Reise durch Frankreich angetreten, durch das Herz Frankreichs. Lamm, herangewachsen auf den salzigen Ebenen der Vendée, mit Kartoffeln Dauphiné und einer Platte herrlicher Bohnen aus einem Küchengarten bei Paris, auf provenzalische Art angerichtet, in Olivenöl aus

dem Lubéron. Ein schlichtes Mahl, ohne sonderliche Finessen, denn wir müssen Abschied nehmen von den Extravaganzen, an die wir in der Vergangenheit gewöhnt waren.
Dann kam Käse aus allen Winkeln des Landes, über Jahrzehnte hinweg perfektioniert, um uns daran zu erinnern, was die großartigsten Zivilisationen vermögen, wenn sie aufhören, sich in Kriegen zu zerfleischen, und sich stattdessen mit ganzem Herzen den schönen Künsten friedlicher Zeiten zuwenden. Denken Sie an die Hirten, die ihre Ziegen, Schafe und Kühe auf die Weide treiben, an die Bauern, die diese jeden Tag melken, an ihre Frauen, Söhne und Töchter, die die schweren Eimer schleppen und die Milch gerinnen und die Molke fest werden lassen! Denken Sie an die braven Frauen in der Normandie, die den edlen Camembert reifen lassen, und vergessen wir auch die Bauern nicht, deren Käse in einer Höhle bei Roquefort schimmelig wird und die, Gott sei's gedankt, gescheit genug waren, den köstlichen Blauschimmel nicht für ein Missgeschick, sondern für ein Wunder des Himmels zu halten. Denken Sie auch an die Fuhrleute, deren Routen das Land wie ein Spinnennetz überziehen; sie holen zum Wohl des Handels das Endprodukt ab, führen es über ein weit verzweigtes Netz dem Einzelhändler zu, strecken ihre seismografischen Tentakel aus und suchen und finden einen Käufer und einen angemessenen Preis. Und so können wir heute all das genießen, während bereits die feindlichen Armeen gegen uns aufmarschieren.
Und die ganze Zeit über, meine Herren, wurde uns Wein eingeschenkt. Der Gewürztraminer, den wir hier zum letzten Mal als unseren eigenen trinken. Ich hoffe, die Winzer, die ihn produzieren, werden mir vergeben, wenn ich sage, dass er uns morgen nicht mehr so gut schmecken wird, wenn wir ihn als deutschen Wein trinken müssen – oder es lieber lassen. Und der Champagner, ein einzigartiges Getränk in der Geschichte der zivilisierten Welt, dessen Qualität von der Wahl der geeigneten Weine, der besten Gärungstechniken und der richtigen

Flaschen und Korken abhängt und der zur Abrundung eines göttlichen Funkens Inspiration bedarf. Und schließlich der Burgunder, dieser herzhafte, erdige, kultivierte Wein, bei dem in jeder Flasche ein Stück unserer Seele steckt, sodass wir mit jedem Schluck ein bisschen französischer werden, ob wir wollen oder nicht.

Und nun, da wir zur Zigarre greifen – in Havanna gedreht, ausgedockt in Le Havre und gelagert in einem kleinen Laden, der so viel Gewinn abwirft, dass der Inhaber sich ausschließlich auf den Verkauf von Zigarren spezialisieren konnte –, wird es, denke ich, Zeit, zum Cognac zu greifen. Und da fehlen mir die Worte. Nichts in den Annalen der Literatur kann das Wesen eines Cognacs einfangen, wie ihn gleich gesinnte Freunde nach einem guten Essen trinken. Sie alle wissen das, ich sage Ihnen nichts Neues. Oder ist es Racine gelungen? Hat etwa Hugo dieses Wunder in Worten eingefangen? Haben es Voltaire oder Diderot auf Papier gebannt? Nein, das haben sie nicht, sie waren sich der ihnen gesetzten Grenzen zu sehr bewusst, um auch nur den Versuch zu unternehmen. Wie sollte da ich, der ich doch nur ein einfacher Geschäftsmann bin, mir anmaßen, mich an einer Aufgabe zu versuchen, an der geniale Geister gescheitert sind?

Was ich eigentlich sagen will, ist, dass all das – Speisen, Wein und sogar Cognac – nichts ist im Vergleich zu dem, wozu es uns beflügeln kann, und das ist die ungezwungene, herzerfrischende Erfahrung wahrer Freundschaft, die sich in den Tischgesprächen manifestiert. Wir sitzen hier seit fast drei Stunden in herzlichem Einvernehmen beisammen, wir kennen einander seit Jahren, in einigen Fällen sogar seit Jahrzehnten. Und ich bin froh, sagen zu können, dass wir es geschafft haben, nicht vom Krieg zu sprechen, weil dieses letzte Abendmahl – wieder ein ausgeliehenes Bild, für das ich mich entschuldigen muss – den Zweck hat, die Zivilisation zu feiern, nicht ihr Dahinscheiden zu betrauern. Wir haben über Literatur gesprochen, glaube

ich. Einige von Ihnen habe ich über die ›Tosca‹-Inszenierung diskutieren hören, die letzte Woche abgesetzt wurde. Andere haben zum Ausdruck gebracht, wie tröstlich sie es finden, vor drei Jahren in Mailand Furtwängler als Dirigenten erlebt zu haben. Jemand hat darüber geklagt, dass Cézanne neuerdings als guter Maler gilt. Mein Freund Julien, der einen Cézanne besitzt, war höflich genug, sich eine Erwiderung zu verkneifen. Und ich bin froh, dass meine Tochter nicht hier ist, denn sie hätte bei ihrer Antwort viel heftiger vom Leder gezogen.
Welch kultivierte Bildung, meine Herren! Welch Feingefühl dem Gesprächspartner gegenüber, welch weltgewandte Umgangsformen! Aber darin manifestiert sich für mich nicht das Wesen der Zivilisation. Ich weiß es, denn ich habe gespürt, wie die sanften Lippen einer Göttin mein Ohr berührt haben, als sich mein Freund dort drüben über den Tisch gebeugt und jemanden gefragt hat, ob es wahr sei, dass ein gemeinsamer Bekannter sich von seiner Frau getrennt habe.
Klatsch, sagen Sie? Müßiges Geschwätz? Ja, meine Herren. Männer in Schützengräben, halb verhungerte oder in Ketten geschlagene Menschen haben nicht die nötige Muße, um zu klatschen. Klatsch gedeiht, wenn man viel Zeit hat, im Überfluss und in Geborgenheit lebt. Er ist ein Produkt der Zivilisation und der Freundschaft. Denn als mein Freund die Frage stellte, hat er zugleich einem anderen etwas anvertraut, was unbedingt des Fangnetzes der gegenseitigen Freundschaft bedarf. Eine Frage, bei der es um jemanden ging, den er seit vielen Jahren gut gekannt, aber in letzter Zeit kaum gesehen hat, und die er nie und nimmer gestellt hätte, wenn er befürchten müsste, durch sie als oberflächliches Klatschmaul dazustehen. Und bedenken Sie: Mein Freund, ein elsässischer Geschäftsmann, hat die Frage, bei der es um die Ehe eines Rechtsanwalts aus der Normandie mit einer Pariser Dame von adeliger Herkunft ging, einem Buchautor halb italienischer Abstammung gestellt, und das bei einem Abendessen, zu dem ich, ein Jude, eingeladen habe. Was könnte

ein besseres Destillat der Zivilisation sein? Klatsch verbindet drei Menschen – die beiden, die über etwas klatschen, und den, um den es bei dem Klatsch geht. Wiederholt man das oft genug, wird es zum Bindeglied der Gesellschaft.
Ich fürchte, meine Freunde, künftig werden wir nicht viel Zeit für Klatsch haben, und wir werden zu weit voneinander getrennt sein, um jemanden zu haben, über den wir klatschen können. Und so muss ich die Zivilisation mit diesem gemeinsamen Mahl als beendet erklären. Sie war das Beste, was der menschliche Geist hervorbringen konnte, vielleicht zu gut, um lange zu überleben. Wir müssen ihr Dahinscheiden betrauern und uns in Bestien verwandeln, um das zu überleben, was uns erwartet. Ich bitte Sie also, meine Herren, sich zu erheben und mit mir auf die Zivilisation zu trinken!«
Drei Stunden später stieg Claude Bronsen in seinen reichlich mit Benzin versorgten Wagen (sogar auf den Rücksitzen lagen Kanister, denn er hatte sich so gut wie möglich auf eventuelle Notfälle vorbereitet) und kämpfte sich auf bereits von Flüchtlingen verstopften Straßen Richtung Süden voran. Er hatte im Voraus mit Julia vereinbart, dass sie sich, falls es eine bedrohliche Entwicklung gebe, in Marseille treffen wollten. Die Idee, dass sie ohne ihn in Sicherheit sein könne, war ihm ebenso fremd wie die Vorstellung, beruhigt zu sein, solange sie nicht in seiner Nähe war. Sechs Wochen später wurde er in Marseille als ausländischer Jude von der französischen Polizei aufgegriffen und in das Internierungslager Les Milles gebracht. Wiederum drei Monate später, mitten im kalten Winter, starb er dort an einer Lungenentzündung infolge von Unterernährung. Er wurde am nächsten Morgen in einem anonymen Grab verscharrt.

Julien war von Bronsens Abschiedsrede beeindruckt und ziemlich überrascht, er hatte ihm solche anrührenden Worte gar nicht zugetraut; besondere Zeiten schienen besondere Talente zu Tage zu fördern. Seine Einladung verdankte er dem Umstand, dass er wegen der Erörterung einer Dissertation ohnehin in Paris war, und als er die Gelegenheit wahrnehmen wollte, Julia zu besuchen, sie aber nicht antraf, war er zu Claude Bronsens Haus in Neuilly-sur-Seine gefahren und mitten in hektische Aktivitäten geplatzt, die offensichtlich dem Zweck dienten, eilends das Allernotwendigste zusammenzupacken. Der gewiefte Geschäftsmann schien zum ersten Mal unschlüssig zu sein, was er tun solle. Julien riet ihm abzureisen, solange es noch möglich sei; er werde Julia suchen und dafür sorgen, dass sie nachkomme.

»Wenn sie sich im Süden aufhält, ist sie nicht unmittelbar in Gefahr, aber Ihre Situation dürfte risikoreicher sein, denke ich. Wenn Sie bleiben, wird sie sich Sorgen um Sie machen und darüber versäumen, sich selber in Sicherheit zu bringen. Verlieren Sie also keine Zeit, fahren Sie in die Normandie, dort werden Sie sicherlich einen Hafen erreichen, der noch offen ist!«

Aber Bronsen wollte nicht. Julia sollte niemandem außer ihm zu Dank verpflichtet sein. Eine unausrottbare alte Schwäche; seine Eifersucht konnte leicht dazu führen, dass sie bei Julia die Erinnerung an all das Gute verdrängte, was er als Vater für sie getan hatte. Selbst unter den gegenwärtigen Umständen blieb er sich treu, er wollte nicht zulassen, dass Julia auf den Schutz eines anderen angewiesen war, und schon gar nicht, wenn dieser andere Julien war.

»Nein, es ist besser, wenn wir zusammenbleiben. Ich werde sie suchen und mit ihr nach Marseille fahren. Das haben wir so abgesprochen, ich habe bereits Hotelzimmer gebucht. Und ich habe Verbindungen zu einer Kanalreederei. Wir brauchen nur noch Visa. Sie wird wahrscheinlich schon auf mich warten.«

Julien wiederholte sein Angebot, gab aber schließlich den Versuch auf, Bronsen zu überreden, und nahm stattdessen die Einladung zu dem festlichen Abendessen an.
Der rein wissenschaftlichen Erörterungen dienende Anlass, der ihn nach Paris geführt hatte, und der Umstand, dass so etwas zu dieser Zeit überhaupt stattfand, gaben beredtes Zeugnis davon, wie viel Vertrauen die Menschen bis zum letzten Moment in das französische Militär setzten. Er traf zwei Tage vor dem deutschen Angriff in Paris ein – und das nur, um sich die Diskussion über ein Werk anzuhören, bei dem es um die Stadt in der späten Antike ging, quasi eine Revision der Arbeit Fustels, nicht sonderlich originell, aber durchaus überzeugend –, als die deutschen Panzer in die Ardennen eindrangen, die man für unpassierbar gehalten hatte und deren Verteidigung daher sträflich vernachlässigt worden war. Etwa zur selben Zeit, als der Kandidat die Glückwünsche für seine Ausführungen entgegennahm, drang der Feind in den Rücken der französischen Truppen ein, die das Land gegen eine Armee verteidigten, die nicht dort stand, wo sie sie vermuteten. Als Julien dem Kandidaten die Hand schüttelte, war der Krieg praktisch schon verloren, auch wenn es einige Wochen dauerte, bis das alle begriffen. Selbst die deutschen Militärs waren misstrauisch, sie glaubten, dass irgendwo eine tödliche Falle auf sie lauern müsse, und waren überzeugt, dass die tollkühne Vaterlandsliebe, die ihren Vormarsch beim letzten Krieg jäh gestoppt hatte, sich auch diesmal in einer Widerstandsbewegung manifestieren werde.
Als man in der Heimat das Ausmaß des Debakels erkannte, verfiel Julien zwar nicht wie so viele in blinde Panik, aber er hielt es für dringend geboten, so rasch wie möglich nach Avignon zurückzukehren. Viele Menschen reagierten in diesem Sommer so, sie flohen vor den vorrückenden deutschen Truppen, doch schon bald überwog der sehnliche Wunsch dorthin zurückzukehren, wo man zu Hause war. Anfangs hatte Julien

geglaubt, er könne einfach in den nächsten Zug steigen, aber er merkte sehr schnell, dass das eine törichte Vorstellung war. Züge waren eben ein Symbol der Zivilisation, und die gab es – zumindest vorübergehend – nicht mehr. Ein Auto hatte er nicht, und selbst wenn er eines gehabt hätte, hätte es kein Benzin gegeben. Schließlich gelang es ihm, mit Bernards Hilfe die Flucht nach Süden anzutreten. Familienbande und Freundschaften waren das Einzige, was noch funktionierte; ein Vorzeichen für das, was noch kommen sollte. Julien suchte Bernard in der Redaktion der Zeitung auf, für die er arbeitete, teils, weil er hoffte, von Bernard die letzten Neuigkeiten zu erfahren, hauptsächlich aber, weil Freundschaften zu dieser Zeit lebensnotwendig geworden waren. Sie umarmten sich mit einer Herzlichkeit, die ihnen seit der Zeit, als sie als Kinder zusammen auf dem Marktplatz von Vaison gespielt hatten, irgendwie abhanden gekommen war. Beide waren erleichtert zu spüren, dass es noch etwas gab, was verlässlich war und ihnen ein Gefühl der Sicherheit vermittelte. Alte Freundschaften ersetzten all das, was zu Staub zerfallen war: die Nationalität, das Ansehen und den gesellschaftlichen Rang.
Bernard war, wie üblich, gut informiert: ein Mann, der anscheinend sogar das Unbegreifliche verstand. Er unterrichtete Julien davon, dass auf regierungseigenem Gelände im Süden von Paris ein Zug zusammengestellt werde, der Ministerialbeamte und weniger prominente Regierungsmitglieder nach Tours bringen solle. Es hieß, man wolle an der Loire eine neue Verteidigungslinie aufbauen. Und es kursierten auch schon Gerüchte über einen Waffenstillstand.
»Warum setzen sie sich dann nach Tours ab?«
Es war eine seltsame Atmosphäre, das Gebäude schien nahezu menschenleer zu sein. Mitten in der schlimmsten Krise, in der das Land sich je befunden hatte, war die Redaktionsarbeit praktisch zum Erliegen gekommen. Julien war kurz vor Ausbruch des Krieges schon einmal hier gewesen, aber da hatte

eine hektische, erfrischende Aktivität geherrscht. Nun war Friedhofsruhe an ihre Stelle getreten, als wären die Ereignisse zu unglaublich, als dass jemand versuchen wollte, über sie zu berichten oder sie womöglich gar zu kommentieren.

»Wenn sie bleiben, werden sie in den nächsten Tagen festgenommen. Hier ist alles verloren. Bleibt nur die Möglichkeit, sich zurückzuziehen und neu anzufangen. Die Deutschen sind nicht auf schnellen Vormarsch auf breiter Front eingestellt, die Möglichkeit war nicht eingeplant. Das würde die Kommunikations- und Versorgungswege zu sehr überdehnen. Sie müssen ihre Kräfte neu ordnen, und das könnte uns die Möglichkeit zu einem Gegenangriff eröffnen.«

Er zögerte, dann sah er Julien mit einem verkniffenen Lächeln um die Lippen an. »Aber dazu wird es nicht kommen. Die Generale und Politiker haben im Geiste schon aufgegeben. Das heißt, das hatten sie vorher schon. Und nun setzen sie sich irgendwohin ab, wo sie die Waffen strecken können. Und das nennen sie dann einen Waffenstillstand. Einen ehrenvollen Frieden. Wie viel Ehre haben die Kerle denn? Manchmal kommt's mir vor, als hätten sie einen unerschöpflichen Vorrat davon.«

»Und was wirst du tun?«

Bernard zuckte die Achseln. »Ich weiß nicht. Ich habe daran gedacht, mich in die Bretagne abzusetzen. Es wird gemunkelt, dass die Engländer versuchen werden, sie zu halten, obwohl ich mir nicht vorstellen kann, dass ihnen das lange gelingt. Andererseits, die Regierung setzt sich nach Süden ab. Vielleicht sollte ich das auch tun.« Er lachte. »Komisch, nicht wahr? Vor vier Tagen waren wir noch überzeugt, dass wir den Deutschen widerstehen können, egal was sie gegen uns aufbieten. Alle haben von Angriff, von Offensive geredet. Und jetzt? Wir wissen nicht mal, wer die Regierung repräsentiert und was sie zu tun gedenkt. Also müssen wir unseren Instinkten folgen und irgendetwas unternehmen, und wenn's auch nur symbolische

Akte sind.« Und dann schien er, obwohl er sich Juliens Anwesenheit durchaus bewusst war, laut nachzudenken. »Ich glaube, ich versuch's mit der Bretagne. Ich stehe sicher bei den Deutschen auf der schwarzen Liste, hierbleiben kann ich also auf keinen Fall.« Sein Weltbild war wie immer von einem Schuss persönlicher Eitelkeit geprägt.
Er sah Julien fragend an. »Kommst du mit? Du wirst vermutlich von niemandem Dank dafür ernten, weder von der Regierung noch von den Engländern. Aber es wird eine Mordsgaudi werden. Du und ich gemeinsam gegen die Welt. Wie damals, als wir das Kirchenfenster eingeworfen haben.«
Julien schüttelte den Kopf. »Wer braucht schon einen einundvierzig Jahre alten Klassikerforscher?«
»Ist das etwa bei einem achtunddreißig Jahre alten Journalisten mit großer Klappe anders?« Bernard war in Wirklichkeit genauso alt wie Julien, und beide wussten das.
Julien schüttelte noch einmal den Kopf. »Du bist zu sehr in symbolische Akte vernarrt«, sagte er. »Und davon abgesehen, ich habe meinen Krieg hinter mir, ich kann ihn nicht noch mal ausfechten. Es ist letztes Mal nichts dabei herausgekommen, und genauso wird's dieses Mal sein.«
Bernard nickte. »Ein Jammer, dass die Deutschen nicht unserer Meinung sind. Und eine Hand voll französischer Generale ebenfalls nicht. Aber ich kann's dir nicht übel nehmen, du magst ja sogar Recht haben. Also fahr nach Hause, da wird dich wenigstens niemand behelligen! Vorausgesetzt, du kommst dort an.«
Er kam um den Schreibtisch herum und schüttelte Julien die Hand. »Geh heute Nachmittag ins Innenministerium! Ich rede mit ein paar Leuten, die ich kenne, und sorge dafür, dass ein Papier für dich bereitliegt, auf dem dir die Berechtigung zur Benutzung des Zuges bescheinigt wird. Danach musst du dich selbst um dich kümmern.«
Julien sah seinem Freund nach, wie er den Flur hinunter in den

Nachrichtenraum eilte, als hätte er wer weiß was Wichtiges zu erledigen, obwohl das einzig Vernünftige gewesen wäre, nach Hause zu gehen. Irgendwie setzte Bernard seine Schritte anders als sonst, ihre Elastizität schien zu verraten, dass ihm das alles insgeheim Freude machte. Es war, als wittere er eine Gelegenheit. Und das bedrückte Julien mehr als alles, was er an diesem Tag erlebt hatte.

Das Gespräch über die Chancen, die ihnen noch blieben, erinnerte Julien an das, was sie im Kleinen schon einmal erlebt hatten – als Kinder, fast dreißig Jahre zuvor, im Sommer 1911, als sie auf dem Marktplatz von Vaison zusammen gespielt hatten: hoch oben auf dem Hügel, in der mittelalterlichen Stadt, in die die Menschen sich lange vor Oliviers Zeit zurückgezogen hatten und von der aus sie gut ein halbes Jahrhundert vor Juliens Geburt allmählich in die Ebene zurückgekehrt waren, dahin, wo die ursprüngliche, geschäftige alte Stadt gestanden hatte.
Bernard, im Abstand von nur wenigen Monaten der Jüngste, war der Ausgelassenste. Er kletterte ein ums andere Mal auf die hohe Stadtmauer, sprang laut jauchzend hinunter und konnte von dem übermütigen Spiel gar nicht genug kriegen. Von Zeit zu Zeit tauchte in einem der Fenster der gegenüberliegenden Häuser ein Kopf auf, und jemand – mal ein alter Knotterer, mal eine schmunzelnde Hausfrau – rief ihnen zu, sie sollten nicht gar so viel Lärm machen. Dann herrschte ein paar Minuten lang Ruhe, bis Bernard wieder laut zu juchzen anfing.
Marcel, ein Jahr älter als die anderen, hielt sich anfangs ein wenig abseits, wohl aus dem Gefühl heraus, dass er eigentlich zu alt für solche Kindereien sei, aber schließlich mischte er kräftig mit. Sie hatten sich einen Wettkampf einfallen lassen, bei dem

es darum ging, Steine in den Brunnen direkt unter der Kirche zu werfen; da platschte das Wasser so schön. Die Art, wie sie dies taten, spiegelte ihre unterschiedlichen Charaktere wider. Bernard ließ das Spiel lässig angehen, er freute sich, wenn sein Kieselstein ins Wasser traf, wenn nicht, war's ihm auch egal. Er wollte sich einfach austoben und probierte verschiedene Wurftechniken aus: mal flach und schnell, dicht über dem Boden, ein andermal im hohen, eleganten Bogen, und schließlich stellte er sich mit dem Rücken zum Ziel auf, warf den Stein blindlings über die Schulter und jubelte jedes Mal laut, egal ob er getroffen hatte oder nicht. Er traf übrigens oft, er war eine richtige Sportskanone.

Julien war nicht so leichtsinnig – und auch weniger geübt. Es half ihm wenig, dass er sich jedes Mal sorgfältig konzentrierte, seine Würfe landeten meistens neben dem Brunnen, aber er versuchte es unverdrossen weiter, arbeitete sich mit jedem Versuch näher an das Ziel heran, bis sein Stein schließlich platschend ins Wasser traf.

Er jubelte vor Freude, und Bernard riss die Arme hoch und tänzelte Beifall klatschend um ihn herum. Das gefiel Marcel gar nicht, er stand lieber selber im Mittelpunkt; er warf seine Steine mit immer mehr Wucht und wurde immer unvorsichtiger, bis er schließlich eines der Kirchenfenster traf. Ein lauter Knall, dann regnete es Glassplitter auf den kleinen Platz. Marcel rannte weg, plötzlich standen Bernard und Julien allein da. Als der Pfarrer angerannt kam, behauptete Bernard, er habe den Stein geworfen, denn er wusste, dass Marcels Vater ein jähzorniger Mann war und der Freund, wenn sein Vater von dem Missgeschick erfuhr, eine Tracht Prügel beziehen würde.

Marcel war ihm insgeheim dankbar dafür, brachte aber das Wort »danke« nie über die Lippen.

Das war der Vorfall, auf den Bernard bei ihrem Gespräch angespielt hatte – eines der Kindheitserlebnisse, bei denen man im Voraus ahnen kann, wie sich jemand in seinem Erwachsenenleben verhalten wird. Julien war zwar unschuldig, trotzdem schrecklich nervös, aber er blieb fest an Bernards Seite. Dem unbekümmerten Bernard fiel die großzügige Geste leicht, er sah darin nicht nur einen Freundschaftsdienst, sondern zugleich eine Gelegenheit, allen zu zeigen, was für ein toller Bursche er war. Marcel, der ängstliche kleine Feigling, der sich vor jeder Autorität duckte, wollte die Verantwortung nicht freiwillig übernehmen, er konnte gut damit leben, dass andere dafür bestraft wurden. Und so hätte sich schon ahnen lassen, was einmal aus ihm werden würde: der geborene Kollaborateur, ein wankelmütiger Intellektueller, das geborene Stehaufmännchen. In dem Vorfall am Brunnen einer kleinen provenzalischen Stadt war sozusagen die spätere Geschichte eingefangen, zumindest war er das vorweggenommene Abziehbild des Verhaltens, das dann so viele an den Tag legen sollten. Dass sich Julien an den Vorfall erinnerte, lag freilich daran, dass Bernard die Geschichte viele Jahre lang immer wieder erzählte und dabei geschickt die selbstlose, heldenmütige Rolle betonte, die er darin gespielt hatte.

Julien widersprach dieser Version nicht, er hatte nur zu gut Marcels erschrockenes Gesicht und das verschlagene Grinsen in Erinnerung, das um Bernards Lippen spielte, als er sich prahlerisch hingestellt hatte, um vor Julien den Helden zu spielen. Aber manchmal, nur hin und wieder, war Julien fast sicher, sich an eine andere Version der Geschichte zu erinnern, eine Version, in der Bernard den Stein geworfen, schleunigst Fersengeld gegeben und Marcel die Rolle des Prügelknaben überlassen hatte.

Trotz der vielen kleinen Aufgaben, die Olivier de Noyen in Ceccanis Diensten zu erfüllen hatte, und obwohl er sich außerdem sein monatliches Salär in der päpstlichen Verwaltung verdienen musste, blieb ihm reichlich Zeit, den Quellen der klassischen Bildung nachzuspüren. Die unausgesprochene Abmachung zwischen seinem Herrn und ihm war eindeutig: Sobald er auf ein wichtiges Werk stieß, war er gehalten, es möglichst für Ceccanis Sammlung zu erwerben; gelang ihm das nicht, musste er eine Kopie fertigen, die der Bibliothek des Kardinals zu übereignen war.

Über die Jahre erwarb Olivier etwa vierzig Originalmanuskripte für den Kardinal, meistens gegen bare Münze, mitunter auch nur gegen das Versprechen, Ceccani werde sich, wenn nötig, als Fürsprecher erkenntlich zeigen. Vier Handschriften ließ er ruchlos ohne Bezahlung mitgehen, entweder weil sie vom Verfall bedroht waren und sich niemand um sie kümmerte oder weil er die Leute, in deren Obhut sie sich befanden, nicht leiden konnte. Er war sicher, dass es nicht aufgefallen wäre, wenn er sich noch mehr Schriftrollen unter der Hand angeeignet hätte.

»Scipios Traum«, das philosophische Vermächtnis des Manlius, war eine der Handschriften, die er mit großem Fleiß eigenhändig kopierte; der alte Mönch, der ihm das Werk zeigte, war so freundlich, es ihm zu diesem Zweck auszuleihen. Er war ein sonderlicher Kauz, kleinwüchsig, trotz seines Alters von unverwüstlicher Vitalität, ein Mann, der mit großer Ehrfurcht von der Handschrift sprach, obwohl er sich selber nicht die Mühe gemacht hatte, sie zu lesen. Olivier vermutete, dass man ihn in die Bibliothek verbannt hatte, weil er im Kloster nicht gut gelitten war. Warum, war ihm ein Rätsel, der Mönch mochte zwar ein bisschen verschroben sein, ein Tagträumer, der mit den Gedanken oft woanders war, hin und wieder raunzig und schlecht gelaunt, aber er war leicht umzustimmen und stets hilfsbereit, wenn er es mit jemandem zu tun hatte, der sich für ihn und seine Arbeit interessierte. Als Olivier die Bibliothek zum ersten Mal betrat (begleitet vom Abt, der Ceccanis Empfehlungsschreiben gelesen hatte), begegnete ihm der alte Mönch abweisend, fast feindselig und versuchte unverhohlen, ihn abzuwimmeln. Am zweiten Tag, nachdem sie sich aneinander gewöhnt und ein wenig geplaudert hatten, schleppte er von sich aus alle möglichen alten Handschriften an. Und am dritten Tag gab er Olivier einen großen Schlüssel und sagte ihm, er solle sich, wann immer er wolle, ruhig selber das heraussuchen, was ihn interessiere.

Obwohl viele, wenn nicht gar die meisten alten Handschriften nie gelesen wurden, war er doch unverhohlen stolz auf sein kleines Reich; er entstaubte regelmäßig die Regale und sorgte dafür, dass die alten Bücher akkurat gestapelt waren. Nur, niemand vermochte zu sagen, welche Folianten dort lagen; außer den wenigen, die irgendwer irgendwann ausgeliehen hatte, waren sie nicht registriert.

Olivier bot dem Mönch an, ein Inventar zu erstellen, damit künftig jeder nachschlagen könne, wo was lagerte, aber der Alte lehnte den Vorschlag ab. Dieser junge Mensch, den Ceccani ihnen da ins Kloster geschickt hatte, durfte jederzeit kommen, sich umsehen und lesen, was er wollte, aber weil der Bibliothekar nicht damit rechnete, dass es noch mehr solche Narren gebe, sah er keinen Grund, unbedingt wissen zu wollen, was er da verwaltete und so hingebungsvoll hütete. Er hatte seine Aufgabe, das genügte ihm, das Warum und Wieso kümmerten ihn nicht im Mindesten.

Anfangs hatte Olivier geglaubt, das Manuskript sei eine weitere Kopie von Ciceros gleichnamiger Schrift. Da es sich dabei um eines der bekanntesten klassischen Werke handelte, wäre die Entdeckung einer Kopie nicht sonderlich aufregend gewesen. Sie hätte ihn allenfalls in die Lage versetzt, den einen oder anderen Fehler auszumerzen, der sich bei früheren Abschriften eingeschlichen hatte, und so zu einer bereinigten

Kopie zu kommen. Olivier wusste, dass es nur auf diesem Wege möglich war, zu einer weitgehend originalgetreuen Fassung zu kommen, aber er hatte sich immer nur äußerst zögerlich dazu aufraffen können, denn es war eine mühselige Arbeit, die ihm wenig Freude bereitete.

Nachdem er aber die ersten Seiten gelesen hatte, erkannte er, dass es sich um etwas ganz anderes handelte. Dennoch hielt sich seine Begeisterung in Grenzen, denn er war mehr an der goldenen Latinität interessiert, der Zeit von Catull, Vergil, Horaz, Ovid und vor allem Cicero. Selbst diese Periode war wenig bekannt, das allgemeine Wissen beschränkte sich auf die Erkenntnis, dass seinerzeit die wertvollsten Werke entstanden waren. Die spätere Dichtung – der Schwanengesang des sterbenden Roms – war nur insofern interessant, als sie das Augenmerk umso ehrfürchtiger auf die glorreichen Zeiten des Kaisers Augustus und weiter zurück auf das alte Athen lenkte. Das war es, was Olivier so daran faszinierte, alte Werke zu kopieren. Doch als er am nächsten Tag wieder im unbequemen Sattel hockte, merkte er bestürzt, dass seine Gedanken immer wieder abschweiften und er sich kaum erinnern konnte, was in dem Manuskript gestanden hatte. Er wusste herzlich wenig über die antike Philosophie und hatte Mühe gehabt, die Bedeutung der Worte zu verstehen, die er gelesen hatte.

»Ein Mensch, der Gottes würdig ist, birgt selbst einen Gott in sich, kann ihn aber nur durch den Tod zum Leben erwecken ... Der Mensch stirbt, wenn die Seele den Körper verlässt, so wie die Seele stirbt, wenn sie ihre Quelle verlässt und auf die Erde fällt ... Das Streben des Menschen nach Tugend ist das Verlangen der Seele, zu ihren Ursprüngen zurückzukehren; solange die Seele nicht im Vollbesitz der Tugend ist, muss sie unter dem Mond verweilen ... Reine Liebe ist eine Reminiszenz an die vollendete Schönheit und das Bestreben, zu ihr zurückzufinden ... Nur durch ihre Vervollkommnung wird die Seele des Menschen befreit ...«

Dem Wortlaut nach vielleicht verständlich, aber es gab vieles, was Olivier irritierend fand. Der Mensch wird selbst ein Gott? Seelen sterben, wenn sie geboren werden? Die Liebe ist eine Reminiszenz? All das war so widersinnig und rätselhaft, dass es Olivier wie blanker Unsinn vorkam. Vielleicht waren es wirklich nur Phantastereien, aber es lag so viel Poesie in den Sätzen und so viel Sicherheit in der Prosa, dass er davor zurückschreckte, die Handschrift in Bausch und Bogen für wertlos zu halten. Genau das äußerte er auch dem Kardinal gegenüber, als er ihm die Abschrift des Werkes und die sieben anderer überreichte – womit seine Schulden für die Schuhe endlich beglichen waren.

»Und wer hat das geschrieben?«, fragte Ceccani.

Sie saßen in seinem Sommerstudierzimmer auf halber Höhe unter dem großen Turm, einem Raum, der im Winter dunkel und feucht, im gleißenden Licht der Junisonne aber der ideale Zufluchtsort war, um in der lähmenden Hitze des Tages Kühlung zu finden. Vor dem Kardinal stand ein Krug mit kühlem Wasser, das im Winter als Eis auf den Hügeln gesammelt, zum Palast gekarrt und tief unter dem Fundament, noch unterhalb der Kellergewölbe, gelagert wurde, bis man es brauchte. Diesen köstlichen, wertvollen Trunk schenkte Ceccani sich selbst ein; er unterhielt sich gern mit dem jungen Mann und wollte dabei nicht gestört werden. Immer wenn sein eigensinniger Protegé von einer Reise zurückkehrte, opferte er ihm trotz seines dicht gedrängten Tagesplanes ein, zwei Stunden Zeit, und er freute sich wie ein Schuljunge darauf, von Olivier zu hören, was er unterwegs in Erfahrung gebracht oder Abenteuerliches erlebt hatte. Es ließ sich kaum noch feststellen, wer von den beiden wen mit der Passion für alte Manuskripte angesteckt hatte und wer den anderen mehr beneidete. Olivier sah vor allem die Macht und die Prunkentfaltung des Kardinals, für Ceccani zählten dagegen die Freiheit, die Olivier genoss, und seine blühende Jugend.

»Es beginnt mit den Worten: ›Manlius Hippomanes, Diener der Philosophie, grüßt seine weise Herrin.‹ Dann folgt eine ehrerbietige Würdigung dessen, was unter der Regierung Majorians geschehen ist, der, glaube ich, einer der letzten römischen Kaiser war.«

»Aber es ist keine christliche Schrift?«

»Sie enthält kein einziges Wort über das Christentum. Andererseits, der heilige Manlius hat zur selben Zeit gelebt, in der das Manuskript entstanden ist. Er stammt aus der Stadt, in der ich geboren wurde. Da der Name nicht so weit verbreitet ist, wird es sich wohl um ein und denselben handeln. Und wenn das zutrifft, könnte die ›weise Herrin‹, die er mitunter auch ›Sophia‹ nennt, irgendetwas mit der heiligen Sophia zu tun haben, die Ihr ja bestens kennt. Das ist natürlich nur eine Vermutung, aber die macht das Ganze noch verwirrender.«

»Warum?«

Olivier dachte nach und suchte, lediglich auf vage Ahnungen gestützt, nach Worten, um es dem Kardinal zu erklären.

»Es geht mir nicht aus dem Kopf, obwohl ich nicht mal weiß, warum. Teile des Textes habe ich, da bin ich mir sicher, schon mal irgendwo gehört, bei anderen denke ich, ich könnte sie verstehen, aber sobald ich mich gründlicher damit befasse, wird mir klar, dass ich sie nicht verstehe. Und ich weiß nicht, wie ich herausfinden soll, was Sinn macht und was Unsinn ist.«

»Worum geht es denn?«

»Teilweise ist es ein Kommentar zu Cicero, daher der Titel. Andere Teile enthalten Ausführungen über Liebe, Freundschaft, deren Gemeinsamkeiten, die Seele und die Vorzüge der Tugend. Das alles verstehe ich noch, aber viel mehr nicht. Es gibt zum Beispiel einen letzten Abschnitt, in dem die weise Lehrerin Manlius in den Himmel führt und ihm die Ewigkeit zeigt. Das ist der Teil, der mich am meisten verwirrt. Ich kann mir nur vorstellen, dass jemand, der so etwas schreibt, ernste

Schwierigkeiten mit sich selber haben muss. Nur, ich weiß nicht, mit wem ich darüber reden könnte.«

»Da wirst du dich wohl an Kardinal de Deaux' Juden wenden müssen«, sagte Ceccani schmunzelnd, »der könnte so was wissen. Und er wird dich kaum anschwärzen. Ich werde de Deaux, meinen Bruder im Herrn, bitten, dir ein Empfehlungsschreiben auszustellen. Ich denke, er wird mir trotz der herzlichen Abneigung, die wir füreinander empfinden, die Bitte nicht abschlagen. Dinge des Wissens gelten in unserer Fehde als neutrales Territorium.«

Olivier war zwar überrascht, aber das Anerbieten des Kardinals hörte sich verlockend an. Er hatte natürlich von Kardinal de Deaux' Juden gehört, war diesem aber nie begegnet; nur wenige kannten ihn persönlich. Niemand wusste, wie es zu dem Kontakt zwischen ihm und Bertrand de Deaux gekommen war, bekannt war aber, dass selbst der Papst den Juden gelegentlich zu sich rufen ließ, wenn er eines klugen Rates bedurfte. Der Mann wechselte, wenn er nach Avignon kam, mit niemandem ein Wort, und wenn ihn jemand in ein Gespräch verwickeln wollte, fertigte er den Neugierigen in einer seltsam verächtlichen, zwar höflichen, aber äußerst reservierten Art ab, die erkennen ließ, dass es ihm vollkommen egal war, ob andere eine gute Meinung von ihm hatten oder nicht. Das wiederum empfanden, wie sich denken lässt, viele Christen als verletzend. Ihrer Meinung nach hätte sich der Mann geschmeichelt fühlen müssen, dass überhaupt jemand Umgang mit ihm haben wollte, aber der Jude – Gersonides hieß er – scherte sich keinen Deut um die Meinung anderer.

Olivier hatte immer angenommen, dieser Gersonides sei entweder ein Geldwechsler oder Arzt, weil das die Berufe waren, die Juden meistens ausübten, wobei es ihnen entgegenkam, dass das Gesetz, das Christen verbot, ihre Dienste in Anspruch zu nehmen, allgemein und über die Landesgrenzen hinaus missachtet wurde. Selbst die Kurie machte regen Gebrauch vom Geschick der Juden bei finanziellen Transaktionen, nicht um Geld zu leihen, davon hatte man dank der horrenden Einkünfte genug, aber die enormen, europaweit fließenden Goldströme bedurften kundiger Lenkung, damit das Geld schnell und sicher beim Empfänger ankam. Juden mit guten Verbindungen waren ideale Partner für solche Transaktionen, zumal ihnen am Schutz der Kirche lag und sie im Gegenzug ihre Dienste zuverlässig und billig anboten. Trotzdem hegte Olivier ernsthafte Zweifel, ob solche Leute die richtige Wahl waren, wenn es darum ging, die Rätsel in einem Manuskript aus der spätrömischen Zeit aufzuhellen.

»Oh, er ist kein Beutelschneider«, klärte ihn Ceccani mit vergnügtem Kichern auf. »Er ist so arm, wie man nur sein kann, und an Geld überhaupt nicht interessiert. Ich habe seine Dienste selbst gelegentlich in Anspruch genommen, mir aber längst abgewöhnt, ihn mit Gold zu entlohnen. Er schenkt es, kaum hat er die Tür hinter sich zugezogen, ohnehin an irgendjemanden weiter. Asketische Gesinnung und Armut sind etwas Nobles und Heiligmäßiges, aber ich muss bekennen, dass ich sie bei einem Abhängigen ärgerlich finde.«

»Was ist er denn dann?«

»Er ist ein Mann der Bildung, mein lieber Olivier, und genießt bei den Leuten ein so hohes Ansehen, dass sie ihm ihr Geld lediglich aufnötigen, damit er noch mehr Bildung erwerben kann. Das ist sicher eine Überlegung, die jemand wie du zu schätzen weiß. Er ist das, was die Juden einen Rabbi nennen. Da er aber offensichtlich kein priesterliches Amt ausübt, würden wir wahrscheinlich eher von einem Philosophen sprechen. Er lebt in Carpentras und verlässt kaum das Haus. Selbst der Papst muss fast darum betteln, dass Gersonides seine Briefe beantwortet. Wenn Seine Heiligkeit das in Kauf nimmt, muss der Jude es wert sein. Ich werde dir ein Empfehlungsschreiben besorgen, und dann fährst du hin und suchst ihn auf. Wenn de Deaux darauf besteht, wird er mit dir reden. Nur, rechne nicht damit, dass du ihn mögen wirst, denn er gibt sich alle Mühe, möglichst unsympathisch zu erscheinen, und in der Regel gelingt ihm das auch.«

Es ist schlechterdings unglaublich, dass so wenig über einen der größten Philosophen des späten Mittelalters bekannt ist und sogar niemand auf dreißig Jahre genau zu sagen vermag, wann er starb; dennoch trifft das auf Levi ben Gerson zu, der auch Gersonides und von einigen unverbesserlichen Geheimniskrämern nach der hebräischen Schreibweise seines Namens Ralbag genannt wurde. Offiziell gilt das Jahr 1344 als sein Todesjahr, weil sein Name da zum letzten Mal in den Archiven auftaucht und es eine Eintragung aus dem Jahr 1352 gibt, der zufolge er zu dieser Zeit bereits als tot gemeldet war. Andere widersprechen dieser Annahme jedoch und verweisen auf Indizien, die vermuten lassen, dass er 1370 noch gelebt hat. Wie auch immer, niemand wollte viel Zeit darauf verwenden, in diesem Punkt Klarheit zu schaffen; seine ganze Existenz war ein Buch mit sieben Siegeln gewesen, da hätte das exakte Todesjahr nur wenig zur Wahrheitsfindung beitragen können. Und so wusste man herzlich wenig über das Leben, das er führte, bis auf die Tatsache, dass er es in der Provence verbrachte und bei der Kurie in Avignon wohl bekannt war.
Wir sind also hauptsächlich auf sein Werk angewiesen, eine der herausragendsten Geistestaten seiner Zeit, die auch jeder anderen Zeit zur Ehre gereicht hätte. Gersonides war ein Universalgenie, das sich in den verschiedenen Perioden seines Lebens mit der Astronomie, der Chemie, dem Talmud, der klassischen Philosophie, der Medizin und der Botanik beschäftigte. Nur um die Politik, die Kunst der Staatsführung, hat er stets einen

großen Bogen gemacht – eine in seiner Lage weise Entscheidung, zumal ihm kaum jemand eine freimütige Meinungsäußerung zu diesem Thema gedankt hätte. Stattdessen sah er in seiner speziellen Situation einen Aspekt der Lebensphilosophie, die er sich über so viele Jahre hinweg gewissenhaft erarbeitet hatte. Vollständig zurückgezogen, ohne jeden Einfluss auf seine Zeitgenossen, wohl aber all ihren Irrtümern und Launen schutzlos ausgeliefert, zog er – anders als sein großer Vordenker Maimonides – ein kontemplatives Leben einem aktiven vor, verabscheute die scheinbar so erstrebenswerte Balance zwischen beidem und suchte sein Heil in der Vorbereitung auf das, was nach dem Tod kommt. Denn eines seiner wichtigsten Werke war das über die Existenz der Seele – ein Thema, das auch Sophia beschäftigt hatte; ihr Denken war aber schon so weit von christlichen Vorstellungen beeinflusst, dass sie dazu neigte, den allgemeinen Konsens in diesem Punkt als selbstverständlich vorauszusetzen und den Versuch einer Beweisführung für unnötig zu halten.

Gersonides hatte einst – nach langem anfänglichen Zögern – seine Thesen und ihre Begründung Ceccani vorgetragen. Dem Kardinal war es schwer gefallen, den Vorstellungen des Juden zu folgen, zumal sie recht unorthodox waren, aber er war immerhin so beeindruckt davon, dass er später Olivier mit seinem Problem zu ihm schickte. Daraus darf man nicht schließen, dass es eine Art Freundschaft zwischen den beiden gegeben hätte; sie waren zu korrekt, um diese Möglichkeit auch nur zu erwägen, und im Übrigen gehörte der Jude sozusagen dem Kardinal de Deaux. Ceccani hätte nie das Brot mit ihm gebrochen und damit gegen das Gesetz verstoßen, und Gersonides wäre einer solchen Einladung nicht gefolgt. Ceccani war sogar so vorsichtig, mit niemandem über seine gelegentlichen Kontakte zu Gersonides zu reden, was ihn aber nicht davon abhielt, den Juden in medizinischen Fragen zu konsultieren und um astrologische Beratung zu bitten. Die Astrologie war nämlich

ein Bereich, in dem Gersonides ebenfalls mit profunderem Wissen aufwarten konnte als irgendein anderer Zeitgenosse, ausgenommen vielleicht ein Gelehrter in Paris, dessen Prognosen man aber wegen seiner finanziellen Abhängigkeit vom französischen König mit einiger Skepsis begegnen musste.
Dazu kam, dass Ceccani den Juden nicht sonderlich mochte, obwohl er von dessen unbeugsamem Auftreten beeindruckt war; der Rabbi strahlte ein gesundes Selbstbewusstsein aus und ließ sich durch nichts einschüchtern. Andere Juden, mit denen der Kardinal zu tun hatte (nicht dass es viele gewesen wären, seine Kontakte beschränkten sich streng auf geschäftliche Belange), waren ihm stets mit übertriebener Höflichkeit begegnet. Ceccani wusste sehr wohl, dass sie durch ihr fast duckmäuserisches Benehmen nur die Nervosität kaschieren wollten, die sie bei der Begegnung mit einem so mächtigen Mann wie ihm befiel, tat aber nichts, um seine Gesprächspartner zu einem entspannteren Verhalten zu ermutigen.
Bei dem Rabbi war solche Unsicherheit nicht zu spüren. Warum, hatte der Kardinal sich einmal nach einem Gespräch mit ihm gefragt, werde ich das Gefühl nicht los, dass der Mann Mitleid mit mir hat? Er redet mit mir wie mit einem begriffsstutzigen Schüler.
Es sprach für Ceccani, dass er eher leicht amüsiert als empört darauf reagierte; ein Zeichen von Charakterstärke, das Gersonides sehr wohl vermerkte. Der Jude empfand seinerseits die diversen Prälaten, die ihm bei jeder Gelegenheit um den Bart gingen, als Ärgernis; sie brachten ihm eine Verehrung entgegen, die ihn zwar nicht irritieren konnte, auf die er aber gern verzichtet hätte. Ihm lag nichts daran, von den Fürsten der Kirche um Rat gebeten zu werden, es vermittelte ihm keinerlei Genugtuung, sie ständig um sich herumscharwenzeln zu sehen. Wandten sie sich allerdings aus echtem Wissensdurst an ihn, wies er sie nie ab, er setzte vielmehr seine Hoffnung darauf, dass de Deaux und Ceccani vielleicht den göttlichen Funken

wahrnahmen, der in ihnen schlummerte. Andererseits, die beiden Kardinäle waren keine Philosophen und zu sehr Machtmenschen, als dass er ihnen einen Blick dafür zugetraut hätte. Und so griff er eben, wenn er gerufen wurde, seufzend zum Mantel und machte sich auf den Weg nach Avignon, dem steinernen Sinnbild für Gier und Ausschweifungen, das er so verachtete. Und dort stand er dann den Ratsuchenden nach bestem Wissen Rede und Antwort. Als es, quasi zum Lohn dafür, im Jahr 1347 an seiner Tür klopfte und Olivier de Noyen vor ihm stand, hätte er den amtlichen Aufzeichnungen nach bereits drei Jahre tot sein müssen, in Wirklichkeit aber erfreute er sich immer noch einer robusten Gesundheit. Es war eine schicksalhafte Begegnung, wenn auch aus gewichtigeren Gründen als der Erklärung eines rätselhaften, in der Tradition des späten Neoplatonismus verfassten Textes. Gersonides spürte sofort, dass in Olivier eine helle Flamme loderte – dieselbe Flamme, die Sophia bei Manlius verspürte, als er an ihre Tür geklopft hatte. Genau wie Sophia konnte Gersonides diesem Gespür nicht widerstehen, wenn ihn auch, anders als Sophia, sogleich die Ahnung beschlich, dass ihm aus der Begegnung nur Unglück erwachsen werde.

Manlius' Formulierung, die Olivier zu dem Rabbi geführt hatte, war von größter Bedeutung – und zumindest gründlich durchdacht. Sie war die Summe dessen, was großen Geistern in nahezu achthundert Jahren zur unverzichtbar notwendigen Wechselbeziehung zwischen dem Physischen und dem Metaphysischen eingefallen war: »Die Seele stirbt, wenn sie auf die Erde fällt.« Eine Aussage, in der mehr Häresien enthalten waren als in der ganzen übrigen Abhandlung. Sie leugnete die

Vorstellung, dass die Seele *ex nihilo* geschaffen ist, ob durch Empfängnis, Belebung oder Geburt, mag dahingestellt bleiben. Sie stand im Widerspruch zu der Vorstellung, dass der Mensch geboren wird und nur einmal stirbt, und auch zu der Glaubenswahrheit, dass die Erlösung allein in Gottes Hand liegt. Die Vorstellung deutete sogar an, dass der Mensch für seine Erlösung selbst verantwortlich ist und dass er sie durch Wissen, nicht etwa durch den Glauben oder gute Taten erlangt. Auch die Idee, dass die Geburt Tod und der Tod Beginn eines neuen Lebens ist, ließ sich kaum mit der christlichen Doktrin der damaligen Zeit in Einklang bringen, vielmehr spiegelte sich in ihr deutlich die Irrlehre der Katharer wider.

Und was schwerer wiegt: All das vertrug sich absolut nicht mit den Vorstellungen, die Olivier bislang bei seiner Lektüre von Cicero und Aristoteles gewonnen hatte, denn in deren Werken fand sich nichts von jenem mystischen, magischen Element, das Manlius' Abhandlung durchzog.

Tatsächlich waren diese Vorstellungen zu der Zeit, zu der Manlius sie zu Papier brachte, im Westen fast vollständig vergessen, wogegen sie in abgeschwächter Form im Osten weiterlebten, bis Kaiser Justinian die Akademie von Athen schließen und so den Born der Bildung versiegen ließ, der seit Sokrates nahezu ein Jahrtausend lang gesprudelt hatte. Es verging viel Zeit, bis in Gallien wieder die eine oder andere alte Weisheit gelehrt wurde, sodass selbst Manlius und sein Kreis mit diesem Gedankengut erst in Berührung kamen, als sie Sophia begegneten – der Letzten, die das Vermächtnis von Alexandria hütete und es weitergeben konnte.

Sie tat es aus Pflichtgefühl, nicht frohen Herzens, denn sie merkte natürlich, dass jeder neue Schüler, wie wissbegierig er auch sein mochte, weniger Wissen mitbrachte als sein Vorgänger. Die Fähigkeit zu kritischem Denken, das Verständnis für philosophische Grundbegriffe, die Bereitschaft, den Fleiß zu investieren, ohne den niemand Wissen und Bildung erwerben kann – all das verkümmerte immer mehr. Mit der Ausbreitung des Christentums wurde dem Glauben ein höherer Stellenwert zuerkannt als der Vernunft, eine Entwicklung, die denen entgegenkam, die für Wissen und Bildung ohnehin nur Verachtung übrig hatten. Selbst wenn Schüler den Funken des Prometheus in sich trugen, wollten sie Erklärungen hören, statt sie sich selber zu suchen. Es war schwierig geworden, ihnen zu vermitteln, dass das Ziel in eigenständigem Denken und nicht etwa darin bestand, sich fertige Schlussfolgerungen anzuhören. Sie waren in der Hoffnung auf Antworten gekommen und sahen sich stattdessen mit Fragen konfrontiert.

Aber Sophia ließ nicht in ihrem Bemühen nach, denn hin und wieder, gerade noch oft genug, klopfte jemand wie Manlius an ihre Tür, und dann wusste sie wieder, wie viel Freude es macht, jungen Menschen mit grenzenloser Wissbegier und dem unstillbaren Verlangen nach der Wahrheit Anregungen und Geleit zu geben. Als Manlius zum Mann heranwuchs, gefiel er sich eine Zeit lang darin, seinen Wissensdurst hinter der Fassade des gelangweilten Edelmanns zu verstecken, aber deswegen war dieser Durst noch lange nicht erloschen. Sie fühlte sich Manlius in einem solchen Maße verpflichtet, dass ihr Verhältnis zueinander sich veränderte, es war nicht mehr nur die Lehrer-Schüler-Beziehung, es bekam weitreichendere, gefährlichere Dimensionen. Denn nach einer Weile war es nicht mehr so sehr von seinem Verlangen bestimmt, etwas von ihr zu lernen, sondern vielmehr von ihrem geradezu zwanghaften Wunsch, etwas von ihrem Wissen an ihn weiterzugeben, damit es – und sei es auch nur eine Zeit lang – in ihm fortleben konnte. Zum ersten und einzigen Mal verdrängte sie alle Zweifel und weigerte sich fast engstirnig, ihn als Ganzes zu sehen. Sie wusste um Manlius' Schwäche, um seinen Stolz und seine Gier nach Ruhm. Das Zuchtmittel der Kontemplation, das sie ihn gelehrt hatte, konnte Stolz und Ruhmsucht eine Weile unterdrücken, aber nie ganz auslöschen. Der Manlius, der zurückgezogen auf

seinen Gütern lebte, und der, der die Last der Verantwortung für eine ganze Provinz auf sich nahm, waren nicht zwei Facetten einer in sich harmonischen Persönlichkeit, es waren die beiden Seelen, die in seiner Brust stritten. Aber sie tat so, als habe sie das nicht bemerkt; sie musste die Erkenntnis verdrängen.
Es galt, Abschied von ein paar Illusionen zu nehmen. Sie erkannte, dass es ihm in Wirklichkeit nicht um Philosophie in ihrer unverfälschten Form ging, und doch klammerte sie sich an die Hoffnung, dass etwas von ihr in ihm überleben könne. Sie hatte ihr ganzes Leben dem Denken geweiht und fing zu begreifen an, dass alles Denken nur die Vorbereitung auf das eigene Ende ist. Und dennoch war sie bereit, zufrieden aus dieser Welt zu scheiden, wenn sie nur hoffen durfte, dass etwas von ihr blieb. Sie haderte mit ihrem Körper, hatte den Gedanken an Heirat immer verworfen und war in einem Alter, in dem Frauen keine Kinder mehr gebären; was sollte also ihr Vermächtnis sein, wenn nicht die Gedanken und Vorstellungen, die sie Manlius vermittelt hatte? Sie war in einem Maße von ihm abhängig, das sie nie für möglich gehalten hätte, und dieser Zwang, dieses Aufbegehren ihrer Seele äußerten sich oft in ungeduldiger, tyrannischer Barschheit, hinter der sich freilich nichts anderes verbarg als der stumme Schrei nach Liebe. Sie liebte Manlius, weil sie nur ihn hatte, und aus demselben Grunde machte sie sich Sorgen um ihn.
»Die Seele stirbt, wenn sie auf die Erde fällt …« Das war, wie alles, was sie lehrte, nicht wörtlich zu verstehen, und es war das Gedankenbild, mit dem ihre Schüler die meisten Schwierigkeiten hatten. Denn die Christen hatten von den Griechen den Begriff des *logos*, des Wortes, übernommen, ihn jedoch seiner ursprünglichen Bedeutung beraubt und schließlich gleichgesetzt mit dem Gott, den sie verehrten. Sophia lehrte ihre Schüler, dass das Wesen des Göttlichen sich nicht in Worte und Begriffe fassen lässt, dass man sich ihm nur durch die Kraft der Gedanken annähern kann. Der Satz vom Sterben der Seele war eine

Metapher, ein mystisches Bild, das aufzeigen sollte, welchen langen Weg die Gedanken zurücklegen müssen, bis sie das Wesen des Göttlichen begreifen und sich Gott geistig annähern können. Manlius hatte viele Monate darüber gegrübelt, die alten Schriften aus Sophias Bibliothek gelesen und lange mit ihr darüber diskutiert, bis er anfing zu begreifen, und als er so weit war, wurde ihm umso klarer, wie viele Torheiten das Christentum begangen hatte.

Olivier wurde es nicht so leicht gemacht; der Kontext war verloren gegangen, die alten Schriften waren vernichtet oder lagen weit verstreut in den Bibliotheken der Klöster rund um das Mittelmeer. Er hatte nur den einen Text, und den konnte er nicht entschlüsseln. Und so klopfte er beklommenen Herzens an die Tür des Rabbi Levi ben Gerson.

Sie wurde von seiner Dienstmagd Rebekka geöffnet, die Pisano als Modell für die heilige Sophia gewollt und Olivier schon zwei Jahre zuvor flüchtig gesehen hatte, als sie in ihrem dunklen Mantel die Straße entlanggehuscht war und er auf den Stufen der Kirchentreppe gestanden und sich augenblicklich in sie verliebt hatte.

Er machte bei diesem ersten Zusammentreffen keinen guten Eindruck; wenn Gersonides ihm erlaubte, noch einmal wiederzukommen, so verdankte Olivier das nur den Empfehlungsschreiben der beiden Kardinäle. Die unverhoffte Begegnung auf der Türschwelle hatte ihn derart verwirrt, dass er kaum ein klares Wort herausbrachte, zumal er sich in Gegenwart dieses gelehrten Mannes ohnehin unbehaglich fühlte. Er hatte bisher noch nie ein Wort mit Juden gewechselt, sondern ihnen allenfalls auf der Straße nachgespuckt. Gersonides' schroffes, übel-

launiges Benehmen und die kurz angebundene Art, in der er hin und wieder eine kritische Frage einwarf, schüchterten ihn ein, obwohl er deutlich spürte, wie viel Menschlichkeit sich hinter der Maske des Grobians verbarg, und ihn die klugen Äußerungen des Juden fast schwindelig machten. Er war zugleich abgestoßen und voller Bewunderung und wusste nicht recht, wie er den Rabbi einordnen und mit ihm auskommen sollte. Denn so viel stand für ihn fest: Obwohl er sich nach dem Treffen an jedes seiner Worte erinnerte, blieben so viele Fragen offen, dass er Gersonides unbedingt wiedersehen musste, weil er der Einzige war, der ihm all diese Fragen beantworten konnte.
Erst gegen Ende der Begegnung traute er sich, von den alten Schriften zu erzählen, die er entdeckt und gelesen hatte. Er war nun wie ausgewechselt, plötzlich fand er für alles die richtigen Worte, seine Miene hellte sich auf. Gersonides blieb dagegen übellaunig, denn er spürte an diesem Tag das Alter, es machte ihn mürrisch, dass er bei seiner Arbeit gestört worden war, und Oliviers Jugend erinnerte ihn überdies daran, wie wenig Zeit ihm noch für seine Studien blieb.
Einmal fuhr er Olivier unwirsch an: »Du redest zu viel über die Sprache und sagst nichts über das, was sie ausdrückt. Ist das die Brille, durch die du die Dinge siehst? Glaubst du, Gedanken, die nicht viel taugen, könnten an Wert gewinnen, wenn man sie in wohlklingende Sätze kleidet?«
»Ich denke, wenn es hässliche Gedanken sind, hilft die schönste Umschreibung nichts.«
»Dann denkst du falsch. In Wahrheit hast du dir überhaupt noch keine Gedanken darüber gemacht. Ich habe mein ganzes Leben mit Studien verbracht und nur zu oft festgestellt, dass die Worte des Teufels aus dem Mund eines Engels kommen. Du bringst mir diese alte Handschrift, von der ich, wie ich zugeben muss, noch nie etwas gehört habe. Nun, ich bin dir dafür dankbar. Sie ist, wie du wahrscheinlich sagen würdest, in einer schönen Sprache verfasst, elegant und einnehmend, sogar geist-

reich. Aber ist das, was darin steht, schön? Und was weißt du über den Autor? Ist er geistreich, nur weil er schöne Worte findet? Anscheinend denkst du, dass nur gute Menschen schöne Worte finden.«

»Seid Ihr anderer Meinung?«

Gersonides stemmte sich leise stöhnend von seinem Stuhl hoch und suchte, als ihm schwindelig wurde, an der Tischplatte Halt. Olivier sprang auf und wollte ihm helfen. »Bitte setzt Euch, Herr. Ich muss um Entschuldigung bitten, ich wusste nicht, dass Ihr krank seid. Ich werde lieber gehen und wiederkommen, wenn es Euch besser geht.«

»Hör auf, mich zu bemuttern!«, fuhr der alte Mann ihn so scharf an, wie Olivier es in Anbetracht seiner redlichen Absicht wahrlich nicht verdient hatte. »Ich kann das nicht leiden. Ich bin ein alter Mann. So geht's einem eben, wenn man älter wird. Das ist weder beunruhigend, noch kommt es unerwartet. Geh und hol mir das Buch da drüben auf dem Regal!«

Es dauerte eine Weile, bis Olivier herausgefunden hatte, welches Buch er meinte. Er brachte es Gersonides, und der fing darin zu blättern an.

»Aha«, sagte er schließlich, »hier ist es. Zumindest mein Gedächtnis lässt mich noch nicht im Stich. Also dann – Manlius Hippomanes, euer Philosoph und Bischof. Weißt du, wie er's allem Anschein nach mit den Juden hält?«

Olivier wusste, dass der alte Mann keine Antwort erwartete, und so schwieg er und wartete darauf, dass Gersonides ihm die Antwort gab.

»Ich will dir die Präambel ersparen und beschränke mich auf den Kern der Sache. Hier steht: Manlius schickte einen Brief an den Vorsteher der Juden in dieser Stadt, in dem es hieß: ›Ich wünsche mir, in Frieden mit euch zu leben, aber eure Verschlagenheit und Halsstarrigkeit hat zu gewalttätigen Unruhen geführt, und nun ist meine Geduld am Ende. Wenn du bereit bist zu glauben, was ich glaube, werde einer aus meiner Herde!

Wenn nicht, dann verlass unsere Stadt! Wenn du aber weder das eine noch das andere tun willst, dann musst du gut auf dich aufpassen.‹ Viele nahmen Manlius' Glauben an, einige flohen, und den Rest brachte der Pöbel um, weil er die Schmach rächen wollte, die sie dem Bischof durch ihre halsstarrige Weigerung angetan hatten.« Gersonides sah hoch. »Denk daran, mein Junge, wenn du in lyrisches Schwärmen über seine ach so schöne Prosa gerätst, dass dieser Mann viele aus meinem Volk getötet hat! Und nicht nur das, er hat andere ermutigt, ihm nachzueifern oder es noch schlimmer zu treiben. Erwarte also nicht von mir, dass ich den Wohlklang seiner Worte vorbehaltlos bewundere.«

Olivier konnte ihm nicht gut sagen, dass er diese Ereignisse in Vaison nicht gerade als schändlich empfand und dass er noch nie von jemandem gehört habe, der solche Taten verdammte. Er konnte aber auch nicht stumm dasitzen, und so fiel ihm schließlich nichts Besseres ein, als zu sagen: »Cäsar war ein Feldherr, der viel mehr Menschen getötet hat, und doch wird er wegen seines Stils gepriesen.«

Gersonides ließ ein unwilliges Knurren hören. »Cäsar schreibt über Heere und Schlachten, nicht über Tugend und ewige Schönheit, da besteht ein großer Unterschied. Aber wir haben jetzt keine Zeit mehr, darüber zu reden. Geh nach Hause und denk darüber nach, an welche Tugend Manlius wohl gedacht haben mag, als er schrieb, die Tugend müsse sich in dem erweisen, was einer tut! Und denk auch darüber nach, dass das, was der eine für eine Tugend hält, dem anderen schändlich erscheinen kann. Die Aufgabe des Philosophen – deine Aufgabe, wenn du einer werden willst –, besteht darin, solche Wortklaubereien zu durchschauen und zu begreifen, dass die Tugend ein unteilbares Ganzes ist.«

Mit einer Geste entließ er Olivier: »Und nun geh, lass mich in Frieden! Und schließ die Tür hinter dir!«

»Darf ich morgen wiederkommen, Herr?«

Gersonides hob den Blick und sah ihn verwundert an. »Willst du das denn?«
Olivier nickte.
»Na gut«, sagte der alte Mann zögernd, »wenn es denn sein muss.«

Danach lungerte er wartend auf der Hauptstraße des Judenviertels herum, die eigentlich eher einer hübschen, schmalen Gasse glich, merklich sauberer als die Straßen ringsum, weil sie von weniger Menschen benutzt wurde und weil die Frauen fast täglich vor den Türen kehrten und Schmutz und Unrat wegschwemmten. Es war ihm klar, dass jeder, der ihm hier begegnete, ihn als Christen erkannte und ihn neugierig, misstrauisch oder gar verängstigt anstarrte. Er wäre längst auf dem Heimweg gewesen, wenn er nicht mitgekriegt hätte, dass Rebekka, während er bei ihrem Herrn saß, das Haus verlassen hatte. Und wer ausgeht, sagte er sich, muss früher oder später zurückkommen.
Er wusste selber nicht, was in ihn gefahren war. Er redete sich ein, dass er sie gar nicht sehen und jetzt, da er wusste, dass sie eine Dienstmagd und noch dazu Jüdin war, nichts mit ihr zu tun haben wollte. Er war sogar wütend auf sie. Nahezu zwei Jahre lang hatte er das Bild dieser Frau in seiner Erinnerung bewahrt, Gedichte über sie geschrieben und sie zu seiner Muse erkoren. Tagtäglich hatte er im Geiste Blumen zu ihren Füßen gestreut, ihr die Hand geküsst – und nicht nur die Hand. Und auf einmal begegnete er ihr hier – als Jüdin und Dienstmagd. Er hasste sie und wollte sie nie wiedersehen – nie mehr. Er schämte sich der Gefühle, die sie in ihm geweckt, und der Gedichte, die er für sie geschrieben hatte. Wenn jemand dahinter kam,

dass sie einer jüdischen Dienstmagd galten, war er eine Zielscheibe von Hohn und Spott.
Und doch wartete er hier auf sie und ging, während ihm all diese Gedanken durch den Kopf wirbelten, unruhig auf und ab. Eigentlich durfte er gar nicht mit ihr reden. Er nahm sich vor, ihr mit eindeutiger Verachtung zu begegnen und sie, wenn er Gersonides wieder seine Aufwartung machte, überhaupt nicht zu beachten. Es tat ihm gut, sich seinen Irrtum einzugestehen; es war eine Art Züchtigung seiner Seele. Sobald er wieder in Avignon war, würde er all diese törichten Verse verbrennen. Nur gut, dass er sie so wenigen zu lesen gegeben hatte.
Und trotzdem stand er hier, suchte die Straße nach ihr ab, sagte sich, er werde in spätestens einer Minute gehen und sich in seinem Quartier verkriechen. Aber irgendetwas in ihm fing schon an zu rebellieren. Die Verse, die er geschrieben hatte, waren gut, dessen war er sich sicher, auch wenn er am liebsten gar nicht mehr daran denken wollte, dass er sie geschrieben hatte. Trotzdem, sie würden verbrannt werden. Er wollte stattdessen ein Epos schreiben, einen Lobgesang auf edle Taten. Ciceros Tod, dachte er, das war das Thema. Da lohnte sich wenigstens die Zeit, die er dafür aufwenden musste. Keine törichten Liebesgedichte, mit denen er sich nur Gelächter einhandelte.
Und plötzlich war sie da, kam auf ihn zu, und sein Herz blieb stehen, und seine Hände fingen zu zittern an. Es war ein kalter Abend, aber ihm war siedend heiß, und im nächsten Augenblick überlief ihn ein eisiges Frösteln. Nein, er würde kein Wort mit ihr reden, sondern stumm an ihr vorbeigehen.
Aber sie würde ihn sehen, ihm vielleicht zulächeln. Das durfte er nicht zulassen. Er schmiegte sich rasch an eine Mauer, hoffte, sie werde ihn nicht entdecken und weitergehen, und wünschte sich zugleich, dass es anders kommen würde.
»Herr, seid Ihr krank? Fühlt Ihr Euch nicht wohl?«
Oh, diese Stimme, so freundlich und mitfühlend, so besorgt

um ihn, so sanft und verlockend. Natürlich, so hörte ihre Stimme sich an, hatte er doch schon Dutzende, ach, Tausende Male mit ihr geplaudert und ihre Stimme, noch ehe er sie wirklich vernahm, besser gekannt als seine eigene. Diese Stimme hatte einen ganz eigenen Klang, und den hatte er im Geiste gehört, als er die ihr gewidmeten Lieder schrieb. Nur sie konnte diese Lieder singen, und wenn er sich mitunter spätnachts diese Lieder vorlas, glaubte er zu hören, wie sie ihm die Worte mit ihrer lieblichen Stimme nachsprach.

»Ist irgendetwas nicht in Ordnung, Herr?«

Natürlich nicht, hätte er am liebsten gesagt. Ich habe mich in eine Jüdin verliebt. Wie könnte da irgendetwas in Ordnung sein? Aber stattdessen schüttelte er nur stumm den Kopf.

»Ihr müsst mit ins Haus kommen, Euch ans Feuer setzen. Ich gebe Euch was zu essen.« Sie war ehrlich besorgt und ergriff, als er nicht gleich reagierte, seine Hand.

Die Berührung brannte wie Feuer auf seiner Haut. »Nein«, sagte er, zog rasch seine Hand weg und starrte sie an, als wäre ihm der Leibhaftige begegnet.

Sie runzelte die Stirn. »Nun, wenn Ihr meine Hilfe nicht annehmen wollt, lasse ich Euch in Ruhe.«

Als sie sich abwandte, brach Oliviers eben noch so entschlossener Trotz in sich zusammen. »Bitte geh nicht!«

Sie ertrug die Laune mit engelsgleicher Geduld und wandte sich wieder zu ihm um.

»Wer bist du?«, fragte er.

Sie sah ihn erstaunt an. »Mein Name ist Rebekka, ich bin die Dienstmagd des Rabbis. Aber das wisst Ihr doch schon.«

»Ja, aber …«

»Aber was?«

»Ich habe dich früher schon mal gesehen«, stammelte er hastig. »Zweimal. Das erste Mal vor zwei Jahren, drei Monaten und zwölf Tagen, das zweite Mal vor fünf Wochen und drei Tagen auf dem Markt. Du hast einen Beutel Pfeffer gekauft.«

Er starrte sie so durchdringend und ernst an, dass sie sich ein wenig fürchtete. Doch dann lächelte sie und sagte: »Das könnte stimmen.«

»Ich weiß es genau. Das erste Mal hast du einen alten dunklen Mantel getragen, die Kapuze über den Kopf gestülpt. Du warst allein und anscheinend in großer Eile. Du bist nur einmal etwas langsamer gegangen, als du einen Bogen um eine große Pfütze machen musstest. Ich habe mich noch gewundert, wie die dort hinkam, es hatte überhaupt nicht geregnet. Du hast keinen Stern am Mantel getragen. Beim zweiten Mal hattest du einen blauen Mantel an. Du hast ein paar Münzen aus deinem Täschchen gekramt und mit ihnen bezahlt.«

»Ihr habt ein erstaunlich gutes Gedächtnis.«

»Gewöhnlich nicht. Manchmal weiß ich nicht mal, was ich während der letzten Tage erlebt habe. Nicht mal, was ich gestern getan habe. Ich habe ein scheußlich schlechtes Gedächtnis. Aber diese beiden Begegnungen – das war etwas Besonderes. Danach war mein Leben völlig verändert. Ich war sehr unkonzentriert. Mein Dienstherr und meine Freunde haben mir deshalb Vorhaltungen gemacht. Und an allem bist du schuld.«

»Das verstehe ich nicht.«

»Ich wollte dich nie mehr wiedersehen«, sagte er und wurde sogar zornig, als er daran dachte. »Wie konntest du dich unterstehen?«

Wenn sie auch ärgerlich geworden wäre oder erschrocken ausgesehen oder sich einfach wortlos umgedreht hätte, wäre alles in Ordnung gewesen, da war er sicher. Doch stattdessen lächelte sie ihn an, nicht etwa spöttisch, sondern voller Mitgefühl und Verständnis, als wollte sie sagen: Ich wünschte, ich könnte dir helfen, aber ich kann es nicht. Und lag da nicht auch eine stumme Antwort in ihrem Blick? Oder gar etwas, was andeutete, dass sie seine Gefühle erwiderte? Olivier schreckte vor ihrem Lächeln zurück, wandte sich stolpernd um, und dann rannte er weg und spürte, dass die wenigen Leute, die so spät noch unterwegs waren, ihm befremdet nachstarrten.

Olivier-Olivier-Olivier …

Er rannte durch die Stadt und durch die Tore hinaus ins offene Gelände, vorbei an den wenigen Hütten und Werkstätten außerhalb der Mauern, und weiter und immer weiter. Schließlich verfiel er in ein schnelles, entschlossenes Schritttempo, obwohl er gar kein Ziel hatte. Nach etwa einer Stunde wurde er langsamer und kam allmählich wieder zu Atem. Er hatte sich innerlich nicht von ihr befreit, sondern allenfalls alles noch schlimmer gemacht. Aber wenigstens fühlte er sich nicht mehr so bedrückt. Nicht, dass er glücklich gewesen wäre, doch es überkam ihn so etwas wie innerer Friede, und er war in dieser Lage sogar wieder fähig, ein paar Gedanken zu fassen. Er dachte an alles Mögliche, nur nicht an ihr Lächeln. In seinem Kopf vermischte sich die Unterredung mit Gersonides mit dieser Begegnung auf der Straße, Worte vermengten sich mit Gefühlen, bis alles zu einem Knäuel verheddert und das eine zur Metapher des anderen geworden war.

»Weise Tochter des Dunkels, beseelt von der Sehnsucht nach Licht …« Wie von ungefähr fiel ihm diese Zeile ein, und sie gefiel ihm. Er spann den Faden weiter, dachte sich die nächste Zeile aus – und dann noch eine, bis ein Gedicht daraus geworden war, kurz und prägnant. Die Worte fingen in seinem Kopf zu tanzen an und verdrängten alle anderen Gedanken.

Er fröstelte, es war kalt, Regenwolken zogen auf. Er kehrte so rasch wie möglich in den Ort Carpentras zurück, kauerte sich vor den Kamin seines Nachtquartiers und schrieb im flackernden Schein der Flammen sein Gedicht nieder. Und dann schlief er so gut wie seit Monaten nicht.

Rebekka schlief nicht gut. Sie lag, fest in ihre Decke gemummt, auf dem Strohballen neben dem kalten Herdrost und dachte unablässig über das nach, was an diesem Abend geschehen war. Nur, was war denn geschehen? Ein aufgebrachter, verwirrter junger Mann hatte auf sie eingeredet, mit Worten, die kaum Sinn ergaben, und dann war er weggerannt. Das war alles; nichts, was ihr Angst machen musste.

Aber sie war trotzdem verängstigt. Nicht wegen des jungen Mannes, das wäre lächerlich gewesen, sondern weil sein Gestammel sie aufgewühlt hatte. Seit zwei Jahren lebte sie nun schon zurückgezogen im Haushalt des Rabbi, kein Mann drehte sich nach ihr um oder sprach sie gar an. Zum ersten Mal erlebte sie das Gefühl der Geborgenheit, das ihr beim Tod ihrer Eltern genommen worden war. Damals hatte sie auf einmal ohne Zuhause dagestanden und für sich selbst sorgen müssen. Sie hatte die Erinnerung an diese Zeit verdrängt, alle keimenden Ängste vor dem Alleinsein gebannt und sich in einen Kokon eingesponnen, denn alles, was außerhalb lag, bedeutete Gefahr und weckte die Erinnerung an Not und Hunger. Sie wusste zu viel über die Grausamkeit der Welt jenseits von Gersonides' Herdfeuer und dem stillen, unaufdringlichen Schutz, den er ihr bot.

Der alte Mann hatte sie eines Abends auf der Straße aufgelesen, verschmutzt und von irgendwelchen Kerlen schlimm zugerichtet, und sie wusste nicht mal, von wem und warum. Sie hatte ihn um Geld angebettelt, denn Juden waren ihrer Erfahrung nach großzügig, und sie hatte nichts gegen sie.

Er schaute sie prüfend an, erkannte ihre Verzweiflung und sagte bedauernd: »Ich habe kein Geld bei mir.«

Sie zuckte nur die Achseln. Dann eben nicht.

»Aber ich glaube, ich habe etwas Geld zu Hause. Komm mit mir, dann will ich sehen, ob ich es finden kann!«

Sie stand auf und begleitete ihn. Er sagte nichts, schien sich aber nichts daraus zu machen, dass sie neben ihm herlief; zumindest verlangte er nicht, dass sie sich, um seinen guten Ruf zu wahren, ein paar Schritte hinter ihm hielt. Als sie bei ihm ankamen und sie zum ersten Mal wieder ein Haus betrat, seit sie das leere Haus ihrer toten Eltern verlassen hatte, stellte er ihr einen Napf mit Gemüsesuppe und etwas Brot hin und hieß sie sich setzen und zulangen. Und dann gab er ihr einen weiteren Schöpflöffel Suppe – und dann noch einen.

Als sie den Napf zum dritten Mal leer gegessen hatte, sagte er: »Meine Aufwartefrau hat mich wissen lassen, dass sie's nicht mehr bei mir aushält. Ich bin ihr zu schlampig und schimpfe immer mit ihr, wenn sie versucht, meine Papiere zu ordnen. Sie kann nicht begreifen, dass das, was auf den ersten Blick wie das reinste Chaos aussieht, in Wirklichkeit wohl geordnet und überlegt ist. Genauso geht es den Menschen mit der Welt, wenn sie die Vielschichtigkeit der göttlichen Schöpfung nicht verstehen können.«

Sie sah ihn lächelnd an. Sein scharf geschnittenes, faltiges Gesicht hätte abschreckend gewirkt, wären da nicht seine lebhaften Augen und das stillvergnügte Schmunzeln gewesen, mit dem er verfolgt hatte, wie sie heißhungrig sein Abendessen und vermutlich auch sein Frühstück für den nächsten Morgen weglöffelte.

»Ich bin also ein verzweifelter Mann, wie du siehst. Von aller Welt verstoßen und allein gelassen. Weißt du, wie das ist? Ich ahne, dass du's nur zu gut weißt. Willst du einem alten Mann in der Stunde seiner Not beistehen?«

»Euch beistehen, Herr? Wie denn?«

»Bleib eine Weile. Koch mir meine Suppen. Tu all die rätselhaften Dinge, die Frauen so leicht von der Hand gehen, mir aber jedes Mal viel Ärger machen. Sie erwarten nämlich, dass ich mich zum Dank mit ihnen unterhalte. Du könntest mir nicht nur Leib und Seele zusammenhalten, sondern mich auch meiner Gesundheit zuliebe vor der grenzenlosen Geschwätzigkeit dieser Frauen bewahren. Aber ich muss dich warnen, ich bin ein grässlicher Mensch. Ich schimpfe und hadere fast ohne Unterlass. Alle sagen, dass mein Benehmen unmöglich ist. Ich schlafe wenig und rede mit mir selber, oft sogar mitten in der Nacht. Ich bin, wie du selber sehen kannst, schrecklich unordentlich und werde sehr ungehalten, wenn man mich stört, während ich arbeite oder nachdenke. Du wirst mich bestimmt bald aus tiefstem Herzen hassen.«

Seit diesem Abend war sie kaum von seiner Seite gewichen, sie mochte ihn, als müsse sie ihm Vater und Mutter ersetzen. Und was er warnend über sich gesagt hatte, stellte sich als halb so schlimm heraus; übellaunig wurde er eigentlich nur, wenn er irgendwelche Papiere nicht finden konnte oder wenn ihm der Rücken wehtat. In seiner Seele war kein Platz für Bösartigkeit, wohl aber für Freundlichkeit und Geduld – zu ihrem Glück, denn am Anfang machte sie vieles falsch. Aber ganz allmählich wurden sie einander unersetzlich. In dem düsteren kleinen Haus hielt ein vernünftiges Maß an organisiertem Chaos Einzug, mit dem sie beide zufrieden waren. Sie arbeitete den ganzen Tag, kochte ihm die Mahlzeiten, putzte, hackte Holz und hielt Ordnung, was ihr insgesamt nicht gar so viel Mühe machte, denn das Haus bestand eigentlich nur aus zwei übereinander liegenden Räumen, von denen der obere sein Arbeitszimmer und seine Bibliothek war. Von Zeit zu Zeit erlaubte er ihr, dort unter seiner Aufsicht den Boden zu fegen, und dann kicherte er jedes Mal in sich hinein, wenn er sah, wie ängstlich sie bemüht war, nur ja keinen Stapel Papiere umzustoßen und seine persönliche, geheiligte Ordnung der Manuskripte nicht durcheinander zu bringen. Einmal in der Woche bereitete sie ein festliches Mahl zu, nahm die Kerzenleuchter aus dem Schrank, setzte sich neben ihn, und dann unterhielten sie sich. Es waren wundervolle, faszinierende Gespräche, denn er war ein Magier der Worte und konnte mit ihnen zaubern. Sie lernte viel von ihm, und er erfuhr durch vorsichtige, unaufdringliche Fragen viel über sie. Aber

sie merkte, dass ihm das, was sie ihm über sich verriet, nicht missfiel.
Und dann kam plötzlich Olivier daher, stammelte auf der Straße sein verworrenes Geständnis und brachte mit einem Mal ihr ganzes sorgfältig gefügtes Leben ins Wanken. Er hatte nur wenige Worte gesagt, doch sie hörte viel mehr heraus, als er preisgeben wollte.
Das alles wird nicht ewig währen, sagte sie sich, der alte Mann wird einmal sterben, und dann stehst du wieder auf der Straße. Du lebst in einem Traum, und Träume enden irgendwann. Du bist jung, und er ist alt. Willst du insgeheim nicht mehr?
Und zum ersten Mal wollte sie wirklich mehr. Sie wusste nicht, was, wusste nur, dass es gefährlich war und dass sie besser daran täte, sich mit dem zufrieden zu geben, was sie hatte. Aber sie spürte tief in sich eine Leere, und die schmerzte sie.

Am nächsten und am übernächsten Tag kam Olivier wieder, und am Schluss reihten sich so viele Tage aneinander, dass zwei und schließlich sogar vier Wochen daraus geworden waren. Erst als es Gersonides zu viel wurde, musste Olivier wohl oder übel den Heimweg nach Avignon antreten, wo er Ceccani zerknirscht unter die Augen treten musste, weil er so lange weggeblieben war, ohne von sich hören zu lassen.
In dieser Zeit, in der er eigentlich genug damit zu tun hatte, den tieferen Sinn der verschlüsselten Antworten des alten Mannes zu verstehen und sich klar zu machen, was ihn an Rebekka so anzog, vollzog sich in ihm eine unwiderrufliche Verwandlung. Er wurde zum Dichter – zu einem ernst zu nehmenden, der keine Ähnlichkeit mehr hatte mit dem zum Vergnügen Verse schmiedenden und den klassischen Stilformen der von ihm

verehrten längst dahingeschiedenen antiken Meister nacheifernden jungen Mann. Er löste sich von seinen Vorbildern und schuf etwas völlig Neues. Er hätte kaum sagen können, was ihm an diesen vier Wochen wichtiger war, die Bereicherung, die er durch Gersonides erfuhr, oder die, die sein eigenes Bemühen zeitigte. Beides ergänzte einander, denn der alte Mann spürte Oliviers grenzenlose Wissbegier, sein leidenschaftliches Verlangen nach tieferem Verständnis, und gab seine anfängliche vorsichtige Zurückhaltung auf.

Und doch verfluchte Olivier diese Zeit, denn er war zutiefst unglücklich. Warum musste nur alles so kompliziert sein? Er hatte sich in das Idealbild einer Frau verliebt, und auf einmal war es Fleisch und Blut geworden. Hätte es nicht ihre Stimme, ihr Gesicht und ihr Wesen gehabt, wäre es irgendein anderer Mensch irgendwo auf der Welt gewesen, dann hätte die Krankheit ihn nicht so heftig befallen können. Mehr gibt es im Grunde nicht zu sagen, denn es lässt sich nicht erklären, warum Olivier sich in ein Mädchen verliebte, das nicht so betörend, nicht aus so gutem Hause und so begütert war wie die, von denen andere träumten, die ihn aber völlig kalt ließen.

Er versuchte, möglichst nicht mit ihr zu sprechen, und sie versuchte, ihm aus dem Weg zu gehen. Was vielleicht nicht mal so schwer gewesen wäre, wenn sie es beide wirklich gewollt hätten. Aber fast immer, wenn er zum Haus des Rabbi kam, war sie da, saß draußen auf den Stufen und bereitete das Essen vor. Und wenn er stehen blieb, um ein paar Worte mit ihr zu wechseln, dauerte es nicht lange, bis sie mitten in einem angeregten Gespräch waren, das sie eigentlich beide nicht gewollt hatten. Danach gingen sie wieder ihrer eigenen Wege und nahmen sich vor, es nie wieder so weit kommen zu lassen, und das Ende vom Lied war, dass er den ganzen Abend im Geiste ihr dunkles Haar sah und ihre sanfte Stimme hörte und sie sich abzulenken versuchte, indem sie die Fußböden schrubbte oder Gemüse putzte, obwohl sie dabei die ganze Zeit über an sein hübsches

verlegenes Lächeln denken musste und daran, wie viel liebenswerter er ihr von Mal zu Mal erschien.
Gersonides blieb all das nicht verborgen, und er machte sich Sorgen um Rebekka.

Julien brauchte vier Wochen, um nach Hause zu kommen, und als er endlich wieder in Avignon war, hatte diese Reise ihn gründlich verändert, wenn nicht gar einen anderen Menschen aus ihm gemacht. Wie den meisten aus seiner Generation war ihm die Erfahrung eines Krieges nicht fremd, er hatte den Ersten Weltkrieg aus nächster Nähe und mit all seiner Brutalität kennen gelernt, nicht aber das Trauma einer Niederlage und die chaotische Angst blinder Flucht. Sogar bei Verdun war das Korsett militärischer Ordnung intakt geblieben, und er hatte sich die Illusion bewahren können, nach seinen Kräften ein wenig dazu beigetragen zu haben. Ein Gedanke, der ihm Trost und Halt gegeben hatte, wenn er nachts frierend Posten stand oder von Fieber geschüttelt in den Kavernen unter der Festung lag, vor allem aber, wenn er an den mit dem Bajonett getöteten deutschen Soldaten dachte. Die Erinnerung an diese Flucht nach Hause verfolgte ihn dagegen wie ein böser Traum, sie war viel schlimmer als alles, was er zweiundzwanzig Jahre zuvor erlebt hatte.
Der Weg nach Avignon wurde zur Reise durch das Chaos des Zusammenbruchs; wohin er auch kam, wurde er Zeuge der vollständigen Auflösung einer ganzen Gesellschaft. Anfangs bewegte sich der Zug, wenn auch im Schneckentempo, stetig auf sein Ziel zu, Gerüchten zufolge Richtung Bordeaux, dann aber hielt er immer öfter viele Stunden lang auf freier Strecke. In Clermont-Ferrand stieg Julien aus, ließ den Zug

nach Westen weiterfahren und ging, da er nach Osten wollte, auf Schusters Rappen weiter. Der Entschluss fiel ihm nicht leicht, er fürchtete, dass der Fußmarsch in glühender Hitze womöglich eine schlimmere Strapaze wäre als im eiskalten Winter. Als er sich, kurz bevor er die Station aus dem Blick verlor, noch einmal umdrehte, stand der Zug immer noch im Bahnhof.

Wovor floh er eigentlich? Das Chaos und die Panik in Paris waren genauso offenkundig wie die Erleichterung, die sich auf den Gesichtern derer widerspiegelten, die in den Zug einsteigen durften, oder die bedrückten Mienen der Abgewiesenen. Und doch hatte bisher niemand auch nur einen deutschen Soldaten gesehen, und kein einziges feindliches Flugzeug war über Paris aufgetaucht. In den Wochenschauen wurde über den Zusammenbruch der Front und die einsetzende Massenflucht berichtet. Die Menschen flohen nicht vor einer konkreten Bedrohung, sondern vor Bildern, die sie gesehen hatten, und als sie flohen, zerbrach der gesellschaftliche Zusammenhalt. Es gab niemanden, von dem man Genaueres erfahren konnte, weil niemand etwas wusste. Man konnte keinen um Hilfe bitten, weil jeder selber Hilfe brauchte. Es gab nirgendwo Nahrungsmittel zu kaufen, niemand wollte mehr französisches Geld annehmen. Ein Millionär war ärmer als ein Bauer, der wenigstens noch einen halben Laib Brot besaß. Innerhalb weniger Tage waren die Bürger einer der zivilisiertesten Nationen dieser Erde, die im Laufe der Geschichte ihre Macht und ihren Einfluss über die halbe Welt ausgedehnt hatte und deren Gesetze auch jetzt noch vielerorts galten, auf das Niveau eines primitiven Naturvolkes zurückgeschleudert worden, das nur den Regeln des Überlebens und dem Gesetz des Stärkeren folgt.

Die Menschen reagierten, wie sie es immer tun; einige teilten das wenige, das sie hatten, großzügig mit Fremden, andere wiesen Bittsteller barsch ab oder verlangten für ihre Hilfe völlig überzogene Gegenleistungen. Ehrliche Menschen wurden zu

Dieben, anständige Frauen zu Prostituierten und Kriminelle zu Heiligen; alle dachten nur noch an heute, niemand mehr an morgen. Sicherheit setzt Heimat voraus, und so wurde nun in Paris, dem großen Sammelbecken der Immigranten, all den Zugewanderten bedrückend klar, dass sie nicht hierher gehörten und sich hier nie heimisch gefühlt hatten. Die große Wanderung begann, Hunderttausende brachen auf. Überall standen verlassene Autos, denen das Benzin ausgegangen war, die Besitzer schleppten ihre Koffer zu Fuß weiter, und nachts plünderten sie auf der Suche nach Nahrung die Felder leer.

Während der Bahnfahrt war Julien nicht unmittelbar mit der Menschenwoge in Berührung gekommen, die nicht das Glück gehabt hatte, ein Transportmittel zu finden, aber ab Clermont wurde er zu ihrer Vorhut. Er trug das Kainsmal der Angst und Verzweiflung durchs Land und steckte mit der zunehmend mit Dreck verkrusteten Kleidung und den immer ausgemergelteren Zügen jeden an, dem er begegnete. Er hatte nichts zu essen und legte jeden Tag dreißig Kilometer zu Fuß zurück, aber es gab zumindest etwas, was ihn entschädigte: Er sah sein Frankreich jetzt mit anderen Augen. Lernte wieder, die überwältigende, betörende Schönheit und Vielfalt des Landes wahrzunehmen, und konnte sich zum ersten Mal vorstellen, wie es für Menschen zu Olivier de Noyens Zeit gewesen sein musste, wenn sie gemächlich durchs Land reisten und staunend erlebten, dass Landschaft und Vegetation alle paar Minuten ein neues Gesicht bekamen. Wie es war, keine Karte zu haben und immer wieder nach dem Weg fragen zu müssen. Damit zu leben, dass man nicht weiß, wo am Ende des Tages ein Bett und eine Mahlzeit auf einen warten. In eine alte, am Bachufer gefundene Decke gewickelt, unter Bäumen zu schlafen, sich Früchte oder Pilze zu suchen oder auf einem Feuer ein paar heimlich auf einem Feld ausgebuddelte Kartoffeln zu braten. Die sengende Hitze auf der schattenlosen Landstraße hinter Issoire zu ertragen, urplötzlich von einem Wolkenbruch überrascht zu werden. An all das dachte er, als er wenige Kilometer vor Allègre Zuflucht in einer Höhle suchen musste und nass bis auf die Haut und zitternd vor Kälte ein paar Stunden lang festsaß. Er erlebte, wie wenig sich die Leute in den tief eingeschnittenen, weit abseits der Städte gelegenen Tälern für den Krieg interessierten. Sie wollten gar nichts von ihm hören; der letzte hatte ihnen die Männer oder Söhne genommen; in jedem Dorf gaben die Namen auf dem Kriegerdenkmal Zeugnis davon, wie viele nicht zurückgekommen waren. Er sah den Menschen die Erleichterung darüber an, dass es diesmal schon so gut wie vorbei war und keine Einberufungsbescheide mehr verschickt wurden. Eine rasche Niederlage war allemal besser als ein Jahre dauernder Sieg. Sollten die Deutschen ruhig kommen, Champagner trinken und danach wieder nach Hause gehen. Eine alte Frau sagte ihm voraus, dass es genauso kommen werde, und wer weiß, vielleicht behielt sie sogar Recht. Nach zwei Wochen Fußmarsch ohne verlässliche Nachrichten wusste Julien nichts über die Lage an der Front, und er stellte verblüfft fest, dass ihn dies nicht mal störte. Der Krieg fand im Norden statt, sollten die da oben sehen, wie sie damit zurechtkamen. Die Menschen im Süden kümmerten sich nicht darum, sie pflügten die Felder und hüteten ihre Ziegen. Und Julien konnte es ihnen sogar nachfühlen, für ihn war es zum wichtigsten Problem geworden, dass seine Schuhsohlen sich allmählich auflösten.

Schließlich kam er daheim an, im Haus seiner Mutter, wo alles unwirklich friedlich war. In Montpellier hatten chaotische Zustände geherrscht: die Universität geschlossen, fast jedes Haus mit Flüchtlingen überbelegt, die Lebensmittel knapp geworden. In Avignon war es noch schlimmer gewesen. Er war nur einen Tag lang geblieben, dann hatte er die Reisetasche gepackt, sein altes Fahrrad (jetzt das schnellste verfügbare Verkehrsmittel) aus dem Schuppen geholt und war langsam die vierzig Kilometer nach Roaix geradelt. Dabei hatte er gespürt, wie ihn, nachdem die große Stadt hinter ihm lag, ein zunehmend stärker werdendes Gefühl der Geborgenheit überkam. Er hatte viel dazugelernt, war durchtrainierter als je zuvor, von der Sonne braun gebrannt, und genoss nach dem langen Fußmarsch – an die dreihundert Kilometer mussten es gewesen sein – den Triumph über den Rost, der sich nach vielen Jahren am Schreibtisch und in Bibliotheken in ihm angesammelt hatte. Eine Woche verging, bis er sich den Bart abrasierte, der ihm unterwegs gewachsen war; er verbrannte seine Kleidung, badete und beschloss, erst einmal abzuwarten und zu sehen, wie sich die Dinge entwickelten und was es für ihn zu tun gab.

Das kleine Haus auf dem Land hatte sich während der vergangenen dreißig Jahre kaum verändert; er hatte sich nicht die Mühe gemacht, elektrischen Strom oder andere Annehmlichkeiten des modernen Lebens installieren zu lassen. Das Haus diente schließlich nur dazu, all diesem Schnickschnack zu entfliehen, und seinen Zweck erfüllte es in der jetzigen Lage besser, als wenn es komfortabel hergerichtet gewesen wäre. Zur Wasserquelle waren es nur wenige Schritte, er hatte einen großen Vorrat an Kerzen und einen schier unerschöpflichen an Holz, das er nur noch hacken musste. Auch war er so viele Jahre der Spielkamerad von Bauernkindern gewesen, die nun selber Bauern waren, dass er hier draußen bestimmt nicht Hunger leiden musste. Es gab einen bequemen Stuhl, einen ausladenden Eichentisch und alle Bücher, die er möglicherweise brauchte. Er besaß (gut versteckt, versteht sich, weil der Besitz illegal geworden war) eine alte, regelmäßig geölte Schrotflinte und genug Patronen, um Vögel oder Hasen zu schießen. Wie man Tiere häutet und ausnimmt, hatte er als Kind bei den Bauern im Dorf gesehen.

Er blieb fast fünf Monate in Roaix. Hin und wieder befiel ihn jähe Angst; dann radelte er nach Vaison, versuchte mit Paris zu telefonieren, verschickte Briefe und harrte weiter der Dinge, die – falls es überhaupt noch etwas zu tun gab – hoffentlich bald auf ihn zukommen würden. Dazwischen übte er sich in stoischer Gelassenheit; sie half ihm, sich gegen die Welt abzuschotten und zufrieden sein einfaches Leben auf dem Lande zu leben. Er hatte genug Geld, entdeckte jedoch, dass seine Bedürfnisse auf einmal minimal waren und er es fertig brachte, eine ganze Woche lang keinen einzigen Sou auszugeben. Er teilte seinen Tagesablauf so ein, wie er es auf dem Land immer getan hatte, stand im Morgengrauen auf und ging – schon um seinen schwindenden Vorrat an Kerzen zu schonen – bei Einbruch der Dämmerung schlafen. Er lebte, als wäre alles, wie es immer gewesen war, und wollte sich dieses Gefühl so lange wie möglich erhalten.

Wenn überhaupt, erreichten ihn Nachrichten aus der Welt außerhalb von Roaix nur sporadisch. Der demütigende Waffenstillstand und die Verlegung des Regierungssitzes nach Vichy erfüllten ihn mit Verzweiflung. Angesichts der Heimtücke, mit der die Engländer ohne Vorwarnung die modernsten Schiffe der französischen Flotte angegriffen und versenkt hatten, erfüllte ihn der Gedanken an die unabwendbar bevorstehende Niederlage Englands mit grimmiger Genugtuung. Den einzigen Hoffnungsschimmer sah er in dem Umstand, dass die neu gebildete Regierung unter Marschall Pétain sich beruhigend stark zu zeigen schien, wenn sich auch für ihn persönlich dadurch wenig änderte. Solange er keine detaillierten Informationen hatte, konnte er alles nur in der Rolle des distanzierten Beobachters verfolgen. Er hatte kaum etwas von dem Strom der Flüchtlinge mitbekommen, der in den Süden flutete, und so merkte er auch nicht, dass dieser Strom, nachdem etwas Ruhe eingekehrt war, einer menschlichen Gezeitenwelle gleich allmählich wieder zurück nach Norden schwappte. Er erfuhr nicht, wie verbittert die Menschen im Süden waren, weil die Flüchtlinge Unruhe und Versorgungsengpässe ins Land gebracht hatten. Er sah nichts von der zerlumpten, unterernährten Armee, die sich in den Süden gerettet hatte und hier angesichts der hoffnungslosen Lage allmählich auflöste. Und er merkte kaum etwas von der viel gerühmten moralischen Erneuerung des Landes, durch die Frankreich seinen Nationalstolz und die Kraft für die gewaltige Aufgabe zurückgewinnen sollte, den Staat nach den für die Niederlage verantwortlichen Jahrzehnten der Korruption und des Verfalls zu neuer Blüte zu führen. Alle schienen auf einmal zu spüren, dass Frankreich sein Elend selbst verschuldet hatte und dass es nun galt, die Scherben zusammenzukehren.

Es ging ihm wie den meisten, er fühlte sich überrollt von der Entwicklung, begriff noch immer nicht, wieso es so weit gekommen war, und hoffte nur, dass es nicht noch schlimmer kommen werde. Er versuchte sich mit Lesen und den wenigen Handgriffen im Haushalt abzulenken, und irgendwann wollte es der Zufall, dass er eine lange eingeschlafene Freundschaft erneuern konnte – mit Elisabeth, dem Mädchen, mit dem er sich nahezu dreißig Jahre zuvor beim Katechismusunterricht angefreundet hatte. Die Begegnung mit ihr weckte die Erinnerung an bessere Tage, in denen sie nur den Zorn seines Vaters zu befürchten hatten oder das Missfallen des Pfarrers, wenn sie in der Kirche kichernd miteinander tuschelten.

Sie war inzwischen längst verheiratet, aber unglücklich mit dem Hufschmied des Dorfes, einem nahezu legendären Grobian und Langweiler, der seine Neigung zu Gewalttätigkeiten zum Glück so weit am Amboss austoben konnte, dass sie nur hin und wieder durchbrach. Es kam, wie es kommen musste, obwohl Julien die damit verbundene Gefahr eigentlich hätte vorhersehen müssen. Sie trafen sich eines Tages auf der Dorfstraße, plauderten miteinander, wie das bei alten Freunden üblich ist, Elisabeth kam auf einen Schluck Wasser mit ihm ins Haus, und fast im selben Augenblick fielen sie sich in die Arme. Sie blieb etliche Stunden und kam während der folgenden drei Monate wieder, sooft sich eine Gelegenheit bot. Es war eine der Torheiten, zu denen einen solche Zeiten leicht verleiten.

Sie war nicht schön, nicht gebildet und nicht sonderlich kultiviert, aber ihre derbe Sinnlichkeit war für Julien eine reizvolle neue Erfahrung. Sie fühlten sich zueinander hingezogen, weil Wärme und Zuneigung in diesen Tagen so überaus wertvoll geworden und sie beide so ausgehungert waren – sicher auch, weil die Schäferstündchen es ihnen leichter machten, alles andere zu vergessen. Aber die Welt rief Julien in die Realität zurück, und Elisabeths Traum von der kleinen Fluchtburg zerrann, als er ihr erklärte, dass er abreisen und sie wohl oder übel zu ihrem groben, unsympathischen Mann zurückkehren müsse.

»Aber wenn du zurück bist, können wir uns weiter sehen?«, fragte sie.

»Ich glaube, es ist besser, wenn wir's nicht tun«, erwiderte er so freundlich wie möglich, aber schon mit ahnungsvollem Unbehagen. »Ich weiß nicht, wann ich wiederkomme. Es ist besser, wenn du alles vergisst, mich auch. Es war ein Traum, ein wunderschöner Traum, aber mehr auch nicht. Außerdem kommt uns dein Mann früher oder später ohnedies auf die Schliche, und dann erfährt es das ganze Dorf. Stell dir mal vor, was das für dich bedeutet!«

»Vielleicht wirft er mich raus«, sagte sie lächelnd, »dann muss ich sowieso bei dir einziehen.«

Sein erschrockener Blick und das jähe Entsetzen, das plötzlich durch die Maske vorgetäuschten Bedauerns schimmerte, machte ihr alles klar. Sie stand mit versteinertem Gesicht auf und sagte: »Ich verstehe.«

»Bitte ...«, wollte er ihr zureden, doch sie winkte ab. »Hör auf, du musst nichts mehr sagen. Ich habe nicht vor, dich in eine peinliche Lage zu bringen oder dir das Leben schwer zu machen. Wie du schon sagst, es wird am besten sein, das Ganze zu vergessen. Es tut mir nur Leid, dass ich dich so missverstanden habe.«

»Ja, mir auch«, sagte er lau, aber sie hörte ihm gar nicht mehr zu. Ein paar Augenblicke später ging sie, und Julien atmete erleichtert auf. Am nächsten Tag packte er einen kleinen Reisekoffer und fuhr nach Avignon: mit dem Fahrrad, denn alle anderen Transportmittel waren so spurlos verschwunden, als habe es sie nie gegeben.

Irgendjemand hatte gewusst, wo er war. Einer seiner Briefe war tatsächlich angekommen, und der Empfänger musste einem Dritten davon erzählt haben, denn im späten Februar hatte ihm das Postamt in Vaison mitgeteilt, dass für ihn ein Brief da sei und zur Abholung bereitliege. Zufällig hatte einer seiner Nachbarn beiläufig erwähnt, dass es in Vaison Seife gebe, und obwohl das Landleben seinem Temperament entsprach, hatte er allmählich den Wunsch verspürt, sich mal wieder ordentlich zu waschen.

Er hatte die Seife gekauft, einen ganzen kostbaren Riegel, war dann zur Post gegangen und hatte sich den Brief aushändigen lassen. Marcel wollte etwas von ihm, er brauchte ihn. Die Idylle war vorbei, es wurde Zeit, ins Leben zurückzukehren. Er wurde gebeten, für die neue Regierung zu arbeiten. Er wusste weder, worum es dabei ging, noch, wie lange er bleiben sollte. So gesehen, hatte er Elisabeth nicht mal mit einer faulen Ausrede abgespeist, er wusste tatsächlich nicht, wann er zurückkehren würde.

Es ging um die Werte der Zivilisation, sagte er sich. Darum, ob man an ihnen festhielt und, wie immer die Zeiten sein mochten, nicht zuließ, dass die Gesellschaft in die Barbarei zurückfiel. Woraus leiten wir denn die Berechtigung ab, uns zivilisiert zu nennen? Sind die Bücher, die wir lesen, der Wertmaßstab? Ist es der feine Geschmack, den wir entwickelt haben? Unser

Glaube an die seit Jahrtausenden unverändert gültigen Werte? Gewiss, all das gehört dazu, aber was bedeutet es? Worin zeigt sich Zivilisation? Ist man zivilisiert, wenn man die richtigen Bücher liest, aber tatenlos zusieht, wie die Nachbarn umgebracht, ganze Landstriche verwüstet und Städte in Ruinenfelder verwandelt werden?
Dürfen wir von Barbaren erwarten, dass sie der Barbarei Einhalt gebieten? Können wir sie so weit kultivieren, dass sie die Werte der Zivilisation hüten, statt sie zu zerstören? Hatte der alte Athener Recht mit seiner Forderung, lieber für irgendeine Seite Partei zu ergreifen, als sich aus lauter Vorsicht um eine Entscheidung zu drücken?

Diese Frage stellte sich Manlius hoch zu Ross beim Anblick der Verwüstung, die sich ihm bot. Vor zwei Tagen waren Räuber auf einem seiner nördlich des Stammhauses gelegenen Güter eingefallen und hatten ein paar Pächter ermordet und die anderen verschleppt. Das war zumindest die Version, an die er sich einstweilen noch hoffnungsvoll klammerte. Doch es sollte sich bald herausstellen, dass es schlimmer, viel schlimmer um die Dinge stand.
Als er sich umsah, machte er im Unterholz links von sich eine Bewegung aus. Er schickte einige seiner Begleiter hinüber, die nachsehen sollten, was da los sei. Sie kamen rasch zurück und schleppten an einer Schlinge um den Hals einen Jungen mit. Er mochte etwa sieben Jahre alt sein und schluchzte und weinte vor Angst.
»Sorgt dafür, dass er aufhört zu jammern!«, befahl Manlius den Männern. »Gebt ihm von mir aus etwas zu essen, wenn er Hunger hat. Wenn er ruhig ist, bringt ihr ihn mir wieder!«

Er wandte sich ab, stieg vom Pferd und machte sich zu Fuß auf den Weg zu den ausgebrannten Gebäuden. Allmählich begann er die Wahrheit zu ahnen. Die Schäden sahen nicht nach einer planmäßigen Verwüstung aus, dazu waren sie zu gering.
Der Junge weinte noch immer. Manlius wurde ungeduldig, er wollte endlich Gewissheit haben, dass er mit seiner Vermutung Recht hatte. Er ließ drohend die Reitpeitsche wippen.
Es dauerte lange, bis sie aus dem winselnden, stammelnden Jungen ein paar halbwegs verständliche Sätze herausgebracht hatten. Manlius' Verdacht war richtig gewesen, von einem Überfall konnte keine Rede sein. Seine Pächter hatten sich einfach verdrückt, alles mitgenommen, was ihnen wertvoll oder nützlich erschien, und waren nach Norden gezogen, wo auf sie, wie man ihnen versprochen hatte, im Land der Barbaren bessere Lebensbedingungen und fruchtbarere Äcker warteten. Sie hatten mehr als einen Tag Vorsprung und marschierten mit hoher Geschwindigkeit, obwohl sie fast sein gesamtes Eigentum mitschleppten, die Ochsen samt den Karren und Gespannen, die Esel, die Ziegen und alle Geräte und Werkzeuge, die er ihnen zur Verfügung gestellt hatte.
Am ärgerlichsten war, dass er ihren Anführer wie gewöhnlich bei der letzten Steuerabgabe ausdrücklich gefragt hatte, ob es irgendwelche Beschwerden oder Wünsche gebe. Der Bursche hatte ihm versichert, sie seien restlos zufrieden und könnten sich keinen besseren Herrn wünschen. Er hatte nur vergessen zu erwähnen, dass sie am liebsten gar keinen Herrn hätten.
So geht das nicht weiter, sagte sich Manlius, als er sich wieder aufs Pferd schwang. Das kann ich ihnen nicht durchgehen lassen.
Er wollte schon losgaloppieren, als ihm einer aus seiner Eskorte zurief: »Herr, der Junge …«
Manlius drehte sich um und sah den Jungen auf dem Boden knien. Er hatte sich endlich beruhigt und sah stumm und ängstlich zu ihm hoch.

»Schneidet ihm die Hände ab und hängt sie ihm in einem Beutel um den Hals. Er soll zusehen, dass er seine Familie wiederfindet. Er wird ihr von nun an keine Hilfe mehr, sondern eine Last sein.«

Manlius wendete sein Pferd, dann zögerte er. »Nein«, entschied er, »wir können es uns in diesen Zeiten nicht leisten, eine Arbeitskraft zu verstümmeln, auch wenn es noch so gerecht wäre. Nehmt ihn mit und bringt ihn in die Kornmühle, dort wartet genug Arbeit auf ihn!«

Pisano war gut vorangekommen, hatte aber Schwierigkeiten mit der Darstellung der Magdalena, die so leer und ausdrucksarm blieb, als wäre es eine von Martinis Arbeiten. Es machte ihn zornig, dass er deshalb hinter seinem Zeitplan herhinkte, obwohl ihm alles andere gut gelang. Seit neun Monaten malte er die Sophienkapelle aus, und bis auf die Magdalena war er recht zufrieden mit sich. Drei Fresken schmückten bereits die Wände: »Sophia heilt den Blinden«, »Sophia bekehrt die Gemeindeältesten« und »Sophia schlägt die Eindringlinge zurück«. Als Vorbild für die Heilige diente ihm das Gesicht, das er damals auf dem Markt in Avignon gesehen hatte, nur ein einziges Mal und wenige Sekunden lang, aber das genügte ihm. Die Frau, auf deren Anblick Olivier seltsam bestürzt reagiert hatte, war genau die heilige Sophia, die ihm vorschwebte; ihr Gesicht hatte sich ihm unvergesslich eingeprägt, er musste sie kein zweites Mal sehen.

Aber nun arbeitete er an dem Fresko »Sophia kehrt im Haus von Maria Magdalena ein«, und es bereitete ihm wahre Seelenqualen, dass er sich so schwer damit tat. Er war zum unsteten Wanderer zwischen der Kapelle und Avignon geworden. Es kam vor, dass er einige Wochen lang an seinem Auftrag arbeitete und sich dann plötzlich für eine Weile in der Stadt verkroch, wo er bis auf ein paar Einkäufe die Zeit mit Müßiggang verbrachte. Aber ob Arbeit oder Müßiggang, beides machte ihn gleichermaßen gereizt. Olivier litt unter den Launen seines Freundes und sehnte jedes Mal den Tag herbei, an dem dieser sein Bündel schnüren, den Esel beladen und grimmig entschlossen, sich der Herausforderung erneut zu stellen, zur Kapelle aufbrechen würde.

Es half alles nichts, die Magdalena wollte sich Pisano nicht zeigen. Bisher hatte er nach der Phantasie gemalt, doch nun merkte er, dass ihn die zunehmend im Stich ließ und die Züge der Magdalena immer vager wurden. Also brach er seine Arbeit abermals ab und kehrte nach Avignon zurück. Dort sah man ihn oft ruhelos durch die Straßen wandern, irgendwo innehalten und rasch das Gesicht einer vorübereilenden fremden Frau in einer Skizze einfangen. Eines Tages sollte sein ungewöhnliches Verhalten jemandem auffallen, und zwar auf dem freien Gelände nahe der Wehrgänge, das schon für künftige Baumaßnahmen abgesteckt war, einstweilen aber noch brachlag. Die Obstbäume waren noch nicht gefällt, die Händler konnten ungehindert ihre Marktbuden aufbauen, Früchte und Brot feilbieten und sich am Anblick der schönen Frauen erfreuen, die allabendlich mit ihren Müttern oder Dienstmägden vorbeiflanierten, sogar im Winter, denn die Abende waren ungewöhnlich mild. Und so spazierte auch Isabelle de Fréjus über das freie Gelände. Nicht weit von ihr saß Pisano auf dem Boden, tat so, als sehe er gar nicht auf, arbeitete aber schon an der Skizze, auf der er ihr Gesicht einfangen wollte, und zwar in einer Pose, von der er sich versprach, die leicht nach vorn geneigte Körperhaltung werde genau den Augenblick wiedergeben, in dem Magdalena mit ihrem Gefolge aus dem Boot stieg. Im Grunde ging es ihm nicht so sehr um ihr Gesicht, sondern um das, was es ausstrahlte, aber er wollte ihre Züge natürlich genau studieren, und so starrte er ab und zu so penetrant zu ihr hinüber, dass es ihr früher oder später auffallen musste.

Unwillkürlich saß er da wie sein alter Meister Lorenzetti – gegen eine Mauer gelehnt, vor sich auf einem Holzbrett den Stapel feines, teures Papier, die Kohlestifte griffbereit in der Tasche, falls der, den er gerade benutzte, zerbrechen sollte. Er tat sein Bestes, gelangweiltes Desinteresse vorzutäuschen, aber es war unmöglich, lange dort zu sitzen, ohne Aufmerksamkeit zu erregen. Zu viele junge Mädchen kamen mit ihren Anstandsdamen an ihm vorbei, schielten kurz auf seine Zeichnung und hatten dann prompt etwas mit ihrer Begleiterin zu tuscheln. Avignon war eine große Stadt, auf deren Straßen sich gewöhnlich viel Volk tummelte – Jongleure, Tänzer, bußfertige Pilger, Musikanten, Bettler und Gesindel aller Art. Wegen der immer näher rückenden Seuche waren die Vorführungen auf offener Straße aber spärlicher geworden, sodass nun alles, was ein wenig aus dem Rahmen fiel, umso mehr auffiel, zum Beispiel auch ein hübscher junger Maler, der hin und wieder so unverfroren zu Isabelle de Fréjus hinüberstarrte.

So konnte es nicht ausbleiben, dass Isabelle nach einer Weile in der ihr mitunter eigenen forschen Art spornstreichs auf ihn zukam, eine Erklärung verlangte und darauf bestand, einen Blick auf seinen Skizzenbogen zu werfen. Die Leute bekamen das mit und drängten sich in der Hoffnung auf ein wenig Zerstreuung um die beiden. Pisano war um eine Antwort nicht verlegen; er hatte sie sich seit langem zurechtgelegt, weil er damit rechnen musste, eines Tages zur Rede gestellt zu werden, wenn er fremde Gesichter auf seinen Skizzenblock bannte. Jetzt war das zum ersten Mal der Fall, und weil er die Worte gut einstudiert hatte, wurde eine kleine Rede daraus.

»Verehrte Dame«, begann er, »ich muss Euch um Vergebung bitten für das, was ich hier tue. Ich bin Maler und zurzeit mit einer überaus wichtigen Aufgabe befasst, nämlich der Ausmalung einer Kirche mit Szenen aus dem Leben der Magdalena und anderer Heiliger. Es liegt mir sehr daran, Magdalena so darzustellen, dass jedem Betrachter sofort klar wird, warum man allenthalben ihre Schönheit und Güte rühmt. Nur, ich hatte bisher kein Modell gefunden, nach dem ich mich ausrichten konnte. Und dann hat mir eines Tages ein Freund, dessen Namen ich nicht nennen will, weil er nichts zur Sache tut, von einer Dame erzählt, deren liebliche Schönheit selbst im Himmel kaum ihresgleichen hat. Ich habe ihn einen Narren genannt, bis ich, als wir Euch zufällig in der Stadt begegnet sind, eines Besseren belehrt wurde. Kaum hatte ich Euch gesehen, bin ich vor ihm auf die Knie gesunken, obwohl es sehr schmutzig war, habe ihn wegen meiner Zweifel um Vergebung gebeten und konnte ihm nur den Vorwurf machen, dass er mit seiner Beschreibung so zurückhaltend gewesen war. Denn in Euch, meine Dame, und in Eurer Schönheit habe ich sofort meine Magdalena gesehen, und seither kann ich nicht mehr arbeiten. Sooft ich es versuche, taucht im Geiste Euer Gesicht vor mir auf. Es verfolgt mich bis in meine Träume, seit ich weiß, dass die Heilige etwas von Eurem Liebreiz gehabt haben muss. Und so schleiche ich seit etlichen Tagen mit meinem Block und dem Kohlestift um Euch herum und halte hier eine Skizze und dort eine Ähnlichkeit auf dem Papier fest. Ich weiß, es ist unverzeihlich, aber wenn einem der Himmel eine Eingebung schickt – wie dürfte man sie da unbeachtet lassen?«

Die Umstehenden belohnten seine Worte mit verhaltenem Applaus, der nur deshalb nicht lauter ausfiel, weil manche wegen Pisanos fremdländischem Akzent nicht alles verstanden hatten. Aber das war nicht so wichtig, sie begriffen, dass er ein Spiel mit dem schönen jungen Mädchen trieb und die Aufmerksamkeit, die Isabelle ihm schenkte, weidlich auskostete. Zu bedeuten hatte das im Grunde nichts; Pisano hätte dieselben Worte gegenüber jedem hübschen Mädchen gebraucht, das er auf seinen Skizzenblock bannen wollte. Wenn ihr Gesicht es wert war, auf einem Bogen Papier festgehalten zu werden, verdiente sie solche Komplimente (zumal er sie, sobald ihm die nächste Schönheit über den Weg lief, augenblicklich vergessen würde).

Isabelle runzelte die Stirn und versuchte, sich nicht anmerken zu lassen, wie gut ihr seine schmeichelnden Worte gefallen hatten. »Mein Herr, ich hätte gedacht, Ihr erinnert Euch an mein Gesicht so gut, dass Ihr mir nicht wie ein Hündchen nachlaufen müsst. Oder ist Euer Gedächtnis so löchrig, dass es nichts lange festhalten kann?«

Pisano grinste sie an. »Mein Freund hat mir gesagt, wie schwierig es ist, wahre Schönheit auf den ersten Blick zu erfassen. Wir glauben vielleicht, es sei uns gelungen, aber unser Erinnerungsvermögen ist zu schwach, als dass es ein Bild lange speichern könnte. Das ist ja meine Misere, denn wie lange ich Euch auch ansehe und wie viele Skizzen ich auch fertige, sobald Ihr gegangen seid, bleibt mir nur eine blasse Erinnerung an Euch, die Eurer Schönheit so wenig gerecht zu werden vermag wie die Vorstellung, die wir Menschen uns von der Schönheit der Engel machen.«

Auch das kam ihm glatt über die Lippen, denn Olivier hatte ihm einmal von seiner alten Handschrift erzählt und dabei denselben Vergleich benutzt, um zu erklären, was damit gemeint war – oder vielmehr, wie Gersonides ihn auslegte. Nun hatte er freilich sein Pulver verschossen und musste sich selbst etwas ausdenken. Er gab sich Mühe, den plötzlichen Mangel an Eloquenz dadurch zu überspielen, dass er sich reuig und beschämt ob seiner Impertinenz gab, was ihm zugleich die Möglichkeit eröffnete, sich auf kürzere Antworten zu beschränken und unauffällig seine Siebensachen zusammenzupacken.

»Darf ich mir die Skizze, die Ihr von mir gemacht habt, einmal ansehen?«

Darauf war er gefasst gewesen. Er hatte eine kolorierte Miniatur ausgearbeitet, ein nur wenige Zentimeter großes Oval, dessen unteren Rand er mit ihrem kunstvoll geschriebenen

Namen umrahmt hatte. Ein kleines Meisterwerk (das später im Musée des Beaux-Arts in Lyon hing und zuvor durch mehrere Hände gegangen war, bis es schließlich 1885 bei einer Auktion in Paris seinen endgültigen Besitzer fand). Isabelle schnappte nach Luft, als sie es sah.

»Behaltet es, meine Dame, wenn Ihr wollt. Denn nachdem ich nun das Original aus nächster Nähe gesehen habe, wird mir bewusst, wie unzulänglich meine Arbeit ist. Ich mag sie am liebsten gar nicht mehr sehen.«

Kann irgendjemand der schmeichelhaften Vorstellung widerstehen, als Modell auserkoren zu sein? Muss einem siebzehn Jahre alten Mädchen, das sich seiner ausnehmenden Schönheit bewusst und zudem unglücklich verheiratet ist, nicht das Herz höher schlagen, wenn ihm ein Porträt verehrt wird, noch dazu eines, auf dem es so gut getroffen ist?

Isabelle eilte verwirrt nach Hause und verwahrte das kleine Bild in ihrem Gebetbuch, das sie von Stund an immer, wenn sie sich in der Kirche zum Gebet niederkniete, zuerst an dieser Stelle aufschlug. Wenn sie es also sogar beim Gottesdienst betrachtete und sich, während ihre Lippen schon beteten, an den Abend nahe der Wehrgänge erinnerte, konnte es da ausbleiben, dass sie sich von Mal zu Mal mehr im Herzen des jungen Italieners verankert wähnte und schließlich sicher war, auch ihrerseits in Liebe zu ihm entflammt zu sein?

Vier Wochen später erreichte die Pest Avignon – Anfang März, zu einer Zeit, in der die Menschen selbst in mediterranen Regionen nicht allzu fröhlich gestimmt sind, weil die Monate des garstigen Winterwinds sie deprimiert und körperlich und seelisch ausgezehrt haben. Die Seuche wurde wahrscheinlich aus der Gegend um Marseille eingeschleppt, vielleicht durch einen Flussschiffer oder einen Kaufmann, der seine Waren zu den weiter landeinwärts gelegenen Märkten bringen, oder durch einen Geistlichen, der eine Bittschrift bei der Kurie abliefern wollte. Wer immer es gewesen sein mag, das Unheil hätte Avignon so oder so ereilt; früher oder später schlug es überall zu, niemand war dagegen gefeit, wo er sich auch verkroch.

Die Berichte über das Geschehen in Avignon sind spärlich, aber mit Sicherheit wusste jeder in der Stadt, dass die Pest näher kam. Die Geschichten, die Reisende aus der Levante, aus Sizilien, Genua oder Florenz zu erzählen wussten, eilten der Seuche so schnell voraus, dass den Menschen genug Zeit blieb, in Angst und Schrecken zu erstarren, aber eben nicht genug Zeit, um irgendetwas zu unternehmen. Und die meisten begannen ohnehin zu ahnen, dass sie nichts gegen die Heimsuchung tun konnten, schon gar nicht in Avignon. Die Pest war ein von Gott gesandter Fluch – sein Strafgericht, das über einer verweltlichten Stadt samt ihren korrupten Bürgern und einer sündigen Kirche hereinbrach. Einige erfüllte der Gedanke an die nahe Bestrafung mit Genugtuung; sie hatten das Treiben in der Stadt schon immer verdammt und sahen sich nun bestätigt. Andere beteten sogar darum, dass die Seuche die lasterhafte Verweltlichung hinwegfegen und die Menschen zur Besinnung bringen und zurück zu Gott führen möge. Ein paar Zeitgenossen gibt es immer, denen Katastrophen willkommen sind; sie harren dem vermeintlichen Untergang freudig entgegen und sehen in ihm die Chance für einen Neubeginn und eine bessere Welt. Selbst wenn das höhere Walten offensichtlich ist, findet sich immer jemand bereit, die Verantwortung für das Unheil bei sich, seinem Versagen oder seinem mangelnden Gottvertrauen zu suchen.

Die Seuche brach in der Rue des Lices aus, in einem der ärmsten Viertel der Stadt, dessen erbärmliche Hütten das nahe gelegene Kloster gern niedergerissen hätte, wenn dadurch die

Anwohner hätten vertrieben werden können. Weil das erste Opfer ein bettelarmer Tagelöhner war, blieb die Ankunft des schwarzen Todes zunächst weitgehend unbemerkt. Zwanzig Menschen mussten sterben, bis sich der erste Priester in dem Elendsviertel blicken ließ. Zu seiner Ehre muss aber gesagt werden, dass er – obwohl sich ihm die Haare sträubten, er vor Angst schwitzte und er sich zwanzig Minuten lang auf der Straße übergab – getreulich an der Seite der Todgeweihten ausharrte und seinen Pflichten nachkam. Was er sah, war so entsetzlich, dass er kaum glauben mochte, menschliche Wesen vor sich zu haben. Die mit Beulen und Schorf übersäten Körper waren zu einer formlosen Masse geworden, es gab keine Gesichter mehr, nur noch aufgerissene Münder, aus denen, sobald der Strom von Eiter und Blut vorübergehend versiegte, ein von Todesangst zeugendes Wimmern drang.

Der Gestank der Schwären und des Verfalls drehte dem Pfarrer den Magen um; er hatte nie so etwas Widerliches gerochen. Sein Name war Rufinus, und er war wahrlich kein tugendhafter Mensch, sondern in seiner Gemeinde wegen seines Geizes und seiner Trägheit verhasst, aber nun wuchs er über sich hinaus, verlor keine Zeit damit, über das Elend zu jammern, sondern brachte es fertig, den Sterbenden ruhige Zuversicht zu vermitteln. Er besiegte seine Angst und setzte so ein Zeichen, dem in den folgenden Wochen, Gott sei's geklagt, nur wenige nacheiferten. Und diese Kraft erwuchs ihm nicht etwa aus Gottvertrauen und machte ihn blind für die allgegenwärtige Gefahr, nein, er verspürte bereits nach fünfzehn Stunden jenen tückischen Schmerz, der den Opfern der Seuche den nahen Tod ankündigte. Zwölf Stunden später war er tot, nach einem so qualvollen Sterben, dass das Ende eine wahre Erlösung und zu guter Letzt ein Zeichen dafür war, dass sich sein himmlischer Vater am Schluss als gnädiger Gott erwiesen hatte.

Die wenigen Stunden genügten vollauf, um aus der pulsierenden Handelsstadt Avignon mit ihren vor Selbstbewusstsein

strotzenden Goldschmieden, Juwelieren, Tuchhändlern, Inhabern von Delikatessläden, Bankleuten und Anwälten eine Ansammlung von zu Tode verängstigten Individuen zu machen, deren Denken nur noch um die Unabwendbarkeit des eigenen Endes kreiste. Am ersten Tag starben zwanzig Menschen, am zweiten sechzig, am dritten einhundert. Auf dem Höhepunkt der Pest raffte der Tod Tag für Tag fünfhundert dahin – mehr, als die Totengräber unter die Erde bringen konnten. Die verwesenden Leichen lagen übereinander geschichtet auf den Straßen und wurden zur Quelle weiterer Ansteckung. Binnen einer Woche konnten Reisende, die sich Avignon näherten, schon von weitem an den in der Hitze lungernden großen dunklen Fliegenschwärmen sehen, wo die Toten lagen, und das unablässige Summen hören, noch ehe sie den Gestank wahrnahmen. Später wurden ihnen die lodernden Scheiterhaufen, auf denen man die Toten verbrannte, und die dünne Ascheschicht auf den Straßen zum Wegweiser.
Die Stadt verfiel in Agonie, der Handel brach zusammen, niemand versorgte die Menschen mit Nahrungsmitteln, die Kaufleute packten ihre Siebensachen, die Straßen wurden nicht mehr gefegt, überall lagen Abfälle und Schmutz herum. Über Nacht waren all jene kleinen Dienstleistungen eingestellt worden, die es überhaupt erst möglich machen, dass eine große Zahl Menschen auf engstem Raum zusammenleben kann. Frisches Wasser, Brot und all das, was das tägliche Auskommen ermöglicht, wurden so knapp, dass zu guter Letzt der Papst persönlich eingreifen und den Menschen befehlen musste, an ihren Arbeitsplatz zurückzukehren. Die Reichen flohen, unter ihnen viele Kardinäle und kirchliche Würdenträger, womit sie freilich nichts anderes bewirkten, als die Ausbreitung der Seuche zu beschleunigen, bevor der Tod sie selber ereilte. Und denen, die blieben, sei es aus Halsstarrigkeit oder weil sie schon zu schwach waren, erging es nicht anders. Von Glück konnten nur die sagen, die sich, als die Seuche ausbrach, außerhalb von

Avignon aufhielten und gescheit genug waren, fern zu bleiben. Letztendlich aber war es ohnehin Glückssache, ob jemand starb oder überlebte; die Pest lauerte überall und konnte jederzeit zuschlagen. Sie war heimtückisch und überfiel die Menschen wie eine nächtliche Mörderbande, und niemand wusste, was ihm da unversehens widerfuhr und wie er sich dagegen schützen sollte.

Kardinal Ceccani war einer der wenigen, die nicht von der allgemeinen Angst angesteckt wurden. Sein eiserner Wille und sein Glaube an die göttliche Fügung ließen ihn in der Heimsuchung eher die Gelegenheit sehen, einen alten Fehler zu korrigieren. Über das Ziel war er sich klar, er wusste nur noch nicht genau, wie es am besten zu erreichen sei. Er wollte, dass der päpstliche Hof nach Rom zurückkehrte, und wurde zum heimlichen Führer der kleinen Gruppe in der Kurie, die davon überzeugt war, dass der Papst und sein Gefolge keinen Tag länger in Avignon bleiben durften, weil jede zusätzliche Stunde in der von Korruption, Bestechlichkeit und Geldgier beherrschten Stadt den Ungehorsam gegenüber Gott nur schlimmer machte. Solange sie hier blieben, waren sie Geiseln der barbarischen Nation im Norden, die sich Frankreich nannte. Der Papst war Franzose, genau wie sein Vorgänger – und aller Wahrscheinlichkeit nach auch sein Nachfolger. Das Kardinalskollegium wagte es nicht, einen Nachfolger Petri zu wählen, ohne sich der Zustimmung des französischen Königs zu versichern. Ceccanis Einstellung hatte nichts damit zu tun, dass er etwa geringschätzig über den gegenwärtigen Amtsinhaber gedacht hätte; er bewunderte Klemens VI. und sah dessen einzigen Fehler darin, dass er als Franzose geboren war. Für ihn war er ein guter Oberhirte, ein Mann von Format, würdig des Thrones, von dem aus er die Geschicke der Kirche Christi lenkte. Aber der Thron stand eben leider nicht da, wo er hingehörte.

Die Seuche war ohne Zweifel ein Zeichen des göttlichen Missfallens, eine Bestrafung der ganzen Menschheit, weil diese im Irrtum verharrte. Und so war Ceccani sofort klar, dass der schwarze Tod die Gelegenheit bot, eine überholte Entscheidung zu revidieren. Der Filz zwischen kirchlichen und weltlichen Würdenträgern wucherte so dicht, dass es aussichtslos war, einen Keil zwischen sie treiben zu wollen; in vielen Fällen dienten sie zugleich der Kirche und dem König. Es war aber die Bestimmung, das Recht und die Pflicht des Papstes, seine Regentschaft unabhängig von all denen auszuüben, die ihr Amt von Gottes Gnaden und nur auf Zeit erhalten hatten. In Avignon war das unmöglich, also musste der Papst die Stadt verlassen. Es war Gottes Wille, und Gott hatte ihnen wahrlich deutlich genug gezeigt, dass sie seinem Willen gehorchen mussten.

Nur, Klemens VI. wollte Avignon nicht verlassen. Er hatte sich gewaltigen Bauvorhaben verschrieben; sein Palast, die Kirchen, die Wehranlagen – all das war zu einem in Marmor und Gold errichteten Manifest seiner Entschlossenheit geworden, die Geschicke der Kirche von hier aus zu lenken. Also musste er dazu überredet oder, wenn das nichts half, gezwungen werden, nach Rom zurückzukehren. Und so wurde der Comte de Fréjus zum irdischen Werkzeug in Gottes Plan auserkoren.

Das war unumgänglich, denn Ceccani wusste sehr wohl, dass seine Absichten im Palast nur von einer deutlichen Minderheit unterstützt wurden. Frankreich hatte seinen Einfluss so lange ausgeübt, dass mittlerweile viel zu viele Kardinäle Franzosen waren, und die fühlten sich in dem großzügigeren, reicheren Avignon entschieden wohler als in der vom Zahn der Zeit angenagten, von Gewalttätigkeiten erschütterten und von Ungeziefer heimgesuchten Stadt am Tiber. Diese Gruppe, die von Kardinal de Deaux angeführt wurde, hielt die Zeit Roms für abgelaufen und war der Meinung, dass man die Erinnerung daran genauso abschütteln müsse, wie die Kirche einst das Joch des römischen Weltreiches abgeschüttelt hatte und danach stärker als je zuvor geworden war. Die Tradition besagte lediglich, dass der Stellvertreter Christi Bischof von Rom sein, nicht aber, dass er dort auch seinen Wohnsitz nehmen müsse. Gerade von Ceccani, der vier Bistümer besaß, in denen er sich nie blicken ließ, hätte man mehr Verständnis für diese Auffassung erwarten sollen, und insgeheim hatte er das durchaus.

Aber Ceccanis Seele, so machthungrig und ruchlos sie auch sein mochte, hatte ein Faible für die schönen Dinge des Lebens; das war es, was ihn dazu gebracht hatte, Olivier de Noyen zu fördern, alte Handschriften zu sammeln und sich eine der ersten Sammlungen römischer Münzen und Antiquitäten zuzulegen. Rom faszinierte ihn, er glaubte – und ermunterte andere, das ebenfalls zu glauben –, dass Rom der Kirche etwas Erhabeneres verlieh, als es Avignon vermochte. Dass sie nur in Rom das ihr zustehende Erbe des römischen Imperiums antreten und statt seiner ein neues Imperium begründen könne. Er strebte höhere Ziele als alle anderen an und war bereit, sich kräftig zu verbiegen, um seine Träume zu verwirklichen. Er würde Aigues-Mortes den Engländern öffnen, dadurch den französischen König seines einzigen Mittelmeerhafens berauben, ihm so einen unverzeihlichen Schlag versetzen und die alte Zwietracht zwischen dem französischen Adel und der Gräfin der Provence schüren, bis diese der Kirche den Pachtvertrag für Avignon aufkündigte und die Kurie damit zur Abreise zwang.

Wohin würde sie dann gehen? Wohin konnte sie denn gehen, wenn nicht zurück an den Ort, den sie besser nie verlassen hätte?

Kein Zweifel, für Marcel hatte der Krieg auch seine guten Seiten. Als die deutsche Wehrmacht mit ihrem Blitzkrieg in Frankreich eindrang, war er Unterpräfekt in Burgund und widmete sich der Aufgabe, den Strom der Flüchtlinge durch sein Departement zu leiten und entsprechende organisatorische Maßnahmen zu treffen. Er ließ seine Beamten wissen, dass er sie nicht mehr brauche und sie sich Richtung Süden absetzen könnten, und als wenig später sein Vorgesetzter ebenfalls abtauchte, übernahm er kurzerhand die gesamte Verwaltung.

Am Abend des 21. Juni bezogen vierhundert Soldaten eine Verteidigungslinie nahe einer Loirebrücke, weitere fünfzig verminten die Hauptbrücke in die Stadt und brachten zusätzlich Sprengladungen an. Bei einer eilends vorgenommenen Ortsbesichtigung erfuhr Marcel, dass diese Männer, hauptsächlich Senegalesen, den Auftrag hatten, den Flussübergang so lange wie möglich zu halten und die Brücke nötigenfalls zu sprengen.

Der verantwortliche Offizier hatte seit Tagen nicht geschlafen und sah aus wie einer, für den der Krieg bereits verloren ist. »Die Deutschen sind etwa einen Tag hinter uns, aber die Division braucht noch ein paar Tage, um sich für den Gegenangriff neu zu formieren. So lange sollen wir den Vormarsch verzögern. Dazu ist es nötig, beide Brücken lange genug zu halten.«

»Dann werden sie die Stadt unter Beschuss nehmen«, wandte Marcel ein.

Der Offizier zuckte gleichgültig die Achseln. »Ja, das ist gut möglich.«

Als Marcel in sein Büro zurückkam, wartete bereits eine Abordnung des Stadtrates auf ihn. Der Bürgermeister war geflüchtet, die Stadtverordneten wussten nichts von der aktuellen Entwicklung. Marcel erklärte ihnen die Lage und sah, wie sich panische Angst auf den Gesichtern ausbreitete. Einer sagte: »Die lassen keinen Stein auf dem anderen, die Stadt wird in Schutt und Asche gelegt.«

Marcel nickte.
»Können Sie gar nichts tun, Herr Präfekt?«
Marcel gab sich einen Ruck. »Ich kümmere mich darum. Die Leute sollen sich für ein paar Tage auf dem Land in Sicherheit bringen. Südlich der Stadt, nicht nördlich. Inzwischen will ich sehen, was sich machen lässt.«
Er wandte sich abermals an den Offizier. »Es hat keinen Zweck, wenn ihr euch hier eingrabt«, sagte er. »Ihr könnt euern Auftrag ohnehin nicht erfüllen. Alles, was ihr erreicht, ist die Zerstörung meiner Stadt. Die Armee ist in Auflösung begriffen, der Krieg ist verloren.«
Der Offizier hörte ihm gar nicht zu. »Ich folge meinen Befehlen. Wenn mein Auftrag lautet, hier zu bleiben, bleibe ich hier. Auf Gedeih oder Verderb.«
Marcel kehrte in die Stadt zurück. Nachdem er eine halbe Stunde nachgedacht hatte, entschloss er sich zu einem Schritt, zu dem ihn später nahezu die gesamte Einwohnerschaft beglückwünschte, obwohl einige nachträglich meinten, seine Entscheidung habe bedenklich an Landesverrat gegrenzt.
Was sich in den nächsten Stunden abgespielt hat, ist nicht belegt. Er schloss sich in seinem Büro ein und war für niemanden zu sprechen. Fest steht lediglich, dass er an diesem Abend – einem schönen, milden Sommerabend – um fünf Uhr den Offizier erneut aufsuchte und ihm mitteilte, die Deutschen hätten Kontakt zu ihm aufgenommen und verlangt, dass sich die französischen Truppen zurückziehen oder ergeben. »Sie sagen, dass sie bereits am anderen Flussufer stehen. Damit ist Ihr Auftrag hinfällig geworden. Wenn Sie sich jetzt zurückziehen, können Sie Ihr Bataillon mit den anderen Kräften vereinen und den Kampf fortsetzen. Wenn nicht, werden Sie in ein paar Stunden gefangen genommen oder getötet.«
Der Offizier ließ ihn ausreden, dann riss er sich das Fernglas vom Hals, warf es in blinder Wut an die Wand und schrie zornig: »Man hat mir fest zugesagt, die andere Brücke zu halten.

Komme, was wolle, man würde sie halten. Das wurde mir von der Division zugesichert.«
Er wandte sich ab, er wollte in dieser Stunde der Schande und Erniedrigung keinem Zivilisten in die Augen sehen. An der Richtigkeit von Marcels Mitteilung hegte er keinen Augenblick lang Zweifel.
Dann riss er sich zusammen und rief seinen ältesten Zugführer zu sich. »Es ist alles verloren. Sie haben die Brücke flussabwärts aufgegeben. Wir müssen hier weg.«
Die Neuigkeit verbreitete sich wie ein Lauffeuer. Die Soldaten gaben ihre Stellungen auf. Warum auch nicht, wenn ihre Kameraden ein paar Kilometer weiter südlich es genauso gemacht hatten? Soldaten wissen instinktiv, wann ein Kampf vorbei ist. Viele warfen ihre Waffen weg, einige zogen die Uniformen aus und Zivilkleidung an, sie wollten nach Hause.
Nur die Senegalesen behielten ihre Waffen und trugen weiter die Uniformen, für sie gab es kein erreichbares Zuhause. Und so waren sie für die Deutschen, die vier Stunden später in die Stadt eindrangen, die einzigen erkennbaren Gegner. Sie wurden alle bei einem kurzen Feuergefecht getötet.
Nach dem Krieg wurden Marcels Karriere und sein Verhalten gegen Kriegsende zum Gegenstand einer genauen Untersuchung; man wollte feststellen, ob er für die weitere Verwendung in der öffentlichen Verwaltung in Frage kam. Er sagte aus, dass der erste Kontakt seinerzeit durch den Anruf einer deutschen Einheit hergestellt worden sei, bei dem man ihm gesagt habe, die deutschen Truppen hätten Befehl, das Ausmaß an Zerstörungen so gering wie möglich zu halten. Er habe während der sechs Stunden in seinem Büro Bedingungen ausgehandelt, weil auch ihm daran gelegen war, sein Land so weit wie möglich vor Zerstörung zu bewahren.
Damit galt er als entlastet und durfte weiter Beamter bleiben. Lange vorher hatten ihm bereits die inzwischen zurückgekehrten Stadträte ein förmliches Dankschreiben überreicht. Als er

drei Monate später in den Süden versetzt wurde, nahmen die Einwohner der Stadt tränenreich Abschied von ihm.
Bleibt die Tatsache, dass sich in den Kriegstagebüchern deutscher Einheiten kein Hinweis auf ein solches Telefonat findet und sich auch keiner der in diesem Abschnitt eingesetzten Offiziere an irgendeinen telefonischen Kontakt erinnern konnte. Die Stellung an der Loirebrücke flussabwärts aber war noch zwei Tage gehalten und erst aufgegeben worden, als sich herumsprach, dass sich die Truppen in der Stadt ergeben hätten.

Kurz bevor die Pest Avignon erreichte, machte sich Olivier Richtung Westen auf den Weg in das Gebiet, das der französischen Krone unterstand. Sein Herr schickte ihn oft auf solche Reisen, sei es, um Streitigkeiten zwischen einander spinnefeind gesinnten Priestern zu schlichten, die Steuereintreibung neu zu organisieren oder den Kardinal bei Disputen mit weltlichen Autoritäten zu vertreten. Olivier erledigte solche Aufgaben geschickt und mit einigem Erfolg, und da sich herumgesprochen hatte, dass ihm mehr an der Lösung von Problemen als an deren Verdrängung lag, war er überall willkommen und gern gesehen.
Dieses Mal handelte es sich allerdings eher um eine Art Botengang.
»Ein wenig unter deinem Niveau, mein Junge«, sagte Ceccani lächelnd zu ihm. »Aber ich habe sonst niemanden, dem ich diesen Brief anvertrauen kann. Mach deine Sache gut, und du wirst angemessen belohnt werden.«
»Ich brauche keine Belohnung, Herr.«
»Dieses Mal bekommst du eine, ob du willst oder nicht. Weil ich dir ausdrücklich verbieten muss, dich durch irgendetwas

ablenken zu lassen. Du darfst nur an deinen Auftrag denken, selbst wenn du unterwegs ein Manuskript von Platons Betrachtungen über die Republik aufstöberst, in seiner eigenen Handschrift. Hast du verstanden?«

Olivier nickte. Der Kardinal kam ihm seltsam sprunghaft und irgendwie besorgt vor, als laste ein zentnerschweres Gewicht auf seinen Schultern. Das ging nun schon etliche Wochen so; er war kurz angebunden, weigerte sich, Fragen zu beantworten, schweifte mitten im Gespräch mit den Gedanken ab und grübelte über andere Dinge nach. Olivier wusste nicht, was dahinter steckte, denn selbst die sonst so zuverlässige Gerüchteküche war plötzlich verstummt. Aber irgendetwas machte Ceccani Sorgen, da war sich Olivier sicher.

»Ich werde mich genau an Eure Anweisungen halten, mein Herr«, versicherte er geflissentlich. »Wem soll ich den Brief aushändigen?«

»Bring ihn zum Bischof von Winchester, du wirst ihn in Bordeaux antreffen. Und bring mir seine Antwort so schnell wie möglich zurück!«

Das war keine sonderliche Überraschung. Der Bischof von Winchester galt als einer der wichtigsten Männer Englands. Es war bekannt, dass er wiederholt versucht hatte, Allianzen gegen den König von Frankreich zu schmieden, was dem Kardinal durchaus recht gewesen wäre. Und nun, dachte Olivier, versucht mein Herr offenbar, Frieden zwischen beiden Seiten zu stiften, was sicher nötig ist.

Er verneigte sich tief und ging.

In Bordeaux lieferte er getreu seinem Auftrag den Brief ab. Eingedenk Ceccanis mahnender Worte, hielt er sich im Übrigen, was alte Handschriften betraf, sehr zurück. Aber das war auf einmal nicht mehr wichtig, denn während Kriege geführt und diplomatische Ränke geschmiedet wurden, während die Großen dieser Welt Briefe austauschten und die Pest sich näherte, traf Olivier – etwa zwei Tagesritte vor Avignon – auf einen reisenden Hausierer. Eine zufällige, eher unbedeutende Begegnung, aber für ihn wurde sie zum wichtigsten Ereignis dieser Reise.

Er nahm sich Zeit und überließ es seinem Pferd, sich selber den Weg zu suchen. Es war eine unbeschwerte Art zu reisen, zumal er kein großes Gepäck mitführte, nur etwas zu essen, ein wenig Wasser, den Beutel mit den Papieren, die er dem Kardinal überbringen sollte, einen dicken Wollmantel gegen die nächtliche Kälte und einen breitkrempigen Hut, der ihn bei plötzlich einsetzendem Regen schützen sollte. Den goldenen Siegelring, der seine Stellung signalisierte, hatte er abgestreift, weil er unterwegs weder Begehrlichkeiten wecken noch Raubgesindel anlocken wollte, und die Schuhe baumelten an den zusammengeschnürten Riemen auf seinem Rücken, damit die frische Luft um seine Füße streichen konnte. Er fühlte sich glücklich. Das Wetter war trotz der garstig kalten Windböen recht schön, die Straße in gutem Zustand und leer – er konnte unbeschwert seinen Gedanken nachhängen. Seine Gemütslage entsprach etwa der, die er in einem seiner wenigen erhaltenen Gedichte beschrieben hatte: Er war in eine Welt ohne Sorgen eingetaucht. Denn die Empfindung eines Moments in Worte zu kleiden und dem Leser so ein Gespür für das beglückende Erlebnis der Flucht in die Zeitlosigkeit zu vermitteln war eine seiner Stärken.

Als er um eine Biegung kam, die wegen einiger dicht stehender Bäume schlecht einzusehen war, stieß er unversehens auf einen umgekippten Karren. Ein Esel lag auf dem Boden und strampelte und schlug aus, um wieder auf die Beine zu kommen, während ein Mann in den Vierzigern leise vor sich hin schimpfend versuchte, den Grauen aus dem Geschirr zu befreien. Ringsum verstreut lag das für einen Hausierer typische kunterbunte Warensortiment, wenn er von Dorf zu Dorf oder von einem Markt zum anderen zieht. Olivier fielen besonders drei Paar sehr schön gearbeitete Schuhe auf, dazu kamen ein Packen frisch gegerbtes Leder, ein paar handgeflochtene Körbe, Nahrungsmittel, die der Mann vermutlich billig in seinem Dorf aufgekauft hatte, und einige kleine Ballen mit unansehnlich grauem, grobem Tuch, für das sich wohl nicht so leicht Käufer finden ließen.

Olivier zügelte sein Pferd, starrte einen Moment lang auf die Szene und stieg schließlich ab, um Hilfe zu leisten. Die war dringend nötig, denn der Esel strampelte in seiner Not so ungestüm, dass es nicht mehr lange dauern konnte, bis er sich ein Bein brach oder den Karren beschädigte. Der Hausierer hatte alle Hände voll damit zu tun, sein Hab und Gut und damit seine Erwerbsgrundlage zu retten; entweder hatte er den Fremden noch nicht bemerkt, oder er wollte vorläufig keine Zeit mit ihm verlieren. Als es ihm endlich gelungen war, den Esel zu befreien, rappelte das Tier sich hoch, trottete gleichmütig zu den nächsten Grasbüscheln und fing erst mal an, sich satt zu fressen. Der Hausierer stieß einen Seufzer der Erleichterung aus, wandte sich zu Olivier um und murmelte einen kurzen Gruß. Er war kräftig, wenn auch kein Hüne, und bewegte sich mit der bedächtigen Umsicht eines Handwerkers. In seinen Augen lag ein Glanz, wie Olivier ihn bei einem Mann seines Standes noch nie gesehen hatte. Der Hausierer musterte ihn seinerseits mit neugierigen, abschätzenden Blicken, verhielt sich aber abwartend und überließ es dem Fremden, ihn anzusprechen.

Was Olivier schließlich tat. »Komm, lass uns deinen Wagen aufrichten! Er scheint unbeschädigt zu sein, und wenn wir gemeinsam zupacken, geht es schneller. Ich fürchte, ein Teil deiner Waren ist ein wenig schmutzig geworden, aber das meiste scheint noch brauchbar zu sein.«

Der Mann nickte, sie umrundeten gemeinsam den Wagen, um herauszufinden, wo sie das Problem am besten anpacken könnten, und dann hoben sie den Karren – unter der wortlosen Anleitung des Hausierers – mit vereinten Kräften an und drückten und schaukelten ihn hoch, bis zunächst ein Rad den

Boden berührte, der Karren sich dann ächzend und knarrend aufrichtete und zu guter Letzt auf allen vier Rädern stand. Der Hausierer sah sich das Gefährt prüfend an und schnaufte zufrieden.

»Danke«, sagte er, »sehr freundlich von dir.«

Es waren die ersten Worte, die er an Olivier richtete. Alsdann langte er, weil er wohl ob seiner Einsilbigkeit nicht wie ein ungehobelter Stoffel erscheinen wollte, in einen Beutel, nahm eine Flasche heraus, entkorkte sie und hielt sie Olivier einladend hin.

Es war zum Glück Wasser, denn für Wein wäre der Tag noch etwas zu jung gewesen. Olivier hatte zwar selbst genug Wasser dabei, aber er merkte, dass der Mann seine Dankbarkeit bekunden wollte, nahm einen kräftigen Schluck, fuhr sich mit dem Ärmel über den Mund und reichte die Flasche zurück, wobei er lächelnd sagte: »Das Wasser des Lebens …« Ein Satz, der ihm unwillkürlich in den Sinn kam; er hätte nicht mal sagen können, woher er ihn kannte. Er wollte einfach nur reden, egal was, damit sie sich nicht so stumm gegenüberstanden. Vielleicht spielte unbewusst auch der Wunsch eine Rolle, dem Hausierer klar zu machen, dass er es mit einem gebildeten Mann aus gehobenen Kreisen zu tun habe, dem er nicht plump vertraulich kommen durfte, nur weil sie zusammen einen Eselskarren hochgestemmt hatten. Reisenden in Not muss man helfen, das war Christenpflicht und außerdem eine hübsche Zerstreuung während einer einsamen, eintönigen Reise, aber daraus durfte niemand falsche Schlüsse ziehen. Es lag ihm, wie das eben bei jungen Männern ist, sehr daran, respektiert zu werden. Wenn er allerdings damit gerechnet hatte, bei dem Mann Eindruck zu schinden, dann hatte er das Ziel seiner Bemühungen gründlich verfehlt.

Der Ältere starrte ihn erstaunt und misstrauisch an, zögerte einen Augenblick und ergänzte dann den Ausspruch Oliviers: »… mündet ein in das Meer des Göttlichen.«

Und nun war es Olivier, der sein Gegenüber verblüfft anglotzte. Kaum hatte der Hausierer die Worte ausgesprochen, fiel Olivier wieder ein, woher er sie kannte. Ein Glück, dass sie allein waren; ein zufälliger Beobachter hätte sich bestimmt keinen Reim auf die Szene machen können, bei der sich zwei Männer von offenbar unterschiedlichem Stand gegenüberstanden, zur Linken von einem grasenden Esel flankiert, umgeben von Waren, die verstreut auf dem Boden lagen, und das alles inmitten der freien Natur, meilenweit von der nächsten menschlichen Behausung entfernt. (Julia hätte in der Szene möglicherweise eine surrealistische Metapher vermutet, zu deren Erklärung es einer unvoreingenommenen Sicht der Dinge bedurfte. Wahrscheinlich hätte sie sich aber ohnehin desinteressiert abgewandt, sie zog eindeutige Klarheit obskuren Rätselspielen vor.)

Olivier ging es ähnlich. »Was hast du gesagt? Woher kennst du den Satz?«

Der Ältere sah ihn erschrocken an, als sei ihm gerade klar geworden, dass er sich verplappert hatte. Er murmelte irgendetwas vor sich hin, so leise, dass Olivier es nicht verstehen konnte, drehte sich um, beeilte sich, die verstreuten Waren auf den Wagen zu laden, rief nach seinem Esel, zerrte ihn, als er nicht gleich hörte, von den Grasbüscheln weg und spannte ihn eilends wieder an.

Olivier packte ihn am Arm. »Sag's mir! Sofort! Wo hast du die Worte gehört? Sag's schon, ich will dir nichts Böses.«

Aber der Hausierer war nicht zu einer Antwort zu bewegen. »Ach, was weiß ich«, murmelte er nur, »das spielt doch keine Rolle.« Damit stieg er auf den Wagen und fuhr los.

Olivier rannte neben ihm her. »Halt an!«, rief er. »Ich habe gesagt, du sollst anhalten!«

Es hatte keinen Zweck, der Mann starrte stur nach vorn und ließ sich weder durch Drohungen noch durch Betteln beeindrucken. Nachdem Olivier eine Weile neben ihm hergerannt war und ihn noch ein paarmal laut angeschrien hatte, blieb er stehen und schaute dem Wagen nach, der die Straße hinunterrumpelte. Er hätte ihn leicht einholen können, schließlich hatte er ein Pferd. Oder er hätte aufspringen und den Hausierer vom Kutschbock zerren können, denn so stark der auch sein mochte, Olivier hätte ihm gegenüber den Vorteil ausspielen können, gut zwanzig Lebensjahre weniger auf dem Buckel zu haben. Er tat nichts dergleichen; die blanke Angst, die er plötzlich in den Augen des Hausierers gelesen hatte, ließ ihn stehen bleiben und zusehen, wie der Eselskarren weiterrollte und schließlich hinter der nächsten Hügelkuppe verschwand. Wenn der Mann so viel Angst hatte, war es wohl besser, ihn in Frieden ziehen zu lassen.

Er ließ eine Stunde verstreichen, ehe er seine Reise fortsetzte; sein Pferd brauchte eine Rast, und er nutzte die Pause dazu, sich, während sein Pferd sich an den Grasbüscheln gütlich tat, die der Esel übrig gelassen hatte, in den Schatten eines Baumes zu setzen und nachzudenken. Aber so angestrengt er auch nachdachte, es war vergeudete Zeit. Er kam einfach nicht dahinter, woher ein Hausierer die von so viel Weisheit zeugenden Worte kennen konnte, die der Bischof von Vaison vor über achthundert Jahren niedergeschrieben hatte.

Es ärgerte Olivier, dass diese unverhoffte Begegnung so viel Unruhe in ihm auslöste. Er war es gewöhnt, zwischen poetischen Idealvorstellungen und der realen Welt mit Menschen aus Fleisch und Blut zu unterscheiden – oder um es anders zu formulieren: zwischen Dichtung und Wahrheit. Anders als Julia, die bewusst versuchte, bei der Arbeit an der Staffelei scheinbar widersprüchliche Elemente zusammenzuführen, oder Pisano, der sich, ohne viel darüber nachzudenken, demselben Ziel verschrieben hatte, bestand für Olivier der Reiz des geschriebenen Worts in seiner gewollten Loslösung von der Realität. Cicero, Horaz, Vergil – in all ihren Werken stößt man immer wieder auf okkultes Wissen, dessen Herkunft und Bedeutung der Welt verborgen bleiben. So gesehen, waren seine Bemühungen geradezu gegenläufig. Er wollte die Werke der Klassik wiederentdecken, aber nur für sich, weil er fürchtete, sie könnten – ähnlich wie Silber, wenn man es der Luft aussetzt – eine hässliche Verfärbung annehmen, sobald sie Hinz und Kunz zugängig waren.

Und da musste ihm auf einmal dieser Hausierer über den Weg laufen ... Das Problem beschäftigte ihn bis zu seinem Tagesziel, der Stadt Uzès, tief auf französischem Gebiet, jedoch unter der Kuratel eines sehr auf seine Unabhängigkeit bedachten Grafen. Dahinter steckten vermutlich irgendwelche Querelen, die Olivier nichts angingen; er verkehrte nicht in den Kreisen von Herzögen und Königen. Da der Graf nichts von seinem Aufenthalt in Uzès wusste, konnte er sich heute Nacht friedlich und unbekümmert in seiner Burg schlafen legen, während Olivier, sozusagen zu seinen Füßen, in einem kleinen Kloster Quartier nahm, wo Ceccanis Name das Zauberwort war, das ihm Gastfreundschaft garantierte. Und als er dann auch noch zu seiner freudigen Überraschung erfuhr, dass sein Freund Althieux aus Nîmes auf der Durchreise nach Tours ebenfalls in dem Kloster Station machte, konnte er sich auf einen geselligen Abend mit guten Gesprächen freuen.

Althieux, an die fünfzehn Jahre älter als Olivier, gehörte nicht zu Ceccanis Gefolge, sondern zu dem des Kardinals de Deaux, der in der Frage der Rückkehr nach Rom Ceccanis erbittertster Widersacher war. Die beiden Freunde hatten schon vor langer Zeit gelernt, tunlichst einen großen Bogen um alle kitzligen Themen zu machen, bei denen ein falsches Wort womöglich das Ende all ihrer Hoffnungen besiegelt hätte. So durfte Olivier zum Beispiel, obwohl es der Wahrheit entsprochen hätte, seinem Freund gegenüber auf keinen Fall verlauten lassen, dass Ceccani sich zurzeit mittels allerlei Winkelzügen bemühte, seinem illegitimen Sohn die Pfründe des Erzbischofs von Dijon zuzuschanzen, weil er so einem erklärten Gegner Frankreichs und Interessengänger Englands zu einem Standbein im Herzogtum Burgund verhelfen wollte. Hätte Althieux das de Deaux weitererzählt, dann wäre Oliviers Karriere abrupt zu Ende gewesen. Und hätte er's nicht getan und es wäre irgendwann ruchbar geworden, dass er etwas davon gewusst hatte, dann wäre es umgekehrt um Althieux' Zukunft schlecht bestellt gewesen.

Zudem war Althieux seinem Herrn ebenso ergeben wie Olivier dem Kardinal Ceccani, und so wäre ihnen nichts anderes übrig geblieben, als sich in jedem Einzelfall zwischen Freundschaft und Subordination zu entscheiden. Da war es allemal besser, gefährliche Klippen zu umschiffen und sich bei ihren Gesprächen auf schöngeistige Themen zu beschränken. Im Übrigen waren sich beide sicher, dass ihr jeweiliger Kirchenfürst ganz genau wusste, wie sie zueinander standen, und ihre Freundschaft gelassen duldete, zumal sie den Kardinälen die Möglichkeit bot, nötigenfalls Kontaktpersonen für den diskreten Austausch von Demarchen an der Hand zu haben.

Umso mehr verwunderte es Olivier, dass Althieux, der sich gewöhnlich recht locker gab, heute so schweigsam, um nicht zu sagen verkrampft zu sein schien. Olivier sprach seinen Freund sogar darauf an, aber der winkte nur müde ab und murmelte ein gereiztes: »Ach nichts, vergiss es!«

»Komm, alter Freund, natürlich muss das was zu bedeuten haben. Irgendetwas geht dir durch den Kopf. Sag mir doch einfach, was dich bedrückt.«

Und nach einer Weile entschloss sich sein Freund tatsächlich, mit der Wahrheit herauszurücken. »Ich vertraue dir das nur aus Freundschaft und gegen alle Vernunft an. Ich bin hergekommen, um dich zu warnen. Sei bitte auf der Rückreise nach Avignon sehr vorsichtig!«

»Ich bin immer vorsichtig«, erwiderte Olivier. »Wenn man mehr als dreißig Meilen weit gereist ist, weiß man, wie wichtig das ist.«

»Ich rede nicht von Marodeuren und Räubern. Irgendwo lauert dir eine Gruppe Männer auf, mit dem Auftrag, dir den Brief abzunehmen, den du bei dir trägst. Man hat ihnen gesagt, sie sollten dich töten, wenn sie das für nötig hielten. Und es würde mich nicht wundern, wenn sie's für nötig hielten.«

»Warum?«, fragte Olivier verblüfft. Er zweifelte keinen Augenblick daran, dass es Althieux ernst damit war, seine Miene verriet deutlich, dass er keinen schlechten Scherz machte.

Althieux zuckte die Achseln. »Das weiß ich nicht. Hast du denn einen Brief dabei?«

»Ja.«

»Und was steht drin?«

Olivier hob die Schultern. »Woher soll ich das wissen? Ich habe ihn nicht gelesen. Aber sag mir lieber, wer mir die Männer auf den Hals schicken will! Von wem kommt der Auftrag?«

»Wenn ich es bin, der dich warnt, kannst du dir das doch denken. Kann ich mit deiner absoluten Verschwiegenheit rechnen? Du darfst niemandem erzählen, wie du's geschafft hast, den Häschern zu entkommen. Wenn du's schaffst.«

»Natürlich, das ist doch selbstverständlich«, versicherte Olivier. Aber dann verfiel er in Schweigen und überlegte, was er tun solle. Wenn de Deaux nicht mal das Risiko scheute, ihm am helllichten Tag auflauern zu lassen, musste sich die Rivalität zwischen den beiden Kardinälen dramatisch zugespitzt haben. Was immer in dem Brief stehen mochte, es war offenbar noch bedeutsamer, als er bisher angenommen hatte. Und er durfte sich jetzt ausdenken, wie er den Brief bei Ceccani abliefern konnte, ohne sein Leben zu verlieren. Am besten war es wohl, wenn er einen Umweg machte und eine andere Straße benutzte. Er konnte nach Norden ausweichen, bei Orange den Fluss erreichen und von dort ein Boot nach Avignon nehmen. Das konnte eigentlich nicht allzu schwierig sein. Es bedeutete zwar, dass er ein paar Tage länger brauchte, aber lieber kam er spät an als überhaupt nicht. So wie die Dinge lagen, konnte ihm Ceccani das nicht übel nehmen.

»Ich bin dir sehr dankbar, dass du's mir gesagt hast. Aber ich nehme an, das weißt du ohnehin.«

Althieux gab ihm einen freundschaftlichen Klaps auf die Schulter. »Wer weiß, vielleicht musst du eines Tages dasselbe für mich tun. Doch nun genug davon, lass uns essen gehen! Wie ich höre, soll dieses Kloster eine exzellente Küche haben, und ich habe seit Tagen nicht ordentlich gegessen.«

Und so erfuhren Althieux und Olivier nun am eigenen Leib, dass die Gerüchte über die Opulenz der klösterlichen Küche keineswegs übertrieben waren. Mit sich und der Welt zufrieden zogen sich beide Männer in das besonders geschätzten Gästen vorbehaltene Nebenzimmer zurück und winkten einen Bediensteten herbei, auf dass er das Kaminfeuer zu neuer Glut schürte und ihnen etwas zu trinken brachte, was sie innerlich aufwärmen konnte. Althieux schien nicht geneigt, mehr über den geplanten Hinterhalt zu erzählen, und Olivier verdrängte das Thema ebenfalls, zumal es sich voraussichtlich als nicht allzu schwierig erweisen würde, den Wegelagerern ein Schnippchen zu schlagen. Und er grübelte auch nicht weiter über den wunderlichen Zufall nach, der es so gefügt hatte, dass sein Freund gerade heute hier aufgetaucht war und ihn warnen konnte.

Althieux versuchte seinerseits, die letzte Unterredung mit

seinem Herrn zu vergessen – wie er den Kardinal geradezu angefleht hatte, Olivier nicht gleich irgendwelche Haudegen auf den Hals zu hetzen, sondern stattdessen ihm Gelegenheit zu geben, den ominösen Brief ohne Blutvergießen an sich zu bringen. Er war zu dem ruchlosen Treuebruch bereit, nachts, während Olivier schlief, in dessen Schlafgemach einzudringen, um seinem Freund den Brief heimlich zu entwenden.
Aber er wusste natürlich, welchen Preis es ihn kosten würde, wenn ihm das gelang und er noch vor dem Morgengrauen mit dem Brief nach Avignon zurückkehrte: Es bedeutete das Ende ihrer Freundschaft. Und so drängte es ihn, an diesem letzten Abend Olivier spüren zu lassen, wie sehr er ihre herzliche Freundschaft schätzte, eine Freundschaft, die er opferte, um Olivier das Leben zu retten. Denn was hätte ihn dazu bringen können, einen Freund hinterlistig zu bestehlen, wenn nicht wahre Zuneigung? Wie viele Menschen fand man schon im Laufe eines Lebens, mit denen man, weil sie dieselben Interessen teilten, über alles reden konnte? Einen solchen Freund zu verlieren machte das Leben erschreckend ärmer.
So saßen sie da und plauderten, und irgendwann im Laufe ihrer Gespräche erwähnte Olivier auch seine Begegnung mit dem reisenden Hausierer, der zu seiner Verblüffung ein paar Worte aus einer alten, vermeintlich nur ihm bekannten Handschrift zitiert hatte. Althieux hörte ihm fasziniert zu und sog alle Details gierig in sich auf: Wie Olivier auf das Manuskript gestoßen war, wie viel Zeit er gebraucht hatte, um es abzuschreiben, wie er vergeblich versucht hatte, den Sinn der Worte zu erfassen, zu guter Letzt zu dem wunderlichen Rabbi Gersonides gepilgert und schließlich heute Nachmittag unerwartet wieder mit einer Stelle aus der alten Schrift konfrontiert worden war.
»Sobald ich wieder in Avignon bin, muss ich den Text noch einmal sorgfältig nachlesen«, sagte Olivier. »Und wenn du willst, lasse ich eine Kopie für dich fertigen. Dann können wir uns brieflich darüber austauschen und uns gemeinsam ein

Urteil über die Ausdeutung durch den alten Juden deines Kardinals bilden. Er hat mich sehr beeindruckt. Ich glaube, ich habe von ihm in wenigen Wochen mehr gelernt als von all den klugen Gelehrten in Avignon im Laufe vieler Jahre. Ich hoffe, dass ich in Kontakt mit ihm bleiben kann. Er ist so umfassend gebildet, dass ich wahrscheinlich nur die Oberfläche seines Wissensschatzes angekratzt habe.«

»Ich kann mir nichts Besseres vorstellen als so einen Gedankenaustausch mit einem guten Freund«, erwiderte Althieux. »Nur, es könnte sein, dass wir uns dabei in gefährliche Gefilde verirren. Dir ist wahrscheinlich selber schon der Verdacht gekommen, dass dein Hausierer ein Häretiker sein könnte.«

»Ja, an die Möglichkeit habe ich gedacht. Das ist übrigens auch ein Gebiet, auf dem der Rabbi sich gut auskennt. Ich frage mich freilich, woher er sein detailliertes Wissen über die Häretiker hat. Ich dachte, die wären alle längst ausgerottet.«

Althieux lachte. »Oh nein. Das lief nach den üblichen Spielregeln ab. Alle sind gegen sie zu Felde gezogen, die Soldaten, die Priester und die Richter. Sind über sie hergefallen, haben sie gefangen genommen, hochnotpeinlich verhört und verbrannt. Hunderte Dörfer, sogar ganze Städte haben sie gebrandschatzt und die Bewohner zu Tausenden massakriert. Ich vermute, es waren auch viele gute Christen unter den Opfern. Dann verkündeten die Häscher den endgültigen Sieg über die Kräfte der Finsternis, des Schismas und der Häresie und gingen nach Hause. Es war nicht so, dass ein Häretiker lediglich dem Irrglauben abschwören musste, um mit dem Leben davonzukommen – nein, die meisten wurden getötet. Aber viele blieben eben auch ungeschoren und sind in den Bergen im Norden untergetaucht. Sie haben gelernt, weniger aufzufallen, das ist alles.«

»Ja«, gab Olivier zu, »daran hätte ich denken sollen. Nur, dieser Mann hat auf mich in keiner Weise gefährlich gewirkt.«

»Das glaube ich dir gern. Sie kommen meistens in der Maske

des harmlosen Biedermanns daher. Aber deswegen bleiben sie trotzdem genauso gefährlich wie die Juden. Sie sind sogar noch gefährlicher, denn die Juden verleugnen ihren Glauben nicht, sondern bekennen sich offen zu ihm und versuchen nicht, andere zu bekehren. Das ist der große Unterschied zu den Häretikern. Wie du wohl weißt, ist es deine Pflicht, den Behörden von deiner Begegnung mit dem Hausierer zu berichten. Der Mann sucht bestimmt die Märkte in der Umgebung auf. Wenn es gelingt, ihn ausfindig zu machen und dahinter zu kommen, aus welchem Dorf er stammt, kann man die ganze Sippschaft ausrotten.«

Olivier ließ sich das durch den Kopf gehen. Und einmal mehr breitete Sophia sozusagen aus längst vergangener Zeit schützend ihren Mantel über dem Hausierer aus. Er hatte ihre Worte der Nachwelt überliefert. Er war der anonyme Botschafter ihrer Weisheitslehre – ähnlich wie Olivier gelegentlich zum Sprachrohr für Ceccani wurde. Und so wurde dem Hausierer die Botschaft, die er überbrachte, zur Rettung.

Olivier zuckte die Achseln. »Ich bezweifle, dass wir ihn finden. Und ich kann sowieso nichts dazu beitragen, ich bin ziemlich in Eile. Mein Kardinal würde nicht gern hören, dass ich ein paar Tage später komme, weil ich mit Freunden zur Treibjagd auf einen namenlosen Hausierer aufgebrochen bin. Ich muss morgen weiterreisen, zumal meine Rückreise dank deiner freundlichen Warnung nun etwas länger dauern wird, als ich gedacht hatte.«

Althieux brummelte irgendetwas vor sich hin, dann war die Klippe, an der ihre Unterhaltung eine gefährliche Wendung zu nehmen drohte, glücklich umschifft.

»Aber«, hakte Olivier nach, »erklär mir doch bitte, was dich so sicher macht, dass dieser Mann ein Häretiker ist.«

Althieux rekelte sich näher an den Kamin heran. »Ich meine, so etwas herausgehört zu haben. Hab ich dir mal von meiner ersten Begegnung mit Papst Klemens erzählt? Davon, dass ich früh Gelegenheit hatte, den Atem erhabener Größe zu wittern?«

»Du hast mir lediglich erzählt, dass du ihm mal begegnet bist. Aber nicht, unter welchen Umständen.«

»Tja – und dabei kommt es doch gerade auf die Umstände an. Ich muss zugeben, dass ich, als er Papst wurde, zunächst große Hoffnungen gehegt habe. Schließlich kann nicht jeder von sich behaupten, er habe sich einem Papst gegenüber nützlich gemacht, als dieser noch kein Papst war. Und er konnte sich sogar gut an mich erinnern. Dennoch beschloss er, mich nicht mehr zu fördern. Er fand wohl, ich sei in Kardinal de Deaux' Umgebung gut aufgehoben und bedürfe keiner weiteren Unterstützung durch ihn. Außerdem kann es gut sein, dass unsere neuerliche Begegnung unliebsame Erinnerungen in ihm geweckt hat, die er, weil er nun nicht mehr der Pierre Roger war, sondern den Namen Klemens VI. angenommen hatte, tunlichst abschütteln wollte.«

Sie lagerten beide auf dem Boden vor der Feuerstelle, denn an den Abenden wurde es unangenehm kalt. In dem kleinen Nebenzimmer brannten keine Kerzen, den einzigen Lichtschimmer gaben die Funken ab, die aus den prasselnden Holzscheiten nach oben stiegen. Und irgendwie war es, als bekämen Althieux' Worte in dem flackernden Licht mehr Gewicht.

»Ich war damals noch sehr jung und Novize in St-Baudil unweit von Nîmes. Wir hatten einen neuen, dynamischen jungen Abt namens Pierre Roger, der allgemein als Günstling des Königs, Ratgeber der Mächtigen, wortgewaltiger Prediger und streitbarer Wortführer bei wissenschaftlichen Disputen galt. Und wir merkten bald, dass er all dies in der Tat war; ich habe nie zuvor und nie danach jemanden kennen gelernt, der es mit ihm aufnehmen konnte. Er blieb nur eine kurze Weile bei uns, es lag auf der Hand, dass er zu Höherem berufen war, obwohl wir damals natürlich nicht ahnen konnten, bis zu welchen Höhen er aufsteigen sollte ...

Der nahe gelegene Gerichtshof pflegte sich in schwierigen Fällen, bei denen es um verzwickte religiöse Probleme ging, an unseren Abt zu wenden oder zumindest Rat bei ihm einzuholen. Das Kloster war daran gewöhnt, bei derlei Fällen ein gewichtiges Wort mitzureden, zumal keiner der beteiligten Stellen an einer Einmischung der Inquisition gelegen war, die nur allzu begierig auf eine Gelegenheit lauerte, sich einzumischen. Eines Tages ging es wieder um einen solchen Fall, und weil der Sekretär des Abtes krank war, trug man mir auf, die wesentlichen Fakten für Pierre Roger zusammenzustellen …

Es ging um sechs Angeklagte, drei Männer und drei Frauen, obwohl, wie sie eilends beteuerten, nur zwei von ihnen Gatte und Gattin waren, die anderen dagegen nichts miteinander zu tun hatten. Sie stammten aus einem Dorf der Umgebung und waren wegen Betrügereien angeklagt. Der Vorwurf stellte sich als unberechtigt heraus, ein missliebiger Nachbar hatte sie angezeigt, weil er sich ihren Grund und Boden aneignen wollte. Aber während der Verhöre wurde rasch klar, dass noch viel mehr dahinter steckte. Die sechs Angeklagten waren nämlich Häretiker, wenn sie es auch verstanden hatten, das bislang geheim zu halten. Es kam erst durch die falsche Anklage ans Licht, weil sie nämlich nicht schwören oder einen Eid ablegen wollten, und als unser Abt fragte, warum nicht, sagten sie's ihm.«

»So mir nichts, dir nichts?«, fragte Olivier.

»So mir nichts, dir nichts. Sie können nämlich einfach nicht lügen.« Althieux nickte. »Im Übrigen schämten sie sich ihres Glaubens keineswegs, im Gegenteil, sie schienen froh über die Gelegenheit zu sein, sich vor Gericht zu ihm zu bekennen. Ich glaube, sie hatten sich mit dem Gedanken an ihr nahes Ende abgefunden, und die Aussicht auf einen baldigen Tod schien sie nicht mal zu beunruhigen. Auf die Frage, warum das so sei, erwiderten sie, dass ihnen nun, da man sie ins Gefängnis gesperrt habe, nur die freudige Erwartung bleibe, schon bald allen irdischen Beschwernissen zu entrinnen und wieder in ihren ursprünglichen göttlichen Zustand zurückzukehren, Auge in Auge mit dem großen Gott. Ein guter Tod sei die beste Garantie dafür, dass ihre nächste Rückkehr in die materielle Welt kürzer ausfallen werde.«

»Und an dieser Stelle hat der Mann, der unser Papst werden sollte, natürlich eingegriffen und ihnen die Erleuchtung des wahren Glaubens gebracht«, warf Olivier trocken ein.

»Im Gegenteil, er fand das überaus faszinierend und hat sie immer wieder und so lange zu allen Einzelheiten ausgefragt, dass sich in seiner Umgebung schon Unruhe ausbreitete. Solche Prozesse waren ihm nämlich verhasst, und er versuchte verzweifelt, die Angeklagten zu irgendeiner Aussage zu bringen, die es ihm möglich gemacht hätte, für Milde und Nachsicht zu plädieren. Als Rechtsgelehrter und Theologe war er eben – wenn ich das so respektlos sagen darf – daran gewöhnt, auch aus brüchigen Fäden ein Netz starker Argumente zu weben. Hätten die armen Teufel irgendetwas gesagt, was sich auch nur entfernt nach dem wahren Glauben angehört oder wenigstens eine Ahnung von aufrichtiger Reue vermittelt hätte, wäre er sofort darauf eingegangen und hätte sie laufen lassen. Und die Richter hätten nicht protestiert, denn auch ihnen stand der Sinn nicht nach derlei Blutjustiz …

Aber so konnte niemand etwas für sie tun. Je mehr sie redeten, desto mehr sperrten alle entsetzt Mund und Augen auf. Ich habe nie erlebt, dass irgendjemand, nicht mal ein Jude, so redselig und bereitwillig allen fundamentalen Glaubenslehren widersprochen hat. Sie nahmen für sich in Anspruch, selbst Götter zu sein, leugneten die Auferstehung des Leibes und beharrten darauf, dass die Welt ein Übel und der Mensch ein Gefängnis der Seele sei, nicht etwa ein Geschöpf nach Gottes Ebenbild. Und in Gott – dem Gott der Bibel – sahen sie einen dämonischen Störenfried, der nichts mit der wahren Göttlichkeit zu tun habe, von der wir alle abstammen. Von unserm Herrn und Erlöser war natürlich keine Rede. Sie glaubten schlicht an die Wiedergeburt. Und es gab für sie – außer der Zeit, die jeder in dieser Welt verbringen muss – keine Bestrafung und keine Hölle, also auch kein Fegefeuer und keinen Himmel.«

Die Erinnerung an die Einlassungen der Angeklagten entlockte Althieux ein Lächeln. »Es war ihnen so ernst damit, sie waren so überzeugt davon, so voller Eifer, als erwarteten sie, dass uns die Logik ihrer Worte einleuchten müsse und wir womöglich gar bekehrt würden. Andererseits schienen sie aber schon fest mit einer Verurteilung zu rechnen. Der Abt redete ihnen noch einmal ernst zu und machte ihnen eindringlich klar, dass es nur eines Bekenntnisses zum rechten Glauben bedürfe, dann seien sie gerettet. Als selbst das nichts half, wollte er trotzdem nicht den Stab über sie brechen, sondern ihnen Zeit lassen, zur Besinnung zu kommen. Er verließ das Gerichtsgebäude und kehrte ins Kloster zurück, und während er dort war, nahmen ihm die Richter aus Sorge, die Inquisition könnte vom schleppenden Verlauf des Prozesses hören und den Fall an sich reißen, die Entscheidung ab.«

Wenige Tage später wurden alle sechs als Betrüger und Diebe verbrannt, wodurch der Gegend um Nîmes das Gemetzel einer inquisitorischen Verfolgung erspart blieb. Pierre Roger aber, der spätere Klemens, litt viele Wochen lang unter dem unglücklichen Ausgang. Er sei sicher, dass es ihm gelungen wäre, sie letztendlich eines Besseren zu belehren, hatte er zu Althieux gesagt, er habe schon voller Ungeduld dem nächsten Gespräch mit den Angeklagten entgegengefiebert.

»Es hat mich innerlich aufgewühlt, wie sie bei ihren Aussagen einander angesehen, sich zugelächelt und sich mit so viel Herzlichkeit in die Arme genommen haben. Das war kein aufgesetztes Gehabe, sondern frohe Genugtuung und stummes gegenseitiges Einverständnis. Weißt du, wenn ich die ›Heiligenleben‹ lese, denke ich manchmal, dass hier weniger Gnade am Werk ist.«

Althieux brach kopfschüttelnd ab, als ihm klar wurde, wie weit er vom Ausgangspunkt ihres Gesprächs abgeschweift war. »Was ich dir eigentlich erzählen wollte: Sie waren überzeugt, dass ihre Seelen sich wie ein Fluss auf das Meer zubewegen. Nicht, weil sie ihnen nach ihrem Willen die Richtung vorgeben, sondern weil die Seelen von Gott kommen und im Augenblick des Todes zu Gott zurückkehren. Deshalb bin ich so sicher, dass dein Hausierer ein Anhänger desselben Irrglaubens ist.«

»Höchst merkwürdig«, sagte Olivier. »Aber da gibt es ein kleines Problem.«

»Und das wäre?«

»Der Mann, der den Text geschrieben hat, aus dem ich den Anfang einer Zeile zitiert habe, die der Hausierer vervollständigte – dieser Mann war kein Häretiker.«

»Ach nein?«

»Nein. Er war Bischof und wird bis zum heutigen Tag als Heiliger verehrt.«

Althieux grinste. »Das solltest du den Gläubigen seiner Diözese lieber nicht erzählen. Ich fürchte, sie wären recht enttäuscht und ernüchtert.«

Am nächsten Tag stand Olivier früh auf und nahm das Frühstück im Refektorium ein. Althieux war nicht da, aber Olivier dachte sich nichts dabei, bis plötzlich einer der Ordensbrüder mit kreidebleichem Gesicht hereingestürmt kam und dem Abt etwas zuflüsterte, woraufhin dieser ebenfalls erbleichte. Olivier bemerkte, dass beide verstohlen zu ihm herüberschielten, als sei er über Nacht zur Persona non grata geworden.

»Was ist?«, fragte er. »Hat es etwas mit mir zu tun?«
»Es ist die Pest«, erwiderte der Abt. »Euer Freund hat sie eingeschleppt.«
Olivier erstarrte das Blut in den Adern, aus Sorge um Althieux und um sich selbst. Er musste keine Fragen stellen, jeder wusste, was das Wort Pest bedeutete. Einige der Frühstücksgäste sahen sich scheu um, als rechneten sie jeden Moment damit, einen Toten durch die Tür wanken zu sehen. Andere sprangen auf, fielen auf die Knie und begannen zu beten. Die meisten aber saßen wie erstarrt da und blickten auf den Abt, als wollten sie ihn stumm anflehen, endlich etwas zu tun, um die Seuche abzuwenden und sie zu retten.
Der Abt tat nichts, er sprach ihnen keinen Trost zu, noch unternahm er irgendetwas, was seinen Ordensbrüdern einen gehbaren Weg gewiesen hätte. Stattdessen sprang er plötzlich auf und eilte stumm aus dem Speisesaal. Olivier dachte, er werde sicher zu Althieux eilen, um ihm die Letzte Ölung zu spenden – vielleicht zu spät, aber damit hätte er zumindest seines priesterlichen Amtes gewaltet.
Er verstand selber nicht, weshalb er keine Angst verspürte. Er hätte zu Tode erschrecken müssen, das wusste er nur allzu gut. Er verstand nicht mehr von der Krankheit als alle anderen, aber er war sicher, dass die Luft rings um einen Erkrankten tödlich vergiftet war. Und da er den ganzen Abend mit Althieux zusammen gewesen war, musste er damit rechnen, sich angesteckt zu haben. Dennoch dachte er nicht an eine überstürzte Flucht, er spielte keinen Augenblick lang mit dem Gedanken, seinen Freund ausgerechnet jetzt im Stich zu lassen. Die Seuche mochte andere treffen, nicht ihn. Ihm war es einfach nicht bestimmt, an ihr zu sterben. Auch das Wissen, dass andere dieselbe optimistische Überzeugung gehegt hatten und trotzdem gestorben waren, konnte ihn nicht in seinem Glauben an die eigene Unantastbarkeit erschüttern. Rings um ihn wurde es immer leerer, die Mönche brachen einer nach dem anderen

schluchzend auf, manche kehrten in ihre Zellen zurück, andere suchten Trost in der Kapelle oder in der Stille des Klostergartens. Er dagegen aß sein Frühstück zu Ende, dann stand er auf und ging zu Althieux' Schlafkammer.

Sein Freund war tot, und als Olivier ihn sah, wurde ihm zum ersten Mal klar, was für eine entsetzliche Seuche die Pest ist. Althieux sah nicht mehr wie ein menschliches Wesen aus, es war nur ein von der Krankheit entstellter Klumpen Fleisch von ihm geblieben, das Gesicht verzerrt, die Kleidung mit Schweiß, Eiter und Erbrochenem besudelt. Er lag so gekrümmt auf dem Boden, als habe er sich selbst zusammengeklappt. Die Fingerkuppen sahen blutig aus, denn er hatte sich die Nägel bei dem Versuch ausgerissen, sie in seiner Todesangst wie Krallen in den Boden zu bohren, um sich mühsam ein Stück näher zur Tür hinzuschleppen.

Dazu kam der schreckliche Geruch – nicht der Atem des Todes, dem war er schon oft begegnet, und nicht der Geruch, den Kranke gewöhnlich verströmen, auch damit kannte er sich zur Genüge aus, das wären vertraute Gerüche gewesen, die kein Entsetzen in ihm auslösen konnten. Nein, der widerlich bittersüße Gestank in der Kammer war abstoßend und verführerisch zugleich; man ahnte förmlich den gekrümmten, schmeichelnd und beruhigend winkenden Zeigefinger, mit dem der Sensenmann sein nächstes Opfer anlockte, teuflisch klug und berechnend, unwiderstehlich, unerbittlich und wahrhaft Angst einflößend.

Olivier bekreuzigte sich und verließ die Kammer, um sich draußen in der hellen Morgensonne zu erholen. Er ging auf die Knie, beugte sich nach vorn und neigte das Gesicht dicht auf die Erde, um den frischen, klaren Duft einzuatmen, den die vom nächtlichen Tau benetzte Krume verströmte, während sie sich allmählich erwärmte.

»Bruder – ja, dich meine ich, ich brauche Hilfe«, rief er einem vorbeieilenden Mönch zu, aber der Ordensmann verlangsamte nicht einmal seinen Schritt. Olivier rief den Nächsten an – und dann den Übernächsten, aber sie taten alle, als hätten sie ihn nicht gehört. Als er aufstand, hörte er den Hufschlag eines Pferdes und sah gerade noch, wie der Abt das Kloster in großer Eile und ohne einen Blick zurückzuwerfen durch den Torbogen des Haupteingangs verließ.

Innerhalb von Minuten lösten sich klösterliche Zucht und Ordnung wie schöner Schein auf; die nackte Angst machte dreihundert Jahren der Kontemplation, des Gebets und des unbedingten Gehorsams den Garaus. Das Kloster sollte sich nie wieder davon erholen; drei der fünfundvierzig Brüder überlebten die Seuche, aber sie suchten anderswo Zuflucht. Die Gebäude standen viele Jahre lang leer, bis schließlich der Herzog von ihnen Besitz nahm und sie als Stallungen und Scheuern nutzte. Im achtzehnten Jahrhundert entzündete sich in einer der Scheunen ein Heuhaufen, das Feuer griff auf die anderen Gebäude über, ein großer Teil der Anlage brannte nieder, und was an Steinen übrig blieb, wurde von Plünderern weggeschleppt und für den Bau neuer Häuser verwendet. Die kümmerlichen Überreste wurden 1882 in eine Schule umgewandelt – ein bezeichnendes Beispiel für die an den Idealen der Leistungsgesellschaft ausgerichtete Politik der republikanischen Zeit.

Der versteckte Winkel, in dem Olivier frühmorgens im Sonnenlicht gestanden hatte, und das verkohlte, zu einem guten Teil geschleifte Gemäuer, in dem Althieux gestorben war, sind heute beliebte Zufluchtsorte für halbwüchsige Knaben, die dort in den Schulpausen heimlich ihre Zigaretten paffen. An der Stelle, an der Olivier seinerzeit seinen Freund begraben hatte, wuchern heute üppige Wildblumen. Er hatte das Grab selber ausschaufeln müssen, ohne jede Hilfe, dann zum Abschied ein kurzes Gebet gesprochen und Althieux versprochen, eine Messe für ihn lesen zu lassen, wenn er denn einen Priester fände, der dazu bereit war.

Ach ja, die Wildblumen … sie werden Jahr für Jahr von jungen Burschen gepflückt, die sie dann ihrer Herzallerliebsten schenken (oder wie man heute eher sagen würde: dem Mädchen, mit dem sie gerade gehen).

Olivier schnürte sein Bündel und sah zu, dass er das Kloster so rasch wie möglich verließ. Es schockierte ihn, mit welchem Ungestüm die Ereignisse über sie alle hereingebrochen waren und wie die Mönche darauf reagiert hatten. Die Schreckensnachricht verbreitete sich wie ein Lauffeuer in der ganzen Stadt, und das Bedrückendste war die unwirkliche, förmlich mit Händen zu greifende Stille. Die Menschen unterhielten sich nur noch im Flüsterton und verrieten durch die flackernde Angst in ihren Blicken, dass sie jeden Augenblick damit rechneten, selbst von der Seuche befallen zu werden. Nur wenige wagten sich überhaupt auf die Straße, die Türen waren verriegelt, die Fensterläden zugeklappt, und in den Ställen schnaubten die Pferde unter der Last des hastig zusammengetragenen Fluchtgepäcks, das ihnen aufgeladen wurde.
Selbst auf dem Markt herrschte kaum Leben, nur wenige fahrende Händler harrten an den Ständen aus und hofften unverdrossen, es würden sich vielleicht doch noch ein paar Käufer einstellen, sodass sich die Mühsal der weiten Anreise für sie auszahlte. Als Olivier an den Ständen vorbeikam, entdeckte er auf einmal seinen reisenden Hausierer vom Vortag, den Häretiker.
Der Mann hatte ihn ebenfalls bemerkt, ihre Blicke trafen sich. Und Olivier las in seinen Augen die stumme Frage: Na, was wirst du nun tun? Du weißt doch, was für einer ich bin.
Ein kaum merkliches Lächeln huschte über Oliviers Gesicht,

und der Mann signalisierte ihm durch ein kurzes Augenzwinkern, dass ihn die Botschaft erreicht habe. Danach brach der Kontakt zwischen ihnen abrupt ab, der Hausierer sah weg und beugte sich über seine Ballen groben Tuchs, und Olivier führte das mit Tragesäcken beladene Pferd am Zügel über den Markt, ohne aufzusehen und geradewegs auf das Stadttor nach Avignon zu.

Eingedenk Althieux' Warnung wollte er seinem Plan folgen, einen Umweg in Kauf zu nehmen und sich der Stadt von Norden zu nähern, doch es sollte sich bald herausstellen, dass ihm solche Vorkehrungen nichts nützten. Denn als er an einem der folgenden Abende in einem am anderen Ufer der Rhone und damit auf provenzalischem Gebiet gelegenen einfachen Gasthaus Quartier nahm, hörte er zufällig die Unterhaltung zweier Kaufleute mit.

»Ich weiß nicht, nach wem sie suchen«, sagte der eine, »aber es scheint ihnen viel daran zu liegen, ihn zu kriegen.«

»Worum geht's denn?«, erkundigte sich Olivier mit Unschuldsmiene. »Gibt's Ärger auf den Straßen?«

»Nun ja, Soldaten«, erwiderte der andere Kaufmann. »Keine Ahnung, in wessen Diensten sie stehen, aber sie halten jeden Reisenden an, der nach Avignon will. Wie ich unterwegs gehört habe, sollen sämtliche Wege und Straßen in die Stadt blockiert sein.«

Olivier stellte sich unwissend. »Vielleicht sind sie hinter vagabundierenden Räubern her?«

»Nein, dazu sind es zu wenige. Gerade genug, um einen einzelnen Reisenden aufzuhalten, zu mehr wird's kaum reichen«, bekam er zur Antwort, aber dabei musterte ihn der Kaufmann schon ein wenig argwöhnisch.

Über all das dachte Olivier nach, als er die Juckstellen kratzend auf der von Flöhen wimmelnden Strohmatratze lag. Wenn de Deaux' Söldner jeden durchsuchten, wussten sie offenbar nicht, wie ihr Opfer aussah, sondern verließen sich darauf, dass sie es anhand des Briefes identifizieren konnten. Nun, wenn das so war, lag die Lösung des Problems auf der Hand …

Nach einem Frühstück, das nur aus Brot und einem Humpen Wein bestand, brach er auf, wandte sich aber nicht nach Süden, Richtung Avignon, sondern ostwärts, wo in der Ferne Hügel aufragten. Das kostete ihn zwar zusätzlich zu den zehn Tagen, die er ohnehin bereits durch alle Umwege verloren hatte, noch einmal Zeit, aber es blieb ihm gar nichts anderes übrig, denn Ceccani würde ihm den Verlust des Briefes nie verzeihen. Und so ritt er schnurstracks auf die Kapelle der heiligen Sophia zu, weil er sich sagte, es sei bestimmt das Vernünftigste, den Brief seinem Freund Pisano zu treuen Händen zu übergeben. Dann konnte Ceccani einen Trupp eigener Söldner zu der Kapelle schicken und den Italiener samt dem Brief sicher in die Stadt geleiten lassen. Die Aussicht, sich wie ein Potentat von Berittenen in eine quasi belagerte Stadt eskortieren zu lassen, war für Pisano sicher ein unvergessliches Erlebnis und ganz nach seinem Geschmack; er liebte große Auftritte.

Eine Tagereise vor der Kapelle begann es zu regnen, und aus dem anfänglichen Nieseln wurde rasch ein sechsunddreißig Stunden anhaltender Dauerregen. Olivier war bis auf die Haut durchnässt und zitterte am ganzen Leib, als er die Hügelkuppe erreichte, aber er tröstete sich mit dem Gedanken an das behagliche Lager, von dem sein Freund ihm mit Stolz erzählt hatte, und an das prasselnde Feuer, an dem er sich aufwärmen konnte.

Aber Pisano war nicht da; typisch für den Burschen, er war nie da, wenn man ihn brauchte. Die Sophienkapelle lag verlassen da, ringsum herrschte ein unbeschreibliches Durcheinander: Die Stützbalken für das Malergerüst lagen herum, im Gras konnte man überall die versengten Stellen ausmachen, an denen die Nachtfeuer gelodert hatten, und an den bunten Farbflecken auf dem Boden ließ sich leicht ausmachen, wo sein Freund nach getaner Arbeit die Pinsel ausgewaschen hatte.

Dasselbe trostlose Bild bot sich im Inneren der Kapelle; die halb fertigen Wandgemälde und der Umstand, dass weit und breit keine Menschenseele zu sehen war, drängten den Verdacht auf, die Arbeiten seien nicht nur unterbrochen, sondern eingestellt worden.

Olivier stand unschlüssig da, blickte auf den dichten Wald, der ihn umgab, und lauschte dem unheimlichen Geräusch, mit dem die schweren Regentropfen unablässig auf das Dach aus Zehntausenden Blättern trommelten – so laut, dass die ganze Umgebung davon widerzuhallen schien. In der Ferne stieg kräuselnder Rauch auf. Er kam aus den Schornsteinen von Vaison, seiner Heimatstadt, die er seit beinahe zehn Jahren nicht mehr besucht hatte. Er wischte sich den Regen aus dem Gesicht, dann stolperte er benommen in die Kapelle, die einzige trockene Zuflucht in erreichbarer Nähe. Halbdunkel umgab ihn, denn bei dem finster verhangenen Himmel drang durch die schmalen Kirchenfenster nur spärliches Licht. Er zitterte und ahnte, dass es nicht lange dauern konnte, bis ihn Fieber schüttelte; also musste er sich rasch die nassen Sachen ausziehen, ehe er ernsthaft krank wurde. Aber obwohl er immer stärker zitterte, kam ihm keine Sekunde lang der Gedanke, er sei womöglich an der Pest erkrankt. Er wusste, dass ihm nur wenig Zeit blieb, ehe er zu schwach wurde, um sich auf den Beinen zu halten, also widmete er sich eilends den vordringlichen Aufgaben. Er kramte die warme Schlafdecke und die Wasserflasche aus dem Packzeug, zog die durchnässte Kleidung aus, legte sich – in die Decke gemummt und dennoch vor Kälte mit den Zähnen klappernd – auf den harten Steinfußboden und hoffte, ein wenig Schlaf zu finden.

Er konnte später nicht sagen, wie lange er so dagelegen hatte, vielleicht einen ganzen Tag oder noch länger, er war nicht einmal sicher, ob er überhaupt die ganze Zeit über geschlafen hatte. Er meinte sich zu erinnern, immer wieder in Träume gefallen und aus ihnen hochgeschreckt zu sein; er wusste auch, dass er zwischendurch nachgedacht und gegrübelt hatte, andererseits gab es Zeitabschnitte, in denen er zu keinem klaren Gedanken fähig gewesen war, sondern nur merkte, dass ihm wunderliche Überlegungen durch den Kopf gingen, die weiß der Himmel woher, aber bestimmt nicht von ihm kamen. Ihm fiel ein, dass das stetige Rauschen irgendwann verstummt war, weil der Regen aufgehört hatte, und dass das Licht, das von außen hereinfiel, heller geworden war. Und einmal, entsann er sich, hatte ein Sonnenstrahl durch die Fenster gespitzelt und helles Licht auf Pisanos unvollendetes Werk geworfen.

Und so lag er nun da, starrte auf die halb fertigen Wandgemälde und erlebte wieder dieses Taumeln zwischen Traum und Realität: Im einen Augenblick war ihm völlig klar, dass sein Freund diese Bilder gemalt hatte, im nächsten aber war es ihm, als sehe er lebende, beseelte Gestalten vor sich. Er war von Pisanos Fresken überwältigt und musste zugeben, dass sein Freund mit der prahlerischen Ankündigung, er werde etwas schaffen, dergleichen die Welt noch nicht gesehen habe, nicht übertrieben hatte. Seine Gestalten schienen Wesen aus Fleisch und Blut zu sein, die Legenden wurden zu lebendigen Geschichten. Olivier erkannte in Magdalena Isabelle de Fréjus wieder und war sich plötzlich sicher, dass die Heilige so und nicht anders ausgesehen haben musste. Und beim Anblick des noch unvollendeten Bildes, auf dem dargestellt war, wie die Heiligen, gerade dem wütenden Sturm entronnen, mit ihrem mysteriösen Boot festes Land erreichten, erfasste ihn ein frommes Schaudern angesichts der Macht des Herrn, der es vermochte, einen so armseligen kleinen Kahn sicher durch das aufgewühlte Meer zu geleiten. Er sah, dass Pisano dem Blinden sein eigenes Gesicht gegeben hatte und dass Sophia seine Rebekka war – angefangen von der sonnengebräunten, zugleich von einem inneren Leuchten aufgehellten Haut über die Anmut ihrer Gesten und Bewegungen bis hin zu der Art, wie sie ihr volles Haar trug und scheu und bescheiden den Kopf

neigte. Wer konnte diesem Anblick, wer konnte so viel Liebreiz widerstehen?
Dann dämmerte er wieder vor sich hin und hörte Sophia die Worte sagen, die sie an den Sünder gerichtet hatte und die jetzt ihm galten: »Du wirst es erkennen, sobald du verstanden hast, was Liebe ist.« Ihre Hand streichelte sein Gesicht – eine Geste, deren ruhige, gebieterische Kraft keine Ähnlichkeit mit dem Schwindel von Jahrmarktgauklern hatte, und als ihm gleißend helles Sonnenlicht in die Augen strömte, wachte er erschrocken auf.
Der Fieberwahn war vorbei, aber Olivier blieb – mehr von seinen wirren Träumen als von der Erkältung und den Fieberanfällen erschöpft – noch eine Weile liegen, und als er sich schließlich mit mürben Knochen und steifen Gelenken aufrappelte, rebellierte sein Magen vor Hunger, und sein Mund fühlte sich ausgedörrt und schon ganz pelzig an, weil er so lange nichts mehr getrunken hatte. Als er sich aufrichtete, zuckte ihm greller Schmerz durch den Kopf; er schrie vor Qual auf und musste sich schnell wieder hinkauern, damit das Schwindelgefühl aufhörte.
Und dann fiel ihm wieder ein, warum er hier war. Er griff nach seiner Kleidung, die sich noch ein wenig feucht und klamm anfühlte, die aber bald am Körper trocknen würde, wenn er in Bewegung blieb. Er trank durstig die halbe Wasserflasche leer und zwang sich, ein mittlerweile weich und moderig gewordenes Stück Brot aus seinem Packzeug zu essen. Dann langte er nach dem für Ceccani bestimmten Brief. Nach langem Zögern fuhr er mit dem Finger unter das ausladende Siegel des Bistums von Winchester und brach es auf – noch immer unsicher, ob er das Richtige tat oder den schlimmsten Fehler seines Lebens beging. Schließlich las er den für den Kardinal bestimmten Brief. Er las ihn sechsmal und versuchte, sich, so gut er's in seinem geschwächten Zustand vermochte, auf den Text zu konzentrieren. Als er glaubte, sich alles eingeprägt zu haben, legte er den

Brief beiseite und murmelte den Inhalt auswendig vor sich hin. Dann las er den Brief noch einmal, korrigierte einige Fehler, die sich in sein Gedächtnis eingeschlichen hatten, und nach gut einer Stunde wusste er, dass alles Wort für Wort zuverlässig in ihm gespeichert und die Nachricht des Bischofs von Winchester nun an dem einzigen Ort aufgehoben war, an dem de Deaux' Häscher sie mit Sicherheit nie aufspüren konnten.
Es blieb freilich das Problem, wo er den Brief verstecken sollte; allzu viele Möglichkeiten bot die Einöde rings um die Kapelle nicht. Zu guter Letzt beschloss er, dass der aus Stein gehauene Altar dafür herhalten müsse. Er stemmte die Schulter gegen die Deckplatte, bis er es geschafft hatte, sie ein klein wenig hochzudrücken, gerade so weit, dass er den Brief darunter schieben konnte. Danach musste er sich erst einmal hinsetzen, bis das Schwindelgefühl und die Kopfschmerzen nachließen.
Ceccani konnte ihn von einem Trupp Soldaten holen lassen, oder Pisano brachte ihn mit, wenn er das nächste Mal hier draußen zu tun hatte. Auf jeden Fall waren der Brief und sein Inhalt fürs Erste an einem sicheren Ort untergebracht. Er hatte getan, was in seinen Kräften stand.
Schwer atmend und immer noch auf unsicheren Beinen, trat er ins Freie. Die Wärme und das grelle Licht machten ihn benommen. Der Regen war längst vorüber, nur der frische, saftige Geruch der Vegetation erinnerte noch an ihn. Die warme Sonne ließ in der Ferne lockere Dunstschwaden aufsteigen, und die Vögel, froh darüber, dass das garstige Nass ein Ende hatte, schienen lauter und ausgelassener zu zwitschern als je zuvor, zumindest kam es Olivier so vor.
Zum ersten Mal nahm er – vielleicht, weil Pisano ihn dazu inspiriert hatte – bewusst die Vielfalt der Farben in der Natur wahr: die prächtigen Purpurnuancen und die Braun-, Gelb- und Grüntöne auf den Hügeln und in den Tälern – eine Sinfonie aus Farben, so weit das Auge reichte. Er wandte sich um und ließ den Blick staunend über die breite, offene Ebene des

Rhonetals schweifen, gespickt mit winzigen Ansiedlungen und ungezählten schmalen Feldern und Äckern.
Die Wärme und die Stille taten ihm gut, er erholte sich rasch, und schließlich sank er auf die Knie – aus Dankbarkeit darüber, dass er noch lebte und dass es ihm vergönnt war, die Schönheit der Natur zu erkennen und all ihre wundersamen Gerüche einzuatmen.

Als Marcel Anfang 1941 in Avignon sein neues Amt als Präfekt antrat, galt er bei den Einwohnern als eine Art Held des Vaterlandes. Es gefiel ihnen, wie er die Deutschen bei ihrer Ankunft untadelig korrekt, aber deutlich distanziert begrüßt hatte, und zwar in voller Uniform, mit allen Insignien seines Amtes. Und wie er die Stadt vor jeder Zerstörung bewahrt und den Deutschen gegenüber darauf bestanden hatte, Plünderungen unnachsichtig zu bestrafen. Und wie er persönlich von dem als Stadtkommandant eingesetzten General verlangt hatte, die Wehrmachtsfahrzeuge zur Versorgung der Bevölkerung mit Lebensmitteln einzusetzen. All das hatte ihm den Ruf eines human denkenden Mannes eingetragen, der in kritischen Augenblicken nicht katzbuckelte, sondern Haltung bewies. Solche Männer sind schon in normalen Zeiten rar gesät, Ende 1940 waren sie von unschätzbarem Wert. Man brauchte sie jetzt mehr als je zuvor. Und so fanden die Bürger es nur recht und billig, dass ihm der verdiente Lohn so schnell zuteil geworden war.
Es gab viel zu tun, das gesellschaftliche Gefüge musste reformiert, die Verwaltung völlig neu aufgebaut werden. Selbst einfache Routineangelegenheiten, die normalerweise eine Selbstverständlichkeit gewesen wären, bedurften jetzt großen Geschicks

und enormer Anstrengungen. Und Marcel zeigte sich durch Effizienz und Umsicht allen Aufgaben gewachsen. Er hielt sich nicht mit lamentierendem Jammern auf, verschanzte sich nicht hinter Ausflüchten, hatte angeblich sogar sein Bett in der Präfektur aufgeschlagen und war immer und überall Motor und treibende Kraft, kurzum das reibungslos funktionierende Produkt des bürokratischen Systems und geradezu dessen leibhaftige Rechtfertigung.

Als die ersten Schwierigkeiten überwunden waren und er sich weniger vordringlichen Problemen zuwenden konnte, hatte er auf Empfehlung des Ministers für Erziehung und Bildung Julien Barneuve einen Brief geschrieben, in dem er ihn bat, aus seinem Exil zurückzukehren und ihn in Avignon aufzusuchen.

»Man hat Erkundigungen über dich eingezogen, mein Freund«, begrüßte er Julien und kostete dessen leichten Schreck aus. Nur ein kleiner Scherz, durch den er aber zugleich die Möglichkeiten seiner neuen Machtbefugnisse ausloten konnte. »Mir liegen zwei Empfehlungen für dich vor.«

Julien sah ihn überrascht an. »Und wie komme ich zu dieser Ehre?«

»Wir haben eine Liste von Leuten aufgestellt, die wir für eine Mitarbeit gewinnen wollen. Du hast, soweit ich weiß, vor einem Jahr einen Aufsatz veröffentlicht – irgendetwas über einen Bischof. Und ein paar wichtige Leute haben daraus entnommen, dass du die richtige Einstellung hast. Woran du siehst, wie gründlich sie recherchiert haben. Nehme ich die persönlichen Empfehlungen dazu ...«

»Ich habe den Aufsatz nicht vor einem, sondern vor *einigen* Jahren veröffentlicht«, unterbrach ihn Julien.

»Na schön. Der entscheidende Punkt ist, dass er genau das widerspiegelt, was wir im Augenblick brauchen: den Blick für das große Ganze. Ein Modell dafür, wie die Zusammenarbeit mit ... wie soll ich mich ausdrücken? ... mit unseren neuen Freunden gestaltet werden soll. Jedenfalls ist dein Name dadurch ins Gespräch gekommen. Was wohl auch ein wenig daran liegt, dass der Erziehungsminister Klassikerkenner ist.« Nun sah Julien erst recht verblüfft aus. »Wovon redest du überhaupt?«

»Von den Deutschen, Julien. Du wirst sie doch nicht völlig vergessen haben? Die Leute, die unser halbes Land besetzt halten. Du schreibst in deinem Aufsatz, dass es die Gallier waren, die die Barbaren zivilisiert haben, obwohl die als Eroberer gekommen waren. Im Grunde haben also wir Gallier den größeren Sieg errungen, der sich letztendlich als Segen für uns alle erwiesen ...«

»Ich habe nichts dergleichen geschrieben«, verwahrte sich Julien. »Und ich kann absolut keine Parallelen zwischen der damaligen und der heutigen Zeit erkennen.«

Marcel schien ein wenig irritiert. »Die Leute in Vichy haben das jedenfalls so verstanden. Goten, Deutsche, Tagelöhner, Kommunisten – alle Menschen werden Brüder. Von Politikern darfst du nicht erwarten, dass sie sich um feine Unterschiede scheren. Die Quintessenz ist: Sie wollen, dass du uns behilflich bist, deinen Beitrag zur Stabilisierung der Situation leistest. Mit anderen Worten: deine Pflicht tust.«

»Ich kann dir wirklich nicht folgen.«

»Halte Vorträge! Schreib Artikel! Die Zeitungsredaktionen lechzen danach. Und jetzt kommt noch der Rundfunk dazu. Wir könnten die Weichen dafür stellen, dass du den einen oder anderen Kommentar sprichst. Das ist neuerdings ungeheuer populär.«

»Ich glaube nicht, dass ich das besonders gut kann – und Neigung dazu verspüre. Mit Vereinfachungen und Halbwahrheiten hausieren zu gehen, das reizt mich nicht.«

Marcel nahm an seinem Schreibtisch Platz und sah ihn ernst an. »Hör mir zu, Julien, ich spreche von Freund zu Freund. Du bist mir viele Jahre lang oft ein guter Ratgeber gewesen, jetzt will ich dir einer sein. Weißt du, wie es um unser Land steht?

Wahrscheinlich nicht. Es dürfte dir nicht verborgen geblieben sein, dass wir den Krieg verloren haben. Und dieses Mal gründlich und endgültig. Wir leben in einer neuen Welt, in der alles anders geworden ist. Unwiderruflich. Die Deutschen haben an allen Fronten gesiegt, sie können nicht mehr geschlagen werden. Weil es niemanden mehr gibt, der es mit ihnen aufnehmen kann. Sie haben die Herrschaft über ganz Europa errungen. England liegt in den letzten Zügen, sein Imperium wird früher oder später unweigerlich zerschlagen werden. Am Schluss wird der Krieg zweifellos auf Russland ausgedehnt, und dann wird Russland dasselbe Geschick ereilen. Und in dieser Zeit liegt bei uns die Regierungsgewalt in den Händen eines alten Generals, dessen Mitarbeiter sich in vielen Fällen von zweifelhaften Motiven leiten lassen. Die Bevölkerung ist wie gelähmt und so orientierungslos, dass sie auf den erstbesten politischen Scharlatan hereinfallen würde. Wir müssen die Leute vor falschen Hoffnungen und überzogenen Erwartungen bewahren ...«

»Meinst du Leute wie Bernard?«

»Genau die. Wie ich höre, soll er das Land verlassen haben. Eine Nachricht, die ich von Herzen begrüße. Stell dir bloß vor, was er jetzt alles in seinen Artikeln schreiben würde! Da käme nur eine Ansammlung von bissigen Seitenhieben und Vorwürfen gegen die heraus, die den Krieg verloren haben. Das mag ja alles berechtigt sein, aber was würde sein ganzes Gerede über Demokratie und Freiheit denn bringen? Was soll's, wenn einer bei jedem Gesetz und Erlass ein Haar in der Suppe findet und ständig Rufmord an Politikern und Ministern betreibt? Wem nützen Hasstiraden gegen den Gegner von gestern, der mit seinen Panzern unsere Front aufgerollt und unser Land in zwei Teile zerschnitten hat? Ich wiederhole, da mag etwas dran sein, aber darum geht es gar nicht. Die Bevölkerung muss beruhigt und ermutigt werden, sie muss sich beschützt fühlen. Wir können es uns nicht leisten, dass ein Riss durch unser Volk geht und die Regierung fortwährend durch interne Streitigkeiten daran gehindert wird, ihre Arbeit zu tun. Gerade in dieser Zeit können wir uns das nicht leisten.«

Er lehnte sich zurück.

»Und da ist noch etwas. Ich brauche Hilfe, und ich bitte dich als dein Freund um Hilfe in einer Angelegenheit, mit der du möglicherweise nicht vertraut bist. Hast du mal was von der Legion der Veteranen gehört?«

Julien zuckte die Achseln. »Natürlich. Was ist mit ihr?«

»Es handelt sich angeblich um eine Gruppe von alten Soldaten, Helden aus dem letzten Krieg. Obwohl nicht feststeht, wie viele von ihnen tatsächlich an ihm teilgenommen haben. Sie stehen dem Präsidenten nahe und drängen sich ihm als getreue Anhänger auf. Und weißt du, was diese Leute tun? Sie blasen ihm ins Ohr, die Bürokratie führe seine Anweisungen nicht aus. Auf Bürokraten sei kein Verlass, reden sie ihm ein. Sie dienen sich ihm als heimliche Lauscher und Spione an. Machen sich erbötig, ihn auf dem Laufenden zu halten, was im Lande vorgeht, und nötigenfalls für ihn zu erledigen, was die Bürokratie schleifen lässt. Diese Leute sind gefährlich, Julien. Wenn man ihnen nicht das Handwerk legt, operieren sie an uns vorbei. Dann bricht die bewährte Balance der Administration zusammen, und plötzlich liegt das Wohl und Wehe des Landes abermals in den Händen der alten Straßenkämpfer. Erinnerst du dich an 1928, an unsere gemeinsame Zeit in Paris? An die Unruhen, bei denen sich Kommunisten und Rechte blutige Straßenkämpfe geliefert haben? Du hast seinerzeit gesagt, du könntest dich nicht für eine der beiden Seiten entscheiden, denn der Gedanke, dass die einen oder die anderen an die Macht kämen, mache dir gleichermaßen Angst.«

Marcel ließ ein paar Sekunden verstreichen.

»Wir sind fast wieder so weit, Julien. Marschall Pétain ist ein aufrechter Mann, ein Nationalheld, aber er lässt sich leicht beeinflussen. Und es sind die Veteranen, die ihn immer mehr beeinflussen. Wenn es mir nicht gelingt, Leute um mich zu scharen, denen ich vertrauen kann, werden sie bald auch die Administration unterwandert haben. Darum brauche ich dich. Du warst Soldat, bist hoch dekoriert, ein angesehener Wissenschaftler, eine allgemein respektierte Persönlichkeit. Ich brauche jetzt mehr denn je Freunde an meiner Seite. Und darum kannst du, wie ich schon sagte, nicht einfach untertauchen und deinen Neigungen nachgehen. Wenn Krieg wäre, könntest du an die Front gehen und kämpfen, wenn dir danach zu Mute ist. Eine sehr noble, sehr einfache Lösung. Aber der Krieg ist vorbei. Und jetzt beginnt der wirklich gefährliche Teil. Du musst dir vor Augen halten, welche Chance sich uns jetzt bietet, Julien. Die Chance, dieses Land wieder aufzubauen und zu erneuern, ihm eine gute Regierung zu geben und die Leute loszuwerden, die unser Land mit ständiger Nörgelei und Kritik nur schwächen. Guck dir die Deutschen an, guck dir an, wie sie die Dinge in die Hand nehmen, während wir orientierungslos auf unserem Scherbenhaufen herumirren! Ich mag die Deutschen nicht, aber wir müssen von ihnen lernen, wenn wir wieder auf die Beine kommen wollen. Und wir müssen natürlich zugleich darauf achten, dass keine Gangster die Geschicke unseres Landes in die Hand nehmen. Wenn du mir nicht helfen willst, hilfst du ihnen. Das war der gute Rat, den ich dir geben wollte.«

Julien sah Marcel an, dass er seinen Appell sorgfältig vorbereitet, vielleicht sogar auswendig gelernt hatte und von jedem Wort absolut überzeugt war. Und Julien konnte ihm nicht mal widersprechen. Aus Marcel sprach der so genannte gesunde Menschenverstand. Trotzdem zögerte er, den Schritt zu tun, auf den Marcel so ungeduldig wartete.

»Ich sehe nicht, dass Vorträge in so einer Situation hilfreich sein könnten«, sagte er.

»Oh, darum geht's! Nun, dergleichen kann nie etwas schaden. Es beflügelt den Geist, vermittelt den Leuten, was wir tun. Der wichtigere Teil der Aufgabe besteht allerdings darin, ein wachsames Auge auf Zeitungen und Verlage zu haben. Wir müssen uns vergewissern, dass sie keine Defätisten sind. Wir können uns in der gegenwärtigen Lage keine Kritikaster leisten, die ständig irgendwelchen Unsinn verbreiten. Gewiss, die Regierung macht Fehler, sie ist nicht perfekt. Aber wir haben nun mal nur diese Regierung, also muss man ihr eine Chance geben. Gleichzeitig sollst du dafür sorgen, dass aus Verwaltungskreisen keine Kritik gegen mich aufkommt. Nutz deine Intelligenz und mach deine Sache gut!«

»Was verstehst du darunter, ein wachsames Auge auf die Verlagsszene zu haben?«

»Welche Zeitschriften und Tageszeitungen Papierkontingente zugewiesen bekommen. Welche Bücher vorrangig gedruckt werden sollen. Und so weiter und so weiter.«

»Dafür bin ich total ungeeignet.«

»Wer wäre das nicht? Aber du bist doch ein allgemein geachteter Akademiker, oder nicht?«

»Ja, ich denke schon.«

»Na also. Ich vertraue dir, und die Leute, die aus deinen wohlmeinenden Empfehlungen Nutzen ziehen, werden dir ebenfalls vertrauen. Es geht ums Gemeinwohl, verstehst du? Wir müssen für Ruhe in der Bevölkerung sorgen. Wenn du das nicht tust, tut's ein anderer. Und um offen zu sein, du hast keine andere Wahl. Du predigst seit Jahren die Notwendigkeit, die Zivilisation vor einem Rückfall in die Barbarei zu bewahren. Jetzt bekommst du deine Chance. Und vergiss nicht – die Barbaren sind mitten unter uns!«

Marcel stand auf und strich sich mit gespreizten Fingern das schüttere Haar zurück. Sein Gesicht war ein wenig voller geworden, hatte aber Falten und Runen von der vielen Arbeit und den Sorgen bekommen, und nach seiner flammenden Ansprache war es von einer leichten Röte überzogen.

»Denk darüber nach!«, sagte er. »Und wenn du nachgedacht

hast, geh ins ›Hotel Continental‹. Ich habe dort einen Flur für die Büros des neuen Zensors requirieren lassen. Du fängst am Montag dort an.«

Als Olivier sich Avignon von Osten her näherte, sah er schon von weitem die beiden kleinen Trupps päpstlicher Söldner, die jeden Reisenden anhielten und durchsuchten. Er nahm sich fast eine Stunde Zeit, die Prozedur zu beobachten, bevor er sich ein Herz fasste und auf die Straßensperre zuging.

»Was ist denn los?«, fragte er, als sie ihn aufforderten abzusteigen und anfingen, seine Kleidung abzutasten und sein Gepäck zu durchsuchen.

»Befehl von oben«, antwortete einer von ihnen. »In Ordnung, Ihr könnt passieren. Danke.«

»Ach komm, sag's mir doch! Worum geht's denn?«

»Nichts da«, ließ ihn der Söldner abblitzen und winkte ihn weiter.

Nun gut, er hatte es hinter sich und durfte weiter seines Wegs ziehen. Aber kurz vor der großen Rhonebrücke beobachtete er eine Szene, bei deren Anblick er seinen Augen nicht trauen wollte. Schließlich fing er laut zu lachen an und trieb sein Pferd an, weil er es kaum erwarten konnte, Ceccani zu erzählen, was in dem Brief gestanden und was er gesehen hatte.

»Fünfzig Männer und Frauen«, berichtete er dem Kardinal, »alle mit einem Strick aneinander gebunden, haben sich gegenseitig mit Ruten und Seilen geschlagen und dabei Psalmen gesungen – freilich nicht sehr melodisch, wie ich zugeben muss. Und sie haben nicht nur zum Schein zugeschlagen, sondern sich richtig wehgetan. Was ist nur los in diesem Land, dass man überall auf so viele Verrückte trifft?«

Ceccani fand das nicht zum Lachen. »Sie nennen sich Flagellanten – warum, kannst du dir ja denken. Sie glauben, sie könnten durch Selbstzüchtigung die Seuche abwenden.«
»Wenn ich mich in der Stadt umsehe, scheinen sie keinen großen Erfolg damit zu haben. Sagt mir, ist es wirklich so schlimm, wie es den Anschein hat?«
»Schlimmer«, erwiderte Ceccani grimmig. »Und nach allen Berichten steht uns das Schlimmste noch bevor. Darum lach nicht über diese Leute, Olivier! Während du weg warst, hat sich vieles geändert, und wenn du erst siehst, was sich in Avignon abspielt, wird dir das Lachen schnell vergehen.«
»Ja, Herr, einiges habe ich schon auf dem Weg hierher gesehen.«
Und das hatte er tatsächlich. Er hätte es nie für möglich gehalten, dass das Antlitz einer Stadt sich so schnell und so drastisch verändern kann. Natürlich nicht das Stadtbild; die Häuser, die Plätze, die Kirchen und der päpstliche Palast sahen aus wie immer, aber die menschenleeren Straßen, das Wehklagen, das aus den Höfen und Ställen drang, die wenigen huschenden Gestalten – das hatte etwas Gespenstisches an sich. Er hatte vorher nie darüber nachgedacht, erst jetzt wurde ihm bewusst, wie sehr ihm diese Stadt mit ihrer geradezu sprichwörtlich gewordenen Raffgier, ihrer Korruption und ihren sündigen Ausschweifungen ans Herz gewachsen war. In Avignon zu leben, in diesem Gemisch aus Italienern, Franzosen, Deutschen und Flamen, sich in der Atmosphäre der Käuflichkeit und der Rücksichtslosigkeit zu behaupten, das war immer wie eine Begegnung mit der großen weiten Welt gewesen. Aber nun schien es damit für immer aus und vorbei zu sein. Das Bild der Stadt war geprägt von den Leichensammlern, die ihre dumpf rumpelnden, mit blechernen Glöckchen bestückten Karren durch die Straßen schoben, runter zum Fluss, wo sie ihre grausige Fracht abluden. Niemand konnte sich vorstellen, dass es irgendwann wieder so sein könnte, wie es gewesen war, auch Olivier nicht.

Er fürchtete, keine Stadt der Welt könne sich je von einem solchen Schlag erholen.
»Wie viele Tote sind es denn?«
»Bis jetzt? Ungefähr sieben-, vielleicht auch zehntausend. Wir dachten, die Seuche werde abflauen und woandershin ziehen, aber es sieht nicht danach aus. Es wird wohl noch viel mehr Tote geben, Olivier, niemand kann etwas dagegen tun. Die Menschen sind der Krankheit hilflos ausgeliefert. Dessen ungeachtet wünsche ich, dass du mir, sobald du dich erholt hast, einen Dienst erweist.«
»Jederzeit gern, Herr.«
»Such diese Leute auf, über die du dich so amüsiert hast. Sie müssen einen Führer haben, den bring zu mir! Ich kann nicht beurteilen, ob sie gefährlich sind oder nicht. Wir müssen herausfinden, was für Menschen das sind.«
Über den Verlauf seiner Reise hatte Olivier seinem Kardinal bereits berichtet und sich wortreich dafür entschuldigt, dass er so lange gebraucht hatte. Ceccani hatte ihm, ohne ihn zu unterbrechen, aufmerksam zugehört und nur hin und wieder bestätigend genickt.
»Und dieser Althieux ist nun tot?«
»Ja, Herr. Ich habe ihn selber begraben.«
Der Kardinal murmelte eine paar mitfühlende Worte. »Du hast mir gesagt, dass du den Brief gelesen hast?«
»Ja, Herr.« Olivier beschlich eine leichte Nervosität. »Ich habe es nicht gern getan, und ich hatte es auch nicht vor. Aber dann habe ich mir klar gemacht, dass es nur einen Weg gibt, um den Inhalt sicher bei Euch abzuliefern: in meinem Kopf.«
Ceccani dachte einen Moment nach, dann lächelte er. »Das hast du gut gemacht, sehr gut sogar. Ich bin überaus zufrieden mit dir. Und nun erzähl schon!«
Da stand er nun wie ein Schuljunge vor seinem Herrn, pries sich im Stillen glücklich, ein so vorzügliches Gedächtnis zu haben, und sagte den auswendig gelernten Text Wort für

Wort auf. Dass Ceccanis Vorschlag dem englischen König einleuchtend erscheine, er aber einige Zeit brauche, um seine Truppen in Position zu bringen, sodass Ceccani davon ausgehen könne, dass ein englisches Heer in acht Wochen, also Ende Mai, kampfbereit vor den Mauern von Aigues-Mortes stünde und dass von diesem Zeitpunkt an jedwede Unterstützung durch den Kardinal hochwillkommen sei.

Ceccani nickte. »Verstehst du, was in dem Brief steht?«

»Ich glaube schon, Herr.«

»Und?«

»Ich denke, die Engländer erklären sich bereit, Aigues-Mortes dem König von Frankreich zu entreißen und ihm dadurch den einzigen Mittelmeerhafen wegzunehmen. Und Ihr habt vor, ihnen dabei zu helfen.«

»Nur weiter!«

Olivier sah ihn verblüfft an. »Das ist alles, Herr.«

»Und deine Meinung dazu?«

»Ich habe keine Meinung, Herr.«

»Findest du es nicht abstoßend? Erschreckend?«

»Nein, Herr.«

»Warum nicht?«

»Weil ich Euer Diener bin, Herr, und Euch Dank schulde für alles, was ich bin und habe. Und weil es mich nichts angeht, was die Großen dieser Welt beschließen. Im Übrigen ist es mir egal, ob Aigues-Mortes den Franzosen, den Engländern oder einem anderen Herrscher gehört. Ich diene Euch mit all meinen Kräften, so gut ich kann. Alles andere kümmert mich nicht.«

Ceccani stand auf und tat etwas, was er noch nie getan hatte: Er umarmte Olivier herzlich. »Bei Gott, ich habe mir meine Gefolgsleute gut ausgewählt«, sagte er. »Und nun geh zu meinem Schatzmeister und lass dir Geld geben, damit du dir neue Kleidung kaufen kannst. Sieh zu, dass es für edles, teures Tuch reicht. Ich bin allerdings nicht sicher, ob nicht längst alle Tuchhändler aus der Stadt geflohen sind. Falls du ohnehin lieber etwas Bescheideneres kaufen und das übrige Geld für den Erwerb alter Handschriften verwenden willst – meinen Segen hast du.«

Am nächsten Tag machte Olivier sich, wenn auch mit bösen Vorahnungen, getreu Ceccanis Auftrag auf den Weg zu den Flagellanten. Es war nicht schwer, die Gruppe der Bußfertigen zu finden, sie hatten sich wieder in beachtlicher Zahl versammelt, sodass die ekstatischen Schreie bereits von weitem zu hören waren. Er drängte sich mühsam durch die Schar der verzückten Eiferer nach vorn.
Was er sah, erfüllte ihn mit Abscheu. Wieder waren um die fünfzig von ihnen versammelt, Männer und Frauen vom Bodensatz der Gesellschaft, wilde Gestalten, nackt bis zur Taille, schmutzig, laut und vulgär. Diesmal bildeten sie einen Kreis, und sobald einer von ihnen in die Mitte getreten war, hoben die Umstehenden ihre schweren Geißeln. Olivier hatte offensichtlich den ersten Teil des schrecklichen Spektakels verpasst, denn der Boden war bereits mit Blut getränkt wie der Sandplatz nach der Bärenhatz. Viele brachen unter den Schlägen ohnmächtig zusammen, was den Flagellanten jedes Mal laute Frohlockensrufe entlockte; im Übrigen kümmerten sie sich nicht um die Unglücklichen, sondern ließen sie einfach liegen. Olivier konnte sein Entsetzen kaum verhehlen, begann aber allmählich zu begreifen, dass er der Einzige war, den das Schauspiel anwiderte. Viele aus der Menge fielen auf die Knie und stimmten fromme Gesänge an, andere murmelten mit Tränen in den Augen Bußgebete. Einige sammelten die mit Blut getränkte Erde in Taschentüchern und trugen diese andächtig fort, als wären es Reliquien. Olivier beobachtete, wie eine Frau zu einem frisch

gegeißelten Mann eilte und ihm die Wunden leckte, bevor er entkräftet zusammenbrach. Ein hoch gewachsener Mann mit dünnem, strähnigem Bart und einem zernarbten Gesicht ging zu der Frau hin, richtete sie auf und segnete sie.

Olivier rief ihm etwas zu, musste es aber mehrmals versuchen, ehe der Bärtige von ihm Notiz nahm. »Bist du der Anführer dieser Leute?«

»Ja, ich bin ihr Oberhaupt«, erwiderte der Mann. Er schien der Einzige in der Menge zu sein, der nicht dem Rausch des frommen Wahns verfallen war. Und er war, wie Olivier bemerkte, auch der Einzige, der sich nicht der Geißelung unterzog.

»Ich habe dir etwas auszurichten. Kardinal Ceccani befiehlt dir, ihn aufzusuchen.«

Der Bärtige schnaubte verächtlich. »Ich nehme von Priestern keine Befehle entgegen.«

Olivier wandte sich zu den zehn Bewaffneten um, die er aus Ceccanis Palast mitgebracht hatte. »Dann wirst du vielleicht meiner höflichen Aufforderung Folge leisten, wenn meine Männer ihr ein wenig Nachdruck verleihen?«

Der Mann schielte unschlüssig zu den Bewaffneten hinüber, die einen nervösen Eindruck machten. Sie hätten sich wohl am liebsten herausgehalten, wollten aber auch nicht das Risiko eingehen, bei Ceccani in Ungnade zu fallen.

»Richte dem Priester aus«, sagte der Mann schließlich, »dass es mir ein Herzensanliegen ist, Seelen zu retten, sogar seine. Ich werde ihn heute Abend aufsuchen.« Danach trat er zum Zeichen, dass das Gespräch beendet sei, wieder in den Kreis zurück und bedeutete den anderen, mit der Geißelung fortzufahren.

Olivier rückte, begleitet vom höhnischen Kichern der Flagellanten, mit den Bewaffneten ab.

Seltsamerweise reagierte Ceccani nicht verärgert, als Olivier ihm die Antwort des Oberhaupts der Sektierer überbrachte, er lachte nur.

»Bei meiner Seele«, berichtete Olivier aufgeregt, »diese Leute sind abscheulich. Und ihr Anführer ist gefährlich, er erkennt die Autorität der Kirche nicht an. Er kann seine Anhänger um den Finger wickeln und alles mit ihnen anstellen. Glaubt mir, das ist kein Scherz, ich habe mit eigenen Augen gesehen, wie willfährig er sie macht.«

»Ich bin sicher, dass man dasselbe dem heiligen Franziskus und seinen Anhängern nachgesagt hat«, gab Ceccani zu bedenken. »Und wer weiß, vielleicht hat unser Herr Wohlgefallen an ihnen. Wenn der Mann heute Abend hierher kommt, wird sich das herausstellen. Weißt du, wie er heißt?«

»Er nennt sich Peter.«

»Peter? So so.«

»Ihr scheint erstaunliches Interesse an diesem Häuflein Irrer zu haben, Herr.«

»Ein Häuflein?«, fragte Ceccani. »Das glaubst du nur. Wenn es wirklich nur wenige wären, würde ich mich nicht um sie scheren. Eine kleine Gruppe wäre weder gefährlich, noch könnte sie von Nutzen sein. Aber wir haben aus der ganzen Provence, aus Italien und aus Frankreich Berichte erhalten, dass sich viele Menschen zu solchen Gruppen zusammengeschlossen haben. Ich muss in Erfahrung bringen, ob von ihnen eine ernsthafte Gefahr ausgeht oder nicht. Wie du selbst gesehen hast, verwirren sie dem gemeinen Volk den Verstand. Aber was tun sie mit all den verwirrten Gehirnen? Das ist es, was wir herausfinden müssen. Geh, erwarte den Mann, der sich Peter nennt, an der Pforte und bring ihn, sobald er eintrifft, zu mir!«

Also zog Olivier sich in die Wachstube an der Pforte zurück und verbrachte die nächsten drei Stunden damit, die Handschriften zu lesen, die Gersonides ihm geliehen hatte, und zum

Vergleich immer wieder seine eigene Abschrift von Manlius Hippomanes' Abhandlung über die klassische Philosophie heranzuziehen – ein Werk, das ihn immer mehr verblüffte. Ihm wurde der Kontrast bewusst zwischen Manlius' klaren, nüchternen Gedanken und dem verwirrenden, lärmenden Überschwang der Gefühle, den er bei den Flagellanten erlebt hatte. Er begann die Einsicht zu begreifen, die aus den Worten dieses Bischofs und Bürger Roms sprach, und er hörte zum ersten Mal die Betrübnis und Zukunftsangst, die in dem Text mitschwang. Offensichtlich hatte Manlius eine Bastion gegen die zunehmende Ignoranz errichten wollen; es war eine Art Schwanengesang auf ein Zeitalter, dessen Wertvorstellungen er rings um sich verkümmern sah. Andererseits konnte Olivier auch nicht vergessen, was Gersonides zu ihm gesagt hatte, der die Anfeindungen, denen die Juden in Vaison ausgesetzt waren, angeprangert und darauf hingewiesen hatte, dass es der Bischof Manlius gewesen sei, der versucht hatte, diese Attacken durch die Berufung auf seinen Glauben zu rechtfertigen. »Nein, der Mann kann, als er diese Worte geschrieben hat, kein Christ gewesen sein. Und du sagst, er sei sogar Bischof gewesen. Denk also noch einmal darüber nach: Was für ein Mensch muss jemand sein, wenn er sich bei der Verfolgung Andersgläubiger auf einen Glauben beruft, dessen Gebote er gar nicht befolgt?«

Schließlich stieß Olivier auf den Abschnitt, in dem von der Freundschaft die Rede war. Er las ihn – was angesichts des jähen Todes von Althieux nicht verwunderlich war – wieder und wieder durch und fand zu guter Letzt Trost in den Zeilen. Der Bischof wusste um das Wesen der Freundschaft, er hatte seine Freunde von Herzen geliebt und dafür plädiert, dass man ihnen vergeben müsse, wenn sie auf Abwege gerieten. »Denn die Natur hat dem Menschen zwei Augen, zwei Ohren und zwei Hände gegeben. Wenn ein Auge schwächelt, strengt sich das andere zum Ausgleich umso mehr an. Und wenn ein Arm verletzt ist, schneidet man ihn nicht ab, sondern der andere übernimmt zusätzlich seine Aufgaben, bis der verletzte genesen ist. So ähnlich ist es, wenn ein Freund vom rechten Weg abkommt.«

Während er noch Manlius' Worten nachgrübelte, kam Peter an der Pforte an. Olivier musste eilends eingreifen, weil die Wachen dem Mann den Zutritt verwehren wollten. Alsdann führte er das Oberhaupt der Flagellanten über die ausgedehnten Flure zu Ceccanis Empfangszimmer – immer einen Schritt vor ihm und sorgsam darauf bedacht, sich nicht in ein Gespräch verwickeln oder ausfragen zu lassen.

»Ich habe dir nicht erlaubt, dich zu setzen«, sagte Ceccani, als der Bärtige sich einen Sessel heranzog.

»Und ich habe dich nicht darum gebeten«, erwiderte Peter und nahm Platz. »Du wolltest mich sehen, nicht ich dich.«

Olivier grinste verstohlen und wartete auf Ceccanis Donnerwetter, das jeden Augenblick wie Pech und Schwefel über dem Bärtigen niedergehen musste, denn Ceccani konnte in seinem Zorn fürchterlich sein.

Aber es regnete nicht Pech und Schwefel, der Kardinal beließ es bei einem nachdenklichen Nicken. »Wie ich höre, hast du heute Nachmittag das Wort an die versammelte Menge gerichtet. Man hat mir davon berichtet, aber ich habe nicht ganz verstanden, worum es ging. Würde es dir etwas ausmachen, deine Worte noch einmal zu wiederholen?«

Die nachsichtige Milde machte den Mann zwar stutzig, aber wenn sich eine Gelegenheit bot, sein Tun zu erklären, ließ er sie nie ungenutzt verstreichen. »Ich habe den Leuten gesagt, dass die Seuche eine Strafe Gottes für die Sünden dieser Welt ist. Sie kann nur durch bußfertige Gesinnung abgewendet werden. Wir tun Buße, weil wir uns unserer Sünden schämen, und wollen auch andere zur Bußfertigkeit bekehren, damit uns das Strafgericht Gottes erspart bleibt.«

»Du bist aber, soweit ich weiß, kein Priester.«

Peter schnaubte verächtlich. »Ich komme aus Marseille. Als die Seuche dort ausbrach, waren die Priester die Ersten, die auf ihren Esel gestiegen und zu den Toren hinausgeritten sind. Ich dagegen bin eine Woche lang von Haus zu Haus gegangen, zu den Kranken, zu denen sich niemand zu gehen traute, und habe den Sterbenden Trost zugesprochen. Sie dachten, ich müsse ein Priester sein, und baten mich um meinen Segen. Erst habe ich mich geweigert, bis ich erkannte, dass ich meine Weihe nicht von Menschen, sondern von Gott erhalten habe. Gott hat mich gesandt, um die Kranken zu trösten und die Gesunden zu retten. Wer ist der größere Sünder? Der, der ein Sakrament spendet, obwohl er kein geweihter Priester ist, oder ein Geweihter, der den Siechen aus Feigheit den geistlichen Beistand verweigert?«

Olivier wusste, was jetzt folgen musste. Manch einer war schon wegen weniger kecker Reden gehängt worden. Aber Ceccani lächelte abermals, ganz so, als wolle er diesen Peter ermutigen, ihn weiter zu beleidigen.

»Und was tun die Priester, während die Seuche anhält? Sie sündigen in ihren Pfarrhäusern, verschanzen sich in ihren Palästen und geben sich Ausschweifungen und irdischen Gelüsten hin. Darum hat Gott uns mit der Pest geschlagen, wegen der Frevel, die von der Kirche begangen werden und sich wie Unkraut ausbreiten, gerade in dieser Stadt.«

Ceccani nickte verhalten. »Willst du damit sagen, dass die Seuche abklingen würde, wenn der Papst nach Rom zurückkehren würde?«

»Es gibt so vieles, was in der Kirche verbessert werden muss, und das muss nun endlich in Angriff genommen werden.« Der Bärtige sah Ceccani unerschrocken in die Augen. »Alle wissen, warum die Pest sich immer weiter ausbreitet. Das Verhalten der Juden ist daran schuld, und solange es die gibt, ist unser Seelenheil in Gefahr. Aber was tut die Kirche? Nichts. Was tut der Papst? Er baut sich prunkvolle Paläste und lässt sich

Frauen kommen, um sie darin zu verführen. Nach Rom zurückkehren? Ja, aber in bußfertiger Gesinnung und nachdem die Kirche der Sünde abgeschworen hat. Die Seuche ist eine Warnung Gottes, das müssen wir erkennen und danach handeln.«

Olivier lag auf der Zunge zu sagen, dass die Pest entweder eine Strafe Gottes oder von den Juden verschuldet sein könnte, nicht aber beides zugleich, aber er sagte nichts. Peters ganzes Gerede war zu verworren, als dass man es ernst nehmen konnte. Und seine Bemerkungen über den Papst … nun ja, viele dachten so, aber nur wenige waren so dumm und unbesonnen, es offen auszusprechen.

Die Unterredung ging eine Weile so weiter, und Ceccani bot seine ganze Eloquenz und all die Überredungskunst auf, die er gewöhnlich nur im Gespräch mit regierenden Häuptern und Kardinälen bemühte, diesmal aber an diesen schmutzigen Wanderprediger verschwendete. Und am Schluss stand er auf, umarmte Peter und hielt ihm seinen Ring zum Kuss hin.

»Aus dir spricht der Geist Gottes, mein Freund. Viele denken wie du, aber nicht alle haben den Mut, danach zu handeln. Du musst auf Gott vertrauen und stark bleiben, denn vor dir liegt noch viel Arbeit. Ich biete dir meinen Schutz an – und glaub mir, es werden Zeiten kommen, in denen du ihn brauchen wirst. Es gibt viele, die dich und deinesgleichen fürchten und nichts so hassen, wie die Wahrheit zu hören.«

Peter beugte sich über Ceccanis Ring und küsste ihn. »Ich danke dir, Herr«, murmelte er lammfromm.

»Es wäre auch gut, wenn du gelegentlich einen Rat von mir annehmen würdest. Ich werde dir von Zeit zu Zeit Botschaften mit meiner Meinung und mit Anregungen zukommen lassen. Denk sorgfältig darüber nach, wenn du sie erhältst, denn wir beide verfolgen dieselben Ziele. Und wer weiß, gemeinsam gelingt es uns womöglich, die Menschheit und die

Kirche des Herrn zur Vernunft zu bringen, bevor es zu spät ist.«

Er gab Olivier einen unauffälligen Wink, den Besucher hinauszugeleiten.

Als sie das Zimmer verlassen hatten, sagte Peter zu Olivier: »Du hast Glück, mein Freund.«

»Wieso?«

»Einen solchen Mann zum Herrn zu haben.«

Olivier sagte nichts. Ihm fiel nur eine Erklärung für Ceccanis rätselhaftes Verhalten ein: Sein Kardinal musste den Verstand verloren haben.

Im April 475, einen Tag, nachdem er auf seinem Gut den von den Eltern vergessenen Knaben aufgefunden hatte, reiste Manlius Hippomanes nach Arles und berief eine Synode all jener Bischöfe ein, deren Seelsorgebereich von der Armee der Barbaren entweder bedroht oder bereits erobert war. Viele hielten das für eine dreiste Anmaßung; dem jüngsten Bischof, der noch nie die Kommunion ausgeteilt hatte und nicht einmal genau wusste, wie man eine heilige Messe zelebriert, hätte es ihrer Meinung nach gut angestanden, sich während seiner ersten zehn Amtsjahre in Zurückhaltung und demütiger Bescheidenheit gegenüber älteren Mitbischöfen zu üben.

Und doch hatte ihn Faustus mit Bedacht für diese Aufgabe ausgewählt. Er unterstützte den Appell durch einen eigenen Brief an seine Mitbischöfe, in dem er sie aufforderte, der Einladung zu folgen. So versammelte sich im Laufe des folgenden Monats ein Kollegium aus vierundzwanzig Bischöfen in Arles, die alle in der Stadt Quartier nahmen: in bescheidenen Herbergen die einen, in aristokratischer Opulenz die anderen. Manlius stieg in einem Haus ab, zu dessen Besitzern er geschäftliche Beziehungen unterhielt, und da es sich um ein stattliches Anwesen handelte, fanden dort auch die mehrere Tage dauernden Zusammenkünfte statt.

Obwohl sie dazu berufen waren, ihrer Herde den Weg zu weisen, wünschten die Bischöfe sich sehnlich, selber von jemandem durch die Wirren dieser unsicheren, dunklen Zeit geführt zu werden. Sie besaßen kaum Erfahrung darin, mildtätige Spenden zu Gunsten der Armen einzusammeln, Kornvorräte für Notzeiten anzulegen oder Frondienste zur Ausbesserung von Straßen und zur Sicherstellung der Wasserversorgung zu organisieren; um all das hatte sich die zivile Verwaltung gekümmert, und die konnte dieser Aufgabe nun nicht mehr nachkommen. Sie fühlten sich ihren Pfarrherren und Mitbischöfen brüderlich verbunden, selbst denen, die weit entfernt residierten, aber im Umgang mit den Repräsentanten der weltlichen Macht, also den Befehlshabern der fremden Armeen und den politischen und diplomatischen Anführern, waren sie wenig geübt. Dabei spürten sie sehr wohl, dass es gerade in diesen Zeiten großen Geschicks und geistiger Beweglichkeit bedurfte, um den neuen Verhältnissen gerecht zu werden. Nur, sie waren eben Bürger Roms und Katholiken; die Barbaren dagegen – König Eurich im Westen, die Burgunder im Norden – waren weder das eine noch das andere.

So richtete sich ihre Hoffnung auf Manlius; er war in Rom gewesen, ein Mitglied seiner Familie hatte sogar dem Gefolge von Eurichs Vater in Toulouse angehört, daher hegten sie die Hoffnung, dass er ihnen zuverlässigere Einsichten in das Denken der Barbaren vermitteln könne als andere. Das traurige Beispiel des römischen Imperiums während seines letzten Aufbäumens hatte sie gelehrt, wie wichtig es ist, feindliche Eroberer richtig einzuschätzen.

Als Manlius den Blick über die Tischrunde schweifen ließ, kam ihm die Versammlung wie eine klägliche Parodie jener stolzen Tage vor, in denen die römischen Kaiser noch regelmäßig ihre Minister und Ratgeber zusammenriefen, um ihre Empfehlungen zu hören und ihnen Weisungen zu erteilen. Solche von großem Pomp begleitete Versammlungen mochte es vielleicht noch in Konstantinopel geben, obwohl das niemand so genau zu sagen wusste; Manlius kannte jedenfalls niemanden, der je dort gewesen war, nicht einmal Sophia. In Arles saß statt eines in Purpur gekleideten Kaisers, seiner Senatoren, Generäle und sonstigen Würdenträger ein Häuflein schäbig gewandeter, verängstigter, überwiegend alter Männer beisammen, denen bei drohenden Schwierigkeiten als Abhilfe nur das Gebet einfiel. Lass sie in Gottes Namen beten, dachte Manlius, es könnte ja zu etwas nutze sein. Und wenn nicht, so gab es ihm zumindest einen größeren Spielraum, seine Aktivitäten zu entfalten.

Obwohl sie ihn alle voller Vertrauen und Zuversicht anstarrten, fiel es ihm schwer, den barschen Ton in seiner Stimme zu unterdrücken, als er sie daran erinnerte, dass er hier sei, um ihre Weisungen entgegenzunehmen, nicht etwa, um ihnen welche zu erteilen. »Denk daran«, hatte Faustus ihm eingeschärft, »du bist hier, um ihnen zu helfen, nach ihrem Geheiß zu handeln und ihre Wünsche in die Tat umzusetzen. Die meisten von ihnen sind brave, fromme Männer, aber doch so auf ihre Würde bedacht, dass es unklug wäre, ihre Gefühle zu verletzen. Du wirst sie nicht persönlich kränken, dessen bin ich sicher. Aber es kann dir leicht unterlaufen, dass du dich abschätzig über die Verwaltung ihres Bistums oder über die ganze Kirche äußerst, und das würden sie dir nicht so schnell verzeihen.«

Ein weiser alter Mann, dieser Faustus; jemand, der auch in anderen Ämtern seinen Weg gemacht hätte. Noch vor einem halben Jahrhundert wäre er vielleicht einer der Ratgeber des Kaisers geworden oder hätte womöglich sogar selber den römischen Thron bestiegen, denn er besaß nicht nur einen wachen, schnellen Verstand, sondern stammte zudem auch aus einer einflussreichen Familie. Nur, die Zeiten brachten es mit sich, dass er es vorgezogen hatte, der Welt, wie dringend sie auch seiner Talente bedurft hätte, den Rücken zu kehren, ein Schiff zu besteigen und fast zwanzig Jahre seines Lebens in eremitischer Abgeschiedenheit auf den Iles de Lérins zu verbringen. Dann fügte es sich, dass die Diözese Riez sich mit der Bitte, ihnen jemanden für das Amt eines Bischofs zu benennen, an den zuständigen Abt wandte. Der wiederum erkannte sofort, dass Faustus wie geschaffen dafür war, aus einer Schar Gläubiger, die sich in endlosen Disputationen und Streitigkeiten erschöpften, eine lebendige Gemeinde zu formen. Zum ersten und einzigen Mal begehrte Faustus auf, weigerte sich eine Woche lang, der Weisung seines Abts Folge zu leisten, flehte ihn an, sie zurückzunehmen, und bat Gott inständig, ihm die Last des Bischofsamtes zu ersparen. Wozu der Allmächtige in seiner Weisheit jedoch nicht bereit war, denn er brauchte Faustus für wichtigere Aufgaben als die des kontemplativen Gebetes. Und so hatte dieser sich zu guter Letzt widerwillig in sein Geschick gefügt, im Alter von fünfundvierzig Jahren der klösterlichen Geborgenheit auf den Inseln entsagt und sich wieder der Welt zugewandt.

Der Ruf der Heiligmäßigkeit, der ihm vorauseilte, machte es ihm leichter, sich in der neuen Aufgabe zurechtzufinden. Man sagte ihm nach, allein sein Schatten könne die Schwachen und Wankelmütigen zum Glauben zurückführen, wenn er auf sie falle. Weil sich in seinen Wundern das Wohlgefallen des Herrn offenbarte, wurde ihm allgemein Verehrung entgegengebracht; nur wenige wagten es, Zweifel an der Autorität eines solchen Mannes zu hegen. Zudem war er klug und belesen, nicht nur in theologischen, sondern auch in weltlichen Belangen. Er musste nicht auf den Irrtum hereinfallen, dass alle Menschen von Natur aus gut seien, um an die Güte Gottes zu glauben. Er wusste, dass es das Gebet ist, das dem Menschen die Kraft verleiht, gut zu sein, aber er wusste auch, dass Gott von uns das Bemühen erwartet, uns selber zu helfen. Darum hatte er Manlius dazu auserwählt, die treibende Kraft dieser Bischofssynode zu werden. An aufrechten, frommen Männern mangelt es der Kirche nicht, hatte er sich gesagt, sie kann es sich also leisten, zusätzlich ein paar wenige zu haben, die in der Lage sind, effektive Lösungen für die Probleme der Zeit zu entwickeln.

Er selbst zog auf seine stille, wirksame Weise die Fäden im Hintergrund, genauso unauffällig, wie er sie seinerzeit bei der Diözesanversammlung gezogen hatte, bei der Manlius zum Bischof gewählt worden war. Er sagte wenig, beschränkte sich auf gelegentliche bedeutsame Blicke, dann und wann ein leises Murmeln oder eine hochgezogene Augenbraue, und hin und wieder brachte er einen Vorschlag ein. Nur Manlius merkte, wie viel Geschick und Erfahrung in diesem Vorgehen lagen, und er war dankbar für diese Unterstützung, denn er wusste nur zu gut, dass ihm die Denkweise der meisten Bischöfe fremd war, fremder sogar als die der gotischen Stammesführer, sodass er Gefahr lief, den einen oder anderen Fehler zu machen. Sein Problem bestand darin, dass er bereits klare Vorstellungen vom notwendigen Vorgehen hatte, nur noch nicht wusste, wie er die Runde von der Richtigkeit seiner Pläne überzeugen konnte.

Abermals war es Faustus, der zur rechten Zeit die rechten Worte fand. »Vielleicht sollten wir uns klar machen, in welche Richtung der Heilige Geist diese Versammlung bis jetzt gelenkt hat, weil wir dann eher erkennen, wohin er uns führen will. Wir sind uns einig über die Notwendigkeit, Recht und Gesetz in unserer Region wieder Geltung zu verschaffen …«

Oh ja, in dem Punkt waren sie sich sofort einig. Alle Bischöfe besaßen Ländereien, die ihnen durch fromme Schenkungen zugefallen waren, nun aber von Jahr zu Jahr weniger Profit abwarfen, weil die Leibeigenen scharenweise davonliefen und sich in Gebieten ansiedelten, die nicht zum Einflussbereich der Kirche gehörten. Dennoch war dies das noch kleinere Übel;

manche zogen sich in die höher gelegenen Regionen zurück, wo sie sich zu marodierenden Banden zusammenschlossen und von Zeit zu Zeit in den fruchtbaren Ebenen einfielen, um dort nach Herzenslust zu rauben und zu plündern. Oben im Norden, wo sie anfangs ihr Unwesen trieben, hatte man sie Bagauden genannt, und inzwischen hießen sie überall so.

»… und was wir unternehmen sollten, um die Aufhebung der Belagerung von Clermont zu erzwingen. Zu beiden Punkten halte ich es für wünschenswert, dass der Bischof von Vaison den Kaiser in Rom aufsucht und Truppen anfordert.«

Zustimmendes Murmeln.

»Die Truppen sollten unverzüglich in Marsch gesetzt werden. Unter der Bedingung, dass sie unter dem Kommando eines erfahrenen Generals stehen, erklären wir uns bereit, die vollen Kosten für den Einsatz zu übernehmen. Das nötige Geld muss aus dem Vermögen der Kirche, aus Schenkungen und Steuern aufgebracht werden. Sollte das nicht reichen, wird unser Mitbruder Manlius nach anderen Möglichkeiten der Finanzierung suchen.«

Manlius seufzte; er wusste, dass es Faustus darauf ankam, ihm so viel Handlungsspielraum wie möglich zu verschaffen, aber die wachsweiche Formulierung brachte ihn zur Verzweiflung. Am Ende glaubten die Bischöfe noch, er brauche nur nach Rom zu reisen, dem Kaiser auf die Schulter zu klopfen, ihm zu erklären, dass eine Armee gebraucht werde, und schon marschierten die Truppen los. Wenn man mit Goten oder Burgundern verhandelte, wusste man wenigstens, wer das Sagen hatte und dass alle getroffenen Vereinbarungen eingehalten wurden. Dass das für Rom nicht zutraf, wusste er schon lange, und heute empfand er es als besonders ärgerlich.

»Vergesst nicht, dass Truppen eher Schaden und Chaos anrichten als verhindern«, versuchte er seinen Mitbrüdern so schonend wie möglich klar zu machen. »Ich weiß nicht, wie es um die Finanzen der Kirche bestellt ist, aber ich kenne die Höhe des Steueraufkommens und sage euch voraus, dass die Belastung für die Region ungeheuerlich wird. Das kann so weit gehen, dass kaum noch etwas übrig bleibt, was es zu verteidigen lohnt.«

»Dennoch muss etwas getan werden«, sagte der Bischof von Orange, »die Situation ist unerträglich geworden. Ich habe allein in den letzten sechs Monaten zweihundert Leibeigene verloren, und zusätzlich sind mir dreihundert Tagelöhner davongelaufen. Im letzten Herbst, als die Ernte gerade eingebracht war, wurden zwei meiner Güter überfallen. Die Bagauden haben alles Getreide und den gesamten Viehbestand mitgenommen. So kann es nicht weitergehen.«

Alle nickten, und Manlius konnte ihnen nicht mal widersprechen. Er war selbst nicht sicher, welches das größere Übel war: die latente Gefahr, dass Eurichs Truppen in der Region einfielen – was, falls es so weit kam, sicher schrecklich war –, oder der stetige Niedergang der Wirtschaft, wenn es kaum noch jemanden gab, der die Arbeit auf den Feldern verrichten wollte. Beides waren Möglichkeiten, mit denen sie rechnen mussten.

»Ich muss aber darauf hinweisen, dass man Gold nur einmal ausgeben kann«, gab Manlius zu bedenken. »Wir können Eurich damit zum Stillhalten bewegen, können es für die kaiserlichen Legionen ausgeben oder davon Hilfsgüter für Clermont kaufen. Für alle drei Aufgaben reicht es nie und nimmer.«

»Und deshalb müssen wir uns an den Kaiser …« Als er Manlius' stummes Kopfschütteln bemerkte, verstummte der Bischof von Orange mitten im Satz.

»Ich glaube nicht, dass das der richtige Weg ist«, erklärte ihm Manlius. »Nicht nur, weil der Kaiser im Grunde nur eine Marionette ist. Selbst wenn er das Heft wirklich noch in der Hand hätte, bezweifle ich, dass sich Rom oder Ravenna oder wohin wir uns sonst noch wenden könnten, dazu bewegen lässt, uns zu Hilfe zu eilen.«

»Warum nicht, Bruder?«
Manlius zuckte zusammen. Er hasste es, von irgendjemandem als Bruder angeredet zu werden, und bei dem Bischof von Aix, einem Mann von niederer Herkunft und dürftiger Bildung, war ihm diese brüderliche Anbiederung erst recht zuwider.
»Die Vorschläge, die ich gehört habe, sind gut und aller Ehren wert«, fuhr er fort, »aber sie vernachlässigen den Blick aufs Detail. Da ist zum Beispiel die Zeit, die uns fehlt. Wir wissen nicht, warum Eurich beschlossen hat, nicht weiter vorzurücken, bevor Clermont gefallen ist, aber er begeht damit einen Fehler. Er könnte die Stadt umgehen und zum Meer vorstoßen. Und es besteht das Risiko, dass er sich irgendwann dazu entschließt. Wie lange würde es dauern, in Italien eine Armee aufzustellen, vorausgesetzt, der Kaiser wäre dazu bereit? Mindestens etliche Monate, wie euch wohl allen klar ist. Bis dahin könnten nicht nur Clermont, sondern auch Aix und Arles und Marseille längst gefallen sein. Wenn wir auf Hilfe bauen wollen, brauchen wir sie jetzt, innerhalb von Wochen. Und meiner Meinung nach sind die Burgunder die Einzigen, die uns beistehen könnten. Bevor wir also irgendwo anders Hilfe suchen, schlage ich vor, dass ich nach Lyon reise und versuche, König Gundobad dazu zu bewegen, Eurichs Vordringen nach Osten einen Riegel vorzuschieben. Er ist in Rom aufgewachsen, seine Tante war mit Ricimir verheiratet und ist Katholikin, er könnte also durchaus bereit sein, uns zu helfen.«
Eine Finte: den Feinden vortäuschen, das eigene Vorrücken sei lediglich ein Scharmützel. Sie in Sicherheit wiegen und glauben machen, die eigentliche Schlacht habe noch nicht begonnen. So könnte alles entschieden sein, bevor sie ihren Irrtum bemerkten. Das war im Wesentlichen die Strategie, die Manlius der Synode vorschlug und die einmütige Zustimmung fand. Alle Bischöfe waren sich einig, er solle zunächst auf Zeit spielen und dann ohne viel Aufsehen eine Armee verpflichten.
Und damit war das Ende des römischen Galliens besiegelt,

wobei die Ironie darin lag, dass ihm durch ihr enthusiastisches Kopfnicken gerade die den Todesstoß versetzten, die sich den Erhalt der alten Ordnung am meisten wünschten.

Zum Abschluss der Synode gab Manlius an diesem Abend ein Bankett, bei dem er es darauf anlegte, den Bischöfen das ganze Ausmaß seiner Macht vor Augen zu führen. Es wurde an nichts gespart, er suchte persönlich die besten Musiker und Köche aus, die in der Region zu finden waren, ließ seine Dienerschaft nach Arles kommen und lieh sich zusätzlich die Bediensteten seiner in der Stadt ansässigen Verwandtschaft aus. Und als der Abend sich dem Ende zuneigte, erzählte er seinen Gästen eine Geschichte, fast ein Gleichnis. Es wurde die erste Moralpredigt, die er je hielt, denn er wollte sie auf das vorbereiten, was seiner Überzeugung nach unausweichlich auf sie zukam.
»Ich möchte euch von meiner Reise nach Rom erzählen«, sagte er, als alle satt waren, die leeren Platten abgetragen wurden und die Musiker ihre Instrumente einpackten und gingen. Als Stille eingekehrt war und ihn alle gespannt ansahen, begann er zu erzählen:
»Ich gehörte zum Gefolge Majorians, unseres allseits geschätzten Herrn, der diese Reise antrat, um seinen Anspruch auf den römischen Thron zu bekräftigen. Daher führte er eine ansehnliche Armee mit sich, für die auch mein Vater Bewaffnete von seinen Gütern abgestellt hatte. Mir wurde die Ehre zuteil, ihn in Rom zu vertreten, während er als Majorians Statthalter in der Provence blieb. Wohlgemerkt, nur ich reiste nach Rom, mein Vater nicht. Und so befand ich mich in der unmittelbaren Umgebung des einzigen Mannes, auf den Rom seine Hoffnungen richten konnte – die Majorian übrigens in der Tat vierzig

Jahre lang nicht enttäuscht hat. Aber wurden wir freudig begrüßt? Nein. Brachte man uns Respekt entgegen? Abermals nein. Hat die Aussicht auf einen Kaiser, der fähig war, Roms ruhmreiche Zeiten wieder auferstehen zu lassen, die Menschen mit Dankbarkeit erfüllt? Zum dritten Mal nein. Die erste Delegation, die uns entgegenkam, bat um mehr Geld für Spiele. Die zweite präsentierte uns eine Rechnung für die Unterbringung unserer Soldaten. Und als wir dem Senat unsere Aufwartung machen wollten, mussten wir stattliche Schmiergelder zahlen, damit die Senatoren sich bequemten, in den Senat zu kommen …

Gut, lassen wir das, Rom war schon immer für seine Raffgier bekannt, da sage ich euch sicher nichts Neues. Um also zum Kern meiner Geschichte zu kommen, will ich euch von einem Gespräch erzählen, das ich mit Ricimir geführt habe, dem Mann, der die Geschicke des Imperiums – wenn auch aus dem Hintergrund – viele Jahre lang gelenkt hat. Später hat er freilich Majorian ermordet und auch meinen Vater von gedungenen Meuchelmördern töten lassen …

Er war nicht nur seiner Herkunft, sondern auch seinem Wesen nach ein Barbar. Ihm fehlte jedes Gespür für die glorreichen Zeiten Roms, und er verspürte nicht den Wunsch, sie wieder auferstehen zu lassen. Er war kein zivilisierter Römer und wollte es gar nicht sein. Es tat einem weh, seine Manieren, sein ungehobeltes Benehmen und sein Auftreten mitzuerleben. Ich habe ihn zum ersten Mal im Haus eines einflussreichen Senators gesehen: ein kleinwüchsiger Mann mit gebeugter Haltung und ungepflegten Bartstoppeln, in einem Gewand aus grobem Tuch und mit finsterer Miene. Ich hielt ihn für einen Bediensteten, vielleicht einen Wildhüter, und wunderte mich, was er hier wohl zu suchen habe. Als ich das gegenüber meinem Begleiter äußerte, brach der in helles Gelächter aus …

Er schnippte mit den Fingern und rief: ›He, Herr! Ja, Euch meine ich – kommt doch mal rüber! Dieser junge Edelmann,

Herr …‹, er deutete auf mich, ›… möchte zu gern erfahren, wieso ein schmuddeliger Wildhüter wie Ihr frank und frei durch so ein vornehmes Haus spazieren darf.‹ …

Ricimir stutzte kurz, dann schickte er sich an zu antworten, und zwar mit einer Stimme, die sich entschieden kultivierter anhörte, als sein Äußeres es erwarten ließ. Es war die sanfte Art zu sprechen, die mich damals verblüffte und heute noch verblüfft, wenn ich daran zurückdenke. Er sprach – und das fiel nicht nur mir auf – so leise, dass ich ihn nur mit Mühe verstehen konnte …

›Dafür fallen mir zwei Gründe ein‹, sagte er. ›Der eine ist, dass ich sowohl dieses Haus wie auch den Senator gekauft habe. Der andere könnte sein, dass sich vor nicht allzu langer Zeit einer der mächtigen Männer in dieser Stadt geweigert hat, mich über seine Schwelle treten zu lassen. Aber das ist Schnee von gestern, der gute Mann hat nicht lange danach das Zeitliche gesegnet.‹ …

Dabei bedachte er mich mit einem Lächeln von so ungewöhnlicher Schönheit, dass es mir den Atem verschlug. Es heißt, dass man aus dem Lächeln auf die Seele eines Menschen schließen könne. Wäre das so, dann hätte der schlechte Ruf dieses Mannes nur böswillige Verleumdung sein können, denn es war das Lächeln eines Engels, mit schneeweißen, ebenmäßigen Zähnen und leuchtenden Augen von nahezu unwirklichem Blau, sicher das Erbe seiner westgotischen Mutter …

›Euer Name, junger Herr?‹, fragte er mich, und ich beeilte mich, ihm stammelnd zu sagen, wer ich sei. Ich war damals kaum zwanzig, zwar in gesellschaftlichem Umgang geübt, aber noch nie in einer vergleichbaren Situation gewesen …

›Dann seid Ihr also einer von Majorians gallischen Gefolgsleuten. Warum hat er Euch mitgebracht? Seid Ihr ein Kleriker? Ein Soldat? Ein Diplomat?‹

›Nichts dergleichen‹, erwiderte ich. ›Ich könnte höchstens für mich in Anspruch nehmen, ein Dichter zu sein.‹

Ricimir lachte laut. ›Ein Dichter? Wie überaus nützlich. Ich sehe mit Freuden, mit wie viel Bedacht der Retter des westlichen Imperiums seine Prioritäten setzt. Nun denn, junger Dichter, dichtet mir ein Gedicht!‹

Ich glaubte in meiner jugendlichen Torheit, nun sei meine große Chance gekommen. Im Geiste sah ich mich schon, mit Lobeshymnen überschüttet, vor dem versammelten Senat stehen. ›Sehr gern, Herr, mit großem Vergnügen. Die Ehre, die Ihr mir dadurch erweist …‹

Doch so war das gar nicht gemeint. Er wollte mir keine Ehre erweisen, sondern mich lächerlich machen. Er fiel mir ungeduldig ins Wort: ›Jaja, schon gut, fangt an!‹

›Aber ich muss mich doch vorbereiten.‹

›Ein Dichter ist voller Lieder, hat man mir gesagt, er bedarf keiner Vorbereitung. Generäle schlagen ihre Schlachten auch nicht erst, wenn alle Vorbereitungen abgeschlossen sind. Ein guter Truppenführer kann aus jeder Situation Vorteile ziehen. Und genauso ist es bei Politikern und Regierenden. Sind Dichter so eine Ausnahme? Kommt schon, dichtet mir ein Lied!‹

Sein Tonfall war munter, und doch schwang bereits ein Anflug von Schärfe darin mit. Er war es gewöhnt, seinen Willen durchzusetzen, selbst in belanglosen Dingen. Je mehr Ausflüchte ich machte, desto mehr drängte er mich, bis ich nachgab. Ich wollte es nicht auf einen fruchtlosen Streit ankommen lassen, bei dem ich sicher der Unterlegene gewesen wäre, aber zum Narren machen wollte ich mich auch nicht. Eine verzwickte Situation, wie ihr euch denken könnt. Und so machte ich mich verlegen und mit hochrotem Kopf ans Werk. Glücklicherweise hatte ich mir als Reiselektüre meinen Horaz mitgenommen und war, als ich an ebendiesem Morgen darin geblättert hatte, auf einige seiner unsterblichen Verse gestoßen. Ich hoffe, ihr verübelt es mir nicht, wenn ich behaupte, dass in diesem Moment der Schatten des Meisters über mich fiel und mir zuflüsterte, ich solle den Dichtern keine Schande machen …

Es waren nur zwei Zeilen, die ich Ricimir schließlich ablieferte, ein Epigramm, in seiner Form das Schlechteste, das ich je zu Wege gebracht habe. Eine geistige Anleihe bei Horaz, nur längst nicht so ausgefeilt, wie der Meister es verdient hätte. Dennoch, die beiden Zeilen taten ihren Dienst:

Und während ich noch staunend steh' in des Senates Hallen
Ist mir, als säh' ich sie bereits zu Staub zerfallen …

Das Epigramm mag einen herben Charme gehabt haben, doch vor den Ohren eines Kenners hätte es kaum Gnade gefunden. Ricimir aber war beeindruckt, und so wie ich mich zum Hanswurst gemacht hatte, als ich ihm mein Flickwerk vortrug, schlüpfte er nun in die Rolle des Tölpels, indem er mich ganz ernsthaft über den grünen Klee lobte …
›Vielleicht ist ein Dichter doch zu etwas nutze‹, sagte er. ›Denn Ihr scheint die Dinge klarer zu sehen als manch einer, der Euch an Jahren und Erfahrung voraus ist. Viele glauben, Rom sei immer noch allmächtig. Ihr aber sprecht in den beiden Zeilen die Wahrheit aus: dass die Mauern schon bröckeln, der Staub bereits rieselt und das Imperium nur noch eine Illusion dessen ist, was es einmal war.‹
Er nickte gedankenverloren, und während ich noch hoffte, dass das ein Zeichen seiner Ergriffenheit sei, stieß er einen tiefen Seufzer aus. ›Ihr überrascht mich, mein junger Dichter. Wir sollten uns ein wenig ausführlicher unterhalten. Kommt heute Abend in meinen Palast! Nach dem Essen, wenn es recht ist. Ich speise sehr einfach, darum würde Euch das, was ich Euch anbieten kann, kaum munden.‹
Dann drehte er sich abrupt um und verließ den Raum. Ich stand wie benommen da, und mein Begleiter – der mit seinem Versuch, mich bloßzustellen, so kläglich gescheitert war – brachte wenigstens so viel Anstand auf, mir zu meinem Glück zu gratulieren. ›Er hat keine engen Freunde‹, ließ er mich

wissen, ›nicht einmal viele Vertraute. Niemand weiß, was er wirklich denkt. Sollte es dir gelingen, auch nur andeutungsweise herauszukriegen, was er vorhat, kannst du dein Wissen für jede beliebige Summe verkaufen. Aber sei auf der Hut! Man sagt, es sei viel gefährlicher, Ricimirs Freund als sein Feind zu sein.‹«

Manlius legte eine Verschnaufpause ein und blickte in die Runde. Alle hatten ihm vom ersten Wort an atemlos gelauscht. Seine Geschichte handelte von den Mächtigen, von Städten, die sie nur dem Namen nach kannten, und von legendären Gestalten aus einer fernen Welt. Er merkte ihnen an, dass er sie alle – gelehrte Theologen, Repräsentanten der Kirche – in seinen Bann geschlagen hatte.

»Ich sehe euch an, dass ihr von mir nicht die Lebensgeschichte eines jungen Galliers, sondern eher etwas über meine Eindrücke während dieser Reise hören wollt«, sagte er lächelnd. »Und darauf habt ihr ein Recht, denn schließlich habe ich Rom gesehen. Es gab eine Zeit, zu der jeder Gallier, der an der Wahl der Senatoren teilnehmen durfte, mindestens einmal im Leben dort gewesen ist. Heute ist das anders, ich kenne gerade mal ein halbes Dutzend Männer, die über die Grenzen der eigenen Provinz hinausgekommen sind. Aber ich gehöre zu denen, die dort waren, ich habe Rom gesehen. Und weil man so viel Unterschiedliches über diese große Stadt hört, will ich euch von ihr erzählen. Ist es die schönste, prächtigste Stadt der Welt, funkelnd von Gold und mit Marmor geschmückt? Oder ist es eine Ruinenlandschaft, gezeichnet von den Raubzügen und Plünderungen, die sie immer wieder zu erleiden hatte, ein Schattenbild ihres einstigen Reichtums?…

Die Antwort ist: Beides stimmt. Rom hat den Glanz früherer Tage verloren, aber selbst in seiner Hinfälligkeit ist es immer noch prächtiger, als man sich vorstellen kann. Ich wage sogar zu sagen: Selbst wenn die Barbaren, die es wieder und wieder geplündert haben, die Stadt ein drittes Mal heimsuchten, würde das, was von ihrer Schönheit bleibt, alle Städte dieser Erde in den Schatten stellen. Steigt auf den Kapitolinischen Hügel, diesen heiligen Ort, und dreht euch langsam nach rechts, dann seht ihr die Stadt vor euch liegen, so groß und weit, dass niemand ihre Grenzen auszumachen vermag. Allein das berühmte Kolosseum ist größer als die meisten Städte in Gallien. Die Läden sind immer noch randvoll mit Duftwassern, Gewürzen und edlem Tuch aus aller Welt. In den Bibliotheken biegen sich die Regale unter der Last unschätzbar wertvoller Werke. An jeder Straßenecke stößt man auf das Denkmal oder die Statue eines Heroen der klassischen Zeit. Rom rühmt sich zu Recht, dass man in seinen Mauern wie eh und je auf Männer von hoher Bildung und Frauen von betörender Schönheit trifft …

Und zu der Zeit, als ich nach Rom gereist bin, gehörte all das dem Mann, der, wenn auch still und unauffällig, überall die Hand im Spiel hatte: dem Königsmacher Ricimir. Ich hatte damit gerechnet, ein Haus von orientalischem Pomp zu betreten, denn Barbaren können in der Regel dem Reiz des luxuriösen Lebens nicht widerstehen, und sein Palast – sicher der größte, den ich je gesehen habe – war geräumig genug, um ihm alle Annehmlichkeiten zu bieten. Dennoch verkroch er sich darin wie ein Eichhörnchen in einem Baum. Die prächtigen Säle, die zahlreichen Speiseräume, die Bäder – all das kultivierte Ambiente, das für ihn bereitstand, blieb ungenutzt. Kein Laut war zu hören, ich bin nirgendwo jemandem begegnet, obwohl ich sicher bin, dass es überall von Wachen gewimmelt haben muss. Ehe ich den Palast betreten durfte, wurde ich sorgfältig, wenn auch mit ausgesuchter Höflichkeit durchsucht und gebeten, die Schuhe auszuziehen. Das Gebäude war in Dunkel gehüllt, nur die Fackeln der zwei Soldaten, die mich zu Ricimir führten, spendeten flackerndes Licht. Der eine klopfte an einer Tür an, öffnete sie und winkte mich stumm hinein …

Ricimir lag auf einem Sofa und las irgendwelche Papiere, wobei ich nicht den Eindruck hatte, dass er sich ernsthaft mit ihnen beschäftigte. Er war allein. Als ich eintrat, stand er auf, legte die Papiere auf ein kleines Pult, wandte sich um und begrüßte mich …

Alles war verwirrend anders, als ich es mir vorgestellt hatte. Ich wiegte mich nicht in dem naiven Glauben, er habe mich wegen des Zweizeilers eingeladen; das wäre auch nicht der Fall gewesen, wenn er mir besser gelungen wäre. Und da ich mich behutsam umgehört hatte, wusste ich auch, dass seine Gelüste, wenn er denn welche hatte, nicht jungen Männern wie mir galten. Auch nahm ich kaum an, dass er kluge Worte über die Lage des Imperiums von mir hören wollte, obwohl ich zugeben muss, dass ich mich einen Augenblick lang der Illusion hingegeben hatte, das könne der Grund für die Einladung sein. Und zu der Vermutung, dass der mächtigste Mann Roms außer mir niemanden gehabt hätte, mit dem er sich unterhalten konnte, wollte ich mich erst recht nicht versteigen …

Er komplimentierte mich auf das Sofa – in solchen Dingen war er altmodisch – und bat mich, ihm ein wenig Wein einzuschenken. Ich tat es, bemerkte aber, dass er den Pokal dann den ganzen Abend über nicht anrührte. Ich war sein Gast, aber deswegen noch lange nicht sein Vertrauter. Zunächst erkundigte er sich, wie die Reise nach Rom verlaufen sei und wie man uns hier empfangen habe. Ich antwortete ihm freiheraus und aufrichtig, denn ich dachte mir, dass er alles andere als Kränkung empfunden hätte; Ricimir wollte gewiss keine Lobhudeleien auf eine Stadt hören, für die er, wie alle wussten, nur Verachtung empfand …

›Man hat uns empfangen, wie es zu erwarten war, Exzellenz‹, sagte ich. ›Wie Leute aus der Provinz, die man besser links liegen lässt. Seit sich allerdings die Einladung bei Euch herumgesprochen hat, erweist man mir plötzlich allenthalben große Aufmerksamkeit.‹

Er lächelte. ›Nun, sie fürchten mich und werden dies so lange tun, bis sie mich irgendwann umbringen. Sie hassen mich, brauchen mich aber. Was sagt man denn in Gallien über mich? Werde ich immer noch für den Barbaren gehalten, der Rom nur zerstört hat, weil er es beherrschen wollte?‹

›Wie Ihr selber sagt, Herr: Man hält es für eine Schande, dass Rom sich unter die Knute eines Mannes ducken soll, der gar kein Römer ist.‹

›Wobei die Frage bleibt, warum Rom sich so schnell unter meine Knute geduckt hat. Ich werde gehasst, aber niemand rüttelt an meiner Macht. Bisher hat keiner einen Finger gerührt, um meine Autorität zu erschüttern. Warum ist das so?‹

›Weil es nicht so einfach ist, die Autorität eines Mannes mit einer starken Armee zu erschüttern.‹

›Oh doch. Ein Messerstich würde genügen. Das haben schon viele erfahren müssen. Nein, der Grund ist, dass den Römern die Kraft fehlt, sich zu widersetzen. Sie wollen nur ein leichtes, sorgenfreies Leben, träumen von ihrer Vergangenheit, halten an ihren alten Ritualen fest und lesen wieder und wieder Bücher, die irgendwer vor einem halben Jahrtausend geschrieben hat. Die Gegenwart interessiert sie nicht sonderlich, die überlassen sie lieber mir, solange sie ein unbeschwertes Leben führen können. Ihr haltet mich vermutlich für ungebildet. Das trifft zu, aber ich habe ein paar Bücher über die römische Geschichte gelesen. Ich weiß viel über die Republik und die alten Tugenden. Als die Römer noch Römer waren, hätten sie jemanden wie mich nie akzeptiert. Zumindest nicht als Herrn, allenfalls als Diener.‹

›Nun, wenn Ihr dafür sorgt, dass sie unbeschwert leben können, seid Ihr ja ihr Diener.‹

Er dachte darüber nach, dann schüttelte er den Kopf. ›Mag sein, aber kein getreuer. Vielmehr einer, der seinen Herrn dazu ermuntert, sich jeden Abend zu betrinken, damit er nicht merkt, dass er ihn übervorteilt und heimlich mit seiner Tochter schläft. Ich bin also ein ungetreuer Diener, aber ich bin es nicht freiwillig geworden. Ich würde Rom lieber selbstlos dienen, doch Rom verdient es nicht mehr, dass man ihm aufrechten Herzens dient.‹

›Aber Ihr mit Eurer Autorität und Eurer Erfahrung könntet es zumindest versuchen. Ich sage das nicht, um Euch zu schmeicheln, jeder weiß, dass Ihr der geborene Führer seid und Menschen mitreißen könnt. Haben nicht Julius Cäsar und später Augustus, Domitian und Konstantin in einem schon in Kraftlosigkeit erschlafften Imperium den Willen geweckt, sich zu behaupten und den Staat von innen her zu erneuern?‹

Ricimir schüttelte abermals den Kopf. ›Führt mich nicht in Versuchung! Diese Zeiten gehören der Vergangenheit an und kehren nie zurück. Die Männer, von denen Ihr sprecht, mussten sich lediglich an die Spitze des Imperiums stellen, sie mussten nicht gegen Rom kämpfen. Domitian ist mit den Herausforderungen seiner Zeit nur deshalb fertig geworden, weil er alle Kräfte des gesamten Imperiums aufbieten konnte. Glaubt Ihr, ich könnte es ihm gleich tun, obwohl mir nicht mal die Hälfte der Römer folgen würde und der größere und einflussreichere Teil mir feindlich gesinnt wäre?‹

›Ich verstehe Euch nicht. Warum sagt Ihr so etwas?‹

Er sah mich mit einem ironischen Lächeln an. ›Man merkt Euch wirklich an, dass Ihr aus der Provinz kommt, junger Mann. Ihr seht nur Eure eigenen Sorgen, über den Tellerrand hinaus reicht Euer Blick nicht. Ihr beklagt Euch, dass die Westgoten und Burgunder immer weiter vordringen, bittet um militärischen Schutz und seid irritiert und empört, wenn Ihr ihn nicht bekommt. Ihr schließt daraus, das Imperium sei so kraftlos geworden, dass es nicht mal Soldaten zur Verteidigung des eigenen Landes aufbieten kann. Ich will Euch ein Geheimnis verraten: Das Römische Reich *will* sich gar nicht mehr verteidigen.‹

›Ich weiß, es brennt an vielen Ecken und Enden, die Armee wird allenthalben gebraucht …‹

›Nein‹, unterbrach er mich, ›Ihr habt mich missverstanden. Ich werde es anders formulieren. Der Kaiser in Konstantinopel will um jeden Preis verhindern, dass in den westlichen Provinzen Ruhe einkehrt. Ihm liegt daran, dass die Barbaren weiter und immer weiter vordringen und schließlich – so wie es Britannien und Spanien bereits ergangen ist – ganz Gallien an sie fällt. Das ist die Politik, die Ostrom seit einem halben Jahrhundert verfolgt.‹

›Das ist doch lächerlich!‹

›Vor sechzig Jahren wurde Rom geplündert, und vor dreißig Jahren haben die Burgunder Gallien angegriffen. Beide Male wurden die Eindringlinge abgewehrt, und doch hat man ihnen beide Male große Landstriche angeboten – den Teil des Imperiums, von dem aus sie heute den Rest Galliens und Italien bedrohen. Sie waren so vernichtend geschlagen, dass sie – anders als in früheren Fällen – nicht in der Lage gewesen wären, ihren Vormarsch fortzusetzen. Dennoch durften sie sich ansiedeln und die Erträge des Landes nutzen. Warum wohl?‹

›Eine falsche Einschätzung der Lage, ein politischer Fehler. Man hat gehofft, sie so befrieden zu können.‹

›Ihr habt offenbar eine noch geringere Meinung von der Klugheit der Regierenden als ich. Das Imperium macht keine Fehler. Nicht in solchen wichtigen Fragen, und das seit über einem halben Jahrhundert. Das war kein Fehler, das war Absicht, und die hat sich ausgezahlt. Das politische Ziel war, Westrom entscheidend zu schwächen und dadurch die Macht des oströmischen Imperiums zu stärken. Und der Plan ist aufgegangen.‹

›Das hört sich nicht logisch an.‹

›Gut, ich will es Euch noch einmal erklären. Wie viele Usurpatoren haben im Laufe des letzten Jahrhunderts den Thron an sich gerissen? Wie viele Rebellionen und Meutereien gab es? Wie viele rechtmäßige Thronfolger und wie viele, die den Thron ohne rechtmäßigen Anspruch erklommen haben?‹

›Ich weiß es nicht. Mehr, als ich zählen kann.‹

›Richtig. Manche haben ihr Ziel erreicht, manche nicht. Aber all diese Ränke haben viel Geld verschlungen, mitunter gewaltige Summen. Fast alle, die sich zum Herrscher aufschwingen wollten, kamen aus dem Westen: Konstantin zum Beispiel aus Britannien, andere hatten die Legionen am Rhein, in Spanien oder in Gallien befehligt. Das ging so, bis die Barbaren sesshaft geworden und die westlichen Provinzen so schwach geworden waren, dass sie sich nicht mehr gegen Eindringlinge behaupten konnten. Den römischen Legionen fehlte die Kraft, und die Barbaren waren zu sehr mit ihren eigenen Händeln beschäftigt. Wie viele Westgoten oder Burgunder haben den Blick auf Konstantinopel gerichtet? Nicht einer. Und so konnte es Ostrom in aller Stille und ungeschoren zu Wohlstand und Reichtum bringen. Wenn in Konstantinopel ein Kaiser starb, folgte ihm der nächste ohne Blutvergießen – oder zumindest ohne auffallend hohes Blutvergießen …
Den Preis dafür hat Rom gezahlt, indem es am Rand seines Imperiums eine Provinz nach der anderen verlor. Gewiss, es waren überwiegend Landstriche, die ohnehin nicht viel Profit abwarfen, und wenn, dann versickerte dieser in Rom, ehe er ans Goldene Horn gelangen konnte. Gallien hat Rom Unsummen gekostet, und für das Geld hat sich das Reich nichts als Ärger eingehandelt. Also fährt Rom besser damit zuzusehen, wie Gallien zerstückelt wird, in so kleine Teile, dass es künftig niemandem außer sich selbst Ärger machen kann.‹
›Wollt Ihr damit sagen, dass Gallien praktisch schon aufgegeben ist? Dass Rom sich selber aufgibt?‹
›Betrachtet es mal aus der Sicht, sagen wir: eines Bürgers von Antiochia oder Alexandria. Städte, die älter sind, reicher waren und in ihrer Blütezeit glorreichere Tage gesehen haben als Rom. Warum sollten sie Tränen vergießen, wenn es dem arroganten, durch blutige Kriege nach oben gekommenen Rom nun ein wenig schlechter geht?‹
Er ließ ein, zwei Sekunden verstreichen und sah mich ernst an.

›Natürlich, wenn Rom je zusammenbräche, wäre das für alle ein entsetzlicher Schock. Aber seine Herrscher hatten eben mehr als ein Jahrhundert lang alle Hände voll damit zu tun, die ständigen Bürgerkriege zu verhindern. Gut, das ist ihnen letztendlich gelungen. Und was ist dabei groß verloren gegangen? Was würde in Zukunft groß verloren gehen?‹

›Wir wären keine Römer mehr!‹

›Warum nicht?‹

›Wir könnten keine Staatsämter mehr bekleiden. Mein Vater war Konsul, mein Onkel *magister milites*. Aber ich, was könnte ich noch werden?‹

›Titel sind doch Schall und Rauch!‹, schnaubte Ricimir. ›Sie kosten den, der sie bekleidet, ein Vermögen für gesellschaftliche Verpflichtungen und wohltätige Spenden.‹

›Aber wir haben jetzt endlich einen weströmischen Kaiser, der fest entschlossen ist, der Bedrohung Galliens einen Riegel vorzuschieben.‹

›Ach ja, Majorian. Was glaubt Ihr, wie lange wird er sich behaupten können?‹«

Wieder legte Manlius eine Pause ein und sah seine Gäste der Reihe nach an. Sie hatten die ganze Zeit still dagesessen und ihm zugehört – so gebannt wie er seinerzeit Ricimir. Und als er auf dem Heimweg über die Argumente des Goten und dabei natürlich auch über den neuen Kaiser Majorian nachgedacht hatte, war ihm auf einmal der Unterschied zwischen den beiden Männern klar geworden: Majorian war ein edler Mensch, bestrebt, sein Bestes zu geben, und doch nur ein durchschnittlicher Herrscher. Ricimir war anders, er war außergewöhnlich, ein Mensch, wie man ihm vielleicht einmal im Leben begegnet, und selbst das ist nur wenigen vergönnt.

»Ihr wisst, wie all das endete«, nahm Manlius den Faden schließlich wieder auf. »Majorian wurde getötet, sein Nachfolger ermordet, und auch dessen Nachfolger starb eines gewaltsamen Todes, alle vermutlich auf Ricimirs Geheiß. Alle Kaiser,

die eine Armee aufstellen und gegen die Goten marschieren wollten, sind früh ins Grab gesunken. Warum? War Ricimir von Konstantinopel bestochen, oder hat er geahnt, dass alle Feldzüge ohnehin nur wertvolle Ressourcen aufzehren und mit einer Niederlage enden würden? Ich weiß es nicht. Und es spielt auch keine Rolle mehr, er ist längst tot. Aber ich erinnere mich an seine letzten Worte, ehe ich gegangen bin:
›Das Imperium zerbricht nicht an den Barbaren, es zerbricht an sich selbst. Ein Teil der Römer will nicht kämpfen, die anderen können es nicht. Denkt daran, wenn das nächste Mal eine Armee der Barbaren an Eurer Grenze aufmarschiert!‹
Ihr wollt, dass ich den Kaiser aufsuche und dazu überrede, uns eine Armee zu schicken, damit Clermont gerettet werden kann und das Ansehen Roms wieder im alten Glanz erstrahlt. Aber ich denke, ihr habt aus meiner Geschichte herausgehört, wie wenig ich mir von einem solchen Versuch verspreche. Denn es würde auf jeden Fall lange dauern, bis die Armee aufgestellt wäre und sich ein Erfolg abzeichnen könnte. Und wie ich schon sagte: Wir haben wenig Zeit.«
Er wollte bereits nach seinem Pokal greifen, um ihn triumphierend bis zur Neige zu leeren, schreckte aber im letzten Moment davor zurück; es hätte nur Anstoß erregt und all seine Mühe zunichte gemacht.

Weil Marcel so leidenschaftlich auf ihn eingeredet hatte, weil er ihn offensichtlich brauchte und weil es um das Wohl des Landes ging, war Julien Barneuve der Bitte des Freundes gefolgt und hatte sich bereit erklärt, nicht nur Vorträge zu halten und Zeitungsartikel zu verfassen, sondern auch ein kritisches Auge auf die Veröffentlichungen anderer Autoren zu haben. Für seine Gegner war er schlicht ein Zensor und Propagandist – ein Urteil, dem Julien angesichts seiner fragwürdigen Doppelrolle nicht mal widersprechen konnte. Er ließ sich von seinen Pflichten an der Universität beurlauben, was im Kollegenkreis einhellig begrüßt wurde, weil man froh war, einen verständnisvollen, vernünftigen Mann in dieser Position zu wissen. Und seltsamerweise fand Julien sogar Freude an seiner Arbeit, er ging ihr mit dem schönen Gefühl nach, einen wichtigen Beitrag für sein Land zu leisten. Denn Frankreich brauchte inneren Frieden, die Menschen mussten merken, dass das Chaos kontrollierbar und die Regierungsgewalt immer noch fest in französischer Hand war.

Auch er selbst brauchte dieses Gefühl des inneren Friedens. Es freute ihn, wenn er die Möglichkeit sah, eine Zeitung durch die Zuteilung von Papier davor zu bewahren, ihr Erscheinen einstellen zu müssen, und sooft er Gelegenheit hatte, im Radio zu sprechen oder in Orange, Avignon oder seiner Heimatstadt Vaison einen Vortrag zu halten, glaubte er zu spüren, dass er den Zuhörern einen guten Dienst erwies. Es erfüllte ihn mit Genugtuung, wenn er einen Redakteur dazu überreden konnte, die eine oder andere Stelle in einem Artikel noch einmal zu überarbeiten und ihm die kritische Schärfe zu nehmen.

Die Art, in der Julien seine Aufgaben wahrnahm, löste in Marcels Beamtenapparat Unbehagen aus, aber selbst die notorischsten Nörgler konnten Julien weder Inkompetenz noch zu großzügige Laxheit nachsagen. Allmählich durchschaute er die Spielregeln des Behördenapparats immer klarer, und so lernte er, winzige Erfolge ein wenig aufzubauschen, gefährliche Klippen durch Geduld und Hinauszögern zu umschiffen und in seinen Tätigkeitsberichten die Dinge so darzustellen, dass der Eindruck rühriger Aktivität entstehen musste. Die kleinen Tricks waren für ihn kein Ersatz für solide Arbeit, er hatte lediglich eingesehen, dass es ohne sie nicht ging. Und so kam es, dass er bei seinen Vortragsreisen durch den von den Deutschen nicht besetzten Teil Südfrankreichs zunehmend den wieder erwachenden Nationalstolz seiner Zuhörer spürte und sich zugute halten konnte, durch sein bescheidenes Bemühen dazu beizutragen, die Wunden der Vergangenheit zu heilen und das zarte Pflänzchen eines neuen Wirgefühls sprießen und gedeihen zu lassen.

Er ließ sich nie auf Äußerungen zur Politik ein, von der hatte er noch nie viel gehalten, und seine Abneigung ihr gegenüber war womöglich noch größer geworden. Stattdessen wählte er Themen, die ihm lagen, dozierte über die Geschichte und das Zusammenwachsen Frankreichs, über die wechselvollen Geschicke des Landes und das unermüdliche Bemühen der Gesellschaft, aus jeder noch so misslichen Krise wieder aufzuerstehen. Er erinnerte die Zuhörer daran, dass Frankreich im Laufe seiner Geschichte schon oft das Opfer von Invasoren gewesen war, die Fremden aber jedes Mal wieder hinausgedrängt hatte. Er sprach davon, wie das Land größer geworden war, bis es an seine natürlichen Grenzen reichte, und wie es Bretonen, Normannen, Provenzalen, Basken und andere Volksgruppen, die als Eindringlinge oder auf ihren Wanderzügen in das Land gekommen waren, zu Franzosen geformt hatte. Er sprach von der Revolution und den Menschenrechten, vermied es aber, Details nachzuspüren wie bei einem wissenschaftlichen Vortrag. Denn ihm lag daran, auf anschauliche Weise die gemeinsame Geschichte lebendig werden zu lassen und in den Zuhörern jenen schlummernden Nationalstolz zu wecken, den er selber oft vermissen ließ, den sein Auditorium aber, wie er zu spüren glaubte, gerade jetzt so dringend brauchte wie ein erfrischendes, belebendes Lüftchen.

Einmal kam er bei einem Vortrag über die Zeit des päpstlichen Exils in Avignon auf den Gnadenerlass zu sprechen, durch den Papst Klemens während der Pest die Juden, die von vielen Zeitgenossen für den Ausbruch der Seuche verantwortlich gemacht wurden, vor Nachstellungen und Verfolgungen schützen wollte. Er stellte die rhetorische Frage, wer wohl – außer einem französischen Papst – zu jener Zeit so gehandelt hätte, und hob hervor, dass Toleranz und Mitgefühl auf dem Boden Frankreichs zu allen Zeiten als hohe Güter gegolten hatten und den Franzosen als Merkmal ihrer Geisteshaltung in Fleisch und Blut übergegangen waren.

Er flocht diese Bemerkungen in einen Vortrag ein, den er in Orange hielt, weil er sich zu jener Zeit gerade mit diesem Thema beschäftigte. Seine täglichen Pflichten nahmen ihn nicht allzu sehr in Anspruch, sie forderten ihm jedenfalls weit weniger Mühe ab, als er es von seiner Tätigkeit an der Universität gewöhnt war. So blieb ihm genügend Zeit, in seinen Mußestunden die Papiere und Unterlagen durchzusehen, die er im Laufe vieler Jahre zusammengetragen hatte; eine stattliche Sammlung, aber er war eben trotz seiner Neigung, sich vor den Widrigkeiten der Gegenwart in das Refugium der Geschichte zu flüchten, nie dazu gekommen, sich ausführlich mit den Aufzeichnungen und Notizen zu beschäftigen.

Die Erfahrungen des Ersten Weltkriegs hatten seine Aufmerksamkeit auf Olivier de Noyen gelenkt. Es hatte ihn fasziniert, wie beharrlich Olivier – schon in jungen Jahren und in einer dunklen Zeit – für das hohe Ideal der Bildung eingetreten war. Und nun waren es wieder die Erfahrungen eines Krieges, die ihn dazu brachten, sich intensiv mit den Juden zu beschäftigen. Als Historiker war er zwar stets bestrebt, bei solchen Betrachtungen die Gegenwart auszublenden, aber der krasse Gegensatz zwischen dem Großmut eines Papstes in der schrecklichen Zeit des schwarzen Todes und dem unversöhnlichen Wahn der Zeitgenossen musste ihn natürlich aufwühlen. In einer der dunkelsten Stunden der europäischen Geschichte – zu einer Zeit, als die Pest bereits ein Drittel der Bevölkerung dahingerafft hatte und niemand verstehen konnte, warum dieses Strafgericht über die Menschen hereinbrach – hielt ein Papst seine schützende Hand über jene Mitbürger, in denen nahezu alle die

Schuldigen für die grausame Seuche sahen. Viel genutzt hatte es indessen nicht, überall in Europa wurden Gettos zerstört, Synagogen niedergerissen und die vermeintlichen Sündenböcke verfolgt und getötet.

Und doch war auf französischem Boden – dem Boden, der später zu Frankreich gehören sollte – ein Mann geboren und erzogen worden, der gegen das Unrecht aufstand und eine Alternative aufzeigte. »Sie dürfen zu nichts gezwungen werden, denn Gehorsam ohne Glauben ist wertlos; sie dürfen keiner Bestrafung ausgesetzt werden, denn eine Strafe, die niemand versteht, ist sinnlos.« So hat es Klemens in seiner Bulle verfügt, und zumindest aus der Provence, dem heutigen Süden Frankreichs, wurden die Juden nicht vertrieben, im Gegenteil, sie suchten von überall her dort Zuflucht, und für ihre Kinder und Kindeskinder wurde die Provence endgültig zur Heimat. Freilich mit der Folge, dass Marcel ihretwegen oft Kopfschmerzen bekam.

»Erwähne die Juden bitte in deinen Vorträgen nicht mehr!«, sagte er zu Julien, als sie sich etwa eine Woche später trafen. »Ich bin sicher, dass du nur ganz allgemein, sozusagen aus historischer Sicht von ihnen gesprochen hast, aber das kommt im Augenblick nicht gut an. Jedenfalls nicht in den Formulierungen, die du gewählt hast. Ich habe sechs Protestbriefe erhalten, und der Polizist, der bei deinem Vortrag dabei war, hat sich sehr kritisch geäußert. So was kann ich jetzt nicht brauchen.«

Seine Position gab Julien die Möglichkeit, sich gewisse Informationen zu verschaffen und hin und wieder Einfluss auf aktuelle Entwicklungen zu nehmen, und so lag es nahe, dass er herauszufinden versuchte, was aus Julia und ihrem Vater geworden war. Er hatte sich zunächst keine großen Sorgen um die beiden gemacht und war auch nie auf den Gedanken gekommen, dass ein Mann wie Claude Bronsen von den Wirren der Zeit tangiert werden könnte. Er vermutete vielmehr, dass er sich in Marseille mit Julia getroffen und sie gemeinsam das nächste Schiff nach Nordafrika genommen hätten. Dass er nie mehr etwas von ihr gehört hatte, weder durch Briefe noch durch mündliche Nachrichten, hielt er eher für ein beruhigendes Zeichen. Julia hatte sich bei Problemen immer an ihn gewandt, er war sozusagen ihr Kummerkasten gewesen und war dieser Rolle auch stets nachgekommen; wenn sie also in ernsten Schwierigkeiten gewesen wäre, hätte er bestimmt von ihr gehört.

Eines Tages wurde ihm eine Aufstellung der leer stehenden Häuser und Wohnungen in der Provence auf den Schreibtisch gelegt, eine Art Rundschreiben, allem Anschein nach ein Routinevorgang. Bei der Liste ging es um Wohnraum, der, aus welchen Gründen auch immer, von den früheren Eigentümern nicht mehr genutzt wurde und durch die Präfektur requiriert werden konnte. In Panik geriet er erst, als er bei der genaueren Lektüre auf den Namen Claude Bronsen stieß und einen Vermerk, dem zufolge Bronsen in einem Internierungslager verstorben war.

»Was ist Les Milles?«, fragte er Marcel am nächsten Morgen, als der auf dem Weg zu seinem Büro die Place de l'Horloge überquerte. Julien hatte sich angewöhnt, sein Frühstück in einem nahe gelegenen Café einzunehmen, obwohl das, was man jetzt dort bekam, nur noch einen traurigen Abglanz der Köstlichkeiten früherer Tage darstellte. Der Strom der Flüchtlinge war abgeebbt, das Gefühl allgemeiner Verzweiflung klang allmählich ab, und doch hatte sich die Stadt, in der er so lange gelebt hatte und die er so gut kannte, gründlich verändert. Allenthalben herrschte eine gedrückte Stimmung, die Menschen schotteten sich in einer Weise ab, wie er es früher nie erlebt hatte. Selbst die Häuser kamen ihm irgendwie grimmiger vor, als habe das Unglück der jüngsten Zeit in den Steinen die Erinnerung an grausame Notzeiten in den zurückliegenden Jahrhunderten geweckt.

Fast hätte er Marcel verpasst, als der über den Platz stolzierte – mit weit ausholendem, forschem Schritt, der ihn bei seiner eher schmächtigen Erscheinung immer ein wenig lächerlich wirken ließ. Nur jemandem, der ihn so gut kannte wie Julien, fiel auf, dass er Monat für Monat die Schultern ein bisschen mehr hängen ließ. Julien trank in aller Eile seinen Kaffee aus (dessen unangenehm bitterer Geschmack nur noch entfernt an das erinnerte, was man früher unter einem guten Kaffee verstanden hatte), legte ein paar Münzen auf den Tisch und holte seinen Freund ein. Marcel blieb stehen, sah ihn groß an, zuckte aber bei Juliens Frage mit keiner Wimper.

»Guten Morgen, Julien«, erwiderte er gelassen. »Hast du mir etwa hier aufgelauert?«

»Nein, ich habe dich zufällig gesehen. Also – was ist Les Milles?«

»Ein Sammellager. Für illegale Ausländer. Nichts, was dir Sorgen machen müsste. Eine reine Routineangelegenheit, Ausländer warten dort auf ihre Ausreisepapiere. Man muss sie eben irgendwo unterbringen, damit sie nicht einfach untertauchen. Warum fragst du?«

»Ich habe gerade erfahren, dass Julia Bronsens Vater in diesem Lager gestorben ist.«

Marcel knurrte unwillig. »Der jüdische Finanzier? Tja, was soll ich dazu sagen?«

»Er war Franzose und ist dennoch in diesem Sammellager gestorben.«

»Offensichtlich war er kein Franzose, sonst wäre er nicht dort gewesen.«

»Er war Bürger dieses Landes. Und hatte einen Pass.«

»Nun, die Dinge sind etwas anders geworden. Und was seinen

Tod angeht, das ist natürlich betrüblich, aber Menschen sterben nun mal. Er muss – na, wie alt? Sechzig? Oder war er schon siebzig? Da kommt das vor.«

»Wieso werden alte Männer eingesperrt?«

»Mach dich nicht lächerlich, Julien! Die Leute in diesen Lagern können von Glück sagen. Sie haben Kost und Logis frei, man kümmert sich um ihre Bedürfnisse und ihre Wünsche. Schau mal, das geschieht zu ihrer eigenen Sicherheit. Man hat von diesen Leuten heutzutage keine sonderlich hohe Meinung. Und wenn du mich fragst: Je eher Männer wie Bronsen das Land verlassen, desto besser.«

»Er wird es nicht mehr verlassen, oder?«

»Natürlich nicht. Und, wie ich schon sagte, es tut mir Leid. Aber ich habe damit nichts zu tun, ich wusste nicht, dass man ihn interniert hat. Also mach mir bitte keine Vorwürfe! Ich weiß, du warst mit ihm befreundet. Sag's mir, wenn ich dir irgendwie behilflich sein kann. Aber erwarte nicht von mir, dass ich um jemanden trauere, den ich nicht gekannt habe und vermutlich auch nicht gemocht hätte.«

»Nun gut, kannst du herausfinden, was aus Julia geworden ist? Sie sollte sich in Marseille mit ihm treffen, sie wollten zusammen das Land verlassen.«

Marcel kniff die Augen zusammen und dachte nach. Mit Gefälligkeiten musste man in diesen Zeiten sparsam und mit Bedacht umgehen. Julien kam sich zum ersten Mal wie ein lästiger Bittsteller vor.

Schließlich nickte Marcel. »Ich werde mich umhören, einverstanden? Kann ich jetzt meiner Arbeit nachgehen?«

Er hielt sich an sein Versprechen. Eine Woche später teilte er Julien vertraulich mit, dass Julia in einer Pension nahe den Docks von Marseille wohne und versuche, die Ausreisepapiere zu bekommen, die sie brauchte, um das Land verlassen zu können. Sie lebe seit vier Monaten dort und werde wohl auf Dauer bleiben müssen, denn das Problem der Ausreise gestalte sich von Tag zu Tag schwieriger.

Julien hätte nicht sagen können, ob er eher verletzt oder ärgerlich darüber war, dass sie keinen Kontakt zu ihm aufgenommen hatte, aber das spielte angesichts der Sorgen, die er sich um sie machte, keine große Rolle. Das Reisen war schwieriger geworden, aber es verkehrten immer noch Züge, wenn auch sporadisch. Julien nahm den ersten, den er kriegen konnte, und fuhr nach Marseille, um Julia abzuholen.

Die Realität blieb nicht weit hinter seinen Horrorvorstellungen von schmuddeligen Hotels, Prostituierten, Armut und Hunger zurück. Julia hauste in einer winzigen Pension direkt am Hafenbecken, Tür an Tür mit anderen, die sich in einer ähnlichen Situation befanden. Die Besitzerin erwies sich als erstaunlich freundlich, was umso bemerkenswerter war, als sie kaum damit rechnen konnte, dass irgendjemand hier auftauchte, um die Mietschulden ihrer Pensionsgäste zu bezahlen.

»Ja, ja«, philosophierte sie, als sie Julien zu Julias Zimmer führte, »das ist der Krieg. Aber was will man machen? Wenn ich sie rausschmeiße, kommen andere, die auch nicht bezahlen können.«

Julien klopfte und trat ein. Julia lag mit zerzaustem Haar und dunklen Schatten unter den Augen auf dem Bett und rauchte eine Zigarette. Als sie Julien sah, rollte sie sich hastig wie ein erschrockenes Kätzchen zusammen. Sie sah Mitleid erregend aus, müde und sehr verängstigt. Er wollte sie in den Arm nehmen und trösten, aber sie scheuchte ihn weg. »Geh raus, Julien!«

»Was?«

»Fünf Minuten. Komm in fünf Minuten wieder!«
Er schüttelte verdutzt den Kopf, tat aber, was sie gesagt hatte, und wartete unter einer leise zischenden Gaslampe draußen auf dem schmalen Flur, bis sie die Tür öffnete und ihn hineinwinkte. Sie hatte sich ein sauberes Kleid angezogen, das Haar gekämmt und das Zimmer ein bisschen aufgeräumt. Das Ergebnis wirkte auf ihn bedrückender als der erste Anblick, denn auf einmal kam sie ihm seltsam fremd vor – ohne persönliche Ausstrahlung, mittelmäßig und schablonenhaft.
Er machte aus seinem Ärger keinen Hehl. »Warum hast du mir nicht geschrieben? Was hast du hier zu suchen? Bist du verrückt geworden? Was denkst du dir dabei?«
Sie öffnete das Fenster, um frische Luft hereinzulassen, obwohl es draußen recht kühl war. »Ich mag es, wenn ich die Seemöwen schreien höre«, sagte sie. »Ich glaube, ich würde gern am Meer leben. Darum habe ich den Urlaub in der Camargue immer sehr genossen.«
»Julia …«
»Tut mir Leid, aber auf rhetorische Fragen kannst du kaum eine Antwort erwarten. Wenn du's unbedingt wissen willst: Ich habe dir nicht geschrieben, weil ich's nicht konnte. Ich wusste ja nicht, wo du bist. Und seit dem Tod meines Vaters habe ich sowieso keinen klaren Gedanken mehr fassen können. Weißt du, dass er tot ist?«
»Ja, ich habe davon gehört. Es tut mir so Leid.«
»Ja, natürlich. Mir auch.«
Warum sagte sie so etwas? Glaubte sie etwa, er könne daran zweifeln?
Sie schloss das Fenster und setzte sich aufs Bett.
»Aber es hat mich nicht so erschüttert, wie ich erwartet hätte. Merkwürdig, findest du nicht? Ich finde es jedenfalls merkwürdig. Plötzlich habe ich das Gefühl einer Befreiung. Ich bin zur Waise geworden und habe mich ohne einen Sou in diesem schrecklichen kleinen Zimmer verkrochen. Der Mann, der sich

sein ganzes Leben lang selbstlos um mich gekümmert, mich getröstet und beschützt, mir geholfen und mich von ganzem Herzen geliebt hat, ist tot. Sinnlos und ohne Grund in einer nasskalten, engen Gefängniszelle umgekommen. Es ist, als hätte die Welt aufgehört, sich zu drehen. Zumindest der Teil, bei dem es sich lohnt, ihm nachzutrauern. Und mein vorherrschendes Gefühl ist, mich freier zu fühlen als je in meinem Leben. Aber zur gleichen Zeit sitze ich wie ein vor Angst erstarrtes Kaninchen untätig hier herum und warte darauf, dass früher oder später jemand kommt und mich ebenfalls holt.« Sie sah ihn an und fügte mit der Eindringlichkeit eines naiven Kindes hinzu: »Weißt du, ich bin nämlich Jüdin.«

Julien versuchte ein schwaches Lächeln. »Ja, das habe ich mir beinahe gedacht.«

»Ich wusste es nicht«, erwiderte sie. »Nicht wirklich. Mein Vater hat immer so getan, als wären wir keine Juden. Ich selber weiß nichts darüber, aber wenn die Regierung mir sagt, ich sei Jüdin, dann muss ich's wohl sein.«

»Ich verstehe nicht, warum du dir Sorgen machst. Du bist Französin, sie stecken nur Ausländer in diese Lager.«

»Nur Ausländer«, wiederholte sie. »Na, dann ist es ja gut. Bis auf den Umstand, dass ich auch Ausländerin bin. Was mir allerdings völlig neu war. Ich dachte immer, ich sei Französin, ich war davon überzeugt. Aber nein, meine Mutter war Polin, und ich bin in Deutschland geboren. Meine Eltern sind seinerzeit viel gereist, meine Mutter war anscheinend krank. Ich bin in Baden-Baden geboren. Weißt du, was das bedeutet?«

Er nickte. »Es bedeutet, dass du so schnell wie möglich hier rausmusst.«

»So ist es. Aber ich kriege keine Ausreiseerlaubnis, ohne meinen Ausweis vorzuzeigen, und in dem Moment, in dem ich ihn vorzeige, verliere ich das französische Bürgerrecht und werde von der Polizei abgeholt. Also sitze ich hier herum und denke über meine neue Freiheit als Vollwaise nach. Und ich muss zugeben, dass ich dabei zu viel trinke. Weißt du übrigens, dass ich wieder angefangen habe zu malen? Ich habe mir bunte Schulkreide besorgt. Und weißt du, was ich male? Blumen. Vasen mit Blumen. Die Welt ist aus den Fugen geraten, Menschen werden in Lagern eingesperrt, und ich sitze hier fest und habe nichts Besseres zu tun, als Blumen zu malen.«

Es war nicht so sehr ihre Situation, die ihn schockierte, sondern die Art, wie sie darauf reagierte – der aufgesetzt dramatische Ton, die fahrigen Gesten, die völlige Verleugnung all dessen, was einst ihre Persönlichkeit ausgemacht hatte … Wie hatte sie ihm so fremd werden können?

»Du musst hier weg! Und musst dir dabei von mir helfen lassen«, sagte er eindringlich. »Ich habe Geld mitgebracht und kenne die Namen von Leuten, die dir behilflich sein können. Bist du damit einverstanden?«

Sie sah ihn mit leerem Blick an und nickte.

Julien hätte nicht mehr aufzählen können, gegen wie viele Gesetze er während der folgenden fünf Tage verstoßen hatte, es kamen bestimmt etliche zusammen. Das machte ihm keine Freude, aber es jagte ihm auch keine Angst ein. Und er sah ebenso wenig eine Alternative. Das Einzige, was für ihn noch zählte, war Julias Sicherheit. Andererseits bedeutete es eine befremdliche Abkehr von allen Prinzipien, die er bisher für unverletzlich gehalten hatte; er wäre zum Beispiel nie quer über den Rasen einer Parkanlage spaziert. Aber sie lebten nun mal in einer Zeit, in der die meisten Menschen, die festgenommen und in Sammellager verschleppt wurden, nur deshalb dort landeten, weil sie es nicht fertig brachten, Gesetze, selbst grausame Gesetze zu brechen, obwohl ihnen klar war, dass die Befolgung dieser Gesetze zu einem Desaster führen musste. Wer sich stets an Recht und Ordnung gehalten hat, gibt das nicht so leicht auf. Hat er aber die Hemmschwelle erst mal überwunden, fällt der Weg zurück zur Gesetzestreue genauso schwer.

Julien war zu dieser Zeit nicht mehr reich, Kriege lassen den Wert von Ersparnissen und Anlagen rasch sinken. Und da das wenige, was er besaß, hinten und vorn nicht reichte, griff er angesichts Julias Notlage auf eine Gepflogenheit zurück, deren er sich zuletzt während seiner Zeit in Rom bedient hatte. Er ging zu einem Kunsthändler in Avignon und verkaufte ihm seinen wertvollen Cézanne. Viel konnte er dabei nicht herausschlagen, aber er war realistisch genug einzusehen, dass der Händler ihm vermutlich mehr gegeben hatte, als er selber daran verdienen würde. Wieder eine dieser persönlichen Gefälligkeiten: Er kannte den Mann gut, sein Sohn hatte bei ihm studiert. An solchen Zeichen der Menschlichkeit konnte man ablesen, dass die Zivilisation noch lebte und atmete.

Das Geld, das er bekommen hatte, reichte gerade mal für die Bestechungsgelder, die Schiffspassage und das Schmiergeld, das er zahlen musste, um die Papiere für Julia in der kurzen Zeit zu beschaffen, die ihnen blieb. Die Leute, die helfen konnten, unterteilten sich in zwei Gruppen: Die eine ließ sich durch kleine Geschenke dazu bewegen, die andere drückte bereitwillig ein Auge zu, wenn man nur deutlich genug seine guten Verbindungen zu einflussreichen Kreisen erwähnte. Er ging viele Risiken ein und schaffte es tatsächlich, Julia all das zu besorgen, was sie brauchte. Bis auf das überaus wertvolle Ausreisevisum, um das wollte sie sich selber kümmern.

Seine Aktivitäten schienen ansteckend auf sie zu wirken, sie erwachte wieder zum Leben, und eines Morgens verschwand sie im ersten Tageslicht und kam erst bei Anbruch der Dämmerung zurück. Er litt den ganzen Tag Höllenqualen, war überzeugt, dass man sie festgenommen habe, hörte sich bei Freunden um, aber niemand hatte sie gesehen. Es blieb ihm nichts anderes übrig, als dazusitzen und zu warten, aber seine Angst wuchs mit jeder Stunde. Als er endlich den Schlüssel im Schloss hörte und sah, dass sich jemand anschickte, die Tür aufzustoßen, war er überzeugt, dass die Polizei gekommen sei, um Julias Zimmer zu durchsuchen.

Und dann trat Julia ein und begrüßte ihn, als sei nichts geschehen. Sie warf einen Umschlag aufs Bett. »Schau mal«, sagte sie, »was denkst du, was ich da habe?«

Sie war merkwürdig aufgekratzt und lächelte wie in den guten alten Tagen. Das Haar fiel ihr locker über die Schultern, und in ihren Bewegungen lag die beschwingte Leichtigkeit, die er von früher an ihr kannte. Noch vor wenigen Tagen war sie ihm vorgekommen wie ein gefangenes Tier, das sich immer wieder ängstlich an die Gitter seines Käfigs schmiegt, als wolle es sich davon überzeugen, dass es tatsächlich seiner Bewegungsfreiheit beraubt ist. Nun tänzelte sie durchs Zimmer wie jemand, der die neu gewonnene Freiheit auskosten will.

Er warf einen Blick in den Umschlag. Es war ihr Ausreisevisum. »Wo, zum Teufel, hast du das bekommen?«

Sie lachte, ein graziles Lachen, in dem Musik mitschwang. »Nirgendwo, ich hab's selber gemacht. Weißt du, ich hab mich an der Kunstakademie nicht umsonst sechs Monate lang mit Kupferstecherei beschäftigt. Ich bin zu einem Drucker gegangen, einem Spezialisten – guck mich nicht so an, er hat nichts zu befürchten. Er ist auch Jude, und wir Juden halten allem Anschein nach zusammen. Er hat mir seine Druckerpresse und ein paar Platten zur Verfügung gestellt, und ich habe mir bei seiner Nachbarin für eine Stunde ihr Visum ausgeliehen und eine Kopie davon gemacht. Danach habe ich die Vorlage in Kupfer gestochen und abgezogen. Guck mal – die Stempel sind echte Handarbeit. Was hältst du davon? Die beste Arbeit, die mir seit einem Jahr gelungen ist. He – Julien!«

Nachdem er sich den ganzen Tag Sorgen um sie gemacht hatte, war ihre Unbekümmertheit einfach zu viel für ihn. Er saß zitternd auf dem Bett, wiegte sich vor und zurück und heulte, wie er seit Jahren, seit dem Tod seiner Mutter nicht mehr geheult hatte. Sie kauerte sich vor ihn auf den Boden, streichelte ihn sanft, nahm ihn schließlich in die Arme und redete beruhigend auf ihn ein.

Sie konnten und wollten sich nicht mehr dagegen wehren, und so liebten sie sich zum ersten Mal. Das heißt, im Grunde war es für beide sogar das erste Mal im Leben, dass sie sich einem Menschen ganz hingaben. Mein Gott, warum hatten sie nur so lange damit gewartet?

Lange bevor der Pestbazillus Avignon erreichte, war Ceccanis großem Gegenspieler, dem Kardinal de Deaux, der Gedanke gekommen, die Gräfin der Provence könne in Anbetracht ihrer permanenten Geldnöte bereit sein, die Stadt und das umliegende Gebiet der Kirche zu verkaufen – für eine stattliche Summe, versteht sich. Es war des Nachfolgers Petri nicht würdig, auf lediglich gepachtetem Grund und Boden zu leben, und im Übrigen würde der Besitz der Stadt die Chancen steigen lassen, dass der Papst sich endgültig hier etablierte. Seit Jahren lag der Kardinal Klemens bei jedem größeren Bauprojekt damit in den Ohren, und als die Idee aufkam, der Papst solle die Stadt verlassen, um der Seuche zu entrinnen, war es vor allem de Deaux, der diesem Vorschlag energisch widersprach.

»Ein Hirte lässt seine Herde nicht im Stich«, sagte er, als er um seine Meinung gefragt wurde, wobei er im Grunde nur befürchtete, Klemens könne, wenn er erst mal abgereist war, womöglich nie mehr zurückkehren. »Das Volk bedarf Eurer«, fügte er hinzu, weil er hoffte, die zu erwartende Dankbarkeit der Provenzalen werde Klemens die Augen öffnen und das Risiko erkennen lassen, das mit einer Rückkehr in das aufrührerische, unbotmäßige Rom verbunden war.

Ein seltsamer Mann, dieser de Deaux; er und Ceccani wären sicher nie Freunde geworden, auch wenn sie der Machtkampf nicht in verschiedene Lager gezwungen hätte. De Deaux war ein Vollblutpolitiker, der mehr seinem Instinkt als irgendwelchen starren Prinzipien folgte. Er hegte kein Interesse an all dem, was Ceccani so faszinierte. Olivier hätte in ihm bestimmt keinen Förderer gefunden, denn er sah keinen Nutzen in abstrakter Bildung, vermochte der Antike nicht viel abzugewinnen und widmete sein Leben ganz der Aufgabe, den Ruhm und den Einfluss der Kirche zu mehren. Die beiden Männer waren sich weder äußerlich noch ihrem Wesen nach ähnlich; der kleine, untersetzte Italiener war von der Aura einer permanent unterkühlten Freundlichkeit umgeben, wogegen der groß und schlank gewachsene Franzose die herzliche Wärme eines provenzalischen Sommers auszustrahlen schien.

Bei der Diskussion darüber, wie der Papst sich angesichts der Bedrohung durch die Pest verhalten solle, setzte sich de Deaux mit seinen Argumenten durch. Was niemanden verwunderte, weil Klemens ohnehin unter allen Umständen in Avignon bleiben wollte; er fühlte sich hinter den dicken Steinmauern seines Palastes sicherer. Hier gab es wenig zu tun, aber allein der Umstand, dass er blieb, wurde ihm als Zeichen persönlichen Mutes und entschlossener Führerschaft hoch angerechnet. De Deaux obsiegte auch in der anderen Angelegenheit und wurde damit beauftragt, Verhandlungen mit der Gräfin der Provence aufzunehmen – einer Frau, die eifersüchtig ihre Unabhängigkeit von Frankreich hütete und viel Geld brauchte, um dies auch künftig tun zu können.

Ceccani deutete de Deaux' Schachzug zutreffend als den Versuch, einen Schlussstrich unter die Diskussion über eine Rückkehr des Papstes nach Rom zu ziehen (wohin er nach Ceccanis Überzeugung gehörte). Es war ihm klar, dass sein Rivale insgeheim bereits die Fühler ausgestreckt und das Terrain sondiert haben musste, ehe er mit seinem Vorschlag, die Stadt und ihre Umgebung zu kaufen, herausgerückt war. Sicher hatte er sich längst vergewissert, dass seitens des französischen Königs keine Einwände zu erwarten waren, zumal aus dessen Sicht eine reichere, schlagkräftigere Provence ein akzeptabler Preis für die Aussicht war, das Papsttum auf Dauer unter französischem Einfluss zu wissen. Damit ergab sich für Ceccani die Notwendigkeit, seine eigenen, völlig anders gearteten Pläne nachhaltiger zu verfolgen. Er musste für den Fall eines Scheiterns der Verhandlungen dafür sorgen, dass Frankreich sich entschieden gegen jede finanzielle Unterstützung der Gräfin aussprach und diese daraufhin die Verkaufsgespräche abbrach. Es kam darauf an, die Dinge so zu steuern, dass die beiden Parteien einander spinnefeind wurden. Und dafür musste er rasch sorgen, sonst kam er zu spät und verpasste die einmalige Gelegenheit, de Deaux als Versager dastehen zu lassen und seinen Einfluss auf den Papst zu schwächen.

Während Ceccani sozusagen auf der Lauer lag und Papst Klemens sich aus Angst vor der Pest in das oberste Stockwerk des großen Wehrturms zurückzog, riss de Deaux de facto die päpstlichen Tagesgeschäfte an sich. Er traf Entscheidungen, ließ es aber so aussehen, als handle er im Namen des Papstes. So veranlasste er zum Beispiel, dass Klemens die Rhone zur offiziellen Begräbnisstätte erklärte und durch ihn als solche einsegnen ließ, damit die zahlreichen Leichen nicht weiter auf der Straße oder in den Hinterhöfen verwesten, sondern in den Fluss geworfen und letztendlich ins Meer gespült werden konnten. Er holte das Diebsgesindel aus den Gefängnissen und ließ es die Pesttoten zum Fluss karren. Und er war unermüdlich bemüht, die Ursache der Seuche – wenn es denn eine gab – zu ergründen, damit endlich etwas gegen sie getan

werden konnte. Wobei er sich sagte: Selbst wenn das nicht gelingt, so entsteht doch bei den Bürgern wenigstens der Eindruck, dass sich jemand um das Problem kümmert. Er ließ sogar Gersonides nach Avignon holen, in der Hoffnung, der Rabbi werde vielleicht herausfinden, warum sich die Leute gegenseitig mit dieser rätselhaften Krankheit ansteckten.
Ceccani verfolgte diese Winkelzüge mit wachsamem Auge, wusste er doch, dass es de Deaux nur darum ging, bei den Bürgern von Avignon Liebe und Zuneigung zum päpstlichen Hof zu wecken, bis es für sie selbstverständlich war, dass der Papst auf provenzalischem Boden und nirgendwo sonst residierte; er wollte das so fest in ihren Herzen verankern, wie es in ihren Geldbeuteln bereits verankert war. Trotz aller vorangegangenen Sondierungen wurde die Zeit aber auch für de Deaux knapp, wenn er die Verkaufsverhandlungen mit der Gräfin rechtzeitig zu einem erfolgreichen Abschluss bringen wollte. Woraus sich wiederum für Ceccani die Notwendigkeit ergab, noch schneller zu sein, wenn er noch eine Chance haben wollte, de Deaux' Plan scheitern zu lassen.
Es hätte nicht viel gefehlt, und Gersonides wäre in Ketten nach Avignon geschleppt worden. Wäre der Jude bei seiner anfänglichen Weigerung geblieben, hätten die vor seinem Haus postierten päpstlichen Söldner ihn notfalls mit Gewalt aufs Pferd gezerrt und auf dem Sattel festgebunden. Also blieb dem Rabbi nichts anderes übrig, als sich zu fügen, seine Siebensachen zu packen und mitzukommen.
»Ich weiß nicht, wann wir uns wiedersehen«, sagte er beim Abschied zu Rebekka. »Bis hierher ist die Seuche noch nicht vorgedrungen, und solange sie noch genug Opfer in Avignon findet, wird sie auch nicht kommen. Ich weiß nicht, ob sie von Menschen auf Menschen übertragen wird, aber es scheint so. Und ich will sie auf keinen Fall in mein eigenes Haus einschleppen, nur weil ich den selbstsüchtigen Wunsch verspüre, möglichst bald dein vertrautes Gesicht wiederzusehen.«

Der sanfte, freundliche Ton, den er Rebekka gegenüber anschlug, unterschied sich verblüffend von der ruppigen, abweisenden Art, in der er mit Männern wie Ceccani sprach. Ihr sah er sogar nach, dass sie mitunter genauso trotzig und eigensinnig war wie er, obwohl er grundsätzlich der Meinung war, dass sich manches, was Männern zustand, noch lange nicht für Frauen schickte. Wie auch immer, bis jetzt hatte sie noch keinen Ehemann gefunden, und es sah auch nicht danach aus, als werde sich daran bald etwas ändern. Wer, um alles in der Welt, war schon darauf aus, ein bettelarmes jüdisches Dienstmädchen ohne Familie und von dubioser Herkunft zum Weib zu nehmen? Selbst der junge Christ, dem sie ganz offensichtlich den Kopf verdreht hatte, würde sich hüten, eine solche Torheit zu begehen. Der Rabbi hatte natürlich bemerkt, wie es um die beiden stand; der junge Bursche war zweifellos in sie vernarrt, er bekam in ihrer Gegenwart leuchtende Augen, aber – und auch das war ihm nicht verborgen geblieben – wenn seine Gefühle ihn zu überwältigen drohten, bekam er jedes Mal Angst vor der eigenen Courage, sich in eine Jüdin zu verlieben. Die Furcht vor allen möglichen Komplikationen war ihm so deutlich anzumerken, dass er dem Rabbi fast ein wenig Leid tat. Zu seiner Beruhigung las der Jude im Gesicht des jungen Mannes – einem hübschen, gut geschnittenen, von kräuselnden Locken umrahmten Gesicht –, dass er es nicht auf eine oberflächliche Liebelei anlegte. Dennoch, Gersonides musste der Möglichkeit ins Auge sehen, dass Rebekka ihn eines Tages verlassen könnte; das hing ganz von ihrer Entscheidung ab. Und gerade diese Ungewissheit machte ihm Angst, denn einerseits wollte er nicht, dass Rebekka wegging, andererseits war es sein Herzenswunsch, sie glücklich zu sehen. Er fürchtete nur, sie könne nicht richtig abschätzen, auf welche Gefahren sie sich einließ.

Nachdem ihm nacheinander nicht nur die Frau, sondern auch die sechs Kinder weggestorben waren – drei bei der Geburt, zwei im Kindbett und eines an einer Krankheit –, war Rebekka für ihn zum Mittelpunkt seines Lebens geworden. Er hatte lange und aufrichtig um seine Familie getrauert, wenn er auch nach außen hin den für ihn charakteristischen Gleichmut zeigte. Bei Rebekka wäre das freilich anders gewesen; wäre sie gestorben, hätte er auch sterben wollen. Sie war zufällig zu ihm gekommen, ein verwahrlostes, heimatloses junges Ding, und er hatte sie aufgenommen, sie durchgefüttert und ein wenig menschliche Wärme spüren lassen. Sie arbeitete aufopfernd für ihn und war absolut ehrlich, hörte ihm zu, wenn er sich unterhalten wollte, und konnte den Mund halten, wenn ihm nicht danach war. In den zweieinhalb Jahren, die sie nun schon unter seinem Dach lebte, hatte sie ihm die Familie ersetzt – die Frau, die Töchter und die Söhne, alle, die der Tod ihm genommen hatte. Dass er sie verlieren könnte, war das Einzige, wovor er sich fürchtete. Und deshalb fand er, sooft sie – selten genug – Andeutungen machte, es könne womöglich demnächst ein Freier anklopfen, tausend Vorwände, um ihr (und vor allem sich) den Burschen vom Hals zu halten. Er wusste, dass das selbstsüchtig war, dass er sich innerlich von ihr trennen und sie ermutigen sollte, ihn zu verlassen. Aber er brachte es nicht fertig und beschwichtigte sich mit dem Gedanken, dass sie eigentlich gar nicht den Wunsch verspüre, die Geborgenheit bei ihm gegen die Unruhe der großen weiten Welt einzutauschen. Bis jetzt jedenfalls nicht. Und so war er, als er mit den päpstlichen Söldnern das Haus verließ, von unerklärlicher Unruhe erfüllt.

Auch Rebekka war das Herz schwer, weil sie angesichts der Eskorte argwöhnte, irgendjemand habe ihn womöglich Gott weiß welcher bösen Taten bezichtigt – der schwarzen Magie, der Hexenbeschwörung oder was auch immer –, und nun seien Soldaten gekommen, um ihn auf die Anklagebank zu schleppen. Erst vor wenigen Tagen war in Vaison davon gemunkelt worden, dass in Genf sechs Juden bei lebendigem Leib in der

Synagoge verbrannt seien. Auch hier bei ihnen waren schon Juden auf offener Straße angespuckt oder mit Fußtritten traktiert worden. Es bedurfte keines sechsten Sinnes, um zu wissen, dass die Atmosphäre gefährlich vergiftet war. Zu größeren Ausschreitungen war es in der Provence bislang noch nicht gekommen, aber die kursierenden Gerüchte heizten die Stimmung auf, und falls – oder besser gesagt: sobald – die Seuche auf das östliche Ufer der Rhone übergriff, musste die Hand voll Juden, die hier lebte, mit Schlimmerem als Tritten und Schlägen rechnen.

Am Abend zuvor war eine kleine Gruppe Juden zu Gersonides gekommen und hatte ihn um Rat gebeten, wie sie Anfeindungen vorbeugen könnten. Er war zwar ein wenig umständlich und verstand sich nicht darauf, anderen Trost zu spenden, aber er galt nun mal als der weiseste Mann in der Gegend. Er sagte ihnen, da es keine Geldverleiher in der Stadt gebe, könnten sie kaum ein deutlich beschwichtigendes Zeichen setzen wie zum Beispiel, ihren Schuldnern alle Zahlungen zu erlassen, bis die Pest vorüber sei. Wenn die Christen wirklich glaubten, ein Philosoph, ein Schneider, ein Arzt und ein Tuchhändler hätten sich gegen die gesamte Christenheit verschworen und das Unheil über ihre Häupter gebracht, würde es den Juden vermutlich nicht gelingen, sie eines Besseren zu belehren. Sie sollten also ihrer gewohnten Arbeit nachgehen, den Stern tragen, an dem sie zu erkennen waren, keine missverständlichen Äußerungen und auch sonst nichts tun, was ihnen falsch ausgelegt werden könnte.

»Und noch etwas«, fügte er abschließend hinzu. »Sollte die Seuche bis zu uns kommen, wäre es gut, wenn einer von euch sterben würde, möglichst qualvoll und vor aller Augen.«

Er sagte das mit einem schiefen Lächeln, doch selbst das verhalf ihnen nicht auf die Sprünge. Die Juden in der Stadt respektierten den Rabbi und lauschten aufmerksam seinen Worten, auch

wenn sie sie nicht verstanden, aber mit seinem sarkastischen Humor wussten sie nichts anzufangen.
Am folgenden Tag kamen dann die Söldner und nahmen ihn mit. Es war nur ein kleiner Trupp, und die Männer sprangen nicht grob mit ihm um. Man hatte ihnen zwar nicht gesagt, weshalb sie ihn abholen sollten, aber sie waren es gewöhnt, dass ohnehin niemand Widerstand leistete. Alle wussten, wenn man sich zwei Söldnern widersetzte, kamen deren zehn, und wenn man sich den zehnen nicht fügen wollte, kamen hundert. Am besten war es, sie nicht zu provozieren und zu tun, was sie befahlen.
Und so bat sich Rabbi Levi ben Gerson ein paar Minuten aus, um das Nötigste – und das war wenig genug – zusammenzupacken und sich bereitwillig vor der Haustür einzufinden. Man gab ihm ein Pferd – ein gutes Zeichen, denn auf einem Pferd zu reisen war teuer und nicht für den Abtransport von Schurken ins Gefängnis gedacht. So ritten sie denn los, keiner redete unterwegs, aber die Söldner sahen ihn auch nicht feindselig an. Einer schielte sogar hin und wieder neugierig zu ihm hinüber, als warte er nur auf eine Gelegenheit, mit dem Juden zu plaudern.
Auch Gersonides sagte nichts, er hielt nichts von eitlem Gerede und hatte auch keine Übung darin. Hätte einer seiner Begleiter versucht, ihn ins Gespräch zu ziehen, wäre er darauf eingegangen und hätte höflich zugehört, von sich aus wollte er jedoch keine Unterhaltung anfangen. Es gab genug Dinge, über die er während der Reise nachdenken konnte; er war seit Jahren darin geübt, dadurch unterwegs den Verstand zu üben, statt die Zeit ungenützt verstreichen zu lassen. Diesmal arbeitete er in Gedanken einen Text über die Seele aus. Er war so weit ganz zufrieden damit, aber ein paar Überlegungen fehlten noch, und andere waren, wie er fand, noch nicht richtig ausgefeilt. Es ging um ein Problem, das ihn seit dem letzten Treffen – oder sollte er lieber sagen: seit der letzten Lehrstunde? – mit dem jungen

Christen beschäftigte, der ihn so oft aufsuchte und mit seinen Fragen bedrängte.

»Seht Ihr, Rabbi, für mich macht das keinen Sinn«, hatte er das letzte Mal gesagt. »Der Mann, der das geschrieben hat, war immerhin Bischof, und doch sagt er einfach, die Seele sei ewig. Aber das würde doch bedeuten, dass sie gottgleich und nicht von Gott geschaffen ist. Und dann redet er über unser Leben und davon, dass wir uns zu Gott hin entwickeln müssen. Gleichzeitig schreibt er aber, es sei uns bestimmt, als sterbliche Wesen auf der Erde zu bleiben, solange es uns hier nicht gelingt, uns von der Sündhaftigkeit zu reinigen. Ich will natürlich keine Unterweisung im christlichen Glauben von Euch, aber ich bin mit der Hoffnung gekommen, dass Ihr mir das erklären könnt.«

Genauso hatte der junge Christ das Gespräch eingeleitet, erinnerte sich Gersonides, während sein Pferd den schlammigen Feldweg entlangtrottete. Es war eine höfliche Bitte gewesen, aber in gewisser Weise eben doch eine Aufforderung: Erklärt mir das, gebt mir eine Antwort. Der junge Mann war vermutlich ein wenig nervös, oder in seinen Fragen spiegelte sich einfach die dreiste Ungeduld wider, die jungen Leuten eigen ist.

Nun, Gersonides hatte ihm seinerseits Fragen gestellt und ihm so den Wind aus den Segeln genommen. »Vielleicht sind die beiden Aussagen unvereinbar. Aber wie würdest du dann darauf reagieren? Dich aufgeschlossen zeigen für eine andere Interpretation? Oder beide schlicht als wertlos abtun?«

Und schon war die nächste Frage gekommen: »Du musst mir etwas über eure Theologie erklären. Warum ist es so wichtig, dass die Seele von Gott geschaffen wurde, statt einfach ihren Ursprung in Gott zu haben?« Und noch eine Frage: »Die Auferstehung des Leibes … so nennt ihr das doch? Warum besteht ihr darauf, wenn ihr andererseits davon überzeugt seid, dass es im Grunde mehr auf die Seele ankommt? Warum hängen Christen dann so an ihrem Leib?«

Und so war es weitergegangen, eine Frage nach der anderen. Dabei hätte er die meisten Antworten selber gewusst, denn er hatte viele Jahre damit verbracht, nicht nur die christlichen, sondern auch die moslemischen Texte, die der griechischen Klassik, die Thora und den Talmud zu studieren, immer auf der Suche nach der erleuchtenden Erkenntnis – jenem Lichtstrahl, durch den Gott es seiner Überzeugung nach den Menschen möglich macht zu erkennen, wozu sie auf Erden sind.

Bedachte man, dass der junge Mann weder ein Studium der Theologie noch ein anderes absolviert hatte, so waren seine Antworten vernünftig und wohl durchdacht. Dennoch, da ihn niemand gelehrt hatte, was er glauben oder nicht glauben solle, wäre er – unverhofft mit einer These konfrontiert, die nicht mit der christlichen Doktrin in Einklang zu bringen war – womöglich bereit gewesen, auch ihr zuzustimmen, es sei denn, eine innere Stimme hätte ihn davor gewarnt, sich nicht in einem der Fallstricke für die Unvorsichtigen zu verheddern.

Als zwei Stunden vergangen waren und die Sonne sich schon tief nach Westen neigte, hatte der Rabbi abrupt gesagt: »Und nun musst du gehen! Ich habe meine Gebete zu verrichten.«

»Aber Ihr habt mich wieder nichts gelehrt«, begehrte Olivier auf, »sondern mir nur Fragen gestellt.«

»So ist es«, erwiderte der Rabbi. »Und wenn du bereit bist, mir diese und weitere Fragen zu beantworten, darfst du gern wiederkommen. Möglichst ein wenig früher am Tag. Und das nächste Mal, wie es die Höflichkeit gebietet, nicht unangemeldet.«

»Aber ich bin hergekommen, weil ich Antworten wollte. Ganz spezielle Antworten.«

»Das hast du gestern schon gesagt. Und ich kann auch nur wiederholen, was ich schon gesagt habe: Ich habe keine. Nicht, dass ich nicht viele Jahre danach gesucht hätte, aber Antworten findet man so selten wie ein goldenes Ei oder ein Einhorn. Ich kann dir allenfalls dabei helfen, sie selber zu finden. Denk darüber nach, was Manlius geschrieben hat, und finde heraus, wie du es für dich nutzen kannst: ›Eine gute Tat, die du nicht verstehst, wird dir nicht als Tugend angerechnet, und genauso ist es mit bösen Taten. Denn Verstehen und Tugend sind dasselbe.‹ Das ist es, was du eigentlich suchst: Verstehen, nicht Antworten. Das sind zwei Paar Stiefel.«

Er schielte zu Olivier hinüber, und als er ihm ansah, dass er zwischen Irritation und Verblüffung schwankte, nahm er aus einem Kasten ein schmales Büchlein.

»Mach dir die Mühe, das bei deinen Nachforschungen zu studieren. Es ist die Kopie einer alten Handschrift, ich habe sie selber angefertigt, geh also sorgfältig damit um! Freunde in Sevilla haben es mir zu lesen gegeben, sie hatten es von einem gelehrten Araber. Ich kann nicht schwören, dass alles richtig ist, denn es ist die lateinische Übersetzung einer arabischen Übersetzung des griechischen Originals.«

Es rührte sein Herz an, als er das Leuchten in Oliviers Augen sah und spürte, wie gierig der ihm das Büchlein förmlich aus den Händen riss. Er wusste, dass er es angesichts von so viel Wissensdurst nicht fertig brachte, den jungen Mann, wenn er das nächste Mal kam, wegzuschicken oder ihm zu raten, seine Nachforschungen aufzugeben. Denn bei Olivier war es anders als bei den vielen anderen Schülern, die im Laufe vieler Jahre bei ihm angeklopft hatten. Sie waren fleißig gewesen und guten Willens, etwas zu lernen, aber für Olivier war es ein Zwang, den Dingen auf den Grund zu gehen. Sonst hätte sein Leben keinen Sinn gehabt, er wäre verkümmert, wenn er keine Möglichkeit gesehen hätte, seinen Wissenshunger zu stillen.

Konnte jemand wie er, fragte sich der Rabbi, eine verwandte Seele abweisen, die denselben Zwang verspürte wie er? Spielte es da eine Rolle, dass es bei jedem Besuch länger dauerte, bis er, nachdem er das Arbeitszimmer längst verlassen hatte, die

Haustür hinter sich zuzog? Er hörte sie unten miteinander reden, Olivier in lebhaftem, angeregtem Ton und Rebekka, wie sie leise etwas erwiderte. Die Stimmen drangen bis zu ihm herauf, und es kam ihm so vor, als nähmen die beiden sich von Mal zu Mal ein wenig mehr Zeit füreinander.

Über diesen Erinnerungen vergaß er ganz, dass er sich vorgenommen hatte, über die Komplexität der Seele nachzudenken. Ein Mangel an geistiger Disziplin, der ihn indessen nicht sonderlich beunruhigte. Am päpstlichen Hof scherte sich sicher niemand um seine Liebhabereien. Er hatte weder Geld noch Macht oder Einfluss, und sein Werk, wenn man's denn so nennen konnte, war in Hebräisch geschrieben. Es hieß zwar, der Papst habe Unterricht in dieser Sprache genommen, aber sein ganzes Bemühen hatte nur dazu geführt, dass er in der Lage war, das hebräische Alphabet abzuschreiben, und das konnte auf den belesenen Juden, der mühelos sechs Sprachen erlernt hatte, wenig Eindruck machen. Warum immer man ihn nach Avignon schleppte, um seine philosophische Gelehrsamkeit ging es den Männern in der Umgebung des Papstes sicher nicht.

So weit sollte der alte Mann Recht behalten, aber seine Gelassenheit bekam einen ersten Knacks, als er bemerkte, dass der kleine Trupp direkt auf den päpstlichen Palast zuhielt. Trotz der düsteren Zeiten waren dort immer noch zahlreiche Handwerker mit An- und Umbauten beschäftigt. Ansonsten bot Avignon jedoch im Würgegriff der Pest ein erschreckendes Bild: kaum jemand auf den Straßen, auf dem Marktplatz nur eine verlorene Hand voll Händler, die verzweifelt hofften, ihre Waren an Kunden loszuwerden, die sich nicht blicken ließen. Ein finsteres Omen lag über der Stadt, allenthalben war lauernde Angst zu spüren. Die leeren Gesichter der wenigen Menschen, die sich auf die Straßen trauten, gaben beredtes Zeugnis davon, dass die Stadt von blankem Terror gelähmt war. Stand Carpentras dasselbe Geschick bevor? Wenn ja, mussten Rebekka und er sich auf gefährliche Zeiten einrichten. Selbst der kleinste Funke konnte ihre Welt in lodernde Flammen versetzen, und wie immer würde irgendjemand für die Katastrophe bezahlen müssen. Wer weiß, womöglich endete seine Reise damit, dass von ihm am päpstlichen Hof die erste Rate eingefordert wurde.

Er war schon früher hier gewesen, widerwillig wie immer, wenn de Deaux ihn einbestellte, aber der Kontrast zwischen den früheren Besuchen und heute hätte kaum krasser sein können. Während sich früher im großen Innenhof Kleriker, Kaufleute, Bittsteller und sogar ein paar Pilger gedrängt hatten, lag dieser nun menschenleer da. Die Atmosphäre unantastbarer Autorität war angesichts des Waltens einer höheren Macht verblasst. Selbst die Kirche in all ihrer Pracht war zu einem spärlichen Häuflein verängstigter, mit ihrer Sterblichkeit konfrontierter Männer zusammengeschrumpft.

Nun, dachte er, als man ihn die große Freitreppe hinauf- und sodann durch viele Flure und Säle bis zu einer schmalen Wendeltreppe führte, über die sie einen der hohen Türme erklommen, in einen finsteren unterirdischen Kerker schleppen sie mich wenigstens nicht. Jeder Schritt aufwärts macht mir Hoffnung. Es sei denn, sie hätten vor, mich von den Turmzinnen in die Tiefe zu stoßen.

Schließlich kamen sie zu einer schmalen Tür, offenbar ganz oben im Bergfried. Einer der Soldaten klopfte an, öffnete die Tür und trat einen Schritt zurück, um ihn vorbeizulassen. Gersonides betrat das Turmzimmer und tauchte augenblicklich in den Hitzeschwall ein, der ihm aus einem großen Ofen entgegenschlug. Unwillkürlich prallte er zurück und holte tief Luft. Innerhalb von Sekunden war er von Kopf bis Fuß in

Schweiß gebadet und hätte sich am liebsten den dicken Wintermantel vom Leib gerissen.
»Zieht ihn aus, wenn es Euch zu warm ist«, kam eine Stimme aus der Ecke, dicht neben dem lodernden Feuer. »Wollt Ihr Euch lieber auf Provenzalisch, Französisch oder Latein unterhalten? Ich fürchte, das ist alles, was ich Euch anbieten kann.«
»Mir sind alle drei Sprachen gleich lieb«, erwiderte der Rabbi auf Provenzalisch.
»Ausgezeichnet, dann also Latein«, sagte der Papst. »Verspürt Ihr den Wunsch, mir den Ring zu küssen?«
Er streckte dem Juden die mit einem funkelnden Rubin geschmückte Hand hin. Gersonides blieb reglos stehen und signalisierte so, dass er sich der Aufforderung weder widersetzen noch ihr folgen werde.
Klemens lächelte unschuldig und zog die Hand zurück. »Was haltet Ihr von den Gerüchten, dass Ungläubige die Brunnen vergiftet haben?«, fragte er. »Übrigens, tretet bitte nicht zu nahe an mich heran! Ich sitze nicht seit zehn Tagen hier und schwitze mich zu Tode, um mich von einer Krankheit anstecken zu lassen, die Ihr mir vielleicht in meinen Turm einschleppt.«
Der Papst war nicht nur so dicht ans Feuer gerückt, wie es gerade noch ging, ohne dass die Flammen ihm die Kleidung versengten, er hatte auch etliche Lagen aus Mänteln, Decken und Schals um sich geschlungen, was ihn irgendwie monströs aufgebläht erscheinen ließ. Seine Füße steckten in Pelzpantoffeln, und auf dem Kopf trug er eine kostbare Pelzmütze, wahrscheinlich ein Zobelfell aus den Weiten Russlands. Sein Gesicht, soweit man etwas davon sehen konnte, hatte die Farbe einer Roten Rübe. Schweiß lief ihm in Strömen über die Stirn und fiel in dicken Tropfen auf seine Kleidung. Ringsum waren Kerzen und Weihrauchgefäße aufgestellt, die die Luft mit Rauch und einem Gemisch aus etlichen, nicht eben miteinander harmonierenden Gerüchen erfüllten.

Gersonides hatte bereits Kopfschmerzen und fühlte sich leicht schwindelig. Er fürchtete, seine Antworten würden nicht so subtil und besonnen ausfallen, wie sie sein sollten.
»Diese Gerüchte sind, wie alle vernunftbegabten Menschen wissen, allesamt Unsinn, Eure Heiligkeit.«
»Kardinal Ceccani hat mir erst heute Morgen überzeugend vorgetragen, dass ihr Juden dahinter steckt. Und viele Leute auf den Straßen sagen das ebenfalls. Sie sagen, wir müssten ein Exempel an euch statuieren. Wollt Ihr etwa behaupten, dass ich von lauter Dummköpfen umgeben bin und meine Zeit damit vergeude, Idioten zuzuhören?«
»Wenn Ihr tatsächlich von Leuten umgeben seid, die so etwas sagen, dann lässt das auf bedenkliche Vorurteile schließen, Eure Heiligkeit.«
Die Miene des Papstes erstarrte ob dieser Unverschämtheit, er starrte den Juden durch den wabernden Rauch hindurch böse an. Doch dann lehnte er sich im Sessel zurück und begann so laut zu lachen, dass seine Pausbacken auf und ab hüpften. Gersonides stand mit unbewegtem Gesicht da.
»Beim Himmel, ich bin froh, dass wir allein sind. Ihr seid etwas grob, mein Herr. Sogar sehr grob – und in Anbetracht Eurer Situation sehr unklug. Seid Ihr immer so?«
»Ich bemühe mich nur, der Lehre meines Schöpfers zu folgen. Er will, dass wir die Wahrheit sagen, oder nicht?«
»Er will, dass wir an ihn glauben.«
»Das eine schließt das andere nicht aus.«
»Oh doch, wenn es um die Juden geht, die ihren eigenen Messias verleugnen und ihn ermordet haben, statt vor ihm auf die Knie zu fallen.«
»Ihr wisst, Eure Heiligkeit, dass es da einen Bruch in Eurer Argumentation gibt. Ihr könnt Euern Standpunkt nur durch eine solche Aussage untermauern, wenn die Ausgangsposition von beiden Seiten anerkannt wird. Nur dann stimmen die Folgerungen, die Ihr zieht.«

Der Papst wackelte zum Zeichen des Widerspruchs mit dem Ringfinger. »Ihr glaubt offenbar, mit einem geschickten Trick die Wahrheit nach Belieben auslegen zu können. Ich lasse mich aber nicht auf solche jüdischen Schliche ein. Kommen wir also zur Sache! Man sagt Euch nach, dass Ihr in vielen Disziplinen beschlagen seid, zum Beispiel in der Medizin, Astronomie, Philosophie und Logik. Ihr sollt, wie ich höre, auch im Wissen der alten Kulturen einschließlich Eurer eigenen, in der Mathematik, der Optik und der Theologie bewandert sein. Ist das alles wahr? Oder ist das nur Gerede, von jemandem in Umlauf gesetzt, der so eitel wie töricht ist?«

»Ich muss zugeben, dass ich bisweilen eitel und töricht bin«, sagte Gersonides. »Dennoch ist es richtig, dass ich etwas von all den Disziplinen verstehe, die Ihr erwähnt habt.«

»Gut. Ich möchte Euch nämlich in einer Sache konsultieren, bei der es um Leben und Tod geht. Kann ich darauf vertrauen, dass Ihr mich aufrichtig beratet?«

»Ich werde tun, was in meinen Kräften steht.«

»Wieder so eine vorsichtige Antwort. Wisst Ihr, was in der Welt vorgeht?«

»Ich weiß, dass eine Seuche kursiert.«

»Aber wisst Ihr auch, wie schrecklich sie ist?«

»Ich habe Berichte darüber gehört. Und mit eigenen Augen gesehen, dass diese Stadt vor Angst wie gelähmt ist.«

Klemens sah ihn missbilligend an. »Diese Stadt!«, sagte er zornig. »Die Leute hier haben nicht die geringste Ahnung. Wir haben die Seuche seit kaum einer Woche und bis jetzt gerade mal ein paar Tausend Tote, das ist alles. Aber schon verfallen die Menschen in Panik. Ich kenne Priester, Bischöfe und Kardinäle, die um ihr kostbares bisschen Leben rennen, obwohl sie dringend gebraucht würden. Und es hat noch nicht einmal richtig angefangen. Wisst Ihr, was hier und überall in der Welt los sein wird, wenn diese Seuche erst mit voller Kraft wütet?«

Gersonides antwortete nicht. Der Papst griff nach einem Blatt

Papier und fuhr mit dem Finger an den Zahlenkolonnen entlang, die man ihm aufgeschrieben hatte.

»Syrakus: neunzigtausend Tote – bei einer Bevölkerung von hunderttausend. Genua: sechzigtausend – bei fünfundsiebzigtausend Einwohnern. Florenz bis auf zehntausend Seelen dahingerafft. Aleppo völlig ausgelöscht, keine einzige Frau hat überlebt, kein einziges Kind. Alexandria – eine Geisterstadt. Und so geht es weiter und weiter. Innerhalb weniger Monate kann die ganze Welt ausgelöscht sein. Versteht Ihr jetzt, was ich meine?«

Der Rabbi war schockiert. Er zweifelte keinen Augenblick daran, dass das Oberhaupt der Kirche besser und genauer informiert war als er. Aber er hätte nie gedacht, dass es so schrecklich sein könnte. Ein paar Sekunden lang verschlug es ihm schlicht die Sprache.

»Und ich lese auch in mehreren Berichten«, fuhr der Papst fort, »dass die Juden ebenso schnell dahinsterben wie die Christen. Und die Moslems, sollte ich hinzufügen. Gott geht sehr gerecht vor. Möglicherweise haben die Recht, die glauben, er wolle seine Geschöpfe mit Stumpf und Stiel ausrotten. Wir befinden uns mitten in einer neuen Sintflut, nur dass er dieses Mal die Tiere verschont. Die Krankheit befällt nur Menschen: Männer, Frauen und Kinder.«

»Wenn das wirklich Gottes Wille ist, können wir nichts dagegen tun. Höchstens um Verschonung beten.«

»Wenn es aber nicht sein Wille ist, sollten wir sehen, was wir tun können. Auch Ihr. Oder wollt Ihr Euch lieber der Kontemplation hingeben, während ringsum die ganze Schöpfung ausgelöscht wird?«

»Was erwartet Ihr von mir?«

»Ihr kennt Euch in der Astronomie aus. Seht zu, ob Ihr die Ursache dieser Seuche am Firmament entdecken könnt, und versucht herauszufinden, von wo sie kommt! Ihr habt wie viele Juden Kenntnisse in der Heilkunde. Beratet Euch mit anderen

und versucht herauszufinden, wie wir uns gegen diese monströse Krankheit schützen können. Wenn ich recht weiß, gab es während des Peloponnesischen Krieges in Athen eine ähnliche Seuche.«
Gersonides nickte. »Xenophon beschreibt sie in einem Werk, von dem ich eine der wenigen Abschriften besitze.«
»Und zur Zeit von Justinian eine in Konstantinopel.«
Gersonides nickte abermals.
»Studiert die Berichte darüber! Findet heraus, wodurch die Seuchen überwunden wurden. Die alten Quellen wissen mehr darüber als wir, wir können vielleicht aus ihnen lernen.«
»Dazu muss ich nach Hause zurückkehren.«
»Nein. Das erlaube ich Euch nicht.«
»Aber ich kann hier nichts tun. Ich muss meine Bücher und Karten zu Rate ziehen.«
»Die werden Euch gebracht. Meine gesamte Bibliothek und sämtliche Bestände der Kurie stehen zu Eurer Verfügung. Ihr bekommt alles, was Ihr wollt.«
»Ich will nach Hause zurückkehren.«
»Das ist der einzige Wunsch, den ich Euch nicht erfülle«, sagte Klemens mit eisigem Lächeln. »Strapaziert meinen guten Willen nicht! Ich war freundlich zu Euch und werde Euch gut belohnen. Macht mich nicht ärgerlich, indem Ihr Euch einem Befehl von mir widersetzt.«
Der Augenblick war gekommen, in dem Klemens sein wahres Gesicht zeigte. Der Pontifex gab sich umgänglich, er war ehrlichen Herzens besorgt, und zwar so sehr, dass er sich sogar dazu herabließ, freundlich mit einem Juden zu sprechen. Aber er war nun mal ein mächtiger Christenfürst, und das bestimmte die Rollenverteilung zwischen ihnen.
Gersonides senkte resigniert den Kopf. »Ich werde eine Liste zusammenstellen«, sagte er. »Aber ich bestehe darauf, dass meiner Dienstmagd eine Nachricht geschickt wird, sonst macht sie sich Sorgen um mich.«

»Der Bote, der Eure Papiere holt, wird es ihr sagen.«
Der Rabbi nickte. »Tragt ihm bitte ausdrücklich auf, dass er sie beruhigen soll.«
Und damit war Gersonides entlassen. Der Schock über das, was er gehört hatte, und die frische, kühle Nachtluft, die ihm entgegenschlug, als er das Turmzimmer verließ, setzten ihm so zu, dass er auf der Wendeltreppe einen Schwächeanfall erlitt. Die Soldaten glaubten, die Seuche habe auch ihn befallen, und hatten nicht übel Lust, den Juden in den nächsten Straßengraben zu werfen. Zum Glück griff der Anführer des Trupps ein und befahl den Männern, den Rabbi in seine Unterkunft zu tragen.

Die alten Chroniken schweigen sich darüber aus, wie diplomatische Missionen in der Spätzeit der Antike abgewickelt wurden; in den zeitgenössischen Aufzeichnungen findet sich kaum etwas darüber, es sei denn, es handelte sich um Ereignisse von herausragender Bedeutung. Dennoch kann als sicher angenommen werden, dass Manlius Hippomanes sich auf seiner Reise zum burgundischen Hof mit einem sorgfältig ausgewählten Gefolge umgab; schließlich wollte er Eindruck machen. Es war ihm natürlich bekannt, dass König Gundobad als schlau galt und recht grob werden konnte, aber er wusste auch, dass der Burgunder die Früchte der von Rom geprägten zivilisierten Welt sehr wohl zu schätzen wusste, zumal er lange genug mit ihr in Berührung gekommen war. Gold, Silber, Juwelen und feines Tuch kamen als Gastgeschenk nicht in Frage, denn das alles besaß Gundobad im Überfluss. Wäre er dennoch so töricht gewesen, solche Geschenke mitzubringen, hätte die Dürftigkeit seiner Gaben nur offenbart, wie misslich es um ihn und die Seinen bestellt war. Die Zeiten, in denen seine Vorfahren durch bloßes Zurschaustellen ihres Reichtums den Anführern von Barbarenstämmen unterwürfige Ergebenheit abnötigen konnten, gehörten der Vergangenheit an. »Bete mich an, und all dies wird dir gehören« – der Teufel hatte Jesus damit nicht verführen können, aber für Rom waren diese Worte jahrhundertelang die Devise gewesen, nach der es seine Macht behauptet und großen Reichtum angehäuft hatte.

Nur, das verfing nicht mehr, jetzt war eher Fingerspitzengefühl gefragt. Durch Macht und Wohlstand konnte Manlius keinen Eindruck schinden, davon hatte er zu wenig vorzuweisen. Also beschloss er, den Burgunderkönig durch Zeugnisse kultivierter Bildung zu beeindrucken, denn daran herrschte an dessen Hof Mangel. Statt Juwelen nahm er Bücher mit, statt Soldaten Musikanten, und statt auf ängstliche Unterwerfung zu setzen, nahm er sich vor, den Burgunderkönig durch Lobeshymnen für sich zu gewinnen, indem er zum Beispiel Parallelen zwischen ihm und Augustus zog und darauf hinwies, dass der römische Kaiser ein Freund der Gelehrsamkeit gewesen war und seinen Ruhm nicht zuletzt dem hohen Ansehen verdankte, das er in gelehrten Kreisen genossen hatte. Seine Botschaft war: Lass uns einig werden, und ich werde für *deinen* Ruhm sorgen. Kein sonderlich feinfühliges Vorgehen, darum durfte er auf keinen Fall zu dick auftragen. Er musste Gundobad durch wortgewaltige Rhetorik und geschliffenen Stil beeindrucken, dabei aber darauf achten, dass der Burgunder ihn verstehen konnte.

Er entschloss sich nicht leichten Herzens dazu; es war Verrat am Ideal der Bildung, ein schändliches, hinterhältiges Unterfangen. Schließlich war es etwas anderes, einem barbarischen Stammesfürsten zu schmeicheln, als das Loblied auf einen römischen Kaiser zu singen und sich dadurch dessen Gunst zu erwerben, wie er es während Majorians hoffnungsvoller, leider allzu kurzer Regentschaft getan hatte. Er nahm nur ein paar gebildete Männer mit – und sehr wenige Priester, denn der König war Arianer, und Manlius wollte nicht riskieren, dass irgendein selbstgerechter Kleriker ihn, erfüllt vom inbrünstigen Wunsch, Gottes Werk zu tun, zu bekehren versuchte und, wenn das misslang, hinterher schlecht über ihn redete. Gundobads Frau war treue Katholikin; wenn schon sie ihn nicht zum rechten Glauben führen konnte, stimmte das von flammenden Reden begleitete Bemühen eines übereifrigen Pfaffen ihn höchstens ärgerlich.

Manlius traf all diese Entscheidungen erst, nachdem er Sophia um Rat gefragt hatte. »Es schiene mir töricht, um des guten Stils willen die Augen vor den Realitäten dieser Welt zu verschließen«, sagte sie ernst. »Du sagst, der Mann regiere mit fester Hand und gerecht. Und dass er in Rom erzogen wurde und seine Gelüste und Begierden zu zügeln wisse. Schläue scheint mir bei einem Stammesführer kein großer Fehler zu sein. Warum solltest du ihn also nicht loben? Du und deine Vorfahren haben oft genug Lobeshymnen auf Kaiser angestimmt, die sich nur durch ihre Ausschweifungen, ihre Gewalttätigkeit und ihre Gier ausgezeichnet haben.«

»Die Lobeshymnen galten dem Amt des Kaisers und sollten ihn dazu anspornen, dem Lob gerecht zu werden«, erwiderte Manlius. »Darum kann man das kaum vergleichen.«

»Man kann es sehr wohl vergleichen. Es wäre einfältig, einen ungerechten Herrscher zu preisen und einem gerechten dieses Lob zu versagen. Und das gilt erst recht, wenn du etwas von dem gerechten Regenten willst. Gib ihm, was ihm zusteht!«

Manlius erkannte in ihrem Rat die Weisheit, mit der sie ihn schon immer beeindruckt hatte. Seine Mission war beendet, er wandte sich zum Gehen.

»Ich wünsche dir viel Glück, mein Freund«, sagte sie lächelnd. »Vergiss nicht, dass du bei allem, was du tust, über den Parteien und engstirnigen Interessen stehen und dem Pfad der Tugend folgen musst!«

»Diplomatie und Tugend lassen sich nicht leicht unter einen Hut bringen«, gab er zu bedenken.
»Nein. Aber darum ist die Wahl auf dich gefallen. Erinnere dich an alles, was du gelernt hast! Du weißt, was Recht ist und was nicht.«
Als er davonritt, sah er durch eine Maueröffnung, dass sie sich bereits in den Garten zurückgezogen hatte und, von mildem Sonnenlicht beschienen, ganz in die Lektüre eines Buches vertieft war.

Marcel und Julien hielten zwar an der alten Gewohnheit fest, sich gelegentlich zum Essen zu treffen, aber tagsüber sahen sie sich nur selten. Die Verantwortung für ein ganzes Departement machte Marcel zu einem viel beschäftigten Mann. Aber Anfang des Jahres 1942 traten Umstände ein, angesichts deren Julien keine Rücksicht mehr auf Marcels dicht gedrängten Terminkalender nehmen konnte – er musste einfach mit ihm sprechen, und zwar sofort. Also ging er früh am Morgen in die Präfektur, tigerte ruhelos den Flur auf und ab und wartete ungeduldig auf Marcels Erscheinen. Und da kam er auch schon, die abgewetzte Aktentasche in der Hand, den Flur entlanggestürmt.
»Ich muss dich dringend sprechen«, platzte Julien heraus.
Sein Freund sah ihn fragend an; die Begrüßung reduzierten beide auf ein kurzes Nicken.
»Es ist sehr wichtig.«
»Das muss es auch sein«, sagte der Präfekt in leicht vorwurfsvollem Ton und bat Julien in sein Büro. Der Raum zeugte von gediegener alter Pracht. Die Wände hätten freilich dringend einen neuen Anstrich gebraucht, aber der musste wohl

bis nach dem Krieg warten. »Was brennt dir denn so auf der Seele?«

»Hast du das gesehen?« Julien wedelte erregt mit einer Umlaufmappe vor Marcels Gesicht herum.

»Keine Ahnung. Was ist es denn?«

»Eine Liste der Bücher, die aus den Bibliotheken genommen und vernichtet werden sollen. So genannte entartete Literatur. Marcel, das kann doch nicht ernst gemeint sein!«

Marcel nahm die Mappe, fischte seine runde Hornbrille aus der Brusttasche und warf ohne sonderliches Interesse einen Blick auf die erste Seite. »Hmm.«

»Hast du davon gewusst?«

»Ja, natürlich. Aber ich erinnere mich, dass eine ähnliche Liste bereits vor etwa sechs Monaten in Umlauf gegeben wurde und du dich weder darüber aufgeregt noch irgendetwas deswegen unternommen hast. Was übrigens der Reaktion in ganz Frankreich entsprach. Offenbar haben sie jetzt die Geduld verloren. Das kommt davon, wenn man sich obstruktiv verhält. Wenn du dich damals kooperativ gezeigt und dafür gesorgt hättest, dass diese Bücher im Lagerraum verschwinden, hätten sie das Ganze vergessen. Jetzt nehmen sie's genau und wollen, dass die Bücher in die Papiermühle wandern.«

»Aber wirf doch mal einen Blick auf die Liste!«

»Marx, Engels, Lenin, Bakunin … genau die Autoren, bei denen das zu erwarten war, oder?«

»Lies weiter!«

Als Marcel nur die Achseln zuckte, nahm ihm Julien die Mappe weg und las ihm ein paar Namen vor.

»Zola. Gide. Walter Scott. Walter Scott? Was, um alles in der Welt, soll bei Scott entartet sein? Langweilig – ja, da würde ich zustimmen. Aber von einer Gefährdung der Moral kann bei ihm wohl kaum die Rede sein.«

»Das fällt in deine Zuständigkeit«, sagte Marcel ausweichend. »Wenn du mich fragst, ich finde das auch völlig absurd. Wobei ich allerdings mit dieser Äußerung nicht zitiert werden möchte. Der entscheidende Punkt ist, dass sie keine Ruhe geben werden, bis ihre Anweisungen befolgt worden sind. Und die Liste wird immer länger werden. Also, sträub dich nicht und tu's! Und nun musst du mich bitte entschuldigen …«

Die höfliche Umschreibung für einen Rausschmiss. Julien stapfte wütend den Flur hinunter. Er würde das nicht tun. Er konnte es einfach nicht. Das war eine Ungeheuerlichkeit. Er wusste noch, wie empört und entsetzt er reagiert hatte, als in Deutschland Bücher verbrannt worden waren. So etwas könne in Frankreich nie passieren, hatte er sich eingeredet. Und nun passierte es eben doch. Und zwar auf ausdrückliche Anordnung einer französischen Regierung.

Zum wer weiß wievielten Male dachte er daran, sein Amt niederzulegen und einen förmlichen Protest zu Protokoll zu geben. Wie immer fiel ihm aber sofort der unsensible, unerbittliche Unbekannte ein, der dann seine Aufgabe übernehmen würde. Marcel hatte ihm wiederholt gesagt, er habe es nur seiner Protektion zu verdanken, dass nicht längst ein fanatischer Zelot auf seinem Stuhl saß. Jemand, der einen wahren Kreuzzug für Moral und rassische Reinheit entfesseln werde. Bitte, wenn er das unbedingt wolle, solle er sein Amt niederlegen, er werde schon sehen, was dabei herauskomme. So etwas wie eine versteckte Erpressung, um ihn bei der Stange zu halten. Und deshalb saß er nun an seinem Schreibtisch, vor sich die unselige Liste, und versuchte sich einzureden, es werde nichts so heiß gegessen, wie es gekocht wird. Aber wie er es auch drehte und wendete, das quälende Unbehagen blieb.

Ein paar Wochen später hatte er eine Unterredung mit einem Zeitungsherausgeber aus Carpentras. Ein schwieriges Gespräch, das viel Geduld erforderte. Der Herausgeber war ein honoriger alter Herr, der seine Zeitung seit fast vierzig Jahren geschäftlich und redaktionell leitete. Wie man wusste, waren zwei seiner Mitarbeiter Kommunisten und einer Jude. Die

Zeitung hatte in jüngster Zeit eine Reihe von Beiträgen veröffentlicht, in denen durch Berichte über Versorgungsengpässe bei Nahrungsmitteln und Bekleidung unverhohlen Kritik an der Regierung geäußert wurde. Auf Anweisung von Marcel hatte Julien ihn durch ein Schreiben förmlich verwarnt, aber der alte Herr hatte dem keine Beachtung geschenkt. Nun sollte Julien, wiederum auf Marcels Anweisung, das Erscheinen der Zeitung untersagen.

»Wir können das nicht dulden«, hatte Marcel zu ihm gesagt. »Ist diesen Leuten überhaupt klar, was sie tun? Begreifen sie nicht, dass es zu nichts führt, Ressentiments und Kritik zu schüren? Wie soll der Marschall etwas erreichen, wenn er den Deutschen gegenüber nicht als Führer eines einigen Frankreichs auftreten kann?«

»Alles, was die Zeitung geschrieben hat, ist wahr«, wandte Julien ein. Es war ein kalter Tag, die einzige Heizung in Marcels Büro war ein kleiner, schrecklich qualmender Bunkerofen. Julien fröstelte in seinem immer fadenscheiniger werdenden Anzug, hatte aber gleichzeitig das Gefühl, an dem Rauch zu ersticken. Es mangelte an allen Ecken und Enden; sogar Marcel lief schlecht rasiert herum, weil nicht einmal der Präfekt neue Rasierklingen auftreiben konnte.

»Es ist mir egal, ob sie die Wahrheit geschrieben haben oder nicht«, fauchte Marcel. »Diese Leute machen nichts als unnötigen Ärger. Stell das ab!«

Also gut, Julien bestellte den Herausgeber zu sich.

»Sie haben vor, die Zeitung zu verbieten?«, fragte der alte Herr verblüfft. »Nur weil wir schreiben, was ohnehin jeder Franzose weiß?«

Julien sah ihn bekümmert an. »Es tut mir Leid. Wir hatten Sie gewarnt.«

»Ich akzeptiere das nicht. Es muss etwas geben, womit wir das verhindern können. Ich werde mich schriftlich verpflichten, keine kritischen Artikel mehr zu bringen.«

»Das haben Sie bereits getan. Sie sehen ja selbst, dass es ein leeres Versprechen war.«

Der alte Herr suchte verzweifelt nach einem Ausweg. »Die Zeitung muss weiter erscheinen. Bei mir arbeiten fünfzig Leute, und die würden in diesen Zeiten keine neue Arbeit finden. Sehen Sie, es geht ja nicht nur um die Redakteure, Reporter und Drucker, sondern auch um deren Familien ...« Er starrte auf den Boden, schien im Geiste all das Elend zu sehen, das die Einstellung des Erscheinens unweigerlich nach sich zog. »Sagen Sie ...« Er musste sich einen Ruck geben, um weiterzusprechen. »Wenn ich nun den Mitarbeiter entlasse, der diese Artikel geschrieben hat ...«

»Wer ist das?«

»Malkowitz.«

»Gut, ich werde Erkundigungen über ihn einziehen.«

Julien ging abermals zu Marcel und berichtete ihm vom Verlauf der Unterredung.

»Dieser Malkowitz, ist das der Jude?«, fragte Marcel.

»Ich glaube, ja.«

»Ausgezeichnet«, sagte Marcel. »Das hast du gut hingekriegt. Die Zeitung erscheint weiter, wir haben unsere Autorität geltend gemacht, und wir werden einen Juden los, der seine Arbeit schon vor einem halben Jahr verloren hätte, wenn du die deine getan hättest. Und da wir gerade davon sprechen: Nimm dir mal die anderen Zeitungen vor! Überprüfe, wie viele Juden da beschäftigt sind! Deute den Herausgebern gegenüber an, dass ihr Papierkontingent nur gesichert ist, wenn sie mehr auf – äh – die Zusammensetzung ihres Mitarbeiterstabes achten. Dann habe ich vielleicht eine Weile Ruhe vor der Zentralstelle für jüdische Angelegenheiten.«

»Warum? Ich kann mir nicht vorstellen ...«

»Tu's einfach, Julien!«

»Aber Marcel, das wäre, ganz abgesehen von allen anderen Konsequenzen, eine himmelschreiende Ungerechtigkeit ...«

Und das war der Moment, in dem Marcel explodierte, Julien hatte nie erlebt, dass er so die Beherrschung verlor.

»Stell meine Entscheidungen gefälligst nicht in Frage, Julien! Und stiehl mir nicht die Zeit mit deinen Haarspaltereien! Ich habe dafür zu sorgen, dass in diesem Departement alles glatt abläuft. Dazu muss ich zum Beispiel den braven Bürgern in Avignon irgendwie klar machen, dass zweitausend junge Männer dienstverpflichtet und zur Fabrikarbeit nach Deutschland geschickt werden. Ich muss mich um die Kriminalitätsrate kümmern bis hin zu Sabotageakten. Und das, während mir die ganze Zeit Vichy und die Deutschen im Nacken sitzen. Wenn ich also ein paar Juden loswerden kann, die meiner Meinung nach sowieso nichts in diesem Land zu suchen haben, und mir dadurch eine Weile Ruhe und Frieden einhandle, kann ich nur sagen: je eher, desto besser. Also kümmere dich darum! Sonst muss ich jemand anderen damit beauftragen. Klar?«

Julien war bestürzt über diesen Ausbruch und zog sich wortlos zurück. Er hatte durchaus verstanden, worum es Marcel ging. Das Ganze war eine Frage der Prioritäten, und im Grunde konnte er Marcels Argumenten nicht widersprechen. Was zählten schließlich ein paar Jobs im Vergleich zu der Gefahr, dass das ganze Land zusammenbrach, und zwar endgültig? Dennoch, der Auftrag war ihm so zuwider, dass er mehrere Tage verstreichen ließ, ohne etwas zu unternehmen. Aber Marcel ließ ihm keine Ruhe, er hakte immer wieder nach und drängte ihn zur Eile. Und so unterhielt er sich schließlich mit einigen Herausgebern. Daraufhin wurden vier Juden gefeuert. Drei Zeitungen entließen weitere fünf Juden, ohne dass er darauf bestanden hätte. Und wenn er energischer Druck auf sie ausgeübt hätte, wären wahrscheinlich noch mehr entlassen worden.

Nachdem er durch diese Erfolge seine Position gestärkt hatte, sprach er Marcel noch einmal auf die Bücherliste an, und es gelang ihm immerhin, einen Kompromiss auszuhandeln: Walter

Scott wurde in eine Hinterstube verbannt, durfte dort aber mit einer speziellen Genehmigung gelesen werden. Zehn Menschen hatten für diese erfolgreiche Verteidigung der Gedankenfreiheit bezahlen müssen. Aber Julien weigerte sich, da einen Zusammenhang zu sehen, das eine hatte mit dem anderen nichts zu tun, und das, was er bei den Zeitungsredaktionen erreicht hatte, war den Preis wert. Allmählich hörte er ganz auf, darüber nachzudenken, ob es vielleicht einen anderen Weg gegeben hätte, das Problem zu lösen.

Im Oktober 1942 kam Marschall Pétain nach Avignon und wurde auf den Stufen der Präfektur von seinem getreuen Gefolgsmann Marcel Laplace begrüßt. Inzwischen war Juliens Unbehagen in dem gleichen Maße angestiegen, wie Marcels Aktivitäten bei der Vorbereitung des Besuchs sich zu rastloser Besessenheit gesteigert hatten: Die Polizei schien in allen Cafés und Restaurants präsent zu sein, Soldaten patrouillierten in Avignons Straßen, verdächtige Dissidenten wurden festgenommen, man verbot den Hausfrauen, am Tag des großen Ereignisses ihre Wäsche vor den Häusern aufzuhängen, sämtliche Blumentöpfe mussten von den Balkonen und Fensterbrettern entfernt werden. Trotzdem wurden zu Marcels Schrecken auf den Straßen Handzettel mit Spottversen auf den Marschall verteilt.

Aber die Anstrengungen zahlten sich aus. Der Marschall drückte gleich nach der Ankunft seine volle Zufriedenheit aus. Abends folgte ein großer Empfang, zu dem auch Julien eingeladen wurde. Er durfte dem Marschall die Hand schütteln, dessen ruhigen, festen Blick sekundenlang auf sich ruhen lassen und sich die anschließende Ansprache anhören. Der Marschall lobte seinen Präfekten und sprach die Hoffnung aus, dass Marcels Anordnungen von allen Bürgern befolgt würden. Er äußerte sich kritisch über die Legion der Veteranen, weil sie unerwünschte Elemente in ihre Reihen aufgenommen habe und ihr mehr an der Ausweitung des eigenen Einflusses liege als daran, dass das Land gut regiert werde. Er schloss mit der Warnung, man werde der Legion künftig schärfer auf die Finger sehen.

Das war Wasser auf Marcels Mühle, ihm war dieser Verband alter Frontkämpfer schon lange ein Dorn im Auge. Als der Marschall abgereist war, fehlte nicht viel, und er hätte vor Freude Purzelbäume geschlagen. »Marcel, mein alter Freund, hast du das gehört?«, kollerte er. »Wir haben gewonnen, der Marschall hat sie in ihre Schranken gewiesen. All unsere Mühe hat sich gelohnt. Nun kann ich endlich hoch erhobenen Hauptes durch diese Stadt gehen, ohne dass mich ständig jemand kritisiert und mich misstrauisch beäugt. Danke, mein guter alter Freund, ich danke dir!«

Er kippte ein Glas nach dem anderen von dem sorgsam für einen besonderen Anlass gehorteten Champagner in sich hinein, und von nun an gab es nur noch einen Feind für ihn: die Leute, die seine Autorität in Frage stellen wollten. Er hatte an allen Fronten gesiegt, seine Position war unantastbar geworden. Endlich – endlich war er Herr im eigenen Haus.

Und genau neunundzwanzig Tage später, am 8. November 1942, stießen deutsche Truppen aus der besetzten Zone nach Süden vor und machten dem Traum von einem freien Frankreich ein Ende. Sie fanden die Unterlagen vor, die Marcel im Zuge seines persönlichen Feldzuges gegen seine Gegner zusammengetragen hatte: Namenslisten von Juden, Kommunisten, in Frankreich lebenden Personen mit fremder Staatsbürgerschaft, unerwünschten, subversiven, als potenziell gefährlich eingestuften Elementen und Leuten, die einfach nur eine vom Regierungskurs abweichende Meinung vertraten. Für die

Deutschen waren diese Unterlagen eine Informationsquelle von unschätzbarem Wert, und Marcel war wieder einmal in eine verzwickte Lage geraten.

In dieser von Bedrohung und Unsicherheit geprägten Zeit suchte Julien geistige Zuflucht darin, dass er sich endlich aufraffte, seinen Essay über Olivier de Noyen zu schreiben. Da er nie ganz zufrieden damit war, blieb er bis zu seinem Tode unvollendet, was freilich auch daran lag, dass diese Arbeit für ihn zu einer Fluchtburg vor den Realitäten dieser Welt geworden war, die er nicht verlieren wollte, indem er das Werk zu einem Abschluss brachte. Der Essay wurde, so wie Julien das Thema anging, zu einer Abhandlung über die Loyalität. Er beschrieb darin den Tod des Poeten und die Gründe, die zu dessen gnadenloser Verfolgung geführt hatten. Seine Überzeugung, der Wahrheit auf die Spur gekommen zu sein, stützte sich auf Unterlagen, die ihm vor einigen Jahren zugeschickt worden waren und aus denen – allem Anschein nach gesichert – hervorging, dass der Comte de Fréjus die treibende Kraft gewesen war. Er schrieb abends und am Wochenende in seiner Wohnung an der Rue de la Petite Fusterie daran, träumte sich in die Vergangenheit und fand seinen Seelenfrieden darin, so lange in ihr zu bleiben, bis der nächste Tag anbrach und er gezwungen war, sich einer Situation zu stellen, die er immer unerträglicher fand.
Zwischen das rein Historische streute Julien in seinem Essay sowohl lyrische wie auch zynische Passagen. Er wollte die Geschichte der Loyalität gegenüber Individuen und politischen Überzeugungen nachzeichnen: eine Reflexion seiner eigenen Situation und zugleich der Versuch, mit ihr ins Reine

zu kommen. Denn er war überzeugt, die Wahrheit über Olivier de Noyens trauriges Schicksal herausgefunden zu haben, und diese Wahrheit lief darauf hinaus, dass die Grausamkeiten, die dem jungen Poeten angetan worden waren, nichts mit Isabelle de Fréjus zu tun hatten.

Der Grund lag vielmehr darin, dass Olivier zum Verräter geworden war und so den Weg für Ceccanis abgrundtiefen Sturz bereitet hatte. Olivier verkaufte sein Wissen über Ceccanis Ränke an dessen ärgsten Feind, wobei erschwerend hinzukommt: Hätte er es nicht getan, wäre Ceccani wahrscheinlich der nächste Papst geworden. Warum aber hatte er das getan? Sicher nicht aus Geldgier, zumindest gab es dafür keine Anhaltspunkte. Ging es ihm vielleicht um ein bestimmtes Ziel? Hatte er ein Interesse daran, dass der päpstliche Hof in Avignon blieb? Auch dafür sprachen keine überzeugenden Gründe.

Dennoch, dass er es getan hat, steht fest. Der Brief von Fréjus an den Truchsess von Aigues-Mortes, in dem er diesen anwies, bei Annäherung der englischen Schiffe die Tore zu öffnen, wird in den Archives Nationales in Paris aufbewahrt. Ceccanis Bürgschaft für die Auszahlung der vereinbarten Summe kann man im Hauptbuch des Bankhauses Frescobaldi in Florenz nachlesen. Eine Eintragung im Tagebuch des Papstes lässt darauf schließen, dass Details des geheimen Plans vom Sekretär des Kardinals ausgearbeitet wurden, und dieser *»segretarius«* war zu jener Zeit Olivier de Noyen.

Es ist historisch belegt, dass das Komplott fehlschlug, Aigues-Mortes fiel nicht an die Engländer, das Papsttum obsiegte, indem es Avignon kaufte und dort blieb. Daraus ergibt sich der einzig mögliche Schluss, dass Ceccanis Pläne durch das persönliche Eingreifen des Papstes durchkreuzt wurden, und zwar weil Klemens sein Verbleiben in Avignon sicherstellen wollte. Ceccani fiel beim Papst in Ungnade, seine Hoffnungen, Klemens' Nachfolger zu werden, zerfielen zu Staub. Er wurde kaltgestellt, verlor jeglichen Einfluss und verbrachte die restlichen Jahre seines Lebens mit Visitationen seiner Diözesen. Und am Ende sorgte die Ironie der Geschichte dafür, dass sein prächtiger Palast ausgerechnet von Kardinal de Deaux, seinem erbittertsten Widersacher, gekauft wurde.

Nach der Darstellung dieser Ereignisse wandte Julien sich wieder Oliviers Gedichten zu, den letzten Zeilen, die er geschrieben hatte, ehe er für immer zum Schweigen gebracht wurde, und dabei insbesondere einem Gedicht, das die Zeile enthält: »Und mein Herz versinkt in Leid und Qual als wie ein Schiff in schwerer See.« Oh nein, behauptete Julien, das ist keine Reverenz an die Liebe; das ist kein Liebeslied. Denn Olivier hat sich mutwillig aus Ceccanis Patronage gelöst, der er alles verdankte und in der er sich sicher wähnen konnte, und so gab es für ihn keinen Schutz mehr. Er spielt in seinem Gedicht auf diese Situation an und bekennt sich dazu. Daraus lässt sich implizit schließen, dass Olivier sich zum Zeitpunkt der Niederschrift bewusst war, wie nahe das Verhängnis schon über seinem Haupt schwebte – und dass er es verdiente. Loyalität ist zu allen Zeiten eines der höchsten Attribute gewesen, mit denen man einen Menschen auszeichnen kann. Nach den Maßstäben seines Zeitalters hätte Oliviers Verfehlung nicht größer sein können. Da er aber ein bereits viel beachteter Poet war, konnte man nicht einfach den Stab über ihn brechen. Darum hat man dem Comte de Fréjus freie Hand gelassen, Rache an ihm zu üben. Und Olivier konnte von Glück sagen, dass er mit dem Leben davonkam, denn hätte Ceccani mehr gefordert – wer hätte es ihm wohl verweigern wollen?

Und so kam Julien letztendlich zu einem strengen, mitleidlosen Urteil über Olivier de Noyen. Er berief sich sogar auf das Beispiel, das Manlius, Protagoras zitierend, in seinem philosophischen Vermächtnis »Scipios Traum« anführt: »Niemand kann je zu Weisheit gelangen, wenn er seiner Unbeherrschtheit freien Lauf lässt.« Julien kam angesichts Oliviers Unbeherrschtheit zu dem Schluss, dass er Manlius' Worte möglicherweise gekannt, aber mit Sicherheit nicht verstanden habe. Und wie zur Bestätigung flocht er ein weiteres Zitat ein, diesmal entlehnt bei Cicero, dem Weisesten aller Römer: »Du kannst nicht gerecht handeln, wenn du den Arm gegen deinen Vater oder dein Vaterland erhebst.« War es nicht genau das, was Olivier getan hatte? Denn zu einer Zeit, in der es keine Länder mit fest abgesteckten Grenzen gab, war der Kardinal für Olivier sowohl Vater wie Vaterland gewesen, und er hatte sich gegen beide Institutionen versündigt. Wie hätte Julien da zu einem anderen Urteil kommen können?

Es ist indessen wichtig festzuhalten, dass Julien der nächsten Passage aus Manlius' Manuskript erst viel später Beachtung geschenkt hat, vermutlich hätte sie ihn zu weiterführenden Überlegungen angeregt. Er hatte sie viele Jahre zuvor in der Vatikanischen Bibliothek gefunden, sich zutreffend notiert, dass in ihr Theophrast zitiert wurde, und die Notiz sodann in seinen Unterlagen abgeheftet. »Man kann viel Undankbarkeit und Infamie auf sich laden«, zitiert Manlius den griechischen Philosophen, »wenn es um ein tugendhaftes Ziel geht.«

Hätte Julien sich freilich weniger von einem vorgefassten Urteil leiten lassen und seine Unterlagen früher zu Rate gezogen, dann wäre er wahrscheinlich eher auf Oliviers wahres Motiv gekommen. Und er hätte vielleicht auch die Möglichkeit erwogen, dass Manlius mit diesem Zitat sein eigenes Handeln verurteilen und nicht etwa nachträglich eine philosophische Rechtfertigung dafür suchen wollte.

Seit Julia das Land verlassen hatte, dachte er von morgens bis abends an sie. Anfangs machte er sich Sorgen, dann fing er an, im Stillen mit ihr zu hadern. Er sah sie im Geiste in Begleitung anderer Männer in der Sonne liegen oder stellte sich vor, wie sie auf irgendeinem Hügel vor ihrer Staffelei saß, neben sich einen fremden Mann. Jeden Morgen hoffte er, im Briefkasten in der dunklen Eingangshalle des Mietshauses ein Lebenszeichen mit ausländischem Poststempel vorzufinden.

Anfangs hatte die Concierge, wenn sie ihn morgens herunterkommen sah, stereotyp »Heute nichts, Monsieur Barneuve« gesagt, inzwischen schüttelte sie nur noch stumm den Kopf. Als er die Hoffnung schon aufgegeben hatte, erlebte er plötzlich, zwei Wochen nach dem Einmarsch der Deutschen in Südfrankreich, eines Abends eine unerwartete Überraschung.

Er kam von der Arbeit zurück. Die Straßen waren immer stiller, immer schmutziger geworden und lagen nun auch noch im Dunkel, weil die Straßenlaternen abends nicht mehr eingeschaltet wurden. Angeblich aus Angst vor Bombenangriffen, aber Zyniker munkelten, das sei nur eine billige Ausrede, in Wirklichkeit würden sie abgeschaltet, weil das Elektrizitätswerk nicht mehr genug Strom erzeugen könne. Seit dem Einmarsch der Deutschen waren die Straßen meistens menschenleer, das öffentliche Leben so gut wie erloschen. Obwohl die Leute sich erstaunlich schnell an die Verhältnisse gewöhnt hatten, verließen nur wenige nach Einbruch der Dunkelheit das Haus. Ab und zu rumpelte ein Militärlastwagen vorbei, oder ein Trupp Soldaten oder Polizisten patrouillierte durch die Straßen. Die Stadt schien sich unter einer dunklen Vorahnung zu ducken wie unter unheilvoll waberndem Nebel.

Da es leicht zu regnen begonnen hatte, legte er einen Schritt zu und patschte beim Überqueren der Straße prompt in die Pfütze, die sich in einem tiefen, im letzten Winter entstandenen und nie reparierten Schlagloch gebildet hatte. Er blieb stehen und schielte ärgerlich auf seine durchgeweichten Socken und die besudelten Schuhe – sein einziges Paar winterfester Schuhe. Jeden Morgen suchte er die Sohlen ängstlich nach Löchern ab. Bis jetzt hatten sie noch keins, und wenn er Glück hatte, hielten sie noch eine Weile, aber allzu viele Schlaglöcher bekamen ihnen bestimmt nicht gut. Im Stillen verfluchte er den Krieg, die Deutschen, Marcel, das Sauwetter und alle, die es offenbar darauf anlegten, seinen Schuhsohlen endgültig den Garaus zu machen. Auf den letzten paar Hundert Metern bis zu seiner Behausung achtete er vorsichtig darauf, nicht noch mal in eine Pfütze zu treten, und als er dann endlich im Hausflur stand, schüttelte er sich wie ein begossener Pudel, weil er die Nässe nicht mit nach oben tragen wollte.

Schließlich stiefelte er die Treppe hinauf, betrat seine völlig ausgekühlte Wohnung, knipste das Licht an und holte sich ein Handtuch. Am Fenster rieb er sich das Haar trocken und verfolgte, was sich auf der Treppe vor der Kirche St-Agricol tat. Es war kurz vor acht, die Kirchentür stand weit offen, die letzten Besucher der Abendmesse kamen heraus. Alle blieben kurz an der Tür stehen, starrten missmutig auf den Regen, als rätselten sie, woher der wohl komme, und hasteten dann geduckt und mit eingezogenem Kopf nach Hause.

Das heißt, es gab jemanden, der es anscheinend nicht eilig hatte. Im schwachen Lichtschein, der durch die offene Kirchentür nach außen fiel, konnte er ahnen, dass es eine Frau war. Sie stand wie festgewurzelt da und ließ sich nass regnen, statt irgendwo Schutz zu suchen. Juliens Schultern verspannten sich. Die Körperhaltung, die Art, den Kopf leicht zur Seite zu neigen … er konnte sie durch den Regen nur schemenhaft ausmachen, aber er hätte sie selbst in stockdunkler Nacht erkannt.

Er rannte die Treppe hinunter, vergaß die durchweichten Schuhe, nahm sich nicht mal die Zeit, einen Schirm oder einen Mantel mitzunehmen, lief auf die andere Straßenseite und hastete, immer zwei Stufen auf einmal, die Treppe hinauf.

»Julia!«
Sie drehte sich um, lächelte und streckte die Arme nach ihm aus. Und als sie sich lange genug umarmt und aneinander festgehalten hatten, war er wieder bis auf die Haut durchnässt.

Er verbrauchte fast sein ganzes Monatskontingent an Kohle, um sie einigermaßen trocken zu kriegen. Und statt sich neben sie zu setzen, um sie zu fragen, wie es ihr, und zu erzählen, wie es ihm ergangen war, umhätschelte er sie wie eine Glucke ihr Küken, suchte aus dem Schrank einen alten Morgenmantel für sie heraus, redete ihr zu, die nasse Kleidung auszuziehen, hängte die Sachen rings um den Ofen zum Trocknen auf, bereitete heißes Wasser zu, damit sie ein Bad nehmen konnte, rannte noch einmal aus dem Haus und klapperte die Geschäfte ab, um etwas zu essen aufzutreiben – irgendetwas, Hauptsache, sie bekam etwas Warmes in den Magen. Und dann saßen sie vor dem Ofen und feierten ihr Wiedersehen mit einem Festmahl aus gekochtem Reis, ein wenig Brot, Tomaten und ein paar Trauben – kärglich genug, aber unter den gegebenen Umständen ein Hochgenuss.
Und als sie schließlich trocken und warm und sauber war, kamen sie endlich dazu, sich alles von der Seele zu reden. Sie hatten das Licht ausgemacht, das Zimmer lag fast völlig im Dunkel, und obwohl es inzwischen mollig warm war, drängten sie sich eng aneinander und ließen sich keine Sekunde lang los. Er wäre verhungert, wenn er sie nicht ständig gestreichelt hätte. Er musste sich einfach immer wieder vergewissern, dass sie wirklich da war.
»Warum, um alles in der Welt, bist du hergekommen? Bist du verrückt?«

In dem einen Jahr, das seit ihrer letzten Begegnung vergangen war, hatten sich in ihr Haar ein paar neue graue Strähnen eingeschlichen. Sie war abgemagert, und er glaubte in ihrem Gesicht den gehetzten Ausdruck der Flüchtigen und Verfolgten dieser Erde zu lesen. Sie konnte die Hände nicht ruhig halten, ihre Finger zuckten unablässig und tasteten fahrig hin und her; von der Ruhe und Gelassenheit, die sie einmal ausgestrahlt hatte, war nichts geblieben. Die Kleidungsstücke, die rings um den Ofen vor sich hin dampften, waren ihr eine Nummer zu groß und ziemlich fadenscheinig. Und auf einmal ging ihm auf, wie überlegt ihre betont schlichte Eleganz früherer Tage gewesen war. Nur der Glanz in ihren Augen war noch immer derselbe.

Und sie konnte trinken – das dritte Glas des hausgebrannten Cognacs, das Geschenk eines Bauern aus Roaix, stand vor ihr und war auch schon fast leer.

»Ich habe mich daran erinnert, wie du mit mir geschimpft hast, als ich in Marseille in der Klemme saß«, sagte sie, »das wollte ich nicht noch mal erleben. Nur, ich hatte nicht damit gerechnet, dass du so spät nach Hause kommst.« Ihr ironisches Lächeln kam ihm ein wenig schmaler vor, es betonte die Fältchen auf ihren Wangen und rings um den Mund. »Falls du allerdings hören willst, was ich in Frankreich zu suchen habe – das ist eine lange Geschichte. Im Prinzip läuft sie auf die Entdeckung hinaus, dass längst nicht jeder, der nach Amerika will, auch reingelassen wird.«

»Wo hast du dich dann das ganze Jahr rumgetrieben?«

»Mal auf irgendeinem Schiff, mal in irgendeinem Hafen. Ich habe, glaube ich, Monate in Wartezimmern herumgesessen und darauf gewartet, dass über meinen Einreiseantrag entschieden wird. Man hat mir freundlich zugehört, und irgendwann bekam ich dann ein kurzes, schlichtes Nein zu hören. Die meiste Zeit habe ich in Havanna verbracht. Hübsche Stadt. Das Schiff hatte kaum angedockt, da mischten sich auch schon die amerikanischen Behördenvertreter ein. Die waren fest entschlossen, uns nicht in die Vereinigten Staaten zu lassen. Das läuft nämlich ganz einfach so ab: Die Politiker haben feierlich versprochen, allen Flüchtlingen, die darum bitten, Asyl zu gewähren, darum fangen sie möglichst viele potenzielle Asylanten schon so früh ab, dass sie gar keinen Antrag mehr stellen können.«

Sie trank ihr Glas aus und bedeutete Julien, dass er nachschenken solle. »Dann bin ich zurück nach Lissabon geschippert, dort hat man mich gleich rausgeworfen. Danach habe ich's in Spanien versucht, aber dort wurde der Boden auch zu heiß. Da habe ich mir gesagt, ehe ich mich irgendwo verhaften lasse, sollen sie's lieber zu Hause tun. Du hast mir gefehlt«, fügte sie schlicht hinzu.

»Das mit dem Verhaften geht heutzutage schnell«, sagte Julien. »Die meisten Juden wurden schon festgenommen.«

Sie langte lächelnd in ihre Handtasche und warf ihm einen französischen Ausweis zu.

»Wo hast du denn den her?«

»Wieder eins meiner kleinen Kunstwerke. Ich habe mich mit gefälschten Papieren aus dem Land gemogelt und jetzt auf dieselbe Weise wieder rein. Ich glaube, ich habe ein Händchen für die Dinger. Ausweise sind ziemlich leicht herzustellen. Eine befreundete Lissabonner Grafikerin hat mir einige Druckplatten und ihre Presse zur Verfügung gestellt. Irgendwie bin ich richtig stolz auf mein Machwerk.«

Er las schmunzelnd den Namen auf dem Ausweis. »Madame Juliette de Valois? Ist das nicht ein bisschen pompös?«

»So hieß eine Jugendfreundin von mir. Ist mit acht an Tuberkulose gestorben. Ihr Vater gehörte zur Action française und war eingefleischter Antisemit. Ich fand's ganz lustig, ausgerechnet in ihre Haut zu schlüpfen. Nun kann ich, wenn nötig, auf ihre Geburtsurkunde zurückgreifen. Ich habe außerdem gleich noch einen Pass gemacht, dem zufolge ich in den letzten acht Jahren in Vietnam gelebt habe, sodass es in Frankreich keine amtlichen Unterlagen über mich geben kann. Zusätzlich eine Aufenthaltsgenehmigung für Hanoi und ein Einreisevisum für Lissabon. Für die Zeit danach kann ich meinen Verbleib lückenlos nachweisen, sogar mit Brief und Siegel. Juliette hatte keine Geschwister, ihre Eltern sind tot. Folglich lässt sich kaum nachweisen, dass ich nicht sie bin. Meine einzige Sorge ist, dass mir die neuen Papiere etwas zu gut gelungen sind.«

»Und wenn jemand zufällig auf ihren Totenschein stößt?«

»Sie ist in St-Quentin gestorben, und das dortige Bürgermeisteramt wurde während des Krieges zerstört. Ich glaube, ihre Identität ist für mich wie maßgeschneidert, findest du nicht? Andererseits, ich habe keinen Sou, kein Zuhause, kaum ein richtiges Kleid zum Wechseln, weiß nicht, wo ich schlafen soll, und habe mit der Aufgabe meiner alten Identität jede Möglichkeit verloren, mir meinen Lebensunterhalt zu verdienen. Wenn ich wieder anfangen würde zu malen, müsste ich damit rechnen, dass mir niemand meine Bilder abkaufen will.«

»Und ich bin nicht der Einzige in Avignon, der dich wiedererkennen könnte.«

»Nein. Ich war selber im Zweifel, ob das eine gute Idee ist. Aber nun bin ich eben da – schön satt, schön warm und unbehelligt. Außerdem, wenn ich in den Spiegel sehe, erkenne ich mich selber kaum wieder. Ich wundere mich, dass du es konntest. Das muss an der Liebe liegen. Aber ich denke, auf Dauer werde ich wohl woanders unterschlüpfen müssen.«

»Du wirst nach Roaix fahren, dort bist du sicher. Und ich bin in deiner Nähe und kann dafür sorgen, dass du nicht erneut in Schwierigkeiten gerätst. Und was das Geld angeht …«

»Ach ja …«

»Hast du gar keins?«

»Nein.« Sie sagte das leichthin, als wäre ihr die Ironie klar, die darin lag. »Weiß der Himmel, was ich getan hätte, wenn ich dich nicht gefunden hätte. Es ist ein seltsames Gefühl, ohne einen Sou dazustehen. Eigentlich müsste ich mich befreit von den materiellen Zwängen dieser Welt fühlen, aber in Wirklichkeit ist es ein sehr schlimmer Zustand. Ich mag keine Armut, ich habe sie noch nie reizvoll gefunden.«

»Ein bisschen Geld kann ich dir geben. Aber ich verdiene nicht viel, und mit dem Nachlass meines Vaters kann ich im Augenblick nichts anfangen, weil jetzt keiner etwas kaufen will. Ich habe also keine Ressourcen, auf die ich zurückgreifen könnte.«

»Komm mit und lass uns zusammen leben!«, sagte sie unbekümmert. »Wir können ein Leben von rousseauscher Einfachheit führen und gemeinsam verhungern. Du kannst Kaninchen schießen, ich koche für dich. Und abends sitzt du im Sessel und liest, während ich deine Socken stopfe.«

»Kannst du tatsächlich Socken stopfen?«

In der Frage klang so viel Hoffnung mit, dass Julia unwillkürlich laut lachen musste. Vermutlich liefen zurzeit alle französischen Männer mit Löchern in den Socken herum, das gehörte zu den kleineren Ärgernissen der Besatzungszeit.

»Nein«, gestand sie ihm kichernd. »Ich habe im Leben noch keine Socke gestopft. Aber das kann ja nicht so schwierig sein, oder?«

»Und kochen kannst du auch nicht, das weiß ich.«

»Julien – willst du damit etwa andeuten, dass du meinen Vorschlag ablehnst?«

Nun musste er auch lachen. Er spürte wieder den Pulsschlag des Lebens in den Adern. Es war ein ähnliches Gefühl, wie in ein Haus zurückzukehren, das lange Zeit leer gestanden hat.

»Liege ich richtig, wenn ich annehme, dass du zurzeit offiziell nicht mehr verheiratet bist?«, fragte er sie.

»So ist es. Irgendwie eine komische Situation, wie ich einräumen muss, aber ich kann damit leben.«

»Dann heirate mich! Jetzt hast du die Möglichkeit dazu.«

Julias fröhliche Ausgelassenheit war wie weggewischt. Sie stellte ihr Glas ab und sah ihn lange ernst an. »Du sagst das hoffentlich nicht, weil du Mitleid mit mir hast, oder?«

»Du weißt genau, dass es nicht so ist.«

»Das ist gut. Denn das hätte mir gar nicht gefallen.«

»Also?«

»Ich will, werter Herr. Ich will Sie heiraten«, sagte sie mit einem Lächeln, das ein bisschen traurig ausfiel. »Sogar mit dem größten Vergnügen. Aber so, wie sich's gehört. Nicht unter falschem Namen. Wenn ich irgendwann wieder ich sein kann, will ich dich gern heiraten.«

Julien grinste so breit, wie er, soweit er sich erinnern konnte, seit Ausbruch des Krieges nicht mehr gegrinst hatte. »Der Krieg ist schon etwas Komisches«, sagte er. »Man lernt, keine langen Umwege zu machen, sondern schnell zur Sache zu kommen. Was hältst du also davon, wenn wir die Hochzeit auslassen und gleich mit den Flitterwochen beginnen?«

Er nahm die Laken und die Kissen vom Bett, breitete sie vor dem Ofen aus, und dort schliefen sie miteinander. Julien wachte von Zeit zu Zeit auf und legte ein paar Briketts nach. Der Vorrat schmolz beängstigend schnell dahin, bis zum Morgen war er völlig aufgebraucht. Er musste also damit rechnen, bis zur nächsten Zuteilung in einem kalten Zimmer zu leben, wobei er nicht einmal wusste, wann es eine neue Zuteilung gab.

Am nächsten Morgen ging Julien zum Bahnhof, holte Julias abgewetzten Koffer ab, band ihn auf dem Fahrrad fest und schob ihn nach Hause. Und dann begann ihr langer Fußmarsch nach Roaix – im Sommer ein Vergnügen, im Winter, vor allem wenn man einen Koffer mitschleppen muss, eine Tortur. Als sie rund zwei Stunden auf der Straße nach Carpentras unterwegs waren, stolperten sie irgendwie übereinander und stürzten, das Fahrrad landete im Straßengraben, und der Koffer platzte auf. Julien sammelte eilends die paar altmodischen Kleidungsstücke und eine Haarbürste auf und murmelte: »Na ja, darum wär's nicht schade gewesen.«

Aber dann sah er, wie ihre Lippen zitterten und sie alle Mühe hatte, die Tränen zurückzuhalten. Es war ja alles, was sie auf der Welt hatte. »Oh, es tut mir Leid«, sagte er rasch. »Wein nicht, das war eine blöde Bemerkung von mir. Bitte wein nicht!« Und er nahm sie wie ein Kind in den Arm und streichelte sie tröstend und liebevoll.

»Schon gut«, sagte sie tapfer. »Du hast ja Recht, es wäre wirklich nicht schade drum gewesen.«

»Nein, nein, das stimmt nicht. Die Sachen kommen bald wieder in Mode.«

Ein Wort gab das andere, sie fingen an zu streiten, und irgendwie tat ihnen das sogar gut, es war ein befreiender Zank. Sie waren noch mitten im Argumentieren, als sie hinter sich ein keuchendes Motorengeräusch hörten. Ein deutscher Lastwagen kam die Straße entlang.

»Hast du nicht gesagt, auf diese Seite des Flusses kämen sie nicht?«, flüsterte Julia erschrocken. »Ich dachte, wir sind hier in der italienischen Zone?«

»Theoretisch ja«, sagte er trocken, »aber praktisch anscheinend nicht.«

Der Lastwagen wurde langsamer und hielt schließlich neben ihnen. Ein blonder Kopf schob sich durchs Fenster – ein junger Bursche, der vermutlich noch nicht viel vom Krieg mitbekommen hatte. Er musterte sie unschlüssig, dann lächelte er. »Wo wollt ihr denn hin?« Fehlerloses Schulfranzösisch, aber mit hartem Akzent.

»Nach Vaison.«

Der junge Soldat dachte einen Moment nach, dann zuckte er die Achseln. »Ich kann euch nach Camaret mitnehmen, wenn ihr mir sagen könnt, wie ich da hinkomme.«

Julia war nervös, doch Julien wuchtete schon das Fahrrad auf

die Ladefläche, mitten zwischen die Munitionskisten, die der junge Soldat geladen hatte. Sie stiegen zu ihm ins Führerhaus. Er redete wie ein Wasserfall, schien aber zum Glück keine Antwort zu erwarten. Nein, er hätte sie eigentlich nicht mitnehmen dürfen, aber sie würden's ja wohl niemandem erzählen, wie? Ein Pärchen, das sich wegen eines Fahrrads streitet, sei ihm nicht sonderlich gefährlich vorgekommen. Und wie hätte er denn ohne sie den Weg finden sollen? … Ein netter Bursche, der sich offensichtlich von seiner besten Seite zeigen wollte und erwartete, dass seine Freundlichkeit gewürdigt wurde.
Als er sie am Ortsrand von Camaret abgesetzt hatte, von wo aus es nur noch zwanzig Kilometer Fußmarsch waren, sagte Julia leise zu Julien: »Tu mir das nie wieder an!« Er stutzte, und dann merkte er, dass es ihr ganz ernst war.

Nachdem sie in Roaix angekommen waren und ausgeschlafen hatten, führte Julien sie durch das Haus, zeigte ihr, wo das Feuerholz gelagert war, wie sie damit in der Küche den Herd anheizen konnte und wie die Pumpe funktionierte. Dann machte er Julia mit den Nachbarn bekannt, stellte sie als seine Verlobte vor und bat die Dörfler, sich ein bisschen um sie zu kümmern, bis er wiederkomme. Sie versprachen es und hielten dann getreulich Wort.
Als er nach Avignon zurückgekehrt war, begann Julia, sich mit der Umgebung vertraut zu machen. Und ungefähr eine Woche später entdeckte sie bei einem langen Spaziergang die Kapelle der heiligen Sophia.
Selbst für jemanden, der sich für einen nüchternen Verstandesmenschen und Atheisten hält, gibt es Orte, die irgendetwas Besonderes an sich haben – ein Phänomen, das sich Julia nicht

erklären konnte. Irgendwie wird der Schritt automatisch langsamer, man senkt die Stimme, so etwas wie Friede kehrt in die Seele ein. Es ist wahr, jeder kennt Orte, die ihn besonders ansprechen. Was dem einen heilig ist, muss andere nicht unbedingt ansprechen, aber jeder kennt irgendeinen Ort, an dem er deutlicher als anderswo spürt, dass etwas in ihm widerhallt. Und für Julia war die Kapelle so ein Ort; sie war so verzaubert von ihr wie Julien, als er in der Ruine der alten Villa den Phönix entdeckte.

Sie spürte das, lange bevor sie die Hügelkuppe erreichte. »Ein wunderschönes Fleckchen Erde«, hatte Julien zu ihr gesagt, »mit einer herrlichen Aussicht.« Das hatte natürlich hoch gesteckte Erwartungen in ihr geweckt, und als sie sich nun der Kapelle näherte, verspürte sie diese unverwechselbare Mischung aus innerer Ruhe und aufgeregter Vorfreude, dieses unerklärliche Rieseln, wenn man ahnt, dass man gleich etwas sehen oder erleben wird, was das Leben für immer verändert. Es war ihr, als könne sie die Ausstrahlung der Kapelle spüren, noch bevor sie um die letzte Wegbiegung bog. Und dann sah sie sie auf einmal vor sich liegen, die Mauern angenagt vom Zahn der Zeit, von dicht stehenden Bäumen und einem bunten Teppich aus Gräsern und letzten Wildblumen gesäumt. Sie hatte die Kapelle nie zuvor gesehen, und doch kam sie ihr anheimelnd vertraut vor. Sie erklärte sich diese Empfindung mit dem Gefühl der Geborgenheit, das sie seit dem Tag, an dem sie Julien wiedergefunden hatte, wie eine zweite Haut umhüllte.

Die Tür war nicht verschlossen; es gab wohl hier oben nichts, was sich zu beschützen lohnte. Als sie eintrat, sah sie auf den ersten Blick, dass Schafe und Ziegen offenbar eifrigere Besucher waren als fromme Pilger. An der Stirnseite stand ein kleiner Altar, ein hässlicher, unförmiger Klotz aus dem neunzehnten Jahrhundert, der anscheinend aus einer anderen Kirche hierher verpflanzt worden, aber immerhin besser als nichts war. Im Inneren der Kapelle war es recht dunkel, die schmalen Fenster klebten dicht unter der Decke und waren so verschmutzt, dass kaum ein Lichtstrahl hereindrang, gerade so viel, dass sie die gut ein Dutzend gefalteten Zettel ausmachen konnte, die auf dem Altar lagen. Sie nahm ein paar davon und ging zur Tür, wo es heller war.

»Heilige Sophia, soll ich mein Elternhaus verlassen und allein leben?«, stand auf einem. Und auf dem nächsten: »Soll ich mir in Avignon eine Arbeit suchen?« – »Danke, heilige Frau, dass du mich gewarnt hast«, las sie auf dem dritten. Ein Lächeln wollte sich auf ihre Lippen stehlen, aber irgendetwas an der mit ungelenker Bauernhand auf sauberes Papier geschriebenen Danksagung rührte sie an. Vielleicht die Sorgfalt, mit der sie gefaltet war, vielleicht auch der Gedanke, wie mühsam der Bäuerin – denn die Schrift ließ vermuten, dass alle Bitten und Danksagungen von Frauen stammten – der lange Weg bis auf den Hügel geworden war. Julia hätte ein schlechtes Gewissen gehabt, wenn sie die Zettel nicht wieder sorgsam gefaltet und auf den Altar gelegt hätte.

Und als sie das getan hatte, fiel ihr Blick nach oben, und der Atem stockte ihr, als sie die Überreste von Luca Pisanos Werk sah. Die Wandbilder waren zwar in einem schrecklichen Zustand, hier und da platzte die Farbe ab, weil sich niemand um eine Restaurierung gekümmert hatte. Weiter unten waren sie übel verkratzt, vermutlich die Spuren von Hassausbrüchen während der Revolutionswirren. Und obwohl sie vom Rauch der ungezählten Kerzen geschwärzt waren, die hier im Laufe eines halben Jahrtausends gebrannt hatten, konnte man noch genug erkennen. Auf einem Bild streckte die Heilige die Hand nach einem Mann aus und berührte seine Augen. Die Szene gab Julia Rätsel auf, sie hatte so etwas noch nie gesehen.

Augenblicklich nahmen die Bilder sie gefangen; sie wusste auf einmal: Deshalb war sie hergekommen, um diese Wandmalereien zu sehen. Das war die Lösung für ihr Problem. Sie war zu schlecht ausgerüstet, um sie aus der Nähe zu betrachten, die Schachtel Streichhölzer, die sie einstecken hatte, half ihr nicht viel, und auch als sie die Tür weit öffnete, damit die helle Wintersonne hereinfluten konnte, waren es immer nur kleine Ausschnitte, die sich ihr erschlossen, nicht das Ganze. Aber das genügte ihr. Am nächsten Tag kam sie wieder und begann zu arbeiten.

Die Entdeckung der kleinen Kapelle gab ihr den Anstoß, wieder Kupferstiche herzustellen, und zwar auf die traditionelle Weise. Denn so wie Julien sich ärgerte, dass es keine Seife zu kaufen gab, litt Julia darunter, dass sie nirgendwo Farbe auftreiben konnte. Sie versuchte, selber welche herzustellen, aber es mangelte einfach an den nötigen Grundstoffen. Farbpigmente hatten selbst im vierzehnten Jahrhundert ihren Weg von weit her in die Mittelmeerländer gefunden, jetzt aber war der Handel auf ein Maß zusammengeschrumpft wie seit Manlius Hippomanes' Zeiten nicht mehr.

Mit Papier war es ähnlich, sie musste jedem Blatt nachjagen wie der Teufel den armen Seelen und lernte mit der Zeit, durch bloßes Anfassen die unterschiedlichen Qualitäten zu erkennen. Sie kaufte alte Bücher, und das nur wegen der leeren Seiten am Anfang und am Ende. Schließlich versuchte sie, Stofflumpen zu zermahlen und aus dem Brei eine Art Hadernpapier herzustellen, wie man es im sechzehnten Jahrhundert für Dokumente verwendet hatte. Ihre Finger waren ständig mit Tinte besudelt, die sie ebenfalls selber herstellte, nach einem Rezept, das Julien in der – übrigens jetzt in Kardinal Ceccanis ehemaligem Palast untergebrachten – Stadtbibliothek von Avignon in einem alten Buch gefunden hatte. Es blieb ihr nichts anderes

übrig, als die Nägel bis fast zum Fleisch zurückzuschneiden und die Finger stundenlang in Zitronensaft zu baden.
Auch die Druckerpresse machte sie selber, das heißt, eigentlich war es der örtliche Hufschmied, der sie nach ihrem Entwurf aus einer alten Wäschemangel und einem wuchtigen, ursprünglich zu einem Bett gehörenden Eisenrahmen zusammenbaute. Sie war sehr stolz auf ihre Konstruktion, die Qualität der Probedrucke entsprach der, die sie bisher nur bei Spezialdruckern in Paris gesehen hatte, was sie überaus freute, weil es ihrem Drang, kreativ zu gestalten, entgegenkam. Der unbekannte Künstler, der die kleine Kapelle ausgemalt hatte, der Meister der heiligen Sophia, wie sie ihn nannte, wäre sicher sehr zufrieden mit ihr gewesen, sagte sie sich.
Sie hatte kein Geld, aber viel Zeit, und mit der ging sie freigebig um, machte Zeichnungen von akribischer Detailtreue, trank mit dem Hufschmied beachtliche Mengen billigen Rotweins und war bemüht, ihren Konstruktionsentwurf und seine praktische Umsetzung unablässig zu verbessern. Sie hatte als Auftraggeberin angefangen und wurde allmählich zum ergebensten Lehrling, den der wackere Schmied sich wünschen konnte, zumal ihr keine Arbeit zu beschwerlich war. Sie feilte geduldig alle Scharten im Metallrahmen weg, hielt unerschrocken dicke Eisenstücke für ihn fest, wenn er sie mit dem schweren Schmiedehammer bearbeitete, und kümmerte sich unermüdlich um die letzten Verfeinerungen. Mitunter saß sie in seiner Werkstatt, kratzte irgendetwas in eine eigenhändig gewachste Kupferplatte und arbeitete so, ohne dass er etwas merkte, an ihrer kleinen Studie von Pierre Duveau bei der Arbeit: dem Konterfei eines ernsten Mannes mit dunklen Augen und einem eindringlichen Blick, dessen schmächtige Erscheinung den Hufschmied nicht ahnen ließ.
Er hatte großen Respekt vor dieser hoch begabten Frau, die der Krieg offensichtlich in bescheidene Verhältnisse zurückgeworfen hatte. Er empfand fast so etwas wie Zuneigung zu ihr,

wenn er sie in der Schmiede sitzen sah, statt einer Bluse mit einem Männerhemd bekleidet, die Ärmel aufgekrempelt und das kräftige, dunkle, mit ein paar grauen Strähnen durchzogene Haar mit einem Bindfaden hochgebunden, damit es ihr nicht ins Gesicht fiel. Eine schöne Frau, dachte er, während er hämmerte, mit einem vornehmen Namen, auch wenn sie ihn ein bisschen an eine Jüdin erinnerte. Nicht, dass ihn das gestört hätte, wie er seiner Frau gegenüber erwähnte. Wieso lebte sie eigentlich in Julien Barneuves Haus? Sie war irgendwann spät in der Nacht aufgetaucht und hatte sich anscheinend auf Dauer dort häuslich niedergelassen. Hatte er nicht gesagt, sie sei seine Verlobte? Fragen, die seine Frau kurzerhand mit der Bemerkung abtat, das gehe ihn nichts an.

Pierre gehörte nicht zu den Männern, die sich leicht von jemandem einnehmen lassen. Selbst Julias Bereitschaft, ihm zur Hand zu gehen, etwas zu lernen und ihm aufmerksam zuzusehen, vermochte seine Vorbehalte nicht ganz auszuräumen, denn er fand ihr Interesse unweiblich. Ihre unverkennbare Intelligenz schüchterte ihn ein, und dass sie ihm immer wieder Fragen über technische Details wie Schlupfverlust und Druckverstärkung stellte und sich nie mit allgemeinen Antworten abspeisen ließ, machte ihn kribbelig. Ihr technischer Perfektionismus irritierte ihn, zumal er inzwischen wusste, dass ihre Wissbegier regelmäßig zu Änderungswünschen führte und sie darauf bestand, dass alles genau nach ihren Plänen ausgeführt wurde. Und doch war er stolz auf das gemeinsame Werk, besonders weil immer wieder Dorfbewohner in seine Schmiede kamen, um die bizarre Konstruktion ehrfürchtig zu bestaunen. Zu guter Letzt lud Julia alle Dorfbewohner zu ein paar Gläsern Wein ein, um mit ihnen die Fertigstellung des monströsen Gebildes zu feiern. Sie hielt dabei eine humorvolle Rede, in der sie sich bei Pierre für sein unverdrossenes Bemühen bedankte, die nutzloseste Wäschemangel Frankreichs herzustellen.

Er war gerührt und sogar ein wenig geschmeichelt, als er den ersten Abzug sah, den Julia voller Stolz auf der neuen Druckerpresse herstellte, signierte, mit einer Widmung versah und ihm überreichte: »In Dankbarkeit für Pierre, einen Hufschmied der Extraklasse.« Es war die Studie, die sie gemacht hatte, während sie ihm bei der Arbeit zusah. Für den Ätzvorgang hatte sie eine Säure verwendet, die Julien in einer Drogerie in Avignon aufgetrieben und ihr am Wochenende mitgebracht hatte, die Feinheiten des Gesichts und der Hände hatte sie mit einer Kaltnadel herausgearbeitet.

Pierres Frau Elisabeth war der Stich zu abstrakt und frei. »Ich weiß nicht«, sagte sie säuerlich, als sie ihn auf dem Küchentisch liegen sah, »so viel Aufwand für so ein Ding.«

Pierre lachte. »Mir gefällt's. Und ich fange sogar an, Juliette zu mögen. Eine ungewöhnliche Frau. Irgendwie etwas Besonderes, wenn du weißt, was ich meine. Gebildet. Intelligent. Zielstrebig. Eben all die Eigenschaften, die eine Frau braucht, wenn sie Julien Barneuve für sich gewinnen will – für immer, meine ich.«

Er sagte das mit einem gereizten Unterton, in dem sogar Verbitterung mitschwang. Er hatte den Stich gerahmt und hängte ihn nun in der Küche auf, damit seine Frau ihn ständig vor Augen hatte und dadurch an den Unterschied zwischen gewöhnlichen und besonderen Frauen erinnert wurde. Elisabeth versuchte, ihn ab- oder umzuhängen, aber Pierre befestigte ihn immer wieder an der alten Stelle und versäumte auch nicht, jedes Mal zu sagen, dass die Studie ihm immer besser gefalle. Weiß der Himmel, wie oft sie sich das anhören musste.

Julia hatte von Pierres Konterfei nur sechs Abzüge hergestellt, dann löschte sie die Kupferplatte wieder, denn es warteten riskantere Arbeiten auf sie. Dass es nur sechs Abzüge waren, stellte später ein Problem für Sammler dar, aber damals fanden sich so gut wie keine Käufer. Der Galerist, der ihr früher ihre Arbeiten abgenommen hatte, lebte in Paris, war also unerreichbar. Und sonst erklärte sich im Augenblick niemand bereit, etwas von ihr in Kommission zu nehmen. Schließlich war sie unter ihrem neuen Namen völlig unbekannt. Die meisten Galeristen waren zu höflich oder zu feige, den wahren Grund für ihr ablehnendes Verhalten zu nennen. Einer sah sie lange an und studierte aufmerksam ihr Gesicht, ehe er zur Decke hochschaute und murmelte: »Wissen Sie, es ist nur – ich glaube einfach nicht, dass ich *kosmopolitische* Kunst im Augenblick gut verkaufen kann, verstehen Sie?«

Irgendwie hatte sie immer geglaubt, dass ihr solche Bemerkungen nicht unter die Haut gehen könnten; nicht, wenn es um ihre Bilder ging. Beinahe hätte sie gesagt: Hören Sie, ich bin keine Jüdin. Aber sie schluckte die Lüge herunter, weil sie spürte, dass sie das schon viel zu oft gesagt hatte.

Am Tag nach seinem Gespräch mit Sophia brach Manlius nach Norden auf. Er wusste, dass ihm nicht viel Zeit blieb. Irgendwo in Italien war Felix unterwegs und versuchte, mit Hilfe von Geld, über das Manlius nicht verfügte, eine Armee auszuheben. Wie Manlius die Situation jedoch einschätzte, würde diese Armee nie in der Provence ankommen, sondern nach altbewährter Manier an der Küste entlangmarschieren, sodann nach Norden einschwenken und sich auf Eurichs Armee stürzen, um die belagerte Stadt Clermont zu entsetzen. Wenn ihm das gelang, konnte Felix den Einfluss seiner Familie über die ganze Provinz ausdehnen und der befriedete Landstrich sich wieder des Segens der *pax romana* erfreuen, ganz wie zu Augustus' Zeiten.

Manlius reiste nicht zu Gundobad, um die Pläne seines Freundes und Rivalen zu durchkreuzen, sondern weil er wusste, was eigentlich auch Felix klar sein musste: dass dieser ehrgeizige

Plan nämlich aus einem Wolkenkuckucksheim stammte, in dem alle Wünsche in Erfüllung gingen und alle Hindernisse überwunden wurden, weil Felix es so wollte. Mit der Realität hatte das nicht viel gemein, denn von einer so genannten römischen, tatsächlich aber aus ausländischen Söldnern, zumeist Barbaren, bestehenden Armee waren nur Raubzüge und Plünderungen zu erwarten, und der Versuch, Eurich aufzuhalten, würde dessen Wut nur noch mehr entfachen. Felix' Versuch, alles zu retten, führte letztendlich nur dazu, dass sie alles verloren.

In dieser Überzeugung trieb Manlius seine Reisegruppe, soweit es die Straßenverhältnisse und die begrenzte Belastbarkeit von Mensch, Pferd und Lastesel zuließen, zu größtmöglicher Eile an. Er selbst benutzte einen Esel als Reittier – das heißt, vorläufig führte er ihn nur mit, auf ihm reiten wollte er erst, wenn sie sich dem burgundischen Lager näherten. Nur eine Facette in seinem Plan, aber eine wichtige. Er legte Wert darauf, als Bischof zu kommen, nicht als Großgrundbesitzer und Mann von politischem Einfluss, und das wollte er von Anfang an klar herausstellen.

Zum ersten Mal hatte er seinem Adoptivsohn vor der Abreise einen Auftrag gegeben, weil er fand, es sei an der Zeit, die Familie in seine Aktivitäten einzubinden. »Geh nach Vaison«, trug er Syagrius auf, »halte die Augen offen und finde heraus, wie die Stimmung unter den Leuten ist! Unternimm nichts, hör lediglich zu! Bring in Erfahrung, wer zu den Ängstlichen gehört und wer auf meiner Seite steht! Und wenn ich zurückkomme, berichtest du mir darüber.«

Syagrius nickte eifrig, er hatte schon lange auf einen solchen Vertrauensbeweis gewartet und brannte darauf, sich seiner würdig zu erweisen. Die Art, wie Manlius ihm gleich darauf den Rücken zukehrte, hätte ihn ernüchtern müssen. Der Bischof wandte sich abrupt ab, bestieg sein Pferd, gab dem Verwalter seiner Güter noch einige Anweisungen und ritt grußlos davon.

Auch seinen Begleitern gegenüber gab er sich unterwegs wortkarg, es war niemand darunter, bei dem es ihn zu einer Unterhaltung gelüstet hätte. An die dreißig Männer begleiteten ihn, aber keiner von ihnen schien es ihm wert, seine Einsilbigkeit aufzugeben. Er hatte die Besten um sich geschart, die er in der Eile auftreiben konnte; sie mochten dazu taugen, Eindruck auf einen Barbarenkönig zu machen, zu mehr aber auch nicht. Als sie nach einem anstrengenden Zehnstundenritt am Ende des Tages durch ein Tal kamen, neigte die Sonne sich über den Hügeln tief zum westlichen Horizont. Vor ihnen erstreckte sich ein großer, verwahrloster Obsthain, dessen Ernte schon lange nicht mehr eingebracht wurde. Wespen und Bienen labten sich nun an den überreifen, zu Boden gefallenen Früchten, und man konnte sie meilenweit summen und brummen hören.

Er musste an Hesiod denken und stellte sich wehmütig vor, wie wunderbar es wäre, kultiviertere Reisebegleiter an seiner Seite zu wissen, die der Anblick des verkommenen Hains genau wie ihn dazu angeregt hätte, tiefgründige Gespräche über den Absturz der Menschheit aus einem goldenen in ein primitives eisernes Zeitalter zu führen und die Frage zu erörtern, ob es eine Möglichkeit gab, die Entwicklung umzukehren, das eiserne Zeitalter zu einer neuen Periode des Friedens und des Glücks umzugestalten. Ach, welch ein Vergnügen wäre es gewesen, solche Gespräche zu führen, in dem Wissen, dass alle dieselben Wertvorstellungen hatten, gespeist aus denselben Quellen der Bildung. Es wäre die ideale Vorbereitung auf die Begegnung gewesen, die ihnen bevorstand. Stattdessen musste Manlius sich damit begnügen, in stummer Zwiesprache mit sich selbst über das Göttliche und das unausweichliche Geschick der Sterblichen nachzudenken und dabei ansatzweise das Problem des freien Willens zu diskutieren. Immerhin stellte er mit Befriedigung fest, bei diesen Überlegungen all jene anmaßenden Beiträge ausgeklammert zu haben, die die christliche Glaubenslehre zu diesem Thema beigesteuert hatte.

Das Ergebnis dieser Reflexionen schrieb er später nieder, sodass Olivier de Noyen neunhundert Jahre danach eine Abschrift davon machen konnte, die heute als Folio 23 bis 25 von »Scipios Traum« bekannt ist.

Folgen wir einem vorgezeichneten Geschick? Kann das Individuum abwenden, was ihm bestimmt ist? Sind die Zivilisation und mit ihr die Menschheit dazu verflucht aufzusteigen, um sodann abzustürzen – von einem goldenen über ein silbernes bis zu einem eisernen Zeitalter mit all seinen Brutalitäten? Fordert der Mensch – und darauf lief Manlius' Gespräch, das er mit niemandem führen konnte, letztendlich hinaus – die Götter heraus, wenn er das Desaster in letzter Minute abzuwenden sucht?

Sophia hatte ihm die Antwort gegeben: ein klares Nein; höflich, aber in der Gewissheit, Recht zu haben. Sie leitete ihre Überzeugung von Platon ab, wobei freilich nahezu acht Jahrhunderte philosophischen Strebens nach Wahrheit die Lehre des Griechen so verfeinert und abgewandelt hatte, dass dieser sie selber kaum wiedererkannt hätte. Du kannst dein Geschick nicht beeinflussen, hatte Sophia ihm gesagt, selbst die Götter müssen das Los annehmen, das Lachesis ihnen bereithält. (Ein Verweis auf Lukian, den Gersonides nicht erkannt, den Julien aber sehr wohl bemerkt hat.) Nur sie und ihre Schwestern Klotho und Atropos wissen, was jedem von uns bestimmt ist, auch wenn sie nicht in unser Geschick eingreifen.

Die Frage sei falsch gestellt, hatte sie gesagt, denn die Sorge eines Menschen solle nicht seiner Zukunft, sondern der Gegenwart, nicht der Welt, sondern der Seele gelten. Wir sollen nach Gerechtigkeit streben, nach Vervollkommnung, aber uns um unser selbst willen auch um die Dinge dieser Welt kümmern, denn erst durch ein ausgewogenes Maß an praktischem und kontemplativem Denken wird unsere Seele gereinigt und näher an das Göttliche herangeführt. Es gibt keine Belohnung für gute Taten, wie die Christen glauben, denn es gibt keinen Richter, der darüber entscheidet. Je ähnlicher unsere Seele dem Göttlichen wird, desto eher darf sie zurückkehren zu dem Ideal, nach dem sie geformt wurde, und die Niederungen der materiellen Welt verlassen, den Ort, an dem sie nach ihrem Fall befleckt wurde. Das entscheidende Kriterium ist die Übereinstimmung des Denkens und des Handelns. Der Glaube bedeutet nichts, denn wir sind zu verdorben, um die Wahrheit erkennen zu können.

Kommen wir also auf die Ausgangsfrage zurück: Kann Manlius Hippomanes, wenn er mit kleinem Gefolge nordwärts reist, den Niedergang des Landes aufhalten und ihm wieder Ruhe und Frieden bescheren? Vielleicht nicht, aber darauf kommt es nicht an. Der Versuch ist wichtig, was dabei herauskommt, ist irrelevant. Das Richtige zu tun ist die klägliche materielle Reflexion des Göttlichen, aber es ist immerhin dessen Reflexion. Setz dir ein Ziel und biete all deine Kraft auf, um es zu erreichen; ob es dir gelingt oder nicht, ist zweitrangig. Ein guter Mensch, ein Philosoph (Begriffe, die für Manlius Synonyme waren) wird danach streben, das Richtige zu tun, und wenig auf die Meinung der Welt geben. Das Urteil über einen Philosophen können nur andere Philosophen fällen, denn nur sie vermögen die Dinge zu begreifen, die sich den Maßstäben dieser Welt entziehen.

Schwingt in »Scipios Traum« unterschwellig ein Anflug von Witz mit, den man in keinem von Manlius' anderen Werken findet? Gewiss, der Text hat einen munteren, fast verspielten Unterton – was es übrigens umso schwieriger macht, den Inhalt zu verstehen. Denn Manlius orientiert sich in seiner Schrift, in deren Mittelpunkt er Scipio rückt, zwar nicht dem

Inhalt nach, aber im Aufbau an dem berühmteren Werk, das Cicero ein halbes Jahrtausend zuvor verfasst hat; auch er betrachtet die Veränderungen aus zwei Blickwinkeln: den Rückblick auf das Goldene Zeitalter und – gleichsam damit verwoben – den Blick auf eine dunkle, ungewisse Zukunft.

Ciceros großartiges, seit nahezu zwei Jahrtausenden immer wieder kommentiertes Werk war ein Teil seiner »De re publica«, wo er Scipio Africanus, den edelsten aller Römer, eine umfassende Betrachtung der bürgerlichen Tugenden und ihrer Problematik anstellen lässt. Der jüngere Scipio begegnet im Traum dem älteren, lässt sich von ihm die Wunder des Universums zeigen und erfährt, warum die Taten, durch die große Männer zum Wohl der Allgemeinheit beitragen, Teil der allumfassenden Harmonie sind, die die Götter uns abverlangen.

Manlius kehrt den Blickwinkel um und gelangt so zu einer melancholischeren, weniger optimistischen Betrachtung. Hier ist er der Träumende, und die Traumpassage wird eingeleitet durch den Prolog, in dem er mit Sophia die Wahrheit der Philosophie diskutiert. Sie zitiert dabei die berühmten Worte, mit denen Scipio – unter Tränen, weil er fürchtet, Rom werde dasselbe Geschick ereilen – den Untergang Karthagos kommentiert.

Ein wichtiger gedanklicher Anstoß, denn die Passage inspirierte den heiligen Augustinus dazu, sein Werk »De civitate Dei« zu schreiben, nachdem die Plünderung Roms durch Alarich im Jahre 410 Scipios Horrorvision eingeholt hatte. Alte Aufzeichnungen legen die Vermutung nahe, dass Manlius dieses bedeutende Werk gelesen haben muss; seine eigene Abhandlung war die letzte aus heidnischer Sicht geschriebene Erwiderung darauf, bevor das sich unaufhaltsam ausbreitende Christentum abweichende Meinungen im Keim erstickte. Bei Manlius wird Alarichs Plünderung Roms zum Symbol für das Ende von Kultur und Zivilisation, für die endgültige Auslöschung aller Werte. Manlius tappt am Anfang seiner philosophischen Entdeckungsreise im Dunkel und wird erst allmählich von Sophia zu neuer Erleuchtung geführt. Es ist keineswegs die Erleuchtung durch das Christentum, diese barbarische Religion; das Licht kommt aus einer anderen Quelle, denn so leicht können Kultur und Zivilisation nicht ausgelöscht werden.

Sophia führt ihn in seinem Traum auf den Kapitolinischen Hügel, zeigt ihm das brennende, zerstörte Rom und redet beruhigend auf ihn ein, als er in Tränen ausbricht. »Rom hat den Glanz früherer Tage verloren, aber selbst in seiner Hinfälligkeit ist es immer noch prächtiger, als menschliche Vorstellungskraft es ersinnen könnte. Verharre an diesem heiligen Ort und dreh dich langsam im Kreis, dann siehst du die Stadt vor dir liegen, so groß und weit, dass niemand ihre Grenzen auszumachen vermag.« Und plötzlich kann Manlius, während er auf diesem beherrschenden Hügel steht, die ganze Welt vor sich sehen, über alle Zeiten hinweg und bis ins kleinste Detail. Er sieht, wie Menschen guten Willens die Stadt Stein um Stein wieder aufbauen, wie Bibliotheken neu erstehen und wie Menschen durch gepflegte Gärten wandeln und wie eh und je über die Philosophie diskutieren. »Die Philosophie kann nicht ausgelöscht werden, sosehr es Menschen auch versuchen mögen«, sagt ihm Sophia. »Der Geist sucht das Licht, das liegt in seiner Natur. Er sehnt sich nach der Rückkehr zu seinen Ursprüngen und kann nicht anders, als ohne Unterlass nach Erleuchtung zu streben.«

»Ein Zwang, dessen sich viele nicht bewusst sind«, widerspricht Manlius. »Sie ziehen es vor, sich einem törichten Glauben hinzugeben und im Übrigen den Leidenschaften dieser Welt zu frönen. Sie glauben alles, wie absurd es auch sein mag, und verschließen die Augen vor der Wahrheit.«

»Nein, das tun sie nicht. Sie sind nur ängstlich, und deshalb müssen sie auf der Erde ausharren, bis sie gelernt haben, ihre Ängste zu überwinden.«

»Und wie verlassen sie die Erde dann? Wie bewerkstelligen sie den Aufstieg? Indem sie die Tugend erlernen?«

Da muss Sophia lachen. »Du hast zu viel gelesen und zu wenig daraus gelernt. Tugend ist ein Weg, nicht das Ziel. Der Mensch kann nicht tugendhaft sein, sein Ziel ist es, verstehen zu lernen. Sobald er das erreicht hat, kann die Seele wie auf Flügeln davonschweben.«

Und so geht es weiter, Sophia und Manlius klopfen in ihrem erdachten Gespräch alle Ebenen ab. Und der Bischof von Vaison, der heilige Manlius, feuert eine Salve nach der anderen auf den christlichen Glauben ab und widerspricht ihm mit jedem Wort. Die Seele, sagt er, ist etwas Allgemeines, nichts Individuelles, ewig und an keine Zeit gebunden. Der Körper ist ein Kerker, nicht etwas, was einer Auferstehung würdig wäre. Glaube ist Bestechung, Hoffnung Selbsttäuschung, Nächstenliebe eine Illusion. All das muss verworfen und überwunden werden.

»Aber«, fragt Manlius, »woran sollen wir dann unser Leben ausrichten? Wenn der Mensch nicht tugendhaft sein kann, gibt es dann keinen guten Menschen?«

»Unser Tun und Handeln ist es, was der vernunftbegabten Seele Antrieb gibt. Sie verabscheut jegliche Unvernunft, sie muss unablässig dagegen ankämpfen, um nicht von ihr verdorben zu werden. Wenn sie die Unvernunft anderer Menschen erkennt, wird sie versuchen, diese auf den richtigen Weg zurückzuführen. Sie kann das entweder durch Belehrungen tun oder indem sie sich in den Dienst öffentlicher Aufgaben stellt und so durch praktisches Handeln eine Korrektur herbeiführt. Und der Zweck des Handelns liegt darin, den Fortbestand der Philosophie sicherzustellen, denn wenn Menschen ihr Denken allein auf die materiellen Belange ausrichten, unterscheiden sie sich nicht mehr von den Tieren.«

Ein bemerkenswerter Satz, der Julien bis ins Mark traf, als er ihn las. Denn Manlius setzte sich rigoros über jedes orthodoxe Denken hinweg, sowohl über das platonische wie über das christliche. Der Sinn der Zivilisation liegt darin, sich zivilisiert zu verhalten; der Zweck allen Handelns muss auf den Fortbestand der Gesellschaft ausgerichtet sein, denn philosophisches Denken kann nur in einer Gesellschaft zu wahrer Blüte gedeihen. Nur jemand, der sich klar macht, dass der Zivilisation keine Zukunft mehr beschieden sein könnte, kann das klassische Gedankengut so radikal umformulieren. Wer quasi als vorsorgliche Rechtfertigung solche Aussagen macht, trägt sich offensichtlich mit dem Gedanken drastischen Handelns. Und so kam Julien zu dem Schluss: Nur mit einem solchen Ziel vor Augen konnte sich jemand, der in Wirklichkeit ein Heide war, als Christ ausgeben, konnte der Freund den Freund verraten.

Als philosophische Abhandlung war »Scipios Traum« kein Werk von bemerkenswert hohem Rang, Manlius vernachlässigt die Syllogistik und gelangt nur selten auf der Grundlage von Streitgesprächen zu Schlussfolgerungen. Er überlässt es weitgehend Sophia, dem Leser Belehrungen zu erteilen. Sein Stil ist ungewöhnlich und geprägt von nicht zu Ende geführten Sätzen, vermutlich weil er den Text in großer Eile verfasst hat. Es wimmelt von Querverweisen und indirekten Bezugnahmen auf andere Autoren, aber sie scheinen recht willkürlich eingefügt zu sein. Julien musste all sein Wissen aufbieten, um die Zitate Aristoteles, Platon, Plutarch, Alkinoos oder Proklos zuordnen zu können, wobei er, da sie zum Teil aus verloren gegangenen Werken stammten, oft auf Vermutungen angewiesen war. Dann musste er die Fehler analysieren und entscheiden, ob sie sich zufällig eingeschlichen hatten oder ob es sich um absichtliche Fälschungen handelte. Und am Schluss musste er sich zu einem Urteil durchringen, ob er das Werk als echten Beitrag zum späten Neoplatonismus oder nur als halb durchdachten Aufguss früherer Werke anderer Autoren einstufen sollte – mit anderen Worten, ob der Wert des Manuskripts in seiner philosophischen Aussage lag oder mehr darin, dass es sich um ein historisches Dokument handelte.

Wie viel einfacher hatten es da Gersonides und erst recht Olivier, denn der Rabbi war mit der einschlägigen Literatur, auf die Manlius immer wieder und sehr ausführlich Bezug nahm, nur in groben Zügen vertraut – und der junge Christ nahezu gar nicht.

Seit sie sie entdeckt hatte, verbrachte Julia viel Zeit mit dem Studium der Wandmalereien in der Kapelle. Oft nahm sie Decken und Nahrungsmittel mit und legte sich zum Schlafen auf die bemoosten Treppenstufen, um sich den zeitraubenden Hin- und Rückweg zu sparen. Das war zumindest die Begründung, die sie sich selber gab, denn in Wahrheit blieb sie hier oben, weil sie den Realitäten des Alltags entfliehen wollte. Nur hier, hatte sie herausgefunden, war sie mit sich und der Welt völlig im Reinen. Je schlechter die Nachrichten von der Front wurden, desto mehr waren alle davon überzeugt, dass sie die Auswirkungen des Krieges früher oder später physisch zu spüren bekommen würden, und das war Julia Grund genug, sich gegen all das abzuschotten, woran sie nichts ändern konnte und was sie nur beunruhigte. Unter dem Eindruck, die friedliche Ruhe, die sie so genoss, könne schon bald jäh enden, wurde jeder Atemzug in der warmem Luft, jeder Wildblütenduft, der sie anwehte, und sogar jedes Insekt, das sie summen hörte, zu einer umso intensiver empfundenen Quelle der Freude. Ihre Sinne waren wacher als je zuvor, und in gewisser Weise hatte sie das Gefühl, auf ihre Art an einem immer währenden Gottesdienst teilzunehmen. Denn der innere Friede, den sie in sich spürte, war etwas Kostbares; sie wusste nur zu gut, wie bedroht er war und wie schnell es mit ihm vorbei sein konnte. Sie hätte sich gewünscht, diesen Frieden in sich speichern und so

wenigstens von der Erinnerung an ihn zehren zu können, wenn dunkle Zeiten anbrachen.
Von Zeit zu Zeit, wenn die Einsamkeit sie zu überwältigen drohte, schnürte sie ihr Bündel und wanderte den steilen, ausgetretenen Pfad hinunter ins Dorf, um Nahrungsmittel und Wasser zu kaufen oder in der Sonne auf dem kleinen Dorfplatz eine Skizze zu zeichnen. Sie wurde schnell zum Mittelpunkt der allgemeinen Neugierde und für manche sogar zum Objekt keimenden Misstrauens; nicht wenige Dorfbewohner waren darüber besorgt, dass eine Fremde so viel Interesse an dem Heiligtum auf dem Hügel hegte, und gar mancher fragte sich ängstlich, was sie wohl im Schilde führe. In der ersten Woche, nachdem sie die Kapelle entdeckt hatte, kamen viele Besucher auf den Hügel, alte Frauen, junge Mädchen und Schafhirten, die so taten, als hätten sie, weil sie zufällig in der Nähe gewesen waren, nur mal nach dem Rechten sehen wollen. Anfangs irritierte es sie, dass die Leute ihr die Zeit stahlen; es ärgerte sie, wenn sie, während sie arbeitete, mit regloser Miene hinter ihr standen, nie eine Frage stellten, kein echtes Interesse an ihrem Tun zeigten und ihr auch keine Gelegenheit gaben, von sich aus zu erklären, was sie hier trieb.
Aber allmählich tat die Ausstrahlung der Kapelle ihre Wirkung, die Leute störten Julia nicht mehr als die Ziegen und das blecherne Bimmeln ihrer Glöckchen, wenn die Tiere draußen weideten, oder die Schafe, die sich hin und wieder neugierig in die Kapelle verirrten. Und schließlich fand sie heraus, wie sie den Leuten die Zunge lösen konnte: Sie musste ihnen Fragen stellen, über die Kapelle und warum sie herkämen, und sie dazu bringen, ihr alle alten Geschichten über die Heilige zu erzählen, die sie kannten. Sie fing an, sich das Gehörte abends ins Notizbuch zu kritzeln, bevor die Sonne unterging und sie ihre eigene Schrift nicht mehr lesen konnte. Und so trug sie im Laufe der Wochen viele Geschichten und die eine oder andere Variante zusammen, ordnete sie nach Themen und Besonder-

heiten und lernte, den wahren Kern der wirklich alten Überlieferung von späteren Ausschmückungen und anderswo entlehnten Traktätchen und Legenden zu unterscheiden. Die Fähigkeit der Heiligen, Augenschwäche zu heilen, war ein immer wiederkehrendes Thema, genau wie ihre Verlässlichkeit als Ratgeberin, aber sie schien auch über andere Kräfte zu verfügen, besonders wenn es um die Heilung von allerlei Gebrechen ging. Es wunderte sie, mit wie viel liebevollem Verständnis die Leute von Grenzen sprachen, die der Heiligen offensichtlich gesetzt waren, aber was sie damit meinten, wurde ihr erst klar, als eines Tages Elisabeth Duveau, die Frau des Hufschmiedes, die Kapelle besuchte.

Julia war in ihre Arbeit vertieft und merkte nicht, dass jemand hinter ihr stand. Erst als sie ein leises Rascheln hörte, wandte sie sich um. Elisabeth stand zwei, drei Schritte hinter ihr und schaute sie unverwandt an.

»Oh, hallo«, sagte Julia. Elisabeth nickte, sah sie aber weiter stumm an. Schließlich merkte sie, dass Elisabeths starrer Blick auf ihre rechte Hand gerichtet war. Sie folgte dem Blick, und plötzlich wusste sie, was Elisabeth meinte.

Sie schüttelte den Kopf. »Nein, ich bin nicht verheiratet.«

»Sie werden keine Kinder mehr bekommen«, sagte Elisabeth.

»Ja, das ist gut möglich.«

»Sie haben zu lange damit gewartet.«

»Wahrscheinlich.«

»Warum?«

Julia war allmählich an solche unverblümten Fragen gewöhnt. Sie legte seufzend ihren Zeichenblock weg, an Konzentration war ohnehin nicht mehr zu denken. »Ich weiß nicht. Ich bin bis jetzt nie jemandem begegnet, bei dem ich gedacht habe, ich müsse mein Leben mit ihm teilen.«

Elisabeth wischte sich ein Schweißtröpfchen von der Nase. »Ich auch nicht. Trotzdem bin ich seit fünfzehn Jahren mit Pierre verheiratet. Ihre Schuld.«

Julia sah sie verdutzt an. »Wessen Schuld?«
Elisabeth deutete mit einer vagen Geste auf die Fresken. »Pierre hat 1925 um meine Hand angehalten, im September. Ich habe ihn nicht geliebt und wusste damals schon, dass er zu viel trinkt. Aber ich war über zwanzig und wurde schon als alte Jungfer verspottet. Ich hatte davon geträumt, dass mich ein anderer fragen könnte, aber der hat's nicht getan, und es sah auch nicht so aus, als käme noch einer. Was sollte ich da tun? Ich konnte mir in der Stadt eine Stelle als Dienstmagd suchen oder bleiben und Pierre heiraten, der als Hufschmied gutes Geld verdient hat. Er war so was wie eine gute Partie. Und dann habe ich Sophia gefragt. Sie hatte bei früheren Gelegenheiten immer einen guten Rat für mich gehabt. Aber diesmal nicht. Mit dem Heiraten hat sie nicht viel Erfahrung, sie war eben selber nie verheiratet; vielleicht liegt's daran. Aber sie hat mir so eindringlich zugeredet, dass ich ihrem Rat gefolgt bin.«
Julia war schon froh, dass Elisabeth sie nicht weiter über ihr Leben ausfragte. »Wie hat sie Ihnen ihren Rat denn gegeben? Hat sie es Ihnen gesagt?«
»Auf dem üblichen Weg. Ich habe geträumt, dass ich frierend und hungrig durch die Straßen von Marseille irre. Niemand hat mich angesprochen, um mir Arbeit oder etwas zu essen zu geben. Also habe ich mich an ihr warnendes Zeichen gehalten und bin geblieben, wo ich war, in unserem Dorf, und habe Pierre geheiratet. Aber ich habe mich die ganzen fünfzehn Jahre lang gefragt, ob sie sich wirklich genug Mühe gegeben hat.«
»Warum?«
Elisabeth zuckte nur die Achseln. »Wie lange kennen Sie Julien schon?«
»Oh, das müssen auch um die fünfzehn Jahre sein.«
Julia spürte, wie der eindringliche Blick der dunklen Augen sie ausforschte. »Ich habe ihn gekannt, seit er acht war.« Elisabeth sagte das, als gehe es um einen Besitzanspruch, bei dem sie die älteren Rechte geltend machen wolle.

»Ist es allgemein bekannt, dass sie in solchen Dingen keine gute Ratgeberin ist?«

Julia musste die Frage wiederholen, denn Elisabeth war in Gedanken weit weg. »Bei Gott, ja«, sagte sie schließlich. »Selbst die Kinder wissen das. Wenn sie ein Mädchen mit einem Jungen gehen sehen, der offensichtlich überhaupt nicht zu ihr passt, sagen sie, das Mädchen müsse wohl mit Sophia gesprochen haben.«

»Woher wissen Sie, dass sie nicht verheiratet war?«

Elisabeth fand die Frage merkwürdig und dachte lange nach, ehe sie antwortete. »Warum hätte sie hier oben in dieser Einsamkeit leben sollen, wenn es einen Mann und einen Herd gegeben hätte, um den sie sich kümmern musste?« Eine jener Fragen, die von so viel praktischem Sinn zeugen, dass sie keine Antwort brauchen. »Nein, sie war allein und ist hierher gekommen, um ihr Leben dem Gebet zu weihen. Und sie war ein guter Mensch, darum haben die Leute sie schon um Rat gefragt, als sie noch nicht wussten, dass sie eine Heilige ist. Es gab nach ihrem Tod viele Wunder, das ist so etwas wie ein Beweis. Freilich, es gibt auch alte Geschichten …«

»Was für Geschichten?«

Elisabeth sah sie einfältig an. »Altweibergeschwätz. Meine Mutter hat sie mir immer wieder erzählt. Aber sie hat sie selber nicht geglaubt.«

»Bitte, erzählen Sie sie mir!«

»Ach, da geht's um den blinden Mann, den sie geheilt hat. Es wird erzählt, dass er, als er wieder sehen konnte und als Erstes ihr Gesicht sah, vor Entzücken laut geschrien und ihr gesagt hat, er habe ihr Gesicht so oft im Traum gesehen und sie sein Leben lang geliebt. Er soll sie gebeten haben, ihn zu heiraten, aber sie hat sich ihm verweigert, denn sie war jungfräulich und rein. Er schlich bekümmert herum, bis sie anfing, ihm von Gott zu erzählen, und ihm unseren Herrn nahe brachte. Aber er hat sie immer geliebt und geschworen, notfalls bis in alle Ewigkeit darauf zu warten, dass sie seine Liebe erwidert. Und sie hat geantwortet, sie werde warten, bis er verstanden hat, was Liebe ist. Es ist eine Geschichte, die alte Frauen ihren Töchtern erzählen, damit sie einschlafen, das ist alles.«

Sie wandte sich zum Altar um, und Julia ging nach draußen, um Elisabeths Andacht nicht zu stören. Sie setzte sich auf die Treppenstufen und genoss dort die heiße Sonne wie eine der Eidechsen, die ringsum ihr Sonnenbad nahmen. Ihr Blick ruhte auf dem Tal und den Lavendelfeldern hinter dem kleinen Wald, und darüber musste sie wohl eingeschlafen sein, denn als sie die Augen wieder aufschlug, sah sie, wie die Frau des Hufschmiedes sich weit unten ihren Weg durch das hüfthohe, mit Steinen gespickte Unkraut bahnte.

Julia winkte ihr nach, aber Elisabeth winkte nicht zurück. Und so setzte sie sich wieder und genoss bei Brot, Wein und Salami die köstlichste Mahlzeit, die sie je gegessen hatte. Sie fühlte sich geborgen und unsäglich glücklich.

Julien war zwar immer noch im Staatsdienst und weiterhin zuständig für die Aufgaben, die er 1940 übernommen hatte, aber im Grunde führte er während der nächsten acht Monate ein seltsames Doppelleben. Er war voller Unruhe und Zweifel und gab sich kaum noch Mühe, seine immer stärker werdende Unlust zu verbergen. Er zog seine ehemaligen Kollegen an der Universität ins Vertrauen, schilderte ihnen, was er tat, und fragte sie, ob er nicht besser seinen Abschied nehmen solle. Sie waren einhellig der Meinung, dass er weiter seine Pflicht tun müsse. Wir sind froh, dass du auf diesem Posten sitzt, ließen sie ihn wissen und erinnerten ihn daran, um wie viel schlimmer es vermutlich würde, wenn ein anderer an seine Stelle rücke. Er verwies auf die vielen Kompromisse, die er ständig eingehen musste, aber sie blieben dabei: Er solle durchhalten. Einmal rang er sich sogar dazu durch, sich bei Marcel zu beklagen, doch da stieß er erst recht auf taube Ohren.

»Ist dir nicht klar, dass jetzt nicht die Zeit für persönliche Befindlichkeiten ist? Dass dein Eigensinn und deine Extratouren absolut unangebracht sind? Wir haben dafür zu sorgen, dass der Regierungsapparat reibungslos arbeitet, und dazu brauchen wir Männer, die den Ausgleich suchen und moderat denken. Leuchtet dir das nicht ein?«

Julien sah Marcel enttäuscht an, für ihn klang das nicht sehr überzeugend. Hältst du dich etwa für einen moderat denkenden Menschen?, hätte er ihn gern gefragt, aber er kannte die Antwort im Voraus, und im Übrigen musste er zugeben, dass sein Freund im Vergleich zu den Haien, die immer wieder nach seinen Fersen schnappten, tatsächlich moderat war.

Als er am Wochenende nach Roaix kam, in das kleine Haus, das er als sein wirkliches Zuhause betrachtete, nicht zuletzt deshalb, weil er es mit Julia teilen konnte, war sie die Einzige, die ihn nicht mit Durchhalteappellen abspeiste. »Die Dinge, die du tust, sind dir so zuwider, dass andere an deiner Stelle auch keinen schlimmeren Schaden anrichten könnten. Und trifft das nicht im Grunde für alle zu? Handelt Marcel nicht auch nach dem Motto: Augen zu und durch? Der Polizist, der nachts wildfremde Leute aus dem Bett holt und verhaftet? Der Ministerpräsident? Und selbst Pétain? Tun sie nicht alle irgendetwas, was sie lieber nicht tun würden? Und alle berufen sich darauf, dass sie es nur tun, um Schlimmeres zu verhüten. Nur, wenn anständige Menschen Böses tun, ist das das größte Übel, denn sie wüssten es besser und tun es trotzdem. Ist das nicht genau das, was in deiner alten Handschrift steht?«

Ihre Worte standen in krassem Widerspruch zu dem Rat, den ihm viele andere gaben, und sie wäre, wenn er sein Amt tat-

sächlich aufgekündigt hätte, bestimmt nicht so entsetzt gewesen wie all die Bibliothekare, Journalisten, Verleger, Akademiker und Lehrer. Julien zerbrach sich wieder und wieder den Kopf, scheute sich aber, eine Entscheidung zu treffen. Und je länger er zögerte, desto später kam er morgens ins Büro – wenn er sich nicht ganz drückte. Anweisungen und Memos lagen wochenlang auf seinem Schreibtisch, bevor er irgendetwas unternahm, und wenn er's schließlich tat, kamen halbherzige, untaugliche Maßnahmen dabei heraus. Das Ergebnis dieser uneingestandenen Verdrängungsversuche war, dass er viel Zeit mit Lesen verbrachte und sich immer intensiver mit Details aus Olivier de Noyens Leben beschäftigte. Er flüchtete sich in den Müßiggang, und darin glich er vielen französischen Zeitgenossen: Faulheit wurde zum politischen Bekenntnis.
In Avignon hielt er sich nur noch selten auf, es zog ihn nach Osten, zu Julia, und sooft sich ein Anlass dazu bot, besuchte er sie. Manchmal verkehrten Busse, manchmal ließ es sich so einrichten, dass er auf dem Pferdewagen eines Bauern mitfahren konnte, meistens benutzte er aber sein Fahrrad, dessen Bereifung inzwischen so abgewetzt und brüchig geworden war, dass er die Felgen mit alten Lumpen umwickeln musste, die er mit Draht festzurrte. Wenn er in Roaix oder anderswo angekommen war, blieb er mitunter tagelang dort und suchte nach immer neuen Ausreden, warum er nicht zurückkehrte. Und wenn schließlich der Moment gekommen war, an dem er partout keinen Vorwand mehr fand, versuchte er sich während der Rückfahrt an den absurden Hoffnungsschimmer zu klammern, er sei vielleicht während seiner Abwesenheit entlassen worden. Den Gefallen tat ihm freilich niemand.
Er brachte Julia jedes Mal Geschenke mit: Dinge, an denen er vor dem Krieg achtlos vorbeigegangen wäre. Er verbrachte viel Zeit damit, auf Flohmärkten Ausschau nach alten Büchern zu halten, möglichst solchen mit leeren Seiten, die Julia für ihre Stiche verwenden konnte, und wenn er fündig geworden war,

schnitt er die leeren Seiten heimlich heraus – ein Sakrileg, vor dem es ihm noch wenige Monate zuvor gegraust hätte. Er kannte alle Drogisten in der Stadt, und die zweigten hin und wieder ein Fläschchen von irgendeiner Säure ab, die Julia zum Ätzen ihrer Druckplatten verwenden konnte. Eisenwaren- und Schrotthändler sammelten Kupferplatten für ihn und bearbeiteten sie auf die gewünschte Weise. Einmal entdeckte er an einem Marktstand Orangen, die er auf der Stelle kaufte und Julia triumphierend mitbrachte. Sie setzten sich ins Gras vor der Kapelle, aßen sie gemeinsam und bekleckerten sich von oben bis unten mit dem süßen Saft. Aber dann kamen plötzlich Wespen angeschwirrt, Julia rannte schreiend zur Kapelle. Er rannte hinterher, scheuchte die Wespen mit dem Hut weg, und schließlich flüchteten sie Hand in Hand ins Innere der Kapelle, warfen die Tür hinter sich zu, saßen im schummerigen Halbdunkel nebeneinander und lachten und lachten, bis sie kaum noch Luft bekamen.

Sie waren auf eine Weise glücklich miteinander, wie sie es früher nie für möglich gehalten hätten. Oft sprachen sie bis zum Abend kaum ein Wort miteinander; es genügte ihnen, den anderen in der Nähe zu wissen. Sie ging ihrer Arbeit nach, bei gutem Wetter am liebsten draußen, und er hielt es genauso. Mitunter packten sie an Essbarem zusammen, was sie finden konnten, und verbrachten dann den ganzen Tag auf dem Hügel, und hin und wieder schliefen sie auch dort und begnügten sich am nächsten Morgen mit einem Kanten Brot, den sie mit einem Schluck Wasser aus dem nahen Bach hinunterspülten. Manchmal wollte Julia auch ungestört arbeiten, dann machte Julien sich im Garten zu schaffen. Er hatte Kartoffeln und Tomaten angepflanzt, es gab einen Oliven- und einen Feigenbaum, und Juliens besonderer Stolz waren vier Tabakpflanzen, die er hegte und pflegte, bis er die Blätter pflücken, pressen, trocknen und schließlich in schmale Streifen schneiden konnte. So frönten sie, obwohl es keine Zigaretten gab, ihrem Laster und pafften den Tabak aus eigener Ernte in zwei alten Tonpfeifen.

Dank ihrer Arbeit, seiner Gesellschaft und der stimulierenden Wirkung der Kapelle fand Julia wieder zu sich selbst. Zum ersten Mal seit langem – seit zwei Jahren, behauptete sie – schlief sie wieder so fest, dass Julien sie morgens kaum wachrütteln konnte. Dann pusselte sie herum, brühte einen Kräutertee auf, denn Kaffee gab es nicht, und ging in den Garten, um zu sehen, ob die jüngst erworbene Henne sich dazu bequemt hatte, ein Ei zu legen. Meistens endete die Suche mit einer Enttäuschung, aber hin und wieder fand sie in dem selbst gebauten Hühnerhaus tatsächlich ein Ei, das sie dann voller Stolz feierlich in die Küche trug, wo sie es kochte und Julien mit einer Grandezza servierte, an der selbst der legendäre Meisterkoch Escoffier seine helle Freude gehabt hätte.

Sie spielten einander heile Welt vor, das wussten sie, und weil sie es wussten, klammerten sie sich umso mehr an ihr kleines Spiel. Sie gaukelten sich eine Märchenbuchwelt vor, lebten ein Leben von bukolischer Einfachheit und verschlossen Augen und Ohren vor den immer bedrückender werdenden Nachrichten, die aus der großen Welt in ihre kleine drangen: dem allgemeinen Mangel, den Verhaftungen, der alliierten Landung, den Bombenangriffen und den Morden, die zur Alltäglichkeit wurden. Es gab nichts, was sie dagegen tun konnten, sie konnten nur überleben. Und so feierten sie dieses Überleben und suchten Zuflucht bei ihrer Liebe, die mit jedem Blick und mit jeder gemeinsam verbrachten Minute größer wurde.

Eines Tages hob Julia ein Buch auf, das Julien während der Arbeit vom Tisch gerutscht und zu Boden gefallen war. Sie las ein paar Zeilen des letzten Gedichts, das Olivier de Noyen verfasst hatte, und da wurde ihr schlagartig klar, dass die Frau, in die Olivier sich verliebt hatte und die mit der Zeile »Weise Tochter des Dunkels, beseelt von der Sehnsucht nach Licht« gemeint war, unmöglich Isabelle de Fréjus gewesen sein konnte, jedenfalls nicht, wenn das Porträt, das angeblich sie zeigte, irgendeine Ähnlichkeit mit ihr hatte.

»Schau mal!«, sagte sie abends und strich sich ungeduldig das Haar aus der Stirn – eine Geste, die ihn schon bei ihrer gemeinsamen Mittelmeerkreuzfahrt entzückt hatte und die er heute noch so mochte wie damals. Eine zielstrebige, geschäftige Bewegung, wie sie nur jemandem eigen sein konnte, der das Sehen zu seinem Beruf gemacht hat. Sie hielt dabei den Kopf leicht schräg und brachte es fertig, die Harmonie von Gesicht, Nacken und Haar keine Sekunde lang zu stören. »Schau dir diese verflixte Frau an!«

Julien hatte zum wiederholten Mal einen Schlusspunkt unter seinen Essay gesetzt, aber zufrieden war er immer noch nicht damit. Er hatte etliche Monate auf seinem Schreibtisch gelegen, und sooft er an ihm weiterarbeiten wollte, überkam ihn eine unerklärliche Unruhe, die ihn daran hinderte, sich hinzusetzen und zur Feder zu greifen. Dabei war er überzeugt, dass das, was er über Olivier geschrieben hatte, ohne Zweifel richtig war bis hin zum Verrat an Ceccani und der Vernachlässigung seiner Pflichten. Dennoch ahnte er, dass er nicht Oliviers wahres Bild gezeichnet hatte – oder zumindest kein vollständiges, denn obwohl es ihm gelungen war, das eine oder andere Gedicht zu interpretieren, blieben ein paar übrig, die sich hartnäckig jedem Deutungsversuch widersetzten. Es waren Liebesgedichte, und sosehr er dem Menschen Olivier gerecht werden konnte, so wenig konnte er in den letzten Worten des Dichters Bedeutendes erkennen.

Als er seine Skrupel Julia gegenüber äußerte, versuchte sie trotz ihrer Probleme mit der provenzalischen Sprache, den Sinn der Gedichte zu entschlüsseln. Dann studierte sie die Reproduktion von Isabelles Porträt im Führer des Musée des Beaux-Arts in Lyon. Es hatte in einem Stundenbuch gelegen, und die Zuschreibung war solide und glaubhaft: Pisano hat das kleine Bild gemalt und es Isabelle geschenkt.

Und plötzlich kam Julia die Erleuchtung. »Ich bin nur eine Malerin«, sagte sie, »aber wenn ich ein Dichter wäre, käme ich mit Sicherheit nicht auf die Idee, eine blonde Frau als ›Tochter des Dunkels‹ zu beschreiben, was immer das bedeuten soll. Das wäre eine Nachlässigkeit, um nicht zu sagen ein Zeugnis von Inkompetenz. Ich denke, ich hätte gegrübelt, bis mir eine Formulierung eingefallen wäre, die die Metapher in Einklang mit der äußeren Erscheinung bringt.«

Julien stöhnte, nagte eine Weile an der Unterlippe und räumte schließlich ein: »Also gut, ich vermute, dass du damit Recht hast.«

»Natürlich habe ich Recht«, trumpfte sie vergnügt auf. »Leider.«

Später ließ Julien sich ihren Einwand wieder und wieder durch den Kopf gehen. Ja doch – selbstverständlich hatte sie Recht. Diese ominöse Tochter des Dunkels konnte kein blondes Haar haben. Also auch nicht Isabelle de Fréjus sein. Unumstößlich aber war, dass Olivier sich in jemanden verliebt hatte. War es wichtig, in wen?

Julias Bemerkung ging ihm nicht mehr aus dem Kopf, er grübelte immer wieder daran herum, bis er nach etlichen Monaten eine Lösung gefunden zu haben glaubte. Da Olivier die Unbekannte ausdrücklich als »weise Tochter« bezeichnet und die Kapelle in einem seiner Prosatexte beschrieben hatte, lag die Vermutung nahe, dass er an Sophia gedacht hatte. Die Idee kam Julien in Avignon, und als er das nächste Mal nach Roaix kam – es war Winter, und selbst Julia hatte es aufgegeben, die Kapelle aufzusuchen, weil es dort oben zu dunkel und zu kalt war –, fragte er sie, wie der Maler die Heilige auf seinen Wandbildern dargestellt habe. Sie kramte in der geräumigen Skizzenmappe, die sie selber gebastelt hatte, um das kostbare Papier zu schützen.

»Ich habe einige Aquarelle von ihr.« Sie schob sie Julien hin. »Sie sind nicht besonders gut, aber man sieht, dass sie dunkles Haar hat.«

»Und die da?« Er griff nach einem Bündel Bilder, die ebenfalls in der Mappe lagen.

»Ah, die meinst du …« Sie ging neben ihm in die Hocke, ihre Miene verriet freudig gespannte Erwartung.

Julien musste nur einen Blick auf die Bilder werfen, um die Zufriedenheit zu verstehen, die er aus ihrem Tonfall herausgehört hatte. Er sah sich die Blätter lange an, eines nach dem anderen, und dann sagte er: »Meinen Glückwunsch!«

Es war ehrlich gemeint, und sie verdiente es. Endlich hatte sie die Barrieren überwunden, auf die er sie – das musste nun auch schon an die zehn Jahre her sein – einmal mit unverblümt groben Worten hingewiesen hatte. Jetzt zeugten ihre Bilder von einer Schlichtheit und Originalität, die ihm fast den Atem verschlug. Pisano hatte sie aus ihrer künstlerischen Erstarrung befreit; man sollte es nicht für möglich halten, was ein großer Künstler noch nach Jahrhunderten vermag.

Sie hatte Pisanos Technik studiert und ihn sogar noch übertroffen, indem sie immer wieder Skizzen gezeichnet, sie weggelegt, das Ergebnis kritisch überprüft, sich abermals daran versucht und, wenn es ihr nötig erschien, noch einmal ganz von vorn angefangen hatte. Zunächst gab sie den Gesichtern Tiefe, danach abstrahierte sie sie auf das Wesentliche, tilgte einen Zug nach dem anderen, bis schließlich nur eine Andeutung blieb, in der sich aber all das widerspiegelte, was sie einfangen wollte. Es war weder eine Imitation alter Meister noch der Bruch mit ihnen, sie stützte sich vielmehr auf Techniken des Mittelalters, entwickelte sie weiter und zeigte dadurch ungeahnte neue Dimensionen auf.

Sie lehnte sich zufrieden an den Rücken eines Sessels nahe dem Ofen und zündete sich eine Zigarette an – der Anlass war es wert, obwohl sie nur noch drei bis zum Monatsende hatte. »Was hältst du davon?« Es schwang noch ein bisschen Angst in der Frage mit, sie wartete auf ein lobendes Wort, aber es war herauszuhören, dass sie sich Juliens Beifall fast sicher war.

»Diese Bilder würde ich kaufen. Nur, Gott sei's geklagt, ich habe kein Geld. Du scheinst vom Pech verfolgt zu sein, wie?«
Julia lachte. »Ich wollte sie dir sowieso geben. Sie sind mein Hochzeitsgeschenk.«
Sie nahm einen Stift und schrieb auf jedes Blatt: »Für Julien, von seiner weisen Frau.« Und dann signierte sie die Blätter mit ihrem richtigen Namen.
Als er wenig später nach Avignon fuhr, um dort sein anderes Leben zu leben, nahm er die Bilder mit. Er wusste, dass er ohne sie nicht mehr leben konnte.

Sie tasteten sich von entgegengesetzten Enden an ihr Ziel heran. Pisano war ein Meister der Form und strebte nach Realismus, während sich Julia danach sehnte, die Fesseln des Realismus abzustreifen und etwas zu finden, was irgendwo unter dem Realen verborgen sein musste: das Wesentliche.
In der Stille der Kapelle begegneten sie sich – nur kurz und ein einziges Mal. Denn bei dem Wandbild, auf dem Sophia den Blinden heilt, kam Pisano in der Art, wie er sie den Kopf heben ließ, und im Ausdruck ihres Gesichts seinem Ziel ganz nahe. Der Einfluss der byzantinischen Schule samt ihrer Weiterentwicklung in Rom und hundert Jahre sienesischer Tradition waren unverkennbar, und doch spürte man in Pisanos Werk auch all das, was er in dem kurzen Augenblick eingefangen hatte, in dem Olivier Rebekka erblickte.
Julia offenbarte sich, was fast sechs Jahrhunderte in Pisanos Wandmalereien eingeschlossen war. Und als sie fertig war – zu später Stunde, das Licht war längst verblichen –, wusste sie, dass sie gefunden hatte, wonach sie viele Jahre auf der Suche gewesen war.

So wie sie Julien bei seiner Arbeit angeregt hatte, so half er ihr bei der ihren weiter. Er wies sie auf die Gemeinsamkeiten zwischen der Sophia aus »Scipios Traum« und der Heiligen hin und deutete an, es könne sich um ein und dieselbe Person gehandelt haben – oder zumindest um ein gemeinsames Vorbild. Und das wurde für sie zum Leitgedanken: Der Blinde wird nicht durch ein himmlisches Wunder geheilt, sondern er wird schlicht und einfach wissend; Sophia ist keine kirchliche Heilige, sondern die personifizierte Weisheit.

Und dann war es ausgerechnet Marcel, der die Sache auf den Punkt brachte. Julien fiel es wie Schuppen von den Augen: Alles war so offensichtlich, dass er sich nachträglich fragte, warum er es nicht längst geahnt hatte.

Er wollte die Bilder selbstverständlich in seiner Wohnung aufhängen und hatte daher ein paar alte Stiche aus ihren Rahmen genommen, weil er diese für Julias Arbeiten brauchte. Und so sah Marcel die Bilder bei einem seiner nun spärlicher gewordenen Besuche, die Julien aber umso mehr zu schätzen wusste, erinnerten sie ihn doch an die Normalität der Freundschaft, die sie trotz aller Irritationen immer noch füreinander empfanden. Marcel fühlte sich in Juliens Gegenwart zwar immer unbehaglicher, wäre aber auch seinerseits nie auf den Gedanken gekommen, eine Freundschaft zu verleugnen, die ihm viel bedeutete und die er brauchte.

Marcel, der abgesehen von seiner stockkonservativen Abscheu vor der Moderne gewöhnlich kein großes Interesse an Gemälden hegte, sah sich die Bilder aufmerksam an.

»Weißt du«, sagte er schließlich grinsend, »wenn du unbedingt ein Porträt von dir haben willst, solltest du dir jemanden suchen, der malen kann. Ich erkenne natürlich, dass du das sein sollst, aber viele würden dich bestimmt nicht mit dem Geklecks in Verbindung bringen. Und glaub bloß nicht, mir wäre nicht klar, wer das gemalt hat. Ich dachte, sie hat das Land verlassen? Sie ist doch abgereist?«

Julien nickte vorsichtig.
»Gut. Denn wenn sie hier geblieben wäre, könnte das gefährlich für sie werden. Sie würden sie auf der Stelle mitnehmen, wenn sie sie fänden. Das weißt du doch, oder?«
Julien nickte wieder.
»Gut«, sagte Marcel. »Ich höre nämlich von schlimmen Dingen. Von sehr schlimmen Dingen.«
Julien musste ihn nicht erst fragen, was er damit meinte.
Marcel musterte abermals die Bilder und verzog das Gesicht. Dann griff er plötzlich nach seinem Hut und ging.
Als Julien Julia einige Tage später traf, erzählte er ihr von Marcels Bemerkungen über ihre Bilder. Sie wurde leichenblass.

Eines Morgens erfuhr Olivier, dass er wieder mal den Laufburschen für seinen Kardinal spielen sollte. Man trug ihm auf, nach Carpentras zum Haus des Juden zu reiten, um dort ein paar Unterlagen zusammenzusuchen und so rasch wie möglich nach Avignon zu bringen, zwei Pferde und ein Maultier stünden schon für ihn bereit. Ach ja – und die Dienstmagd solle er auch mitbringen. Bei der Aussicht, Rebekka wiederzusehen – und auch noch allein! –, schlug ihm das Herz schneller.
Es war ein Tagesritt. Er kam abends an seinem Ziel an und eilte sofort zu Gersonides' Haus, um Rebekka so bald wie möglich wissen zu lassen, dass es ihrem Herrn gut ging, denn er ahnte, dass sie in großer Sorge war und sich Gott weiß welches Ungemach ausmalte, das ihm womöglich zugestoßen sein könnte.
Noch ehe er dazu kam anzuklopfen, verwandelte sich der Nieselregen, der seit gut einer Stunde niederging, in einen Wolkenbruch, und so dauerte es nur Sekunden, bis ihm das Wasser

Hut und Mantel durchweicht hatte und in kleinen Rinnsalen über das Gesicht lief.
Rebekka schrie erschrocken auf, als sie ihn an der Türschwelle stehen sah. Er war durchgefroren und so blass von der Anstrengung des langen Ritts, dass sie sofort befürchtete, er könne nur schlechte Nachrichten bringen. »Oh nein«, jammerte sie weinend und barg das Gesicht in den Händen, »oh nein!«
Ihr Schmerz war so offensichtlich, dass Olivier sich fast ein bisschen schämte, sie so erschreckt zu haben. Er ging eilends auf sie zu und nahm sie beruhigend in die Arme. »Nein, nein«, sagte er und streichelte ihr tröstend die Wange, »du musst dir keine Sorgen machen! Ich komme nicht mit schlechten Nachrichten, es geht ihm gut, niemand hat ihm ein Leids getan.«
Aber die besänftigenden Worte schienen erst recht böse Ahnungen in ihr zu wecken. Sie sank schluchzend auf die Knie, über ihre Wangen rannen dicke Tränen. Olivier gab sie frei, weil er merkte, dass er sie mit seinem durchtränkten Mantel auch noch nass machte; zudem fegte der Wind durch die offene Tür ins Haus und drohte den Docht ihrer Kerze auszublasen. Er drückte rasch die Haustür zu, streifte den triefenden Mantel ab und kniete sich neben sie auf den Boden.
»Seine Heiligkeit hat ihn beauftragt, die Ursache der Seuche zu ergründen«, erklärte er ihr. »Und ich denke, man wird ihn für den Dienst reich belohnen. Er hat sich bereit erklärt, behilflich zu sein, und wohnt nun im päpstlichen Palast, in einem noblen Quartier. Aber er braucht seine Papiere, und er möchte dich in seiner Nähe haben. Deshalb bin ich hergekommen, um seine Unterlagen und dich abzuholen. Übrigens, er lässt dich grüßen. Und das wär's auch schon.«
Er fasste ihr unters Kinn, hob ihren Kopf an, und als er ihr tränenüberströmtes Gesicht sah, tat ihm das so weh, wie er es nie für möglich gehalten hätte. Er hatte seit früher Jugend Gedichte über die Liebe gelesen und Liebeslieder gehört und sich seit zwei Jahren – seit er sie auf dem Markt gesehen hatte – nichts

sehnlicher gewünscht als die Erfüllung seines Traums von der Liebe, weil er am eigenen Leib erfahren wollte, wie wahr all das war, was in den Gedichten stand und in den Liedern besungen wurde. Er erinnerte sich freilich auch an eine Zeit des Zweifelns, als er vor sich selbst erschrocken war und sich eingeredet hatte, die Realität der Liebe werde womöglich die Reinheit seiner Visionen besudeln. Er hatte sogar angefangen, seine Empfindungen zu hassen, und geglaubt, sie müssten eine Art Krankheit sein, etwas, was ihn – ähnlich der Pest – mit tödlichem Würgegriff umfangen hielt, und so hatte er sich nur noch gewünscht, von diesem Leiden geheilt zu werden. Aber an diesem Abend, an dem draußen der Regen rauschte und er ihr ins verweinte Gesicht sah, verspürte er diesen Wunsch nicht mehr; er sehnte sich vielmehr danach, bis an sein Lebensende unter dieser Krankheit zu leiden.

Es lag nichts Berechnendes in der Zärtlichkeit, mit der er ihr die Wange streichelte. Er hätte nicht sagen können, ob sie tatsächlich so schön war, wie manche glaubten. Wenn ja, dann war es eine herbe, bäuerliche Schönheit, weit entfernt von der seidenweichen, betörenden Anziehungskraft einer Frau wie Isabelle de Fréjus. Ihr Teint spielte zu sehr ins Dunkle, ihr Körperbau war zu kräftig, ihr Haar zu voll, ihre Züge waren zu ausgeprägt, um einen Dichter zu entzücken – außer Olivier. Und plötzlich wusste er, dass er in seinen Versen nicht irgendeinem Idealbild gehuldigt hatte, sondern immer nur ihr. Er wusste, dass er sie geliebt hatte, noch ehe er geboren wurde, und sie über seinen Tod hinaus lieben würde.

Obwohl er mit dem Lebensgefühl der Troubadoure groß geworden war, gingen seine Empfindungen weit über die im Kern freimütigen, aber züchtig formulierten Liebesbekundungen der Minnesänger hinaus. Ihm dagegen geriet das Gedicht, das er einige Tage später schrieb – kurz bevor das Verhängnis über ihn hereinbrach –, zu so zügellosem Pathos, dass es selbst auf Leser späterer Jahrhunderte schockierend wirkte und bei

weniger zart Besaiteten Spott auslöste. Aber es war ein echtes Liebeslied, ohne manierierte Selbstgefälligkeit, in dem er – wenn auch zaghaft und ein wenig verbrämt – den Versuch wagte, etwas von seinen geheimsten Gefühlen preiszugeben.
Rebekka verschlug es den Atem ob der Begehrlichkeit, die sie in seinen Blicken las, und mehr noch wegen des Übermaßes der Emotionen, die sie in ihr aufwühlten. Die Art, wie er ihre Besorgnis zerstreut hatte, die Zärtlichkeit seiner Berührung und die beruhigende Wirkung, die seine bloße Gegenwart auf sie hatte, stürzten sie in Verwirrung; es war eine beglückende, aber zugleich gar nicht so angenehme Erfahrung. Ihre Jugend war nicht so unbeschwert gewesen, dass sie hätte Liedern lauschen können, in denen von der Liebe erzählt wird oder gar davon, dass jeder auf Vergebung hoffen darf, der sich dem Diktat der Liebe beugt. Sie war vielmehr im Geist züchtiger Scheu und strengen Gehorsams aufgewachsen – Fesseln, die man nicht von heute auf morgen abstreifen kann.
Sie löste sich aus seiner Umarmung, sanft und ohne jedes Anzeichen von Verärgerung, aber sie spürte, dass sie ihn dadurch nur ermutigte, obwohl sie ihm doch zu verstehen gab, dass sie das gerade erst geknüpfte Band lösen wollte.
»Ich danke Euch für Eure Freundlichkeit und die Nachrichten, die Ihr mir überbracht habt«, sagte sie, konnte aber weder das Zittern ihrer Stimme noch den Grund dafür verhehlen. »Ich danke Euch herzlich. Und jetzt setzt Euch bitte ans Feuer und trocknet Euch!«
»Lieb von dir, an mein Wohlergehen zu denken.«
»Nun, es ist nur, weil Ihr mir sonst den Fussboden nass tröpfelt.«
Sie sahen einander in die Augen, und dann fingen sie beide hemmungslos zu lachen an. Sooft einer aufhören wollte, genügte ein Blick auf den anderen, um sofort wieder zu explodieren. Olivier wusste, dass er sie auf der Stelle wieder in die Arme nehmen sollte, und sie wusste, dass er das tun wollte, aber die

Regeln, die das Leben ihn gelehrt hatte, hielten ihn davon ab. Dass er's nicht tat und dass deshalb statt der erhofften Befreiung Leere entstand, gab ihren Hemmungen noch mehr Gewicht, und schließlich hörten sie auf zu lachen und wischten sich die Tränen aus den Augen.
Beide wussten, was früher oder später geschehen würde: das Unausweichliche, das Geschick, Gottes Wille. Wie immer sie's nennen wollten, es war etwas, was sie weder leugnen noch vermeiden noch lange vor sich herschieben konnten. Aber Rebekka versuchte nach Kräften, die Keuschheit des Hauses zu hüten, ihrem Herrn zu Ehren, auch wenn er nicht da war. Nur, die Zeiten waren ebenso ungewöhnlich wie ihre Empfindungen, sonst wäre sie nie auf den Gedanken gekommen, ihm zu erlauben, dass er noch blieb, bei ihr zu Abend aß und ihr half, die Papiere ihres Herrn zusammenzusuchen.
Nicht, dass er ihr eine große Hilfe gewesen wäre, er vermochte Gersonides' Schrift auf den meisten Papieren nicht zu entziffern. Aber er kam schnell dahinter, dass auch sie Schwierigkeiten hatte: Sie war des Lesens kaum mächtig.
»Ich habe gehört, dass jüdische Frauen oft eine gute Schulbildung haben«, klopfte er auf den Busch.
Sie zögerte kurz, dann sah sie ihn verlegen an. »Ja«, sagte sie, »auf manche trifft das zu. Aber bei einer Handschrift wie dieser hilft selbst die beste Schulbildung nichts.«
Sie legte die Papiere weg. »Es hat keinen Zweck, es weiter zu versuchen, ich sehe ja kaum noch was.« Sie hatte zwei Kerzen aus der Küche mit nach oben genommen, aber bald gemerkt, dass sie nicht viel mehr als flackerndes Dämmerlicht abgaben. Sie verwahrte zwar einen kleinen Vorrat an weiteren Wachskerzen, aber den gedachte sie, sparsam wie sie war, für besondere Gelegenheiten aufzuheben. Gersonides' Handschrift war so miserabel, dass sie ihr in Griechisch ebenso unleserlich vorkam wie in Latein oder Hebräisch. Sie konnte gerade mal erkennen, nach welchem Alphabet er sein Gekritzel zu Papier

gebracht hatte, aber welches Manuskript nun welches war, vermochte sie bei dem schummerigen Licht nicht auszumachen.

»Kommt, setzt Euch ans Feuer!«, sagte sie. »Ich werde Euch etwas zu essen machen, während Ihr Euch aufwärmt. Und dann würde ich gern noch ein paar Neuigkeiten mehr hören.«

»Ich dachte, ihr ladet Christen nie zum Essen in eure Häuser ein? Oder irre ich mich da?«

»Wir essen nicht bei euch, weil euer Essen nicht koscher ist. Aber von unserem könnt Ihr essen, so viel Ihr wollt. Es ist nur, wir haben nicht gern Christen im Haus. Um ehrlich zu sein, wir mögen die Christen im Allgemeinen nicht. Aber Ihr dürft Euch gern an unseren Tisch setzen. Es sei denn, Ihr fühltet Euch unbehaglich im Haus eines Juden.«

»Ich fühle mich absolut nicht unbehaglich«, erwiderte Olivier. »Das Feuer ist so warm wie ein christliches, das Dach genauso dicht, und bei deinem Essen lange ich gern zu, ob's nun koscher ist oder nicht. Nur, ich bin ein wenig verwirrt. Du machst mir etwas zu essen, obwohl es Freitag und die Dunkelheit schon hereingebrochen ist?«

»Wenn es nötig ist, darf man Regeln auch mal brechen.«

Ein warmes Lächeln spielte um seine Lippen. »Eine Jüdin, die kaum lesen kann, will mir Essen servieren, für mich Kerzen anzünden und mir sogar Feuerholz holen – und das alles, obwohl Sabbat ist?«

Sie blinzelte im Schein des Feuers zu ihm hinüber, konnte aber in seinem Blick keine Arglist lesen und aus seiner Stimme keinen Vorwurf heraushören.

»Warum gibst du vor, eine Jüdin zu sein?«, hakte er nach.

Sie senkte den Kopf. »Weil ich noch unglücklicher bin, als wenn ich eine wäre. Und weil ich nur unter Juden Geborgenheit gefunden habe.«

Er sah sie neugierig an. Konnte es ein größeres Unglück geben, als Jüdin zu sein?

Ernst erwiderte sie seinen Blick. »Meine Eltern sind gestorben, als ich fünfzehn war, und ich musste von da an ein Wanderleben führen. Es gab niemanden, der mich aufnehmen und mir Sicherheit bieten wollte. Ich hab's sogar in Frankreich versucht, aber dort hat mir auch niemand helfen wollen. Also bin ich wieder in die Provence gekommen. Zuerst nach Avignon, aber dort habe ich mich schrecklich gefürchtet, weil die Leute mich ständig misstrauisch aushorchen wollten. Zufällig kam ich hierher, und da hat mich der alte Mann aufgenommen. Er blieb stehen und fragte mich, wer ich sei. Dann hat er mir erzählt, dass er allein lebe und eine Dienstmagd suche. Und es solle möglichst keine Jüdin sein, damit er auch am Sabbat versorgt würde. Aber Juden ist es nach dem Gesetz verboten, eine Christin zu beschäftigen. Deshalb tue ich vor den Leuten so, als wäre ich Jüdin. Er hatte seine Dienstmagd und ich den Schutz, den ich brauchte.«

»Und du lebst gern hier?«

»Ich mag ihn sehr. Er ist so freundlich und gut zu mir wie ein Vater. Er nörgelt nicht an mir herum, schikaniert mich nicht und würde lieber sterben, als das Vertrauen zu enttäuschen, das ich in ihn setze. Was könnte ich mir mehr wünschen?«

»Du gehörst zu diesen Häretikern, nicht wahr?«

Sie nickte. »Wenn Ihr's so nennen wollt.«

»Ich wusste gar nicht, dass überhaupt noch jemand von euch übrig ist.«

»Mehr als Ihr denkt. Vor hundert Jahren hat die Kirche jeden umgebracht, den sie erwischen konnte, aber sie haben nicht alle erwischt. Wir haben gelernt, uns unauffällig zu verhalten und rechtzeitig zu verstecken. Jetzt ist es nicht mehr so schlimm, wenn sie einen von uns aufspüren, denn angeblich gibt es uns ja nicht mehr, und die Kirchenschergen können nicht zugeben, dass sie ihre Arbeit schlecht getan haben. Meine Eltern wurden wegen eines Diebstahls gehängt, den sie nie begangen haben, nicht etwa wegen ihres Glaubens, zu dem sie sich offen und ehrlich bekannt haben.«

»Sag mal, ich habe da neulich einen Satz gehört ... er beginnt mit den Worten: ›Das Wasser des Lebens ...‹« Olivier sah sie gespannt an.
»Und?«
»Was soll das bedeuten?«
»Es bedeutet, dass wir alle Teil des Göttlichen sind und uns danach verzehren, in den Ozean zurückzukehren, aus dem wir kommen. Wir müssen uns auf der Erde reinigen und unsere Gier nach materiellen Dingen ablegen. Denn die Welt ist unser Kerker, ob es uns bewusst ist oder nicht. Wir sind in der Hölle, aber wir können ihr entrinnen.«
»Und wenn wir ihr nicht entrinnen?«
»Dann werden wir wiedergeboren und müssen unser Leben noch einmal leben. Warum interessiert Euch das?«
»Das mit dem Wasser des Lebens? Oh, ich habe es in einer alten Handschrift gelesen. Und während einer Reise habe ich die Worte unterwegs wieder gehört.«
Die Einzelheiten, wann und wo er was gelesen oder gehört hatte, interessierten sie nicht sonderlich, so wie es sie auch nicht verwunderte oder gar neugierig machte, als er andeutete, dass es Übereinstimmungen zwischen ihrem Glauben und neoplatonischem Gedankengut gebe. Sie begnügte sich mit einem flüchtigen Nicken und saß dann stumm da.
»Und wie steht es mit uns?«, fragte er nach einer Weile. »Ist es ... oder lass mich fragen: Kann es überhaupt böse sein, was ich für dich empfinde?«
»Das Fleisch ist eine Schöpfung des Bösen. Aber die Liebe ist der Finger Gottes, der uns berührt. In ihr offenbart sich unser Verlangen nach Vervollkommnung. Sie ist unser Erinnern an Gott und unsere Ahnung, was wir wieder werden können.«
»Glaubst du das alles?«, fragte er überrascht.
»Glaubt Ihr, dass Gott eine materielle Gestalt angenommen, dass er unsere Sünden weggewaschen hat und dass all sein Seh-

nen und Trachten seit ewigen Zeiten in erster Linie auf uns ausgerichtet ist? Dass unsere Knochen aus der Erde kriechen und sich von selber zusammensetzen, wenn die Posaune ertönt? Dass unser Leib dann für alle Ewigkeit im Himmel weilt?«

»Ja, das glaube ich«, sagte er mit fester Stimme.

Sie hob die Schultern. »Dann würden wir sagen, dass Ihr noch im Dunkel lebt, nichts von Euch wisst und die Schöpfung nicht verstanden habt. Dass Ihr nicht merkt, wenn Ihr Gutes tut, und Euch nicht Einhalt gebieten könnt, wenn Ihr Böses tut. Ihr seid nicht vorbereitet, darum ist Euch beschieden, wonach Ihr Euch sehnt: der Aufenthalt in Euerm Kerker.«

»Und was ist dir beschieden?«

»Ich weiß, wann ich Böses tue. Und ich denke, deshalb bin ich schlechter dran als Ihr.«

»Was meinst du damit?«

Sie zögerte einen Augenblick. »Als sie kamen, um meine Eltern zu holen, war ich draußen, Beeren sammeln. Ich habe gehört, was vorging, aber nichts getan. Hab mich versteckt und zugesehen, wie sie meine Eltern wegschleppten. Und dann bin ich weggerannt, bin gerannt und gerannt. Ich bin nicht zu ihnen in den Kerker gegangen, habe ihnen kein Essen gebracht. Ich habe sie im Stich gelassen. Habe sie mit dem Wissen sterben lassen, wie schwach der Glaube ihrer Tochter ist. So schwach, dass sie nie wissen würde, wer sie war oder was sie war. Ihr seht es ja: Ich verstecke mich immer noch und wage es nicht, mich zu offenbaren.«

»Glaubst du, dass es richtiger gewesen wäre, dich verbrennen zu lassen? Was hättest du damit erreicht?«

»Ihr versteht mich nicht. Ich habe mich selbst dazu verdammt, bis an mein Ende in Hass zu leben, Hass auf die, die das meiner Mutter und meinem Vater angetan haben. So wollte ich still leben, bis ich sterbe, aber ich konnte wenigstens darauf hoffen, dass der Tod nicht allzu lange auf sich warten lassen würde. Aber dann seid Ihr gekommen, und Ihr habt es fertig gebracht, dass ich mir seither wünsche, weiter zu leben. Versteht Ihr mich jetzt?«

Olivier schüttelte verwundert den Kopf, er verstand überhaupt nichts. Rebekka stand abrupt auf, nahm eine der Kerzen, blies die andere aus und ging in die winzige Kammer mit den steinernen Wänden, in der die Nahrungsmittel kühl lagerten. Das Haus war klein, ein Raum unten und einer oben boten ihnen alles, was sie brauchten, um schlafen, studieren, essen, lesen und beten zu können. Früher, als Gersonides' Frau und die Kinder noch gelebt hatten, war das Gebäude von quirligem Leben erfüllt gewesen, jetzt gähnte überall Leere. Aber es war wenigstens warm, und das Essen, das sie kochte, war wohlschmeckend und gehaltvoll. Olivier löffelte es gierig und stumm in sich hinein. Es war ihnen beiden nicht danach zu reden.

Erst als er den Teller geleert hatte, fragte sie: »Was hört man Neues über die Seuche? Hier werden die Leute jetzt auch krank, ein paar sind schon gestorben. Wie lange wird das so weitergehen?«

»Das ist es, was dein Herr herausfinden soll, glaube ich«, sagte er. »Aber wenn die Geschichten wahr sind, die man sich erzählt, dann fängt alles gerade erst an. Gestern habe ich jemanden sagen hören, dass in Marseille kaum noch jemand lebt. Und dasselbe wird auch aus anderen Orten berichtet. Manche glauben, das Ende der Welt sei angebrochen. Unser Herr und Erlöser werde zum zweiten Mal zu uns niedersteigen.«

»Oder zum ersten Mal. Ist denn überhaupt niemand gegen die Seuche gefeit?«

»Nein. Alle sterben dahin, Junge und Alte, Reiche und Arme.« Er starrte mit leerem Blick ins Feuer. »Auch du und ich. Es kann jederzeit passieren. Vielleicht sind wir in einer halben Stunde schon krank. Oder nächste Woche oder erst in einem Monat. Es gibt nichts, was man dagegen tun kann.«

»Außer beten.«

»Wir sind Verstoßene. Man erzählt sich, in Nizza sei ein Priester in seine Kirche geeilt, um für die Verschonung der Stadt zu beten. Viele Leute kamen aus ihren Häusern und scharten sich um ihn. Bis dahin war in Nizza niemand gestorben, aber als der Priester sich umdrehte und die Hostie hochhielt, fing er auf einmal zu röcheln an. Er brach zusammen, aus seinem Mund quoll schwarzer Schleim. Eine halbe Stunde später war er tot, und die Gemeinde zerstob in alle Winde und ließ ihn vor dem Altar liegen. Innerhalb von fünf Tagen waren auch die anderen tot, alle miteinander. Von Gebeten dürfen wir keine Hilfe erwarten, es scheint vielmehr so, als reizten sie Gottes Zorn noch mehr. Deshalb bin ich hier. Dein Herr braucht seine Papiere, wenn er herausfinden soll, was uns vielleicht retten könnte.«

Sie lächelte matt. »Wenn es so ist, sollten wir schlafen gehen. Ihr könnt Euch ans Feuer legen, Euer Mantel wird bald trocken sein. Und wenn Ihr wollt, kann ich Euch noch mehr Holzscheite bringen, dann könnt Ihr die ganze Nacht nachlegen.«

Sie stand auf; er tat es ihr nach, trat ein paar Schritte näher und wollte sie abermals in die Arme nehmen, aber irgendetwas in ihrem Blick sagte ihm, dass sie das nicht wollte.

Sie nahm die Kerze und stieg die steile Treppe zu ihrer Schlafecke hoch. Olivier konnte den schwachen Lichtschimmer ausmachen, der durch die Ritzen der Holzdecke drang, und er hörte sie ihre Gebete aufsagen, ein seltsames Raunen, fast wie Musik, und doch wieder nicht, so fremd und sonderbar, dass ihn fast ein Schaudern überlief. Er bekreuzigte sich und betete ebenfalls, und dann wickelte er sich in seinen Mantel – der, obwohl er so lange am Feuer gehangen hatte, immer noch feucht war –, legte sich auf den Fußboden und starrte ins Spiel der Flammen.

Eine kleine Weile später kam sie zu ihm herunter, und als sie getan hatten, was Sehnsucht und Lust ihnen geboten, weinte sie sich in seinen Armen in den Schlaf. Olivier wusste nicht, weshalb sie weinte, aber während er sie streichelte, war er von Minute zu Minute sicherer, dass sie ihre Tränen nicht seinetwegen vergoss.

Kardinal Ceccani starb 1352 in Italien, Gerüchten zufolge an Gift. Er wurde in Neapel beerdigt, eine in aller Hast und ohne Pomp vollzogene Zeremonie, wie es nicht anders zu erwarten war bei einem Mann, der – niemand wusste, warum – tief in Ungnade gefallen war. Seine letzte Ruhestätte fand er in einer leeren Grabnische im Dom zu Neapel; gerade mal, dass man sie mit einer Marmorplatte abdeckte, in die sein Name eingemeißelt wurde. Für ihn gab es, anders als für glücklichere Amtsbrüder, keinen Sarkophag und kein Denkmal mit Szenen, die von seinem Wirken Zeugnis ablegten. Das einzige Andenken an ihn und sein Aussehen war das Wandgemälde von Luca Pisano im Eingangsbereich der Kathedrale von Avignon, hoch oben, in einer dunklen Ecke.

Sein Porträt ist uns also dank der Kunstfertigkeit des Malers aus Siena überliefert. Manlius Hippomanes, Sophia, Olivier und Rebekka war dieses Glück nicht beschieden. Zwar spiegeln sich ihre Gesichtszüge in den Fresken der Kapelle, aber nur Julien Barneuve hatte eine Ahnung, wer wer sein könnte. Er hatte sich oft gefragt, wie sie wohl ausgesehen hatten. Bei Manlius schwebte ihm ein Bild vor, das dessen Texten ähnlich war: steif, unpersönlich und ernst, vielleicht mit einem Zug um die Augen oder den Mund, der eine Ahnung von seinem Esprit vermitteln konnte. Im Geiste sah er ihn in der traditionellen römischen Kleidung, obwohl zu Manlius' Lebzeiten fast dreihundert Jahre vergangen waren, seit die Toga das Statussymbol edler Bürger gewesen war. Vielleicht stand Julien bei diesem

Bild unter dem Einfluss von André Thevet, dem Kosmografen des französischen Königs, dessen 1584 veröffentlichte Darstellungen großer Franzosen und Gallier stark idealisiert waren. Sicher hatte auch Julien ein Bild des Bischofs von Vaison vor Augen, das den Charakterzügen entsprach, die er ihm zuschrieb.

Dabei hätte Ceccanis Porträt ihn lehren können, wie leicht man sich täuschen kann, wenn man einer vorgefassten Meinung folgt, denn in Pisanos Wandgemälde spiegelte sich der Charakter des Kardinals, so wie Julien ihn kannte, in keiner Weise wider. Da thronte er – wegen der blätternden Farbe nur noch undeutlich zu erkennen – hoch über dem Eingang der Kathedrale, in die Anbetung der Jungfrau und des Kindes versunken, mit einem riesigen Hut auf dem Kopf, der seinem Gesicht Züge von einfältiger Unschuld verlieh. Mit den gekrümmten, fast an einen Buckel erinnernden Schultern und der Art, wie ihn sein prächtiges Gewand niederzudrücken schien, als wär's eine bleierne Last, hatte Pisano vielleicht darstellen wollen, wie schwer der Kardinal an der Bürde seines Amtes und seiner Macht trug. Sein Blick deutete allerdings eine Spur von Berechnung und Gerissenheit an; aber das konnte natürlich am Spiel von Licht und Schatten liegen.

Nur, wer sagt denn, dass die äußere Erscheinung eines Menschen seinem Charakter entsprechen muss? Julien versuchte sich vergeblich jemanden aus seinem Bekanntenkreis einfallen zu lassen, bei dem das der Fall war. Konnte man zum Beispiel Julia ansehen, wie sie wirklich war? Und selbst wenn das der Fall gewesen wäre, hätte Marcel Laplace nicht das krasse Gegenbeispiel abgegeben, denn der hätte seinem Charakter nach ganz anders aussehen müssen, nicht so pausbäckig und unschuldig wie ein Kind?

So ähnlich drückte es Bernard aus, als er und Julien sich an einem Freitag im Februar 1943 trafen, zwei Monate, nachdem die Deutschen den Süden des Landes besetzt und all das ausgelöscht hatten, was bis dahin den trügerischen Schein zu wahren versuchte, dass Frankreich immer noch mehr als ein Name und eine Erinnerung sei. Es war ein denkwürdiges, völlig überraschend zu Stande gekommenes Treffen, und ebenso denkwürdig verlief ihre Unterhaltung.

Julien schickte sich gerade an, das Café zu verlassen, in dem er oft zu Mittag aß, nickte dem Besitzer zu, überquerte die Rue de la République und wollte – in Gedanken mit der Frage beschäftigt, wann er zum letzten Mal Fleisch gegessen habe, das diesen Namen verdiente – zurück in sein Büro gehen, als plötzlich neben ihm ein Mann auftauchte, sich bei ihm einhängte und leise sagte: »Guten Tag, alter Freund. Ich hoffe, du hast gut gespeist? Geh bitte im selben Tempo weiter, werd nicht langsamer! Und tu mir den Gefallen, nicht gar so verdutzt auszusehen.«

Julien blieb gar keine Zeit, darüber nachzudenken, ob er sich an die Instruktionen halten sollte, er tat es einfach. Und Bernard fuhr, während er ihre Schritte in eine enge, menschenleere Gasse lenkte, mit immer noch gedämpfter Stimme fort: »Ich möchte mit dir reden. Am besten gleich morgen. Was schlägst du als Treffpunkt vor?«

Julien schlug ihm die Kathedrale vor. Hoch über der Esplanade, von einer überlebensgroßen Figur der Jungfrau gekrönt, gleich neben dem päpstlichen Palast, lag sie abseits der Wege, die die Einheimischen gingen, und auswärtige Besucher verirrten sich in diesen Zeiten nur noch selten nach Avignon. Sie konnten also damit rechnen, dort ungestört zu sein, abgesehen von einer Hand voll unermüdlicher Beter. Dazu kam, dass das Innere immer in Halbdunkel getaucht war – der ideale Platz für zwei, die etwas zu bereden hatten und nicht auffallen wollten. Bernard nickte zustimmend und war im nächsten Moment verschwunden. Julien ging weiter, die Begegnung und der Umweg hatten ihn nicht mehr als zwei, drei Minuten gekostet.

Der Gedanke, dass einer von ihnen die Verabredung nicht einhalten könne, kam ihm überhaupt nicht. Er war jedenfalls pünktlich und stand eine Weile im Vorhof, von dem der Blick auf den großen, verlassen daliegenden Platz fiel und bis zum jenseitigen Flussufer reichte. Schließlich betrat er die Kathedrale, ging, während er wartete, unruhig auf und ab und ertappte sich, als er im Eingangsbereich zum Bildnis des Kardinals Ceccani hochsah, bei dem Gedanken, der einzigen Macht Reverenz zu erweisen, die unbestreitbar größer war als seine.

Bernard verspätete sich, das war bei ihm immer so. Er gehörte zu denen, die sich einfach nicht vorstellen können, dass sie anderen damit auf die Nerven gehen. Fünfzehn Minuten nach der vereinbarten Zeit kam er endlich, im müßigen Schlenderschritt eines Mannes, der sich von der Unrast der Welt nicht anstecken lässt. Er schaute hinauf zum Wandgemälde.

»Ein Mann, dem man nicht über den Weg trauen sollte«, sagte er. »Wer ist das?«

»Der Gönner und Förderer von Olivier de Noyen«, erwiderte Julien, mit etwas Ungeduld in der Stimme. »Bernard, was tust du hier? Hast du deine Meinung geändert?«

»Das würde ich nicht sagen. Du magst de Noyen, nicht wahr? Warum eigentlich?«

»Bernard …«

»Erklär's mir. Du hast mich mal dazu überredet, etwas von ihm zu lesen. Ich fand's entsetzlich langweilig. Hysterisch und unbeherrscht.«

»Ich habe einiges über ihn herausgefunden. Er ist interessanter, als du denkst.«

Bernard räusperte sich unwillig. »Gut zu wissen, dass der Krieg dich dazu veranlasst, dich mit den wichtigen Dingen des Lebens zu beschäftigen. Schön, mir soll's egal sein. Und um deine Frage zu beantworten: Ich habe meine Meinung nicht geändert. Ich bin nach England gegangen, und jetzt bin ich zurückgekommen, um für die Résistance zu arbeiten. Ich heiße nicht mehr Bernard Marchand, wie du verstehen wirst. Wollen wir ein paar Schritte gehen? Willst du meine Beichte hören?«

Sie gingen den Mittelgang entlang und entdeckten schließlich eine von den Gläubigen offenbar wenig beachtete Seitenkapelle. Nicht eine einzige Kerze brannte, die Bänke vor dem kleinen Barockaltar der heiligen Agatha waren leer. Bernard ging voraus und zog hinter ihnen das Eisengitter halb zu, um Störenfriede abzuschrecken, die womöglich unvermutet den Drang nach Anbetung verspürten, und dann setzten sie sich nebeneinander auf eine Bank, umhüllt von dem Dämmerlicht, das durch die schmutzigen Glasfenster fiel.

»Und wie willst du Widerstand leisten?«

Bernard beantwortete die Frage nicht, sondern starrte nur, den Kopf leicht schräg gelegt, auf das Bild der Heiligen.

Um die Stille zu überbrücken, sagte Julien: »Wie ich gehört habe, wurde vor fünf Wochen in Tours ein deutscher Soldat erschossen. Von so genannten Widerstandskämpfern. Fünfzehn Einwohner wurden als Geiseln verhaftet, sechs von ihnen hingerichtet. Vor zwei Wochen haben nicht weit von Avignon andere Widerstandskämpfer versucht, ein Mitglied der Miliz in die Luft zu sprengen. Bei der Detonation wurden vier Unbeteiligte getötet. Ist das etwa die Art von Widerstand, die dir vorschwebt, Bernard?«

»Wir haben Krieg, Julien.«

»Nicht wir. Wir kämpfen nicht. Die Genfer Konvention, erinnerst du dich? Nichtkombattanten halten sich aus solchen Dingen raus. Überlass das Kämpfen den Soldaten, dann sind wir in Sicherheit. Wir haben das Recht auf unserer Seite.«

»Und vor dem haben die Deutschen, wie allgemein bekannt, großen Respekt«, erwiderte Bernard ruhig.

»Es hat sie zumindest etwas in Zaum gehalten. Brich es und gib den Zivilisten Waffen in die Hand, dann wird es überhaupt keine Zurückhaltung mehr geben. Unsere Aufgabe ist es zuzusehen, wie die Geschichte ihren Lauf nimmt, und zu überleben. Anderenfalls werden Menschen sinnlos sterben. Ist dir das egal?«

»Widerstand zwingt die Deutschen, sich immer und überall misstrauisch umzudrehen. Er macht ihnen klar, dass wir Franzosen sind, die kämpfen wollen. Er stärkt die Moral innerhalb der Résistance. Er ist nicht sinnlos.«

»Weißt du, die Leute geben die Schuld nur teilweise den Deutschen. Deine heldenhaften Kämpfer gewinnen keineswegs die Mehrheit der Herzen.«

Bernard schnaubte leise. »Die Herzen der Leute interessieren mich nicht. Du wirst sehen, wie schnell sie auf den Straßen feiern, wenn die Deutschen geschlagen sind. Für uns ist es wichtig, dass wir zu deren Niederlage beitragen, sonst nichts. Andernfalls werden wir, wenn der Krieg vorbei ist, entweder eine Anarchie oder eine von den Alliierten diktierte Lösung haben. Jetzt ist nicht die Zeit, von Verantwortungsbewusstsein zu reden. Verantwortungsbewusstsein bedeutet, überhaupt nichts zu tun.«

»Wie ich, willst du damit sagen?«

»Ach du liebe Zeit, nein. Du hast dich für eine Seite entschieden. Durch all deine Zeitungsartikel. Durch deine Aufgabe. Wir wissen über all das genau Bescheid. Was glaubst du eigentlich, was du tust, Julien? Ich kenne dich – oder ich habe zumindest geglaubt, dich zu kennen. Mir ist natürlich klar, dass du kein wild gewordener Kommunist bist. Aber welcher Teufel hat dich geritten, für Vichy zu arbeiten? Ausgerechnet für diesen Dummkopf Marcel. Und jetzt für die Deutschen.«

»Ich arbeite nicht für die Deutschen«, widersprach Julien gereizt. »Marcel hat mich gebeten, ein paar Zeitungsartikel zu schreiben und den einen oder anderen Vortrag zu halten, das ist alles. Und außerdem bin ich gebeten worden, die Verantwortung für die Zuteilung von Papier zu übernehmen. Was bedeutet, dass ich entscheide, welche Tageszeitungen und Magazine erscheinen können und welche ihr Erscheinen einstellen müssen, weil sie kein Papier für den Druck haben. Hast du eine Ahnung, wie viel Mühe und Ärger es mich kostet, einige

Zeitungen am Leben zu halten? Wie oft ich da ein Auge zudrücken muss?«

»Und wie oft drückst du keins zu? Wie oft sagst du Nein?«

»Das kommt manchmal vor. Aber nicht so oft, als wenn irgendein linientreuer Fanatiker an meiner Stelle wäre.«

Bernard sagte nichts, für ihn stellten sich die Dinge glasklar und einfach dar. Und das hatte er Julien soeben unmissverständlich unter die Nase gerieben.

»Sieh mal, Bernard, auch wenn die Deutschen hier sind, das Leben muss weitergehen. Nicht so, wie wir's uns wünschen würden, und nicht, wie es mal war, aber es muss weitergehen. Nicht jeder kann sich nach London absetzen und von dort aus Moral predigen. Und indem wir mit den Deutschen kooperieren, können wir mäßigend auf sie einwirken. Sie zu mehr Humanität, zu zivilisierterem Verhalten veranlassen.«

»Aha, ich verstehe.«

Bernard stand abrupt auf, es wurde ihm zu heilig und zu eng in der Kapelle. Er ging ins Mittelschiff und durch eine Seitentür nach draußen, alle Vorsicht und alle Tarnung schienen vergessen. Ungeduld war schon immer seine große Schwäche, dachte Julien. Eines Tages wird sie ihn umbringen.

Schließlich drehte Bernard sich zu ihm um. »Du bist reichlich eingebildet, um es mal so auszudrücken. Du ganz allein willst die Deutschen und das Natterngezücht, das durch sie groß geworden ist, zu zivilisiertem Verhalten veranlassen. Bist du sicher, dass nicht der gegenteilige Effekt eintritt? Was, wenn euer Zivilisierungsversuch misslingt und sie euch stattdessen mit ihrer Doktrin anstecken? Bist du bereit, das Risiko in Kauf zu nehmen? Noch vor zwei Jahren hättest du niemandem das Recht abgesprochen, Zeitungen und Bücher zu drucken. Du hättest nicht einmal daran gedacht. Und jetzt tust du das jeden Tag und behauptest, dadurch die Zivilisation zu schützen. Dabei weißt du so gut wie ich, dass die Deutschen schon längst verloren haben. Sie hatten in dem Moment verloren, als sie

Russland angegriffen und Amerika den Krieg erklärt haben. Jetzt ist alles nur noch eine Frage der Zeit.«

»Wenn sie geschlagen werden, ist das nicht euren Aktivitäten zu verdanken, sondern den englischen, russischen und amerikanischen Truppen«, hielt Julien dagegen. »Ein Sabotageakt mehr oder weniger spielt dabei keine große Rolle. So was macht die Dinge nur schlimmer für die, die hier leben. Und du wirst irgendwann erwischt und erschossen.«

Bernard nickte. »Ich weiß. Vor mir haben sie einen anderen hierher geschickt. Er hat, soweit wir wissen, sechs Wochen überlebt, bevor sie ihn geschnappt haben. Und er hat, genau wie du sagst, nichts damit erreicht.«

»Und nun bist du hier. Warum?«

Bernard lächelte. »Weil man es mir befohlen hat. Weil diese Kerle sich in meinem Land breit machen, wo sie nichts zu suchen haben. Und weil zweitklassiges Gesindel die Regierungsgewalt ausübt. Jemand muss sie bekämpfen, denn du wirst es ganz bestimmt nicht tun.«

»Eine noble Gesinnung, aber ich glaube dir nicht. Wann hast du je etwas getan, nur weil es richtig war? Du tust immer nur, was dir Spaß macht.«

»Irgendwann – ich schätze, innerhalb von drei Monaten – werde ich geschnappt, möglicherweise gefoltert und mit Sicherheit anschließend erschossen. Glaubst du im Ernst, dass mir diese Aussicht Spaß macht?«

»Ja.«

Bernard lachte. »Natürlich, da hast du sogar Recht. In gewisser Weise jedenfalls. Ich sehe eine Herausforderung darin, aktiv zu werden und trotzdem zu überleben. Denkst du, ich habe vor, ins Gras zu beißen? Nein, ich will zusehen, wie die Amerikaner oder wer immer es sein wird einmarschieren. Und danach werden Rechnungen präsentiert, das ist dir sicher klar.«

»Ist das eine Drohung?«

»Nein, eine Tatsache. Mit etwas Glück kann ich dazu beitragen, die Wut derer zu mäßigen, die im Gegensatz zu mir nicht bereit sind, zu vergessen und zu vergeben.«

»Noch eine Drohung?«

»Nein, diesmal eine Warnung.«

»Dann wirst du also exakt das tun, was ich jetzt tue.«

»In gewisser Weise. Aber ich werde auf der Gewinnerseite sein. Und, nicht zu vergessen, auf der richtigen.«

Sie gingen die Stufen hinunter, über den großen Platz und weiter, auf die Stadtmauern zu, und schließlich durch die Tore bis zum Flussufer.

»Wie geht's unserm kleinen Marcel?«

»Er ist älter, faltiger und übellauniger geworden.«

»Das geht uns allen so. Kommst du immer noch gut mit ihm aus? Seid ihr noch Freunde?«

»Ja, ich glaube schon.«

»Eines Tages werde ich nicht darum herumkommen, mit ihm Kontakt aufzunehmen. Er mag ein gewissenloser Lump sein, aber dumm ist er nicht. Er ist als Leiter der Verwaltung vorgesehen – soweit von der noch was übrig ist. Ein Titel ohne Machtbefugnisse, um das klarzustellen, aber besser als nichts. Ich möchte, dass du unser Verbindungsmann wirst.«

»Dein Botenjunge?«

Bernard überlegte einen Augenblick. »Zunächst mal, ja. Ich habe Vertrauen zu dir, er ebenfalls, Marcel und ich werden uns dagegen nie vertrauen. Dir wird er wenigstens zuhören, mir ganz bestimmt nicht.«

»Meinst du das ernst?«

»Ich dachte, das reizt dich. Du hast immer versucht, Frieden zwischen uns zu stiften. Jetzt kannst du's tun, sozusagen auf höherer Ebene. Ich würde gern zu einer Art Verständigung mit ihm kommen, damit der Scherbenhaufen nicht zu groß wird, wenn sich die Deutschen zurückziehen.«

»Ja, wenn.«

»Nein, die Frage ist lediglich, wann. Es mag drei Jahre dauern,

vielleicht auch zehn, aber früher oder später sind sie am Ende. Meine Aufgabe ist es, dafür zu sorgen, dass wir uns bis dahin nicht gegenseitig zerfleischen. Also haben Marcel und ich, auf Dauer gesehen, gemeinsame Interessen. Mir wäre es zwar lieber, wenn er erschossen würde, und ich bin sicher, dass er umgekehrt genauso denkt. Aber wir werden uns gegenseitig brauchen, und irgendwann wird ihm das klar werden. Ich möchte ihn wissen lassen, was er tun muss, wenn er das einsieht.«
»Ist das alles?«
»Ja«, sagte Bernard, »weiter nichts. Das heißt …«
»Ja?«
»Ich muss mir eine Scheinexistenz aufbauen. Irgendetwas, was es mir möglich macht, häufig zu reisen, ohne Verdacht zu erregen. Ein normales Arbeitsverhältnis kommt nicht in Frage, da würden meine häufigen Reisen auffallen. Meine Kollegen müssten eingeweiht sein, und ich müsste mich darauf verlassen können, dass sie den Mund halten. Nein, ich muss mein eigener Arbeitgeber sein. Und es muss eine Tätigkeit sein, bei der hohe Einnahmen glaubhaft erscheinen. Daher – halt dich fest, mein Lieber – habe ich beschlossen, Kunsthändler zu werden.« Er machte eine feierliche Verbeugung.
Das kam so überraschend, und er sagte es in so großsprecherischem Ton, dass Julien vor Verblüffung laut lachen musste. »Du und Kunsthändler?«, fragte er ungläubig, »Du wirst zugeben, dass das einer gewissen Komik nicht entbehrt.«
Bernard grinste. »Ich weiß. Ich werde in der Rolle nicht besonders überzeugend wirken. Aber abgesehen von meiner völligen Inkompetenz ist es eine perfekte Tarnung. Ich muss natürlich darauf achten, dass ich meine Rolle glaubhaft spiele. Mir Künstler suchen, die mir ihre Bilder anvertrauen, da und dort eine kleine Ausstellung organisieren, Leute aus der Kunstszene einladen und eine richtige Show abziehen. Außerdem brauche ich Namen und Adressen von Malern, möglichst überall in der

Provence, damit ich meine Reisen mit Besuchen bei ihnen begründen kann. Den Malern erwächst daraus keine Gefahr, für sie bin ich der Kunsthändler Paul Masson, der sich in diesen Zeiten ein Bein ausreißen muss, um sich über Wasser zu halten. Sollte ich verhaftet werden und sich herausstellen, wer ich wirklich bin, werden sie genauso überrascht sein wie alle anderen. Bist du bereit, mir zu helfen? Ich brauche die Namen von Malern und was sonst noch dazugehört, du weißt schon. Mir ist alles recht, gute Maler, schlechte, unbekannte, das ist mir völlig egal.«

»Ich werde dir ein paar Namen geben. Und ich frage Julia, sie kennt bestimmt noch mehr.«

»Ist sie denn noch hier?«

Julien nickte. »An einem sicheren Ort.«

»Nein, hier ist sie nirgendwo sicher. In London kursieren Gerüchte darüber, was die Deutschen vorhaben.«

»Was für Gerüchte?«

»Dass sie dabei sind, so viele Juden wie möglich umzubringen. Ich weiß nicht, ob das stimmt, und neige eher zu der Annahme, dass das eine Übertreibung ist. Aber wenn sie sie erwischen, werden sie sie zumindest in ein Konzentrationslager im Osten verschleppen, da kannst du sicher sein.«

»Ich habe schon versucht, sie rauszuschmuggeln, aber so einfach ist das nicht. Kannst du vielleicht helfen, sie außer Landes zu bringen?«

Bernard schüttelte den Kopf. »Ich muss mich um unsere eigenen Leute kümmern.«

Julien hob resignierend die Schultern. »Wahrscheinlich will sie sowieso nicht gehen. Sie ist überzeugt, dass ihr nichts passieren kann. Schließlich hält sie sich in der italienischen Zone auf, und die Papiere, die sie für sich gedruckt hat, sind sogar besser als echte.«

»Sie hat ihre eigenen Papiere gedruckt? Wie?«

»Sie hat sie gefälscht. Darin ist sie wirklich gut.«

Bernard dachte einen Moment darüber nach. »Sie wäre also theoretisch in der Lage, Dutzende Dokumente zu drucken?«

»Warum fragst du?«

Bernard zögerte, dann sah er Julien lauernd an. »Ich schlage dir ein Geschäft vor. Wenn sie bereit ist, mir falsche Ausweispapiere zu liefern, sagen wir: für zwei Dutzend Leute, werde ich sie außer Landes bringen. Nach erfolgter Lieferung.«

»Und das nennst du Freundschaft, wie?«

»In solchen Zeiten, ja.«

»Ich werde sie fragen«, sagte Julien knapp, wandte sich um und ging.

Die Ankunft am Hof der Barbaren war wohl vorbereitet. Drei Tage vor dem voraussichtlichen Eintreffen des Haupttrosses schickte Manlius Kuriere voraus, die ihn bei König Gundobad anmelden und somit einen würdigen Empfang sichern sollten. Sie überbrachten neben einer ausführlichen Grußadresse vorab einige Geschenke, vorwiegend Bücher und Handschriften, die zum größten Teil aus Manlius' Bibliothek stammten – eine Geste, die Gundobad zeigen sollte, dass da nicht einer der sattsam gewohnten Bittsteller kam, der ihm seine Aufwartung machen wollte. Während der Nacht rastete der Tross ein paar Reitstunden vor seinem Ziel entfernt, schlug ein Lager auf und schickte nochmals Boten aus, sodass im Gegenzug die Emissäre des Königs kommen und letzte Absprachen treffen konnten, damit es nicht zu irgendwelchen Ungeschicklichkeiten kam, die nur zu beiderseitiger Verärgerung geführt hätten. Die Abgesandten des Burgunderkönigs erhofften von diesem Gegenbesuch zudem die Aussicht, sich vorab bereits ein Bild von dem Besucher und der Größe seines Gefolges machen zu können.

Aber Manlius vermied es, den Boten des Burgunderkönigs schon in seinem Lager zu begegnen, er wollte sich seinen Auftritt des größeren Effekts wegen für später aufheben. Er ließ sich unter dem Vorwand, er verrichte seine Gebete, entschuldigen und stellte vor seinem Zelt Wachen auf, die für Stille sorgen und einen Eindruck davon vermitteln sollten, wie sehr ihm die ungestörte Andacht am Herzen lag. Aha, der Bischof hielt Zwiesprache mit Gott … eine wohl kalkulierte Erinnerung an die Stellung, die Manlius in der Hierarchie der Kirche einnahm, und daran, dass Gundobad mit einem Mann sprechen werde, der sowohl die überirdische wie auch die irdische Macht vertrat. Manlius hielt auch in späteren Jahren an dieser Gepflogenheit fest, indem er Delegationen unter dem Vorwand, er widme sich gerade dem Gebet, oft Stunden, in einem Fall sogar zwei Tage lang warten ließ. Wenn er dann endlich auftauchte, machte er meistens die Erfahrung, dass seine Besucher, beeindruckt von so viel offenkundiger Frömmigkeit, die lange Wartezeit dazu genutzt hatten, schwelende Konflikte zu seinen Gunsten zu lösen.

Nachdem alle Vorbereitungen zu seiner Zufriedenheit gediehen waren, konnte er getrost die letzte Wegstrecke zum Hof des Königs zurücklegen. Manlius kleidete sich in eine einfache weiße Tunika und einen Reitumhang, verzichtete – außer dem Bischofsring – auf jeden Schmuck und bestieg den Esel. Die sorgfältig gewählte Schlichtheit, der Verzicht auf jede Prachtentfaltung und der Umstand, dass er weit vor seinem Gefolge ritt und dadurch suggerierte, er komme allein, bedürfe keiner anderen Hilfe als der des Himmels und schere sich nicht um die Dinge dieser Welt, zeitigte bei den Burgundern ein überaus positives Echo, waren sie doch bisher von Abordnungen aus Gallien gewöhnt, dass diese durch Pomp auftrumpfen wollten, was freilich angesichts der wahren Machtverhältnisse eher lachhaft wirkte.

Der König verhielt sich – nicht zuletzt dank der vorangegangenen sorgfältigen Arrangements – sehr freundlich. Er erwartete Manlius mit einem halben Dutzend Höflingen, ging ihm entgegen und half ihm persönlich vom Esel. Dann küsste er ihm, als der Bischof die Hand ausstreckte, den Ring – eine respektvolle Geste, die bei Manlius' Begleitern beglücktes Murmeln auslöste. Sie sahen sich im Geiste schon durch die Provence reisen, um den Leuten von dieser denkwürdigen Szene zu erzählen. Denkt nur, der König hat Respekt vor der Kirche und Demut vor Gott offenbart! Mehr noch, er hat einem Amtsträger Roms seine Unterstützung zugesagt! Und das von einem arianischen Schismatiker! Welch ein Gegensatz zu Eurich, dem Westgoten, der die Diener der Kirche bei jeder Gelegenheit zu demütigen sucht und dadurch beweist, wie wenig die Berührung mit der Zivilisation während seiner Jahre als Geisel in Italien bei ihm gefruchtet hat …

Allein durch diese eine Geste war die halbe Arbeit bereits getan; Manlius' Begleiter rechneten Gundobad das respektvolle Verhalten umso höher an, als es zu bedenken galt, dass er Häretiker war. Und die andere Hälfte war vielleicht schon zuvor getan worden. Es kann nämlich mit Fug und Recht vermutet werden, dass bei dieser Begegnung nichts dem Zufall überlassen blieb. Der Boden für die herzliche Begrüßung im Geiste gegenseitiger Achtung, ja selbst für das Ergebnis der Verhandlungen war seit langem durch regen, mal mehr, mal weniger detaillierten Briefwechsel und ungezählte Geheimtreffen zwischen Gundobads und Manlius' Vertrauten in aller Stille bereitet worden.

Am Morgen der Begegnung wölbte sich ein strahlend blauer Himmel über dem burgundischen Hof, was ebenfalls von vorausschauender, geschickter Regie zeugte. Ursprünglich hatte die Begegnung nämlich einen Tag früher stattfinden sollen, sie war aber verschoben worden, angeblich wegen einer leichten Unpässlichkeit des Bischofs, tatsächlich jedoch, weil der Himmel an diesem Tag bedeckt und trübe war, was nüchtern

Denkende nicht optimistisch gestimmt hätte und von abergläubischen Gemütern vielleicht gar als böses Omen gedeutet worden wäre. Als es dann endlich zu der Begegnung kam, schienen der klare Himmel und die warme Sonne als ein günstiges Vorzeichen anzuzeigen, dass nach den Stürmen und Schrecken der jüngeren Vergangenheit nunmehr ein neuer Morgen angebrochen sei, der Licht, Frieden und Sicherheit bringen werde.

Nach der Begrüßungszeremonie betraten Gundobad und Manlius die ohne nennenswerte Umbauten in den königlichen Palast umgewandelte, besonders wegen ihres massiven Daches für die neue Verwendung ausgewählte römische Basilika und zogen sich zu einem Gespräch unter vier Augen in die rückwärts gelegenen Räume zurück, die früher Teil des Gerichtshofes gewesen waren. Wieder ein Symbol: Manlius wurde als Ebenbürtiger, nicht als Bittsteller empfangen; der Burgunderkönig sah in den alten Handschriften und Büchern, den kleinen Statuen und frommen Reliquien, die Manlius ihm zum Geschenk machte, nicht den Versuch einer Bestechung mit dem Ziel, einen Barbaren friedlich und umgänglich zu stimmen, sondern vielmehr ein Zeichen, dass er in Manlius' Augen ein gerechter, kultivierter Herrscher war. Abermals zahlte sich die bis ins Detail ausgefeilte diplomatische Vorarbeit aus; Manlius durfte hoffen, dass die Gallier seine Ziele mit Herz und Verstand unterstützten. Und weil ihn all das zuversichtlich stimmte, erfüllte ihn sogar schon ein leichtes Triumphgefühl: Nicht Felix, sondern ihm würde es gelingen, die Truppen aufzubringen, die nach Clermont marschieren und Eurichs Gelüsten einen Riegel vorschieben sollten.

Als Julien das nächste Mal in das kleine Haus in Roaix zurückkehrte – eine seiner Pilgerfahrten, wie er sie nannte –, erzählte er Julia von der Begegnung mit Bernard, und dann besprachen sie dessen Angebot.

»Mir wäre sowieso danach, wieder mal ein paar hübsche Fälschungen zu machen«, sagte sie, »und wenn er mich dafür außer Landes bringt, umso besser.«

»Bist du denn bereit dazu?«

»Ich denke schon. Obwohl ich nicht sicher bin, ob ich durch die Arbeit an der Druckerpresse nicht unerwünschtes Aufsehen wecke und Gefahr laufe, erwischt zu werden. Du siehst aus, als hättest du Zweifel?«

»Nun, es ist ein zusätzliches Risiko.«

»Aber ich könnte damit anderen helfen. Und als Bonus käme dazu, dass ich hier rauskomme und irgendwo leben kann, wo ich wirklich sicher bin. Wird er denn nach getaner Arbeit Wort halten?«

Julien überlegte einen Augenblick. »Ich habe nie Gegenteiliges erlebt. Andererseits, ich war noch nie in einer wichtigen Angelegenheit von ihm abhängig. Und hier geht es um etwas sehr Wichtiges.«

»Ich würde es trotzdem gern tun. Es gibt Zeiten, in denen man nicht nur ans eigene Überleben denken darf.«

»Aber auch Zeiten, in denen das eigene Überleben alles ist, woran man denken sollte«, sagte er.

»Man kann eben alles von zwei Seiten sehen«, sagte sie mit ironischem Lächeln. »Aber ich werd's auf jeden Fall machen. Natürlich abhängig davon, was er genau haben will. Wie stellen wir den Kontakt zu ihm her?«

»Durch einen Postangestellten in Carpentras. Über den soll ich ihm eine Nachricht zukommen lassen, wenn – oder besser gesagt: falls – Marcel bereit ist, gewisse Dinge mit zu diskutieren. Bernard hatte schon immer Sinn fürs Melodramatische.«

»Du sollst also gewissermaßen den Vermittler zwischen den Fronten spielen?«

Julien nickte. »Wenn nötig. Es gibt nur zwei Möglichkeiten. Entweder gelingt es mir, die beiden als Repräsentanten ihrer Hintermänner dazu zu bringen, dass sie miteinander reden, oder sie werden sich gegenseitig an die Gurgel gehen: Marcels Polizei gegen Bernards Widerstandskämpfer. Die Deutschen ziehen ab, und dann haben wir Bürgerkrieg. Bernard braucht Marcel als Gegengewicht gegen die Kommunisten, und Marcel ist auf Bernard angewiesen …«

»Warum?«

»Weil er sonst erschossen wird.«

Und so schwang sich Julien wieder aufs Fahrrad, strampelte nach Carpentras und hinterließ bei Bernards Mittelsmann die Nachricht, dass Julia die Druckplatten vorbereiten und den Auftrag übernehmen werde. Bernard solle ihr die Namen, Daten und Fotos schicken und einen Plan entwickeln, wie er sie über die Grenze in die Schweiz oder nach Spanien bringen wolle. Dann fuhr er nach Avignon und suchte die Präfektur auf, um mit Marcel zu reden.

Marcel winkte ungehalten ab. »Die Résistance?« Er schnaubte verächtlich. »Was soll ich von denen halten? Was sind das für Leute? Kommunisten? Gaullisten? Sie haben, wie ich höre, sogar Royalisten in ihren Reihen. Tagtäglich stoßen ein paar neue Opportunisten zu ihnen, die bereit sind, unerschrocken das Leben anderer aufs Spiel zu setzen, damit sie sich, sobald andere für sie den Krieg gewonnen haben, als Helden aufspielen können. Sie sorgen sich so um Frankreich, dass sie keinerlei Skrupel haben, im Namen Frankreichs französisches Blut zu vergießen. Aber ich verfolge diese Leute nicht mehr, wenn es das ist, was du von mir erfahren willst. Die Deutschen haben unser Land besetzt, sollen sie sie verfolgen. Ich überlasse es ihnen mit Vergnügen. Warum fragst du?«

»Weil ich mir überlege, ob es möglicherweise eine gute Idee wäre, mit ihnen zu reden.«

»Mit ihnen zu reden? Mit einem Haufen Krimineller? Soll das ein Witz sein?«

»Eines Tages könnte es sich als klug erweisen.«

»Ja, eines Tages, das mag sein. Aber ich bin kein Politiker und erst recht keiner von denen, die ihr Mäntelchen nach dem Wind hängen, Julien.«

»Nein, du bist ein Bürokrat. Deine Aufgabe ist es, dafür zu sorgen, dass die Verwaltung weiter gut arbeitet. Genau das hast du mir 1940 erklärt. Und ich denke, an dieser Aufgabe hat sich nichts geändert.«

»Worauf willst du hinaus, Julien?«

Nach kurzem Zögern sagte Julien: »Ich habe eine Botschaft erhalten, die ich an dich weitergeben soll. Es gibt Leute, die bereit sind, dir zuzuhören, sobald du den Wunsch verspürst, mit ihnen in Verbindung zu treten und zu reden.«

Marcel sah ihn an. »Ist dir klar, dass ich dich allein wegen dieser Äußerung verhaften lassen kann?«

»Ja, das weiß ich. Aber das wäre der Sache nicht dienlich. Ich gehöre nicht zur Résistance, Marcel. Du kennst mich gut genug, um das zu wissen. Meine Meinung über diese Leute unterscheidet sich nicht sehr von deiner. Aber mir wurde nun mal diese Nachricht übermittelt – ich habe mich nicht danach gedrängt –, und ich habe versprochen, sie an dich weiterzuleiten, was ich hiermit getan habe. Solltest du das Bedürfnis haben, ihnen deinerseits etwas mitzuteilen, lass es mich wissen. Ich werde das genauso zuverlässig und unparteiisch erledigen. Um der Freundschaft willen.«

»Um der Freundschaft willen«, wiederholte Marcel nachdenklich. »Wessen Freund bist du eigentlich?«

Julien zuckte die Achsel. »Das ist alles, was ich zu sagen hatte. Ich habe es nicht aus freien Stücken getan, aber du kannst mir vertrauen.«

»Ich verstehe.«
Dann wechselte Marcel das Thema. Sie sprachen nie wieder darüber. Jedenfalls nicht unter solchen Umständen.

In vieler Hinsicht war Manlius' Aufgabe leicht, nur die Festlegung des Preises erwies sich als schwierig. Er wollte, dass der Burgunderkönig in die Provence einrückte, wozu Gundobad nur allzu gern bereit gewesen wäre, aber der Preis, den er einforderte, war hoch – höher, als Manlius je in Erwägung gezogen hatte. Er hatte erwartet, der König werde sich ausbedingen, dass ihm die Rechte, der Titel und die Finanzhoheit eines römischen Statthalters übertragen würden. Damit wäre die Form, wenn auch nicht die Realität der *romanitas* gewahrt worden, und Manlius hätte leichteres Spiel gehabt, die anderen Landeigner davon zu überzeugen, dass es in ihrem Interesse liege, das Angebot zu akzeptieren. Schließlich bekamen sie dafür einen Mann, der durchgreifen konnte und dem es gelingen würde, dem weiteren Ausbluten der Bevölkerung und der rechtswidrigen Abwanderung der Landlosen ein Ende zu machen, nötigenfalls mit harter Hand.
Die Tatsache, dass das Ganze praktisch auf eine Annexion hinauslief, musste mit Rücksicht auf Manlius' Gefolge bei der großen Anhörung, die nach Abschluss der erwähnten Gespräche unter vier Augen in der Basilika stattfand, durch sorgfältig gewählte Formulierungen verschleiert werden. Es ist schade, dass keine der Reden im Wortlaut überliefert ist, man findet lediglich fragmentarische Hinweise darauf in der Lex Burgundiana sowie bei Fortunatus und Gregorius.
»Exzellenz, Sohn Roms«, könnte Manlius seine Rede begonnen haben, »wir treten vor Euch mit dem Begehr, dass Ihr als

verlässlicher Freund Eurer Verantwortung gerecht werdet. Ihr wisst, wie Roms Feinde das Reich von innen und von außen bedrängen, dass seine Armeen in Ländern jenseits des Meeres durch Kämpfe gebunden sind und dass es gar manche Böswillige gibt, die diesen Umstand zu ihrem Vorteil zu nutzen suchen. Uns laufen die Knechte und Leibeigenen davon, das Gras überwuchert unsere Felder, Banditen wüten auf den Straßen, und all das, weil es Menschen gibt, die glauben, die Provinz, aus der ich komme, sei wehrlos. Und Ihr, darf ich hinzufügen, scheint nicht zu erkennen, was Eure heilige Pflicht Euch gebietet. Warum, Exzellenz, hat Rom Euch wohl so viele Jahre an seinem Busen genährt, Euch Zugang zu allen Quellen der Bildung gewährt und Euch mit Ehrungen und Würden überhäuft? Geschah das, damit Ihr Eure Fürsorge nur Euren eigenen Leuten zuteil werden lasst? Wollte Rom, dass die glorreichen Zeiten, die Ihr erlebt habt, nur in Eurer Erinnerung weiterleben? Nein, das allwissende Rom hat vorhergesehen, dass der sechsjährige kleine Junge, der in seinen Mauern lebte, eines Tages zu einem bedeutenden, mächtigen Mann heranwachsen würde, und hat darauf vertraut, dass dieser seine gottgegebene Rolle als hoher Würdenträger des Reiches auf sich nehmen werde …

Es wird Zeit, Exzellenz, dass Ihr Euch erinnert, warum Ihr in Rom so gut ausgebildet worden seid. Zeit, dass Ihr Euch Eurer Verantwortung stellt und die Aufgabe übernehmt, Galliens Verwalter und der Lenker seiner Geschicke zu sein. Das Volk fängt ob Eures Zauderns schon zu murren und zu hadern an. Die Leute auf den Straßen fangen an, sich zu fragen, ob Euch Rom gleichgültig geworden ist, ob Euch vielleicht Narren und Toren eingeflüstert haben, nur ja nicht den Pflichten nachzukommen, die Euch auferlegt sind. Ihr müsst die Zweifler zum Schweigen bringen, das Euch gebührende Amt und damit eine Bürde übernehmen, aus der Euch nichts als Dankbarkeit erwachsen wird.«

Und sicher gab es noch mehr blumige Wendungen und schmückende Komplimente, in die Manlius seine versteckten Drohungen und Warnungen zu kleiden wusste. Die wahre Bedeutung war hinter wohlgesetzten Worten verborgen, sodass es langer Erfahrung bedurfte, um das eine vom anderen zu unterscheiden und die Botschaft zu verstehen. Manlius sprach den König mit Bedacht als römischen Mitbürger an, die vorgesehene Annexion kam also sozusagen im römischen Gewand daher. Und als der Redner geendet hatte, erhob sich der Burgunderkönig und erwiderte mit freundlichen Worten:

»Mein lieber Bischof, nachdem ich Eure Rede gehört habe und zugeben muss, dass jedes Wort gerechtfertigt war, stehe ich mit Tränen der Reue in den Augen vor Euch. Mein Zaudern ist nicht zu entschuldigen, ich kann es nur gutmachen, indem ich feierlich verspreche, dass ich hinfort meinen Pflichten getreulich nachkommen werde. Ihr habt mich beschämt und mir aufgezeigt, wie schmählich ich sie vernachlässigt habe. Und so will ich nun mit Gottes Hilfe die Bürde des Amtes auf mich nehmen, die, wie Ihr zu Recht gesagt habt, meine und nur meine Bürde ist. Ich wünschte, jemand anderes könnte die ehrenvollen Aufgaben übernehmen, denen ich mich nur mit Mühe gewachsen fühle, aber ich sehe ein, dass ich mich ihnen nicht verweigern kann. Ich werde also, da beide derzeit brachliegen, sowohl das zivile wie das militärische Amt übernehmen, die Ordnung innerhalb und außerhalb des Landes wiederherstellen und es zurückführen zu dem Wohlstand und dem Respekt vor dem Gesetz, die es beide viele Generationen lang gehabt hat. Ich werde meine schützende Hand über die Kirche halten und ihre Rechte wahren. Ihr tatet recht daran, zu mir zu kommen, und ich danke Euch für Eure schonungslos offenen Worte. Wenn ich Euch etwas vorwerfen könnte, so wäre es nur, dass Ihr so lange gezögert habt.«

Die Höflinge des Königs applaudierten, und, was wichtiger war, auch Manlius' Gefolge hatte den Eindruck gewonnen, dass der Bischof sich in allen Punkten durchgesetzt habe: römisches Recht statt aufgezwungener Bräuche der Barbaren, Wiederbelebung der alten Ämter, Verteidigung der Provinz gegen Eurich und seine Knute, Respektierung der Rechte der Kirche und – das war ihnen das Wichtigste – hartes Vorgehen gegen weggelaufene Knechte und Leibeigene. Alldem wollten sie gern zustimmen, denn wenn Gundobad so gut war, wie es den Anschein hatte, war Manlius ein meisterlicher Streich gelungen.

Die entscheidenden Absprachen, nur zwischen dem König und dem Bischof, fanden am gleichen Abend statt, und das war der Zeitpunkt, zu dem Manlius sich zu einer Entscheidung durchringen musste, von der er sehnlich gehofft hatte, er könne sie vermeiden, obwohl er natürlich zu intelligent war, um nicht zu wissen, dass so etwas auf ihn zukommen konnte. Er hatte all seine Erfahrung und Klugheit aufgewandt, um den König auszuforschen, seine Stärken und Schwächen abzutasten und herauszufinden, wie weit er sich lenken ließ und wo die Grenze war, ab der er keine Beeinflussung duldete.

Gundobad wollte nicht in Roms Namen regieren. Er weigerte sich, den Diener einer Institution zu spielen, die nur noch als Phantom durch die Köpfe mancher Leute spukte. Sein Gespür für Stolz und die eigene Würde sowie sein Wissen um Manlius' Nöte passten sehr gut zueinander. Er hatte alles sorgfältig durchgerechnet: Er würde ein wenig von seinem Ansehen bei den Landeignern verlieren, aber dafür bei seinen eigenen Leuten viel Achtung und Ansehen dazugewinnen. Er würde als König der Burgunder regieren, niemandem verpflichtet sein und niemanden anerkennen müssen, der größer war als er.

Und so stand Manlius vor der Wahl, entweder in Sicherheit, Stabilität und Frieden, aber ohne Rom zu leben oder noch eine kurze Weile – wahrscheinlich nur wenige Monate lang – Römer zu bleiben.

Er beugte sich Gundobads Forderung, weil er einsah, dass es

besser war, dies jetzt freiwillig zu tun als später unter dem Zwang der Gegebenheiten. Das Ergebnis ihrer Verhandlungen war so gut wie nur möglich und besser, als die meisten sich erhofft hatten. Der König war nicht dumm und im Übrigen mit mehr Tugenden gesegnet als viele andere Regenten. Und er war sich sehr wohl bewusst, dass Manlius, so hartnäckig er auch gefeilscht und verhandelt hatte, kaum eine Alternative geblieben wäre. Er bewunderte den Bischof wegen seines ausgeprägten Geschicks, mit dem er versucht hatte, das Beste für sich herauszuholen. Er erkannte, dass ihm in Manlius ein guter, nützlicher Verbündeter erwuchs, war beeindruckt davon, wie vernünftig der Gallier sich sehenden Auges auf ein Ergebnis eingelassen hatte, das vielen als Gräuel erscheinen musste, andererseits aber keinen Zweifel daran gelassen hatte, dass unvernünftige, unzumutbare Vorschläge für ihn nicht diskutabel waren.

Und plötzlich, aus heiterem Himmel, als wäre es ihm erst nachträglich eingefallen, ließ der Burgunder Manlius wissen, er werde nicht weiter als bis Vaison nach Süden vorrücken, der Rest der Provinz müsse sich seiner Feinde selbst erwehren. Und er habe auch nicht die Absicht, Clermont zu entsetzen.

Schlagartig waren alle Artigkeiten, alle gewundenen Worte und alle Komplimente vergessen. Beide Männer redeten lautstark aufeinander ein, jeder versuchte, den Willen des anderen zu brechen, denn keiner von ihnen war bereit, in diesem wichtigen Punkt nachzugeben.

»Clermont ist von entscheidender Bedeutung«, sagte Manlius in eisigem Ton, »es muss gerettet werden. Entsetzt die Stadt, gebietet Eurich dort Einhalt, und die ganze Region wird in Euch ihren Retter sehen.«

Der Burgunder nickte. »Das ist mir klar, verehrter Bischof. Ich weiß allerdings auch, dass Eurich ein Mann ist, den man nicht leichtfertig herausfordern sollte. Ich könnte, wie Ihr fordert, Clermont entsetzen. Das wäre nicht einmal sehr schwierig, weil er dort nur einen kleinen Teil seiner Truppen zusammengezogen hat. Aber was kommt dann? Er verfügt über wesentlich mehr Ressourcen als ich. Um mich erfolgreich gegen ihn durchzusetzen, müsste ich jeden Mann losschicken, den ich aufbieten kann. Und damit würde ich an vielen anderen Stellen verwundbar. Lasst es mich klar formulieren: Ich kann entweder für eine Weile Clermont retten oder Eure Ländereien auf Dauer schützen. Beides geht nicht.«

»Ich wurde zu Euch geschickt, um Schutz für die ganze Region zu suchen. Soll ich etwa nach Hause zurückkehren und den Menschen sagen, ich hätte meinen Teil des Landes gerettet und dafür den Rest Eurich ausgeliefert?«

»Ich fürchte, es bleibt Euch keine andere Wahl.«

Hier endete ihre Besprechung fürs Erste, Manlius brauchte Zeit, um nachzudenken. Zum ersten Mal bedauerte er, dass er sich darauf besser verstand als aufs Beten. Als er dann in seiner Unterkunft auf dem Bett lag, ärgerte er sich über diese Schwäche. Ein Gebet, so weit kommt's noch! Selbst er schien von der Schwächlichkeit der Christen angesteckt. Hier ging es um eine Sache, deretwegen man nicht Gott anrief. Das ging nur ihn an. Dafür hatte er seinen Verstand, damit er seine Optionen abschätzen und sich entscheiden konnte.

Viele Stunden lag er so da, von Gefühlen bewegt, die er selbst kaum zu beschreiben wusste. Wenn's denn kein Gebet war, so doch eine Art Kontemplation, von Unrast und verzweifeltem Ringen erfüllt. Anders als viele in ähnlichen Positionen verspürte er keinen Triumph und keine Freude bei dem Gedanken, dass die Geschicke vieler Menschen in seine Hände gelegt waren und von seiner Entscheidung viel abhing. Er scherte sich auch nicht darum, was andere von ihm dachten – ob sie ihn für einen Verräter hielten, wenn er dies tat, oder für einen Feigling, wenn er sich für jene Möglichkeit entschied. Er suchte unvoreingenommen nach der besten Lösung und wusste daher nur zu gut, dass die Entscheidung einfach war. Und so konzentrierte er sich auf zwei Möglichkeiten und zog denkbare Alternativen gar nicht mehr in Erwägung: Entweder wurde ein Teil der Region gerettet und vertrauensvoll in die Hände eines Mannes gelegt, der, obwohl ein Barbar, in Rom erzogen worden und tolerant gegenüber der Religion des Landes war, die Gesetze achten und Gerechtigkeit walten lassen würde. Oder das Land war verloren.

Natürlich, er konnte auch im Eilmarsch nach Hause reisen, sich vorbehaltlos hinter Felix stellen und das volle Risiko mit ihm teilen. Sein Freund war ein hervorragender Heeresführer, und wenn Manlius alle Männer auf seinen Ländereien aufbot und ihm zuführte, konnten sie einen glorreichen Sieg erringen, der ihnen in der ganzen christlichen Welt Ruhm und Ehre einbrachte.

Aber das hätte bedeutet, seine Güter Plünderungen und Raubzügen preiszugeben. Es wäre ihm niemand geblieben, der seine Arbeiter daran hindern konnte, ihre Aufgaben zu vernachlässigen und abzuwandern. Er hätte eingestehen müssen, dass seine Strategie falsch gewesen war, dadurch seine Autorität untergraben und es unmöglich gemacht, wenigstens einen Rest von Ordnung aufrechtzuerhalten. Und das alles für ein Ziel, das nur ein Wunsch war: der Traum, dass Felix einen Sieg errang, wie ihn die Kaiser seit einem halben Jahrhundert nicht mehr errungen hatten. Wahrscheinlicher war es, dass Felix sein Ziel nicht erreichte und die ganze Region unter Eurichs Rache leiden musste. Er hatte seinem Freund versprochen, ihm, wenn es keine andere Möglichkeit gab, beizustehen und an seiner Seite zu sterben, und er hatte das ernst gemeint. Aber noch gab es andere Möglichkeiten, noch war nichts verloren.

Am nächsten Morgen suchte er Gundobad auf und sagte ihm, dass er seine Bedingungen akzeptiere.
»Könnt Ihr mir zusichern, dass es in Eurer Region keinen Widerstand gegen meine Truppen geben wird?«, fragte ihn der Burgunder. »Ich möchte nicht, dass meine Kräfte durch Unruhen oder Widerstand in der Bevölkerung geschwächt werden.«
»Nein. Aber je schneller Ihr vorrückt, desto geringer ist die Gefahr. Ihr müsst mit einem ausreichenden Truppenkontingent innerhalb eines Monats im Land sein. Sonst bleibt den oppositionellen Kräften Zeit, Absprachen zu treffen und sich zusammenzuschließen.«
»Und wer könnte der Anführer dieser Kräfte sein?«
Manlius dachte einen Moment nach und starrte blicklos in die erloschene Feuerstelle. »Ein Mann namens Felix«, sagte er dann. »Er empfindet den Zerfall der römischen Macht als Schmach und wäre durchaus fähig, sich gegen unsere Vereinbarung zu stellen. Er ist beliebt, und er ist Großgrundbesitzer, könnte also eine kleine Armee aufbieten, wenn Ihr ihm genug Zeit lasst.«
»Dann wollen wir das lieber nicht tun«, sagte der Burgunderkönig lächelnd. »Und es wäre gut, dafür Sorge zu tragen, dass er uns auch später nicht gefährlich wird.«
»Wenn Ihr ihm Gerechtigkeit widerfahren lasst, wird er Euch ein getreuer Verbündeter und guter Ratgeber sein. Ihr habt Tugenden genug, um zu gegebener Zeit seine Unterstützung zu gewinnen.«
Gundobad knurrte mürrisch. »Darüber möchte ich mir lieber selber ein Urteil bilden. Ich werde Euch zuliebe kein Risiko eingehen. Eurich wird Clermont einnehmen und, wie Ihr selbst sagt, weiter nach Osten vorrücken. Bis dahin muss meine Stellung unerschütterlich sein. Ich kann es mir nicht leisten, durch inneren Widerstand zur Zersplitterung meiner Kräfte gezwungen zu werden. Das Problem muss gelöst sein, bevor

ich meine Truppen in Marsch setze. Andernfalls bekommt Ihr keine Hilfe von mir.«
Manlius sagte nichts mehr. Er verließ den Burgunderkönig, zog sich in sein Quartier zurück und dachte noch einmal über alles nach. Und am nächsten Morgen trat er die Heimreise an.

Das Leben geht manchmal verschlungene Wege: Nach dem Treffen in der Kathedrale blieb für viele Monate das einzige Ergebnis die Tatsache, dass Julia wieder Bilder verkaufte. Es war ein abartiges Geschäft. Bernard brauchte Bilder, um sein Image als Kunsthändler glaubhaft erscheinen zu lassen, und Julia, ihrer Identität beraubt, wünschte sich wenigstens auf künstlerischem Gebiet irgendein Echo als Beweis für ihre Existenz in einer Welt, in der sie ansonsten unsichtbar war. Und da sie außerdem Geld brauchte, war die Aussicht, mit ihren Arbeiten etwas zu verdienen, eine unwiderstehliche Verlockung. Julien traf sich von Zeit zu Zeit mit einem Mittelsmann in Avignon und händigte ihm ein Bündel mit Zeichnungen, Aquarellen und Stichen aus – Szenen aus der Chronik ihres Lebens und Impressionen von ihrer Begegnung mit der heiligen Sophia. Sie signierte die Bilder sogar mit ihrem eigenen Namen, datierte aber jedes deutlich mit der Jahreszahl 1938, sodass es aussah, als kämen die Arbeiten aus alten Beständen. Im Bündel versteckt waren jedes Mal gefälschte Ausweispapiere: frisch gedruckt, aber geschickt so präpariert, dass sie alt und gebraucht aussahen.
Julien fühlte sich keineswegs glücklich in seiner Rolle als Kurier für die Résistance, von deren Aktivitäten er nach wie vor nicht viel hielt. Aber wenn nicht er die gefälschten Ausweise

übergeben hätte, hätte es Julia getan oder Bernards Versprechen, sie über die Grenze zu bringen, wäre hinfällig geworden. Sooft er ein Bündel ablieferte, fragte er den Mittelsmann, ob es bald so weit sei, dass sie das Land verlassen könne. Die Antwort lautete regelmäßig: bald, und im gleichen Atemzug drückte der Mittelsmann Julien eine Liste mit Namen in die Hand, für die ebenfalls falsche Papiere gebraucht wurden. Julien fiel es von Mal zu Mal schwerer, die dumpfe Ahnung zu unterdrücken, dass aus dem Handel nie etwas würde. Andererseits, Bernard war schließlich sein Freund.
Bernard benutzte die Bilder und Stiche als eine Art Freibrief, den er mit sich herumschleppte, damit er ihn Soldaten, Milizionären und Polizisten zeigen konnte, falls die ihn anhielten und wissen wollten, was er eigentlich hier zu suchen habe. Dann behauptete er einfach, die Bilder zu einem potenziellen Kunden zu bringen: Denn sehen Sie, selbst in dieser schweren Zeit gibt es noch Leute, die sich für Kunst interessieren. Was er bei seinen Reisen in Wahrheit tat, wurde nie bekannt; auch in der 1958 veröffentlichten Biografie drückte der Autor sich wortreich um jegliche Erklärung herum, sodass Bernards Leben – wie eigentlich schon immer – ein Buch mit sieben Siegeln und seine Rolle in der Résistance nebulös blieb. Es wird zwar angedeutet, dass er stets mit Londons Billigung gehandelt habe, aber das diente wohl hauptsächlich dem Zweck, besänftigend auf die untereinander verfeindeten Grüppchen zu wirken, die nicht nur darauf aus waren, die Deutschen umzubringen, sondern sich genauso bereitwillig gegenseitig beseitigt hätten. Es war wohl seine Aufgabe, keiner der zahlreichen Splittergruppen, die wie Pilze aus dem Boden schossen, zu viel oder zu wenig Kompetenz zuzugestehen, darauf zu achten, dass keine von ihnen zu mächtig wurde, und von Zeit zu Zeit Missbilligung oder Misstrauen anklingen zu lassen. Er war nicht beliebt, wohl aber gefürchtet und respektiert, dabei hatte er nur zwei Trümpfe, die er ausspielen konnte: seine persön-

liche Ausstrahlung und das Wissen, wo und wann britische Flugzeuge in dunklen Nächten Gold und Waffen abwerfen würden.

Er ließ sich in Nîmes nieder, wo ihn niemand kannte, mietete einen kleinen Laden an und eröffnete eine Kunstgalerie. Dieser Scheintätigkeit ging er nicht nur geschickt, sondern sogar engagiert nach, indem er zum Beispiel so viele Bilder in Kommission nahm, dass er Vernissagen abhalten konnte, zu denen er deutsche Offiziere einlud. Er bewirtete sie großzügig mit Getränken und hielt jedes Mal eine kleine Begrüßungsrede, in der er die Hoffnung ausdrückte, dass die Kunst auf lange Sicht dazu beitragen werde, politische Differenzen zu überwinden. Klischees vom Unterschied zwischen der Kunst im Krieg und der im Frieden kamen ihm mühelos über die Lippen, ein geschickter, vorsorglicher Schachzug, denn er war sich nur allzu klar darüber, dass die ausgestellten Bilder vermutlich nicht dem Geschmack der Militärs entsprachen. So gelang es ihm, sich im Laufe der Zeit die Reputation zu erwerben, die für ihn nicht nur nützlich, sondern sogar eine Art Lebensversicherung war. In der Öffentlichkeit galt er als Musterbeispiel eines unpolitischen Händlers, der nur Geld verdienen wollte. Im schlimmsten Fall schätzte man ihn als gewieften Kollaborateur ein, der alles tat, damit sich die Besatzer wie zu Hause fühlen konnten. Der Spielraum zwischen diesen unterschiedlichen Einschätzungen entsprach exakt dem, den er für seine eigentliche Arbeit brauchte.

Und mitunter verkaufte er tatsächlich etwas. Eines Nachmittags kam ein Offizier vom militärischen Geheimdienst in seine Galerie, ein Linguist aus Hamburg, der erst vor zehn Tagen erfahren hatte, dass seine Frau samt den beiden Kindern und seine Eltern bei einem Bombenangriff umgekommen seien. Er war seither nicht in der Lage gewesen, seinen Aufgaben nachzugehen und jene Funksprüche zu analysieren, die aus dem ständigen unverschlüsselten Funkverkehr im Süden des Landes herausgefiltert worden waren: knapp gehaltene Mitteilungen mit gelegentlich ominösen Hinweisen, die sich manchmal als goldrichtige Spur erwiesen. Der Offizier hielt das nicht mehr für wichtig. Der Krieg war verloren, das wusste er, und er spürte zum ersten Mal, dass ihm das gleichgültig geworden war.

Um die Zeit totzuschlagen, war er über eine Stunde durch die Straßen gewandert, hatte schließlich in der Rue de la République Bernards kleine Galerie entdeckt und war in der Hoffnung auf ein wenig Zerstreuung eingetreten, um dem quälenden unaufhörlichen Kreislauf seiner Erinnerungen und Gedanken zu entrinnen.

Er verbrachte fast eine Stunde dort und blieb immer wieder vor Julias Kupferstichen stehen, was Bernard, der sich nie ausführlich mit den ausgestellten Bildern beschäftigt hatte, ziemlich beunruhigte. Sein erster Gedanke war, dass ihm die Gestapo auf die Schliche gekommen sei – eine Situation, der er hilflos ausgeliefert gewesen wäre, denn er war natürlich nicht so töricht, in seiner Galerie eine Schusswaffe aufzubewahren. Dann aber sah er, dass dem Deutschen Tränen über die Wangen rannen, was ihn ein wenig irritierte.

»Die hier – von wem sind die?«, erkundigte sich der Offizier angelegentlich. »Wer ist der Künstler?«

»Es ist eine Sie«, korrigierte ihn Bernard. »Eine Malerin namens Julia Bronsen.«

»Wundervolle Stiche.«

Bernard schaute sie an – was er, um der Wahrheit die Ehre zu geben, nie zuvor getan hatte. Er fand sie nicht besonders gut, wusste aber, was er seiner Rolle schuldig war. »Oh ja. Sie haben in der Tat etwas ganz Besonderes.«

»Ich möchte sie kaufen, alle. Was sollen sie kosten?«

Bernard nannte einen weit überzogenen Preis, den er jedoch angesichts der enttäuschten Miene des Deutschen bereitwillig ein wenig herabsetzte. Der Offizier kaufte alle acht Kupferstiche.

»Ich würde die Dame gern kennen lernen«, sagte er, während ihm Bernard die Stiche einpackte – in Zeitungspapier, etwas anderes hatte er nicht.
»Das ist leider nicht möglich«, sagte Bernard, »sie wohnt sehr weit weg. Und außerdem ...«
»Ich verstehe. Sie wollen andeuten, dass es ihr unangenehm wäre, sich mit mir zu treffen?«
»Sie ist Jüdin.«
Der Hauptmann nickte. »Dann darf ich Sie bitten, ihr wenigstens meine aufrichtige Bewunderung für ihre kleinen Meisterwerke zu übermitteln.« Er deutete durch eine leichte Neigung des Kopfes eine Verbeugung an und verließ die Galerie. Julia reagierte durchaus angetan, als sie von der Episode hörte.

Die Beschuldigungen gegen Gersonides und seine Dienstmagd wurden erhoben, bevor der erste Soldat der päpstlichen Leibwache an der Seuche erkrankte und starb. Bis dahin hatten sich alle in dem Glauben gewiegt, die mächtigen, zwar noch unvollendeten, aber erst jüngst verstärkten Mauern des Papstpalastes würden nicht nur menschlichen Feinden, sondern sogar dem Tod trotzen. Zu hoffen war eben, abgesehen von den regelmäßigen Patrouillengängen, das Einzige, was zu tun blieb. Eitles Hoffen, auch wenn das neue Bauwerk, dem es noch allenthalben an Wehrgängen und Armierungen fehlte, auf den ersten Blick Schutz versprechen mochte, denn zu dem Zeitpunkt, als sich bei dem Soldaten die Spuren der Pest zeigten, waren schon viele Tausend Bürger Avignons gestorben.
Die Beschuldigung wurde natürlich nicht von Ceccani persönlich vorgebracht, das wäre zu durchsichtig gewesen. Er ließ

nur im richtigen Augenblick die Bemerkung einfließen, dass er den Bericht über den nächtlichen Vorfall von Anfang an für glaubwürdig gehalten habe, und erntete dafür Lob ob seiner Wachsamkeit und seines umsichtigen Handelns. Im Übrigen schickte er einen der Hofschranzen vor, einen Priester aus guter Familie, der in der Hoffnung, in der kirchlichen Hierarchie ein Stück höher zu rücken und schneller Karriere zu machen, eilends zum Majordomus lief. (Wobei angemerkt werden sollte, dass Julien die Aufzeichnungen über die Ereignisse auch in diesem Fall im Vatikanischen Archiv in Rom nachlesen konnte.)

»Ich habe letzte Nacht gesehen«, behauptete der Pfaffe, »wie die Jüdin aus einer Phiole irgendeine Flüssigkeit in den Brunnen gegossen hat. Und zwar in den, aus dem auch das Wasser für Seine Heiligkeit geschöpft wird.«

Es spricht für den Majordomus, dass er, obwohl es ihn bei diesen Worten eiskalt überlief, Ruhe bewahrte und versuchte, die nachfolgende Untersuchung so korrekt wie möglich durchzuführen, wozu in solchen Zeiten und im Hinblick auf eine Jüdin einiger Mut gehörte. Er tat es nicht, weil er ein guter Mensch war, sondern weil er als Soldat unerschütterlich daran glaubte, dass alles seine Ordnung haben müsse.

Für Gersonides und Rebekka war das eine glückliche, für Kardinal de Deaux sogar eine schicksalhafte Fügung. Denn hätte der Majordomus die Nerven verloren und ohne langes Zaudern Befehle gebrüllt, dann wären die Soldaten unverzüglich in Gersonides' Quartier gestürmt und hätten ihn und Rebekka ohne viel Federlesens getötet.

Ceccani bot sich durch die Festnahme der beiden endlich die Gelegenheit, die er in seinen Gebeten schon lange herbeigefleht hatte. Beinahe täglich wurden ihm neue Horrorberichte darüber zugetragen, dass Moral und Ordnung in dem Maße verfielen, in dem sich das namenlose Entsetzen für alle sichtbar ausbreitete. Zügellosigkeit und Wollust streckten überall ihre Finger aus, die Menschen wandten sich von der Mutter Kirche und ihren Priestern ab, sie verfluchten sogar Gott. Wenn man ihnen nicht bald etwas geben konnte, was ihnen ein wenig Hoffnung machte, würde jegliche Autorität zu Staub zerfallen.

Und so ersuchte er um eine Audienz bei Klemens, um abermals den Versuch zu unternehmen, dem Papst das Ausmaß des Desasters vor Augen zu führen, das wie eine neue Sintflut über die Welt hereingebrochen war. Nicht die Zahl der Toten war das eigentliche Problem, sondern die verheerende Wirkung, die das Massensterben auf die Überlebenden hatte.

»Jeden Tag höre ich neue Schreckensnachrichten, Eure Heiligkeit. Ich höre, dass Männer und Frauen, die sich völlig fremd sind, auf offener Straße vor aller Augen kopulieren. Eheleute wenden sich voneinander ab, sie verkaufen ihre Partner sogar an Wildfremde. Kinder werden auf der Straße ausgesetzt und dem Hungertod preisgegeben, Männer ohne ersichtlichen Grund meuchlings umgebracht, Priester in aller Öffentlichkeit beleidigt und bespuckt, und in den Kirchen herrscht gähnende Leere. Autorität und Gesetzestreue schwinden dahin – und was tut die Kirche? Sie verschließt sich den Menschen, statt sie zurück zu Gott und zu Einsicht und Reue zu führen. Es ist dringlich geboten, die allgemeine Ordnung wiederherzustellen und den Gläubigen Führung und Geleit zu geben, denn das ist es, wonach sie mit ihren stummen Schreien verlangen. Und Ihr müsst ihnen den Weg weisen, Eure Heiligkeit, müsst Eure ganze Autorität in die Waagschale werfen, und zwar sofort.«

Der Papst wischte die Schweißperlen weg, die ihm durch die Augenbrauen ins Gesicht rannen. Er muss in den letzten Wochen ein Drittel seines Gewichts verloren haben, dachte Ceccani, weil er sich die ganze Zeit über hier oben im Turmzimmer verschanzt und rösten lässt. Klemens, der den Kardinal nicht sonderlich mochte, musterte ihn misstrauisch. Er wurde das Gefühl nicht los, dass Ceccani ständig irgendwelche Intrigen schmiedete, wiewohl er andererseits wusste, dass der Kardinal ein kluger und ergebener Diener der Kirche war, der nach Macht gierte und – daran hegte Klemens keinen Zweifel – seine Nachfolge antreten wollte. Aber es stimmte eben auch, dass es nur sehr wenige gab, die des Amtes so würdig waren und sich so unermüdlich verteidigten.

»Und was soll ich Eurer Meinung nach tun, Ceccani? Ein Allheilmittel erfinden? Den Tod zurückdrängen? Der Seuche mit erhobener Hand Einhalt gebieten? Alle Gebete haben nicht gefruchtet, keine Fürbitte hat irgendetwas bewirkt.«

»Ihr müsst Verständnis zeigen und den Menschen Hoffnung geben. Und vor allem müsst Ihr rasch etwas unternehmen, um jenen Paroli zu bieten, die die Situation ausnützen und die Autorität der Kirche aushöhlen wollen: den Bettelmönchen, den falschen Wundertätern und diesen Leuten, die sich Flagellanten nennen. Die haben auch keine Erklärung für die Seuche, aber sie behaupten, Gott habe die Pest als Strafe für die Sünden der Menschheit und vor allem für das Versagen seiner Kirche geschickt – einer Kirche, die die Menschen ihrer Meinung nach in die Irre führt.«

»Bei Gott, wie können sie so etwas behaupten? Nun gut, wir werden der Sache nachgehen.«

»Nein, Eure Heiligkeit, Ihr könnt diesen Menschen nicht beikommen. Wenn Ihr Euch gegen sie wendet, werdet Ihr Euch nur den Zorn der einfachen Leute zuziehen. Denn diese Flagellanten kümmern sich um die Kranken und spenden ihnen Trost, was die Kirche zurzeit leider nicht tut. Ihr dürft sie nicht bekämpfen, Ihr müsst Euch an die Spitze ihrer Bewegung setzen.«

Klemens sah ihn teilnahmslos an. »Fahrt fort! Erklärt mir, was Euch vorschwebt!«
Und so entwarf der Kardinal mit wenigen Worten seinen Plan, wie die Kirche die Eiferer gegen die Juden aufhetzen und zu deren Vernichtung anstacheln solle, so wie sie zuvor die häretischen Katharer mit Feuer und Schwert ausgerottet und die Muslime aus Jerusalem vertrieben hatte. Im flackernden Lichtschein des Herdfeuers sah er, wie Klemens' Augen plötzlich zu glitzern begannen – ein Zeichen, wie sehr ihn die Versuchung reizte, in die Geschichtsbücher einzugehen. Und da wusste er, dass er seinem Ziel ein großes Stück näher gekommen war.

Teil drei

Obwohl der Süden besetzt war und der ganze Kontinent unter der Geißel des Krieges litt, nahm Julien die Anwesenheit der Deutschen kaum zur Kenntnis. Das änderte sich erst, kurz nachdem Bernard zu ihm gekommen war, um ihm – reichlich verfrüht, wie Julien fand – ausführlich darzulegen, wie er die Macht in der Region übernehmen wolle, sobald die Besatzer abgezogen seien. Typisch Bernard, bei ihm musste es immer der große Wurf sein. Für Julien war der Krieg bisher etwas Abstraktes gewesen, dessen Realität nur an allgemeinem Mangel, knapp bemessenen Lebensmittelrationen, neuen Gesetzen und Verordnungen und der Atmosphäre allgemeiner Hoffnungslosigkeit zu spüren war, die man auf den Straßen in den Gesichtern der Menschen lesen konnte. Man wurde auf Schritt und Tritt an sie erinnert, zum Beispiel beim Anblick der leeren Straßen, auf denen jetzt ein einzelnes Fahrzeug mehr Aufmerksamkeit erregte als früher ganze Blechlawinen. Oder wenn einem bewusst wurde, dass über Nacht wieder ein paar Mitbürger verschwunden waren: eingesammelt und den Machthabern in Paris ausgeliefert, Ausländer und Juden, die als Menschenfutter für die Rüstungsfabriken in Deutschland gebraucht wurden. Daneben gab es noch eine Gruppe, die auf einmal fehlte: Menschen, die in die Berge geflohen waren, um der Verhaftung zu entgehen oder weil sie sich der Résistance anschließen wollten. Kurzum, der Krieg war für Julien im Grunde nur die Summe der Verschwundenen gewesen; er machte sich nicht physisch bemerkbar und hatte kein reales Gesicht.

Bis zu dem Tag, an dem ein einzelner Militärlastwagen über die Hauptstraße von Vaison rumpelte und der Fahrer anhielt und ausstieg. Die Besetzung des französischen Südens – die so genannte Operation Anton – war seit vergangenem November in vollem Gange, aber wegen der Meinungsverschiedenheiten mit Italien über die Frage, wer das Gebiet östlich der Rhone kontrollieren dürfe, passierten deutsche Militärtransporte auf dem Weg zur Küste die Region in der Regel ohne Zwischenhalt. Das Hügelland östlich der Rhone hatte militärisch keine große Bedeutung; selbst wenn es zu einer Landung der Alliierten an der französischen Südküste kommen sollte, würden sich die Verbündeten, wenn sie klug waren, für ihren weiteren Vormarsch nicht ausgerechnet dieses schwierige Gelände aussuchen.

Es war Samstagmorgen, und der Fahrer hatte die Orientierung verloren. In den Geschichtsbüchern lesen wir, dass gute Generäle immer wissen, wo ihre Truppen sind, und wenn sie zu den bedeutenden Generälen gehören, können sie sogar mit einiger Sicherheit vorhersehen, wo diese am nächsten Tag sein werden. Nur, hier handelte es sich nicht um einen General, sondern um einen einfachen, auf sich gestellten Soldaten, dem man aufgetragen hatte, sich einem Konvoi nach Marseille anzuschließen, wobei ihm dummerweise niemand den Sammelpunkt genau beschrieben hatte. Und so hatte der arme Kerl drei Tage lang gewartet und war dann in der Hoffnung, irgendwo auf die Transportkolonne zu stoßen, auf eigene Faust losgefahren.

Er kam frisch von der Schulbank, hatte gerade mal zwölf Wochen Dienstzeit hinter sich und träumte – obwohl er aus einer alten Soldatenfamilie stammte, die seine defätistische Einstellung geschlossen als Schande empfand – andere Träume als den, mit Leib und Seele Soldat zu sein. Er hatte mit jeder Faser seines Herzens gehofft, irgendwo stationiert zu werden, wo wenig Gefahr bestand, in kriegerische Handlungen verwickelt zu werden, und es unter Ausnutzung aller Verbindungen auch tatsächlich geschafft, zu einer Einheit abkommandiert zu werden, die den Auftrag hatte, eine kleine Insel vor der bretonischen Küste zu verteidigen. Dort verbrachte er seine Tage hauptsächlich mit Fischen, während er sich in der Hoffnung wiegte, dass die geballte Militärmacht der Alliierten Besseres zu tun habe, als eine Insel mit zweihundertachtundsiebzig Einwohnern anzugreifen.

Als dann große Teile der deutschen Truppen in den bisher nicht besetzten Süden Frankreichs verlegt wurden, musste auch er von der idyllischen Insel Abschied nehmen und fand allenfalls bei dem Gedanken Trost, dass es schlimmere Alternativen gab, zum Beispiel eine Versetzung an die Ostfront. Und jetzt hatte er im Zuge der großen Umgruppierung den Anschluss an seine neue Einheit verloren, irrte mit seinem Lastwagen orientierungslos durch die Nacht und hoffte, irgendwo auf jemanden – egal wen – zu stoßen, der ihm sagen konnte, wo er war und welche Richtung er einschlagen musste.

Auf seiner Irrfahrt kam er morgens nach Vaison, das weit abseits der vorgesehenen Transportroute lag, und beschloss, jemanden nach dem Weg zu fragen. Und da stand er nun mit einer Miene, die seine ganze Ratlosigkeit verriet, auf der Hauptstraße und sah sich suchend um. Er war zu jung und zu unwissend, um sich Gedanken darüber zu machen, ob er nicht eigentlich Angst haben sollte, so ganz allein in einer Stadt, in der ihn niemand kannte, mit einem Lastwagen, auf dessen Ladefläche sich Lebensmittel stapelten, die die Bewohner dieses Ortes mit dem größten Vergnügen verschlungen hätten.

Julien sah ihn auf der Straße stehen und gegen das erste Sonnenlicht anblinzeln. Und der junge Bursche drehte kurz den Kopf zu ihm herüber, schien zu überlegen, ob er ihn vielleicht nach dem Weg fragen solle, wandte sich dann aber um und ging in einen Laden. Julien sah ihn mit weit ausholenden Gesten auf den Ladenbesitzer einreden, wie man es eben tut, wenn man Probleme mit einer fremden Sprache hat. Er und der Ladenbesitzer deuteten abwechselnd erst in die eine, dann in die andere Richtung, und schließlich zeigte der Junge auf ein kleines Brot. Der Ladenbesitzer gab es ihm, und als der Junge ihm Geld

geben wollte, winkte er ab und bedeutete ihm, dass er keins wolle. Eine vieldeutige Geste, weder freundlich noch eindeutig abweisend, eher eine vorsichtige Mischung aus beidem, als wollte er dem jungen Soldaten zu verstehen geben, dass sich die neuesten Nachrichten bis hierher herumgesprochen hatten: Das Kriegsglück hatte sich gewendet, das Odium der Unbesiegbarkeit verblasste. Später, als er Julia davon erzählte, sagte Julien, der Junge habe so gar nichts von einem Kriegshelden an sich gehabt, und es sei ihm schwer gefallen, sich vorzustellen, dass solche schmächtigen Bürschchen der französischen Armee die vernichtende Niederlage bereitet hatten.
Der Besatzungssoldat ging zu seinem Lastwagen zurück, sah sich kurz um und fuhr weg. Auch das verfolgte Julien, und so konnte er den Ablauf der Dinge dem kleinen deutsch-französischen Trupp genau schildern, der ein paar Tage später nach Vaison kam, um herauszufinden, wer den Lastwagen knapp zehn Kilometer weiter südlich gestoppt, den Jungen aus dem Führerhaus gezerrt, in das üppig wuchernde Gras am Straßenrand geschleppt, abgestochen und zum Sterben liegen gelassen hatte, während die Vorräte von der Ladefläche verschwanden.

Es ist bekannt, dass Seuchen Menschen in den Wahnsinn treiben, und jeder weiß aus Erfahrung, dass extreme Lebensumstände zu einem Verhalten führen können, das allen, denen ein besseres Geschick beschieden ist, als absurde Entartung erscheinen muss. Während der Pest – und über ein ganzes Jahrhundert nach ihrem Abklingen – war der Totentanz ein Leitmotiv der europäischen Kunst: Männer und Frauen, die in verzückter Ekstase nackt mit Teufeln und Fabelwesen tanzen, als lechzten sie nach Körperkontakt mit Kreaturen, die ihnen eigentlich zutiefst verhasst sein mussten. Es war die bildliche Darstellung einer Geisteshaltung, in der sich Besessene nicht mehr mit gewöhnlichen Vergnügungen begnügen, sondern nach Ausschweifungen gieren und sich ihnen mit so unbedachter Leichtfertigkeit hingeben, dass sie irgendwann an ihnen zu Grunde gehen.

Eine dieser Unglücklichen war Isabelle de Fréjus, deren grenzenloses Verlangen nach Pisano als Beweis dafür gelten könnte, dass die Liebe eine Krankheit ist – eine gefährliche Seuche, die jeden, der mit ihr in Berührung kommt, ansteckt und Verderben bringt. Seit er die Skizze von ihr gezeichnet und sie später an der Stadtmauer angesprochen hatte, war er ihr nicht mehr aus dem Sinn gegangen; er beherrschte ihr Denken so, dass sie keinen anderen Gedanken mehr fassen konnte. Sie träumte Tag und Nacht von ihm, stellte sich vor, in seinen Armen zu liegen und sich ihm hinzugeben – ein Traumbild, das sie umso mehr beunruhigte, wenn sie an ihren eigenen Mann dachte. Anfangs versuchte sie, sich ins Gebet zu flüchten und den Himmel anzuflehen, er möge ihre sündigen Gedanken verscheuchen. Doch bald gab sie das Beten auf, denn der Wahnsinn hielt sie so fest in seinen Fängen, dass sie ihre Träume nicht mehr missen wollte. Sie wusste nicht, woher ihre unheimlichen Visionen kamen und wieso sie immer mehr Gewalt über sie gewannen, aber es dauerte nicht lange, bis sie aufhörte, sich gegen sie zu wehren, und sie stattdessen mit derselben Inbrunst herbeisehnte, mit der verwirrte Seelen von einer Buhlschaft mit dem Leibhaftigen träumen. Und irgendwann genügten ihr die Tagträume nicht mehr. Ihr Verlangen wurde so übermächtig, dass ihr keine Zerstreuung oder Ablenkung wieder zu einem klaren Kopf verhelfen konnte. Es gab kein Entrinnen, die Träume verfolgten sie unablässig, von dem Augenblick an, in dem sie morgens erwachte, bis zu dem, in dem der Schlaf sie irgendwann spät in der Nacht von ihnen erlöste.

Und als der Kammerherr ihres Mannes ihr mitteilte, sie würden nun Avignon verlassen und nach Osten, in die Bergregion der Provence, reisen, um dort der Pest zu entrinnen, wurde sie auf der Stelle krank. Was, wenn der Maler, ihr heimlicher Geliebter, während ihrer Abwesenheit starb? Wenn sie ihn nie wiedersah? Sie wusste, dass sie weder weiterleben noch sterben konnte, wenn ihr nicht vergönnt wurde, wonach sie sich am meisten sehnte und wovon sie sich die Erfüllung ihres Lebens erhoffte. Vergessen waren die Moralpredigten der Priester, sie verbannte sie aus ihrem Denken; vergessen die Schwüre, nach einem gottgefälligen Leben zu streben, sie bedeuteten ihr nichts mehr. Sie war freudigen Herzens bereit, ihre Seele dem Teufel zu verschreiben und ewige Höllenqualen in Kauf zu nehmen, wenn sie sich dadurch nur eine einzige Nacht in Pisanos Armen einhandeln und so die Erlösung erfahren konnte, von der sie so oft geträumt hatte und die nur er ihr geben konnte.

Das Fieber, das ihr den Verstand verwirrte, und die Qualen ihrer Seele trieben sie so weit, dass ihr ganzes Begehren und all ihre Träume nur noch darauf ausgerichtet waren, sich der Sünde hinzugeben. Und in der Nacht, bevor die Familie abreisen wollte, konnte sie ihr Verlangen nicht mehr unterdrücken. Während die Bediensteten und die Familienmitglieder (soweit es sie noch gab, denn die Pest hatte auch das Haus de Fréjus heimgesucht und ihre Großmutter, ihre Schwester und sechs Dienstboten dahingerafft) geschäftig von Zimmer zu Zimmer eilten und in aller Hast Kisten und Koffer packten, warf sich Isabelle den Mantel über und schickte sich an, das Haus zu verlassen.

»Ich gehe meinen Freunden Lebewohl sagen«, ließ sie die anderen wissen, »wer weiß, ob wir uns je wiedersehen.« Nichts hätte die aus den Fugen geratenen Zeiten besser demonstrieren können als die Tatsache, dass sie niemand daran hinderte, spätabends und ohne Begleitung auszugehen.

Pisano wohnte in einer einfachen Gegend, die aber den unschätzbaren Vorteil billiger Mieten aufwies. Denn die Hausbesitzer in Avignon hatten ihre gierige Vorliebe für Geld entdeckt, und seit sich vor dreiundvierzig Jahren der päpstliche Hof hier niedergelassen hatte, wurde Wohnraum kaum noch zu erschwinglichen Preisen angeboten, sodass mitunter selbst Kardinäle genötigt waren, sich mit keineswegs standesgemäßen Häusern zu begnügen, und einfache Leute sich Behausungen nur in übel beleumundeten Vierteln leisten konnten, in enger Nachbarschaft mit den Juden.

Die Gegend war Isabelle nicht ganz unbekannt; in einer kleinen Stadt wie Avignon hatten Frauen keinen Grund, die ärmeren Gegenden zu scheuen. Sie war schon oft im Judenviertel gewesen, allerdings nie allein und erst recht nicht bei Nacht. In ihren besten Mantel eingemummt, niemanden an der Seite, der ihr mit der Laterne leuchten konnte, eilte sie durch die Straßen, und je enger, dunkler und schäbiger die wurden, desto mulmiger war ihr zu Mute. Es erwies sich als schwierig, die Behausung des Italieners zu finden, sie musste wiederholt nach dem Weg fragen. Noch schwieriger war es, das Haus zu betreten, weil man die Tore bereits für die Nacht verriegelt hatte. Sie musste den Türklopfer mehrmals kräftig gegen die dicke Eichentür schlagen, bevor sie endlich Schritte auf der Innentreppe hörte.

Die Dinge gestalteten sich ganz und gar nicht so, wie sie es sich vorgestellt hatte. Sie hatte gehofft, ohne Aufsehen ins Haus zu schlüpfen und unbemerkt in Pisanos Zimmer zu gelangen, wo sie dann, ohne dass jemand etwas von ihrer Anwesenheit ahnte, in seine Arme sinken und schließlich das Bett mit ihm teilen wollte, ehe sie – noch vor Morgengrauen und wahrscheinlich mit geröteten Wangen und dem schuldbewussten Blick der Ehebrecherin – durch menschenleere Straßen nach Hause eilen konnte. Stattdessen hatte mittlerweile gut ein halbes Dutzend Leute von ihr Notiz genommen – ein Hausmeister, Bedienstete, Passanten und die Leute im gegenüberliegenden Haus, die natürlich auf den ersten Blick erkannten, dass sie, so wie sie

gekleidet war und wie sie sich verhielt, nicht aus diesem schäbigen Viertel stammen konnte.
Wäre sie weniger mutig und liebestoll gewesen, dann hätte sie das als warnenden Wink des Himmels verstanden und wäre schleunigst nach Hause gegangen, ehe ihr womöglich Gott weiß was zustieß, aber sie hatte sich so in ihre Idee verrannt, dass ihr der Gedanke gar nicht kam. Stattdessen klopfte sie weiter, bis ihr endlich geöffnet wurde. Die Vermieterin musterte sie finster, bequemte sich aber schließlich dazu, nach oben zu steigen und ihrerseits wütend gegen eine Tür im oberen Stock zu hämmern, an der sich nach einer Weile Olivier blicken ließ. Er hatte den Abend bei seinem Freund verbracht und sich so verplaudert, dass es zu spät geworden war, in den Kardinalspalast zurückzukehren, wo man die Tore neuerdings bei Einbruch der Dunkelheit schloss und alle, die noch Einlass begehrten, abwies. Also hatte er Pisano um einen Schlafplatz auf dem Strohsack bitten müssen, und als er dann von dem lauten Klopfen aufgewacht war und gesehen hatte, wer unten stand, war ihm augenblicklich klar geworden, dass er sich wohl für die restlichen Stunden ein anderes Nachtquartier suchen müsse.
Er ging nach unten und redete – im Flüsterton, weil er wusste, dass die Vermieterin ein notorisch neugieriges Weib war – beschwörend auf Isabelle ein. »Ihr müsst verrückt geworden sein, hierher zu kommen.«
Aber Isabelle beharrte darauf, dass sie den Italiener sprechen müsse. Also führte er sie widerstrebend nach oben, redete ihr aber auf der Treppe noch einmal eindringlich zu. »Ihr solltet nach Hause gehen. Ich werde Euch begleiten, es könnte da draußen in der Dunkelheit gefährlich sein.«
»Nein, danke«, sagte sie nur.
Da blieb ihm nichts anderes übrig, als sie in die Kammer zu lassen. Er trug sich zwar kurz mit dem Gedanken, mitzukommen und Pisano zuzureden, um Himmels willen nichts

Unbedachtes zu tun, entschied sich aber zu guter Letzt dafür, die beiden lieber allein zu lassen. Und so zog er sich schließlich auf der Treppe Wams und Hose an und schlüpfte in den Mantel, um auf der Straße darauf zu warten, dass die Luft irgendwann wieder rein wäre. Und während er in der kalten Nacht auf und ab ging, verfluchte er mit unflätigen Worten, wie sie nur wahren Dichtern einfallen, die Freundschaft, die Frauen und die Italiener.

Isabelle blieb fast zwei Stunden bei Pisano, dann ließ sie sich von ihm zur Haustür bringen und machte sich auf den Heimweg: eine auf wundersame Weise geheilte Frau inmitten einer vom Wahnsinn gebeutelten Welt. Für sie war ihr Wahn zum Schutzwall geworden, der sie künftig vor allen Versuchungen bewahren würde. Seit sie erfahren hatte, wie leicht man von Träumen und Sehnsüchten verführt werden kann, war sie wieder sie selbst. Sie sah in ihrer Enttäuschung die Strafe für ihr sündiges Verhalten, doch nun war sie geheilt, ihr konnte nichts Böses mehr widerfahren. Und so wandte sie sich nicht einmal ängstlich oder neugierig um, als sie in eine stockdunkle Seitengasse einbog und Schritte hinter sich hörte.

Auf seine Weise war auch der Comte de Fréjus vom Teufel besessen. Er hatte, als Isabelle aus dem Haus geschlüpft war, in ihrem Gesicht eine rätselhaft freudige Ungeduld gelesen und geglaubt, in ihren Augen ein Strahlen auszumachen, das er nie zuvor wahrgenommen hatte. Also war er ihr den ganzen Weg gefolgt, hatte gesehen, wie sie an Pisanos Haus anklopfte, eingelassen wurde, und wie wenig später Olivier ungeduldig auf der Straße auf und ab ging. So konnte es nicht wundernehmen, dass er, während er versteckt in einem Torbogen lauerte, fast an seiner unbändigen Wut erstickte. Und als sie endlich aus dem Haus gekommen war, hatte er sich abermals an ihre Fersen geheftet und war ihr gefolgt, bis er sich vor unerwünschten Augenzeugen sicher wähnte.

Ihr blieb kaum Zeit zu begreifen, was ihr geschah. Sie wäre ohnehin zu schwach gewesen, diese Attacke mit ihren zarten Armen abzuwehren, und ihre schönen Beine waren eher ans Flanieren als daran gewöhnt, mit ihnen um ihr Leben zu rennen. Sie kam nicht einmal dazu, um Hilfe zu rufen, denn die starken Hände des Comte legten sich, kaum war er nahe genug herangekommen, wie ein Schraubstock um ihre Kehle.

Im letzten Moment wandte sie sich noch kurz um, aber es ist wenig wahrscheinlich, dass ihr genug Zeit blieb, den Mann zu erkennen, der sie in den finsteren Torweg eines verlassenen Hauses zerrte und dort in unbändiger Wut erdrosselte, so wie auch kaum anzunehmen ist, dass sie, ehe ihre Augen brachen, noch um Gnade betteln konnte. Mit Sicherheit war sie längst ohnmächtig, als der Comte wieder und wieder mit dem Messer auf sie einstach, und so blieb ihr wenigstens erspart, bewusst mitzuerleben, wie er ihr in seinem rasenden Zorn mit einem brutalen Schnitt die Kehle aufschlitzte.

Er warf das Messer neben ihr auf den Boden, blieb ein paar Sekunden erschöpft und um Atem ringend stehen, stülpte sich dann die Mantelkapuze über den Kopf und eilte mit schnellem Schritt los – einmal um die Ecke, auf die Hauptstraße und nach Hause. Aber sosehr er sich auch beeilte, er war nicht schnell genug: Olivier, der ein letztes Mal jämmerlich frierend vor Pisanos Haus auf und ab ging, sah und erkannte ihn.

Nach dem Mord an dem jungen Soldaten waren sechsundzwanzig Bürger als Geiseln genommen worden. Warum es exakt sechsundzwanzig sein mussten, hätten die Deutschen wahrscheinlich selber nicht erklären können; irgendjemand in der militärischen Hierarchie hatte die Zahl festgelegt.
Und so wurde eine Stadt, die zuvor nicht viel mit dem Krieg zu tun gehabt hatte, plötzlich mit seiner ganzen Grausamkeit konfrontiert. Eine Stadt, die sich bis dahin, weil sie zur italienischen Zone gehörte, relativ sicher geglaubt hatte, wurde jäh von den Strudeln physischer Vernichtung erfasst. Früher war es üblich gewesen, vor Geiselnahmen sorgfältig durchdachte Namenslisten zu erarbeiten, unter nachvollziehbaren Kriterien, Ärzte, Rechtsanwälte, Honoratioren, Männer, die man kannte, weil sie eine gewisse Rolle im öffentlichen Leben spielten – zwei Freimaurer, drei Ladenbesitzer, vier Kunsthandwerker, zwei gute Katholiken und dazu, um den Anschein der Objektivität zu wahren, einen, der als Kommunist verschrien war. Menschen aus der Stadt und aus den umliegenden Dörfern. Auf keinen Fall jedoch Frauen oder Kinder, die Besatzer wollten sich nicht den Vorwurf einhandeln, sie seien roh und gefühllos.
Aber das gehörte nun der Vergangenheit an, auf solche Feinheiten konnte oder wollte jetzt niemand mehr achten; die Dauer und der Verlauf des Krieges schienen auch die letzten Regeln eines zivilisierten Umgangs miteinander ausgemerzt zu haben. Niemand nahm sich noch Zeit für humanitäre Erwägungen, es ging nur noch um Rache und Vergeltung. Ein paar Lastwagen kamen plötzlich in die Stadt geprescht, Soldaten sprangen ab, sammelten die erstbesten sechsundzwanzig ein, die ihnen über den Weg liefen, und verfrachteten sie zur Schule, in der den Lehrern und Schülern gerade mal fünf Minuten Zeit gelassen wurde, das Gebäude zu räumen.
Solchen Krisensituationen war Hector Morville, der stellvertretende Bürgermeister von Vaison, nicht gewachsen. Er war

gewählt worden, weil die Leute ihn mochten, und man merkte ihm an, wie sehr er sein Amt und die mit ihm verbundenen Ehren und Würden genoss. Dabei hatten die Bürger ihn eigentlich mehr aus Mitleid gewählt. Seine Frau war gestorben, und sie wollten irgendetwas tun, was ihn ablenken konnte und auf andere Gedanken brachte. Der Bürgermeister – ein kerngesunder Mann, dem jedoch viel an seiner Bequemlichkeit lag – ließ sich bei offiziellen Anlässen und Einladungen häufig unter dem Vorwand irgendwelcher gesundheitlicher Probleme entschuldigen, und so konnte Hector, der nur zu gern mit stolzgeschwellter Brust den Ehrenplatz an der Tafel einnahm, die angenehmen Seiten seines Amtes umso öfter auskosten. Obwohl er sich dadurch als leichte Beute für notorische Spötter angeboten hätte, wäre nie jemand auf die Idee gekommen, Witze über ihn zu reißen; dafür war die Freude, die ihm sein Amt bereitete, zu schlicht und zu ehrlich.

Und nun sah er sich plötzlich hilflos einer nie geahnten Bürde dieses Amts ausgeliefert; der Gedanke an das Schicksal von Menschen, die er seit Jahren kannte, darunter sogar etliche gute Freunde, ließ ihn vor Schreck und Entsetzen erstarren. Er war immer eine etwas mollige Frohnatur mit rosigen Wangen gewesen, ein Mann, der sich um andere sorgte und mit den Erzeugnissen seines kleinen Bauernhofes viel dazu beitrug, die Lebensmittelknappheit zu lindern, doch nun machten die aktuellen Ereignisse binnen Stunden einen grauhäutigen, gebeugten Mann aus ihm, mit all der von Zweifeln und Bedenken geprägten Vorsicht, die man bei älteren Leuten oft antrifft.

Daher war er froh, dass er sich mit Julien, seinem alten Freund aus Kindertagen, besprechen konnte, als der an diesem Abend in die Stadt geradelt kam, um zu sehen, was dort eigentlich vorging. Eine der Festgenommenen war nämlich Elisabeth Duveau, die man nur deshalb auf einen der Lastwagen gezerrt hatte, weil sie im falschen Augenblick auf dem Marktplatz von Vaison aufgetaucht war. Sie kam mit ein paar Einkäufen aus einem Laden für Damen- und Herrenbekleidung. Es war nämlich überraschend eine Ladung Baumwollwaren in Vaison eingetroffen, und weil sich die Nachricht davon in Windeseile bis in die kleinsten Dörfer der Umgegend herumsprach, war auch sie nach Vaison gekommen, um zu sehen, ob sich wohl für sie etwas Brauchbares fände. Als sie bis zum Abend nicht nach Roaix zurückgekehrt war, wandte sich das ganze Dorf an Julien mit der Bitte, nach dem Rechten zu sehen, und Julien wandte sich seinerseits an den stellvertretenden Bürgermeister und entlockte ihm die wenigen Einzelheiten, die bisher bekannt geworden waren.

»Aber man hat ihnen einstweilen noch nichts getan?«, erkundigte er sich bangen Herzens.

»So genau weiß ich das nicht.«

»Was wollen sie denn von den Leuten? Nun sag schon, was wollen sie von euch?«

»Ich vermute, sie wollen die Männer, die den Soldaten getötet haben.«

»Woher sollen wir das wissen?«, brauste Julien auf, obwohl er es in Wahrheit sehr wohl wusste.

Alle wussten es. Als der Mord an dem jungen Soldaten bekannt wurde, wusste jeder sofort, wer da seine Finger im Spiel gehabt hatte. Die beiden Burschen waren an dem bewussten Abend in der Nähe von Vaison gesehen worden, aber nachdem der Leichnam des Soldaten gefunden worden war, spurlos untergetaucht, und seither hatten sie sich nicht wieder blicken lassen. Wo sie sich versteckt hielten, wusste niemand; die beiden waren seit langem darin geübt, im richtigen Moment zu verduften. Sie gehörten wahrlich nicht zu den beliebtesten Bürgern der Stadt, besonders der eine war als Trunkenbold bekannt, aber ein robustes Draufgängertum konnte man beiden nicht absprechen. Als sie den Befehl erhielten, sich beim Bürgermeister zu melden, weil sie als Zwangsarbeiter nach Deutschland verschickt werden sollten, besprachen sie sich kurz und beschlossen, der Aufforderung keine Folge zu leisten. Disziplin hatte nie zu ihren Stärken gehört, sie waren weder gute Schüler noch später zuverlässige, fleißige Arbeiter gewesen, und Befehlen zu gehorchen war schon gar nicht ihre Art. Also waren sie kurzerhand eines Nachts verschwunden und in den Hügeln und Wäldern untergetaucht, in denen sie sich gut, die Polizisten und Soldaten dagegen kaum auskannten.

Im Laufe der Zeit kamen andere dazu, und irgendwann schlossen sie sich zu einer Widerstandsgruppe zusammen, wobei viele wohl nicht einmal merkten, dass sie dadurch ihre eigenen Ideale verrieten. Manche wollten Helden sein, andere nur der Zwangsarbeit in Deutschland entgehen. Es gab unter ihnen Idealisten und Patrioten, die einen lockte die Möglichkeit, sich an gewaltsamen Aktionen zu beteiligen, anderen lag mehr daran, sich als Gegengewicht gegen die zunehmende Gewaltbereitschaft zu profilieren. Manche verfolgten klare politische Ziele, andere wollten lediglich die Deutschen bekämpfen oder die französische Marionettenregierung stürzen. Die einen kämpften für ihr Land, andere für Gott, wieder andere für das Volk und der Rest für sich selbst. Im Prinzip waren alle bereit zu kämpfen, sie wurden sich nur nicht einig, wie sie das tun sollten und wer ihr Feind war. Es handelte sich, auf einen kurzen Nenner gebracht, um eine der Gruppierungen, aus denen Bernard nach dem Plan der Alliierten eine schlagkräftige Truppe schmieden sollte, die den Deutschen ernsthafte Schwierigkeiten bereiten konnte. Oder, wie Marcel es sah: eine der Gruppierungen, die eine permanente Gefahr für die öffentliche Ordnung darstellten.

»Wir können nicht zulassen, dass unsere Mitbürger wegen dieser Burschen ermordet werden«, versuchte Hector, den entschlossenen Vertreter der Obrigkeit herauszukehren.

»Und was schlägst du vor, was wir dagegen tun sollen?«

»Wir liefern den Deutschen die Mörder aus.«

Hector war nie ein praktisch denkender Mann gewesen. Er

lebte immer noch in einer Welt, in der man sich bei größeren Problemen an die Polizei wandte, und die unternahm dann irgendetwas. Seine persönliche Art des Widerstandes bestand darin, sich vorzumachen, die alten Strukturen wären immer noch existent und effektiv. Aber nun war seine Vorstellungskraft erschöpft, ihm fiel keine Lösung ein. Einen Augenblick lang hatte er sich aus seiner Lethargie aufgerafft, aber es hatte ihm nichts gebracht. Und so verschanzte er sich eilends wieder hinter seiner Lieblingsausrede, dass er ja ohnehin nichts tun könne, und schüttelte wie zur Bekräftigung tief betrübt den Kopf. Das tat er immer, wenn er sich mit einer Situation konfrontiert sah, bei der erkennbar irgendetwas nicht in Ordnung war, aber gleichzeitig jeder Versuch, eine Lösung zu finden, schwer abzuschätzende Risiken barg.

»Das ist nicht so einfach«, gab Julien vorsichtig zu bedenken, »und vielleicht auch nicht sonderlich klug.«

»Du hast doch Verbindungen, Julien. Du bist ein wichtiger Mann in der Präfektur und kennst den Präfekten persönlich. Geh zu ihm, vielleicht kann er etwas unternehmen!«

Julien sah ihn bekümmert an. Sein Vertrauen in Marcel war nicht mehr sehr groß.

»Was hältst du davon?«, fragte er Julia, als er nach Roaix zurückgeradelt war. Sie lebte immer noch bei ihm, Bernard hatte sein Versprechen, sie außer Landes zu bringen, bis jetzt nicht eingelöst, und es sah inzwischen eher danach aus, als habe er das auch gar nicht vor. Monat um Monat verrann, ohne dass sich etwas tat; Bernard machte sich nicht mal mehr die Mühe, sie mit irgendwelchen Ausflüchten zu beschwichtigen. Aber Ausweise und sonstige Dokumente wollte er weiter gefälscht haben. Kein Wunder, dass Julien erhebliche Zweifel hegte, ob Bernard überhaupt je vorgehabt hatte, sich an die Abmachung zu halten. Er hoffte es, aber er war nicht mehr sicher. Und dabei hatte Julia ihm doch alles geliefert, was er haben wollte; sogar mehr, als ursprünglich abgesprochen war. Irgendwann äußerte er Julia gegenüber in einem Anflug von Galgenhumor, es sei wohl sinnvoller, auf die Ankunft der alliierten Truppen als darauf zu warten, dass Bernards Vorbereitungen endlich abgeschlossen wären. Aber Sorgen machte er sich nicht, bisher hatte es keinerlei Anzeichen dafür gegeben, dass Julia irgendeine Gefahr drohte. Jeder gemeinsam verbrachte Tag bestärkte sie in dem Wissen, glücklich miteinander zu sein, und sie fühlten sich in Roaix in Sicherheit, beinahe wie im tiefsten Frieden. Außerdem stimmten die Nachrichten von der Front sie jeden Tag ein wenig zuversichtlicher, ließen sie doch hoffen, dass der Friede bald kein Traum mehr, sondern für alle Realität sein würde.

Julia war über und über mit Tusche bekleckert. Bevor sie bei ihm eingezogen war, hatte Julien sich nicht vorstellen können, dass das Leben einer Malerin von so viel Unordnung geprägt sein und so viel Bereitschaft verlangen könne, besudelt und schmutzig herumzulaufen. Ihr Anblick war für Julien ein zusätzlicher Ansporn, seine ohnehin permanente Suche nach Seife zu intensivieren. Es rührte ihn an, als er sah, wie sie verzweifelt ihren Arm nach einem nicht mit Tusche bekleckerten Stück Haut absuchte, weil sie sich die Nase kratzen wollte. Und es handelte sich nicht um gewöhnliche Tusche, sondern um ein von ihr selbst zusammengerührtes, besonders klebriges Gemisch. Schließlich erbarmte er sich ihrer und nahm ihr das Kratzen ab.

»Danke«, seufzte sie erleichtert. »Jetzt weiß ich, warum sich Renaissancemaler Gehilfen gehalten haben.« Sie warf einen Blick in den Spiegel. »Ach du lieber Gott, guck dir an, wie ich aussehe!«

Ein altes, kragenloses Hemd, die ausgebeulten Hosenbeine so weit hochgerollt, dass sie nicht über ihre eigenen Füße stolperte, barfuß, das Haar mit einem Stück Bindfaden zurückgebunden … aber in Juliens Augen war sie wunderschön und glücklicher, als er sie je gesehen hatte.

»Geh zu Marcel!«, sagte sie, nachdem sie sich genau im Spiegel angesehen hatte. »Natürlich musst du zu ihm gehen. Was hast du schon zu verlieren? Du musst alles versuchen, um diese armen Leute freizubekommen!«
Eine Stunde später brach er auf. Er rechnete damit, am nächsten Nachmittag zurück zu sein, und versprach Julia, alle Läden nach Seife und Papier abzuklappern. Und als er aufs Rad stieg, dachte er schmunzelnd, wie merkwürdig es doch sei, dass ausgerechnet diese beiden Dinge auf einmal die wertvollsten auf der ganzen Welt geworden waren.

1972, kurz bevor Marcel Laplace starb, wurde ein Journalist, der ein Buch über die Provence in der Zeit des Krieges schreiben wollte, auf den ehemaligen Präfekten von Avignon aufmerksam. Das Buch sollte eine jener Aufarbeitungen der jüngeren französischen Geschichte werden, die damals gerade in Mode kamen. Oft liefen solche Versuche darauf hinaus, alte Rechnungen zu präsentieren und lange verborgen gebliebene Geschäfte mit den deutschen Besatzern aufzudecken, bei denen eine Hand die andere gewaschen hatte. Aber dem Journalisten lag mehr daran, die Verdienste der Kriegsgeneration als das Versagen Einzelner herauszustellen. In Marcels Fall hätte der Versuch einer Abrechnung ohnehin nicht viel gebracht, weil er schon sehr hinfällig war und unter zunehmender Konzentrationsschwäche litt. Da in Anbetracht seines Alters und Gesundheitszustandes niemandem daran lag, ihm den Prozess zu machen, blieb es ihm erspart, sich wegen seiner Amtsführung als Präfekt verteidigen zu müssen. Im Übrigen sprachen seine Personalakte und seine Verdienste für ihn.
Nachdem er dem Staat nach dem Krieg fast ein Vierteljahrhun-

dert – in verschiedenen Ressorts und immer in herausgehobenen Positionen – gedient und in den sechziger Jahren eine bedeutende Rolle bei dem für Frankreichs Stolz so überaus wichtigen Wirtschaftswunder gespielt hatte, war er, mit Ehren überhäuft, zu einem der großen Männer des Landes geworden: ein Technokrat, geradezu die personifizierte Rechtfertigung der Technokratie, der sein routiniertes Geschick während des Krieges perfektioniert hatte und so dafür sorgen konnte, dass die von der Vichy-Regierung erdachte Politik der nationalen Erneuerung in die Tat umgesetzt wurde.

Der Journalist wühlte zwar in Marcels Vergangenheit und förderte tatsächlich Dinge zu Tage, die in Vergessenheit geraten waren, aber in seinem Buch ging er nicht weiter auf die Einzelheiten bürokratischer Abläufe, die von Marcel verfassten Denkschriften und auf seine Weisungen und die bei der Zusammenarbeit mit der Besatzungsmacht unerlässlichen Absprachen ein. Er hätte den Finger auch auf andere Wunden legen und das Augenmerk mehr auf Marcels Verwaltungsanordnungen richten können, bei denen er im Bestreben, sich bei vorgesetzten Behörden beliebt zu machen und einen Vertrauensvorschuss zu erwerben, gelegentlich weit über die Auflagen aus Vichy und seitens der Besatzer hinausging. Sorgfältige Recherchen über seine Handhabung des *statut des juifs* hätten aufgezeigt, dass während seiner Präfektur viele Juden ihren Arbeitsplatz und einige sogar ihr Leben verloren hatten, die unter einem nicht ganz so willfährigen Präfekten unbehelligt geblieben wären. Und dass er bei seinen Erlassen zur Schulreform, zur Schließung von Nachtklubs und zum Verbot von Versammlungen unnötige Härte demonstriert hatte.

All das fehlt in dem Buch nicht, wird aber eher beiläufig erwähnt, denn der Autor konzentrierte sich auf ein Ereignis, das das ganze Elend des Krieges und die Verwirrung widerspiegelt, die er in den Köpfen anrichtet. Es ging um den 14. August 1943, den Tag, an dem Marcel, wie er sich zu erinnern behauptete, zum ersten Mal Kontakt mit der Résistance aufgenommen hatte: ein gefährlicher Entschluss, der sich freilich um die Jahreswende 43/44, in den Wochen vor der Befreiung des Landes durch die Alliierten, auszahlen sollte. Denn er trug dazu bei, dass eben kein Bürgerkrieg ausbrach und das Land nicht im Chaos versank, als die deutschen Truppen immer weiter zurückgedrängt wurden. Die Verwaltungsarbeit der Regierungsstellen wurde fortgesetzt, die Gefahr von Repressalien auf ein Minimum reduziert. Und so hatte Marcel seinem Land und dem Departement einmal mehr einen wertvollen Dienst erwiesen. Der Autor führte aus, dass Marcel und Bernard dieselbe Schule besucht hatten und, so las es sich jedenfalls in dem Buch, enge Freunde, ja sogar Blutsbrüder geworden waren, die sich über die Grenzen unterschiedlicher Ideologien hinweg und ungeachtet der allenthalben einsetzenden politischen Streitereien die Hände reichten. Die schlichte Menschlichkeit gegenseitigen Vertrauens triumphierte über Ängste und Hass und schuf die Voraussetzungen für ein einvernehmliches Zusammenwirken der militärischen und zivilen Kräfte. Sie machte es darüber hinaus möglich, eine Regierung zu etablieren, nachdem es den alliierten Truppen gelungen war, die deutschen Verbände weit genug zurückzudrängen. Der Autor erfand eine fiktive Unterhaltung, bei der Marcel erfuhr, dass Bernard wieder im Lande sei, und schilderte phantasievoll, wie sie sich im Büro des Präfekten getroffen und sich darauf geeinigt hätten, künftig ihr Vorgehen abzustimmen.

Und hatte Marcel die Deutschen informiert? Gab er sein Wissen an die eigene Polizei weiter? Oder verließ er den Pfad der Legalität und tauchte ein in das Zwielicht verschwörerischer Machenschaften? Jemand wie Olivier de Noyen hätte aus dem Spannungsfeld dieser Fragen ein pseudotheologisches Szenario konstruiert, mit einem sehr prosaischen Teufel und einem Engel, wobei der Repräsentant der Hölle den Bürokraten auf den Weg des Bösen locken und der Sendbote des Himmels ihn dazu bewegen will, der Versuchung zu widerstehen. Manlius Hippomanes, mit dem Hintergrund klassischer Bildung und seiner Verwurzelung in heidnischem Gedankengut, hätte sich vielleicht, von der Verurteilung des Herkules inspiriert, eine lange, auf hohem Niveau geführte Diskussion ausgemalt, bei der sowohl das personifizierte Laster wie auch die personifizierte Tugend auftreten durften, auf dass beide ihre Argumente austauschen konnten, ehe Marcel seine wohl überlegte Entscheidung traf. Wie hätten Teufel, Engel, Laster und Tugend zu einer anderen Einschätzung kommen können als der, dass Marcel ein Held gewesen war?

Was übrigens auch der Einschätzung unseres Autors entsprach, zumindest ließ er das in der Kernaussage seines Buches anklingen. Er schildert den Ablauf der Dinge so, als habe letzten Endes Marcels Entscheidung zu einem glücklichen Ausgang geführt. Nur, da schleicht sich eine journalistische Verfälschung ein, denn Marcel hat überhaupt keine Entscheidung getroffen, noch hat er Alternativen erwogen oder auch nur einen Moment lang Zweifel an der Korrektheit seines Handelns gehegt. Und wie hätte der Journalist auf den Gedanken kommen sollen, dass es Julien Barneuve gegeben und welche Rolle er in dieser Angelegenheit gespielt hatte?

Für Manlius lagen die Dinge einfach: Er sah in den Burgundern die bestmögliche Garantie für die Sicherheit der Region. Im Gegensatz zu seinem Freund Felix, für den alle Barbaren eine Bedrohung Roms und seiner Verbündeten waren, wusste er sehr wohl zwischen den Stämmen zu unterscheiden. Natürlich war ihm bewusst, dass er zu Hause mit einer starken Opposition rechnen musste, hatte er sich doch durch seine Zugeständnisse Gundobad gegenüber viele Feinde gemacht. Nun kam es darauf an, wer nachgab und wer sich durchsetzte. Und die Zeit war kurz bemessen, denn der Burgunderkönig hatte zwar zugesagt, seine Truppen bis zu einer Linie südlich von Vaison vorrücken zu lassen, aber in das von Eurich beherrschte Gebiet wollte er nicht eindringen. Und er verlangte, dass alle diese Entscheidung akzeptierten; wenn nicht, würde er gar nicht erst anrücken oder mit der Willkür eines Eroberers in der Region hausen. Und wenn aus dem erhofften Retter ein brandschatzender Despot wurde, war Manlius' Mühe vergeblich gewesen und alles verloren.

Noch zwanzig, dreißig Jahre zuvor hätte die Rückreise, für die man zehn Tage rechnen musste, gerade mal deren zwei gedauert, aber so blieb ihm zumindest viel Zeit zum Nachdenken. Und dabei kam er zu dem Schluss, dass er zuversichtlich sein könne, aus den zu erwartenden Auseinandersetzungen als Sieger hervorzugehen. Das Wort eines Bischofs galt sehr viel bei den Bürgern von Vaison, es war nahezu Gesetz, und dass die Landarbeiter und Leibeigenen auf seinen Gütern zu ihm halten würden, stand für ihn außer Zweifel. Dennoch würde sich Widerstand regen, das war ihm klar, und wenn dieser von Felix angeführt wurde, stellte er eine nicht zu unterschätzende Gefahr dar. Der einzige beruhigende Aspekt war, dass Felix wohl noch im Süden weilte, um Truppen für die Entsetzung von Clermont zu rekrutieren.

Doch kaum fing er an, sich an diese Hoffnung zu klammern, erreichte ihn eine Nachricht, die ihn wie ein Hammerschlag traf: Die Bürger von Vaison hatten sich unter der Führung von Caius Valerius gegen ihn erhoben. Eine Entwicklung, die für ihn völlig überraschend kam; wie Felix hatte er die Bewerbung dieses einfältigen, stets nach allen Seiten dienernden Mannes um das Bischofsamt nie ernst genommen. Aber Caius hatte seit dem Tag, an dem Manlius zum Bischof gewählt worden war, unablässig Intrigen gegen ihn geschmiedet und witterte nun, da sich sowohl Manlius wie Felix außer Landes aufhielten, eine Chance, die sich ihm so bald nicht wieder bieten würde. Und so schritt er, kaum hatte sich Manlius' Delegation auf den Weg zum Burgunderkönig gemacht, mit seinen teils überredeten, teils bestochenen oder eingeschüchterten Gefolgsleuten zur Tat, besetzte die Kirche und brach die erst vor kurzem mit Manlius' Gold aufgefüllte Schatzkammer auf. Die Männer, die Manlius die Treue hielten, wurden entwaffnet und vor die Entscheidung gestellt, entweder ihrem Herrn abzuschwören oder sich die Hände abhacken zu lassen, und da das bedeutet hätte, dass sie nie wieder kämpfen konnten, entschieden sich die meisten für die erste Möglichkeit. An Manlius' persönlichem Hab und Gut vergriffen sich die Aufrührer vorläufig nicht, das hatte Zeit, bis er zurück war, aber sie bereiteten vorsorglich bereits die Anklagen wegen Veruntreuung und unrechtmäßiger Bereicherung vor, die sie, sobald er zurück war, gegen ihn erheben wollten. Denn Caius unterschätzte weder den Bischof noch Felix und wusste, dass die Zeit gegen ihn arbeitete. Manlius war ein sehr mächtiger Mann, dem es sicher möglich war, auf seinen Gütern eine beachtliche Zahl von Kämpfern auszuheben. Dazu kam, dass die Bürger von Vaison bei ihrem Tun ein ungutes Gefühl beschlich, waren sie es doch gewesen, die Manlius durch Akklamation zum Bischof gewählt hatten. Außerdem war er der Repräsentant der Kirche, ein gesalbter Diener Gottes, der zudem mit der Unterstützung durch Faustus rechnen konnte.

Ganz abgesehen davon, war es sehr schwierig, die Stadt auf eine Belagerung vorzubereiten und sie zu verteidigen. Die Mauern waren schwach und in einem maroden Zustand, und die Männer, die man auf ihnen postieren konnte, verstanden sich nicht sonderlich aufs Kämpfen. Caius hatte zwar eilends Boten nach Süden geschickt, die mit dem gestohlenen Gold Söldner anwerben sollten, aber bis jetzt hatten diese Bemühungen keine Früchte getragen, und solange er nicht über genügend erprobte Kämpfer verfügte oder sein Vetter Felix vollendete Tatsachen vorfand, wenn er mit seiner frisch ausgehobenen Truppe zurückkehrte, wäre jeder offene Affront gegen den Bischof eine unverzeihliche Torheit gewesen.

Also beschränkte sich Caius einstweilen darauf, die Mauern behelfsmäßig auszubessern und den Widerstandswillen der Bürger zu schüren. Aber es war ihm klar, dass das allein nicht genügte; irgendetwas Dramatisches musste geschehen, etwas, was Manlius veranlasste, so schnell wie möglich nach Vaison zurückzukehren. Und wer hätte wohl einen besseren Lockvogel abgegeben als Manlius' alte Freundin Sophia?

Über sie waren viele Gerüchte und üble Nachreden in Umlauf, sodass es keiner großen Anstrengung bedurfte, um die Flammen allgemeiner Empörung gegen sie zu entfachen. Sie war eine Fremde, hochmütig und abweisend, bediente sich gewöhnlich der lateinischen Sprache, die in Gallien kaum noch jemand verstand. Auch wurde gemunkelt, dass sie Heilsalben anrühre und Kräutertränke zusammenbraue, was sich verdächtig nach schwarzer Magie anhörte. Im Übrigen unterhielt sie, wie jeder wusste, enge Beziehungen zum Bischof von Vaison, der doch eigentlich, nachdem seine Frau in ein Frauenhaus gezogen war, ein keusches, zölibatäres Leben führen sollte. Und vor allem – sie war eine Heidin, die sich lieber in der Gesellschaft von Juden als in der von Christen aufhielt, unverhohlen die Wahrheiten des rechten Glaubens verhöhnte und durch ihre Lehren jungen Leuten im ganzen Land das Gehirn verwirrte. Auf den letzten Vorwurf reagierte Sophia nur mit lautem Lachen; sie vermochte keine Gehirne zu verwirren, selbst wenn sie es gewollt hätte.

Es gehörte zu ihren Gewohnheiten, alle paar Wochen in die Stadt zu kommen, nicht um irgendwelche Einkäufe zu erledigen, darum kümmerte sich ihre Dienstmagd, sondern weil sie von Zeit zu Zeit das Bedürfnis verspürte, den Atem von Kultur und Zivilisation zu schnuppern, so dürftig es auch in

der kleinen Provinzstadt darum bestellt sein mochte. Bei ihren Besuchen wohnte sie in dem großen Haus, das Manlius ihr zur Verfügung gestellt hatte. Sie blieb in der Regel nur ein, zwei Tage, die sie damit verbrachte, durch die Straßen zu spazieren und dem lärmenden Leben zu lauschen, wobei sie jedes Mal verblüfft feststellte, wie beruhigend und kräftigend ebendieser Lärm auf sie wirkte. Denn sie war von Kindesbeinen an nicht zu einem Leben in beschaulicher Abgeschiedenheit erzogen worden; wenn sie sich auf ihren Hügel zurückgezogen hatte, dann eher, weil sie nicht ständig mit dem allenthalben offenkundigen Verfall von Kultur und Zivilisation konfrontiert werden wollte, als etwa in dem Bestreben, den beruhigenden Gleichklang mit der Natur zu suchen. Sie verbrachte wenig Zeit in der freien Natur, sie war stets ein Stadtmensch gewesen, der sich eher vom ungezügelten Ungestüm großer Menschenansammlungen angezogen fühlte, als danach zu streben, mit andächtigem Staunen die Schönheit der Natur zu genießen.
Übrigens hatte sie angefangen, Manlius' Adoptivsohn Syagrius Unterrichtsstunden zu geben. Der junge Mann stand eines Tages vor ihrer Tür und fragte artig, ob er ihr ein Anliegen vortragen dürfe. Und dann sprudelte es nur so aus ihm heraus: Er wolle Unterricht bei ihr nehmen, und seine Augen flehten sie die ganze Zeit über an, ihn nicht abzuweisen oder gar zu verspotten, wie es sein Ziehvater gewöhnlich tat. Sophia wäre dergleichen nie eingefallen, aber sie verspürte anfangs trotzdem nicht die geringste Lust, Syagrius den Gefallen zu tun. Sie wusste, dass er sie nicht aus Wissbegier oder aus Liebe zur Philosophie darum bat, sondern weil er sich von dem Unterricht erhoffte, Manlius ebenbürtig zu werden und ihn durch den Beweis der neu erworbenen Gelehrsamkeit zu beeindrucken.
Normalerweise hätte sie seine Bitte abgelehnt, aber da sie gerade keine anderen Schüler hatte und auch, weil er so jung und zugleich so verlegen vor ihr stand und sie in seinen flehenden Blicken lesen konnte, wie viel ihm an Manlius' Anerkennung

lag, brachte sie es nicht fertig, ihn wegzuschicken. Sie rang sich vielmehr ein etwas gequältes Lächeln ab und sagte: »Natürlich, das werde ich mit Freuden tun.« Und als er zurücklächelte – mit einem bezaubernd schönen Lächeln, das so viel Erleichterung und Dankbarkeit verriet –, wusste sie, dass ihre Entscheidung richtig gewesen war.

»Fürs Erste kannst du mir den Gefallen tun, nicht gar so stocksteif vor mir zu stehen. Ich will dir keine Lehrerin sein, sondern jemand, der dir den Weg weist. Ich will dir nicht Wissen eintrichtern, sondern dir helfen. Das bedeutet, dass du deine Meinung immer frank und frei aussprechen musst. Ich verbiete dir, auch nur ein Wort von dem, was ich dir erzähle, blindlings zu glauben. Hast du das verstanden?«

Der verwirrte, bekümmerte Blick, mit dem er sie anstarrte, ließ sie Schlimmes ahnen. »Komm rein, junger Mann!«, sagte sie seufzend. »Aber wenn du mich noch ein einziges Mal mit ›Herrin‹ anredest, werfe ich dich sofort wieder raus. Ich hoffe, mir deine Wertschätzung zu erwerben, aber bis jetzt habe ich sie mir noch nicht verdient. Wenn es so weit ist, kannst du mich von mir aus Herrin nennen.«

Sie fing mit ganz einfachen, leicht verständlichen Darlegungen an. Syagrius brachte keinerlei Wissen mit, der Junge war kaum in der Lage, auch nur die Grundlagen der Philosophie zu verstehen. Und so dauerte es nicht lange, bis er ihr irritiert ins Wort fiel: »Wie könnt Ihr so etwas sagen? Die Bibel lehrt uns doch …«

»Warum, glaubst du, ist das Leben wohl eine ständige Suche nach der Wahrheit?«, versuchte sie ihm zu helfen. »Du musst dir klar machen, wonach du suchst. Gewiss, manch einer begnügt sich mit dem Glauben …«

Sie gab sich Mühe, ihm alles so zu erklären, dass er es verstehen konnte, merkte aber bald, dass er ihr fast nie zu folgen vermochte. »Also, wie können wir den Unterschied zwischen Glauben und Verstehen definieren?«, versuchte sie ihn aus sich herauszulocken, wartete aber vergeblich auf eine Antwort, sodass sie wohl oder übel mit ihrem Monolog fortfahren musste, getragen von der Hoffnung, eines Tages vielleicht doch ein Leuchten in seinen Augen auszumachen, das so etwas wie Verstehen signalisierte.

Nur, darauf wartete sie vergeblich; sein Verstand war wie vernagelt, blockiert von all dem, was ihm die Priester seit vielen Jahren unter Berufung auf die Bibel vorgebetet hatten. Es fehlten ihr die Kraft und wohl auch die Geduld einer guten Lehrerin, um die Barrikade aufzubrechen und dem hellen Licht der Vernunft Einlass zu verschaffen. Sie hätte ihr Bemühen aufgeben sollen, aber das brachte sie nicht fertig, weil sie – wie sehr es ihm auch an intellektuellen Fähigkeiten mangeln mochte – den guten Kern in ihm erkannte. Er verweigerte sich ihr nicht etwa aus Böswilligkeit, dazu wäre er gar nicht fähig gewesen, und er gab auch nie entmutigt auf, obwohl ihm oft die Tränen kamen, wenn er merkte, dass er trotz aller Anstrengung wieder einmal nicht verstand, was sie ihm sagen wollte.

»Lass uns von unserer Prämisse ausgehen, dass die Seele des Individuums, wenn sie sich durch Kontemplation schult und zu einem besseren Verständnis gelangt, Gott immer ähnlicher wird, und dass die Tugend eine Reflexion der gewonnenen Erkenntnisse ist …« Eine einfache Grundregel der Philosophie, die seit nahezu achthundert Jahren unverändert gelehrt wurde. Sophia wäre nie auf den Gedanken gekommen, dass jemand einer so einleuchtenden Prämisse widersprechen könnte; selbst in Marseille war sie nie in Frage gestellt worden. Nun aber hörte sie Caius, und er erkannte in ihr sofort die Lunte für den Scheiterhaufen, der Manlius zum Verhängnis werden konnte. Da erdreistete sich doch tatsächlich eine Frau, die verdächtig enge Beziehungen zu einem Bischof unterhielt, junge Männer zu lehren, sie könnten wie Gott werden. Das Weib forderte den Allmächtigen heraus, indem es seine Schüler zu dem Irrglauben verführte, keinen Erlöser zu brauchen, und ihnen einreden wollte, dass schlichter Glaube absurd und sie Christus ebenbürtig sei. Sie widersprach der Offenbarung und goss Häme und Wut über den Gläubigen aus, und bei all diesem schändlichen Tun wurde sie auch noch von Manlius unterstützt und verteidigt. Wie sollte so ein Mann die ihm anvertrauten Seelen im Glauben stärken und auf den Weg zum Himmel führen?

Sophia war zu weltentrückt – oder vielleicht besser: zu arrogant –, um zu merken, dass manche Leute sie neuerdings noch schiefer ansahen und hinter ihrem Rücken noch lauter murrten, wenn sie das Haus verließ. Es wäre ihr, wenn sie's bemerkt hätte, egal gewesen; sie hatte noch nie viel auf die Meinung anderer Leute gegeben. Was immer sie sich über sie zuflüstern mochten, es war für sie nur wie das Schwirren und Summen lästiger Fliegen.

Im südlichen Gallien hatte das Mönchstum, anders als im östlichen Teil, nicht so tiefe Wurzeln geschlagen, dass es in fast jeder Stadt Hunderte, wenn nicht gar Tausende Ordensbrüder gab. Aber auch hier hatten sich viele Eiferer zu zwanglosen Glaubensgemeinschaften zusammengeschlossen, die sich für die wahren Verfechter des Glaubens hielten und sich das Recht anmaßten, notfalls gewaltsam von leer stehenden Häusern und Villen Besitz zu ergreifen. Mehr als alle anderen fürchteten sie einen Einfall der Arianer, denn der Häretikerkönig hätte in der Tat keine hohe Meinung von ihnen gehabt, dafür aber ein umso offeneres Ohr für die Klagen und Beschwerden enteigneter Hausbesitzer. Und so kostete es wenig Mühe, die Eiferer davon zu überzeugen, dass der wahre Glaube bedroht sei und der Verwirrung der Gehirne, dem Menschen wie Sophia Vorschub leisteten, schnell ein Ende gemacht werden müsse.

An dem Morgen, bevor sich Manlius und der Burgunderkönig zu ihrer ersten Unterredung trafen, rotteten sie sich vor Sophias Haus zusammen und lauerten ihr auf. Zunächst waren es nur ein gutes Dutzend, aber die genügten, zumal sich im Laufe der Zeit immer mehr Gleichgesinnte zu ihnen gesellten. Etliche waren, wie bei solchen Anlässen üblich, betrunken, denn die selbst ernannten Verteidiger des Glaubens rekrutierten sich vorwiegend aus Jugendlichen, die – und das galt nicht nur beim Trinken – noch kein Maß kannten. All das mag erklären, warum ihnen nichts Besseres einfiel, als vor dem Haus auszuharren, bis sich jemand fände, der ihnen sagte, was sie tun sollten.

Als Sophia aus dem Haus kam, blieb sie angesichts der versammelten Menge stehen und erwog einen Augenblick lang, rasch wieder ins Haus zu gehen, denn selbst ihr konnte die Feindseligkeit, die ihr entgegenschlug, nicht verborgen bleiben. Wäre sie ihrer intuitiven Ahnung gefolgt, hätten sich ihr Geschick und in vielerlei Hinsicht auch der Verlauf der Geschichte entschieden anders gestaltet. Aber sie blieb der Maxime treu, der sie ein Leben lang gefolgt war: Sie erlaubte sich keine Ängste, zumindest nicht mehr, nachdem sie den ersten Schreck überwunden und zur gewohnten inneren Ruhe zurückgefunden hatte.

Und so ging sie die Straße hinunter zu dem großen Platz, der einst das ehrwürdige Forum gewesen war, nun aber kaum noch den Namen Marktplatz verdiente. Und plötzlich tauchte vor ihr Syagrius auf, der offensichtlich auf sie gewartet hatte. Sophia verspürte ein Gefühl der Erleichterung, über das sie sich freilich im gleichen Moment ärgerte. Er würde ihr bestimmt nichts tun, das wusste sie.

»Ihr seid in Gefahr«, flüsterte er ihr hastig zu. »Ihr müsst Euch augenblicklich an einen sicheren Ort begeben. Kommt mit mir!«

Sie hörte auf ihn, und er führte sie in die Kirche und verbarrikadierte alle Türen und Tore.

Als Isabelles Leichnam gefunden wurde, verbreitete sich die grausige Kunde fast so schnell in der Stadt wie die Pest. Der Comte ließ die sterblichen Überreste nach Hause holen, konnte sich aber, obwohl noch immer unbändige Wut in ihm nagte, eines gewissen Bedauerns nicht erwehren, dass er dieses makellos schöne, wenn auch unbotmäßige Mädchen, dem einst seine ganze Zuneigung gegolten hatte, nun für immer verloren hatte. Unrechtsbewusstsein rührte sich indessen nicht in ihm, er war schon viel zu sehr mit dem Gedanken beschäftigt, dass er nun eine andere zum Weib nehmen könne, die ihm jene Nachkommen gebären würde, die Isabelle ihm verweigert hatte.
Er hatte auch keineswegs vor, die Abreise aus der Stadt länger als unabdingbar nötig hinauszuschieben. Seine ausgeprägte Angst vor Bedrohungen trieb ihn zur Eile, und im Augenblick fühlte er sich durch zwei Gefahren bedroht: zum einen durch die Pest und zum anderen durch die Möglichkeit, dass die Franzosen womöglich dahinter kommen könnten, auf wessen Geheiß der englischen Flotte die Tore von Aigues-Mortes geöffnet worden waren. Folgerichtig hatte er geplant, in Aquitanien, also auf englischem Territorium, Zuflucht zu suchen, aber wegen der entsetzlichen Dummheit, die Isabelle vergangene Nacht begangen hatte, musste er wohl oder übel noch ein paar Tage in Avignon bleiben. Er wies das Gesinde an, weiter zu packen, während er das Haus verließ, um der Polizeibehörde den Mord an seiner Frau anzuzeigen. Er hoffte, dass es ihm mit ein wenig Glück trotzdem gelingen werde, die Stadt zu verlassen, ehe die französischen Häscher auf seine Spur kamen. Wenn er zum frühestmöglichen Zeitpunkt allein abreiste und die anderen, sobald sie fertig waren, nachkommen ließ, sah er durchaus eine Chance, seinen potenziellen Verfolgern ein Schnippchen zu schlagen.
Der Magistrat der Stadt brauchte nur wenige Stunden, um herauszufinden, dass Isabelle de Fréjus in der vergangenen Nacht ein Haus nahe dem Judenviertel aufgesucht hatte, in dem Luca

Pisano wohnte. Dies geht eindeutig aus den amtlichen Unterlagen hervor, die unter der Registriernummer Av. 48 im Archiv des Vatikans lagern. Julien Barneuve war bereits 1924 auf die Akten gestoßen, begann aber erst viel später, sich intensiv mit ihnen zu beschäftigen. 1943 schrieb er nach Rom und bat um Zusendung einer Kopie der in seinem Schreiben näher bezeichneten Seiten. Obwohl die Erledigung solcher Anforderungen während des Krieges mit Schwierigkeiten verbunden war, erfüllte der Archivar ihm die Bitte, weil er Julien gut kannte und große Sympathien für Franzosen hegte, die die Vichy-Regierung unterstützten.

Julien ärgerte sich nachträglich, dass er sich nicht früher für die Hintergründe der Bluttat interessiert hatte. Im Stillen gab er Julias Vater die Schuld, denn Claude Bronsen hatte ihn seinerzeit – an einem unerträglich heißen Tag – durch die Einladung zum Lunch mitten aus seinen Studien herausgerissen. Kurz darauf war es Julien dank guter Beziehungen gelungen, die Erlaubnis zur Besichtigung von Neros Domus Aurea zu bekommen, und weil das Goldene Haus eine einmalige Sehenswürdigkeit war und er bei Bronsen Eindruck schinden wollte, hatte er ihn mitgenommen. Danach war eins zum anderen gekommen, und so blieb die Akte über den Mordfall de Fréjus über achtzehn Jahre lang ungelesen.

Als er sich nun in sie vertiefte, wurde ihm rasch klar, was er bisher übersehen oder falsch gedeutet hatte. Von Rechts wegen hätte die zuständige Polizeibehörde den Mord untersuchen müssen, aber die Aufgabe wurde dem Magistrat in einem sehr frühen Stadium aus der Hand genommen und einem päpstlichen Sonderermittler übertragen. Immerhin ging aus dem bereits vorliegenden Polizeibericht hervor, dass Isabelle de Fréjus in der bewussten Nacht den Maler Luca Pisano besucht hatte. Nimmt man dazu die Tatsache, dass Olivier seine Liebesgedichte für eine ganz andere Frau geschrieben hatte, dann bricht die Mär von seinem schrecklichen Ende in sich zusammen. Es gab keinen Mord an einer heimlichen Geliebten, also hatte der Comte keinen Grund gehabt, ihn als Ziel seiner Rache zu wählen. Trotzdem hatte einer von Ceccanis Leuten ihm das angetan. Was hatte sich also wirklich zugetragen?

Der Comte steckte in einem Dilemma. Isabelles Andenken durfte nicht durch die Sünde des Ehebruchs befleckt werden, das konnte er seinem Stolz zuliebe nicht zulassen. Andererseits hätte selbst eine flüchtige Untersuchung aufgedeckt, warum sie sich in der Mordnacht in diesem verrufenen Viertel aufgehalten hatte. Und als er nun in der schmalen Gasse vor dem übel zugerichteten, leblosen Körper stand und auf die Männer wartete, die ihn heimholen sollten, kam ihm plötzlich der Zufall zu Hilfe – und mit diesem Zufall eine Idee, wie er der Gefahr vorbeugen konnte, womöglich selber in Verdacht zu geraten.

Hinter ihm hatten sich zahlreiche entsetzte Menschen angesammelt, die fassungslos auf die leblose Gestalt und die im Morgenlicht immer noch feucht schimmernde Blutlache starrte. Der Comte spürte, dass die Menge von Mitgefühl ergriffen war – eine erstaunliche Reaktion, nachdem seit Wochen die Pest in Avignon gewütet hatte; aber obwohl sie so viele Opfer gefordert hatte, schockierte der gewaltsame Tod einer schönen jungen Frau die Menschen offensichtlich noch mehr.

»Das waren die Juden.«

Beim ersten Mal wurde dieser Satz so leise gemurmelt, dass der Comte ihn nicht verstehen konnte. Aber als das Murmeln bald darauf zu einem schaurigen Singsang anschwoll, drehte er sich um und sah einen groß gewachsenen Mann mit einem dünnen Bärtchen und den Runen eines entbehrungsreichen Lebens im Gesicht, der den Satz unablässig wiederholte und verstohlen in die Runde blickte, um sich zu vergewissern, dass die anderen in seinen grausigen Refrain einstimmten. Er fing an, mit stampfenden Füßen den Takt vorzugeben, sodass die Rufe bald anschwollen, bald abklangen, und schließlich fingen alle zu stampfen an, und der Singsang wurde lauter und lauter.

Immer mehr Menschen eilten herbei, Junge und Alte, Männer und Frauen, Mütter und Kinder, und es dauerte nicht lange, bis die Gasse die Menge nicht mehr fassen konnte und die Ansammlung bis in die angrenzenden Straßen reichte. Alle sangen nun mit und stampften mit den Füßen. Doch dann hörte das Stampfen plötzlich auf, und der Singsang verebbte. Es war, als lauschten alle erwartungsvoll der jähen Stille, und auf einmal schrie der Bärtige: »Tötet sie! Rache!«

»Ja«, rief der Comte, »ich fordere Gerechtigkeit!«

Die Menge antwortete mit einem wahren Freudengeheul.

Juliens Entschluss stand fest: Auch wenn es vielleicht nichts brachte, er musste nach Avignon fahren, mit Marcel sprechen und alles versuchen, um das Leben der Geiseln zu retten. Diesmal fand sich niemand auf den Straßen, der ihm das Strampeln ersparte; die Militärlastwagen hielten grundsätzlich nicht mehr, und Fuhrwerke waren auch nicht zu sehen, denn seit alle wussten, dass die Front immer näher rückte, blieben die Bauern auf ihrem Hof und mieden die Landstraßen. Er brauchte mit dem Fahrrad acht Stunden bis nach Avignon, aber das kümmerte ihn nicht weiter. Erst als die Sonne am höchsten stand, legte er für eine Stunde eine Ruhepause im Schatten ein, weil er nicht völlig erschöpft ankommen wollte.

Über der Präfektur lag eine fast gespenstische Stille, die er früher nie bemerkt hatte, aber vielleicht war das auch erst in letzter Zeit so geworden. Die Flure, auf denen noch vor wenigen Wochen selbst kleine Mitarbeiter durch geschäftige Eile demonstriert hatten, welche wichtigen Aufgaben sie zu erfüllen hatten, lagen still und verödet da. Der Pförtner kannte ihn und ließ ihn anstandslos passieren, aber da man es anscheinend ohnehin

nicht mehr so genau nahm, wäre es vermutlich jedem Fremden ebenso ergangen. Die verstörte Schar der Bürokraten erinnerte irgendwie an ängstliche Weiblein, die in der Ferne schon Donner grollen hören und trotzdem reglos dasitzen und darauf warten, dass am Himmel die ersten Blitze zucken.
Nur Marcel schien immer noch ein einsamer Kämpfer zu sein, wohl in der Hoffnung, die rastlose Geschäftigkeit könne die Einsicht ins Unabwendbare verdrängen. Auf seinem Schreibtisch stapelten sich Akten, ein paar Ordner lagen sogar neben ihm auf dem Fußboden. Er saß da und kritzelte hastig Zeile um Zeile aufs Papier, immer noch mit roter Tinte, wie er es schon in jungen Jahren getan hatte. Julien fragte sich oft, was ihn wohl an diesem Rot so reizte. Vielleicht lag Bernard gar nicht so falsch mit der boshaften Bemerkung, die er einmal gemacht hatte: dass er, wenn Marcel den Federhalter schwinge, jedes Mal das Gefühl habe, einen leichten Weihrauchgeruch auszumachen.
»Marcel, sie haben in Vaison Geiseln genommen.«
Marcel sah nicht hoch, sondern kritzelte eifrig weiter. »Ich weiß, sie haben es mir mitgeteilt. Korrekt von ihnen, findest du nicht?«
Schließlich schob er die voll geschriebenen Papierbogen beiseite. »In Carpentras ist seit einer Woche die Wasserleitung defekt, wusstest du das? Ich habe Himmel und Hölle in Bewegung gesetzt, um jemanden zu finden, der sie repariert. Du glaubst vielleicht, das könne doch nicht so schwer sein. Aber ich kann nicht mal jemanden finden, der sich wenigstens den Schaden ansieht.« Er legte kopfschüttelnd den Federhalter weg, rieb sich die Augen und barg einen Moment lang das Gesicht in den Händen, bevor er Julien ansah.
»Falls du kommst, um mich um Hilfe zu bitten: Ich kann in der Sache nichts tun. Ich habe bereits alles versucht, aber solche Dinge fallen nicht in meine Kompetenz. Natürlich habe ich Einwände gemacht, protestiert und Telegramme nach Vichy

geschickt, um ein Regierungsmitglied – das heißt, soweit die überhaupt noch da sind – dazu zu bewegen, dass er in der Sache interveniert. Ich habe sogar versucht, beim deutschen Militärkommandanten vorzusprechen, aber …«

»Nichts?«, fragte Julien verzweifelt.

»Nein. Noch vor ein paar Wochen hätte ich vielleicht durch den Hinweis, wie sehr solche Aktionen dem Bemühen um gute Zusammenarbeit schaden, etwas bewirken können. Erinnerst du dich, wie die Résistance deutsche Eisenbahntransporte in die Luft gejagt hat? Sechs französische Bahnarbeiter sind deswegen erschossen worden. Eigentlich wollten sie zwanzig erschießen, aber ich habe sie auf sechs runtergehandelt. Nur, seitdem ihnen das Wasser bis zum Hals steht, ist es ihnen egal, wie viele sie abknallen. Kennst du jemanden von den Geiseln, die sie in Vaison genommen haben?«

»Mehrere«, sagte Julien bedrückt. »Mit einer bin ich sogar zum Kommunionunterricht gegangen. Marcel, es muss doch irgendetwas geben …«

»Nein«, fiel ihm Marcel scharf ins Wort. »Absolut nichts. Glaub mir, ich habe mir lange den Kopf zerbrochen, aber ich kann ihnen keine Gegenleistung anbieten. Sie haben mir lediglich zugesagt, die Geiseln freizulassen, wenn ich ihnen die für den Mord Verantwortlichen ausliefere. Aber das sagen sie in solchen Fällen immer.«

Er zuckte hilflos die Achseln.

»Ich bin am Ende meiner Kraft, Julien, lange kann ich das nicht mehr durchhalten. Ich bin für alles verantwortlich, habe aber keine Entscheidungsbefugnisse. Ich habe alle Hände voll damit zu tun, die Leute davon abzuhalten, alles noch schlimmer zu machen. Ich muss den Büttel für die Deutschen spielen, die ihren Krieg, wie jeder weiß, bereits verloren haben. Die Alliierten werden bald landen, oben im Norden, sie wollen den Russen zuvorkommen. Die Deutschen sind geschlagen – aus und vorbei mit dem Hurra. Und ich sitze hier und versuche zu verhindern, dass alles zusammenbricht, wenn sie abrücken. Und das bedeutet, dass ich für Ruhe und Ordnung sorgen muss. Wir brauchen, auch wenn sie weg sind, eine funktionierende Administration, wie wir sie hatten, bevor sie gekommen sind. Aber ich erwarte nicht, dass mir jemand meine Mühe danken wird. Und weißt du, was die Deutschen jetzt, wo ringsum alles zusammenbricht, von mir verlangen? Du wirst es nicht für möglich halten: Sie fordern Juden an. Anscheinend erfüllen wir die Quote nicht. Unglaublich. Soll ich etwa die Polizei anweisen, noch mehr Juden zusammenzutreiben?«

Plötzlich sah er Julien mit einem seltsam lauernden Blick an, als wäre ihm gerade eine Idee gekommen, und dann sagte er leise: »Gib ihn mir, Julien!«

»Wen?«

»Bernard. Ich weiß, dass er sich irgendwo in der Nähe aufhält. Alles, was du mir erzählt hast, spricht dafür. Warum hätte er sich sonst dich als Laufburschen ausgesucht? Und warum hättest du sonst von Freundschaft geredet? Er ist wieder zurück, das weiß ich. Er würde den Deutschen genügen, die Geiseln wären gerettet. Gib mir Bernard, und ich biete ihn zum Tausch gegen die Geiseln an.«

Julien schüttelte energisch den Kopf. »Das kann ich nicht. Das würde ich nie fertig bringen.«

Marcel schien über seine Antwort nachzudenken, dann blickte er ein paar Sekunden lang auf den Boden. »Verzeih, würdest du mich einen Augenblick entschuldigen? Aber geh nicht weg, wir haben noch etwas zu besprechen.«

Er verließ das Zimmer, und Julien harrte verblüfft, aber geduldig fast eine Stunde aus, bis er endlich wiederkam. Er wirkte irgendwie verändert. Julien erinnerte sich, dass ihm etwas Ähnliches schon bei einer früheren Gelegenheit an Marcel aufgefallen war, es wollte ihm nur nicht einfallen, wann und wo das gewesen war.

Marcel setzte sich, wohl um sich Julien gegenüber leutselig zu geben, auf die Schreibtischkante und beugte sich vertraulich vor. »Gib mir Bernard! Sag mir, wo er ist und wie ich ihn finden kann. Es genügt schon, wenn ich den Deutschen verspreche, ihn auszuliefern. Dann werden sie die Exekution der Geiseln zumindest aufschieben. Bitte, sag's mir – wir wollen doch beide nicht, dass es zum Schlimmsten kommt.«

»Das kann ich nicht tun«, wiederholte Julien unglücklich. »Du hättest mich gar nicht erst darum bitten dürfen, und das weißt du genau.«

»Ich muss ihn haben«, sagte Marcel hartnäckig. »Es geht um Leben und Tod, siehst du das nicht ein? Ich kann nicht zulassen, dass sechsundzwanzig unschuldige Menschen getötet werden, solange es noch eine Möglichkeit gibt, ihr Leben zu retten. Glaub nur nicht, dass mir all das leicht fällt. Ich weiß sehr wohl, dass ich mein eigenes Todesurteil unterschreibe, wenn ich dich dazu dränge, ihn zu verraten. Ich weiß, was passiert, wenn die Deutschen abrücken und das Kommando von der Résistance übernommen wird.«

Julien schüttelte wieder nur den Kopf. »Nein. Lass mich festnehmen, wenn du meinst, du müsstest es tun. Aber meine Antwort bleibt: nein.«

Der Augenblick demonstrativer Freundschaft war vorbei, Marcel rutschte von der Schreibtischkante, ging ans Fenster und starrte hinunter auf den Platz, damit er Julien nicht in die Augen sehen musste.

»Ich habe mit der Polizei in Vaison telefoniert«, sagte er mit leiser Stimme. »Ich habe sie angewiesen, nach Roaix zu fahren, Julia Bronsen zu verhaften und in Gewahrsam zu nehmen. Du bekommst sie zurück, wenn du mir Bernard auslieferst.«

Julien sprang auf, er schrie wie ein verwundetes Tier. Es war der Schrei aus den Wäldern bei Verdun, als er dem deutschen Soldaten wieder und wieder das Bajonett in den Leib gestoßen hatte.

»Nein!«, schrie er, stürzte sich auf Marcel und trommelte mit beiden Fäusten auf ihn ein.
Marcel war kein ebenbürtiger Gegner, er hatte nicht wie Julien während der letzten Jahre viel Zeit damit verbracht, zu Fuß zu gehen und Holz klein zu hacken. Er konnte nur versuchen, den Schlägen, so gut es ging, auszuweichen und darauf zu warten, dass Juliens Verzweiflung abebbte und er sich wieder beruhigte.
Die Attacke schien Marcel in seiner Überzeugung bestärkt und seine letzten Skrupel zerstreut zu haben. Er nahm wieder am Schreibtisch Platz – der unbeirrbare Präfekt, der die Situation durch Gelassenheit beherrscht. »Was hast du eigentlich erwartet, Julien? Dass du in deinem kleinen Dorf mit ihr leben kannst, ohne dass jemand stutzig wird? Dass sich niemand einen Reim darauf macht, wer und was sie ist? Mein armer Freund, sie ist schon vor Wochen denunziert worden. Von der Frau eures Hufschmieds, soweit ich mich erinnere. Und was glaubst du wohl, warum Julia trotzdem nicht verhört und als Jüdin, die unter falschem Namen lebt, verhaftet wurde, wie? Weil ich mich schützend vor sie gestellt habe. Ich, Julien, denn ich wusste, wer sie ist. Und ich bin dein Freund, aber jetzt kann ich mir diese Freundschaft nicht mehr leisten, schon gar nicht, wenn sie nicht erwidert wird. Und nicht, wenn es um sechsundzwanzig unschuldige Menschen geht, die ihr Leben verlieren können.«
»Sie ist genauso unschuldig. Sie hat nichts getan.«
Marcel wischte den Einwand beiseite. »Keine Diskussionen mehr, dafür ist es zu spät«, sagte er müde. »Gib mir Bernard! Sag mir, wo ich ihn finde. Wenn nicht, werde ich Julia nicht mehr beschützen. Ich muss den Deutschen Juden zur Verfügung stellen. Wenn du mich dazu zwingst, wird sie eine davon sein.«
Julien senkte den Kopf. Die Worte hatten ihn bis ins Mark getroffen. Es war sinnlos geworden, zu feilschen oder sich

Argumente einfallen zu lassen, nach dem, was Marcel getan hatte.
Er dachte nicht einmal nach, er nickte nur stumm.

Manlius war kein Narr, er hatte natürlich mit der Möglichkeit gerechnet, dass es während seiner Abwesenheit Ärger geben könne. Seine Schäflein waren ihm keineswegs in Liebe und Gehorsam zugetan, das wusste er, und er wusste auch, dass er für viele einflussreiche Gemeindemitglieder ein Ärgernis war. Dass der Widerstand gegen ihn allerdings so weit gehen würde, damit hatte er nicht gerechnet. Als er von den Ereignissen in Vaison hörte, kehrte er so schnell wie möglich zurück, begleitet von hundert burgundischen Elitesoldaten, die Gundobad ihm aufgedrängt hatte, um die neue Freundschaft mit dem Bischof zu demonstrieren. Manlius nahm das Angebot an, wusste er doch, dass hundert Kämpfer für ihn nicht nur symbolische Bedeutung haben konnten. Und so marschierte er – in der Rolle des Landedelmanns, nicht mehr nur der des Bischofs – nach Vaison, ließ die burgundische Streitmacht einige Kilometer außerhalb der Stadt zurück und tauchte mit einer Hand voll seiner Männer vor den Mauern auf.
Wie alle seines Standes hatte er in seiner Jugend eine militärische Ausbildung erfahren. Er war zwar, anders als Felix, nicht besonders kampferfahren, aber die Regeln des Kriegshandwerks saßen so tief in ihm, dass er jede Situation sofort instinktiv einschätzen konnte. Vor dem Haupttor zügelte er sein schnaubendes, tänzelndes Pferd, blieb im Sattel sitzen und musterte die Mauern. Es war so still, als halte die Stadt den Atem an, auf der Mauer stand ein einziger Bewaffneter, zu alt zum Kämpfen und sichtlich verängstigt.

Manlius fragte sich, was sich die Aufrührer wohl dabei dachten. Glaubten sie etwa, sie könnten mit solchen Leuten die Burgunder oder die Westgoten aufhalten? Allein der Versuch wäre Selbstmord gewesen.
Er lenkte sein Pferd nach links und langsam an den Mauern entlang. Er war ganz allein, ein leicht auszumachendes Ziel, aber er wusste, dass sie nicht so weit gehen würden, ihn anzugreifen; schließlich war er ihr Bischof. Sie hatten sicher etwas anderes mit ihm vor, das konnte er förmlich riechen. Und während er die Stadtmauer umrundete und sorgfältig deren Zustand prüfte, wurde sein Groll immer größer. Warum hatte er sich eigentlich die Mühe gemacht, die Region vor Eurich zu retten? Die Bürger von Vaison waren wie Kinder, schnell aufbrausend, aber zu dumm, um sich auf die möglichen Konsequenzen ihres Ungehorsams vorzubereiten. Die hundert Jahre alten Mauern verfielen immer mehr, sie hatten sie zwar ausgebessert, aber so notdürftig, dass Manlius nicht mal die Hälfte seiner Männer gebraucht hätte, um sie zu überwinden. Mehr als zwei Meter ragten sie nirgendwo hoch, und stellenweise waren sie nahezu völlig in sich zusammengesunken. Wenn irgendwo eine Lücke gähnte, hatten sie sie – in der törichten Hoffnung, Angreifer dadurch täuschen zu können – mit Weidengeflecht ausgefüllt. Rechneten sie etwa damit, dass er sich kampflos den Zutritt zu seiner eigenen Stadt verwehren ließ? Denn für ihn war es *seine* Stadt, er lenkte ihre Geschicke, also war sie sein Eigentum, und es stand ihm frei, mit ihr nach Gutdünken zu verfahren, so wie er es von seinen Gütern und vom Umgang mit seinen Landarbeitern und Leibeigenen gewöhnt war. Sie sollten sich nur nicht einbilden, ihn verbannen zu können. Er war ihr Bischof, auch wenn sie ihn nicht mochten. Was sie da taten, war Rebellion, und er hatte nicht vor, denselben Fehler zu begehen wie sein Vater. So gern er auf Gewalt verzichtet hätte, jetzt blieb ihm keine andere Wahl.
Ließ er seine Burgunder aufmarschieren, war jeder Widerstand

binnen einer Stunde zusammengebrochen. Aber das brächte ihn in Abhängigkeit von Gundobad, er würde zum Büttel einer fremden Macht. Nein, diesen Kampf musste er allein ausfechten.

Und während er sich all das durch den Kopf gehen ließ, wurde eines der Tore geöffnet – gerade mal so weit und so lange, dass eine Gestalt nach außen schlüpfen konnte. Der Schock hätte nicht größer sein können: Es war Syagrius, von dem Manlius nie gedacht hätte, dass ausgerechnet er ihm die Treue brechen könnte. Welcher Teufel mochte ihn geritten haben, dass er, der doch so viel zu verlieren hatte, sein Schicksal an das der rebellierenden Bürger knüpfte? Manlius hatte ihn immer für einen Dummkopf gehalten, zu weichlich, um ihm je in die Quere zu kommen, doch da hatte er sich anscheinend geirrt.

Warum hatten sie Syagrius geschickt? Um dem Bischof zu zeigen, wie wenig Unterstützung er noch hatte und dass sich selbst die, die ihm am nächsten standen, von ihm abwandten? Nun, sie hatten offensichtlich nicht einkalkuliert, wie gut Manlius sich darauf verstand, seine Gefühle zu beherrschen. Er verzog keine Miene, als Syagrius auf ihn zukam.

Syagrius räusperte sich verlegen. »Herr, ich komme, um Euch zu sagen, dass es höchst unklug wäre, die Stadt unter allen Umständen betreten zu wollen. Wenn Ihr es doch tut, fürchte ich, dass Sophia ein Leid geschehen könnte. Eure Gegner wollen, dass Ihr Euch freiwillig in ihre Gewalt gebt, Euch festnehmen lasst und im Kerker auf Euern Prozess vorbereitet. Die Anklage lautet auf Missbrauch Eures Amtes und des Vertrauens, das Euch von den Gläubigen entgegengebracht wurde. Das ist die Botschaft, die ich Euch überbringen soll. Ich wage es nicht, Euch mehr zu sagen, obwohl ich das nur zu gern tun würde. Vielleicht ergibt sich später eine Gelegenheit, Euch zu erklären, was sich in Vaison zugetragen hat.«

Manlius ließ sich nicht zu einem dramatischen Wutausbruch hinreißen, er machte Syagrius weder zornige Vorhaltungen, noch hielt er ihm die grobe Undankbarkeit seines Verhaltens oder die Dreistigkeit seiner Rede vor. Es wäre ihm ein Leichtes gewesen, den Adoptivsohn vor Angst schlottern zu lassen, indem er ihn wissen ließ, wie ungleich die Machtverhältnisse zwischen ihnen in Wahrheit verteilt waren.

Aber er war ein Mann von altem römischen Schrot und Korn, er wusste sich zu beherrschen, und so maß er den jungen Burschen nur mit scheinbar gleichgültigen Blicken. Andererseits durfte er natürlich nicht den Anschein aufkommen lassen, dass er bereit wäre, sich zu unterwerfen oder Kompromisse einzugehen, wenn sie ihn wieder in seine Rechte einsetzen würden.

»Überbringe ihnen folgende Antwort: Ich bin der durch Akklamation gewählte Bischof und habe das Recht und die Macht Gottes auf meiner Seite. Ich habe nicht vor, den Widerstand mit Gewalt zu brechen, aber ich werde binnen einer Stunde wieder als Bischof in diese Stadt einziehen.«

Er schickte sein Gefolge bis auf sechs Soldaten zu dem Friedhof außerhalb der Stadt, wo die hundert Burgunder warteten. Er beklagte sich nicht über Syagrius' Verhalten, noch ließ er sich seine schmerzliche Enttäuschung anmerken. Der Junge hatte ihn dazu bewegen wollen, sich in das vermeintlich Unabwendbare zu schicken, aber er würde ihm eine Lektion erteilen und am Ende als Sieger dastehen. Syagrius war nicht mehr sein Adoptivsohn, er hatte das Recht verwirkt, den Namen der Hippomanes' zu tragen. Manlius wendete sein Pferd.

»Nein«, sagte er. »Komm her, Syagrius. Ich will, dass du ihnen eine deutlichere Antwort überbringst, denn Worte allein werden diese Leute nicht verstehen.« Und als der Junge zögernd näher kam, gab er einem der Soldaten den Befehl: »Töte ihn!« Dann wendete er sein Pferd abermals, um zum Tross zurückzukehren, denn dort wurden die Geschenke mitgeführt, die Gundobad ihm zum Zeichen seiner Wertschätzung gemacht hatte, unter anderem eine große, mit Gold beschlagene Truhe.

Er blickte nicht zurück, sah nicht die Verblüffung und das Erschrecken in Syagrius' Gesicht noch wie er auf die Knie sank und die Hände in den Boden krallte, als der Soldat zuschlug, das Blut zu strömen begann und er sein Leben aushauchte. Er blickte auch nicht hoch zu den Mauern, um zu beobachten, wie sich das Mienenspiel der dort Wartenden von gespannter Neugier zu blankem Entsetzen wandelte, wusste er doch auch so, wie die Demonstration seiner Entschlossenheit auf die Männer dort oben gewirkt hatte.

Erst als er das leise Raunen vernahm, das durch die Reihen auf der Mauer ging, richtete er den Blick kurz nach oben. Und da sah er Sophia, in Ketten gelegt, links und rechts von Bewaffneten flankiert, mit gelassener Miene auf der Mauerkrone stehen. Typisch für Caius, wenn ihm nichts mehr einfiel, versuchte er es mit der Androhung von Gewalt. Aber er hatte nie zu unterscheiden gelernt, wann Drohungen Wirkung zeigen und wann sie nur die Wut des Bedrohten anstacheln.

Er blickte noch einmal zu Sophia hinauf, stumm und scheinbar unbewegt. Und sie schaute zu ihm hinunter. Zum ersten Mal schien die lautlose Zwiesprache zwischen den beiden zu stocken. Was mochte sie jetzt denken, was ging ihr durch den Kopf? War sie verängstigt oder ruhte sie in sich? Versuchte sie zu erahnen, was er als Nächstes tun werde? Und wenn sie's erahnte, billigte sie seine Absicht oder nicht? Sollte er tun, was er als seine Pflicht erachtete, oder sollte er seinem Herzen folgen? Nur, was sagte ihm denn sein Herz? Sollte er sich geschlagen geben oder sich weigern, die Demütigung hinzunehmen, die Caius ihm nur allzu gern bereitet hätte? Er ließ im Geiste die Diskussionen Revue passieren, die sie während so vieler Jahre geführt hatten, und kam zu dem Schluss, dass es an der Zeit sei, Sophia zu zeigen, was er als ihr ältester und treuester Schüler von ihr gelernt hatte; das zumindest war er ihr schuldig. Er bemerkte weder den leichten Jasminduft, der ihn von irgendwoher anwehte, noch nahm er die Stille wahr, die sich

plötzlich über die auf der Mauer versammelten Aufrührer gesenkt hatte, er sah nur, wie ihn Sophia mit großen, fragenden Augen musterte.
Und so zögerte er nicht länger, er jagte in gestrecktem Galopp zum Tross zurück, sammelte zwei Dutzend Männer um sich, ließ die mit Gold beschlagene Truhe aufladen und eilte zurück nach Vaison, wo er das Gros seiner Männer an der schwächsten Stelle der Wehranlagen postierte und den anderen auftrug, die kostbare Truhe abzuladen. Dann zog er seinen prächtigsten Ornat an, steckte sich den Bischofsring an den Finger und befahl, ihm die Truhe zu bringen. Er reckte sie hoch über seinen Kopf, kniete sich in den Staub und begann zu beten.
»Heilige Maria Magdalena, du wahre Magd des lebendigen Gottes, die du unter uns lebst und uns, die wir es aus eigener Kraft nicht vermögen, Gottes Wort zu verstehen lehrst, ich bitte dich flehentlich, vergib uns unsere Sünden und hilf durch diese heilige Reliquie diesen armen Menschen, ihre Torheit zu erkennen, wieder zur Vernunft zu kommen, den Hader zu beenden und die Tore dieser Stadt zu öffnen! Und ich bitte dich, Herrin, diesen armen, schwachen Männern beizustehen, die sich nun anschicken, die Mauern der Stadt zu erklimmen! Verleihe ihnen durch deinen himmlischen Beistand die Kraft, alle Befestigungen zu überwinden, denn so stark sie auch sein mögen, sie werden zu Staub zerfallen und in sich zusammenstürzen, wenn du ihnen deinen Beistand verweigerst! Und sodann, oh Herrin, ergreife Besitz von den Herzen der zur Bosheit verführten Sünder und lass nicht zu, dass sie in ihrer Sündhaftigkeit verharren! Leite sie an zu wahrer Reue und rette sie durch deine Gnade! Wollen sie aber nicht von ihrer Bosheit ablassen, dann zermalme ihre Stadt und zerstreue ihre Kinder und Kindeskinder über den ganzen Erdkreis, auf dass sie ihre gerechte Strafe erfahren!«
Nur ein paar Dutzend Worte, aber vorgetragen mit einer Stimme, deren Kraft und Eindringlichkeit sie zum Oratorium wer-

den ließ. Als er geendet hatte, harrte er noch eine Weile mit gebeugtem Haupt auf den Knien aus, dann erst erhob er sich, richtete den Blick nach oben und sah augenblicklich, welche Wirkung sein Gebet auf die Verteidiger gehabt hatte. Ihre Besorgnis hatte sich in schiere Verzweiflung verwandelt, ihre Gesichter waren blass geworden, sie fingerten nervös an ihren Waffen herum. Sie wollten, nein, sie konnten sich ihm nicht mehr widersetzen.

Er gab seinen Männern ein Zeichen, und die, die in vorderster Reihe standen, rückten zu den Mauern vor und schlugen im Nu eine Bresche in das ohnehin untauglich schwache Weidengeflecht. Binnen Minuten hatten sie es beiseite gezerrt, und schon erklang aus zwei Dutzend Kehlen der Schrei: »Dank sei der heiligen Magdalena, lang lebe unser Bischof!« Ein Verteidiger nach dem anderen warf seine Waffen weg und sank mit demütig gebeugtem Kopf auf die Knie, als Manlius behutsam und sorgfältig darauf bedacht, nicht durch einen Fehltritt oder ein Stolpern den ganzen Effekt zu verderben, die Mauerkrone erklomm und hinunter in die Stadt stieg.

»Lasst uns zur Basilika gehen, um die Errettung der Stadt zu feiern«, rief er seinen Männern zu. »Und danach berufe ich eine Stadtversammlung ein.«

Gemeinsam mit einem Soldaten stemmte er die prächtige Truhe in die Höhe und ging ruhigen, stetigen Schritts zur römischen Basilika. Er spürte deutlich die Atmosphäre, die über der Stadt lag: Er hatte diese Runde, aber nicht die Herzen der Menschen gewonnen. Sie fürchteten ihn, doch das würde nicht lange so bleiben.

Irgendein Lärm weckte Olivier auf. Er lag auf der Strohschütte neben Pisano, der friedlich vor sich hin schnarchte; er dagegen hatte sich, immer noch verärgert, lange unruhig hin und her gewälzt, bis er schließlich vom Schlaf übermannt worden war. Das Geschrei der Leute drang – durch die Entfernung gedämpft – nur als unverständliches Stimmengewirr zu ihm. Er blieb noch eine Weile liegen und versuchte herauszufinden, was dieses Rumoren zu bedeuten habe, aber schließlich wälzte er sich von seinem Lager und torkelte müde die Stiege hinunter, um den Wasserkrug aufzufüllen und bei der Gelegenheit nachzusehen, ob etwas Suppe und Brot von gestern übrig geblieben sei.

Die alte Frau, der das Haus gehörte, war gerade vom Einkauf zurückgekommen und völlig außer sich. »Habt Ihr's schon gehört? Die Juden haben eine Frau ermordet, sie haben sie regelrecht abgeschlachtet.« Sie stand noch ganz unter dem Eindruck des grausigen Anblicks und bebte vor Empörung ob dieser Gräueltat. Es dauerte eine Weile, bis sie Olivier die ganze Geschichte erzählt hatte. Aber der hörte ihr nicht mal bis zum Ende zu; als er das Wesentliche wusste, stürmte er mit klopfendem Herzen die Stufen hinauf und rüttelte Pisano so lange, bis der Italiener blinzelnd die Augen aufschlug.

»Wach auf, wach auf!«

Sein Freund rekelte sich, grunzte unwillig und drehte sich wieder auf die Seite. Olivier trommelte mit beiden Fäusten auf ihn ein.

»Was ist denn los? Lass mich in Ruhe!«

Pisano war, obwohl er so grob wachgerüttelt wurde, in prächtiger Laune. Er hatte, begleitet von süßen Träumen, ausgezeichnet geschlafen. Auf der Haut konnte er immer noch Isabelles Duft ausmachen, und die Erinnerung an sie beschwingte ihn.

»Pisano, sie ist tot.«

Der Italiener lag reglos da, bis die Worte langsam in sein Gehirn eingesickert waren und er allmählich begriff, was sie bedeuteten. Dann fuhr er abrupt hoch. »Was?«

Olivier berichtete ihm, was er unten in der Küche erfahren hatte, und als er seinem Freund die Details schilderte, sank der Italiener stöhnend aufs Laken zurück. Seine Gefühle für Isabelle waren in Wahrheit nicht eben feurig gewesen, aber es hatte ihm natürlich geschmeichelt, dass sie sich so für ihn interessierte. Und warum hätte er die köstliche reife Frucht verschmähen sollen, die ihm so unerwartet in den Schoß fiel? Die berauschende Mixtur aus Sünde und Gefahr hatte ihn ungemein gereizt. Dennoch war die schöne Isabelle für ihn nur ein Abenteuer gewesen, und so hatte seine Reaktion auf ihren Tod nur zum kleineren Teil etwas mit Entsetzen über ihr grässliches Ende zu tun; viel mehr erschreckte ihn die Erkenntnis, dass er jetzt in ernsten Schwierigkeiten steckte.

»Was ist letzte Nacht passiert?«, fragte Olivier.

»Wie meinst du das? Du kannst dir doch wohl denken, was passiert ist.«

»Luca, stell dich nicht dumm!«

»Ich weiß nicht, was passiert ist«, antwortete Pisano ausweichend. »Sag du's mir, ich war ja die ganze Zeit hier.«

»Als sie weggegangen ist, muss sie irgendjemand gepackt, in eine Gasse gezerrt und ihr die Kehle aufgeschlitzt haben. Und nun wollen sie deswegen die Juden umbringen.«

»Na ja, vielleicht waren sie's ja.«

»Luca, als ich auf und ab gegangen bin, habe ich ihren Mann aus der Gasse kommen sehen.«

»Ach du meine Güte!«

»Steh endlich auf, wir müssen zum Magistrat gehen und dem Gemetzel ein Ende machen!«

Und da fing der Italiener zu begreifen an, in welcher Gefahr er wirklich schwebte. Wenn de Fréjus es fertig brachte, kaltblütig seine eigene Frau zu töten, was würde er dann erst dem Mann antun, der ihm Hörner aufgesetzt hatte?

»Ach du meine Güte!«, wiederholte er jammernd. »Oh Gott, oh Gott!«
»Komm, steh auf! He, Luca …«
»Glaubst du, ich bin blöde?« Der Italiener schwang sich aus dem Bett und suchte im Dämmerlicht des frühen Morgens mit bebenden Händen nach seiner Kleidung. Dann rannte er in panischer Hektik durchs Zimmer, raffte eilends seine Siebensachen zusammen und stopfte sie in eine Stofftasche.
»Was machst du?«
»Was denkst du wohl, was ich mache? Ich sehe zu, dass ich hier wegkomme.«
»Das darfst du nicht tun! Du musst zum Magistrat gehen und erzählen, was passiert ist!«
»Bist du jetzt völlig verrückt geworden? Soll ich mich hinstellen und sagen: ›Bitte, meine Herren, die Frau des Comte de Fréjus wurde nicht von den Juden umgebracht. Ihr eigener Mann hat sie getötet, weil sie zuvor mit mir Ehebruch begangen hat‹? Er würde mich töten, ehe mir auch nur Zeit bliebe, meine Aussage zu machen.«
»Aber wenn du nicht sagst, was geschehen ist …«
»Was dann? Dann bleibt de Fréjus ungeschoren – meinst du das? Das bleibt er sowieso. Oder meinst du, weil dann alle Juden getötet werden? Nun, so wie die Dinge liegen, wird das ohnehin geschehen.«
»Du kannst nicht einfach weglaufen.«
»Du wirst schon sehen, dass ich das kann.«
Er zeigte weder Mitgefühl noch Skrupel, und wenn er sich so roh und gefühllos gab, tat er es mit Vorbedacht, denn er wollte die Erinnerung an das, was in der Nacht geschehen war, in sich auslöschen; zur Hälfte hatte er's sogar schon geschafft. Oh nein, sie war nie in diesem Haus gewesen. Er hatte Olivier nicht mit beschwörenden Blicken dazu bewegt, das Zimmer zu verlassen und auf der Straße auf und ab zu spazieren. Sie hatte nie die Arme um ihn geschlungen, ihn geküsst und bedrängt, bis

ihm keine andere Wahl blieb, als zu tun, wonach sie sich verzehrte. Er war danach nicht eingeschlafen, und er hatte auch nicht geglaubt, sie sei die ganze Zeit über bei ihm geblieben, ach wo, sie hatten kaum ein halbes Dutzend Worte miteinander gewechselt. Sie war gekommen und wieder gegangen, und wenn er's recht bedachte, hatte es die ganze Begegnung nur in seiner Phantasie gegeben – ein Traum, der nichts mit der Realität gemein hatte. So, genauso, gedachte er die Episode in Erinnerung zu behalten. Und wenn er sofort aufbrach, würden ihn die Klatschgeschichten und die Details über ihr unseliges Ende nie einholen.

Seine Reisetasche war gepackt, er musste nur noch aus dem Haus spazieren, einen Esel mieten und verschwinden.

»Du läufst wirklich einfach davon?«

Pisano knurrte unwirsch, doch dann wandte er sich um. »Olivier, mein Freund, es mag ein Fehler von mir gewesen sein, nicht dafür zu sorgen, dass sie sicher zu Hause ankommt, so wie es möglicherweise auch ein Fehler war, sie überhaupt hereinzulassen und ihr zu erlauben, dass sie bleibt. Aber ich habe nicht vor, mich deswegen töten zu lassen. Versprich mir, dass du kein Wort über die Sache verlauten lässt! Denn du könntest sowieso nichts mehr ändern und niemandem mehr helfen.«

Olivier zögerte, aber schließlich gab er seinem Freund das Versprechen.

Luca Pisano rannte wie von Furien gehetzt die Stiege hinunter und zog hinter sich mit lautem Knall die Haustür zu. Es ging ihm wie so vielen, seine Welt brach zusammen, es drängte ihn, seine Heimat wiederzusehen – die Hügel, die Felder und die Menschen, die ihm das Leben geschenkt und seine Jugend begleitet hatten. Aber er kam nie bei ihnen an.

Die Übelkeit befiel ihn vier Tage später, noch ehe er die nach Genua führende Küstenstraße erreicht hatte. Eine Stunde danach begannen die Schweißausbrüche, am späten Abend zeigten sich unter den Achselhöhlen schwarze, übel riechende Pus-

teln, die bei Beginn der Nacht bereits das Gesicht überzogen und bis zum Morgen den ganzen Körper bedeckten. Er reiste allein, er wollte aus Angst vor der Pest keinen Begleiter haben, und selbst wenn er einen gewollt hätte, hätte sich wahrscheinlich keiner gefunden. Die Straßen waren leer, die wenigen, die noch auf ihnen unterwegs waren, wollten in die andere Richtung, nach Norden. Die Menschen liefen vor der Pest davon und trugen die Seuche dabei, ohne es zu wollen, in die benachbarten Regionen und schließlich bis ins Herz von Europa.
Er starb allein, ohne Trost und das Sakrament der Letzten Ölung, nur sein Esel war bei ihm, aber der ertrug das Leiden seines Herrn mit demselben stoischen Gleichmut, mit dem er die Last auf seinem Rücken getragen hatte. Nachdem Pisano gestorben war, brachen die Pusteln auf und bedeckten den Körper mit einer schleimigen schwarzen Schicht, die einen derart bestialischen Gestank verbreitete, dass selbst das Grautier das Weite suchte. Es war Luca Pisano nicht vergönnt, den Platz unter den großen italienischen Malern einzunehmen, den er seiner Meinung nach verdiente. In Vasaris Lebensbeschreibungen berühmter italienischer Künstler wird sein Namen nicht einmal als Schüler irgendeines großen Meisters erwähnt, weder die Kirche noch der Rat einer Stadt oder irgendein adeliger Förderer zollten ihm Anerkennung, und ebenso blieb ihm die Erfüllung des Wunsches versagt, seinen Namen auf einer Gedenktafel in seinem geliebten Siena verewigt zu wissen.

Sie hatten in einer Traumwelt gelebt, geglaubt, sie müssten die Realität nur hartnäckig genug verdrängen und niemanden an sich heranlassen, um in ihrer abgelegenen kleinen Trutzburg geborgen zu sein, und zuletzt war ihr Vertrauen in die Kraft ihrer Emotionen sogar so groß gewesen, dass sie hofften, gegen alle Bosheit der Welt gefeit zu sein. Unter dem Schock der Erkenntnis, dass sie sich ein Wolkenkuckucksheim gebaut hatten, beantwortete er Marcels Fragen wie in Trance.

Versprechen hin, Versprechen her, er dachte vor allem an Julia und setzte alles daran, Zeit zu gewinnen. Denn, sagte er sich, Zeit und Hoffnung sind Schwestern.

Nein, erwiderte er, er wisse nicht, wo Bernard sei. Er habe nur die Möglichkeit gehabt, über Mittelsmänner Kontakt zu ihm aufzunehmen, mehr nicht. Auf welchen verschlungenen Wegen Bernard seine Nachrichten erhalten habe, wisse er nicht. Wenn er also mit ihm in Verbindung treten solle, könne er ihm mitteilen, Julia habe wieder ein paar Bilder für ihn fertig, oder er müsse das vereinbarte Stichwort benutzen, dass Marcel etwas Wichtiges mit ihm zu besprechen habe. Er müsse die Nachricht allein abliefern, ohne heimliche Beobachter, sonst werde Bernard sich nicht auf ein Gespräch einlassen. Im Übrigen brauche er einen Wagen, denn bis zum Wohnort des Mittelsmannes sei es sehr weit, und viel Zeit bliebe ja nicht. Er werde Bernard vorschlagen, sich mit Marcel in Roaix zu treffen, im alten Haus seiner Mutter, morgen, nachmittags um vier. Alles Weitere sei Marcels Sache.

»Eine Bedingung habe ich noch: Wenn ich meinen Part erfüllt habe, kommt Julia frei. Ich werde, sobald der Kontakt geknüpft ist, zur Polizeiwache fahren, um sie abzuholen. Ich rufe dich von dort aus an, und du gibst die Anweisung, sie freizulassen. Ich nehme sie mit, und du versprichst mir, dass sie nie mehr in irgendeiner Weise behelligt wird. Falls du damit nicht einverstanden bist, verlasse ich dieses Büro nicht.«

Marcel war einverstanden. Man konnte ihm förmlich ansehen, wie erleichtert er war. »Glaub mir«, versicherte er, »ich habe absolut nichts gegen sie, Julien, ich will ihr nichts Böses. Im Gegenteil, niemand wird glücklicher sein als ich, wenn sie das Polizeigefängnis verlässt.«

Julien würdigte ihn keiner Antwort. Er steckte Marcels Autoschlüssel ein und verließ das Büro.

Die Polizisten fuhren schlecht gelaunt in Vaison los. Der Auftrag, Julia zu verhaften und nach Avignon zu bringen, kam ihnen höchst ungelegen, sie wussten nicht mal, ob der Sprit für die Strecke reichte. Da hatten sie nun seit Wochen an allen Ecken und Enden mit der knapp bemessenen Zuteilung geknausert, und nun sollten sie die paar Liter, die noch übrig waren, für so eine Aktion verschwenden.

Julia hörte sie an der Haustür klopfen, öffnete und musterte die drei Uniformierten eher überrascht als beunruhigt. »Worum geht's, meine Herren? Haben Sie sich verfahren?«

Sie trug das mit Tusche bekleckerte Männerhemd, die Ärmel wie gewöhnlich hochgerollt. Das Haar war so flüchtig zurückgesteckt, dass es ihr wie ein Fächer um den Nacken fiel. Und natürlich hatte sie schmutzige Hände, wie immer, wenn sie arbeitete.

Den drei Polizisten war nicht wohl in ihrer Haut, sie sahen absolut nicht ein, wieso man sie für diese Aufgabe eingeteilt hatte. Die Regierung hatte eine Spezialabteilung für die Festnahme von Juden eingerichtet, es gab also keinen Grund, sie die Drecksarbeit für andere erledigen zu lassen. Einer bot Julia sogar an, später noch einmal wiederzukommen, wobei er hoffte, sie werde die Zeit nutzen, um im waldreichen Hügelland unterzutauchen – eine Lösung, über die niemand unglücklich gewesen wäre. Sie waren wahrhaftig keine sturen Eisenfresser: Einer wollte die Uniform ohnehin in wenigen Monaten ausziehen und sich dann wahrscheinlich der Résistance anschließen, und der Zweite hatte erst kürzlich mit demselben Risiko, das sein Kollege in Julias Fall auf sich nehmen wollte, einem jungen Mann und seiner Familie die Gelegenheit zur Flucht ermöglicht; nur der Dritte hielt Kommunisten und andere Störenfriede für ein größeres Übel als die Deutschen, aber selbst er drängte sich nicht danach, Leute aufzuspüren, denen eine Deportation drohte. Er tat zwar seine Pflicht, hoffte aber im Stillen, dass jemand, zum Beispiel der Präfekt, sich schützend vor die Opfer der Verfolgung stellen und dafür sorgen werde, dass nicht er sich die Hände schmutzig machen musste.

»Sind Sie Julia Bronsen?«

Ihre Lippen wurden zu einem schmalen Strich, als sie begriff, dass nun, an diesem warmen, friedlichen Sommerabend, der Augenblick gekommen war, den sie in Gedanken immer verdrängt hatte. Es war die Frage nach ihrem Namen, die schlagartig alles veränderte. Die warme Luft trug plötzlich Schwüle in sich, das leise Säuseln des Windes schien jäh zu verstummen, und sie wusste, dass sie schreckliche Angst hatte. Sie stand stumm da. Dabei hätte sie sagen können: Nein, die Dame des Hauses ist heute in Vaison. Aber woher hätte sie ahnen sollen, wie bereitwillig die drei ihr geglaubt hätten?

»Sind Sie Jüdin?«

Auch das hätte sie leugnen, ihnen ihren Ausweis und alle anderen gefälschten Unterlagen zeigen können, aber das wollte sie nicht tun, weil sie gerade dabei gewesen war, einige neue Ausweise für Bernard herzustellen, und fürchtete, die Polizisten könnten ins Haus kommen, sich umsehen, die Fälschungen entdecken und so erst recht einen Grund haben, sie festzunehmen. Es war sinnlos geworden, den Männern irgendetwas vorzumachen, offensichtlich wussten sie ohnehin, dass sie nicht Juliette de Valois hieß. Und wenn die Polizei das Haus durchsuchte, gerieten Dutzende von Bernards Widerstandskämpfern in große Gefahr, und Julien würde ebenfalls verhaftet.

Außerdem spürte sie plötzlich, dass sie ihre Identität nicht

mehr verleugnen wollte. Sie sah die drei Männer fest an und sagte: »Ja, ich bin Jüdin.«
Dann bat sie um ein paar Minuten, damit sie sich reinigen und etwas anderes anziehen könne, vergewisserte sich rasch, dass keine belastenden Beweise für ihre illegalen Aktivitäten herumlagen, packte eine kleine Reisetasche und bat die Polizisten, unterwegs kurz im Dorf Halt zu machen, weil sie beim Pfarrer eine Nachricht für Julien hinterlassen wolle. Die drei Männer kamen nicht ins Haus, wie es eigentlich ihre Pflicht gewesen wäre; sie hofften immer noch, Julia werde die Gelegenheit nutzen, um durch die Hintertür zu verschwinden. Sie hätten sie natürlich pflichtschuldig verfolgt, aber viel wäre dabei nicht herausgekommen. An so einem heißen Tag konnte ihnen niemand zumuten, hinter einer Flüchtigen herzurennen; bei so einer Hitze rennt man nur, wenn es um das eigene Leben geht.
Sie mussten Julia nicht verfolgen, sie ging friedlich mit ihnen zum Wagen, nahm widerstandslos auf der Rückbank Platz und ließ sich auf der holperigen Dorfstraße durchrütteln, bis die Polizisten auf die Hauptstraße nach Avignon einbogen. Sie war innerlich sehr ruhig, denn obwohl sie sich über ihr Pech ärgerte, wusste sie, dass Julien alle Hebel in Bewegung setzen würde, um ihre Freilassung zu erwirken. Er musste geahnt haben, dass eines Tages so etwas passieren könne, sonst hätte er bestimmt nicht die ganze Zeit über für Marcel gearbeitet.

Olivier ging wie benommen durch die Straßen, die nun, nachdem der Tumult abgeklungen war, wieder ruhig dalagen; nur der Geruch nach verbranntem Holz, der aus dem Judenviertel herüberwehte, zeugte von den Ereignissen, die gerade mal eine Stunde zurücklagen. Dutzende Menschen waren gestorben, viele Häuser zerstört worden, nur zu Plünderungen war es nicht gekommen, weil sich das in diesem Armenviertel nicht gelohnt hätte. Und es war ja kein Diebsgesindel, das hier gewütet hatte, sondern von heiligem Zorn entflammte Menschen. Sie waren wie Pech und Schwefel über die Juden hereingebrochen und dann wieder in alle Winde zerstoben. Eben noch waren sie laut schreiend durch die Straßen gerannt, hatten Steine geworfen und Knüppel geschwungen, und als sich ihre Wut erschöpft hatte, schienen sie nicht mal mehr zu wissen, was sie getan hatten und warum es geschehen war.

Ruhe schien eingekehrt, die so genannte Normalität, aber als Olivier auf dem Weg zu Kardinal Ceccanis Palast die Stadt durchquerte, war ihm, als folge ihm das Chaos lautlos auf den Fersen. Und als er den Palast erreichte, hatte er das Gefühl, die Welt sei aus den Fugen geraten und der letzte Rest menschlicher Vernunft verloren gegangen. Er eilte sofort zu den Privatgemächern seines Herrn und bat um eine Audienz.

»Jetzt nicht, Olivier«, wies Ceccani ihn ab. Er starrte durchs Fenster auf den päpstlichen Palast, der, obwohl die Arbeiten eingestellt waren, unverändert den Eindruck einer immer währenden Baustelle machte.

»Vergebt mir, Herr, aber es ist sehr wichtig.«

Ceccani sagte nichts, und Olivier nutzte den kurzen Augenblick der Stille, um loszuwerden, was ihn bedrückte. »Die Frau des Comte de Fréjus ist ermordet worden, Herr.«

Der Kardinal wandte sich um, wölbte indigniert die Augenbrauen und fragte: »Und?« Vermutlich eine Klatschgeschichte, die ihm bisher nicht zu Ohren gekommen war und ihn auch nicht sonderlich interessierte.

»Sie wurde von ihrem Ehemann ermordet, da bin ich sicher, Eure Eminenz. Aber die Leute schieben die Tat den Juden in die Schuhe, darum hat es heute Morgen den Aufruhr gegeben. Viele sind schon getötet worden, und es wird noch mehr Blut fließen, wenn niemand etwas unternimmt.«

Ceccani blieb ungerührt sitzen. Er kannte zwar keine Einzelheiten und konnte die Konsequenzen nicht zuverlässig absehen, aber es war ihm sofort klar, dass es der Himmel sein musste, der ihm so viel unverhofftes Glück bescherte.
»Warum hat der Comte seine Frau getötet?«
Olivier zögerte keinen Moment, es ihm zu sagen. Auch Luca Pisano hatte schließlich, genau wie er selbst, bei Ceccani in Lohn und Brot gestanden, und da verstand es sich wohl, dass das Versprechen, das der Italiener ihm abgenötigt hatte, den Kardinal nicht mit einschloss.
»Weil die Dame kurz vor ihrem Tod mit Luca Pisano zusammen gewesen war.«
Ceccani sah ihn stumm an.
»Oh, sie ist zu ihm gekommen«, beeilte er sich zu versichern. »Er hat sie nicht verführt.«
Ceccani winkte unwillig ab. »Erspar mir die Details, Olivier!« Er setzte sich an den breiten, mit Papieren und Pergamentrollen bedeckten Eichentisch und dachte nach.
»Soso«, sagte er nach einer Weile. »Die Juden stehen im Verdacht, durch Vergiftung der Brunnen die Seuche verursacht zu haben, dafür gibt es hinlängliche Beweise. Die Kreaturen, die Kardinal de Deaux an den päpstlichen Hof gerufen hat, wurden bei dem Versuch ertappt, Seine Heiligkeit zu ermorden. Und nun haben sie auch noch die junge Ehefrau eines Adeligen ermordet. Mein Junge, da zeigt sich der Fluch Gottes, der über ihnen lastet. Und so wie die Kirche sich an die Spitze der Christenheit gestellt und einen Kreuzzug ausgerufen hat, oder wie sie später die Welt vom Übel der häretischen Katharer befreit hat, so kann sie jetzt abermals segensreich wirken, indem sie dieses Gezücht mit Stumpf und Stiel ausrottet.«
Seine Augen leuchteten, als sehe er bereits die Möglichkeiten, die sich dadurch eröffneten. Zumindest würden die Menschen aus der Überzeugung, dass die Ursache ihres gegenwärtigen Elends ein für alle Mal beseitigt war, wieder neue Hoffnung

schöpfen. Die Autorität der Kirche wurde gestärkt, wenn sie sich an die Spitze der Verzweifelten setzte und ihnen eine nützliche Aufgabe zuwies. Und wenn erst Aigues-Mortes gefallen war und der päpstliche Hof nicht länger in Avignon bleiben konnte, würde die Kirche umso gestärkter und glorreicher nach Rom zurückkehren und sich und aller Welt beweisen, dass der Segen Gottes auf ihr ruhte.

Olivier hörte zum ersten Mal von Gersonides' Festnahme; er war etliche Tage nicht im Kardinalspalast gewesen, und damit, dass derlei Nachrichten nach außen drangen, war zumindest so lange nicht zu rechnen, wie der interne Machtkampf zwischen den Kardinälen nicht entschieden war.

Er wurde kreidebleich und musste sich an der Rückenlehne eines Stuhls festhalten, damit er sich überhaupt auf den Beinen halten konnte. »Wie? Was habt Ihr gesagt? Wer soll versucht haben, Seine Heiligkeit zu ermorden?«

Das klang so bestürzt und ungläubig, dass der Kardinal geneigt war, ihn ob seines unangemessenen Interesses an Dingen, die ihn nichts angingen, zu rügen, doch er beließ es dabei, in mürrischem Ton zu antworten: »Wie ich's gesagt habe, Gersonides und seine Dienstmagd wurden beide in den Kerker gesteckt. Einer von ihnen, nein, sie war es, die man dabei ertappte, wie sie ein Fläschchen mit Gift in den Brunnen schüttete.«

»Aber das ist Unsinn! Sie sind unschuldig, Eure Eminenz. Bestimmt!«

»Vielleicht sind sie es«, sagte der Kardinal. »Vielleicht haben die Juden auch die Frau des Comte nicht umgebracht. Aber so, wie die Dinge liegen, würde das niemand glauben. Wir müssen einfach nutzen, was Gott uns beschert.«

»Sie müssen freigelassen werden, Eminenz. Beide!«

»Und wieso?«

»Nun – äh ...«

»Olivier, du weichst mir aus. Wir haben es hier mit einem ernsten Vorfall zu tun. Das Wohl und Wehe der Christenheit steht auf dem Spiel und kann durch die Aufdeckung dieses Komplotts entschieden werden, darum geht es mir. Diese beiden Juden, ob schuldig oder nicht, kommen mir sehr gelegen. Sie werden ein Geständnis ablegen. Und wenn ich sie persönlich foltern muss, sie werden es tun. Und nun geh bitte!«

Aber Olivier rührte sich nicht vom Fleck. Er erschrak zwar vor seiner eigenen Unbotmäßigkeit, aber er durfte jetzt nicht klein beigeben. Und schließlich brachte er heraus: »Nein, Herr, das dürft Ihr nicht tun, Ihr müsst sie freilassen!«

Ceccani sah ihn kühl an. »Und darauf bestehst du, wie?«

»Ja, Herr, darauf bestehe ich.«

Der Kardinal machte ein Handbewegung, als wolle er eine Fliege wegwischen. »Du machst mich mit deinem vorlauten Maul ärgerlich. Ich habe dir viel durchgehen lassen und war immer freundlich zu dir, auch wenn du dich noch so dumm oder ungeschickt angestellt hast. Aber ich dulde auf keinen Fall, dass du dich einmischst oder mir deine Meinung aufdrängen willst, wenn es um Dinge geht, die dich nichts angehen. Habe ich mich klar genug ausgedrückt?«

Olivier rang nach Luft, sein Herz schlug wild. »Aber ...«

»Geh mir aus den Augen, Olivier! Sofort, oder es wird uns beiden Leid tun.«

Die Drohung war so unverhohlen, dass Olivier vor Angst zu zittern anfing. Er verneigte sich und stolperte benommen aus dem Raum.

Er hatte nie ein eigenes Auto gehabt, also auch nie regelmäßig am Steuer gesessen, und da er seit vier Jahren überhaupt nicht mehr gefahren war, hatte er es fast verlernt. Dass es trotzdem nicht schon auf den ersten Kilometern zu einem Unfall kam, verdankte er allein den leeren Straßen.

Das Gefühl der Freiheit war überwältigend. Er saß am Steuer eines schwarzen Citroën, dessen Motor seit Kriegsbeginn vermutlich kein neues Ersatzteil bekommen hatte und es nur dem Geschick tüchtiger, einfallsreicher Mechaniker verdankte, dass er überhaupt noch lief, wenn er es auch nur noch auf gerade mal vierzig Stundenkilometer brachte. Unter anderen Umständen hätte Julien innerlich gejubelt, denn in diesen Zeiten war es nicht nur ein Privileg, sondern geradezu ein Geschenk des Himmels, ein Auto zu haben.
Aber er jubelte nicht, er war so mit dem einzigen Gedanken beschäftigt, der unablässig in seinem Kopf kreiste, dass ihm keine Zeit für oberflächliche Glücksgefühle blieb. Er dachte nicht über die Konsequenzen seines Vorhabens und auch nicht über die Frage nach, ob er die richtige Entscheidung getroffen habe. Er hatte insgeheim immer damit gerechnet, dass die Deutschen eines Tages hinter Julias Geheimnis kämen, und sogar Verständnis dafür aufgebracht oder es zumindest versucht, dass Marcel ihn so unter Druck setzte. Aber darum ging es gar nicht. Was ihm zu schaffen machte, war die Tatsache, dass es ausgerechnet Elisabeth Duveau gewesen war, die Julia denunziert hatte. Eine Frau, die er seit dreißig Jahren kannte, mit der er in Kindertagen befreundet gewesen war und von der er geglaubt hatte, sie hege auch für Julia freundschaftliche Gefühle. Nicht zuletzt um ihr Leben zu retten, war er – auf Julias Drängen – nach Avignon gefahren, und dort hatte er von Elisabeths Verrat an Julia erfahren. Und warum das alles? Weil die unglückliche Frau des Hufschmieds eines Tages zu ihm gekommen war und er ihrem Verlangen in einer schwachen Stunde nachgegeben hatte.
Er kam um drei Uhr in Carpentras an, ging zum Postamt und bat darum, den Dienststellenleiter sprechen zu dürfen. »Ich muss ein Telegramm an einen Monsieur Blanchard in Amiens schicken«, sagte er zu ihm. »Es ist sehr dringend, seine Schwester ist erkrankt. Ist das zurzeit überhaupt noch möglich?«

»Ich fürchte nein«, antwortete der Mann. »Aber wenn Sie sich in mein Büro bemühen wollen, finden wir vielleicht eine Möglichkeit, wie ich Ihnen helfen kann.«
Sie gingen in sein Büro, und dort vertraute er dem Mittelsmann die Nachricht an, die seinen Freund Bernard in den sicheren Tod locken sollte. Sie besagte, dass Marcel um ein Gespräch mit ihm bitte und sich morgen um vier Uhr in Roaix mit ihm treffen wolle.

Viel Zeit blieb wirklich nicht, die Burgunder waren schon auf dem Marsch nach Süden, nach Manlius' Berechnung mussten sie in etwa zehn Tagen da sein. Die Nachricht von ihrem baldigen Eintreffen war ihnen vorausgeeilt, schon lange vor des Bischofs Rückkehr hatte es in der ganzen Region von Gerüchten und Mutmaßungen geschwirrt. Die Tatsache, dass Manlius niemandem etwas über das Ergebnis seines letzten Gesprächs unter vier Augen mit Gundobad erzählt hatte, ließ die Spekulationen nur umso höher ins Kraut schießen. Die Vermutungen reichten von der Version, er habe mit seinem Gold die Burgunder zu einem Generalangriff auf Eurichs Westgoten bewogen, über die, dass er ihnen den Status einer verbündeten Macht aufgeschwatzt oder ihnen sogar, wie die dritte Version wissen wollte, ein Treuegelöbnis gegenüber dem römischen Kaiser entlockt habe. Die große Hoffnung, die aus diesen Mutmaßungen sprach, zeigte nur allzu deutlich, dass die Zeit noch nicht reif dafür war, ihnen die Wahrheit zu sagen. Und ebendiese war die einzige Version, die sie noch nicht in Erwägung gezogen hatten.
Manlius blieben nur wenige Tage, um die Menschen in der Region auf das vorzubereiten, was ihnen bevorstand. Er wusste,

dass es nicht erneut zu Aufruhr kommen durfte, denn sobald Felix zurück war, verschoben sich die Machtverhältnisse zu Gunsten seiner Widersacher. Der Schwachkopf Caius war kein ernst zu nehmender Gegner, der allseits geachtete und beliebte Felix jedoch umso mehr. Manlius musste die Menschen also auf seine Seite bringen, bevor Felix eine Chance hatte, eine Alternative zu präsentieren. Er musste ihnen das Ergebnis seiner Verhandlungen samt allen Kompromissen, die er eingegangen war, als gottgewollte Lösung verkaufen. Hitzige, langatmige Dispute – sosehr er sie eigentlich mochte, entsprachen sie doch der von ihm so bewunderten römischen Tradition – durfte er unter den gegebenen Umständen nicht zulassen.

Außerdem musste er die Landbesitzer auf seine Seite bringen, und dazu bedurfte es anderer Argumente als der, mit denen er die Stadtbevölkerung beschwichtigen konnte. So ergeben sie ihm auch sein mochten, wenn es um ihre Interessen ging, wollten sie genau wissen, was er ausgehandelt hatte. Würde Gundobad mit fester Hand regieren? Gedachte er, das Pacht- und Steuerwesen, an das sich derzeit kaum noch jemand hielt, in ihrem Sinn neu zu festigen? Würde er ihre Rechte verteidigen und davongelaufene Landarbeiter zur Rückkehr zwingen? Oh ja, sie waren bereit, den Burgunderkönig zu akzeptieren, aber nur, wenn er ihren Reichtum mehrte, ihre Stellung stärkte und eine Regentschaft versprach, wie Rom sie nicht mehr auszuüben vermochte. Alles andere kümmerte sie wenig. Die bedauernswerten Nachbarn, die nach den Vereinbarungen nicht den Schutz der Burgunder genießen würden, mussten sich dann eben selbst ihrer Haut wehren. Manlius hatte herausgeholt, was möglich war. Es war immerhin besser als nichts.

Wer regieren will, ohne sich auf verbriefte Rechte stützen zu können, muss danach trachten, einen spektakulären Erfolg zu verbuchen, und zwar auf eine Weise, die allen ehrfürchtige Bewunderung abnötigt. Aus diesem Zwang kam es zu einem Ereignis, das Manlius später den Ruf eines Heiligen eintrug:

nämlich der Konversion der meisten in Vaison lebenden Juden. Gregor von Tours beschreibt das spektakuläre Ereignis – wenn auch im Grunde nur in einer kurzen Zusammenfassung aus seinen gallischen Heiligenleben – in seiner »Historia Francorum«, einem seit langem verschollenen Werk, das Gersonides aber sehr wohl gekannt haben dürfte, als er Olivier de Noyen in seinem Studierzimmer unterwies. Wie auch immer, die Tat verhalf Manlius zu einem Ruf, aus dem er großen Nutzen ziehen konnte. Er war in seiner Diözese zu einer unumstrittenen Autorität geworden, selbst seine Mitbischöfe hielten ihn nun für einen wahren Christen. Es zeugt von seinem politischen Instinkt, dass er sofort die Möglichkeiten erkannte, die ihm die unverhoffte Gelegenheit eröffnete, und keinen Augenblick zögerte, sie zu nutzen.

Aber waren die dramatischen Ereignisse, die der Überlieferung nach zu einer Massenkonversion der Juden führten, tatsächlich das Ergebnis eines klug ausgedachten politischen Schachzugs, der die Zerstörung der einzigen Synagoge der Stadt zur Folge hatte und die Juden, die sich nicht fügen und den rechten Glauben annehmen wollten, aus keineswegs unberechtigter Angst um ihr Leben zur Emigration zwang? Manlius war es nie ein Ärgernis gewesen, dass es so viele Juden in Vaison gab; sie lebten ruhig und isoliert in ihrem Getto und zahlten pünktlich ihre Steuern. Warum hätte er Anstoß daran nehmen sollen, dass es sie nicht dazu drängte, sich mit glühendem Herzen zum Christentum zu bekennen? Er erinnerte sich nur zu genau, wie er damals bei der Bischofswahl in Vaison seine erste Kniebeuge in der Kirche als Verrat an all dem empfunden hatte, woran er wirklich glaubte. Andererseits war er ein skrupelloser und zudem unter Zeitdruck stehender Mann, der sich aufgrund seiner Geburt dazu berufen fühlte, Macht auszuüben, nur eben nie Gelegenheit dazu gehabt hatte. Höflich, eloquent und kultiviert zeigte er sich nur denen gegenüber, die es seiner Meinung nach verdienten, und das war ein sehr begrenzter Kreis. Allen anderen begegnete er gerecht und fair, freilich nur, solange sie seine Autorität nicht in Frage stellten.

Nach der gängigen Lesart war der unblutige Handstreich, mit dem Manlius die Stadt für sich zurückeroberte, der Auslöser für die dramatischen Ereignisse; in Wirklichkeit aber begann alles drei Tage später, als er einen Juden namens Daniel kennen lernte – einen äußerst oberflächlichen jungen Mann, der in der jüdischen Gemeinde wegen seiner Neigung zu Gewalttätigkeit und Betrügereien verrufen war. Da er es schon lange so trieb, hatte ihn die eigene Familie wegen seiner Faulheit und seines groben, unflätigen Wesens verstoßen.

Er hatte das Zimmermannshandwerk erlernt, zeigte aber kein sonderliches Geschick und war wenig gefragt, weil sich alle darin einig waren, dass er mehr Zeit mit Diebereien verbringe als mit ehrlicher Arbeit. Als eines Tages ein Geistlicher in das Haus der Familie kam und sie vor die Wahl stellte, entweder für einen Schaden aufzukommen, den Daniel durch eine Betrügerei angerichtet hatte, oder der Sohn müsse die Stadt verlassen, gab Daniel Fersengeld und eilte spornstreichs in die Kirche, wo er sich dem ersten Priester, den er sah, zu Füßen warf und sein Begehren vortrug, getauft zu werden. Er hatte nämlich gehört, dass Konvertiten in Kirchenkreisen hochwillkommen seien, mit Geld überhäuft würden und auch sonst mit großzügiger Unterstützung rechnen könnten. Da er nichts zu verlieren hatte als eine Familie, die ihn ohnehin nicht mochte, und die jüdische Gemeinde, die ihn lieber heute als morgen loswerden wollte, sah er in der Aussicht, für eine Konversion reichen Lohn zu ernten, eine unwiderstehliche Verlockung.

Man führte ihn zu Manlius, der ihn gründlich ausfragte, freilich mit dem Erfolg, dass er sich von dem schlechten Charakter des junges Mannes abgestoßen fühlte. Den Einwand des Diakons, dass wir in den Augen Gottes alle Sünder seien und Daniels Charakter sich möglicherweise durch die Aufnahme in den Schoß der Kirche zum Besseren entwickeln könne, hörte

Manlius zwar mit großer Skepsis, aber er sah keinen triftigen Grund, dem jungen Mann die Erfüllung seines Wunsches zu verweigern. Zugleich erkannte er wohl schon, wie viel Aufsehen ein solcher Schritt erregen und dass er Vorteile mit sich bringen könnte, insbesondere wenn man die Dinge so darstellte, als sei das Bürschchen erst nach einem ausführlichen Gespräch mit dem Bischof zu seinem Entschluss gekommen. Also machte man ihn schnell mit den wichtigsten Glaubensregeln vertraut und bereitete für den darauf folgenden Sonntag eine feierliche Taufzeremonie vor, die durch ihre Prachtentfaltung auf möglichst großes Aufsehen abzielte.

Am nämlichen Sonntag hielt Manlius seine erste Predigt, in der sich die christliche Lehre mit den ihm seit seiner Jugend vertrauten Erkenntnissen der klassischen Philosophie vermischte. Er ging nicht so weit, offen von der Kanzel zu verkünden, das Leben des Menschen sei nichts als Teil einer langen Reise und die Seele könne erst zu Gott aufsteigen, wenn sie den Prozess der Läuterung und Reinigung erfahren habe, aber der rote Faden entsprach durchaus einer Logik, die auf Pythagoras zurückging, später von Platon aufgegriffen wurde und schließlich durch die Idee des Fegefeuers einen festen Platz in der christlichen Lehre fand.

Seine Ausführungen waren viel zu komplex, um von der Mehrzahl der Anwesenden verstanden zu werden, aber Manlius ging es mehr um einen weithin vernehmbaren Posaunenstoß, eine Botschaft, die seine Mitbrüder vor der Annahme warnen sollte, er, der Spätberufene, werde womöglich aus lauter Dankbarkeit über seine eigene Taufe all das aufgeben, woran er immer geglaubt hatte. Von diesem Sonntag an gestaltete er bis ans Ende seiner Tage seine Predigten geheimnisvoll, gelehrt und kompliziert, obwohl er sehr wohl wusste, dass sie für die meisten Gläubigen rätselhaft blieben, aber er wusste auch, dass die ständige Wiederholung irgendwann Wirkung zeigen und vielleicht sogar – und sei's auch nur bei einigen wenigen – ein neues

Verständnis wecken und all den Aberglauben ausräumen werde, den viele mit der christlichen Religion verwechselten.
Seine Gemeinde hätte ihm an diesem Sonntag alles vergeben, selbst die unverhohlene Verkündigung purer Häresie, denn er hatte eine beträchtliche Summe Geldes gespendet, um die Tauffeier zu einem triumphalen Fest zu gestalten, wie es die Bürger der Stadt seit Jahren nicht gesehen hatten. Die Kirche war festlich hergerichtet, und für alle war Platz geschaffen. Auch hatte er festliche Gewänder für die Priester nähen lassen und ohne Rücksicht auf die Kosten Speisen für das Festmahl nach der Taufe beschafft, zu dem die ganze Gemeinde durch die Straßen zum Marktplatz paradieren sollte, er vorweg und dicht hinter ihm, in makelloses Weiß gekleidet, der frisch getaufte Konvertit.
Es traf sich aber, dass die Route zum Marktplatz ein Stück weit die Straße berührte, in der die meisten Juden wohnten; die waren zwar zornig ob des Lärms, mit dem die Christen ihren Triumph feierten, wussten aber, dass sie wenig dagegen tun konnten. Daniels jüngerer Bruder jedoch, tief betroffen vom schamlosen Tun des Erstgeborenen, kletterte aufs Dach und goss, als Daniel unten vorbeiging, einen großen Krug Öl über ihm aus.
Zum Glück bekam der Bischof nichts ab, sonst wäre, hätte auch nur ein einziger Tropfen sein schneeweißes Messgewand besudelt, die Wut der Menge unkontrollierbar geworden, und der Zwischenfall hätte viel schlimmere Folgen gehabt. Das Öl traf aber nur den frisch Getauften, der sich aus Angst, es könne noch mehr auf ihn herabregnen, mit einem Schrei zur Seite duckte.
Die Menge erschrak, und als jemand nach oben zeigte, aufs Dach, schrien alle wild durcheinander und begannen, Jagd auf den Übeltäter zu machen. Es war ein hoffnungsloses Beginnen, denn obwohl Vaison wahrhaftig keine große Stadt war, gab es genügend verschwiegene Winkel, in denen sich jemand vor

Verfolgern verbergen konnte. Weil die Menge ihre Wut auf diese Weise nicht stillen konnte, rannte sie zu dem einzigen Ort, an dem der ruchlose Bösewicht sich ihrer Meinung nach sicher wähnen konnte. Die Synagoge war kein auffallendes Gebäude, ein Fremder hätte sie wohl kaum als solche erkannt. Sie sah aus wie ein gewöhnliches Wohnhaus, mit einem nach hinten gelegenen größeren Raum, in dem etwa fünfzig Leute Platz finden konnten; kamen an einem besonderen Feiertag mehr zusammen, mussten sie sich mit einem Stehplatz im Hof begnügen. Sie stand schon lange dort, seit über hundert Jahren, seit sich genügend Juden in Vaison angesiedelt hatten, um das Gebäude zu nutzen und zu unterhalten, und jeder wusste, wo es lag.

Die Menge hatte keinen Plan, wusste nicht, was tun, und stand ein wenig ratlos vor den Toren. Hätte sich jemand mit der nötigen Autorität entschlossen an ihre Spitze gesetzt, dann wäre es wohl kaum zu Gewalttätigkeiten gekommen, aber weil sich keiner der allseits respektierten Führer blicken ließ, folgten die Leute kurzerhand dem Brutalsten, und das war der, der den ersten Stein in das Gebäude schleuderte und dann die Tür eintrat. Es waren nur sechs, die in die Synagoge eindrangen, und es wäre nie zu dem Brand gekommen, hätte nicht einer ein glühendes Holzscheit vom Kaminrost gerissen und die Wandbehänge angezündet.

Es war nur ein kleines Feuer, das nicht viel Schaden anrichtete; viel schlimmer war es, dass die Menge die aufsteigende dünne Rauchsäule als Aufforderung verstand, weiter zu wüten. Nun gab es kein Halten mehr, alle drängten in die Synagoge, während die Flammen immer höher schlugen und alles Mobiliar, die Wandbehänge und schließlich sogar die heiligen Schriftrollen verzehrten. Der Lärm steigerte sich zu wildem Getöse, das indessen jäh verstummte, als sich der Brand immer weiterfraß. Die Flammen verzehrten nicht nur das Gebäude, sondern auch den heiligen Zorn der Christen; auf einmal standen alle betroffen da, starrten auf das, was sie angerichtet hatten, und wussten sich zu guter Letzt kaum noch zu erinnern, wie alles angefangen hatte. Nach einer Weile zerstreute sich die Menge, sie hatte ihr Spektakel gehabt und ihrer Rache freien Lauf gelassen, ihre Wut war verpufft.

Gemessen an anderen Gewaltausbrüchen, war es kein gar so ernster Vorfall. Man musste ihn nur mit der Orgie vergleichen, die Konstantinopel wenige Jahrzehnte später erschütterte und dazu führte, dass nach einer Woche blinden Wütens fünfzehntausend Todesopfer zu beklagen waren. Oder mit den Bürgerkriegen, von denen ein Jahrhundert zuvor das ganze römische Imperium erfasst wurde. Oder mit den Gräueltaten, die seit jeher von den Siegern in zuvor belagerten Städten begangen wurden. In Vaison war niemand durch Gewalt umgekommen, sogar Daniels Bruder konnte ungeschoren entkommen. Die Juden blieben, obwohl sie sich keineswegs in toto bedroht fühlten, vorsichtshalber ein, zwei Tage in ihren Häusern. Ihr Zorn richtete sich nicht so sehr gegen die Christen, die ihre Synagoge zerstört hatten (ein Übergriff, den sie ihnen sehr verübelten), sondern vielmehr gegen die Familie, die ihnen all den Ärger eingebrockt hatte: den Nichtsnutz Daniel und seinen genauso unbesonnenen Bruder; sie waren beide kein Verlust für die jüdische Gemeinde.

Doch nicht die Gewalt, zu der es gekommen war, verlieh dem Vorfall besondere Bedeutung – da hatten viele Gemeinden aller Glaubensrichtungen Schlimmeres durchgemacht –, entscheidender war, dass die Ereignisse von nun an den Verlauf der christlichen Geschichte Galliens prägten und durch Manlius' Worte und Taten – wie verfälscht und entstellt sie auch überliefert sein mochten – nachträglich einen zielgerichteten Sinn bekamen und durch die von ihm propagierte theologische Rechtfertigung die Zukunft prägten.

Am nächsten Tag hielt Manlius seine zweite Predigt, die nicht so hochgestochen und dadurch viel wirksamer war als die erste.

Nichts von dem, was er sagte, war wirklich neu. Den flammenden Appell, in dem er die Juden aufrief, ihre Blindheit abzulegen und sich zu ihrem eigenen Messias zu bekennen, hatten die Kleriker seit über hundert Jahren so oft hergebetet, dass er niemanden mehr aufrütteln konnte. Und mindestens genauso abgedroschen war die Empörung darüber, dass sie ihren eigenen Gott ermordet hätten. Die Verachtung (oder richtiger das Unverständnis) für die Juden war allgemein tief verwurzelt, wobei man freilich nicht vergessen darf, dass die Christen durch die rücksichtslose, unsensible Art, mit der sie ihre Missionsarbeit betrieben, ebensolches Erstaunen auslösten. Kurzum, nichts davon hätte die Gemeinde wirklich beeindrucken können, zumal Manlius' Worten die aufrüttelnde Kraft der Leidenschaft fehlte, denn seine Geringschätzung für die Juden war nicht ausgeprägter als die für die Goten, die Hunnen, die Leibeigenen, die Ungebildeten und alle, die von niederer Herkunft waren.

Es war seine Logik, die die Zuhörer beeindruckte. In ihr spiegelte sich all die Rhetorik wider, die er sich unter der sanften Knute seiner Lehrmeisterin Sophia angeeignet hatte; jeder seiner Sätze führte zu einer zwingend logischen Schlussfolgerung, die jedem einleuchten musste. Die Juden waren aufsässig, sie waren es schon ihrem Retter gegenüber gewesen und waren es nun gegenüber denen, die sich auf eine von ebendiesem Retter verliehene Autorität stützen konnten. Damit war vorgezeichnet, wie man mit ihnen verfahren musste. Sie hatten drei Möglichkeiten: Sie konnten konvertieren, sich eine andere Bleibe suchen oder den Tod wählen. Es führte kein Weg daran vorbei, das Judentum auszurotten, denn nur so konnte der göttliche Plan vollendet werden, und die Kirche, deren Autorität Manlius repräsentierte, war dazu aufgerufen, dieses edle Ziel zu erreichen.

Manlius wollte als Mann von hoher Bildung, als Stimme der Vernunft, kurz als Philosoph in Erinnerung bleiben, denn davon erhoffte er sich Unsterblichkeit. Seine Rechnung ging nicht auf, denn »Scipios Traum«, sein schmales, als philosophisches Vermächtnis gedachtes Werk, schlummerte neunhundert Jahre unbeachtet dahin, bis es, von Olivier de Noyen ausgegraben, vorübergehend eine gewisse Beachtung erfuhr, um danach wieder in Vergessenheit zu geraten, ehe es schließlich Julien Barneuve im Vatikanischen Archiv entdeckte. Der Ruhm, nach dem er sich verzehrte, kam stattdessen durch eine eher belanglose, instinktive Reaktion auf ein politisches Problem – eine Eintagsfliege, die wenige Monate später weitgehend vergessen gewesen wäre. In einer polemischen Predigt holte er zum Rundumschlag gegen alle Übel und Missstände der Zeit aus und machte nicht nur das Recht der Kirche geltend, die Andersgläubigen zum Glauben der Kirche Christi zu bekehren, sondern erklärte es auch zu ihrer heiligen Pflicht, bei der Ausrottung des Unglaubens vor keiner noch so großen Härte zurückzuschrecken. Er zog alle Register seiner Bildung, Eloquenz und Raffinesse, um das Recht der Kirche – und damit sein Recht – durchzusetzen, und untermauerte sein Votum durch Argumente, in denen sich seine ganze Gelehrsamkeit widerspiegelte.

Die Reaktion auf diesen glühenden Appell ließ nicht lange auf sich warten: Beinahe über Nacht fiel Manlius die Anerkennung in den Schoß, die er sich so wünschte, alle Zweifel verstummten, niemand verübelte ihm mehr die Zugeständnisse gegenüber Gundobad, alles, was er ausgehandelt hatte, wurde anstandslos akzeptiert. Im Laufe der folgenden Woche konvertierten fünfzig Juden, einhundertunddrei zogen weg, fünf starben eines natürlichen Todes. Die Ereignisse wurden in diversen Chroniken aufgezeichnet, die Kunde verbreitete sich von Mund zu Mund, wurde durch Briefe weitergereicht und erreichte schließlich viele Jahre später auch Gregor, den rührigen, heiligmäßigen Bischof von Tours. Er berichtete zweimal darüber, zum einen mehr oder weniger zutreffend in einem

Manuskript, das im fünfzehnten Jahrhundert verloren ging, zum anderen – und diesmal wesentlich genauer – in einem Werk, in dem er die Ereignisse und die flammende Predigt dem heiligen Avitus zuschrieb, der rund ein Jahrhundert später gelebt hat. Dass er dieselbe Geschichte zweimal erzählte, ließ nicht etwa Zweifel an ihrer Richtigkeit in ihm keimen, im Gegenteil, er deutete die vermeintliche Duplizität der Ereignisse als Beweis dafür, dass sich in dem Geschehen der Wille Gottes offenbart habe. Durch seine Schriften und die Werke anderer, die seine Behauptungen aufgriffen und sie teilweise sogar wortwörtlich wiedergaben, hallte das Echo der Predigt des Bischofs von Vaison bald stärker, bald schwächer noch in späteren Jahrhunderten wider, gelangte Papst Klemens zu Ohren, Olivier, Gersonides, seiner Dienstmagd Rebekka und, wenn wir einen großen Sprung wagen, auch Julien, Bernard, Marcel und vielen, vielen anderen. Und so wurde Manlius unsterblich.

Auf der Rückfahrt nach Avignon ging Julien kurz vor dem Bahnhof das Benzin aus. Er ließ den Wagen unverschlossen am Straßenrand stehen und warf, als er zu Fuß weiterging, kurz einen Blick auf den wartenden Güterzug, dessen Lokomotive klägliche Dampfwolken ausstieß. Mitunter kam es ihm vor, als hätten in Frankreich während der letzten vier Jahre sämtliche Züge müßig auf den Bahnhöfen gestanden und auf irgendeinen Befehl gewartet. Nichts bewegte sich, und wenn doch, dann im Schneckentempo.

Er schlug die Richtung zum Gymnasium ein, das nun als Behelfsgefängnis diente. Es war sein altes Gymnasium, der Schauplatz aller Höhen und Tiefen seiner Jugend, bis er sich

1917 freiwillig zur Armee gemeldet hatte. Hier hatten Bernard, Marcel und er sich kennen gelernt. Irgendwie konnte er verstehen, warum Marcel damals so gelitten und sich so sehnlich gewünscht hatte, am Ende als Sieger dazustehen.
Er musste an sein altes Klassenzimmer denken, in dem vermutlich noch die alten Schautafeln hingen; er erinnerte sich an den Geruch, der in den Räumen hing, und an die langen Flure mit der abblätternden Farbe. Die Landkarten waren wahrscheinlich ausgetauscht worden, Elsass-Lothringen durfte nicht mehr als französisches Gebiet dargestellt werden. Die Büste der Marianne, die als Symbol für das republikanische Frankreich den Eingangsbereich geschmückt hatte, war ebenfalls verschwunden; Marcel hatte vor drei Jahren angeordnet, sie zu entfernen und im Keller zu lagern. Aber das Lehrerpult, das Bernard seinerzeit mit seinem Taschenmesser verunziert hatte, gab es vermutlich immer noch.
Jeder hatte gesehen, wie er's tat, sie hatten alle grinsend und kichernd um ihn herumgestanden. Nur Marcel war in seiner Bank geblieben, über ein Buch gebeugt, wie immer eifrig bemüht, die Zeit zu nutzen, damit er auch ja mit den anderen Schritt halten konnte. Wie war das, hatte er selbst auch am Lehrerpult gestanden? Er konnte sich nicht mehr genau erinnern. Er fühlte sich eher wie ein Kinobesucher, die Szene lief in Schwarz-Weiß vor ihm ab, die kichernden Schüler, dann hastiges Trappeln von Füßen, als Monsieur Julot das Klassenzimmer betrat, argwöhnisch auf sein Pult starrte und die Frage stellte:
»Was war hier los?«
Wie hatte Bernard es bloß fertig gebracht, dass sich der Zorn am Ende über Marcels unschuldigem Haupt entlud? »Julot ist ein Jude«, hatte Bernard in das Pult geritzt, und Marcel musste dafür die Prügel einstecken, eine gewaltige Tracht, nicht nur wegen der Sachbeschädigung, die an sich schon ernst genug gewesen wäre, sondern vor allem wegen der

Ungeheuerlichkeit dieser Beleidigung. Bernard hatte ihm hinterher den Arm um die Schultern gelegt und tröstend versichert, er sei sein bester Freund, und da hatte Marcel sich gleich besser gefühlt.
»Wir haben hier niemanden mit diesem Namen.«
Es war ihm schließlich gelungen, bis zum wachhabenden Offizier vorzudringen und ihm zu erklären, warum er hier sei. Er war natürlich wegen Julia gekommen.
»Erzählen Sie keinen Unsinn! Der Präfekt hat mir gesagt, dass sie hier ist. Ich soll ihn anrufen, dann wird er den Entlassungsschein ausstellen.«
Der Wachhabende schüttelte den Kopf. »Alle Juden sind heute Nachmittag abtransportiert worden. Befehl der Zentralstelle für jüdische Angelegenheiten.«
Julien starrte ihn an. »Was?«
Der Wachführer seufzte. Es war das gelangweilte Seufzen eines Mannes, der alle naslang mit solchen Fragen oder irgendwelchen Beschwerden behelligt wird. »Sie wollten einen Konvoi mit Juden zusammenstellen, aber in Marseille waren die Waggons nicht voll geworden. Und da haben sie eben …«
»Wer hat das angeordnet?«
Der Mann gab ihm keine Antwort. Was spielte das schon für eine Rolle? Das ging ihn nichts an.
»Wohin wird sie gebracht? Was haben sie mit ihr vor?«
Der Mann zuckte müde die Achseln. »Da fragen Sie den Falschen. Ich war lediglich dafür zuständig, sie während des Aufenthalts hier zu bewachen.«
»Sie müssen doch irgendetwas wissen.«
Julien schnappte vor lauter Panik die Stimme über, was bei dem Wachführer eine Art menschlichen Mitgefühls auslöste. »Das weiß ich nicht. Alle Juden werden zu einem Sammelpunkt gebracht und von dort aus in Arbeitslager transportiert. Das ist alles, was ich weiß. Und nun gehen Sie!«
»Wo ist sie? Bitte, sagen Sie's mir.«

Der Mann seufzte ungeduldig. »Sie wurden alle zum Bahnhof gebracht«, erwiderte er, um den lästigen Fragesteller loszuwerden. »Dort werden sie wohl noch sein, nehme ich an.«

Julien rannte los. Er war noch nie so schnell gerannt, offensichtlich hatten die vielen Fußmärsche ihn fitter gemacht, als er dachte. Irgendwann rief ihm ein Polizist zu, er solle stehen bleiben; wer rannte, machte sich automatisch verdächtig, zumal in einem Land, in dem es keiner mehr eilig hatte. Aber Julien beachtete ihn nicht, und so wichtig war es dem Polizisten nun auch wieder nicht. Julien rannte die Rue de la République und den ehemaligen Cours Jean Jaurès hinunter, an den Wällen entlang und quer über den Boulevard zum Bahnhof. Der lag still da, Julien versuchte, nicht daran zu denken, was das vermutlich bedeutete.

Und als er endlich in der Bahnhofshalle stand, schrie er wie von Sinnen: »Wo ist der Zug? Wo ist der Zug?«

Die wenigen Leute, die sich in der Halle aufhielten, musterten ihn neugierig, schenkten ihm aber weiter keine Beachtung. Auf dem Bahnsteig entdeckte er schließlich einen Wachmann und packte ihn am Ärmel. »Wo ist der Zug?«

Der Wachmann schüttelte ihn grob ab, doch Julien gab keine Ruhe, wollte ihn noch mal am Ärmel fassen, geriet aber ins Stolpern und stürzte hart auf den Beton. »Bitte …« Er keuchte so, dass er kaum ein Wort herausbrachte. »Ich bitte Sie, sagen Sie mir …«

»Welcher Zug?«

»Der hier gestanden hat. Mit den Menschen. Der Konvoi.«

»Meinen Sie die Juden?«

Julien nickte.

Der Wachmann blickte die Gleise hinunter und zuckte die Achseln. »Der ist nicht mehr da. Er hat am Güterbahnhof gestanden. Bis vor zehn Minuten.«
Er hätte dem Mann gern geholfen – aber wie denn? Außerdem war seine Schicht um, er hatte einen langen Tag hinter sich. Und so steckte er den wertvollen Zigarettenstummel in eine Blechschachtel und ging.

Olivier versuchte eine Weile zu glauben, dass es doch noch eine Rettung gebe, aber er ahnte, dass er sich etwas vormachte. Er wusste und verstand nichts. Der Kardinal spürte den Atem der Geschichte und dachte in Jahrhunderten. Auf ihm lastete das Wächteramt über die gesamte Christenheit, er war bereit, sich und andere zu opfern und allein dem Willen Gottes zu gehorchen. Einer wie Olivier konnte nicht mal ahnen, mit was für wichtigen Problemen er sich Tag für Tag herumschlug. Olivier war eben – im Unterschied zu Ceccani – nur ein Mensch.
Olivier verstand all das besser, als Ceccani ahnte, aber es bedeutete ihm nichts. Sein Universum war kleiner, unbedeutender und begrenzter. Er hatte Althieux begraben, Pisano in nackter Angst um sein Leben davonlaufen sehen, aus nächster Nähe miterlebt, wie ein Mann seine Frau ermordete, und den Brandgeruch des Aufruhrs gerochen. Und da er wusste, dass sie alle von der Pest bedroht waren, scherte ihn die Zukunft der Christenheit und des rechten Glaubens wenig. Er konnte nicht über seinen kleinen Horizont hinausblicken, seine Sorge galt Gersonides und Rebekka, die im Kerker schmachteten, von Folter und Tod bedroht. Wenn er allerdings ehrlichen Herzens in sich hineinhorchte: Um Gersonides ging es ihm gar nicht so sehr. Er spürte – und an dieser Überzeugung vermochte ihn

nichts zu beirren –, dass die ganze Schöpfung, dass seine und Rebekkas Seele und die aller anderen davon abhingen, dass *sie* überlebte.

Abends und in der Nacht wanderte er ruhelos durch die Straßen – weit und breit der Einzige, den der Gedanke an die Pest nicht abschreckte, weil er wusste, dass sie ihm nichts anhaben konnte – noch nicht. Es mochte sein, dass sie eines Tages auch von ihm Tribut einforderte, aber solange er sich nicht zu der Entscheidung durchgerungen hatte, die er früher oder später unausweichlich treffen musste, hatte die Seuche keine Macht über ihn. Er konnte sich Ceccanis Willen beugen und den ungeschriebenen, aber unbestritten gültigen Gesetzen der Mächtigen gehorchen. Im Grunde musste er es tun, denn er verdankte Ceccani alles: seine Stellung, ein gutes Auskommen, Unterstützung und sogar etwas, was nahe an Freundschaft grenzte. Wenn der Kardinal dafür Loyalität erwartete, so war das ein gerechter Handel; jeder hätte das so gesehen. Er war ihn freiwillig eingegangen, niemand hätte es verstanden, wenn er auf einmal seinen Verpflichtungen nicht mehr nachgekommen wäre. Es lag in seinem Interesse, und wenn er sich unterfing, diesen Bund zu brechen, musste er mit schrecklichen Konsequenzen rechnen. Außerdem war es eine Frage der Ehre, keinen Verrat an dem Mann zu begehen, der ihn so viele Jahre lang gefördert hatte. Und doch erwog er im Stillen die Möglichkeit, zum Judas zu werden, zu einem schäbigen kleinen Judas, der in den Augen der Welt um einer Liebelei willen seinen Herrn verriet.

Es gab niemanden, mit dem er darüber reden konnte. Pisano hätte ihn ausgelacht, ihm klar gemacht, wie absurd es sei, sich mit Skrupeln zu plagen, und ihn mit gut gemeintem Spott wieder zur Vernunft gebracht. Althieux wäre ernster an das Problem herangegangen, hätte anhand klassischer und biblischer Zitate lange Dispute mit ihm geführt und wäre am Ende zu demselben Ergebnis gekommen. Aber der eine war tot und der andere auf dem Weg nach Italien.

Und so musste Olivier ganz auf den eigenen Verstand vertrauen, auf das arme Gehirn, das voll gestopft war mit Metaphern der Dichtkunst und angelesenen, halb verstandenen Weisheiten der Philosophie. Und mit Sophias Lehren, so wie Manlius sie in seinem kleinen Werk überliefert hatte: dass man, wenn es dem Wohl eines Freundes zuliebe sein muss, jedwede Undankbarkeit oder Infamie auf sich laden dürfe, dass man von denen, die kein Verständnis für die Philosophie haben, auch kein Verständnis für tugendhaftes Handeln erwarten könne, und dass man Gesetze, die nicht im Einklang mit den Prinzipien der Philosophie stehen, ständig hinterfragen müsse, denn die Blinden könnten nicht erkennen, was wahre Tugend ist.

Als er sich abends zusammen mit einem halben Dutzend Bettlern zum Schlafe auf die Stufen von St-Agricol legte, dachte er daran, wie er Rebekka vor etwa zwei Jahren zum ersten Mal gesehen hatte. Er sah sie im Geiste in ihrem schweren dunklen Mantel die Straße hinuntergehen und erinnerte sich an die Gefühle, die ihr Anblick in ihm ausgelöst hatte. Und er kam zu dem Schluss, dass all das, was ihn über den Tag so aufgewühlt und umgetrieben hatte, ein Fingerzeig Gottes gewesen war, dem er gehorchen musste.

Schließlich dämmerte der Morgen heran, die Kumpane seiner Nacht gähnten und drehten sich noch mal auf die Seite, Olivier aber spürte, dass ein Entschluss in ihm heranreifte. Als sich das Licht des Morgens am Horizont zeigte, stand er auf, eilte durch die menschenleeren Straßen und blieb erst stehen, als die Mauern des päpstlichen Palastes vor ihm aufragten. Er überlegte, ob er noch einmal zu Ceccani gehen oder vielleicht besser bei de Deaux vorsprechen solle, verwarf aber beides. Er dachte daran, um Gnade für Rebekka, nur für sie allein zu bitten und sich darauf zu berufen, dass sie gar keine Jüdin war, aber er ahnte, dass es ein vergebliches Unterfangen gewesen wäre. Ceccani hatte längst beide Hände zum Griff nach dem ganzen Erdkreis aus-

gestreckt, wegen so einer Lappalie ließ er sich gewiss nicht mehr von seinen Plänen abbringen.
Er nickte dem Wächter, der ihn seit Jahren kannte, freundlich zu und gelangte unbehelligt durch das große Tor des Palastes, obwohl ihn bis zuletzt die Sorge plagte, Ceccani könne womöglich seine Absicht erraten und die Wachen vor ihm gewarnt haben. Aber es tat sich nichts, nirgendwo waren aufgeregte Rufe oder eilige Schritte zu hören. Und als er, selber verblüfft über seinen Mut, unschlüssig im großen Innenhof stehen blieb, hörte er, wie der helle, klare Schlag einer Glocke die Stille des Morgens durchdrang.
Es fehlte nicht viel und er wäre vor Dankbarkeit auf die Knie gesunken, denn er wusste, dass die Glocke das Zeichen für die Musikanten und Sänger war, die Studierzimmer zu verlassen und sich in der Kapelle einzufinden, um dort auf den Heiligen Vater zu warten. Der Papst, der sich tagsüber so ängstlich in seiner Turmstube verschanzte, hätte nämlich um keinen Preis der Welt auf seine geliebte Musik verzichtet; sie war die größte Freude seines Lebens, ein Vergnügen, von dem er sich selbst durch die Pest nicht abhalten ließ, auch nicht, als man schon die Leichen durch die Straßen karrte. Vorsichtshalber ordnete er an, jeden Musiker, der den Palast ohne seine Erlaubnis verließ, in den Kerker zu werfen. Sollten sie dort ruhig umkommen, Hauptsache, er bekam seine Musik. Es gab eben Dinge, ohne die dieser rätselhafte Mann nicht auskam.
Als die Glocke ihn rief, legte er seine purpurne Robe an, stieg die Stufen hinunter und durcheilte voller Vorfreude die großen Korridore des Palastes. Seine Angst vor der Seuche war so groß, dass er selbst in der Kapelle allein sein wollte. Niemand durfte sich ihm nähern, er hätte ja den Keim der Pest in sich tragen können. Und so saß er dann Tag für Tag einsam da, bis der letzte Ton der Musik verklungen war und er gestärkt in seine Fluchtburg hoch über dem gemeinen Volk zurückkehren konnte.

Olivier beeilte sich, nutzte alle Abkürzungen, die er nach so vielen Jahren kannte, schlüpfte, ehe die anderen da sein konnten, durch die eigentlich für die Messdiener gedachte Seitentür in die Kapelle und versteckte sich hinter dem riesigen flämischen Wandteppich – eine Auftragsarbeit, die das Auge des Papstes erfreuen sollte. Und da stand er dann und wartete.

Zu keiner anderen Zeit hätte er Gelegenheit gehabt, Klemens so nahe zu kommen. Die allgegenwärtigen Wachen hätten sich schon beim ersten kühnen Schritt auf ihn gestürzt und ihn weggezerrt. Klemens gab sich in der Öffentlichkeit umgänglich und leutselig, aber er war sehr darauf bedacht, sich nur ja keinen Pöbeleien oder gar heimtückischen Angriffen auszusetzen. Die Kapelle lag zwar im Herzen seines Palastes, und nur seine engsten Vertrauten hatten Zutritt zu ihr, aber es beruhigte ihn, die Wachen in seiner Nähe zu wissen, denn er wusste, dass nicht jeder Mann Gottes unbedingt auch ein Mann des Friedens war.

Die Pest hatte alles verändert, die Zeiten der großen, feierlichen Gottesdienste waren vorbei, Klemens wollte so wenig Menschen wie möglich um sich haben. Mehr noch, er hatte ein feines Gespür für Risiken und wollte keines eingehen. Statt feierlich Einzug zu halten, hatte er sich angewöhnt, die Kapelle allein zu betreten, mit dem Trinkbecher in der Hand auf seinem Thronsessel Platz zu nehmen und nach dem Priester zu rufen, der für die Musik zuständig war.

»Kommt schon, fangt an! Ich habe nicht den ganzen Morgen Zeit.«

Der Priester verbeugte und bekreuzigte sich, danach betraten die Chorsänger – manche mit ernster, manche mit gelangweilter Miene – den Altarraum und stimmten ihren Gesang an. Eine wahrhaft himmlische Musik – bald anschwellend, bald abklingend, durch geschickte Nutzung der Echowirkung mitunter vortäuschend, dass sie sich selbst einholte, so voller Klangfülle, dass manch einer sich von ihr erdrückt fühlen mochte – erfüllte die Kapelle und gemahnte an die Wunder der Schöpfung und die Liebe Gottes. Olivier musste wieder an Rebekka denken – und an Sophia und ihre Warnung vor dem Bösen in der Welt. Die Welt des Geistes mochte feiner gewebt sein, näher am Göttlichen, aber so etwas Wunderschönes konnte sie nicht hervorbringen. Wenn Menschen etwas derart Harmonisches komponieren, es durch den Gesang und den Klang der Instrumente lebendig werden lassen und alle es hören und in sich aufnehmen konnten, musste die Materie vom Geist Gottes erfüllt sein.

Schließlich war es der Kontrast zwischen der beruhigenden Wirkung der Musik und der Vorahnung, welche entsetzlichen Folgen sein Vorhaben zeitigen konnte, der ihn aus seiner Verzückung riss. Als die Musik verklang und die Kapelle nur noch vom Echo der Stille erfüllt war, gab er sich einen Ruck, um sich für das zu stählen, was er vorhatte. Der Papst schlug jetzt auf die Lehne seines Sessels und rief mit lauter Stimme: »Sehr hübsch, sehr hübsch, meine Jungen! Ich danke euch allen, jetzt fühle ich mich viel besser. Ihr könnt gehen. Und morgen möchte ich noch einmal das Stück hören, das ihr letzte Woche gesungen habt – das von dem Italiener, erinnert ihr euch?«

Der Chorleiter nickte und verneigte sich, während Klemens sich von seinem Thron hochstemmte, eine feierliche Kniebeuge vor dem Altar machte und sich die Hände rieb.

»Wirklich, ich glaube, nichts regt den Appetit so an wie ein wenig Musik. Ich sterbe vor Hunger.«

Er wandte sich um, wollte zur Tür gehen und erstarrte, als er Olivier vor sich stehen sah. Ein Augenblick lähmender Stille, und Olivier wurde mit Schrecken klar, wie furchteinflößend er aussehen musste, unrasiert, in einen schmutzigen Mantel gehüllt, mit dem irren Blick eines Gehetzten. Er kniete rasch nieder, als er in Klemens' Gesicht las, dass der Stellvertreter Gottes auf Erden zu Tode erschrocken war.

»Ich bitte zutiefst um Vergebung, Eure Heiligkeit. Mein Name ist Olivier de Noyen, ich bin einer von Kardinal Ceccanis Leuten und möchte um eine Audienz bitten.«

Klemens musterte ihn genauer. »De Noyen? Gütiger Gott, junger Mann, was ist mit dir? Du siehst aus wie ein Herumtreiber. Wie kannst du es wagen, mir so unter die Augen zu treten?«

»Ich bitte Euch abermals um Vergebung. Ich hätte es nicht getan, wenn es nicht so dringend wäre.«

»Du wirst trotzdem warten müssen. Erst will ich mein Frühstück zu mir nehmen.«

»Das, was ich Euch zu sagen habe, ist wichtiger als ein Frühstück, Eure Heiligkeit.«

Klemens runzelte die Stirn. »Junger Mann, nichts ist wichtiger als ein Frühstück.« Er war sehr aufgebracht, aber irgendetwas im Blick des jungen Mannes sagte ihm, dass er ihn anhören sollte. Das war kein dreister Bittsteller, der eine Gunst erbetteln wollte, und auch keiner von diesen Verrückten, die sich einbilden, ein Heilmittel gegen die Pest gefunden zu haben oder zu wissen, wie man aus Muslimen Christen macht.

»Glaub bloß nicht, dass ich dir das so einfach durchgehen lasse.«

»Wie es Euch beliebt, Eure Heiligkeit. Verfahrt mit mir, wie Ihr wollt, aber hört mich zuvor an!«

Klemens winkte einen der Wachsoldaten heran. »Durchsuch ihn!«, befahl er. »Sieh nach, ob er eine Waffe bei sich hat! Und dann bring ihn in mein Turmzimmer!«

Und damit stapfte er mit finsterer Miene und voller Zorn über den verdorbenen Morgen aus der Kapelle.

»Nun mal los, raus damit! Was ist so wichtig, dass du mir die Freude an meiner Musik, meinem Frühstück und dem schönen Morgen verdirbst?«

»Eure Heiligkeit, ist es Euer Wunsch, dass das Papsttum nach Rom zurückkehrt?«

»Eine seltsame Einleitung für eine Audienz. Warum stellst du so eine Frage?«

»Weil Ihr es vielleicht tun müsst. Es gibt einen Plan, nach dem Euch keine Alternative dazu bleiben soll, Avignon zu verlassen. Aigues-Mortes soll den Engländern ausgeliefert werden. Und wenn es so kommt, wird der König von Frankreich Euch dazu drängen, den Kirchenbann über die Gräfin der Provence zu verhängen, und ich glaube, Ihr werdet Euch seinem Verlangen kaum widersetzen können. Wenn Ihr aber den Bann verhängt, wird sie kaum geneigt sein, Euch fürderhin in der Stadt zu dulden oder sie Euch gar zu verkaufen.«

Klemens, so beschlagen er auch in theologischen Belangen war, hatte kein sonderlich subtiles Gespür für die Konsequenzen politischer Schachzüge, aber das war hier auch nicht nötig. Er musste nicht erst lange nachdenken, um zu begreifen, dass ein solches Intrigengeflecht ihn unweigerlich in eine katastrophale Lage brachte. Es bedeutete den Absturz vom allseits verehrten Oberhaupt der Kirche zu einem Wanderpriester – oder bestenfalls zu einem Magnaten von lokaler Bedeutung, gefangen im verschlungenen Interessengeflecht der römischen Kriegsherren. Wer würde ihm die Rolle des Frieden stiftenden Maklers zwischen Frankreich und England abnehmen oder ihm gar erlauben, einen Kreuzzug auszurufen, wenn er offensichtlich nicht mal im eigenen Haus Ordnung halten konnte?

»Und das weißt du ganz sicher? Oder hast du dir das nur ausgedacht, damit ich dir weiter zuhöre?«

»Ich bin nur ein Gehilfe meines Herrn und ein Poet, Heiligkeit. Ich verstehe mich nicht auf Intrigen und könnte mir so etwas gar nicht ausdenken. Ich habe einen Brief gelesen, in dem genau von diesem Plan die Rede war.«

»Von wem an wen?«

»Geschrieben hat ihn der Bischof von Winchester, gerichtet war er an Kardinal Ceccani.«

Klemens dachte eine Weile nach, dann drohte er Olivier mit dem Finger. »Ich kenne dich, junger Mann. Du bist Ceccanis erklärter Liebling, er mag dich wie einen eigenen Sohn. Und dennoch kommst du zu mir und erzählst mir das? Warum solltest du so etwas tun?«

»Weil ich mir eine Belohnung erhoffe.«

Er hätte es Klemens lang und breit erklären können, um sich zu rechtfertigen und zu demonstrieren, dass er sich ehrenhaft verhalten und aus edlen Motiven heraus gehandelt habe. Aber das tat er nicht, weil es auf der Hand lag, dass er seinen Herrn verkaufen wollte, und er keinen Sinn darin sah, auch nur zu versuchen, den schnöden Verrat zu leugnen.

»Und was für eine Belohnung soll das sein?«

»Ich möchte, dass mein Lehrer und seine Dienstmagd freikommen. Die beiden Juden. Sie haben nichts Böses getan, die Anklage gegen sie wurde frei erfunden, um Kardinal de Deaux' Stellung zu schwächen. Und ich möchte, dass Ihr der Kampagne gegen die Juden Einhalt gebietet, ehe noch mehr Menschen sterben. Wenn es darum geht, die Juden einzuschüchtern, sei's drum, aber lasst sie leben!«

Klemens winkte irritiert ab, als wolle er so eine Idee gar nicht hören.

»Die ganze Welt zerfällt in Scherben. Armeen marschieren gegeneinander auf. Überall sterben Männer, Frauen und Kinder. Die Felder verkommen, und ganze Städte veröden. Der Zorn Gottes ist über uns gekommen, und wer weiß, ob es nicht sein Plan ist, die ganze Schöpfung auszulöschen. Den Menschen fehlt Führung und Geleit. Sie wollen eine Erklärung hören, damit sie wieder Vertrauen fassen und zurückfinden zu Gebet

und Gehorsam. Und während all das ringsum geschieht, machst du dir Sorgen um zwei Juden?«
Olivier sagte nichts, er wusste, dass das nur eine rhetorische Frage war.
»Es ist mein Wunsch, etwas zu tun, was meinem Namen Glanz verleiht und ihn in die Geschichte eingehen lässt«, fuhr Klemens fort. »Ich will als der Papst in Erinnerung bleiben, der die Welt ein für alle Mal von der Geißel dieser Juden befreit hat, Menschen, die in Gottes Augen ein lebendiges Ärgernis sind. Denn er hat seit mehr als tausend Jahren Geduld mit ihnen gezeigt, und zum Dank dafür bespucken sie unseren Glauben, so wie sie einst unseren Herrn angespuckt haben. Jetzt ist der Zeitpunkt gekommen, gegen sie zu Felde zu ziehen. Oder bezweifelst du etwa, dass das ein ehrenwerter Entschluss ist? Ein notwendiger, gerechter Schritt, den wir viel zu lange hinausgezögert haben? Die Juden müssen sich bekehren, oder sie werden getötet. Ceccani hat Recht, das wird die Menschen unter einem gemeinsamen Ziel vereinen und sie wieder zur Kirche zurückführen. Es bedarf nur eines Wortes von mir, und es wird geschehen.«
Olivier hob den Kopf und sah Klemens fest an. »Dann sprecht das Wort nicht aus! Gott findet keinen Gefallen an einer gewaltsamen Bekehrung, sie erntet nur Beifall bei den Menschen. Unser Herr hat seine Kirche auf die Liebe und den Glauben gegründet, nicht auf Lügen und Drohungen. Gehorsam ohne Glauben ist nichts wert. Als der heilige Petrus das Schwert gegen den Soldaten erhoben hat, hat unser Herr es ihm aus der Hand genommen und das Ohr des Soldaten geheilt. Ihr seid Petri Nachfolger auf Erden, nehmt Ceccani das Schwert aus der Hand und hört nicht auf seinen Rat! Tut vielmehr das Gegenteil, breitet Euren Schutz und Eure Liebe über diesen Menschen aus, liebt die Sünder ebenso wie die Gläubigen, so wie es unser Herr Jesus Christus getan hat! Handelt getreu Eurem Namen: Klemens, der Milde! Lasst das zu Eurem Denkmal

werden! Auf dass die Menschen noch in ferner Zukunft von Euch sagen: Er war so von Liebe und Menschlichkeit erfüllt, dass selbst die Juden unter seinem Schutzmantel Geborgenheit fanden. Und lasst, indem Ihr so handelt, alle erkennen, dass Gott die Liebe ist, für die Gläubigen wie für die Sünder, selbst wenn sie das ewige Feuer verdient hätten.«

Olivier nahm allen Mut zusammen, bevor er fortfuhr: »Sonst werdet Ihr für den Rest Eures Lebens heimatlos, ohne Freunde und von allen verlacht durch die Welt wandern und niemanden finden, der Euch Gehör schenken will. Weil ich Euch nicht sagen werde, wie und wann die Tore von Aigues-Mortes geöffnet werden, und Euch bleibt nicht genug Zeit, es ohne meine Hilfe rechtzeitig genug herauszufinden.«

Klemens war aufgestanden, aber er wies Olivier nicht aus dem Turmzimmer, wie der Dichter es verdient hätte, sondern schien seine Worte sorgsam zu bedenken. Olivier hatte etwas in ihm angerührt, aber er war noch unschlüssig. »Du hast mich noch nicht davon überzeugt, dass das nicht nur eine ausgeklügelte Täuschung ist. Du sagst, du hättest einen Brief gesehen, aber du zeigst ihn mir nicht. Gibt es den Brief überhaupt? Und wenn es ihn gibt, hat ihn womöglich einer von Ceccanis Feinden geschrieben? Du behauptest, mit diesem Brief beweisen zu können, dass der Kardinal den verabscheuungswürdigsten Verrat an mir begehen will, und doch bist du am hellen Tag unbehelligt durch die Stadt spaziert und hier angekommen. Ich an Ceccanis Stelle hätte dir, ehe du dazu gekommen wärst, mir deine Geschichte zu erzählen, die Kehle aufgeschlitzt.«

»Er weiß nicht, dass ich hier bin. Aber den Brief gibt es wirklich.«

»Dann gib ihn mir!«

»Das geht nicht, dazu bleibt keine Zeit, weder für Euch noch für mich. Das Martyrium der Juden wird bald beginnen, wenn es nicht schon begonnen hat. Sobald sich die Dunkelheit über die Stadt senkt, wird es neuen Aufruhr in den Straßen geben.

Und Ihr müsst rasch handeln, wenn Ihr Aigues-Mortes für Frankreich retten wollt.«

»Willst du mir vorschlagen, nur auf dein Wort hin mit aller Strenge gegen einen Kardinal vorzugehen, der mein engster Berater ist? Nein, junger Mann. Woher soll ich wissen, ob du nicht von de Deaux zu einer falschen Aussage verleitet worden bist? Oder vielleicht hattest du Streit mit Ceccani und willst dich nur rächen? Die ganze Geschichte überzeugt mich nicht, ich werde nichts unternehmen, solange ich keine schlüssigen Beweise habe.«

Olivier wusste, dass Klemens halb überzeugt und sehr beunruhigt war. Zumal das Schema des ungeheuerlichen Plans durchaus die für Ceccani typische Handschrift trug. Aber er war sich nicht sicher genug, um zu handeln, vielleicht auch nicht ruchlos genug. Ceccani wäre weniger zimperlich gewesen, er hätte sofort gehandelt, selbst wenn die Beweise noch so dürftig gewesen wären. Der Pontifex dagegen war ein sensiblerer, friedfertigerer Mann, der nicht gern schlecht von anderen dachte und dem jegliche Turbulenz fast körperliche Schmerzen bereitete. Olivier merkte, dass ihm die ersehnte Belohnung aus den Fingern zu rutschen drohte, und spielte seinen letzten Trumpf aus.

»Eure Heiligkeit, der Mann, auf dessen Geheiß die Tore von Aigues-Mortes geöffnet werden sollen, ist der Comte de Fréjus. Er hat seinen Majordomus angewiesen, die Engländer hereinzulassen, das Ganze soll innerhalb von acht Tagen geschehen. Ihr sagt, es verwundere Euch, dass man mich noch nicht zum Schweigen gebracht hat. Mich wundert es auch, aber ich glaube nicht, dass ich mich lange in Sicherheit wiegen kann.«

Er überlegte fieberhaft. »Schickt heute Abend jemanden aus, der mich suchen soll. Spürt er mich unversehrt auf, dann bin ich den Beweis für meine Aussage schuldig geblieben, denn wenn ich alles nur frei erfunden hätte, warum sollte mir dann jemand etwas anhaben wollen?«

Er sah den Heiligen Vater eindringlich an. »Doch wenn der Comte und seine Männer mich gesucht und gefunden haben, dann wisst Ihr, dass meine Geschichte wahr ist. Wenn Ihr Euch an sie erinnert, wird Euch klar werden, warum derselbe Mann, der Verrat an Euch begehen will, Euch zum Kreuzzug gegen die Juden drängt. Und Ihr werdet es Euch sorgsam überlegen, bevor Ihr seinen Rat befolgt und in Kauf nehmt, dass Euer Name um seiner Pläne willen für immer mit Blut besudelt ist.«

Der Papst sah Olivier nachdenklich an. »Nun gut, ich lasse mich auf deinen Vorschlag ein. Heute Abend werde ich wissen, ob du ein Lügner oder ein Narr bist.«

Olivier nickte. »Ich habe Euch alles gesagt, was ich weiß, Eure Heiligkeit. Ich werde nicht versuchen, Euch zur Rettung dieser beiden Juden zu drängen. Ich überlasse sie Eurer Gnade, um mehr bitte ich nicht.«

Klemens liebte nichts so sehr, wie Großmut und Milde zeigen zu können. Sein Wahlspruch lautete: Der Papst muss wie der edelste aller Fürsten handeln. Uns so schickte er nicht gern jemanden weg, ohne ihn zufrieden zu stellen.

»Du darfst sie mitnehmen«, sagte er mit einer gönnerhaften Geste. »Ich gebe sie dir. Unter einer Bedingung: Erklär mir, warum ein Christenmensch irgendein Risiko eingehen sollte, um Juden zu retten, seien es zwei oder sei's das ganze Volk!«

Olivier dachte nach, und dann wusste er, was sein Fehler gewesen war. Er hatte während der letzten Monate viel Zeit mit dem Versuch verbracht, das Dornengestrüpp der Rätsel zu entwirren, die Manlius Hippomanes ihm mit seinen Lehrsätzen aufgab. Aber auf einmal verstand er den Unterschied zwischen klug gewählten Worten und der schlichten Antwort der Seele.

»Das weiß ich nicht, Heiligkeit«, sagte er. »Ich vermag keinen Grund und keine Rechtfertigung dafür zu finden, noch will ich ihn finden. Ich bin weder Theologe noch Philosoph, weder

Rechtsgelehrter noch Politiker. Ich habe keine Übung darin, Begründungen zu erfinden, ich verstehe mich nur darauf, dem Rat meines Herzens zu folgen, und das ist mir genug.«
Klemens knurrte unwillig. »Na gut, wenn du dich dumm stellen willst, dann tu's. Geh mir aus den Augen! Wenn ich bis heute Abend den Beweis für de Fréjus' Schuld habe, werde ich nochmals über deine Bitte nachdenken. Wenn aber nicht …« Er machte eine bedeutsame Pause.
»Wenn aber nicht?«, fragte Olivier beklommen.
Um die Mundwinkel des Stellvertreters Gottes auf Erden zuckte nicht das leiseste Lächeln. »Dann werde ich alle Juden töten, die unter uns Christen leben, deinen Lehrer und seine Dienstmagd eingeschlossen.«

Julien stand fast eine halbe Stunde ratlos auf dem Bahnsteig. Sein Gehirn hatte abgeschaltet, er wusste nicht ein noch aus. Einmal fuhr keuchend und quietschend ein Personenzug durch und verpestete die Luft mit beißendem Kohlegestank. Er fuhr Richtung Süden, voll mit deutschen Soldaten. Die Tage des Sieges waren vorbei, jetzt fuhren sie, wie alle wussten, ihrer Niederlage entgegen.
Schließlich gab er sich einen Ruck, ging los und merkte erst unterwegs, dass er fast automatisch den Weg zur Präfektur eingeschlagen hatte. Aber wohin hätte er sonst gehen sollen? Nur Marcel konnte jetzt noch irgendwie helfen, also musste er ihn darum bitten.
Marcel saß wie üblich pflichtbewusst an seinem Schreibtisch, las irgendwelche Akten durch und schien weder die Hitze noch das schmale Rinnsal Schweiß wahrzunehmen, das ihm in den ausgefransten Hemdkragen lief. Als Julien hereinkam, sah

er hoch und setzte die trotzige Miene auf, die meistens von Schuldbewusstsein zeugt.

»Was hast du getan?«, fragte Julien ihn leise.

Marcel schüttelte den Kopf. »Das war ich nicht, Julien. Glaub mir, ich habe damit nichts zu tun. Sie wurde in vorläufigen Gewahrsam genommen, aber dann tauchten plötzlich diese Leute von der Zentralstelle für jüdische Angelegenheiten auf, und die wussten nicht, dass sie nicht für den Abtransport bestimmt war. Sie wollten Juden, egal wen. Sie hat zugegeben, eine Jüdin zu sein, also haben sie sie mitgenommen. Ich hab's selber erst vor fünf Minuten erfahren.«

»Ein bedauerlicher Zufall?«, fragte Julien ungläubig.

Marcel nickte. »Glaub mir, es tut mir Leid.«

»Hol sie zurück, Marcel! Ruf an und sag ihnen, dass es ein Irrtum war! Sag, dass du sie für eine Vernehmung brauchst! Sag irgendwas, lass dir was einfallen! Du bist der Präfekt, Herrgott noch mal.«

Marcel schüttelte wieder den Kopf. »Das ist ausgeschlossen, Julien. Diese Konvois werden von der Gestapo zusammengestellt. Die halten nicht an, bloß weil jemand von einer französischen Behörde anruft. Wenn sie diese Erklärung, dass sie Jüdin ist, nicht unterschrieben hätte, wäre vielleicht was zu machen gewesen. Warum hat sie das bloß getan?«

Julien überhörte Marcels Frage. »Was wird jetzt mit ihr geschehen?«

Marcel zögerte. »Was willst du hören? Die offizielle Beschwichtigung? Oder die Antwort, die wir beide kennen?«

Als Julien nichts erwiderte, fuhr er fort: »Offiziell wird sie in ein Arbeitslager gebracht. Die Bedingungen sind hart, aber erträglich. Sie wird dort bleiben, bis der Krieg vorüber ist, danach wird sie selbstverständlich entlassen.«

Er stand auf, sah Julien kurz an, vergrub die Hände in den Hosentaschen und blickte ostentativ auf den Boden.

»Aber du weißt so gut wie ich, dass das eine Lüge ist und sie dort sterben wird. Sie bringen sie alle um, Julien. Sie haben nie einen Hehl daraus gemacht, dass sie's tun wollen, und sie tun es. Wirklich, es tut mir aufrichtig Leid. Ich wollte nicht, dass es so kommt. Ich wollte nur das Leben von sechsundzwanzig unschuldigen Geiseln retten.«

Julien stand wie erstarrt da. Marcel fasste ihn sanft am Arm. »Komm, lass uns an die frische Luft gehen!«

Julien trottete willenlos hinter ihm her, durch die Flure mit dem abgetretenen Linoleumbelag, die Steinstufen hinunter und in die drückende Nachmittagshitze.

Sie gingen stumm und scheinbar friedlich nebeneinander her, eben gute Freunde, zumindest fast. Es war der langsame Spazierschritt, der Marcel am liebsten war und den Bernard nicht ausstehen konnte. Gemeinsam schlenderten sie kreuz und quer durch die Stadt, suchten die schattigen Gassen und Straßen, in die kein Sonnenstrahl fiel. Sie kamen an den Steinstufen vorbei, auf denen Olivier Rebekka zum ersten Mal gesehen hatte, an der Gasse, in der Isabelle ermordet worden war, und an der Stelle, wo der Überfall auf Olivier stattgefunden hatte.

Marcel hielt sich dicht neben Julien, sagte kein Wort, hoffte aber im Stillen, dass seine Nähe Julien ein wenig Trost spenden und ihre Freundschaft bestärken werde.

Schließlich war es Julien, der das Schweigen brach. »Damals bei Verdun habe ich schrecklichere Dinge gesehen, als du dir vorstellen kannst. Ich habe gesehen, dass die Zivilisation sich auflösen kann wie ein aufgeplatzter Saum. Und je mehr sie sich aufgelöst hat, desto mehr fühlten sich alle berechtigt, zu tun und zu lassen, was ihnen behagte, und dann platzte der Saum eben noch weiter auf. Ich kam damals zu dem Schluss, das Wichtigste sei zu überleben und mit heiler Haut davonzukommen. Sobald es das Korsett der Überzeugungen und der anerkannten Normen nicht mehr gibt, benehmen wir uns schlimmer als Tiere. Tiere werden durch ihre begrenzten Möglichkeiten gebändigt, sie können sich keine Grausamkeiten ausdenken. Wir können es …

An dieser Erkenntnis habe ich mich ein Leben lang in meinem bescheidenen Rahmen zu orientieren versucht. Alles ist besser als noch einmal ein solcher Zusammenbruch, habe ich gedacht, denn der wäre endgültig und unumkehrkar. Ich habe mir gesagt, dass es unwichtig ist, was Politiker und Generäle tun, weil sie eben Betonköpfe sind, und dass alle anderen das, was wirklich wichtig ist, umso entschiedener gegen sie verteidigen müssen, damit die flackernde Flamme nicht ganz erlischt. Am verhasstesten waren mir immer Leute wie Bernard und du, weil ihr beide nicht bereit wart, ehrlich einzugestehen, dass es euch nur um Macht geht …

Ich habe mich geirrt. Aber das ist mir erst klar geworden, als du mir erzählt hast, Julia sei von der Frau unseres Hufschmieds denunziert worden. Seltsam, findest du nicht? Da habe ich nun den Krieg und Invasionen und Straßenkämpfe miterlebt, habe von Massakern und unvorstellbaren Brutalitäten gehört und doch fest daran geglaubt, dass die Kraft der Zivilisation die Menschheit vor dem Abgrund bewahren werde. Und dann schreibt eine Frau einen Brief, und meine ganze Welt fällt in Scherben …

Siehst du, es handelt sich um eine ganz einfache Frau, sie ist sogar ein guter Mensch. Das ist der springende Punkt. Bernard ist kein guter Mensch. Und was dich angeht, da gibt's wenig, was mich noch überraschen, erschüttern oder mir Kopfschmerzen bereiten könnte. Aber diese Frau hat Julia denunziert und in den Tod geschickt. Und warum? Weil sie sich über sie geärgert hat und weil Julia Jüdin ist …

Ich habe immer nur in den einfachen Kategorien von zivilisierten Menschen und grausamen Barbaren gedacht, das war mein Fehler. Die Zivilisierten sind die wahren Barbaren, und die Deutschen sind nur ihre extremste Ausprägung. Sie haben die höchste Stufe der Zivilisation erreicht. Sie richten ein

Monument auf, das unzerstörbar ist und sie überleben wird, auch wenn sie selber längst vom Sturm der Geschichte weggefegt sind. Sie lehren uns eine Lektion, deren Echo noch in Hunderten von Jahren widerhallen wird. Manlius hat sich der Kirche zuliebe nicht offen zu seinen Idealen bekannt, aber sie haben dennoch das Ende seiner Welt überlebt. Die Nazis machen es genauso. Sie halten uns einen Spiegel vor die Nase und sagen: ›Guckt euch an, was wir erreicht haben!‹ Und sie haben dieselben Vorstellungen und Ideale, Marcel. Darin lag mein Irrtum.«

»Die Deutschen versuchen, einen Krieg zu gewinnen«, wandte Marcel ein, »aber sie verlieren ihn. Das macht sie nervös und gereizt, und deshalb schlagen sie noch rücksichtsloser um sich als sonst.«

»Du weißt, dass das nicht stimmt. Sie wussten, dass sie in dem Moment verloren hatten, als die Amerikaner in den Krieg eingetreten sind. Eigentlich schon früher. Sie sind vielleicht größenwahnsinnig, aber dumm sind sie nicht. Was sie tun, geht weit über einen Krieg hinaus. In der Geschichte der Menschheit hat es nie etwas Vergleichbares gegeben. Es ist der ultimative Erfolg der Zivilisation. Denk darüber nach! Was braucht man, um so viele Menschen auszulöschen? Dazu müssen viele Spezialisten beitragen. Wissenschaftler, die beweisen, dass die Juden eine niedere Rasse sind. Theologen, die das Quäntchen Moral beisteuern. Arbeitskräfte, die die Eisenbahnwaggons bauen und die Lager errichten. Techniker, die neue und wirksamere Waffen erfinden. Verwaltungsfachleute, die das gewaltige Problem der Identifizierung und des Transports so vieler Menschen lösen. Schriftsteller und Schauspieler, die dafür sorgen, dass niemand etwas davon merkt oder sich gar darüber empört. Man muss sich natürlich auf die Erfahrungen und das technische Können aus vielen Jahrhunderten stützen können, wenn man sich ein so gewaltiges Vorhaben ausdenken und es dann auch noch in die Tat umsetzen will. Und nun ist es so

weit, nun können wir all diese Errungenschaften der Zivilisation nutzen …
Kannst du dir einen größeren, langlebigeren Erfolg vorstellen? Er hat seine Spuren für immer eingegraben, nichts wird ihn ungeschehen machen. Welche Segnungen wir der Menschheit auch in Zukunft bescheren werden, wir haben die Juden umgebracht. Welche Fortschritte die Medizin auch erringen mag, wie haben sie getötet. Wie weit wir es auch noch bringen mögen, wie sehr wir uns auch perfektionieren, etwas ist unauslöschlich in unseren Herzen und Hirnen verankert: Wir haben sie umgebracht, wir alle, nicht aus Versehen oder in blinder Wut, sondern mit Vorbedacht, und wir haben wahrlich viele Jahrhunderte lang darauf hingearbeitet …
Wenn all das vorbei ist, werden die Leute die Schuld allein den Deutschen geben. Und die Deutschen werden sie allein den Nazis zuschreiben. Und die Nazis werden allein Hitler dafür verantwortlich machen. Sie werden ihm alle Sünden der Welt aufladen. Aber das ist nicht wahr. Du hast geahnt, was passieren kann, und ich auch. Ich bin schuld, dass ein Journalist seinen Job verloren hat, weil du es von mir verlangt hast. An dem Tag, an dem ich es getan habe, habe ich meinen kleinen Beitrag für die Zivilisation geleistet, nur das war wichtig.«
»Wenn du es so siehst, warum hast du dich dann nicht auf Bernards Seite geschlagen?«
»Weil er keinen Deut besser ist. Er hat versprochen, Julia aus Frankreich rauszubringen, aber dann nichts unternommen, weil er sie brauchte, damit sie Papiere für ihn fälschte. Ob sie erwischt würde, hat ihn nicht gekümmert. Er denkt unablässig über die Zukunft nach, und währenddessen töten seine Leute Soldaten und jagen Kasernen in die Luft. Für Sabotageakte, durch die sie Konvois aufhalten und die Juden befreien, können sie sich nur selten Zeit nehmen. Das hat für sie keine Priorität, es gibt so viel Wichtigeres zu tun …
Weißt du, was mein neoplatonischer Bischof gesagt hat? ›Das

Böse, das Menschen guten Willens tun, ist das größte aller Übel.‹ Und er hatte Recht. Er wusste es, weil er es selbst praktiziert hat. Wir alle haben schreckliche Dinge getan, und immer aus guten Gründen, nur, das entschuldigt nichts, ganz im Gegenteil, es macht unsere Schuld nur noch größer.«

Marcel wollte ihn zu seiner Wohnung bringen. Sie standen vor dem geschlossenen Eingang zum Museum. »Ich glaube, du solltest dich schlafen legen«, redete er Julien zu. »Du hast dir schon lange keine Ruhe mehr gegönnt.«

Julien schüttelte störrisch den Kopf. »Erzähl mir erst, was mit Bernard ist, Marcel!«

»Das liegt nicht mehr in meinen Händen. Alle Informationen wurden an die Deutschen weitergeleitet.«

»›Wurden weitergeleitet‹? Heißt das, dass du sie ihnen bereits gegeben hast?«

»Ja, ich habe sie ihnen gegeben. Ich musste es tun, sonst wären die Geiseln heute Abend erschossen worden. Nun hängt alles davon ab, ob es ihnen gelingt, Bernard zu verhaften. Wenn ja, werden die Geiseln freigelassen.«

»Und dann? Werden sie ihn zu Tode foltern?«

Marcel seufzte. »Was kann ich schon tun, Julien? Was würdest du denn tun?«

Julien zuckte die Achseln. »Ich weiß nicht.«

»Geh nach Hause, schlaf dich aus! Wir können beide nichts mehr für ihn tun. Wir sind machtlos. So wie wir's immer waren.«

Und Julien ging nach Hause. Aber vorher sah er noch, wie Marcel die Straße überquerte und die Kirche betrat. Er würde dort beten, darin fand er Trost. Julien beneidete ihn einmal mehr darum, dass manche Dinge so einfach für ihn waren.

Manlius verzieh Felix großmütig und rächte sich nicht an seiner Familie für deren Versuch, die Stadt gegen ihn aufzuwiegeln. Er tauschte öffentlich den Bruderkuss mit Felix und sagte, er werde ihm immer ein treuer Freund sein, und so besiegelten sie den Triumph ihrer Freundschaft über alle Differenzen. Die waren ohnehin nicht sehr groß, denn beide wollten dasselbe, nur auf unterschiedlichen Wegen.
Später bat Manlius seinen Freund, mit ihm zu seinem Landhaus zu kommen, damit sie dort ungestört über die Dinge reden könnten, die wirklich zählten. Dabei versicherte er Felix abermals, dass ihm ihre Freundschaft viel wichtiger sei als irgendwelche unbedeutenden Meinungsverschiedenheiten. Er schloss mit der Bitte, Felix möge ihm im Namen der Vernunft, die ihnen stets oberste Richtschnur gewesen sei, Gelegenheit geben, draußen auf seinem Landgut alle Unstimmigkeiten auszuräumen, wenn es denn welche gebe.
Felix zögerte einen Augenblick, dann nahm er die Einladung an. Es war ihm klar, dass sich die Stimmung in der Stadt zu Manlius' Gunsten gewandelt hatte. Und da er im Übrigen wusste, dass sein Freund mit den Burgundern irgendwelche Vereinbarungen getroffen hatte, lag ihm sehr daran, genau in Erfahrung zu bringen, auf welche Bedingungen Manlius sich eingelassen hatte.
Und so wanderten sie wieder einmal Arm in Arm durch die weitläufigen Gärten der Villa und spürten, wie viel Ruhe von der gepflegten Umgebung ausging.
»Ich wünschte, all das wäre nie geschehen«, sagte Felix. »Wir würden vieles verlieren, wenn wir uns entzweiten.«
»Da sei Gott vor«, erwiderte Manlius. »Wir werden noch oft in diesen Gärten lustwandeln, den Duft der Blumen einatmen und zusehen, wie die Sonnenstrahlen auf dem Teich tanzen.«
Keiner von ihnen wollte die friedliche Stimmung zerstören und auf den eigentlichen Zweck ihres Treffens zu sprechen kommen. Das wäre das Eingeständnis gewesen, dass dieser

letzte gemeinsame Nachmittag eine Schimäre war, ein Bild ihrer Wünsche, nicht der Realität. Sie sehnten sich beide danach, sich all das, was ihnen so lieb war, für immer zu erhalten, aber im Herzen ahnten sie, dass sie es nicht mehr festhalten konnten. Die Tage, die sie mit lockerem Geplauder und ernsten Gesprächen verbracht hatten, die Briefe, die sie sich gegenseitig geschrieben hatten, die gemeinsame Freude an einem richtig zugeschnittenen Obstbaum, ein bewundernswerter Anblick, der sie an eine bekannte Literaturstelle erinnerte, der köstliche Genuss einer gut gewürzten Mahlzeit – alles war mit der Ahnung der Vergänglichkeit belastet.

»Erinnerst du dich noch«, sagte Felix schließlich, »wie wir in Marseille von diesem griechischen Musikanten gehört haben? Wir haben ihn so schnell wie möglich aufgespürt, und jeder wollte ihn für einen Monat in seine Dienste nehmen. Weißt du noch, wie wir uns gegenseitig überboten haben, bis der gute Mann völlig verwirrt war und dachte, wir wollten uns nur einen Spaß mit ihm erlauben?«

Manlius lachte. »Und am Schluss hat er versprochen, uns beiden zur Verfügung zu stehen, einem nach dem anderen. Aber du hast ihn zuerst gekriegt.«

»Und du bist dahinter gekommen, dass er die ganze ›Ilias‹ auswendig kannte und in der althergebrachten Art und Weise rezitieren konnte. Das war wunderschön.«

»Und noch mehr Spaß haben uns die langen Gesichter unserer Gäste gemacht, als ihnen klar wurde, dass sie elf Tage bleiben und ihm zuhören sollten.«

Und so wandelten sie weiter durch die Gärten und genossen den warmen Tag, bis Felix plötzlich den Zauber des Augenblicks zerstörte und mit leiser, fester Stimme sagte: »Ich glaube, dieser Gundobad kann keine griechischen Texte lesen.«

Manlius hätte am liebsten empört aufgeschrien: Nein, nicht ausgerechnet jetzt! Lass uns die Freude daran noch ein wenig länger genießen, ehe sie uns endgültig weggenommen wird!

Aber er wusste nur zu gut, dass er den Augenblick höchstens hinauszögern konnte; früher oder später kam er doch.

»Er ist ein guter Herrscher, in Rom erzogen und bereit, auf den Rat derer zu hören, denen er vertraut. Seine Frau ist Katholikin, und er mischt sich nicht in ihren Glauben ein. Außerdem kann er Eurich Einhalt gebieten.«

»Wie auch immer, er ist ein Barbar.«

»Das war Ricimir auch, und trotzdem hat sich selbst Rom bereitwillig vor ihm verneigt.«

»Aber Ricimir hat sich seinerseits vor Konstantinopel verneigt, und das wird Gundobad nicht tun, oder?«

»Nein, er will der König sein, niemandem zu Loyalität und Gehorsam verpflichtet.«

»Und das Heer der Burgunder ist nicht sehr groß. Glaubst du im Ernst, es kann Clermont entsetzen und gleichzeitig die ganze Region gegen Eurich verteidigen?«

Das war der Augenblick, in dem Manlius Farbe bekennen musste. Und damit war alles besiegelt. Denn Zivilisation ist nur ein Synonym für Freundschaft, und Freundschaften enden irgendwann. Manlius hätte am liebsten gar nichts gesagt. Oder über ein ganz anderes Thema geredet. Er wünschte sich, ihm wäre plötzlich ein rettender Plan eingefallen, der Felix so überzeugt hätte, dass sie sich der kommenden Herausforderung gemeinsam stellen konnten. Aber er hatte keinen Plan.

»Das hat er auch gar nicht vor.«

Felix brauchte eine Weile, um zu begreifen, was das bedeutete. Er war wahrlich kein langsamer Denker, aber es fiel ihm schwer zu glauben, was er eben gehört hatte.

»Sprich weiter!«, brachte er schließlich so leise heraus, dass es fast nur ein Flüstern war.

Manlius atmete tief durch. »Ich habe alles versucht, die Burgunder dazu zu überreden, nach Clermont zu marschieren und Eurich dort Einhalt zu gebieten. Sie haben sich nicht darauf eingelassen. Stattdessen wollen sie nach Süden vorrücken, bis zu einer Linie südlich von Vaison, auf dem linken Ufer, sodass sie den Fluss kontrollieren können. Das ist alles, wozu ich sie bewegen konnte. Und ich glaube, sie sind schon auf dem Marsch. Clermont ist verloren. Und der Landstrich bis zur Küste ebenfalls. Die Menschen, die dort wohnen, sollten zusehen, einen möglichst guten Frieden mit Eurich auszuhandeln, sonst wird er ihnen später seine Bedingungen aufzwingen.«

Er schielte verstohlen zu seinem Freund hinüber und sah, dass Felix Tränen in den Augen hatte.

»Manlius, Manlius, was hast du getan?«, sagte er schließlich mit brüchiger Stimme. »Du hast uns alle betrogen. Du hast dich verkauft und uns im Stich gelassen. Hat er dich wenigstens gut belohnt, dein neuer Herr und Gebieter? Hast du ihm die Füße geküsst? Oder lernst du vielleicht gar seine Sprache, damit du ihn besser belügen kannst?«

»Mein Freund ...«, sagte Manlius und wollte Felix die Hand auf die Schulter legen.

»Du bist nicht mein Freund. Ein Mann von Ehre hätte lieber Seite an Seite mit seinen Freunden bis zum Letzten gekämpft, statt sie in die Sklaverei zu verkaufen, um sich und seine eigenen Ländereien zu retten.«

»Es steht dir frei, Truppen aus Italien hierher zu führen. Hast du welche gefunden?«

»Dazu ist es jetzt zu spät. Sobald Eurich hört, dass Gundobads Burgunder marschieren, wird er ebenfalls marschieren. Er muss es tun. Und das weißt du, oder nicht?«

Manlius nickte.

»Aber es kümmert dich nicht. Du hast dein Schäfchen im Trockenen, deine Güter werden von Gundobad beschützt.«

»Und wenn es nicht so wäre, was dann? Glaubst du im Ernst, du hättest, selbst wenn uns ein Jahr oder zwei Jahre Zeit geblieben wären, irgendwo Truppen aufgetrieben, mit denen wir etwas anfangen können?«

»Ja.«

»Du weißt, dass es solche Truppen nicht mehr gibt. Du hättest allenfalls einen Haufen Jammerlappen um dich scharen können, der nur zum Schein kämpft und sich bei der erstbesten Gelegenheit auf die Seite der Sieger schlägt. Und die Westgoten hätten sich für deinen Versuch grausam gerächt. So können sie wenigstens nicht weiter vordringen. Sie sind blockiert, auf der einen Seite vom Meer, auf der anderen von den Bergen und auf der dritten von den Burgundern. Es bleibt ihnen nichts anderes übrig, als weiterzuziehen, bis sie irgendwann alt und grau geworden sind und verschwinden.«

»Und was bleibt uns, wenn sie abziehen?«

Manlius zuckte die Achseln. »Es ist immerhin eine gewisse Chance.«

»Ja«, sagte Felix zornig, »es gibt eine Chance.«

»Woran denkst du?«

»An eine Demonstration der Stärke. Allen beweisen, dass wir uns nicht einfach überrennen lassen. Wenn wir die Burgunder zurückschlagen, wird Eurich es sich zweimal überlegen, ob er dasselbe Risiko eingehen soll. Er belagert immer noch Clermont. Er kann seine Kräfte nicht in lauter kleinen Kriegen in ganz Gallien verzetteln. Er muss erst mal abwarten. Und in dieser Zeit können wir irgendwo Truppen anwerben, und wenn wir, um sie bezahlen zu können, sämtliche Bronzestatuen im ganzen Land einschmelzen müssen. Das ist unsere Chance. Gib mir deine Unterstützung, dein Geld und deine Männer. Wir können in wenigen Tagen aufbrechen, du und ich, die anderen werden uns bald folgen.«

»Ich habe bereits mein Wort gegeben.«

»Schau an, der Bischof von Vaison hat sein Wort gegeben! Nun, wer weiß, ob du nach dem morgigen Tag überhaupt noch Bischof bist. Du hast eine Versammlung einberufen – auf der wird sich ja herausstellen, wer von uns beiden die größere Überzeugungskraft hat.«

Manlius antwortete nicht gleich, er wurde von dem Lärm ab-

gelenkt, den zwei seiner Leibeigenen machten, die in der Nähe mit langstieligen Äxten einen Baumstamm spalteten.
»Wir sollten uns jetzt nicht streiten, Felix«, sagte er müde und bekümmert. »Für hitzige Worte steht viel zu viel auf dem Spiel. Lass uns das Gespräch abbrechen, eine Weile nachdenken und später weiterreden!«

Olivier holte beim Sekretär des Papstes einen Entlassungsschein ab, unwillig diktiert, unterzeichnet und mit einem Klecks Wachs besiegelt, und eilte in den Keller des Palastes, der als Kerker diente. Ungeduldig von einem Bein aufs andere tretend, beschimpfte er die Wachen, weil sie gar so schlafmützig angeschlurft kamen, aber endlich wurde die Tür doch aufgeschlossen, und die Gefangenen durften herauskommen.
Für Gersonides und Rebekka kam die Freilassung ebenso unerwartet wie zuvor die Festnahme. Rebekka sah zerzaust und schmutzig aus, unsicher und ängstlich, weil sie nicht recht glauben konnte, dass man sie wirklich freiließ und nicht etwa zur Folter oder gar zur Hinrichtung führte. Sie sah sich verzagt um, und als sie Olivier erblickte, nahm sie sich nicht mal Zeit für ein Lächeln, sondern rannte einfach zu ihm und schloss ihn so fest in die Arme, dass man meinen konnte, sie seien für immer untrennbar miteinander verschmolzen. Olivier roch ihr Haar, spürte, wie es sich an seine Wangen schmiegte, und wiegte sich, atemlos vor Glück, in ihren Armen. Beide brachten kein Wort heraus, sogar die Wachen wandten sich ab und ließen sie allein.
Widerstrebend lösten sie sich schließlich voneinander; solche Momente dauern in dieser Welt nie lange, sie sind nur wie eine

flüchtige Ahnung, die schon im nächsten Augenblick verweht sein kann.
»Ihr seid frei. Ich bin gekommen, um euch mitzunehmen. Beeilt euch!« Das war alles, was ihm über die Lippen kam. Der Quell seiner Poesie war versiegt, es blieben ihm nur noch prosaische Worte.
Der alte Rabbi, der neben ihnen gestanden und alles gesehen hatte, ließ sich nicht zweimal bitten. Er wusste nicht, wie ihm geschah und warum es ihm ausgerechnet von einem Christen widerfuhr, aber er suchte gar nicht lange nach Erklärungen; er war ein Philosoph, aber darum noch lange kein weltfremder Tor. Ihm lag nur noch daran, den Palast und die Stadt so schnell seine alten Beine ihn trugen zu verlassen. Er hatte kein Geld und weder einen Esel noch ein Pferd. Also mussten die drei sich, schwer mit Büchern und Manuskripten beladen, denn die wollte der Rabbi auf keinen Fall zurücklassen, zu Fuß auf den Weg in die Freiheit machen. Es war ein stiller Morgen, ein strahlend schöner Tag, der schönste, den sie je erlebt hatten.
Sie schleppten sich so mühsam durch die Straßen, dass Olivier den Rabbi und Rebekka schließlich hieß, sich in den Schatten zu setzen und zu warten, bis er irgendwo einen Esel aufgetrieben hätte. Als er sie verließ, überlief ihn trotz der warmen Morgensonne ein Frösteln. Bei dem Gedanken daran, was er getan hatte, überlief es ihn wie Schüttelfrost, und er fühlte sich schrecklich allein. Er hatte niemanden, den er um Hilfe bitten oder von dem er sich Schutz erhoffen konnte. Ceccanis Palast zu betreten, der zehn Jahre lang sein Zuhause gewesen war, wagte er nicht mehr, aber er mochte auch nicht einfach davonlaufen, wie Pisano es getan hatte. Gewollt hätte er's schon, am liebsten wäre er wie mit Siebenmeilenstiefeln losgerannt und hätte versucht, seinen Freund einzuholen. Dann wären sie gemeinsam nach Italien gewandert, und Olivier hätte ... ja, was hätte er wohl getan? Er wusste es nicht, er wusste nur, dass er

sich, je weiter er Avignon hinter sich ließ, umso sicherer wähnen durfte.

Aber was würde dann aus seinen neuen Freunden werden? Aus dem jungen Mädchen, in das er sich verliebt hatte, und ihrem Herrn, dem alten Rabbi, wie mürrisch und übellaunig er sich mitunter auch geben mochte? Wenn er sie im Stich ließ, war ihnen früher oder später der Tod sicher; und es lag wohl an seiner Naivität, dass er es so sah. Wenn alle Juden getötet wurden, würden auch sie sterben. Es ging ihm nicht darum, sich mit einer großartigen Tat einen Platz im Himmel zu verdienen. Er wollte nicht einmal das Leben aller Juden retten, dazu fühlte er sich nicht berufen. Er wollte nur dafür sorgen, dass diesen beiden Menschen kein Leid widerfuhr, denn wenn es jemand verdiente, in Ruhe gelassen zu werden, dann waren sie es. Das war sein einziger, sein innigster Wunsch, aber sogar er wusste, dass er sich genauso gut wünschen konnte, die Sterne vom Himmel zu pflücken.

Er zog einen Esel hinter sich her, als er zurückkam; der Graue hatte ihn sein letztes Geld gekostet – und nicht nur das Geld, wie Gersonides bei einem Blick auf Oliviers nackte Füße vermutete. Sie luden dem Esel gemeinsam die Bücher auf, dann hievte er den Rabbi auf den Rücken des Grautiers und drückte Rebekka den Führstrick in die Hand.

»Verlasst sofort die Stadt!«, sagte er zu ihr. »Geht nicht nach Hause und versucht auch nicht, bei anderen Juden unterzukommen! Geht so schnell und weit wie möglich, bis ihr eures Lebens sicher sein könnt.« Er sagte es in knappem Ton und fügte auch keine langen Erklärungen hinzu, wohl weil er ahnte, dass er, wenn er erst mal ins Reden gekommen wäre, kein Ende mehr gefunden hätte.

»Aber du kommst doch mit? Du musst mit uns kommen!«

»Ich habe noch etwas zu erledigen.«

»Was denn?«

»Wichtige Dinge«, wich er ihr aus. »Dinge, die nichts mit dir zu tun haben. Ich würde sehr gern mit euch kommen, aber es geht nicht. Und ihr müsst unbedingt weg, es wäre zu gefährlich, hier zu bleiben.«

»Nein«, verlegte sich Rebekka aufs Betteln, »du musst mit uns kommen.«

Er drehte sich zu Gersonides um, der so geduldig auf dem Eselsrücken saß, wie der Graue seine Last trug. »Herr«, bat er ihn, »sagt Ihr's ihr!«

»Ich denke, es wird das Beste sein«, sagte der Rabbi und nickte Rebekka aufmunternd zu. »Olivier kommt bestimmt so schnell wie möglich nach, sobald er alles erledigt hat.« Er sah Olivier an; sein Blick verriet, dass er dessen fromme Lüge längst durchschaut hatte.

»Natürlich«, versicherte Olivier mannhaft.

Dann trat er dicht neben den Rabbi und redete im Flüsterton auf ihn ein. »Sorgt dafür, dass sie bei Euch bleibt und nicht zu mir zurückkommt, ja?«

Gersonides nickte. »Aber ja. Zumal ich denke, dass in diesen Zeiten ein vermeintlicher Jude genauso schnell stirbt wie ein echter.«

Olivier schluckte bedrückt. »Ich bring's nicht fertig, ihr auf Wiedersehen zu sagen.«

»Das kann ich verstehen.«

Olivier lächelte tapfer. »Lebt wohl, Herr! Ich nehme an, dass Ihr ahnt, wie sehr ich es zu schätzen weiß, Euch kennen gelernt zu haben.«

»Nein. Aber es wird mir ein Trost sein, darüber nachzudenken, bis wir uns wiedersehen.«

Olivier verbeugte sich zum Abschied tief. Gersonides nickte ihm zu, und dann fiel ihm noch etwas ein.

»Die alte Handschrift, die du mir gebracht hast, die von diesem Bischof ... Darin steht, der Verstand sei wichtiger als das Handeln. Alles Handeln könne nur dann als Tugend angerechnet werden, wenn es von einem klaren Verstand gelenkt wird.

Denn zur Tugend gelange man nur durch den Verstand, nicht durch das Handeln.«
Olivier runzelte die Stirn. »Und?«
»Nun, mein lieber Junge, ich glaube, ich sollte dir ein Geheimnis anvertrauen.«
»Und das wäre?«
»Ich glaube zu wissen, dass das falsch ist.«

Julien fand keinen Schlaf, natürlich nicht, er konnte nicht mal ausruhen. Stattdessen wanderte er rastlos durch seine Wohnung, die ihm sonst so viel inneren Frieden vermittelte, aber heute seinen Schmerz nicht lindern konnte. Er konnte überhaupt keinen Gedanken fassen; seit er wusste, dass Julia deportiert worden war, hatte sich dumpfe Benommenheit über ihn gelegt, eine Art geistiger Lähmung, die ihn gefangen hielt. Er ertappte sich dabei, reglos auf die Kupferstiche zu starren, die sie ihm so stolz und mit so viel Vertrauen in die Zukunft geschenkt hatte; sie war in der Lage gewesen, ihr Problem zu lösen, er fand für seines keine Antwort, und nun bezahlte sie den Preis dafür. Er hatte erst angefangen zu begreifen – wenn es denn Begreifen war –, nachdem er sie verloren hatte. Marcel hatte selbstverständlich Recht: So wie Pisano die Geschichte vom Blinden und der Heiligen (im Grunde die Geschichte von Manlius und Sophia, ging ihm durch den Kopf) auf Olivier und dessen Geliebte übertragen hatte, so hatte Julia, indem sie Oliviers Werk fortsetzte, ihr Problem gelöst und den beiden ihre und Juliens Züge verliehen. Die drei Geschichten verschmolzen zu einer, die jedes Mal das Gleichnis vom blinden Mann erzählt, der sehend wird.
Er sah aus dem Fenster, in der Hoffnung, das geschäftige

Treiben in der Stadt werde ihn ablenken und zerstreuen, aber es gab überhaupt kein geschäftiges Treiben mehr. Niemand ließ sich auf der Straße blicken, niemand eilte zu seinem Arbeitsplatz, die meisten Geschäfte waren geschlossen. Einsam stand unten vor dem Haus ein Auto, der Fahrer lehnte an der Motorhaube und rauchte eine Zigarette. Wo hat er den Wagen her?, dachte Julien, und dann sah er genauer hin und wusste Bescheid.

So ist das eben, Freundschaft hat ihre Grenzen. Marcel hatte die Polizei auf ihn angesetzt, sie sollte ihn überwachen und verhindern, dass er Bernard warnte. Er war einmal mehr zum Komplizen eines Mörders geworden. Die Erkenntnis riss ihn aus seiner Lethargie, er spürte förmlich, wie sein Gehirn wieder zu arbeiten und er zu denken anfing. Auf dem Bahnhof war er zu spät gekommen, um Julia zu retten. Aber dieses Mal konnte er sich gegen das Diktat auflehnen und zumindest versuchen, etwas zu tun.

Er wechselte in aller Eile die Kleidung, zog feste Schuhe an und aß die spärlichen Reste auf, die er in der Küche fand: ein paar Oliven, eine Scheibe hartes, ausgetrocknetes Brot, eine Tomate, ein Eckchen Käse. Alles lag schon seit Tagen da und war kaum noch genießbar. Auch der Wein, von dem er ein Glas trank, war kurz vor dem Umkippen. Es kam ihm vor, als habe er noch nie so schlecht gegessen.

Er schloss die Wohnungstür hinter sich zu, stieg die Treppe hinunter und ging auf den Hof. Dort gab es eine hohe Steinmauer, die das Haus vom Nachbargrundstück trennte – zu hoch, um ohne Hilfe darüber zu klettern. Er ging zur Concierge und bat sie, ihm einen Stuhl zu leihen.

»Ich will über die Mauer klettern, um auf die Straße hinter dem Haus zu kommen. Draußen steht ein Polizist. Ich möchte Sie bitten, etwas für mich zu tun. Wenn er nach mir fragt, sagen Sie ihm, ich sei nach oben gegangen, um eine Weile zu schlafen. Sagen Sie, Sie hätten mich seither nicht wieder gesehen, ich sei noch nicht heruntergekommen. Würden Sie das für mich tun?«

Die Concierge nickte mit einem verstohlenen Augenzwinkern. Er wusste, dass ihr verstorbener Mann einige Jahre wegen Diebstahls im Gefängnis gesessen hatte. Als einer der Bewohner des Hauses davon erfuhr, hätte sie um ein Haar ihre Stelle verloren. Sie war also nicht gut auf die Polizei zu sprechen. Julien hatte sich für sie eingesetzt und dafür plädiert, sie zu behalten. Sie selber hatte doch absolut nichts Böses getan, also sollten die Leute sie gefälligst in Ruhe lassen. Sie wusste davon und war ihm dankbar.

»Sie werden nie ein guter Einbrecher, Monsieur Julien. Falls Sie irgendwas in der Richtung vorhaben, sollten Sie lieber die Finger davon lassen, ehe Sie sich Ärger einhandeln. Manche Leute sind einfach nicht dafür geschaffen. Mein Robert war genauso ein hoffnungsloser Fall. Ich weiß, wovon ich rede.«

Julien grinste. »Ich werd's mir merken. Und jetzt mache ich mich besser auf den Weg.«

»Nur keine Sorge, ich habe Sie nicht gesehen. Ich würde nicht mal mit einem Polizisten reden, wenn's um mein Leben ginge. Hab ich nie getan. Mit denen hab ich nichts zu tun.«

Er nickte ihr zu und kletterte über die Mauer, stellte sich aber dabei so ungeschickt an, dass das Letzte, was er von der Concierge hörte, bevor er auf der anderen Seite unsanft ins Gras plumpste, ihr hämisches Kichern war.

Er ging los, durchschritt, als die Sonne sich tief nach Westen neigte, die Tore von Avignon und marschierte in der beginnenden Dämmerung die Landstraße entlang. Etwa um ein Uhr morgens kam er in Carpentras an, dachte einen Augenblick lang daran, eine kurze Rast einzulegen und ein paar Stunden zu schlafen, überlegte es sich aber anders und ging stetig weiter. Er hatte in seinem Leben so viel geschlafen, dass er sich's jetzt getrost verkneifen konnte. Stattdessen schlug er die Richtung nach Norden ein und kam, als der Morgen herandämmerte, dicht an dem Hügel vorbei, auf dem die Wallfahrtskapelle der heiligen Sophia stand.

Es war viel zu zeitig, um in das alte Haus seiner Mutter in Roaix zu gehen, Bernard würde frühestens gegen Mittag dort eintreffen. Und so stieg er auf den Hügel und suchte Zuflucht an dem Ort, an dem Julia so glücklich gewesen war. Als er die Kuppe erreichte, sah er die Kapelle vor sich liegen, eingebettet in die schützenden Bäume. Und er sah auch die übrig gebliebenen Zeugnisse von Julias Aufenthalt hier oben: ein Bündel Papier, die alte Blechdose, in der sie die Pinsel ausgewaschen hatte, und den Schal, den sie sich als Sonnenschutz um den Kopf geschlungen und dann wohl hier vergessen hatte. Julien hob ihn auf, fuhr mit der Hand darüber und barg schließlich das Gesicht darin, um zum letzten Mal ihren Duft wahrzunehmen. Und dieser Duft war es, der zu einem psychischen und physischen Kollaps führte. Auf dem Bahnhof, bei seinem Gespräch mit Marcel und später in seiner Wohnung hatte er sich zusammengerissen und Haltung bewahrt, aber nun war seine Kraft aufgebraucht. Er ließ sich, am ganzen Leib zitternd, bäuchlings ins Gras fallen und gab sich ganz seiner Trauer um sie hin.

Erst als die Sonne höher stieg und die Hitze einsetzte, wurde ihm klar, wie schnell die Zeit verrann, und so zwang er sich schließlich, seinen Schmerz zu verdrängen, und als er sich hochrappelte, war er sogar in der Lage zu akzeptieren, dass sie nie zurückkommen und er sie nie wiedersehen würde.

Er ging in die Kapelle, blickte auf die Wandbilder, die sie so aufmerksam studiert hatte, und versuchte, sie mit ihren Augen zu sehen. Das Fresko mit der Szene, in der die Heilige den Blinden heilt, die liebevolle Geste, mit der sie seine Augen berührt, und die Ergriffenheit, mit der er darauf reagiert … Auf einmal war ihm klar, dass sie sich all das zu Eigen gemacht hatte. Sie war in Pisanos Werk eingetaucht, hatte sich in ihm und an es verloren, war mit ihrer ganzen Persönlichkeit darin aufgegangen und hatte sich aus all ihren früheren Zwängen befreit.

Die Unsterblichkeit der menschlichen Seele liegt in ihrer Auflösung – das war die rätselhafte Botschaft, die Olivier so verwirrt und in der Julien bisher immer nur den Beweis für die Existenz einer besonderen Denkschule früherer Jahrhunderte gesehen hatte. Er hatte alles über die Wurzeln und die Geschichte dieser Denkweise gewusst, aber Julia hatte die Botschaft verstanden, die in ihr lag. Seltsam, wie viel Trost und Kraft er in dieser Einsicht fand; es schien, als habe sie alles begriffen, was die andere Sophia, die Griechin, Manlius vergeblich zu lehren versuchte und was er, Julien, ebenso wenig begriffen hatte wie der spätrömische Großgrundbesitzer mit all seiner klassischen Bildung.

Machte diese Erkenntnis irgendetwas besser? Linderte sie die Schreckensvision von den Leiden, die sie erdulden musste? Oder das unerträgliche Wissen, dass er an ihrem Geschick mitschuldig war? Natürlich nicht, es gab nichts, was ihm diese Last abnehmen oder auch nur erträglicher machen konnte. Sie war in einem Zug, die Gefangene grausamer Monster, und fuhr ihrem Tod entgegen, während er sich hier oben Wandbilder ansah. Er war zu völliger Hilflosigkeit verdammt, es gab nichts mehr, was er für sie tun konnte. Alles, was er je gedacht oder gelernt hatte und was ihm wichtig gewesen war – ein kultiviertes Leben, feinsinnige Gespräche, Kunstgenüsse –, all das zerfaserte und zerfiel angesichts der Tatsache, dass er sie verloren hatte und das Geschick, das sie erwartete, nicht ändern oder auch nur beeinflussen konnte.

Olivier war um der schlichten Menschlichkeit willen gegen große Ideen aufgestanden und hatte sein Handeln durch den Glanz seines eigenen Leidens verklärt. Er, Julien, konnte nicht mal das tun, sein Leben war zu Ende gelebt, ohne jede Möglichkeit, es durch entschlossenes Handeln zu vollenden. Er konnte allenfalls ein Zeichen setzen, dass er zu guter Letzt doch noch verstanden hatte, und hoffen, dass irgendjemand dieses Zeichen wahrnahm und ihn verstand.

Er zog die Tür der Kapelle hinter sich zu, atmete in tiefen Zügen die warme Luft ein, die nach dem muffigen Halbdunkel in der Kapelle so wohltuend war, und machte sich auf den Weg, den Hügel hinunter.

Felix brach bald auf. Der Rückweg führte sie über schlecht gewartete, schon lange nicht mehr ausgebesserte Straßen, und die wenigen Bewaffneten, die ihn begleiteten, mussten ständig nach marodierendem Diebsgesindel Ausschau halten, das sich, je hoffnungsloser die Zeiten wurden, immer dreister und rücksichtsloser gebärdete. Sie waren in Eile, denn Felix musste noch vieles erledigen, bevor er sich der Konfrontation mit Manlius stellen konnte. Er brauchte Bundesgenossen – und vor allem Soldaten, die es noch auszubilden galt, denn er war überzeugt, dass es, sosehr er es bedauerte, unausweichlich zum Kampf kommen würde. Manlius oder er, nur einer von ihnen konnte den Sieg davontragen, der andere würde auf der Strecke bleiben, denn für Kompromisse stand zu viel auf dem Spiel.
Sie ritten etwa zehn Meilen weit, bevor sie am Flussufer Rast machten, um die Pferde zu tränken. Und dort schlugen die Häscher zu. Es mögen ihrer vielleicht sechs gewesen sein, obwohl die Zahl wohl umstritten bleiben wird, da es keinen Überlebenden gab, der sie hätte bezeugen können. Felix war es bestimmt, als Letzter zu sterben; der Schlag, der ihm den Kopf abtrennte, wurde mit solcher Wucht geführt, dass der blutige Schädel den leichten Abhang hinunterrollte und sich erst dicht vor dem Ufer in wild wachsenden Primeln verfing.
Aber zumindest wusste er, wer den tödlichen Streich ausgeführt hatte. Das letzte Licht der Abendsonne war plötzlich von einem grellen Glitzern erfüllt gewesen, und als eine langstielige

Axt auf ihn zugeflogen kam, erkannte er in dem Mann, der sie gegen ihn schleuderte, einen der Leibeigenen, die kurz zuvor auf Manlius' Landgut den Baumstamm gespalten hatten.

Als die Burgunder Vaison erreichten, legten sie ein so untadeliges Verhalten an den Tag, dass sie im Nu die Bewunderung und das Vertrauen der Bevölkerung gewannen. Bei ihnen herrschten Zucht und Ordnung, sie schwärmten nicht zu Raubzügen aus und brandschatzten nicht. Welch ein Unterschied zu dem gedungenen Gesindel in römischem Sold, hörte man die Leute allenthalben sagen. Nur auf den Gütern von Felix' Familie legten sie sich weniger Zurückhaltung auf, dort kannten sie kein Pardon, sondern hausten so, dass am Schluss nahezu die ganze Sippe ausgerottet war. Die Villen wurden niedergebrannt, und das Land ging in den Besitz des Burgunderkönigs über, der es großzügig seinen eigenen Leuten zuteilte.
Die Bewohner der Region fanden das in Ordnung, niemand trauerte Felix und seiner Familie nach, denn inzwischen wussten sie, dass er ein doppeltes Spiel getrieben hatte, und wandten ihre Herzen dem Bischof zu, ihrem Retter. Manlius hatte ihnen nämlich mit bebender Stimme und Tränen in den Augen berichtet, dass und wie er die Wahrheit über seinen Freund in Erfahrung gebracht hatte und dahinter gekommen war, dass Felix insgeheim Verhandlungen mit Eurich geführt und dem Westgoten um seines eigenen schnöden Vorteils willen angeboten hatte, ihm das Land kampflos zu übergeben. Das, versicherte Manlius mit bedrückter, von Trauer umflorter Stimme, sei für ihn der Grund gewesen, Gundobad zu seinem Marsch nach Süden zu ermuntern und den Gedanken zu verwerfen, sich mit der Bitte um Truppen an den römischen Kaiser zu wenden.

Und er habe schnell handeln müssen, um Felix' verräterischen Absichten zuvorzukommen.
Die Neuigkeit traf die Bürger von Vaison wie ein Schock, aber es war ein heilsamer Schock. Gundobad wurde als Retter gefeiert und trat ohne einen einzigen Schwertstreich das Erbe Roms an. Und Manlius, sein erster Berater, begann, ihn die Kunst des Regierens zu lehren, wies ihn in die Gesetze ein und vermittelte ihm das Verständnis von Gerechtigkeit, kurzum, er brachte ihm bei, wie man ein wahrer König ist und nicht nur ein Stammeshäuptling.
Manlius war in diesen Jahren auf der Höhe seiner Schaffenskraft und spürte, dass es ihm von Geburt an bestimmt war, das zu vollenden, was er begonnen hatte: das Bemühen um die komplizierten Details der Administration, der Justiz und einer weiterentwickelten, schriftlich niederzulegenden Steuergesetzgebung ständig voranzutreiben und jene geduldigen Gespräche und Diskussionen zu führen, die letztendlich dazu führen sollten, dass Herrscher und Beherrschte einander besser verstanden und sich sogar in gegenseitiger Loyalität verbunden fühlten. Er sah sich in der Pflicht, dafür zu sorgen, dass es nie zu einem Krieg zwischen Burgundern und Westgoten kam, der nur zur Verwüstung des Landes geführt hätte. Und die Krönung seines Wirkens war ein neuer Gesetzeskodex, die »Lex Gundobada«, als die sie Julien bekannt war und in der sich der Triumph der römischen Zivilisation über die Stämme, die die Nachfolge Roms antraten, offenbarte. Die Menschen des Römerreichs unterwarfen sich der Herrschaft der Barbaren, aber deren Herrscher hatten sich zuvor dem römischen Gesetz unterworfen.
Es bedurfte Jahre unermüdlicher Arbeit, bis Manlius' Bemühungen zu einem Ergebnis geführt hatten, das ihn zufrieden stellte, und als es so weit war, zog er sich auf sein Landgut zurück, in die große Villa, die während so vieler Jahre praktisch leer gestanden hatte. Er öffnete die verrammelten Türen und

begann abermals, ein Leben in Frieden und Kontemplation zu führen. Vieles hatte sich verändert; der Schwarm von Landarbeitern war längst nicht mehr da, und die, die geblieben waren, hatten sich zwar redlich bemüht, das Anwesen in Ordnung zu halten, aber es hatte an Zeit und Geld gefehlt, die Gärten frisch zu bepflanzen und zu pflegen; die Wände zeigten Risse, die gepflasterten Wege und die Mosaiken wiesen Löcher auf, denn die Zahl der Arbeitskräfte war immer kleiner geworden, wie sehr Manlius sich auch bemüht hatte, sie zum Bleiben zu bewegen. Die Städte zeigten das nämliche Bild des Verfalls; sie schrumpften dahin; von vielen der alten Handelsplätze abgeschnitten, litten sie weiter unter der Stadtflucht, wenn diese sich jetzt auch in langsamerem, erträglicherem Tempo vollzog.

Dennoch war Manlius zufrieden; er hatte erreicht, was er erreichen wollte, sogar mehr. Und nun konnte er ausruhen. Er hoffte das jedenfalls, aber der innere Friede wollte sich nicht einstellen. Die Leere in seiner Seele wurde Tag für Tag größer, denn er hatte Sophia verloren, die Frau, die ihm seit seinen frühesten Mannestagen Wegweiserin und Lehrerin gewesen war. Er hatte sich ihr Lob, ihren Dank oder wenigstens ihr Verständnis erhofft, aber nichts davon wurde ihm zuteil, nicht einmal, als er sein letztes Werk, »Scipios Traum«, vollendet hatte und es ihr durch einen Boten überbringen ließ.

Er hatte sie seit der Ankunft der Burgunder kaum zu Gesicht bekommen, weil es einfach zu viel zu tun gab und sie sich in ihr kleines Haus auf dem Hügel zurückgezogen hatte. Sie hatte ihm nicht gedankt, als er sie aus dem Gewahrsam der Aufrührer befreit hatte. Er glaubte zu wissen, warum: Sophia sehnte sich nach dem Tod, von dem sie sich Befreiung und Erlösung erhoffte, und da konnte jemand, der dieses ersehnte Ziel hinauszögerte, keinen Dank erwarten. Sie hatte kaum ein Wort gesagt, ehe sie zu dem Hügel aufbrach, und er war zu beschäftigt gewesen, um ihr nachzueilen; wohl aber hatte er dafür gesorgt, dass sie angemessen beschützt wurde und es ihr an nichts fehlte. Seine gelegentlichen Briefe blieben unbeantwortet, und nachdem er ihr das Manuskript des »Traums« geschickt (mit einer Widmung an den strahlenden Gott Apollo und seine Gefährtin, die Weisheit) und immer noch nichts von ihr gehört hatte, brach er auf, um sie zu besuchen. Er konnte sich ihr beharrliches Schweigen nicht erklären, er fühlte sich sogar gekränkt, zumal er doch so nach ihrem Lob lechzte.

»Das wirst du nicht bekommen«, sagte sie, als er ihr den Grund für seinen Besuch nannte. Sie saß mit gekreuzten Beinen und gefalteten Händen unter einem Baum, an dem ein Diener ein weißes Sonnensegel befestigt hatte.

»Ich hätte nie geglaubt, dass ich dich so wenig gelehrt habe«, fuhr sie fort. Ihre Stimme hörte sich traurig und reserviert an, ganz anders, als er sie kannte. Gewiss, sie war schon oft verärgert gewesen, wütend über seine Halsstarrigkeit oder sein Unvermögen, eine ihrer Thesen zu verstehen, aber er hatte aus ihrem Tadel immer Zuneigung herausgehört. Dieses Mal dagegen redete sie mit ihm wie mit einem flüchtigen Bekannten, der ihr absolut nichts bedeutete. Als er dies erkannte, überlief es ihn kalt.

»Das mag sein«, sagte er mit gezwungenem Lächeln. »Aber für alles, was ich je gedacht oder getan habe, trägst du die Verantwortung.«

»Dann soll ich dafür verflucht sein«, sagte sie, ohne die Stimme zu erheben. »Denn wenn ich für das verantwortlich bin, was du getan hast, dann trage ich schwer an meiner Schuld. Ich habe dich alles gelehrt, was ich weiß, und du hast es für ein Massaker an deinem Sohn, deinem Freund und den Juden genutzt. Und wie ich höre, bist du ein Heiliger geworden, schon zu Lebzeiten, jedenfalls erzählen das die Leute. Wenn du tot bist, wirst du deinen eigenen Altar haben, und viele Menschen werden zu dir beten.«

»All das bedeutet mir nichts, Herrin, wenn du keine gute Meinung von mir hast«, sagte er.

»Und die werde ich eben nicht haben. Die hast du in dem Augenblick verspielt, als du befohlen hast, Syagrius zu töten. Er hat Tag und Nacht über mich gewacht, sich sogar bis zu deiner Rückkehr als Geisel angeboten. Zum Dank dafür hast du ihn umbringen lassen, ohne ihn auch nur anzuhören, und das nur, weil du die Bürger durch eine dramatische Geste beeindrucken wolltest – und zugleich dich selber und den Schatten deines Vaters. Du hast keine Schwäche gezeigt, ehrwürdiger Bischof, nicht wahr? Du hast dich keiner Gefahr ausgesetzt, wie es dein Vater getan hat, hast nicht gezögert und keine Gnade walten lassen. Er hat es getan und ist dafür gestorben. Seine Sache war verloren. So ein Fehler würde dir nie unterlaufen. Du hast nicht nur von mir gelernt, du hast auch viel von ihm gelernt.«

»Was er getan hat oder zu tun versäumt hat, ist der Grund für unser gegenwärtiges Elend«, erwiderte er mit verkrampfter Würde.

»Unsinn!«, fuhr sie ihm barsch über den Mund. »Glaubst du, das hängt alles von einem einzigen Mann ab? Wenn er zwanzig Jahre länger gelebt hätte, hätte er dann Armeen herbeizaubern können? Hätte er es vermocht, den Menschen in seiner Region Kampfeswillen einzuhauchen? Hätte er Rom dazu gebracht, sich wenigstens selbst zu verteidigen? Nein. Dein Vater hat von Anfang an auf verlorenem Posten gekämpft. Er wusste es und starb wie ein Ehrenmann, entschlossen, niemandem unrecht zu tun, damit er zumindest als edler Mensch in Erinnerung blieb. Du dagegen warst entschlossen, Unrecht auf Unrecht und Leiche auf Leiche zu häufen. Felix hatte keine Ahnung von dem, was sein Vetter trieb, aber du hast ihn getötet und seine ganze Familie ausgelöscht, und zwar weil du Gundobad ein befriedetes Land übergeben wolltest. Und weil du die Herzen der Menschen gewinnen wolltest, hast du das Gemetzel unter den Juden angerichtet, die weder dir noch irgendjemand anderem Böses getan hatten. Das war das Material, mit dem du deinen Ruf als kultivierter, zivilisierter Mann aufgebaut hast, und mich hast du dafür missbraucht, all das zu rechtfertigen.«

»Ich habe dem Land Frieden und Sicherheit gebracht«, wollte er einwenden.

»Und was wird aus deiner Seele, wenn du all deine Untaten durch schlaue Reden begründest? Glaubst du, der Friede für ein paar Tausend Menschen kann die Schuld am Tod auch nur eines einzigen tilgen? Es hat in deine Pläne gepasst und dir den Beifall derer eingebracht, die mit dem Leben davongekommen sind und von deinen Taten profitiert haben. Aber du hast unehrenhaft gehandelt und bist auch noch stolz darauf. Ich habe hier geduldig darauf gewartet, dass du zu mir kommst, denn wenn du Einsicht gezeigt hättest, wäre das wenigstens ein Zeichen von Reue gewesen, und Reue tilgt einen Teil der Schuld. Stattdessen hast du mir dieses Manuskript geschickt, huldvoll und voller Stolz, obwohl es nur beweist, dass du überhaupt nichts begriffen hast.«

»Ich habe mich auf deinen Rat hin wieder den öffentlichen Aufgaben gewidmet«, sagte er steif.

»Ja, ich habe dir dazu geraten, und ich habe gesagt, wenn die Bildung sterben müsse, dann solle sie wenigstens einen Freund an ihrer Seite haben. Von einem Mordbuben habe ich nichts gesagt.«

Sie sah mit Tränen in den Augen zu ihm hoch. »Du warst mein letzter Schüler, Manlius. Du hast dich bei allem, was du getan hast, auf mein Vermächtnis berufen. Du hast mir alles genommen, was ich hatte, und hast es verdreht. Hast alles, was ich dich gelehrt habe, dazu missbraucht, zu töten und dieses Töten zu rechtfertigen. Das werde ich dir nie verzeihen. Und jetzt geh bitte und lass mich in Ruhe!«

Sie wandte sich um, richtete den Blick ins Tal und schloss die Augen, um nachzusinnen. Manlius wartete eine Weile, hoffte, sie werde weiterreden, dann drehte er sich um und ging. Sophia sprach nie wieder ein Wort mit ihm.

Julien konnte nur vage ahnen, was Olivier in den letzten Stunden vor dem brutalen Überfall getan hatte: wahrscheinlich Dinge, die er selbst nicht verstand. Er ging nicht rational vor, sondern handelte eher instinktiv, fast wie in Trance. Seine Motive waren weitgehend selbstsüchtig; das unterschied ihn von den Kardinälen Ceccani und de Deaux, die beide aus unterschiedlichen, aber, so wie sie es sahen, idealistischen Motiven handelten.

Er wanderte durch Avignons Straßen, bis er einen der Bediensteten des Comte de Fréjus entdeckte, den er schon bei irgendeiner früheren Gelegenheit gesehen hatte. »Mein Freund, würdest du mir wohl einen Gefallen tun?«, sprach er ihn an.

Der Mann drehte sich um, schien sich an ihn zu erinnern und nickte.

»Würdest du bitte schnurstracks zu deinem Herrn laufen und ihm sagen, du hättest mich gesehen? Sag ihm, ich ginge jetzt zum Haus des Italieners Pisano. Und dann kommt das Wichtigste: Sag ihm, ich weiß, wer seine Frau ermordet hat. Ich habe den Mörder mit eigenen Augen gesehen und will mein Wissen heute Nachmittag dem Magistrat anvertrauen. Sag's ihm genau mit meinen Worten: Ich weiß, wer seine Frau ermordet hat.«

Der Mann runzelte verwundert die Stirn.

»Stell mir keine langen Fragen!«, drängte ihn Olivier. »Führe einfach den Auftrag aus, dann werde ich für immer in deiner Schuld stehen.«

Damit drehte er sich um und ging davon. Er setzte sich in Pisanos verlassenes Zimmer, und während der vier Stunden, die er dort warten musste, schrieb er, einer plötzlichen Eingebung folgend, seine letzten vier Gedichte, darunter das höchst rätselhafte, das mit den Worten beginnt: »Unsere einsamen Seelen schwimmen zum Ozean des Lichts …« Es ist ein Vers, den nur Julien richtig zu deuten wusste; nur er verstand die verschlüsselte Botschaft des Bildes, das Olivier wählte, und den vibrierenden Klang der Worte, die zwischen Bedauern und Freude hin und her schwanken und zu exzentrisch sind, als dass sie leicht verstanden werden könnten.

Dann kamen sie, wie er's vorausgesehen hatte. Er faltete hastig die Blätter und schob sie – zusammen mit dem Vermerk, der Finder möge sie dem Papst bringen – unter die Tür von Luca Pisanos Nachbarn. Als er die schleichenden Schritte auf der Stiege hörte, kniete er nieder und betete. Dann blickte er hoch, sah den Comte de Fréjus und drei seiner Männer unter der Tür stehen und sagte mit ruhiger Stimme: »Ich habe Euch erwartet.«

Der Rest der Geschichte spielte sich praktisch in aller Öffentlichkeit ab, wurde aber eilends verschleiert; Klemens war möglicherweise der Einzige, der alle Einzelheiten kannte. Als de Fréjus das Haus fluchtartig verließ, lag Olivier mehr tot als lebendig blutend auf dem Boden. Schnell verbreitete sich die Nachricht, dass man ihm die Hände zerschmettert und die Zunge abgeschnitten habe, sodass er weder schriftlich noch mündlich sein Geheimnis ausplaudern konnte. Man hatte gesehen, wie der Graf das Haus betrat und zwei Stunden später blutbefleckt verließ, und die Schreie, die Olivier während der Tortur ausstieß, waren im weiten Umkreis zu hören gewesen; zu Hilfe war ihm freilich niemand gekommen. Schon bald machte die Geschichte die Runde, der Überfall sei ein Racheakt dafür gewesen, dass Olivier Isabelle de Fréjus ermordet habe; eine Mär, die dem Comte willkommen sein musste, schützte sie ihn doch vor Verdächtigungen und weiteren Ermittlungen, denn es war niemandem daran gelegen, die Wahrheit publik werden zu lassen. Der Papst ließ sich indessen nicht täuschen; schon eine Stunde später verließ ein Reiter seinen Palast und galoppierte zum Hof der Gräfin der Provence. Der Majordomus des Comte de Fréjus wurde aus Aigues-Mortes abberufen, das Kommando ging an einen Cousin der Gräfin über, das Truppenkontingent wurde verstärkt. Die englische Flotte dümpelte drei Tage lang vor der Küste, dann segelte sie nach Bordeaux zurück.

Ceccani hatte seine Macht verloren, seine Pläne für eine Rückkehr des Papsttums nach Rom waren gestorben. Er widmete sich fortan seinen kirchlichen Pflichten, besuchte nacheinander seine Bistümer und erwarb sich den Ruf, ein guter Hirte seiner Gemeinden zu sein – ganz im Gegensatz zu den anderen Kurienkardinälen, die sich nie blicken ließen, ihre Rechte einforderten, ihren Pflichten aber nur zögerlich nachkamen.

Drei Tage nach dem blutigen Überfall erfuhr Olivier insofern Genugtuung, als er, gleichsam zur Belohnung, in einer abgelegenen, stillen Kammer des päpstlichen Palastes lag, betreut vom Leibarzt des Heiligen Vaters. Denn Klemens war ein Mann, der bei allem, was er tat, gründlich vorging. Er schob nicht nur Ceccanis Plänen in Aigues-Mortes einen Riegel vor, er zerschlug auch das Machtgeflecht, das der Kardinal sich gewoben hatte. Überdies verfasste er die berühmte Bulle »Cum Natura Humana«, deren Echo in aller Welt widerhallte. Die Juden waren unschuldig an allen Vorwürfen, die im Zusammenhang mit der Pest gegen sie erhoben wurden. Sie galten fortan als die geachteten Väter der Völker, nach demselben Verständnis, nach dem auch der Papst diesen Ehrennamen trug. Sie zu kränken oder ihnen ein Leid zuzufügen, hieß, den Heiligen Vater und mit ihm die ganze Christenheit zu kränken und zu verletzen. Klemens nahm sie feierlich unter seinen persönlichen Schutz. Jeder, der ihnen in irgendeiner Weise etwas Böses antat, sollte exkommuniziert werden und sich vor dem Papst persönlich verantworten müssen. Sie durften nicht behelligt und nicht gewaltsam bekehrt werden, denn Gehorsam ohne Glauben ist sinnlos. Jeder Christ war gehalten, sie in Ruhe zu lassen.

Diejenigen, die ihnen immer wieder zusetzten und sie verfolgten, Menschen wie der Flagellant Peter und seine Anhänger, wurden – ebenso wie alle, die sie in ihrem schändlich Tun unterstützten – exkommuniziert und für vogelfrei erklärt, aus der menschlichen Gemeinschaft ausgestoßen, der Verachtung preisgegeben und gejagt. Versuchten sie, sich einer Stadt oder einem Dorf zu nähern, so sollten sie eingekerkert werden, bis sie Reue zeigten. Statt religiöse Eiferer zur Hatz auf die Juden zu benutzen, ging Klemens nun mit der ganzen Macht der päpstlichen Autorität gegen sie vor. Das Ergebnis ließ auf sich warten, aber schließlich stellte es sich doch ein; die Übergriffe gegen die Juden klangen allmählich ab, die Macht der Flagellanten und derer, die ihnen heuchlerisch unter dem Deckmantel der Frömmigkeit in die Hände arbeiteten, wurde zerschlagen.

Die Bulle war – und ist – ein beachtenswertes Dokument; sie hatte so etwas wie Vorläufer gehabt, aber keinen von vergleichbarer Bedeutung. Und doch wurde das wahrlich gewaltige Echo, das sie auslöste, von anderen, raueren Stimmen gestört. Die Unruhe, die Manlius einst mit seinem schnöde an Volkes Stimme orientierten Vorgehen in die Region getragen hatte, wirkte lange nach und loderte noch hell genug, um etwas in

Olivier de Noyens Seele aufzuwühlen, und sie pflanzte sich durch die Jahrhunderte fort, sodass auch Julien Barneuve sie als leises Wispern zu vernehmen glaubte, als er die letzten Kilometer zu seinem Haus zurücklegte.

Olivier verbrachte den Rest seines Lebens im Kloster St-Jean vor den Toren von Vaison, dessen Abt zu den Günstlingen des Kardinals de Deaux gehörte. Er kam eines Nachts dort an, in einer Sänfte, eskortiert von Soldaten der päpstlichen Leibwache. Niemand im Kloster erfuhr je seine Geschichte, die Mönche wussten lediglich, dass er unter dem Schutz ihres Kardinals und des Papstes stand. Es wurde geraunt, er habe der Kirche einen großen Dienst erwiesen; worin der bestanden hatte, blieb freilich im Dunkel.

Er tat während dieser Zeit wenig, konnte er doch weder sprechen noch schreiben, noch nahm er irgendwelche Dienste in Anspruch, es sei denn, es ließ sich nicht vermeiden. Die meiste Zeit verbrachte er mit Spaziergängen, oder er saß in der Sonne und las; seine Freunde schickten ihm alte, erst jüngst entdeckte Handschriften. Sein Lieblingsplatz war die knapp einen Tagesmarsch entfernte Kapelle auf dem Hügel, die sein Freund Luca Pisano, soweit seine Arbeit gediehen war, mit Szenen aus dem Leben der heiligen Sophia ausgeschmückt hatte. Oft übernachtete er in der Kapelle, denn er verbrachte viel Zeit im Gebet zu der Heiligen, das ihm großen Trost spendete.

Und dort kam ihn auch Rebekka besuchen. Gersonides und sie waren in ihr Haus zurückgekehrt, als wieder Friede einkehrte und sie sich sicher fühlen konnten. Die Zeit der Prüfungen hatte den alten Mann geschwächt, Rebekka ahnte, dass er wohl bald sterben würde.

Es kostete Olivier viel Mühe, bis er es endlich schaffte, so weit mit ihr zu kommunizieren, dass er ihr bedeuten konnte, sie solle heiraten, sobald sich eine Gelegenheit biete, denn sonst wäre sie völlig schutzlos in der Welt. Aber davon wollte sie nichts hören.

Eines Tages, als sie nebeneinander saßen und den Ausblick über die Hügel genossen, stand sie plötzlich auf, stellte sich vor ihn und sagte: »Was du getan hast, war ein Fehler. Mich zu beschützen, meine ich. Ich habe es nicht verdient. Du leidest umsonst.«

Er streckte den Armstumpf nach ihr aus, wollte, dass sie schwieg, aber sie wich zurück und redete weiter auf ihn ein. Ihre Worte verhaspelten sich, so eilig hatte sie es auf einmal, denn sie hatte all ihren Mut zusammenraffen müssen, um es ihm überhaupt zu sagen.

»Ich wurde in einem kleinen Dorf nahe Nîmes geboren, und irgendwann hat uns jemand verraten. Es gab ein Kloster in der Nähe, dort wurde der Fall dem Abt vorgetragen. Am Ende der Verhandlung entschied er, dass jeder, der der Häresie beschuldigt werde, hinzurichten sei. Sie sagten mir, das sei ein Gnadenakt, denn gewöhnlich kämen die Mönche und töteten, wie sie's schon oft getan hätten, der Einfachheit halber alle in der Umgebung. Es sei also reine Freundlichkeit von ihm, dass so viele verschont würden. Meine Eltern freilich sind trotz der Freundlichkeit des Abtes getötet worden. Ich lief in die Felder und wanderte sechs Jahre lang heimatlos umher, bis ich meinem Herrn über den Weg lief. Er las mich auf, nahm mich zu sich und sorgte für mich, bis ich genug gelernt hatte, um für ihn zu sorgen.«

Olivier sah sie ängstlich an und brachte mühsam gurgelnde, halb erstickte Laute heraus, seine einzige Möglichkeit, ihr ins Wort zu fallen, aber sie fuhr unbeirrt fort: »Der Abt war ein großer Mann und wurde später noch größer. Er wurde ein paar Jahre danach Papst und unter dem Namen Klemens bekannt. Als du damals in der Nacht zu mir gekommen bist, um mich in den Palast zu bringen, habe ich geahnt, dass ich der Versuchung erliegen würde. Ich habe eine Medizin meines Herrn an mich genommen, von der er mir immer gesagt hatte, ich solle sie nie anrühren, denn es sei ein hochgiftiger Kräutertrank, der jedem, der unbedacht damit umgehe, gefährlich werden könne. Ich habe ihn in meinem Beutel verwahrt, und als sich eine günstige Gelegenheit bot, die Phiole in den Brunnen gegossen. Kaum hatte ich's getan, erhob sich in der Nähe lautes Geschrei, und irgendjemand packte mich.«

Sie lächelte melancholisch.

»Weißt du, ich habe versucht, es ihnen zu erklären, warum ich es getan habe, aber sie wollten mir nicht zuhören. Sie haben gedacht, ich könne das nur auf Anweisung meines Herrn getan haben. Das Dumme bei der Sache war, dass das Mittel ohnehin nicht gewirkt hätte. Gersonides hat gesagt, in einer so starken Verdünnung sei es harmlos. Ich wollte alles gestehen, aber Gersonides meinte, das habe keinen Zweck, sie würden mir sowieso keinen Glauben schenken, weil sie glauben wollten, dass die Juden Brunnen vergiften.«

Sie ging auf die Knie und küsste ihm die Wange. »Du bist ein guter Mensch, Olivier, ein viel besserer als ich. Ich habe aus Hass gehandelt und dich mit in meinen Hass hineingezogen. Und nun musst du mich hassen. Ich weiß, dass du mich jetzt nie mehr wiedersehen willst.«

Er beugte sich vor und nahm sie in die Arme. Nie hatte er sich so sehnlich gewünscht, reden zu können, um sie zu trösten. Sein Herz war voller wundervoller Poesie, in seinem Kopf funkelten alle möglichen Worte und Gedanken, aber die konnte nun außer ihm niemand mehr hören. Weil er nicht mit ihr sprechen konnte, hielt er sie umso fester in den Armen, wiegte sie sanft vor und zurück, versuchte, ihr mit den Armstümpfen das Haar zu streicheln, und küsste es.

»Möchtest du, dass ich gehe?«, fragte sie nach einer Weile. »Sag bitte, dass du's nicht möchtest.«

Er schüttelte heftig den Kopf, und sie umarmten sich wieder und verharrten lange in dieser innigen Haltung.
Er lebte noch sechs Monate, bis die Bürde seiner Wunden ihn aufs Totenbett zwang. Rebekka war in seinen letzten Stunden bei ihm; der Abt war verständig und wusste, dass ihm niemand so viel Trost spenden konnte wie sie. Und so war es auch, Olivier de Noyen hauchte sein Leben in fast vollkommener Glückseligkeit aus. Das Einzige, was sein Glück trübte, war, dass er nicht wusste, wann sie sich wiedersehen würden. Aber er glaubte an die Ewigkeit, und gemessen an ihr konnte es nicht allzu lange dauern.

Als Julien sich dem Haus näherte, überkam ihn eine innere Ruhe, wie er sie seit langem nicht mehr gespürt hatte. Er kam reichlich vor dem vereinbarten Termin an, sodass ihm genügend Zeit blieb, Bernard eine Warnung zukommen zu lassen. Es musste eine Warnung sein, die kilometerweit zu sehen und so eindeutig war, dass Bernard auf der Stelle kehrtmachen und wieder untertauchen würde.
Er holte die Druckplatten aus dem Versteck, trug sie in die Küche, griff nach der Flasche mit der Säure, mit der Julia die Eingravierungen gewöhnlich gelöscht hatte, und goss den ganzen Inhalt über den Platten aus. Stück für Stück verschwanden die Schriftzeichen, wie von Geisterhand gelöscht: Damit war dieser Teil der Arbeit getan. Dann hob er die Fußbodenbretter an, nahm einen kleinen Stapel Papiere aus dem Hohlraum und legte sie im Wohnzimmer auf den Boden. Er hatte aufgehört zu denken, sein Gehirn war wie leer gefegt, die Handgriffe reihten sich wie von selbst aneinander.
Dann traf er Vorbereitungen für sich, schichtete in der Mitte

des Wohnzimmers einen Stapel aus all seinen Notizen und Aufzeichnungen auf und legte auch sein Manuskript über Manlius dazu; es war nutzlos geworden, weil es so viele Irrtümer enthielt. Und so ging es weiter: die Notizen aus der Vatikanischen Bibliothek, der Entwurf seines Essays über Olivier de Noyen, ebenfalls voller Irrtümer, bis auf die Analyse seiner Poesie, um die tat es ihm Leid. Dennoch, niemand würde irgendetwas von dem vermissen, was er zusammengetragen hatte. Die gesammelten Papiere waren ein Dokument der vergeudeten Zeit und der Missverständnisse.

Diesen Stapel umrahmte er von allen Seiten sorgfältig mit kleinen Möbelstücken und alten Vorhängen. Daneben stellte er seine letzte Zweiliterkanne mit Kerosin bereit; es war eigentlich für den Heizofen bestimmt gewesen. Dann holte er die Flasche Branntwein, die Elisabeth Duveau Julia als Willkommensgruß und Zeichen der Freundschaft zum Einzug geschenkt hatte.

Er nahm seine letzte Zigarette aus der Packung, schob sie zwischen die Lippen und griff nach den Streichhölzern. Dann kippte er das Kerosin und den Branntwein über den Stapel, damit die Flüssigkeit seine Papiere, die Möbelstücke und die Vorhänge tränkte.

Als er fand, dass der richtige Augenblick gekommen sei, nahm er einen tiefen Zug von seiner Zigarette – und dann noch einen, es war schließlich sein letztes Vergnügen. Er blies kräftig in die Zigarettenglut, bis das Ende hell aufleuchtete und Ascheflöckchen durch das Zimmer schwebten und mit einem letzten Tanz durch das Sonnenlicht taumelten, das durch das offene Fenster hereinflutete. Dann legte er den glühenden Zigarettenstummel mit derselben Sorgfalt, mit der er alle Handgriffe getan hatte, genau in die Mitte des Stapels.

Das Feuer fraß sich fest und breitete sich schnell aus. Dunkle, rasch größer werdende Rauchwolken stiegen in die warme Sommerluft und waren schon aus großer Entfernung leicht auszumachen. Der anrückende Trupp deutscher Soldaten sah sie, und Bernard sah sie auch. Die Soldaten kamen im Sturmschritt angerannt, aber sie konnten nur noch wenig ausrichten. Bernard aber verstand die Warnung, machte kehrt und verschwand in den Wäldern, in denen er sich so gut auskannte.

Er lebte noch sechs Wochen, dann wurde er aufgegriffen und getötet. Zwei Tage nach Julien Barneuves Tod wurden sechsundzwanzig Zivilisten im Hof eines abgelegenen bäuerlichen Anwesens einen Kilometer außerhalb von Vaison erschossen.

Gedankt sei:

Felicity Bryan, Mih-Ho Cha, Eric Christiansen,
Catherine Crawford, Dan Franklin, Robert Gildea,
Julie Grau, Lyndal Roper, Georges-Michel Sarotte,
Lucinda Stevens, Nick Stargardt
und vor allem Ruth Harris.

»A star is born.«
New York Times

Zadie Smith
Der Autogrammhändler

Der brillante neue Roman der jungen englischen Autorin, deren literarischer Erstling »Zähne zeigen« von der internationalen Presse einhellig gefeiert wurde. Ein Meisterwerk über Götter und Götzen und den unwiderstehlichen Drang, einmal berühmt zu sein, und sei es nur für einen Tag.

Droemer